中國古典文學基本叢書

楚辭補注

〔宋〕洪興祖 撰
白化文等 點校

中華書局

圖書在版編目(CIP)數據

楚辭補注:典藏本/(宋)洪興祖撰. —北京:中華書局,2015.8(2025.7重印)
(中國古典文學基本叢書)
ISBN 978-7-101-10932-0

Ⅰ.楚… Ⅱ.洪… Ⅲ.①古典詩歌-詩集-中國-戰國時代②楚辭-注釋 Ⅳ.I222.3

中國版本圖書館CIP數據核字(2015)第090520號

責任編輯:劉 明
責任印製:管 斌

中國古典文學基本叢書
楚辭補注(典藏本)
〔宋〕洪興祖 撰
白化文 許德楠 李如鸞 方 進 點校
*
中華書局出版發行
(北京市豐臺區太平橋西里38號 100073)
http://www.zhbc.com.cn
E-mail:zhbc@zhbc.com.cn
三河市宏達印刷有限公司印刷
*
850×1168毫米 1/32 · 11⅜印張 · 2插頁 · 228千字
2015年8月第1版 2025年7月第7次印刷
印數:9701-10700冊 定價:68.00元

ISBN 978-7-101-10932-0

重印出版説明

《楚辭章句》是東漢王逸所注的今傳《楚辭》的最早注本，《楚辭補注》係南宋洪興祖爲補王逸注本而作。

王逸字叔師，東漢南郡宜城（今湖北宜城）人。一生事蹟略見於《後漢書·文苑傳》：安帝元初（一一四——一一九）中爲校書郎，順帝時官至侍中。留存作品主要是《楚辭章句》。零散作品，明代人輯有《王叔師集》行世。

西漢劉向編輯《楚辭》成十六卷。王逸附加自己的《九思》一卷，增爲十七卷，並作注，是即《楚辭章句》。王逸對此書中各篇都作了叙文，説明他所理解的本篇寫作背景和命意。注中則往往提出個人見解，也常常採用他所見所聞的各種不同的説法。引作「或曰」（意思是「有人説」）的，可能吸收了當時行世的班固、賈逵的《離騷經章句》及劉向、揚雄有關《天問》的注解等作品中的見解。王逸本人出生於楚地，又去古未遠，能指明辭中的楚地方言，對後人研究《楚辭》很有幫助。《楚辭章句》是現存完整的《楚辭》注本中最古的，最接近屈原生活時代的可稱「楚地遺民」的注本，至今是研究《楚辭》的起點站，堪稱「《楚辭》研究」中最重要的一部書。

洪興祖（一〇九〇——一一五五），字慶善，號練塘。宋鎮江丹陽（今江蘇丹陽）人。北宋徽宗政和八年（一一一八，此年陰曆十一月改「重和」）上舍及第。南宋紹興二年年底至四年（約一一三三至一一三四）之間，歷任著作佐郎、秘書省正字、太常博士等職位。紹興四年應詔上疏言朝廷紀綱之失，爲時宰所惡，謫爲主管太平觀。後再起，知廣德軍，擢提點江東刑獄，歷知真州、饒州，所至有惠政。他與秦檜關係不好，秦檜對他舊有誤會，紹興二十五年（一一五五）年初，嗾使王珉、董德元羅織和曲解他文章中的本不成問題的個别詞句，鼓動政府下令，把他「編管」昭州（今廣西平樂一帶）。是年八月丁丑（二十日，合陽曆九月十八日），洪興祖卒於貶所（據《建炎以來繫年要録》卷一六九）。兩個月後，秦檜也死了。次年，他獲得平反，「詔復其官，直敷文閣」（《宋史》卷四三三本傳）。

洪興祖「好古博學，自少至老未嘗一日去書」（《宋史》本傳）。他著有《老莊本旨》、《周易通義》、《左氏通解》等書。一般認爲，他傳世的最重要著作是《楚辭補注》及其附屬作品《考異》。

《楚辭補注》先列王逸原注，而後補注於下。一般都逐條疏通，特别對名物訓詁作詳盡的考證和詮釋。對舊注常有駁正，並廣徵博引，因而保存了他那時見到可後世已經失傳的從漢代到宋朝的一些相關説解資料。如,《天問》注中舜二妃事引《列女傳》,與今本頗有不同,保留神話色彩。今僅見本書所引的《楚辭釋文》佚文七十七條,對研究《楚辭》的古字、古音有相當的參考價值。

《楚辭補注》原有序,已闕佚,有人推測是,因爲洪興祖被編管時懼禍而遭删去。以致洪興祖的同時代的目録學家晁公武在其名著《郡齋讀書志》中竟不著此書作者姓名,説:「未詳撰人。凡王逸《章句》有未盡者補之。自序云,以歐陽永叔、蘇子瞻、晁文元、宋景文家本參校之,遂爲定本。又得姚廷輝作《考異》。且言《離騷》非《楚辭》本書,不當録。」後來,陳振孫的《直齋書録解題》才較明確地叙述了洪興祖此書的著述經過:「興祖少時從柳展如得東坡手校《楚辭》十卷,凡諸本異同皆兩出之。後又得洪玉父而下本十四五家參校,遂爲定本,始補王逸《章句》之未備者。書成,又得姚廷輝本,作《考異》,附古本《釋文》之後。其末,又得歐陽永叔、孫莘老、蘇子容本於關子東、葉少協,校正以補《考異》之遺。洪於是書,用力亦以勤矣!」據以得知,似乎洪興祖作《楚辭考異》,原附於《釋文》之後,帶有獨立性。今本的《考異》和《釋文》則分散在《補注》各句之下,恐非原著本來面目矣!

我們這個標點排印本,所據底本是汲古閣本,據《四部叢刊》影印明繙宋本及《文選》李善注等作了一些校正。程金造先生(一九〇九——一九八五)曾在一部《四部叢刊》本上作出舊式句讀，並將他自己的一部分校勘記録附注在書上。我們參考了他的句讀，並酌量採用了他的校勘成果，附注於當句之下。爲了分清眉目，在「補」字上下加了方括號。但「補」字以上除了王逸注以外，還有後人的增補，如引《文選》的李善及五臣注等均是。這些究爲何人所補，除所補外是否悉爲王逸注原文，尚待考證。所據標點原書目録只有大題，小題則列在各卷之前（如《九歌》中的《東皇太一》等），現在把大小題都列於書前的總目之中，以便查檢。

本書的標點工作，原係一九七五年起由白化文承擔。中間曾有許德楠、李如鸞、方進各試驗標點了一小部分。但是，始終未能將校點全部完成，距離「齊、清、定」的要求甚遠。程毅中當時擔任中華書局文學編輯室主任，爲趕進度，將剩餘的一半以上的任務在工作之餘獨力完成。因此，説他是此書的主要校點者，決不過分。此書於一九八三年出第一版，責任編輯常振國也作了很多加工。

《上海師範大學學報》一九八五年第一期發表俞明芳先生《對〈楚辭補注〉點校本的一些意見》一文，受到中華書局的重視，交白化文和李鼎霞覆覈。經過與編輯部共同研究，原舉標點錯誤三十三例，我們採用照改者十三例；原舉標點遺漏二十六例，我們照改者十六例。語句文字方面，原舉遺漏二例，照改者一例；原舉錯誤九例，照改者八例；原舉倒置三例，照改者二例。應該説明，當時白、李二人認爲，我們不負責出校記，因此，有些俞先生提出的在我們看來極可能是正確的問題，如二一六頁「翡大於群」應爲「翡大於翠」的問題，因爲缺乏版本依據，至今未改。

此次準備出版第四次印刷本，編輯室主任李解民出示浙江師範大學黄靈庚先生文稿《〈楚辭補注〉標點正誤》。黄先生所舉約三十例，均足以發人深省。除第三版已改過者兩事，尚有我們認爲此書不出校記因而未從改者約四事，我們認爲可以維持原標點者二事，其餘照改者約二十六處。此外，南京師範大學古文獻研究所編的《文教資料》一九八九年第三期發表葉晨暉先生《〈楚辭補注〉點校中的幾個問題》，提出問題八例，其中六例是關於標點的，此次照改；另二例涉及改動底本文字，未從改動。本書重印三次，每次均有挖補修改。建議讀者暫以此次印刷本爲據，遇有不當之處，不吝指正。幾次修訂，均係白化文、李鼎霞二人參與其事，爲表示負責，特此聲明：此書標點錯誤，概由白、李二人負責。

白化文　李鼎霞

二〇〇二年七月十日於承澤園

楚辭目録

班孟堅云：始楚賢臣屈原被讒放流，作《離騷》諸賦以自傷悼。後有宋玉、唐勒之屬，慕而述之，皆以顯名。漢興，高祖王兄子濞於吴，招致天下娱游子弟，枚乘、鄒陽、嚴夫子之徒，興於文、景之際，而淮南王安都壽春，招賓客著書，而吴有嚴助、朱買臣貴顯漢朝，故世傳楚辭。

漢護左都水使者光禄大夫臣劉　向集

後漢校書郎臣王　逸章句

一本云校書郎中。《後漢・文苑傳》云：逸字叔師，南郡宜城人。元初中舉上計吏，爲校書郎。順帝時爲侍中。著《楚辭章句》行於世。

按《九章》第四，《九辯》第八，而王逸《九章》注云「皆解於《九辯》中」，知《釋文》篇第蓋舊本也，後人始以作者先後次叙之爾。鮑欽止云：《辨騷》非楚詞本書，不當録。班孟堅二序，舊在《天問》、《九歎》之後，今附于第一通之末云。

楚辭卷第一

隋唐書《志》有皇甫遵訓《參解楚辭》七卷、郭璞注十卷、宋處士諸葛《楚辭音》一卷、劉杳《草木蟲魚疏》二卷、孟奧音一卷、徐邈音一卷。始漢武帝命淮南王安爲《離騷傳》，其書今亡。按《屈原傳》云：「《國風》好色而不淫，《小雅》怨誹而不亂，若《離騷》者，可謂兼之矣。」又曰：「蟬蛻於濁穢，以浮游塵埃之外，不獲世之滋垢，皭然泥而不滓。推此志，雖與日月争光可也。」班孟堅、劉勰皆以爲淮南王語，豈太史公取其語以作傳乎？漢宣帝時，九江被公能爲楚詞。隋有僧道騫者善讀之，能爲楚聲，音韻清切。至唐，傳楚辭者，皆祖騫公之音。

離騷經章句第一　離騷

校書郎臣王　逸上

曲　阿洪興祖補注

《離騷經》者，屈原之所作也。屈原與楚同姓，仕於懷王，爲三閭大夫。三閭之職，掌王族三姓，曰昭、屈、景。《戰國策》：楚有昭奚恤。《元和姓纂》云：屈，楚公族芈姓之後。楚武王子瑕食采於屈，因氏焉。屈重、屈蕩、屈建、屈平，並其後。又云：景，芈姓。楚有景差。漢徙大族昭、屈、景三姓於關中。屈原序其譜屬，率其賢良，以厲國士。入則與王圖議政事，決定嫌疑；出則監察羣下，應對諸侯。謀行職修，王甚珍之。同列大夫上官、靳尚妒害其能，共譖毁之。《史記》曰：上官大夫與之同列。又曰：用事臣靳尚。王乃疏屈原。疏，一作逐。屈原執履忠貞而被讒衺，一作邪。憂心煩亂，不知所愬，乃作《離騷經》。離，别也。騷，愁也。經，徑也。言己放逐離别，中心愁思，猶依道徑，一云陳直徑，一云陳道徑。以風諫君也。太史公曰：離騷者，猶離憂也。班孟堅曰：離，猶遭也，明己遭憂作辭也。顔師古云：憂動曰騷。余按：古人引《離騷》未有言「經」者，蓋後世之士祖述其詞，尊之爲經耳，非屈原意也。逸説非是。故上述唐、虞、三后之制，下序桀、紂、羿、澆之敗，冀君覺悟，反於正道而還己也。是時，秦昭王使張儀譎詐懷王，令絶齊交；又使誘楚，請與俱會武關，遂脅一作脇。與俱歸，拘留不遣，卒客死於秦。《史記》曰：屈平既絀，其後秦欲伐齊，齊與楚從親，惠王患之，乃令張儀詳去秦，厚幣委質事楚。詳與佯同。又曰：秦昭王與楚婚，欲與懷王會。屈平曰：「秦，虎狼之國，不可信，不如無行。」懷王卒行。入武關，秦伏兵絶其後，因留懷王。然則使張儀譎詐懷王，令絶齊者，乃惠王，非昭王也。其子襄王，復用讒言，遷屈原於江南。《史記》曰：懷王長子頃襄王立，令尹子蘭使上官大夫短屈原於頃襄王，王怒而遷之。屈原放在草野，草，一作山。復作《九章》，援天引聖，以自證明，終不見省。不忍以清白久居濁世，遂赴汨淵自沈而死。《前漢・地理志》：長沙有羅縣。《荆州記》曰：縣北帶汨水，水源出豫章艾縣界，西流注湘。沿湘西北，去縣三十里，名爲屈潭，屈原自沈處。汨，音覓。《離騷》之文，依《詩》取興，引類譬諭，故善鳥香草，以配忠貞；惡禽臭物，以比讒佞；靈脩美人，以媲於君；媲，配也，匹詣切。宓妃佚女，以譬賢臣；虯龍鸞鳳，以託君子；飄風雲霓，飄，一作飃。以爲小人。其詞温而雅，其義皎而朗。一作明。凡百君子，莫不慕其清高，嘉其文采，哀其不遇，而愍其志焉。愍，一作閔。魏文帝《典論》云：優游按衍，屈原尚之，窮侈極妙，相如之長也。然原據託譬喻其意，周旋綽有餘度，長卿、子雲不能及。宋子京云：《離騷》爲詞賦之祖，後人爲之，如至方不能加矩，至圓不能過規矣。

帝高陽之苗裔兮，德合天地稱帝。苗，胤也。裔，末也。高陽，顓頊有天下之號也。《帝繫》曰：顓頊娶于騰隍氏女而生老僮，是爲楚先。其後熊繹事周成王，封爲楚子，居于丹陽。周幽王時，生若敖，奄征南海，北至江、漢。其孫武王求尊爵於周，周不與，遂僭號稱王。始都於郢，是時生子瑕，受屈爲客卿，因以爲氏。屈原自道本與君共祖，俱出顓頊胤末之子孫，是恩深而義厚也。〔補〕曰：皇甫謐曰：高陽都帝丘，今東郡濮陽是也。張晏曰：高陽，所興之地名也。劉子玄《史通》云：作者自叙，其流出於中古。《離騷經》首章，上陳氏族，下列祖考；先述厥生，次顯名字，自叙發跡，實基於此。降及司馬相如，始以自叙爲傳。至馬遷、揚雄、班固，自叙之篇，實煩於代。朕皇考曰伯庸。朕，我也。皇，美也。父死稱考。《詩》曰：既右烈考。伯庸，字也。屈原言我父伯庸，體有美德，以忠輔楚，世有令名，以及於己。〔補〕曰：蔡邕云：朕，我也。古者上下共之，咎繇與帝舜言稱朕，屈原曰「朕皇考」。至秦獨以爲尊稱，漢遂因之。唐五臣注《文選》云：古人質，與君同稱朕。又以伯庸爲屈原父名，皆非也。原爲人子，忍斥其父名乎？攝提貞于孟陬兮，太歲在寅曰攝提格。孟，始也。貞，正也。于，於也。正月爲陬。〔補〕曰：並出《爾雅》。陬，側鳩切。惟庚寅吾以降。庚寅，日也。降，下也。《孝經》曰：故親生之膝下。寅爲陽正，故男始生而立於寅。庚爲陰正，故女始生而立於庚。言己以太歲在寅，正月始春，庚寅之日，下母之體而生，得陰陽之正中也。〔補〕曰：《天問》云：皆歸䠶鞠，而無害厥躬。何后益作革，而禹播降？《九歎》云：赴江湘之湍流兮，順波湊而下降。徐徘徊於山阿兮，飄風來之匈匈。降，乎攻切，下也。見《集韻》。《說文》曰：元氣起於子。男左行三十，女右行二十，俱立於巳，爲夫婦。裹妊於巳，巳爲子，十月而生。男起巳至寅，女起巳至申。故男年始寅，女年始申也。《淮南子》注同。**皇覽揆余初度兮，**皇，皇考也。覽，觀也。揆，度也。初，始也。覽，一作鑒。一本「余」下有「于」字。五臣云：我父鑒度我初生之法度。**肇錫余以嘉名。**肇，始也。錫，賜也。嘉，善也。言父伯庸觀我始生年時，度其日月，皆合天地之正中，故賜我以美善之名也。**名余曰正則兮，**正，平也。則，法也。**字余曰靈均。**靈，神也。均，調也。言正平可法則者，莫過於天；養物均調者，莫神於地。高平曰原，故父伯庸名我爲平以法天，字我爲原以法地。言己上能安君，下能養民也。《禮》曰：子生三月，父親名之，既冠而字之。名所以正形體、定心意也；字者所以崇仁義、序長幼也。夫人非名不榮，非字不彰，故子生，父思善應而名字之，以表其德、觀其志也。五臣云：靈，善也。均亦平也。言能正法則，善平理。〔補〕曰：《史記》：屈原名平。《文選》以平爲字，誤矣。正則以釋名平之義，靈均以釋字原之義。名有五，屈原以德命也。《禮記》曰：三月之末，父執子之右手，咳而名之。又曰：既冠以字之，成人之道也。《士冠禮》云：賓字之曰：昭告爾字，爰字孔嘉。字雖朋友之職，亦父命也。**紛吾既有此内美兮，**紛，盛貌。五臣曰：内美，謂忠貞。**又重之以脩能。**脩，遠也。言己之生，内含天地之美氣，又重有絶遠之能，與衆異也。言謀足以安社稷，智足以解國患，威能制强禦，仁能懷遠人也。〔補〕曰：重，儲用切，再也，非輕重之重。能，本獸名，熊屬，故有絶人之才者，謂之能。此讀若耐，叶韻。**扈江離與辟芷兮，**扈，被也。楚人名被爲扈。江離、芷，皆香草名。辟，幽也。芷幽而香。《文選》離作蘺。五臣云：扈，披也。〔補〕曰：扈，音户。《左傳》云：九扈爲九農正，扈民無淫者也。扈，止也。江離，説者不同，《説文》曰：江蘺，靡蕪。然司馬相如賦云：被以江離，糅以蘼蕪。乃二物也。《本草》蘼蕪一名江離。江離非蘼蕪也。猶杜若一名杜衡，杜衡非杜若也。蘼蕪見《九歌》。郭璞云：江離似水薺。張勃云：江離出海水中，正青，似亂髮。郭恭義云：赤葉。未知孰是。辟，匹亦切。白芷，一名白茝，生下澤，春生，葉相對婆娑，紫色，楚人謂之葯。

紉秋蘭以爲佩。紉，索也。蘭，香草也，秋而芳。佩，飾也，所以象德。故行清潔者佩芳，德仁明者佩玉，能解結者佩觿，能決疑者佩玦，故孔子無所不佩也。言己脩身清潔，乃取江離、辟芷，以爲衣被；紉索秋蘭，以爲佩飾；博采衆善，以自約束也。〔補〕曰：紉，女鄰切。《方言》曰：續，楚謂之紉。《説文》云：繟繩也。古者男女皆佩容臭。臭，香物也。又曰：佩帨茝蘭，則蘭芷之類，古人皆以爲佩也。相如賦云：蕙圃衡蘭。顔師古云：蘭，即今澤蘭也。《本草注》云：蘭草、澤蘭，二物同名。蘭草一名水香。李云都梁是也。《水經》云：零陵郡都梁縣西小山上，有渟水，其中悉生蘭草，緑葉紫莖。澤蘭如薄荷，微香，荆、湘、嶺南人家多種之。此與蘭草大抵相類。但蘭草生水傍，葉光潤尖長，有歧，陰小紫，花紅白色而香，五六月盛。而澤蘭生水澤中及下溼地，苗高二三尺，葉尖，微有毛，不光潤，方莖紫節，七月八月開花，帶紫白色，此爲異耳。《詩》云：士與女方秉蕑兮。陸機云：蕑即蘭也，其莖葉似藥草。澤蘭廣而長節，節中亦高四五尺，漢諸池苑及許昌宫中皆種之。《文選》云：秋蘭被涯。注云：秋蘭，香草。生水邊，秋時盛也。《荀子》云：蘭生深林。《本草》亦云：一種山蘭，生山側，似劉寄奴，葉無椏，不對生，花心微黄赤。《楚詞》有秋蘭、春蘭、石蘭，王逸皆曰香草，不分別也。近時劉次莊《樂府集》云：《離騷》曰：紉秋蘭以爲佩。又曰：秋蘭兮青青，緑葉兮紫莖。今沅、澧所生，花在春則黄，在秋則紫，然而春黄不若秋紫之芬馥也。由是知屈原真所謂多識草木鳥獸，而能盡究其所以情狀者歟。黄魯直《蘭説》云：蘭生深山叢薄之中，不爲無人而不芳，含香體潔，平居與蕭艾同生而不殊。清風過之，其香藹然，在室滿室，在堂滿堂，所謂含章以時發者也。然蘭蕙之才德不同，蘭似君子，蕙似士夫。槩山林中十蕙而一蘭也。《離騷》曰：予既滋蘭之九畹，又樹蕙之百畒。《招魂》：光風轉蕙泛崇蘭。以是知楚人賤蕙而貴蘭矣。蘭蕙叢出，蒔以沙石則茂，沃以湯茗則芳，是所同也。至其發華，一幹一華而香有餘者蘭，一幹五七華，而香不足者蕙也。蕙雖不若蘭，其視椒、榝則遠矣。其言蘭蕙如此，當俟博物者。**汩余若將不及兮，**汩，去貌，疾若水流也。不，一作弗。五臣云：歲月行疾，若將追之不及。〔補曰〕：汩，越筆切。《方言》云：疾行也，南楚之外曰汩。**恐年歲之不吾與。**言我念年命汩然流去，誠欲輔君，心中汲汲，常若不及。又恐年歲忽過，不與我相待，而身老耄也。〔補〕曰：恐，區用切，疑也，下並同。《論語》曰：日月逝矣，歲不我與。**朝搴阰之木蘭兮，**搴，取也。阰，山名。〔補〕曰：搴，音蹇。《説文》：攓，拔取也，南楚語，引「朝攓阰之木蘭」。阰，頻脂切，山在楚南。《本草》云：木蘭皮似桂而香，狀如楠樹，高數仞。任昉《述異記》云：木蘭川在尋陽江，地多木蘭。**夕攬洲之宿莽。**攬，采也。水中可居者曰洲。草冬生不死者，楚人名曰宿莽。言己旦起陞山采木蘭，上事太陽，承天度也；夕入洲澤采取宿莽，下奉太陰，順地數也。動以神祇自勑誨也。木蘭去皮不死，宿莽遇冬不枯，以喻讒人雖欲困己，己受天性，終不可變易也。攬，一作擥，一作擥。洲，一作中洲。〔補〕曰：攬，盧敢切，取也。莽，莫補切。《爾雅》云：卷施草拔心不死，即宿莽也。**日月忽其不淹兮，**淹，久也。忽，《釋文》作曶。**春與秋其代序。**代，更也。序，次也。言日月晝夜常行，忽然不久。春往秋來，以次相代。言天時易過，人年易老也。**惟草木之零落兮，**零、落，皆墮也，草曰零，木曰落。零，一作苓。**恐美人之遲暮。**遲，晚也。美人，謂懷王也。人君服飾美好，故言美人也。言天時運轉，春生秋殺，草木零落，歲復盡矣。而君不建立道德，舉賢用能，則年老耄晚暮，而功不成，事不遂也。〔補〕曰：屈原有以美人喻君者，「恐美人之遲暮」是也；有喻善人者，「滿堂兮美人」是也；有自喻者，「送美人兮南浦」是也。**不撫壯而棄穢**

兮，年德盛曰壯。棄，去也。穢，行之惡也，以喻讒邪。百草爲稼穡之穢，讒佞亦爲忠直之害也。《文選》無「不」字。五臣云：撫，持也。言持盛壯之年，廢棄道德，用讒邪之言，爲穢惡之行。〔補〕曰：撫，芳武切。不撫壯而棄穢者，謂其君不肯當年德盛壯之時，棄遠讒佞也。五臣注誤。**何不改此度？**改，更也。言願令君甫及年德盛壯之時，脩明政教，棄去讒佞，無令害賢，改此惑誤之度，脩先王之法也。甫及，一作撫及，一作務及。《文選》云：何不改其此度。一云「何不改乎此度也」。五臣云：何不早改此法度，以從忠正之言。**乘騏驥以馳騁兮，**騏驥，駿馬也，以喻賢智。言乘駿馬，一日可致千里。以言任賢智，則可成於治也。乘，一作椉，《文選》作策。馳，一作駝。〔補〕曰：駝即馳字，下同。**來吾道夫先路。**路，道也。言己如得任用，將驅先行，願來隨我，遂爲君導入聖王之道也。《文選》作「導夫先路」。一本句末有「也」字。五臣云：言君能任賢人，我得申展，則導引入先王之道路。

昔三后之純粹兮，后，君也。謂禹、湯、文王也。至美曰純，齊同曰粹。**固衆芳之所在。**衆芳，諭羣賢。言往古夏禹、殷湯、周之文王，所以能純美其德而有聖明之稱者，皆舉用衆賢，使居顯職，故道化興而萬國寧也。五臣云：三王所以有純美之德，以衆賢所在故也。**雜申椒與菌桂兮，**申，重也。椒，香木也。其芳小，重之乃香。菌，薰也。葉曰蕙，根曰薰。五臣云：雜，非一也。申，用也。椒、菌桂皆香木。〔補〕曰：菌，音窘。《博雅》云：菌，薰也，其葉謂之蕙。則菌與蕙一種也。下文別言蕙茝，又云：矯菌桂以紉蕙；則菌桂自是一物。《本草》有菌桂，花白蘂黄，正圓如竹。菌，一作箘，其字從竹。五臣以爲香木是矣，其以申爲用則非也。《淮南子》曰：申茮、杜茝，美人之所懷服。**豈維紉夫蕙茝？**紉，索也。蕙、茝，皆香草，以諭賢者。言禹、湯、文王，雖有聖德，猶雜用衆賢，以致於治，非獨索蕙茝，任一人也。故堯有禹、咎繇、伯夷、朱虎、伯益、夔，殷有伊尹、傅説，周有吕、旦、散宜、召、畢，是雜用衆芳之效也。〔補〕曰：

《本草》云：薰草一名蕙草，生下溼地。陶隱居云：俗人呼鷰草，狀如茅而香，爲薰草，人家頗種之。引《山海經》云：薰草麻葉而方莖，赤花而黑實，氣如靡蕪，可以已厲。又《廣志》云：蕙草緑葉紫花。陳藏器云：此即是零陵香，生零陵山谷。《南越志》名燕草。黄魯直說與此異，已見上。椒與菌桂木類也，蕙茝草類也，以言賢無小大，皆在所用。茝，白芷也，昌改切。

彼堯舜之耿介兮，堯、舜，聖德之王也。耿，光也。介，大也。〔補〕曰：耿，古迥、古幸二切。既遵道而得路。遵，循也。路，正也。堯、舜所以有光大聖明之稱者，以循用天地之道，舉賢任能，使得萬事之正也。夫先三后者，據近以及遠，明道德同也。五臣云：循用大道。〔補〕曰：上言三后，下言堯、舜，謂三后遵堯、舜之道以得路也。路，大道也。

何桀紂之猖披兮，桀、紂，夏、殷失位之君。猖披，衣不帶之貌。猖，一作昌，《釋文》作倡。披，一作被。五臣云：昌披，謂亂也。〔補〕曰：《博雅》云：裮被，不帶也。被音披。夫唯捷徑以窘步。捷，疾也。徑，邪道也。窘，急也。言桀、紂愚惑，違背天道，施行惶遽，衣不及帶，欲涉邪徑，急疾爲治，故身觸陷阱，至于滅亡，以法戒君也。唯，一作維。五臣云：言桀、紂苦人使亂，用捷疾邪徑急步而理之。〔補〕曰：桀、紂之亂，若衣披不帶者，以不由正道，而所行蹙迫耳。《左傳》曰：待我不如捷之速也。捷，邪出也。《論語》曰：行不由徑。徑，步道也。

惟夫黨人之偷樂兮，黨，朋也。《論語》曰：朋而不黨。偷，苟且也。一無「夫」字。路幽昧以險隘。路，道也。幽昧，不明也。險隘，諭傾危。言己念彼讒人相與朋黨，嫉妒忠直，苟且偷樂，不知君道不明，國將傾危，以及其身也。〔補〕曰：小人朋黨，偷爲逸樂，則中正之路塞矣。隘，狹也。《遠遊》云：悲世俗之迫阨。相如《大人賦》作迫隘，阨、隘一也。

豈余身之憚殃兮，憚，難也。殃，咎也。一無「身」字。〔補〕曰：小人用事，則賢人被殃。憚，徒案切。忌，難也。恐皇輿之敗績。皇，君也。輿，君之所乘，以喻國也。績，功也。言我欲諫争者，非難身之被殃咎也，但恐君國傾危，以敗先王之功。五臣云：言我所以不難殃咎諫争者，恐君行事之失。〔補〕曰：皇輿宜安行于大中至正之道，而當幽昧險隘之地，則敗績矣。《左傳》曰：大崩曰敗績。**忽奔走以先後兮，及前王之踵武。**踵，繼也。武，跡也。《詩》曰：履帝武敏歆。言己急欲奔走先後，以輔翼君者，冀及先王之德，繼續其跡而廣其基也。奔走先後，四輔之職也。《詩》曰：予聿有奔走，予聿有先後。是之謂也。忽，一作急。〔補〕曰：忽，疾貌。奔，舊音布頓切。相導前後曰先後。先，先見切。踵，亦跡也。**荃不察余之中情兮，**荃，香草，以諭君也。人君被服芬香，故以香草爲諭。惡數指斥尊者，故變言荃也。察，一作揆。中，一作忠。〔補〕曰：荃與蓀同。《莊子》云：得魚而忘荃。《音義》云：七全切，崔音孫，香草，可以餌魚。疏云：蓀，荃也。陶隱居云：東間溪側有名溪蓀者，根形氣色極似石上菖蒲，而葉正如蒲，無脊，詩詠多云蘭蓀，正謂此也。**反信讒而齌怒。**齌，疾也。言懷王不徐徐察我忠信之情，反信讒言而疾怒己也。齌，一作齊。〔補〕曰：齌，音賫，又音妻。《説文》云：齌，炊餔疾也。《釋文》：齊，或作齌，並相西切。五臣云：齊，同也。反信讒人，與之同怒於我。**余固知謇謇之爲患兮，**謇謇，忠貞貌也。《易》曰：王臣謇謇，匪躬之故。〔補〕曰：今《易》作蹇蹇，先儒引經多如此，蓋古今本或不同耳。**忍而不能舍也。**舍，止也。言己知忠言謇謇諫君之過，必爲身患，然中心不能自止而不言也。《文苑》無「而」字。一本「忍」上有「余」字，一無「也」字。五臣云：恐君之敗，故忍此禍患而不能止。〔補〕曰：顔師古云：舍，尸夜切，訓止息，人之屋舍，及星辰次舍，其義皆同。《論語》曰：不舍晝夜。謂曉夕不息耳。今人音捨，非也。**指九天以爲正兮，**指，語也。九天，謂中央八方也。正，平也。五臣云：九，陽數，謂天也。〔補〕曰：《九章》云：所作忠而言之兮，指蒼天以爲正。《淮南子》九天：中央鈞天，東方蒼天，東北變天，北方玄天，西北幽天，西方昊天，西南朱天，南方炎天，東南陽天。又《廣雅》：九天，東方皞天，南方赤天，西方成天。餘同。**夫唯靈脩之故也。**靈，神也。脩，遠也。能神明遠見者，君德也，故以諭君。言己將陳忠策，内慮之心，上指九天，告語神明，使平正之，唯用懷王之故，欲自盡也。唯，一作惟。一無「也」字。五臣云：靈脩，言有神明長久之道者，君德也。言我指九天，欲爲君行正平之道，而君不用我，故將欲自盡。〔補〕曰：王逸言自盡者，謂自竭盡耳。五臣説誤。**曰黄昏以爲期兮，羌中道而改路。**〔補〕曰：一本有此二句，王逸無注，至下文「羌内恕己以量人」，始釋羌義，疑此二句後人所增耳。《九章》曰：昔君與我誠言兮，曰黄昏以爲期。羌中道而回畔兮，反既有此他志。與此語同。**初既與余成言兮，**初，始也。成，平也。言，猶議也。〔補〕曰：成言，謂誠信之言，一成而不易也。《九章》作誠言。**後悔遁而有他。**遁，隱也。言懷王始信任己，與我平議國政，後用讒言，中道悔恨，隱匿其情，而有他志也。遁，一作遯。他，一作佗。五臣云：悔，改；遯，移也。改移本情，而有他志。**余既不難夫離別兮，**近曰離，遠曰別。一無「夫」字。**傷靈脩之數化。**化，變也。言我竭忠見過，非難與君離別也。傷念君信用讒言，志數變易，無常操也。五臣云：傷，惜也。〔補〕曰：數，所角切。化，音花，下同。

余既滋蘭之九畹兮，滋，蒔也。十二畝曰畹，或曰田之長爲畹也。五臣云：滋，益也。《釋文》作⿱艹哉，音栽。〔補〕曰：《説文》：田三十畝曰畹。於阮切。**又樹蕙之百畝。**樹，種也。二百四十步爲畝。言己雖見放流，猶種蒔衆香，修行仁義，勤身自勉，朝暮不倦也。五臣云：蘭蕙喻行，言我雖被斥逐，脩行彌多。《釋文》：畝作晦。〔補〕曰：畝，莫後切。《司馬法》：六尺爲步，步百爲畝。秦孝公之制，二百四十步爲畝。畹或曰十二畝，或曰三十畝，九畹蓋多於百畝矣。然則種蘭多於蕙也。此古人貴蘭之意。**畦留夷與揭車兮，**畦，共呼種之名。留夷，香草也。揭車，亦芳草，一名芞輿。五十畝爲畦也。揭，一作藒。《文選》作蒥荑、⿱艹揭車。〔補〕曰：畦，音攜。揭、藒、⿱艹揭，並丘謁切。相如賦云：雜以留夷。張揖曰：留夷，新夷。顔師古曰：留夷，香草，非新夷，新夷乃樹耳。一云：留夷，藥名。《爾雅》：藒車，芞輿。《本草拾遺》云：藒車味辛，生彭城，高數尺，白花。芞，音迄。**雜杜衡與芳芷。**杜衡、芳芷，皆香草也。言己積累衆善，以自潔飾，復植留夷、杜衡，雜以芳芷，芬香益暢，德行彌盛也。衡，一作蘅。〔補〕曰：《爾雅》杜，土鹵。注云：杜衡也，似葵而香。《山海經》云：天帝山有草，狀似葵，其臭如蘼蕪，名曰杜衡。《本草》云：葉似葵，形如馬蹄，故俗云馬蹄香。**冀枝葉之峻茂兮，**冀，幸也。峻，長也。《文選》作葰。五臣云：茂盛貌，音俊。〔補〕曰：相如賦云：實葉葰楙。葰，音峻。**願竢時乎吾將刈。**刈，穫也。草曰刈，穀曰穫。言己種植衆芳，幸其枝葉茂長，實核成熟，願待天時，吾將穫取收藏，而饗其功也。以言君亦宜蓄養衆賢，以時進用，而待仰其治也。《文選》竢作俟。**雖萎絶其亦何傷兮，**萎，病也。絶，落也。〔補〕曰：萎，草木枯死也，於危切。**哀衆芳之蕪穢。**言己所種芳草，當刈未刈，蚤有霜雪，枝葉雖蚤萎病絶落，何能傷於我乎？哀惜衆芳摧折，枝葉蕪穢而不成也。以言己脩行忠信，冀君任用，而遂斥棄，則使衆賢志士失其所也。五臣云：言我積行，爲讒邪所害見逐，亦猶植芳草爲霜露所傷而落。雖如是，於我亦何能傷，但恐衆賢志士，見而蕪穢不自脩也。〔補〕曰：蕪，荒也。穢，惡也。**衆皆競進以貪婪兮，**競，並也。愛財曰貪，愛食曰婪。以，一作而。〔補〕曰：並逐曰競。婪，盧含切。**憑不猒乎求索。**憑，滿也。楚人名滿曰憑。言在位之人，無有清潔之志，皆並進取，貪婪於財利，中心雖滿，猶復求索，不知猒飽也。憑，一作凴。〔補〕曰：憑，皮冰切。索，求也。《書序》曰：八卦之説，謂之八索。徐邈讀作蘇故切，則索亦有素音。**羌内恕己以量人兮，**羌，楚人語詞也，猶言卿，何爲也。以心揆心爲恕。量，度也。〔補〕曰：羌，去羊切，楚人發語端也。《文選》注云：羌，乃也。一曰歎聲也。量，力香切。**各興心而嫉妒。**興，生也。害賢爲嫉，害色爲妒。言在位之臣，心皆貪婪，内以其志恕度他人，謂與己不同，則各生嫉妒之心，推棄清潔，使不得用也。故《外傳》曰：太山之鴟，嗚嚇鴛雛。此之謂也。興心，《文選》誤作與心。五臣云：貪婪之人，乃內恕於己，以量度它人，謂與己同貪。若否，則各生嫉妒之心，讒譖之，使不得進用。〔補〕曰：貪婪之人，不知其非，自恕以度人。謂君子亦有競進求索之心，故各興心而嫉妒也。**忽馳騖以追逐兮，**五臣云：忽，急也。馳，一作駝。〔補〕曰：騖，亂馳也。**非余心之所急。**言眾人所以馳騖惶遽者，爭追逐權貴，求財利也，故非我心之所急。眾人急於財利，我獨急於仁義也。**老冉冉其將至兮，**七十曰老。冉冉，行貌。五臣云：冉冉，漸漸也。**恐脩名之不立。**立，成也。言人年命冉冉而行，我之衰老，將以來至，恐脩身建德，而功不成名不立也。《論語》曰：君子疾沒世而名不稱焉。屈原建志清白，貪流名於後世也。〔補〕曰：脩名，脩潔之名也。屈原非貪名者，然無善名以傳世，君子所恥，故孔子曰：伯夷、叔齊餓于首陽之下，民到于今稱之。脩與修同，古書通用。**朝飲木蘭之墜露兮，**墜，墮也。**夕餐秋菊之落英。**英，華也。言己旦飲香木之墜露，吸正陽之津液；暮食芳菊之落華，吞正陰之精蕊，動以香淨，自潤澤也。餐，一作飡。五臣云：取其香潔以合己之德。〔補〕曰：飲，啜也，音蔭。餐，吞也，七安切。秋花無自落者，當讀如「我落其實而取其華」之落。（按《左傳・僖公十五年》作「我落其實而取其材」。）魏文帝云：芳菊含乾坤之純和，體芬芳之淑氣。故屈原悲冉冉之將老，思飡秋菊之落英，輔體延年，莫斯之貴。**苟余情其信姱以練要兮，**苟，誠也。練，簡也。五臣云：苟，且；姱，大；練，擇也。且信大擇道要而行。〔補〕曰：信姱，言實好也，與信芳、信美同意。姱，苦瓜切。要，於笑切。**長顑頷亦何傷？**顑頷，不飽貌。言己飲食清潔，誠欲使我形貌信而美好，中心簡練，而合於道要，雖長顑頷，飢而不飽，亦何所傷病也。何者？眾人苟欲飽於財利，己獨欲飽於仁義也。〔補〕曰：言我中情實美，又擇要道而行，雖顏色憔悴，形容枯槁，亦何傷乎？彼先口體而後仁義，豈知要者。或曰：有道者，雖貧賤，而容貌不枯，屈原何爲其顑頷也？曰：當是時，國削而君辱，原獨得不憂乎？顑，虎感切。頷，户感切。又上古湛切，下魚檢切。顑頷，食不飽，面黄貌。頷，一作頜，音同。擥木根以結茝兮，擥，持也。根以喻本。《文選》擥作掔。〔補〕曰：掔，啟妍切，亦持也。《荀子》云：蘭槐之根，是爲芷。注云：苗名蘭槐，根名芷。然則木根與茝皆喻本也。貫薜荔之落蕊。貫，累也。薜荔，香草也，緣木而生。蕊，實也。累香草之實，執持忠信貌也。言己施行，常擥木引堅，據持根本，又貫累香草之實，執持忠信，不爲華飾之行也。五臣云：貫，拾也。蕊，花心也。言我持木之本，佩結香草，拾其花心，以表己之忠信。〔補〕曰：薜，蒲計切。荔，郎計切。《山海經》：小華之山，其草多薜荔，狀如烏韭，而生於石上。注云：亦緣木生。《管子》云：薜荔白芷，蘪蕪椒連，五臭所校。校謂馨烈之鋭。《前漢》樂章云：都荔遂芳。謂都良、薜荔俱有芬芳也。花外曰萼，内曰蕊。蕊，花鬚頭點也。矯菌桂以紉蕙兮，矯，直也。五臣云：矯，舉也。舉此香木以自比。〔補〕曰：《九章》云：擣木蘭以矯蕙。索胡繩之纚纚。胡繩，香草也。纚纚，索好貌。言己行雖據履根本，猶復矯直菌桂芬香之性，紉索胡繩，令之澤好，以善自約束，終無懈倦也。〔補〕曰：《説文》：索，昔各切。草有莖葉，可作繩索。纚，所綺切。謇吾法夫前脩兮，非世俗之所服。言我忠信謇謇者，乃上法前世遠賢，固非今時俗人之所服行也。一云：謇，難也。言己服飾雖爲難法，我倣前賢以自修潔，非本今世俗人之所服佩。《文選》謇作蹇，世作時。五臣云：蹇，難也。前修，謂前代修習道德之人。服，用也。言我所以遭難者，吾法前修道德之人，故不爲代俗所用。〔補〕曰：謇，又訓難易之難，非蹇難之字也。世所傳《楚詞》，惟王逸本最古，凡諸本異同，皆當以此爲正。又李善注本有以世爲時爲代，以民爲人之類，皆避唐諱，當從舊本。雖不周於今之人兮，周，合也。願依彭咸之遺則。彭咸，殷賢大夫，諫其君不聽，自投水而死。遺，餘也。則，法也。言己所行忠信，雖不合於今之世，願依古之賢者彭咸餘法，以自率厲也。〔補〕曰：顏師古云：彭咸，殷之介士，不得其志，投江而死。按屈原死於頃襄之世，當懷王時作《離騷》，已云：「願依彭咸之遺則。」又曰：「吾將從彭咸之所居。」蓋其志先定，非一時忿懟而自沈也。《反離騷》曰：弃由、聃之所珍兮，摭彭咸之所遺。豈知屈子之心哉！

長太息以掩涕兮，哀民生之多艱。艱，難也。言己自傷所行不合於世，將效彭咸沈身於淵，乃太息長悲，哀念萬民受命而生，遭遇多難，以隕其身。申生雉經，子胥沈江，是謂多難也。五臣云：太息掩涕，哀此萬姓，遭輕薄之俗，而多屯難。〔補〕曰：掩涕，猶抆淚也。《遠遊》曰：哀民生之長勤。與此意同。

余雖好脩姱以鞿羈兮，鞿羈，以馬自喻。韁在口曰鞿，革絡頭曰羈，言爲人所係累也。五臣云：言我雖習前人之大道，而爲讒人所銜勒。〔補〕曰：鞿，居依切。羈，居宜切。下文云：余獨好脩以爲常。脩姱，謂脩潔而姱美也。

謇朝誶而夕替。誶，諫也。《詩》曰：誶予不顧。替，廢也。言己雖有絶遠之智，姱好之姿，然以爲讒人所鞿羈而係累矣。故朝諫謇謇於君，夕暮而身廢弃也。〔補〕曰：誶音邃，又音信，今《詩》作訊。訊，告也。

既替余以蕙纕兮，纕，佩帶也。〔補〕曰：纕，息羊切。下云：解佩纕以結言。

又申之㠯攬茝。又，復也。言君所以廢弃己者，以余帶佩衆香，行以忠正之故也。然猶復重引芳茝，以自結束，執志彌篤也。一云：又申之擥茝。五臣云：申，重也。攬，持也。

亦余心之所善兮，雖九死其猶未悔。悔，恨也。言己履行忠信，執守清白，亦我中心之所美善也。雖以見過支解九死，終不悔恨。五臣云：九，數之極也。以此遇害，雖九死無一生，未足悔恨。

怨靈脩之浩蕩兮，上政迷亂則下怨，父行悖惑則子恨。靈脩，謂懷王也。浩猶浩浩，蕩猶蕩蕩，無思慮貌也。《詩》曰：子之蕩兮。〔補〕曰：今《詩》作湯。湯，蕩也。孔子曰：《詩》可以怨。孟子曰：《小弁》之怨，親親也。親之過大而不怨，是愈疏也。屈原於懷王，其猶《小弁》之怨乎？

終不察夫民心。言己所以怨恨於懷王者，以其用心浩蕩，驕敖放恣，無有思慮，終不省察萬民善惡之心，故朱紫相亂，國將傾危也。夫君不思慮，則忠臣被誅；忠臣被誅，則風俗怨而生逆暴，故民心不可不熟察之也。民，一作人。五臣云：浩蕩，法度壞貌。言我怨君法度廢壞，終不察衆人悲苦。**衆女嫉余之蛾眉兮，**衆女，謂衆臣。女，陰也，無專擅之義，猶君動而臣隨也，故以喻臣。蛾眉，好貌。蛾，一作娥。〔補〕曰：《反離騷》云：知衆嫮之疾妒兮，何必揚纍之蛾眉。此亦班孟堅、顔之推以爲露才揚己之意。夫治容誨淫，目挑心與，孟子所謂不由其道者，而以汚原，何哉？詩人稱莊姜之賢曰螓首蛾眉，蓋言其質之美耳。師古云：蛾眉，形若蠶蛾眉也。**謡諑謂余以善淫。**謡，謂毁也。諑，猶譖也。淫，邪也。言衆女嫉妒蛾眉美好之人，譖而毁之，謂之美而淫，不可信也；猶衆臣嫉妒忠正，言己淫邪不可任也。以，一作之。五臣云：讒邪之人，謂我善爲淫亂。〔補〕曰：謡，音遥。《爾雅》：徒歌謂之謡，謂謡言也。諑，竹角切。《方言》云：諑，愬也，楚以南謂之諑。言衆女競爲謡言，以譖愬我，彼淫人也，而謂我善淫，所謂恕己以量人。**固時俗之工巧兮，偭規矩而改錯。**偭，背也。圓曰規，方曰矩。改，更也。錯，置也。言今世之工，才知强巧，背去規矩，更造方圓，必先堅固、敗材木也。以言佞臣巧於言語，背違先聖之法，以意妄造，必亂政治、危君國也。五臣云：規矩，法則也。〔補〕曰：偭，音面。賈誼云：偭梟獺以隱處。錯，音措。**背繩墨以追曲兮，**追，猶隨也。繩墨，所以正曲直。〔補〕曰：背，違也。墨，度名也，五尺曰墨。追，古隨字。**競周容以爲度。**周，合也。度，法也。言百工不循繩墨之直道，隨從曲木，屋必傾危而不可居也。以言人臣不脩仁義之道，背弃忠直，隨從枉佞，苟合於世，以求容媚，以爲常法，身必傾危而被刑戮也。〔補〕曰：偭規矩而改錯者，反常而妄作；背繩墨以追曲者，枉道以從時。**忳鬱邑余侘傺兮，**忳，憂貌。侘傺，失志貌。侘，猶堂堂，立貌也。傺，住也，楚人名住曰傺。邑，一作悒。一本注云：忳，自念貌。五臣云：忳鬱，憂思貌。悒，不安也。〔補〕曰：忳，徒渾切，悶也。鬱邑，憂貌。下文曰：曾歔欷余鬱邑兮。

五臣以忳鬱爲句絶，誤矣。侘，敕加切。傺，丑利切。又上勑駕切，下勑界切。《方言》云：傺，逗也，南楚謂之傺。郭璞云：逗，即今住字。吾獨窮困乎此時也。言我所以忳忳而憂，中心鬱邑，悵然住立而失志者，以不能隨從世俗，屈求容媚，故獨爲時人所窮困。憂，一作自念。一無「也」字。寧溘死以流亡兮，溘，猶奄也。以，一作而。奄，一作晻。下注同。〔補〕曰：溘，奄忽也，渴合切。余不忍爲此態也。言我寧奄然而死，形體流亡，不忍以中正之性，爲邪淫之態。一無「也」字。鷙鳥之不羣兮，鷙，執也。謂能執伏衆鳥，鷹鸇之類也，以喻中正。〔補〕曰：鷙，脂利切，擊鳥也。《月令》曰：鷹隼蚤鷙。自前世而固然。言鷙鳥執志剛厲，特處不羣，以言忠正之士，亦執分守節，不隨俗人，自前世固然，非獨於今，比干、伯夷是也。李善《文選》世作代。何方圜之能周兮，夫孰異道而相安。言何所有圜鑿受方枘而能合者？誰有異道而相安耶？言忠佞不相爲謀也。圜，一作圓。周，一作同。一云方鑿受圓枘。屈心而抑志兮，抑，案也。〔補〕曰：案，讀若按。忍尤而攘詬。尤，過也。攘，除也。詬，恥也。言己所以能屈案心志，含忍罪過而不去者，欲以除去恥辱，誅讒佞之人，如孔子誅少正卯也。《釋文》詬作訽。〔補〕曰：詬、訽，並呼漏切，又古豆切。《禮記》曰：以儒相詬病。詬病，恥辱也。伏清白以死直兮，固前聖之所厚。言士有伏清白之志，以死忠直之節者，固乃前世聖王之所厚哀也。故武王伐紂，封比干之墓，表商容之閭也。〔補〕曰：比干諫而死，孔子稱仁焉，厚之也。

悔相道之不察兮，悔，恨也。相，視也。察，審也。〔補〕曰：相，息亮切。延佇乎吾將反。延，長也。佇，立貌。《詩》曰：佇立以泣。言己自悔恨，相視事君之道不明審，當若比干伏節死義，（當原作察，據《文選》李善注引及翻宋本改。）故長立而望，將欲還反，終己之志也。〔補〕曰：佇，直呂切，久立也。異姓事君，不合則去；同姓事君，有死而已。屈原去之，則是不察於同姓事君之道，故悔而欲反也。回朕車以復路兮，回，旋也。路，道也。回，一作迴。及行迷之未遠。迷，誤也。言乃旋我之車，以反故道，及己迷誤欲去之路，尚未甚遠也。同姓無相去之義，故屈原遵道行義，欲還歸也。步余馬於蘭皋兮，步，徐行也。澤曲曰皋。《詩》云：鶴鳴于九皋。〔補〕曰：皋，九折澤也。一云：澤中水溢出所爲坎。《招魂》曰：皋蘭被徑。馳椒丘且焉止息。土高四墮曰椒丘。言己欲還，則徐步我之馬於芳澤之中，以觀聽懷王。遂馳高丘而止息，以須君命也。馳，一作駝。五臣云：椒丘，丘上有椒也。行息依蘭椒，不忘芳香以自潔也。〔補〕曰：司馬相如賦云：椒丘之闕。服虔云：丘名。如淳云：丘多椒也。按椒，山顛也。此以椒丘對蘭皋，則宜從如淳、五臣之説。焉，語助，尤虔切。進不入以離尤兮，退將復脩吾初服。退，去也。言己誠欲遂進，竭其忠誠，君不肯納，恐重遇禍，故將復去，脩吾初始清潔之服也。一無「復」字。五臣云：尤，過也。〔補〕曰：《九章》云：欲儃佪以干傺兮，恐重患而離尤。離，遭也。曹植《七啟》曰：願反初服，從子而歸。製芰荷以爲衣兮，製，裁也。芰，蔆也，秦人曰薢茩。荷，芙蕖也。〔補〕曰：芰，奇寄切，生水中，葉浮水上，花黄白色。雧芙蓉以爲裳。芙蓉，蓮華也。上曰衣，下曰裳。言己進不見納，猶復裁製芰荷，集合芙蓉，以爲衣裳，被服愈潔，脩善益明。雧，一作集。〔補〕曰：《爾雅》曰：荷，芙蕖。注云：别名芙蓉。《本草》云：其葉名荷，其華未發爲菡萏，已發爲芙蓉。芰荷，葉也，故以爲衣。芙蓉，華也，故以爲裳。《反離騷》云：衿芰茄之緑衣，被芙蓉之朱裳。是也。《北山移文》曰：焚芰製而裂荷衣。蓋用此語。薢茩，音皆苟。又上胡買切，下胡口切。不吾知其亦已兮，苟余情其信芳。五臣云：言君不知我，我亦將止。然我情實美。〔補〕曰：芳，敷方切，香艸也。高余冠之岌岌兮，岌岌，高貌。〔補〕曰：岌，魚及切。長余佩之陸離。陸離，猶參嵯，衆貌也。言己懷德不用，復高我之冠，長我之佩，尊其威儀，整其服飾，以異於衆也。

〔補〕曰：許慎云：陸離，美好貌。顔師古云：陸離，分散也。《九章》云：帶長鋏之陸離兮，冠切雲之崔嵬。**芳與澤其雜糅兮，**芳，德之臭也。《易》曰：其臭如蘭。澤，質之潤也。玉堅而有潤澤。糅，雜也。〔補〕曰：糅，女救切。**唯昭質其猶未虧。**唯，獨也。昭，明也。虧，歇也。言我外有芬芳之德，内有玉澤之質，二美雜會，兼在於己，而不得施用，故獨保明其身，無有虧歇而已。所謂道行則兼善天下，不用則獨善其身。虧，一作虧，其字從兮。五臣云：唯獨守其明潔之質，猶未爲自虧損也。**忽反顧以遊目兮，**忽，疾貌。遊，一作游。**將往觀乎四荒。**荒，遠也。言己欲進忠信，以輔事君，而不見省，故忽然反顧而去，將遂游目往觀四荒之外，以求賢君也。五臣云：觀四荒之外，以求知己者。〔補〕曰：《爾雅》：觚竹、北户、西王母、日下謂之四荒，皆四方昏荒之國。禮失而求諸野，當是時國無人，莫我知者，故欲觀乎四荒，以求同志，此孔子浮海居夷之意。然原初未嘗去楚者，同姓無可去之義故也。賈誼《弔屈原》云：瞝九州而相其君兮，何必懷此都。失之矣。**佩繽紛其繁飾兮，**繽紛，盛貌。繁，衆也。〔補〕曰：繽，匹賓切。**芳菲菲其彌章。**菲菲，猶勃勃。芳，香貌也。章，明也。言己雖欲之四方荒遠，猶整飾儀容，佩玉繽紛而衆盛，忠信勃勃而愈明，終不以遠故改其行。五臣云：佩忠信芳香之行，彌加明潔。**民生各有所樂兮，余獨好脩以爲常。**言萬民稟天命而生，各有所樂，或樂諂佞，或樂貪淫，我獨好脩正直以爲常行也。《文選》民作人。脩，一作循。〔補〕曰：樂，魚教切，欲也。下文云：汝何博謇而好脩。又曰：苟中情其好脩。皆言好自脩潔也。**雖體解吾猶未變兮，豈余心之可懲。**懲，艾也。言己好脩忠信，以爲常行，雖獲罪支解，志猶不艾也。豈，一作非。《文選》可作何。五臣云：言我執忠貞之心，雖遭支解，亦不能變，於我心更何所懼。懲，懼也。〔補〕曰：解，古蟹切。《説文》：懲，㣻也。㣻與艾並音乂，謂懲創也。以可爲何，以懲訓懼，皆非是。

女嬃之嬋媛兮，女嬃，屈原姊也。嬋媛，猶牽引也，一作撣援。〔補〕曰：《説文》云：嬃，女字也，音須。賈侍中説：楚人謂女曰嬃，前漢有吕須，取此爲名。嬋媛，音蟬爰。《水經》引袁崧云：屈原有賢姊，聞原放逐，亦來歸，喻令自寬全。鄉人冀其見從，因名曰秭歸。縣北有原故宅，宅之東北，有女須廟，擣衣石猶存。秭與姊同。觀女嬃之意，蓋欲原爲甯武子之愚，不欲爲史魚之直耳，非責其不能爲上官、椒蘭也。而王逸謂女嬃詈原以不與衆合，不承君意，誤矣。申申其詈予。申申，重也。言女嬃見己施行不與衆合，以見放流，故來牽引數怒，重詈我也。詈，一作罵。予，一作余。五臣云：牽引古事，而罵詈我。〔補〕曰：《論語》曰：申申如也。申申，和舒之貌。女嬃詈原，有親親之意焉。《九歌》云「女嬋媛兮爲余太息」，是也。予，音與。叶韻。曰鮌婞直以亡身兮，曰，女嬃詞也。鮌，堯臣也。《帝繫》曰：顓頊後五世而生鮌。婞，很也。鮌，亦作鯀，一作骸。《文選》亡作方。〔補〕曰：婞，下頂切。東坡曰：《史記》：殛鮌於羽山，以變東夷。《楚詞》：鮌婞直以亡身。則鮌蓋剛而犯上者耳。若小人也，安能以變四夷之俗哉？如左氏之言，皆後世流傳之過。《九章》亦云：行婞直而不豫兮，鮌功用而不就。終然殀乎羽之野。蚤死曰殀。言堯使鮌治洪水，婞很自用，不順堯命，乃殛之羽山，死於中野。女嬃比屈原於鮌，不順君意，亦將遇害也。殀，一作夭。一云：羽山之野。〔補〕曰：羽山，東裔，在海中。殀，殁也，於矯切。鮌遷羽山，三年然後死，事見《天問》。《左傳》曰：其神化爲黄能，入於羽淵。汝何博謇而好脩兮，紛獨有此姱節。女嬃數諫屈原，言汝何爲獨博采往古，好脩謇謇，有此姱異之節，不與衆同，而見憎惡於世也。《文選》作蹇。五臣云：汝何博采古道，於蹇難之世，好脩直節，獨爲姱大之行。〔補〕曰：博謇當如逸説。紛，盛貌。姱，苦瓜切，好也。薋菉葹以盈室兮，薋，蒺藜也。菉，王芻也。葹，枲耳也。《詩》曰：楚楚者薋。又曰：終朝采菉。三者皆惡草，以喻讒佞盈滿于側者也。〔補〕曰：今《詩》薋作茨，菉作緑。薋音瓷。《爾雅》亦作茨，布地蔓生，細葉，子有三角刺人。《易》：據于蒺藜。言其凶傷。《詩·牆有茨》，以刺梗穢。菉，音録，《爾雅》云：菉，王芻。菉，蓐也。《本草》云：藎草，葉似竹而細薄，莖亦圓小，生平澤溪澗之側，俗名菉蓐草。葹，商支切，形似鼠耳，詩人謂之卷耳，《爾雅》謂之苓耳，《廣雅》謂之枲耳，皆以實得名。《本草》：枲耳一名葹。**判獨離而不服。**判，别也。女嬃言衆人皆佩竇、菉、枲耳，爲讒佞之行，滿于朝廷，而獲富貴，汝獨服蘭蕙，守忠直，判然離别，不與衆同，故斥棄也。**衆不可户説兮，孰云察余之中情。**屈原外困羣佞，内被姊詈，知世莫識，言己之心志所執，不可户説人告，誰當察我中情之善否也。〔補〕曰：管子曰：聖人之治於世，不人告也，不户説也。《淮南子》曰：口辨而户説之。**世並舉而好朋兮，**朋，黨也。〔補〕曰：《説文》朋，古鳳字，鳳飛，群鳥從以萬數，故以爲朋黨字。**夫何煢獨而不予聽。**煢，孤也。《詩》曰：哀此煢獨。言世俗之人，皆行佞僞，相與朋黨，並相薦舉。忠直之士，孤煢特獨，何肯聽用我言，而納受之也。煢，一作惸。予，一作余。〔補〕曰：煢，渠營切，今《詩》作惸。聽，平聲。**依前聖以節中兮，**節，度。《文選》以作之。**喟憑心而歷茲。**喟，歎也。歷，數也。言己所言，皆依前世聖人之法，節其中和，喟然舒憤懣之心，歷數前世成敗之道，而爲此詞也。憑，一作凴，一作馮。五臣云：中，得也。歷，行也。憑，滿也。言我依前代聖賢節度，而不得用，故歎息憤懣，而行澤畔矣。〔補〕曰：喟，丘愧切。《方言》云：憑，怒也，楚曰憑。注云：恚盛貌，引《楚詞》康回憑怒。皮冰切。《列子》曰：帝馮怒。《莊子》曰：侅溺於馮氣。《説文》云：馮，懣也。並音憤。喟憑心而歷茲者，歎逢時之不幸也。歷，猶逢也。下文云：委厥美而歷茲。意與此同。**濟沅湘以南征兮，**濟，渡也。沅、湘，水名。征，行也。〔補〕曰：沅，音元。《山海經》云：湘水出帝舜葬東，入洞庭下。沅水出象郡鐔城西，東注江，合洞庭中。《後漢·志》：武陵郡有臨沅縣，南臨沅水，水源出牂牁且蘭縣，至郡界分爲五谿。又零陵郡陽朔山，湘水出。《水經》云：沅水下注洞庭，方會於江。《湘中記》云：湘水之出於陽朔，則觴爲之舟，至洞庭，則日月若出入於其中。**就重華而敶詞：**重華，舜名也。《帝繫》曰：瞽叟生重華，是爲帝舜，葬於九疑山，在沅、湘之南。言己依聖王法而行，不容於世，故欲渡沅、湘之水南行，就舜敶詞自説，稽疑聖帝，冀聞祕要，以自開悟也。一作陳辭。〔補〕曰：敶，列也。先儒以重華爲舜名。按《書》云：有鰥在下曰虞舜，與帝之咨禹一也，則舜非謚也，名也。又，曰若稽古帝舜，曰重華，與堯爲放勳一也，則重華非名也，號也。羣臣稱帝不稱堯，則堯爲名；帝稱禹不稱文命，則文命爲號。伊尹稱尹躬暨湯，則湯號也。湯自稱予小子履，則履名也。《楚詞》屢言堯、舜、禹、湯，今辨于此。天下明德，皆自虞帝始，其於君臣之際詳矣。故原欲就之而敶詞也。

啟《九辯》與《九歌》兮，啟，禹子也。《九辯》、《九歌》，禹樂也。言禹平治水土，以有天下，啟能承先志，纘叙其業，育養品類，故九州之物，皆可辯數，九功之德，皆有次序，而可歌也。《左氏傳》曰：六府三事，謂之九功。九功之德，皆可歌也，謂之《九歌》。水、火、金、木、土、穀，謂之六府；正德、利用、厚生，謂之三事。〔補〕曰：《山海經》云：夏后上三嬪於天，得《九辯》與《九歌》以下。注云：皆天帝樂名，啟登天而竊以下，用之。《天問》亦云：啟棘賓商，《九辯》《九歌》。王逸不見《山海經》，故以爲禹樂。五臣又云：啟，開也。言禹開樹此樂，謬矣。《騷經》《天問》多用《山海經》。而劉勰《辨騷》以康回傾地、夷羿彃日爲譎怪之談，異乎經典。如高宗夢得説，姜嫄履帝敏之類，皆見於《詩》《書》，豈誣也哉。**夏康娱以自縱。**夏康，啟子太康也。娱，樂也。縱，放也。**不顧難以圖後兮，五子用失乎家巷。**圖，謀也。言太康不遵禹、啟之樂，而更作淫聲，放縱情慾，以自娱樂，不顧患難，不謀後世，卒以失國，兄弟五人，家居閭巷，失尊位也。《尚書序》曰：太康失國，昆弟五人，須于洛汭，作《五子之歌》，此佚篇也。巷，一作居。〔補〕曰：《書》云：太康尸位，以逸豫滅厥德，黎民咸貳，乃盤游無度，畋于有洛之表，十旬弗反。有窮后羿，因民弗忍，距于河。厥弟五人，御其母以從，徯于洛之汭。五子咸怨，述大禹之戒以作歌。逸不見全《書》，故以爲佚篇，他皆放此。難，乃旦切。巷，里中道也。

此言太康娛樂放縱，以至失邦耳。逸云：不遵啟樂，更作淫聲。未知所據。且太康不反，國人立其弟仲康，仲康死，子相立，則五子豈有家居閭巷之理？蓋仲康以來，羿勢日盛，王者備位而已。五子之失乎家巷，太康實使之。

羿淫遊以佚畋兮，羿，諸侯也。畋，獵也，一作田。〔補〕曰：羿，五計切。《說文》云：帝嚳射官也，夏少康滅之。賈逵云：羿之先祖也，爲先王射官。帝嚳時有羿，堯時亦有羿，羿是善射之號。此羿，商時諸侯，有窮后也。**又好射夫封狐。**封狐，大狐也。言羿爲諸侯，荒淫遊戲，以佚畋獵，又射殺大狐，犯天之孽，以亡其國也。〔補〕曰：射，食亦切，弓弩發也。《天問》云：帝降夷羿，革孽夏民。馮珧利決，封豨是射。**固亂流其鮮終兮，**鮮，少也。固，一誤作國。鮮，一作尟。**浞又貪夫厥家。**浞，寒浞，羿相也。婦謂之家。言羿因夏衰亂，代之爲政，娛樂畋獵，不恤民事，信任寒浞，使爲國相。浞行媚於內，施賂於外，樹之詐慝而專其權勢。羿畋將歸，使家臣逢蒙射而殺之，貪取其家，以爲己妻。羿以亂得政，身即滅亡，故言鮮終。〔補〕曰：浞，食角切。傳曰：以德和民，不聞以亂；以亂易亂，其流鮮終。浞、澆之事是也。

澆身被服强圉兮，澆，寒浞子也。强圉，多力也。澆，一作奡。一云被於彊圉。〔補〕曰：澆，五弔切。《論語》曰：羿善射，奡盪舟，俱不得其死然。奡即澆也，五耗切，聲轉字異。《詩》曰：曾是彊禦。彊禦，彊梁也。**縱欲而不忍。**縱，放也。言浞取羿妻而生澆，彊梁多力，縱放其情，不忍其慾，以殺夏后相也。一本「欲」下有「殺」字。〔補〕曰：《左傳》云：昔有過澆，殺斟灌，以伐斟尋，滅夏后相。杜預云：相失國，依於二斟，爲澆所滅。**日康娛而自忘兮，**康，安也。而，一作以。**厥首用夫顛隕。**首，頭也。自上下曰顛。隕，墜也。言澆既滅殺夏后相，安居無憂，日作淫樂，忘其過惡，卒爲相子少康所誅，其頭顛隕而墜地。自此以上，羿、澆、寒浞之事，皆見於《左氏傳》。夫，一作以。一無「夫」字。〔補〕曰：顛，倒也。《釋文》作巔。隕，從高下也。《左傳》云：昔有夏之方衰，后羿自鉏遷于窮石，因夏民以代夏政。恃其射也，不脩民事，而淫于原獸。寒浞，伯明氏之讒子弟也，信而使之，以爲己相。浞行媚于内，施賂于外，愚弄其民，而虞羿于田，樹之詐慝，以取其國家，内外咸服。羿猶不悛，將歸自田，家衆殺而亨之，靡奔有鬲氏。浞因羿室，生澆及豷，恃其讒慝詐僞，而不德于民，使澆用師，滅斟灌及斟尋氏。靡自有鬲氏收二國之燼，以滅浞，而立少康。少康滅澆于過，后杼滅豷于戈，有窮由是遂亡。《論語兼義》云：羿逐后相自立，相依二斟，夏祚猶尚未滅。及寒浞殺羿，因羿室而生澆，澆長大，自能用師，始滅后相。相死之後，始生少康，少康生杼，杼又年長，始堪誘豷，方始滅浞而立少康。計太康失邦，及少康紹國，向有百載乃滅有窮。而《夏本紀》云仲康崩，子相立，相崩，子少康立，都不言羿、浞之事，是馬遷之疏也。**夏桀之常違兮**，桀，夏之亡王也。五臣云：言常背天違道。**乃遂焉而逢殃**。殃，咎也。言夏桀上偝於天道，下逆於人理，乃遂以逢殃咎，終爲殷湯所誅滅。**后辛之菹醢兮**，后，君也。辛，殷之亡王紂名也。藏菜曰菹，肉醬曰醢。菹，一作葅。五臣云：葅醢，肉醬也。〔補〕曰：菹，臻魚切。《説文》：酢菜也。一曰麋鹿爲菹，虀菹之稱，菜肉通。醢，音海。《爾雅》曰：肉謂之醢。**殷宗用而不長**。言紂爲無道，殺比干，醢梅伯。武王杖黄鉞，行天罰，殷宗遂絶，不得長久也。而，一作之。〔補〕曰：《禮記》云：昔殷紂亂天下，脯鬼侯以饗諸侯。《史記》曰：紂醢九侯，脯鄂侯。《淮南子》云：醢鬼侯之女，葅梅伯之骸。**湯禹儼而祗敬兮**，儼，畏也。祗，敬也。儼，一作嚴。〔補〕曰：《禮記》曰：儼若思。儼亦作嚴，並魚檢切。**周論道而莫差**。周，周家也。差，過也。言殷湯、夏禹、周之文王，受命之君，皆畏天敬賢，論議道德，無有過差，故能獲夫神人之助，子孫蒙其福祐也。五臣云：湯、禹、周文，皆儼肅祗敬，論議道德，無有差殊，故得永年。〔補〕曰：道，治道也。言周則包文、武矣。差，舊讀作蹉。五臣以爲差殊，非是。**舉賢而授能兮**，一云舉賢才。**循繩墨而不頗**。頗，傾也。言三王選士，不遺幽陋，舉賢用能，不顧左右；行用先聖法度，無有傾失。故能綏萬國，安天下也。《易》曰：無平不頗也。五臣云：無有頗僻。循，一作脩。頗，一作陂。〔補〕曰：《思玄賦》注引《楚詞》：遵繩墨而不頗。遵，亦循也，作脩非是。《易·泰卦》云：無平不陂。陂，一音頗，滂禾切。**皇天無私阿兮，**竊愛爲私，所私爲阿。一云所祐爲阿。**覽民德焉錯輔。**錯，置也。輔，佐也。言皇天神明，無所私阿。觀萬民之中有道德者，因置以爲君，使賢能輔佐，以成其志。故桀爲無道，傳與湯；紂爲淫虐，傳與文王。德，一作悳。《文選》民作人。〔補〕曰：焉，語助。錯，七故切。上天佑之，爲生賢佐，故曰錯輔。**夫維聖哲以茂行兮，**哲，智也。茂，盛也。〔補〕曰：行，下孟切。**苟得用此下土。**苟，誠也。下土，謂天下也。言天下之所立者，獨有聖明之智，盛德之行，故得用事天下，而爲萬民之主。〔補〕曰：睿作聖，明作哲。聖哲之人，以有甚盛之行，故能使下土爲我用。《詩》曰：奄有下土。**瞻前而顧後兮，**瞻，觀也。顧，視也。前謂禹、湯，後謂桀、紂。〔補〕曰：《説文》：瞻，臨視也。顧，還視也。**相觀民之計極。**相，視也。計，謀也。極，窮也。言前觀湯、武之所以興，顧視桀、紂之所以亡，足以觀察萬民忠佞之謀，窮其真僞也。民，一作人。〔補〕曰：相，息亮切。言觀民之策，此爲至矣。計，策也。極，至也。相觀，重言之也。下文亦曰：覽相觀於四極，與《左傳》尚猶有臭、《書》弗遑暇食語同。**夫孰非義而可用兮，孰非善而可服。**服，服事也。言世之人臣，誰有不行仁義，而可任用；誰有不行信善，而可服事者乎？言人非義則德不立，非善則行不成也。五臣云：服，用也。**阽余身而危死兮，**阽，猶危也。或云：阽，近也。言己盡忠，近於危殆。一本「死」下有「節」字。〔補〕曰：阽，音簷，臨危也。《小爾雅》曰：疾甚謂之阽。《前漢》注云：阽，近邊欲墮之意。**覽余初其猶未悔。**言己正言危行，身將死亡，上觀初世伏節之賢士，我志所樂，終不悔恨也。五臣云：今觀我之初志，終竟行猶未爲悔。**不量**

鑿而正枘兮，量，度也。正，方也。枘所以充鑿。〔補〕曰：量，力香切。鑿，音漕，穿孔也。枘，而鋭切，刻木端所以入鑿。《淮南子》云：良工漸乎矩鑿之中。固前脩以菹醢。言工不量度其鑿，而方正其枘，則物不固而木破矣。臣不度君賢愚，竭其忠信，則被罪過，而身殆也。自前世脩名之人，以獲菹醢，龍逢、梅伯是也。菹，一作葅。五臣云：邪佞在前，忠賢何由能進。〔補〕曰：《九辯》云：圜鑿而方枘兮，吾固知其鉏鋙而難入。夫邪佞在前，而己以正直當之，其君不察，得罪必矣。曾歔欷余鬱邑兮，曾，累也。歔欷，懼貌。或曰：哀泣之聲也。鬱邑，憂也。曾，一作增。邑，一作悒。〔補〕曰：歔，許居切。欷，香衣、許毅二切。哀朕時之不當。言我累息而懼、鬱邑而憂者，自哀生不當舉賢之時，而值菹醢之世也。〔補〕曰：當，平聲。攬茹蕙以掩涕兮，茹，柔耎也。攬，一作擥，《文選》作掔。五臣云：茹，臭也。蕙，香草。以喻忠正之心。〔補〕曰：茹，《文選》音汝。《玉篇》云：茹，柔也，一曰菜茹。五臣以茹爲香，誤矣。《吕氏春秋》曰：以茹魚驅蠅，蠅愈至而不可禁。則茹又爲臭敗之名，非香也。霑余襟之浪浪。霑，濡也。衣眥謂之襟。浪浪，流貌也。言己自傷放在草澤，心悲泣下，霑濡我衣，浪浪而流，猶引取柔耎香草，以自掩拭，不以悲放失仁義之則也。〔補〕曰：《爾雅》：衣眥謂之襟。襟，交領也。浪，音郎。

跪敷衽以陳辭兮，敷，布也。衽，衣前也。陳辭於重華，道羿、澆以下也。故下句云：發軔於蒼梧也。辭，一作詞。〔補〕曰：跪，巨委切。《爾雅》疏云：衽，裳際也。耿吾既得此中正；耿，明也。言己上睹禹、湯、文王脩德以興，下見羿、澆、桀、紂行惡以亡，中知龍逢、比干執履忠直，身以菹醢。乃長跪布衽，俛首自念，仰訴於天，則中心曉明，得此中正之道，精合真人，神與化游。故設乘雲駕龍，周歷天下，以慰己情，緩幽思也。五臣云：明我得此中正之道。〔補〕曰：言己所以陳詞於重華者，以吾得中正之道，耿然甚明故也。《反離騷》云：吾馳江潭之汎溢兮，將折衷乎重華；

舒中情之煩或兮，恐重華之不纍與。余恐重華與沉江而死，不與投閣而生也。**駟玉虯以棄鷖兮**，有角曰龍，無角曰虯。鷖，鳳皇別名也。《山海經》云：鷖身有五采，而文如鳳。鳳類也，以爲車飾。虯，一作虬。棄，一作乘。鷖，一作翳。〔補〕曰：言以鷖爲車，而駕以玉虬也。駟，一乘四馬也。虬，龍類也，渠幽切。《説文》云：龍子有角者。相如賦云：六玉虬。謂駕六馬，以玉飾其鑣勒，有似玉虬也。鷖，於計、烏雞二切。《山海經》云：九疑山有五彩之鳥，飛蔽一鄉。五彩之鳥，翳鳥也。又云：蛇山有鳥，五色，飛蔽日，名鷖鳥。**溘埃風余上征**。溘，猶掩也。埃，塵也。言我設往行游，將乘玉虬，駕鳳車，掩塵埃而上征，去離世俗，遠羣小也。〔補〕曰：《遠游》云：掩浮雲而上征。故逸云：溘，猶掩也。按溘，奄忽也，渴合切。征，行也。言忽然風起，而余上征，猶所謂忽乎吾將行耳。**朝發軔於蒼梧兮**，軔，搘輪木也。蒼梧，舜所葬也。搘，一作支。〔補〕曰：軔，音刃。《戰國策》云：陛下嘗軔車於趙矣。軔，止車之木，將行則發之。五臣以軔爲車輪，誤矣。《山海經》云：蒼梧山，舜葬于陽，帝丹朱葬于陰。《禮記》曰：舜葬于蒼梧之野。注云：舜征有苗而死，因葬焉。蒼梧於周，南越之地，今爲郡。如淳曰：舜葬九嶷。九嶷在蒼梧馮乘縣，故或曰：舜葬蒼梧也。**夕余至乎縣圃**；縣圃，神山，在崑崙之上。《淮南子》曰：崑崙縣圃，維絶，乃通天。言己朝發帝舜之居，夕至縣圃之上，受道聖王，而登神明之山。縣，一作懸。一無「絶」字。一本乃作絶。〔補〕曰：縣，音玄。《山海經》云：槐江之山，上多琅玕金玉，其陽多丹粟，陰多金銀，實惟帝之平圃。南望崑崙，其光熊熊，其氣魂魂。西望大澤，后稷所潛。平圃，即懸圃也。《穆天子傳》云：春山之澤，清水出泉，温和無風，飛鳥百獸之所飲食，先王之所謂縣圃。《水經》云：《崑崙説》曰：崑崙之山三級：下曰樊桐，一名板松；二曰玄圃，一名閬風；上曰層城，一名天庭。層，音增。《淮南子》言傾宮旋室，縣圃、閬風、樊桐，在崑崙閶闔之中。樊，音飯。又曰：崑崙之丘，或上倍之，是謂涼風之山，登之而不死；或上倍之，是謂懸圃之山，登之乃靈，能使風雨；或上倍之，乃維上天，登之乃神，是謂太帝之居。東方朔《十洲記》曰：崑崙山有三角：一角正北，上干北辰星之燿，名閬風巔；其一角正西，名曰玄圃臺；其一角正東，名曰崑崙宮。玄與縣古字通。《天問》曰：崑崙縣圃，其居安在。**欲少留此靈瑣兮，**靈以喻君。瑣，門鏤也，文如連瑣，楚王之省閤也。一云：靈，神之所在也。瑣，門有青瑣也。言未得入門，故欲小住門外。瑣，一作璅。五臣云：瑣，門閣也。〔補〕曰：瑣，先果切。上文言夕余至乎縣圃，則靈瑣，神之所在也。神之所在，以喻君也。《漢舊儀》云：黄門令日暮入對青瑣、丹墀拜。《音義》云：青瑣，以青畫户邊鏤也。**日忽忽其將暮。**言己誠欲少留於君之省閤，以須政教，日又忽去，時將欲暮，年歲且盡，言己衰老也。**吾令羲和弭節兮，**羲和，日御也。弭，按也。按節，徐步也。〔補〕曰：《山海經》：東南海外，有羲和之國，有女子名曰羲和，是生十日，常浴日於甘淵。注云：羲和，天地始生，主日月者也。故堯因是立羲和之官，以主四時。虞世南引《淮南子》云：爰止羲和，爰息六螭，是謂懸車。注云：日乘車，駕以六龍，羲和御之，日至此而薄於虞淵，羲和至此而迴。弭，止也，彌耳切。**望崦嵫而勿迫。**崦嵫，日所入山也，下有蒙水，水中有虞淵。迫，附也。言我恐日暮年老，道德不施，欲令日御按節徐行，望日所入之山，且勿附近，冀及盛時遇賢君也。勿，一作未。〔補〕曰：崦，音淹。嵫，音兹。《山海經》曰：鳥鼠同穴山西南曰崦嵫。又云：西曰崦嵫之山。《淮南子》云：日入崦嵫，經細柳，入虞淵之汜。**路曼曼其脩遠兮，**脩，長也。《釋文》曼作漫。五臣云：漫漫，遠貌。〔補〕曰：曼、漫，並莫半切。《集韻》：曼曼，長也，謨官切。**吾將上下而求索。**言天地廣大，其路曼曼，遠而且長，不可卒至，吾方上下左右，以求索賢人，與己合志者也。〔補〕曰：索，所格切。**飲余馬於咸池兮，**咸池，日浴處也。〔補〕曰：飲，於禁切。《九歌》云：與女沐兮咸池。逸云：咸池，星名，蓋天池也。《天文大象賦》云：咸池浮津而淼漫。注云：咸池三星，天潢南，魚鳥之所託也。又《七諫》

云：屬天命而委之咸池。注云：咸池，天神。按下文言扶桑，則咸池乃日所浴者也。**總余轡乎扶桑。**總，結也。扶桑，日所拂木也。《淮南子》曰：日出湯谷，浴乎咸池，拂于扶桑，是謂晨明；登于扶桑，爰始將行，是謂朏明。言我乃往至東極之野，飲馬於咸池，與日俱浴，以潔己身；結我車轡于扶桑，以留日行，幸得不老，延年壽也。〔補〕曰：《山海經》云：黑齒之北，曰湯谷，有扶木，九日居下枝，一日居上枝，皆戴烏。郭璞云：扶木，扶桑也。天有十日，迭出運照。東方朔《十洲記》曰：扶桑在碧海中，葉似桑樹，長數千丈，大二千圍，兩兩同根，更相依倚，是名扶桑。《淮南子》云：扶木在陽州，日之所曊。曊猶照也。《説文》云：榑桑，神木，日所出。榑，音扶。湯與暘同。**折若木以拂日兮，**若木在崑崙西極，其華照下地。拂，擊也。一云蔽也。〔補〕曰：《山海經》：南海之内，黑水之閒，（按《山海經·海内經》作黑水青水之間。）有木名曰若木，若水出焉。又曰：灰野之山，有樹青葉赤華，名曰若木，日所入處，生崑崙西，附西極也。然則若木有二，而此乃灰野之若木歟？《淮南子》曰：若木在建木西，末有十日，（末原作未，據《淮南子·墬形》改。）其華照下地。注云：若木端有十日，狀如連珠。華，光也，光照其下也。一云：狀如蓮華。《天問》云：羲和之未揚，若華何光？**聊逍遥以相羊。**聊，且也。逍遥、相羊，皆遊也。言己總結日轡，恐不能制，年時卒過，故復轉之西極，折取若木，以拂擊日，使之還去，且相羊而遊，以俟君命也。或謂拂，蔽也，以若木鄣蔽日，使不得過也。逍遥，一作須臾。羊，一作佯。〔補〕曰：逍遥，猶翱翔也。相羊，猶徘徊也。**前望舒使先驅兮，**望舒，月御也。月體光明，以喻臣清白也。〔補〕曰：《淮南子》曰：月御曰望舒，亦曰纖阿。《史記·周本紀》云：百夫荷罕旗以先驅。顔師古云：先驅，導路也。李善云：先驅，前驅也。《周禮》：王出入，則辟左右而前驅。**後飛廉使奔屬。**飛廉，風伯也。風爲號令，以喻君命。言己使清白之臣，如望舒先驅求賢，使風伯奉君命於後，以告百姓。或曰：駕乘龍雲，必假疾風之力，使奔屬於後。〔補〕曰：屬，音注，連也。《吕氏春秋》曰：風師曰飛廉。應劭曰：飛廉，神禽，能致風氣。晉灼曰：飛廉，鹿身，頭如雀，有角，而蛇尾豹文。《河圖》曰：風者，天地之使，乃告號令。**鸞皇爲余先戒兮，**鸞，俊鳥也。皇，雌鳳也。以喻仁智之士。先，一作前。五臣云：鸞皇，靈鳥。〔補〕曰：《山海經》：女牀山有鳥，狀如翟，而五采畢備，聲似雉而尾長，名曰鸞，見則天下安寧。《瑞應圖》曰：鸞者，赤神之精，鳳皇之佐也。《爾雅》曰：鶠鳳，其雌皇。皇或作凰。爲，去聲。**雷師告余以未具。**雷爲諸侯，以興於君。言己使仁智之士，如鸞皇，先戒百官，將往適道，而君怠墯，告我嚴裝未具。余，一作我。〔補〕曰：《春秋合誠圖》云：軒轅主雷雨之神。一曰：雷師，豐隆也。**吾令鳳鳥飛騰兮，繼之以日夜。**言我使鳳鳥明智之士，飛行天下，以求同志，續以日夜，冀相逢遇也。《文選》云：吾令鳳皇飛騰兮，又繼之以日夜。〔補〕曰：《山海經》云：丹穴之山有鳥焉，其狀如雞，五彩而文，曰鳳鳥。是鳥也，飲食則自歌自舞，見則天下大康寧。上言鸞皇，鸞，鳳皇之佐；而皇，雌鳳也。以喻賢人之同類者，故爲命先戒百官。此云鳳鳥，以喻賢人之全德者，故令飛騰，以求同志也。**飄風屯其相離兮，**回風爲飄。飄風，無常之風，以興邪惡之衆。屯其相離，言不與己和合也。〔補〕曰：《爾雅》注云：飄風，旋風。屯，徒昆切，聚也。**帥雲霓而來御。**雲霓，惡氣，以喻佞人。御，迎也。言己使鳳鳥往求同志之士，欲與俱共事君，反見邪惡之人，相與屯聚，謀欲離己。又遇佞人相帥來迎，欲使我變節以隨之也。帥，一作率。〔補〕曰：御，讀若迓。霓，五稽、五歷、五結三切，通作蜺。《文選》云：雲旗拂霓。又云：俯而觀乎雲霓。沈約《郊居賦》云：雌霓連蜷。並讀作側聲。司馬温公云：約賦但取聲律便美，非霓不可讀爲平聲也。《爾雅》：蜺爲挈貳。《説文》：霓，屈虹，青赤或白色，陰氣也。郭氏云：雄曰虹，謂明盛者；雌曰蜺，謂暗微者。虹者，陰陽交會之氣，雲薄漏日，日照雨滴，則虹生也。**紛總總其離合兮，**紛，盛多貌。總總，猶僔僔，聚貌。五臣云：紛，亂也。**斑陸離其上下。**斑，亂貌。陸離，分散也。

言己游觀天下，但見俗人競爲讒佞，僔僔相聚，乍離乍合，上下之義，斑然散亂，而不可知也。斑，一作班。〔補〕曰：斑，駁文也。下，音户。

吾令帝閽開關兮，帝，謂天帝。閽，主門者也。〔補〕曰：《説文》云：閽，常以昏閉門隸也。

倚閶闔而望予。閶闔，天門也。言己求賢不得，疾讒惡佞，將上訴天帝，使閽人開關，又倚天門望而距我，使我不得入也。〔補〕曰：《天文大象賦》曰：儼閶闔以洞開。注云：宫牆兩藩正南開，如門象者名閶闔門。《淮南子》曰：排閶闔，淪天門。注云：閶闔，始升天之門也。天門，上帝所居紫微宫門也。《説文》云：閶，天門也。闔，門扇也。楚人名門曰閶闔。《文選》注云：閶闔，天門也。王者因以爲門。屈原亦以閶闔喻君門也。予，音與，叶韻。

時曖曖其將罷兮，曖曖，昏昧貌。罷，極也。罷，一作疲。〔補〕曰：曖，日不明也，音愛。罷，音皮。

結幽蘭而延佇。言時世昏昧，無有明君，周行罷極，不遇賢士，故結芳草，長立有還意也。而，一作以。五臣云：結芳草自潔，長立而無趣向。〔補〕曰：劉次莊云：蘭喻君子，言其處於深林幽澗之中，而芬芳郁烈之不可掩，故《楚辭》云云。

世溷濁而不分兮，溷，亂也。濁，貪也。〔補〕曰：溷，胡困切。

好蔽美而嫉妒。言時世君亂臣貪，不别善惡，好蔽美德，而嫉妒忠信也。五臣云：蔽，隱也。

朝吾將濟於白水兮，濟，渡也。《淮南子》言：白水出崑崙之山，飲之不死。於，一作乎。〔補〕曰：《河圖》曰：崑山出五色流水，其白水入中國，名爲河也。五臣云：白水，神泉。

登閬風而緤馬。閬風，山名，在崑崙之上。緤，繫也。言己見中國溷濁，則欲渡白水，登神山，屯車繫馬，而留止也。白水潔淨，閬風清明，言己脩清白之行，不懈怠也。緤，一作絏。〔補〕曰：閬，音郎，又音浪。道書云：閬野者，閬風之府是也。崑崙上有九府，是爲九宫。餘説已見縣圃下。緤，音薛。《左傳》曰：臣負羈紲。紲，馬韁也。馬，滿補切。

忽反顧以流涕兮，哀高丘之無女。楚有高丘之山。女以喻臣。言己雖去，意不能已，猶復顧念楚國無有賢臣，心爲之悲而流涕也。或云：高丘，閬風山上也。

無女，喻無與己同心也。舊説：高丘，楚地名也。五臣云：女，神女，喻忠臣。〔補〕曰：《離騷》多以女喻臣，不必指神女。溘吾遊此春宮兮，溘，奄也。春宮，東方青帝舍也。溘，一作𡏖。〔補〕曰：𡏖，塵也，無奄忽義。折瓊枝以繼佩。繼，續也。言己行游，奄然至於青帝之舍，觀萬物始生，皆出於仁義，復折瓊枝以續佩，守仁行義，志彌固也。〔補〕曰：瓊，玉之美者。傳曰：南方有鳥，其名爲鳳，天爲生樹，名曰瓊枝，高百二十仞，大三十圍，以琳琅爲實。《後漢》注云：瓊枝玉樹，以喻堅貞。下文云：折瓊枝以爲羞。及榮華之未落兮，榮華，喻顔色。落，墮也。〔補〕曰：遊春宮折瓊枝，欲及榮華之未落也。相下女之可詒。相，視也。詒，遺也。言己既脩行仁義，冀得同志，願及年德盛時，顔貌未老，視天下賢人，將持玉帛而聘遺之，與俱事君也。詒，一作貽。〔補〕曰：相，息亮切。下女，喻賢人之在下者。詒，音怡，通作貽。吾令豐隆椉雲兮，豐隆，雲師，一曰雷師。下注同。椉，一作乘。〔補〕曰：《九歌·雲中君》注云：雲神豐隆。五臣曰：雲神屏翳。按豐隆或曰雲師，或曰雷師。屏翳或曰雲師，或曰雨師，或曰風師。《歸藏》云：豐隆，筮雲氣而告之，則雲師也。《穆天子傳》云：天子升崑崙，封豐隆之葬。郭璞云：豐隆筮師，御雲得大壯卦，遂爲雷師。《淮南子》曰：季春三月，豐隆乃出，以將其雨。張衡《思玄賦》云：豐隆軯其震霆，雲師黮以交集。則豐隆，雷也；雲師，屏翳也。《天問》曰：蓱號起雨。則屏翳，雨師也。《洛神賦》云：屏翳收風。則風師也。又《周官》有飌師、雨師。《淮南子》云：雨師灑道，風伯掃塵，説者以爲箕、畢二星。《列仙傳》云：赤松子，神農時爲雨師。《風俗通》云：玄冥爲雨師。其説不同。據《楚詞》，則以豐隆爲雲師，飛廉爲風伯，屏翳爲雨師耳。求宓妃之所在。宓妃，神女，以喻隱士。言我令雲師豐隆，乘雲周行，求隱士清潔若宓妃者，欲與并心力也。宓，一作虙。五臣云：虙妃以喻賢臣。〔補〕曰：《漢書·古今人表》有宓羲氏。宓，音伏，字本作虙。《顔氏家訓》云：虙字从虍，宓字从宀，下俱爲必。孔子弟子宓子賤，即虙羲之後，俗字以爲宓，或復加山。《子賤碑》云：濟南伏生，即子賤之後。是知虙之與伏，古來通用，誤以爲密，較可知矣。《洛神賦》注云：宓妃，伏犧氏女，溺洛水而死，遂爲河神。**解佩纕以結言兮，**纕，佩帶也。〔補〕曰：《洛神賦》云：願誠素之先達兮，解玉珮而要之。亦此意。**吾令蹇脩以爲理。**蹇脩，伏羲氏之臣也。理，分理也，述禮意也。言己既見宓妃，則解我佩帶之玉，以結言語，使古賢蹇脩而爲媒理也。伏羲時敦朴，故使其臣也。五臣云：令蹇脩爲媒，以通辭理。〔補〕曰：宓妃，伏犧氏之女，故使其臣以爲理也。**紛總總其離合兮，忽緯繣其難遷。**緯繣，乖戾也。遷，徙也。言蹇脩既持其佩帶通言，而讒人復相聚毀敗，令其意一合一離，遂以乖戾而見距絶。言所居深僻，難遷徙也。〔補〕曰：緯，音徽。繣，呼麥切，又音畫。《博雅》作鼓𢡱，《廣韻》作徽繣。此言隱士忽與我乖剌，其意難移也。**夕歸次於窮石兮，**次，舍也。再宿爲信，過信爲次。《淮南子》言弱水出於窮石，入於流沙也。〔補〕曰：郭璞注《山海經》云：弱水出自窮石，窮石今之西郡刪丹，蓋其別流之原。《淮南子》注云：窮石，山名，在張掖也。《左傳》曰：后羿自鉏遷于窮石。**朝濯髮乎洧盤。**洧盤，水名。《禹大傳》曰：洧盤之水，出崦嵫之山。言宓妃體好清潔，暮即歸舍窮石之室，朝沐洧盤之水，遁世隱居，而不肯仕也。盤，一作槃。〔補〕曰：洧，于軌切。**保厥美以驕傲兮，**倨簡曰驕，侮慢曰傲。傲，一作敖。**日康娱以淫遊。**康，安也。言宓妃用志高遠，保守美德，驕傲侮慢，日自娱樂以遊戲自恣，無有事君之意也。五臣云：淫，久也。言隱居之人，日日安樂久遊，無意以匡君。〔補〕曰：《説文》云：淫，私逸也。《爾雅》：久雨謂之淫。故淫亦訓久。**雖信美而無禮兮，來違棄而改求。**違，去也。改，更也。言宓妃雖信有美德，驕傲無禮，不可與共事君。來復棄去，而更求賢也。棄，一作弃。〔補〕曰：此孔子所謂隱者，子路所謂潔身亂倫。**覽相觀於四極兮，**覽相，一作求覽。〔補〕曰：相，去聲。**周流乎天余乃下。**言我乃復往觀視四極，周流求賢，然後乃來下也。一云：周流天乎。一無「乎」字。〔補〕曰：《爾雅》：東至於泰遠，西至於邠國，南至於濮鉛，北至於祝栗，謂之四極。邠，《説文》作汃。汃，西極之水也。又《淮南子》云：東方東極之山曰開明之門，南方南極之山曰暑門，西方西極之山曰閶闔之門，北方北極之山曰寒門。下，音户。望瑶臺之偃蹇兮，石次玉曰瑶。《詩》曰：報之以瓊瑶。偃蹇，高貌。〔補〕曰：《説文》云：瑶，玉之美者。見有娀之佚女。有娀，國名。佚，美也。謂帝嚳之妃，契母簡狄也。配聖帝，生賢子，以喻貞賢也。《詩》曰：有娀方將，帝立子生商。《吕氏春秋》曰：有娀氏有美女，爲之高臺而飲食之。言己望見瑶臺高峻，睹有娀氏美女，思得與共事君也。佚，《釋文》作妷。〔補〕曰：娀，音嵩。李善引《吕氏春秋》曰：有娀氏有二佚女，爲九成之臺。《淮南子》曰：有娀在不周之北，長女簡翟，少女建疵。注云：姊妹二人在瑶臺也。佚，音逸。吾令鴆爲媒兮，鴆，運日也。羽有毒可殺人，以喻讒佞賊害人也。〔補〕曰：鴆，直禁切。《廣志》云：其鳥大如鴞，紫緑色，有毒，食蛇蝮，雄名運日，雌名陰諧，以其毛歷飲卮，則殺人。鴆告余以不好。言我使鴆鳥爲媒，以求簡狄，其性讒賊，不可信用，還詐告我言不好也。五臣云：忠賢，讒佞所疾，故云不好。〔補〕曰：好，讀如好人提提之好。夫鴆之不可爲媒審矣，屈原何爲使之乎？《淮南》言：暉日知晏，陰諧知雨，蓋類小人之有智者。君子不逆詐，不億不信，待其不可用，然後弃之耳。堯之用鯀是也。暉與運同。雄鳩之鳴逝兮，逝，往也。《釋文》雄作鴆。〔補〕曰：《説文》云：鳩，鶻鵃也。《爾雅》云：鶌鳩，鶻鵃。注云：似山鵲而小，短尾，青黑色，多聲。《月令》：鳴鳩拂其羽。即此也。余猶惡其佻巧。佻，輕也。巧，利也。言又使雄鳩銜命而往，其性輕佻巧利，多語言而無要實，復不可信用也。五臣云：雄鳩多聲。言使辯捷之士，往聘忠賢，我又惡其輕巧而不信。〔補〕曰：佻，吐彫切，又土了切。《爾雅》云：佻，偷也。心猶豫而狐疑兮，〔補〕曰：猶，由、柚二音。《顔氏家訓》曰：《尸子》云：五尺犬爲猶。《説文》：隴西謂犬子爲猶。

吾以爲人將犬行，犬好豫在人前，待人不得，又來迎候，此乃豫之所以爲未定也。故謂不決曰猶豫。或以《爾雅》曰：猶，如麂，善登木。猶，獸名也。既聞人聲，乃豫緣木。如此上下，故稱猶豫。《水經》引郭緣生《述征記》云：河津冰始合，車馬不敢過，要須狐行，云此物善聽，冰下無水乃過，人見狐行，方渡。按《風俗通》云：里語稱狐欲渡河，無如尾何。且狐性多疑，故俗有狐疑之説，未必一如緣生之言也。然《禮記》曰：決嫌疑，定猶豫。《疏》云：猶是玃屬，豫是虎屬。《説文》云：豫，象之大者。又《老子》曰：豫兮若冬涉川，猶兮若畏四鄰。則猶與豫，皆未定之辭。欲自適而不可。適，往也。言己令鴆爲媒，其心讒賊，以善爲惡；又使雄鳩銜命而往，多言無實。故中心狐疑猶豫，意欲自往，禮又不可，女當須媒，士必待介也。鳳皇既受詒兮，詒，一作詔。五臣云：詒，遺也。言我得賢人如鳳皇者，受遺玉帛，將行就聘。恐高辛之先我。高辛，帝嚳有天下號也。《帝繫》曰：高辛氏爲帝嚳。帝嚳次妃有娀氏女生契。言己既得賢智之士若鳳皇，受禮遺將行，恐帝嚳已先我得娀簡狄也。遺，一作遺。五臣云：帝嚳，喻諸國賢君。〔補〕曰：皇甫謐云：高辛都亳，今河南偃師是。張晏云：高辛，所興之地名也。欲遠集而無所止兮，集，一作進。聊浮遊以逍遥。言己既求簡狄，復後高辛，欲遠集它方，又無所之，故且遊戲觀望以忘憂，用以自適也。及少康之未家兮，留有虞之二姚。少康，夏后相之子也。有虞，國名，姚姓，舜後也。昔寒浞使澆殺夏后相，少康逃奔有虞，虞因妻以二女，而邑於綸，有田一成，有衆一旅，能布其德，以收夏衆，遂誅滅澆，復禹之舊績。屈原設至遠方之外，博求衆賢，索宓妃則不肯見，求簡狄又後高辛，幸若少康留止有虞，而得二妃，以成顯功，是不欲遠去之意也。〔補〕曰：二姚事見《左傳》。杜預云：梁國有虞縣。皇甫謐云：今河東大陽西山上有虞城。姚，音遥。《説文》云：虞舜居姚虚，因以爲姓。理弱而媒拙兮，弱，劣也。拙，鈍也。五臣云：我欲留聘二姚，又恐道理弱於少康，而媒無巧辭。恐導言之不固。言己欲效少康，留而不去，又恐媒人弱鈍，達言於君不能堅固，復使回移也。世溷濁而嫉賢兮，世，一作時。好蔽美而稱惡。稱，舉也。再言世溷濁者，懷、襄二世不明，故羣下好蔽忠正之士，而舉邪惡之人。美，一作善。〔補〕曰：再言世溷濁者，甚之也。屈原作此，在懷王之世耳。惡，去聲。言可美者蔽之，可惡者稱之。閨中既以邃遠兮，小門謂之閨。邃，深也。一無「以」字。〔補〕曰：《爾雅》：宮中之門謂之闈，其小者謂之閨。邃，雖遂切。哲王又不寤。哲，智也。寤，覺也。言君處宮殿之中，其閨深遠，忠言難通，指語不達，自明智之王，尚不能覺悟善惡之情，高宗殺孝己是也。何況不智之君，而多闇蔽，固其宜也。〔補〕曰：《說文》：寐覺而有信曰寤。閨中既以邃遠者，言不通群下之情；哲王又不寤者，言不知忠臣之分。懷王不明而曰哲王者，以明望之也。太史公所謂冀幸君之一悟，俗之一改也。韓愈《琴操》云：臣罪當誅兮，天王聖明。亦此意。懷朕情而不發兮，余焉能忍與此終古。言我懷忠信之情，不得發用，安能久與此闇亂之君，終古而居乎？意欲復去也。一本「忍」下有「而」字。《釋文》：古，音故。〔補〕曰：此言當世之人，蔽美稱惡，不能與之久居也。《九歌》曰：長無絕兮終古。《九章》曰：去終古之所居。終古，猶永古也。《考工記》注曰：齊人之言終古，猶言常也。《集韻》：古音估者，故也；音故者，始也。

索藑茅以筳篿兮，索，取也。藑茅，靈草也。筳，小折竹也。楚人名結草折竹以卜曰篿。《文選》藑作瓊。五臣云：筳，竹筭也。〔補〕曰：索，所革切。藑，音瓊。《爾雅》云：葍，藑茅。注云：藑、葍一種，花有赤者爲藑。筳，音廷。篿，音專。《後漢·方術傳》云：挺專折竹。注云：挺，八段竹也。音同。命靈氛爲余占之。靈氛，古明占吉凶者。言己欲去則無所集，欲止又不見用，憂懣不知所從，乃取神草竹筳，結而折之，以卜去留，使明智靈氛占其吉凶也。曰兩美其必合兮，孰信脩而慕之？靈氛言以忠臣而就明君，兩美必合，楚國誰能信明善惡，脩行忠直，欲相慕及者乎？己宜以時去也。恖九州之博大兮，豈唯是其有女？言我思念天下博大，豈獨楚國有臣而可止乎？恖，古文思，亦作思。唯，一作惟。〔補〕曰：女，細吕切。曰勉遠逝而無狐疑兮，一無「狐」字。孰求美而釋女？五臣云：靈氛曰但勤力遠去，誰有求忠臣而不擇取汝者也。〔補〕曰：再舉靈氛之言者，甚言其可去也。何所獨無芳草兮，草，一作艸，舊作卉。〔補〕曰：《爾雅》云卉、草，疏云，别二名也。《文選》注云：卉，百草總名，楚人語也。爾何懷乎故宇？懷，思也。宇，居也。言何所獨無賢芳之君，何必思故居而不去也。此皆靈氛之詞。爾，一作尒。宇，一作宅。注同。〔補〕曰：若作宅，則與下韻叶。世幽昧以昡曜兮，昡曜，惑亂貌。世，一作時。昡，一作眩。〔補〕曰：昡，日光也，其字從日。眩，目無常主也，其字從目。並熒絹切。《淮南》云：嫌疑肖象者，衆人之所眩耀。孰云察余之善惡。屈原答靈氛曰：當世之君，皆闇昧惑亂，不分善惡，誰當察我之善情而用己乎？是難去之意也。善惡，一作中情。《文選》善，作美。民好惡其不同兮，民，一作人。惟此黨人其獨異。黨，鄉黨，謂楚國也。言天下萬民之所好惡，其性不同，此楚國尤獨異也。五臣云：好，愛。惡，憎也。〔補〕曰：好、惡，並去聲。黨，朋黨，謂椒、蘭之徒也。户服艾以盈要兮，艾，白蒿也。盈，滿也。或言艾非芳草也，一名冰臺。〔補〕曰：要與腰同。《爾雅》：艾，冰臺。注云：今艾蒿。謂幽蘭其不可佩。言楚國户服白蒿，滿其要帶，以爲芬芳，反謂幽蘭臭惡，爲不可佩也。以言君親愛讒佞，憎遠忠直，而不肯近也。其，一作兮，一作之。五臣云：言楚國皆好讒佞，謂忠正不可行於身也。覽察草木其猶未得兮，察，視也。草，一作艸，一作卉。猶，一作獨。豈珵美之能當？珵，美玉也。《相玉書》言：珵大六寸，其耀自照。言時人無能知臧否，觀衆草尚不能别其香臭，豈當知玉之美惡乎？以爲草木易别於禽獸，禽獸易别於珠玉，珠玉易别於忠佞，知人最爲難也。五臣云：豈能辨玉之臧否而當之乎？玉喻忠直。〔補〕曰：珵美，猶《九章》言蓀美也。珵，音呈。一曰珮珩也。**蘇糞壤㠯充幃兮，**蘇，取也。充，猶滿也。壤，土也。幃謂之幐。幐，香囊也。㠯，一作以。〔補〕曰：《史記》：樵蘇後爨。蘇，取草也。又《淮南子》曰：蘇援世事。蘇，猶索也。幃，許歸切，下同。《爾雅》云：婦人之褘，謂之縭。注云：即今之香纓也。褘，邪交落帶繫於體，因名爲褘。幐音騰。**謂申椒其不芳。**言蘇糞土以滿香囊，佩而帶之，反謂申椒臭而不香，言近小人遠君子也。**欲從靈氛之吉占兮，心猶豫而狐疑。**言己欲從靈氛勸去之吉占，則心中狐疑，念楚國也。〔補〕曰：靈氛之占，於異姓則吉矣，在屈原則不可，故猶豫而狐疑也。**巫咸將夕降兮，**巫咸，古神巫也，當殷中宗之世。降，下也。〔補〕曰：《書序》云：伊陟贊於巫咸。《前漢·郊祀志》云：巫咸之興自此始。説者曰：巫咸，殷賢臣。一云名咸，殷之巫也。《説文》曰：巫，祝也。古者巫咸初作巫。《山海經》曰：巫咸國在女丑北。又曰：大荒之中，有靈山，巫咸、巫即、巫盼、巫彭、巫姑、巫真、巫孔、巫抵、巫謝、巫羅十巫從此升降。《淮南子》曰：軒轅丘在西方，巫咸在其北。注云：巫咸知天道，明吉凶。據此則巫咸之興尚矣，商時又有巫咸也。《莊子》曰：鄭有神巫，曰季咸。又有巫咸祒，皆取此名。言夕降者，神降多以夜，陳寶之類是也。**懷椒糈而要之。**椒，香物，所以降神。糈，精米，所以享神。言巫咸將夕從天上來下，願懷椒糈要之，使占兹吉凶也。糈，俗作糈。〔補〕曰：糈音所，祭神米也。孟康曰：椒糈，以椒香米饊也。要，伊消切。**百神翳其備降兮，九疑繽其並迎。**翳，蔽也。繽，盛也。九疑，舜所葬也。言巫咸得己椒糈，則將百神蔽日來下；舜又使九疑之神，紛然來迎，知己之志也。疑，一作嶷。〔補〕曰：翳，於計切。嶷與疑同。迎，魚慶切，迓也。《漢紀》曰：望祀虞舜於九嶷。張揖曰：九嶷在零陵營道縣。文穎曰：九嶷半在蒼梧，半在零陵。顔師古云：疑，似也，山有九峯，其形相似。《水經》云：峰秀數郡之閒，巽嶺同勢，遊者疑焉。皇剡剡其揚靈兮，皇，皇天也。剡剡，光貌。〔補〕曰：剡，以冉切。《九歌》曰：横大江兮揚靈。告余以吉故。言皇天揚其光靈，使百神告我，當去就吉善也。五臣云：告我去當吉。〔補〕曰：靈氛之占，筳篿折竹而已。至百神備降，九嶷並迎，告我使去，則可以去矣。曰勉陞降以上下兮，勉，强也。上謂君，下謂臣，陞，一作升。〔補〕曰：升降上下，猶所謂經營四荒、周流六漠耳，不必指君臣。求榘矱之所同。榘，法也。矱，度也。言當自勉强上求明君，下索賢臣，與己合法度者，因與同志共爲治也。榘，一作矩。矱，一作蠖。五臣云：此巫咸之言。〔補〕曰：榘，俱雨切。矱，紆縛、烏郭二切。《淮南子》曰：知榘蠖之所周。注云：榘，方也。蠖，度法也。湯禹嚴而求合兮，嚴，敬也。合，匹也。嚴，一作儼。〔補〕曰：自此以下，皆屈原語。摯咎繇而能調。摯，伊尹名，湯臣也。咎繇，禹臣也。調，和也。言湯、禹至聖，猶敬承天道，求其匹合，得伊尹、咎繇，乃能調和陰陽，而安天下也。一作皋陶。〔補〕曰：《天問》曰：帝乃降觀，下逢伊摯。即伊尹也。苟中情其好脩兮，又何必用夫行媒。行媒，喻左右之臣也。言誠能中心常好善，則精感神明，賢君自舉用之，不必須左右薦達也。一無「又」字。五臣云：苟，且也。説操築於傅巖兮，説，傅説也。傅巖，地名。〔補〕曰：説，音悦。操，七刀切。築，擣也。武丁用而不疑。武丁，殷之高宗也。言傅説抱道懷德，而遭遇刑罰，操築作於傅巖。武丁思想賢者，夢得聖人，以其形像求之，因得傅説，登以爲公，道用大興，爲殷高宗也。《書序》曰：高宗夢得説，使百工營求諸野，得諸傅巖，作《説命》，是佚篇也。〔補〕曰：《孟子》曰：傅説舉於版築之閒。《史記》云：説爲胥靡，築於傅險，見於武丁。武丁曰：是也。遂以傅險姓之，號曰傅説。險與巖同。徐廣曰：《尸子》云：傅巖在北海之洲。孔安國曰：傅氏之巖，在虞、虢之界，通道所經，有澗水壞道，常使胥靡刑人築護此道。説賢而隱，代胥靡築之，以供食也。**呂望之鼓刀兮，**呂，太公之氏姓也。鼓，鳴也。或言呂望太公，姜姓也，未遇之時，鼓刀屠於朝歌也。〔補〕曰：《史記》云：太公望呂尚者，東海上人，本姓姜氏，從其封姓，故曰呂尚。《戰國策》云：太公望，老婦之逐夫，朝歌之廢屠，文王用之而王。注云：呂尚爲老婦之所逐，賣肉於朝歌，肉上生臭不售，故曰廢屠。《淮南子》云：太公之鼓刀。注云：太公，河内汲人，有屠釣之困。**遭周文而得舉。**言太公避紂，居東海之濱，聞文王作興，盍往歸之。至於朝歌，道窮困，自鼓刀而屠，遂西釣於渭濱。文王夢得聖人，於是出獵而遇之，遂載以歸，用以爲師，言吾先公望子久矣，因號爲太公望。或言周文王夢天帝立令狐之津，太公立其後。帝曰：昌，賜汝名師。文王再拜，太公亦再拜。太公夢亦如此。文王出田，見識所夢，載與俱歸，以爲太師也。〔補〕曰：《天問》云：師望在肆，昌何識？鼓刀揚聲，后何喜？注云：呂望鼓刀在列肆，文王親往問之，對曰：「下屠屠牛，上屠屠國。」**甯戚之謳歌兮，**甯戚，衛人。**齊桓聞以該輔。**該，備也。甯戚修德不用，退而商賈，宿齊東門外。桓公夜出，甯戚方飯牛，叩角而商歌，桓公聞之，知其賢，舉用爲客卿，備輔佐也。〔補〕曰：《淮南子》云：甯戚欲干齊桓公，困窮無以自達。於是爲商旅，將任車以商於齊，暮宿於郭門之外，飯牛車下，望見桓公，乃擊牛角而商歌。桓公聞之曰：「異哉，歌者非常人也。」命後車載之。《三齊記》載其歌曰：南山矸，白石爛，生不遭堯與舜禪，短布單衣適至骭，從昏飯牛薄夜半，長夜漫漫何時旦。桓公召與語，悦之，以爲大夫。矸與岸同。一作南山粲。屈原舉呂望、傅説、甯戚之事，傷今之不然也。**及年歲之未晏兮，**晏，晚。**時亦猶其未央。**央，盡也。言己所以汲汲欲輔佐君者，冀及年未晏晚，以成德化也。然年時亦尚未盡，冀若三賢之遭遇也。其，一作而。〔補〕曰：《説文》央，久也。《詩》曰：夜未央。**恐鵜鴂之先鳴兮，**鵜鴂，一名買鶬，常以春分鳴也。鵜，一作鶗。五臣云：鶗鴂，秋分前鳴，則草木彫落。〔補〕

曰：鵜，音提。鴂，音決。一音弟桂，一音殄絹。《反離騷》云：徒恐鷤鴂之將鳴兮，顧先百草爲不芳。顔師古云：鷤鴂，一名買鵤，一名子規，一名杜鵑，常以立夏鳴，鳴則衆芳皆歇。鴂與鴂同，鵤音詭。《思玄賦》云：恃知己而華予兮，鶗鴂鳴而不芳。注云：以秋分鳴。李善云：《臨海異物志》：鶗鴂，一名杜鵑。至三月鳴，晝夜不止。服虔曰：鶗鴂，一名鶪，伯勞也。順陰陽氣而生。按《禽經》云：巂周，子規也。江介曰子規，蜀右曰杜宇。又曰：鶗鴂鳴而草衰。注云：鶗鴂，《爾雅》謂之鶪，《左傳》謂之伯趙。然則子規、鶗鴂，二物也。《月令》：仲夏鶪始鳴。説者云：五月陰氣生於下，伯勞夏至，應陰而鳴。《詩》曰：七月鳴鶪。箋云：伯勞鳴，將寒之候也，五月則鳴，豳地晚寒。《左傳》：伯趙氏司至也。注云：伯勞以夏至鳴，冬至止。陸佃《埤雅》云：陰氣至而鶪鳴，故百草爲之芳歇。《廣韻》曰：鶗鴂，關西曰巧婦，關東曰鸋鴂，春分鳴則衆芳生，秋分鳴則衆芳歇。未詳。使夫百草爲之不芳。言我恐鶗鴂以先春分鳴，使百草華英摧落，芬芳不得成也。以喻讒言先至，使忠直之士蒙罪過也。草，一作艸，一作卉。一無「夫」字。一無「爲」字。〔補〕曰：《爾雅》疏云：百卉，猶百草也。《詩》云：百卉具腓。何瓊佩之偃蹇兮，偃蹇，衆盛貌。佩，一作珮。衆薆然而蔽之。言我佩瓊玉，懷美德，偃蹇而盛，衆人薆然而蔽之，傷不得施用也。五臣云：薆，亦盛也。〔補〕曰：薆，音愛。《方言》云：掩、翳，薆也。注云：謂薆蔽也。惟此黨人之不諒兮，諒，信。一作亮。恐嫉妒而折之。言楚國之人，不尚忠信之行，共嫉妒我正直，必欲折挫而敗毁之也。時繽紛其變易兮，其，一作以。五臣云：繽紛，亂也。又何可以淹留。言時世溷濁，善惡變易，不可以久留，宜速去也。蘭芷變而不芳兮，荃蕙化而爲茅。言蘭芷之草，變易其體，而不復香。荃蕙化而爲菅茅，失其本性也。以言君子更爲小人，忠信更爲佞僞也。五臣云：茅，惡草，以喻讒臣。〔補〕曰：上云謂幽蘭其不可佩，以幽蘭之別於艾也。謂申椒其不芳，以申椒之別於糞壤也。今曰蘭芷不芳，荃蕙爲茅，則更與之俱化矣。當是時，守死而不變者，楚國一人而已，屈子是也。何昔日之芳草兮，草，一作艸，一作卉。今直爲此蕭艾也。言往昔芬芳之草，今皆直爲蕭艾而已。以言往日明智之士，今皆佯愚，狂惑不顧。一無「蕭」字，一無「也」字。〔補〕曰：顏師古云：《齊書》太祖云：詩人采蕭。蕭即艾也。蕭自是香蒿，古祭祀所用，合脂爇之以亨神者。艾即今之灸病者。名既不同，本非一物。《詩》云：彼采蕭兮，彼采艾兮。是也。《淮南》曰：膏夏紫芝，與蕭艾俱死。蕭艾賤草，以喻不肖。豈其有他故兮，莫好脩之害也。言士民所以變曲爲直者，以上不好用忠正之人，害其善志之故。一無「也」字。五臣云：明智之士佯愚者，爲君不好修絜之士，而自損害。〔補〕曰：時人莫有好自脩潔者，故其害至於荃蕙爲茅，芳草爲艾也。余以蘭爲可恃兮，蘭，懷王少弟，司馬子蘭也。恃，怙也。〔補〕曰：《史記》：秦昭王欲與懷王會，屈平曰：「秦虎狼之國，不可信，不如無行。」懷王稚子子蘭勸王行：「奈何絕秦歡。」懷王卒行，入武關，秦伏兵絕其後，因留懷王。子頃襄王立，以其弟子蘭爲令尹。然則子蘭乃懷王少子，頃襄之弟也。羌無實而容長。實，誠也。言我以司馬子蘭懷王之弟，應薦賢達能，可怙而進，不意內無誠信之實，但有長大之貌，浮華而已。五臣云：無實，無實材。〔補〕曰：長，平聲。委厥美以從俗兮，委，弃。苟得列乎衆芳。言子蘭弃其美質正直之性，隨從諂佞，苟欲列於衆賢之位，無進賢之心也。〔補〕曰：子蘭有蘭之名，無蘭之實，雖與衆芳同列，而無芬芳也。椒專佞以慢慆兮，椒，楚大夫子椒也。慆，淫也。慢，一作謾。《釋文》作嫚。慆，一作諂。〔補〕曰：《古今人表》有令尹子椒。慆，它刀切。《書》曰：無即慆淫。注云：慆，慢也。樧又欲充夫佩幃。樧，茱萸也，似椒而非，以喻子椒似賢而非賢也。幃，盛香之囊，以喻親近。言子椒爲楚大夫，處蘭芷之位，而行淫慢佞諛之志，又欲援引面從不賢之類，使居親近，無有憂國之心，責之也。夫，一作其。五臣云：子椒列大夫位，在君左右，如茱萸之在香囊，妄充佩帶，而無芬芳。〔補〕曰：椴，音殺。《爾雅》曰：椒椴醜茮。注云：椴，似茱萸而小，赤色。子椒佞而似義，猶椴之似椒也。子蘭既已無蘭之實而列乎衆芳矣，子椒又欲以似椒之質充夫佩幃也。既干進而務入兮，干，求。而，一作以。又何芳之能祇。祇，敬也。言子椒苟欲自進，求入於君，身得爵禄而已，復何能敬愛賢人，而舉用之也？固時俗之流從兮，一作從流。一本「從」誤作「徙」。又孰能無變化。言時世俗人隨從上化，若水之流。二子復以諂諛之行，衆人誰有不變節而從之者乎？疾之甚也。五臣曰：固此諂佞之俗，流行相從，誰能不變節隨時以容身乎？覽椒蘭其若兹兮，又况揭車與江離。言觀子椒、子蘭變志若此，况朝廷衆臣，而不爲佞媚以容其身邪？揭，一作揭。離，一作蘺。〔補〕曰：子椒、子蘭宜有椒蘭之芬芳，而猶若是，况衆臣若揭車、江離者乎？揭車、江離，皆香草，不若椒蘭之盛也。《列子》曰：臭過椒蘭。《荀子》曰：椒蘭苾芬。惟兹佩之可貴兮，之，一作其。委厥美而歷兹。歷，逢也。言己内行忠直，外佩衆香，此誠可貴重，不意明君弃其至美，而逢此咎也。〔補〕曰：上云委厥美以從俗，言子蘭之自弃也。此云委厥美而歷兹，言懷王之見弃也。芳菲菲而難虧兮，虧，歇。而，一作其。虧，一作虧。芬至今猶未沬。沬，已也。言己所行純美，芬芳勃勃，誠難虧歇，久而彌盛，至今尚未已也。芬芳，一作芬芬。勃，一作浡。〔補〕曰：《説文》云：芬，艸初生，其香分布。沬，音昧，微晦也。《易》曰：日中見沬。《招魂》曰：身服義而未沬。和調度以自娱兮，聊浮游而求女。言我雖不見用，猶和調己之行度，執守忠貞，以自娱樂，且徐徐浮游，以求同志也。五臣云：汝，同志人也。度，法度也。〔補〕曰：和調，重言之也。女，紐吕切。及余飾之方壯兮，周流觀乎上下。上謂君，下謂臣也。言我願及年德方盛壯之時，周流四方，觀君臣之賢，欲往就之也。〔補〕曰：高余冠之岌岌兮，長余佩之陸離，所謂余飾之方壯也。周流觀乎上下，猶言周流乎天余乃下也。下，音户。

靈氛既告余以吉占兮，〔補〕曰：靈氛告以吉占，百神告以吉故，而此獨曰靈氛者，初疑靈氛之言，復要巫咸，巫咸與百神無異詞，則靈氛之占誠吉矣。然原固未嘗去也，設詞以自寬耳。**歷吉日乎吾將行。**言靈氛既告我以吉占，歷善日吾將去君而遠行也。五臣曰：歷，選也。〔補〕曰：《上林賦》云：歷吉日以齊戒。張揖曰：歷，筭也。行，胡郎切，叶韻。**折瓊枝以爲羞兮，**羞，脯。〔補〕曰：張揖云：瓊樹生崑崙西，流沙濱，大三百圍，高萬仞，其華食之長生。羞、脩，二物也，見《周禮》。羞致滋味，脩，則脯也。王逸、五臣以羞爲脩，誤矣。**精瓊爢以爲粻。**精，鑿也。爢，屑也。粻，糧也。《詩》云：乃裹餱糧。言我將行，乃折取瓊枝，以爲脯腊，精鑿玉屑，以爲儲糧，飲食香潔，冀以延年也。五臣云：精，擣也。取其清潔而延壽。〔補〕曰：爢，音糜。《文選》音靡。《反離騷》云：精瓊靡與秋菊芳，將以延夫天年。應劭云：精，細也。瓊，玉之華也。《周禮》有食玉。注云：玉，陽精之純者，食之以禦水氣。鄭司農云：王齊當食玉屑。粻音張，食米也。鑿音作，精細米也。《左傳》：粢食不鑿。**爲余駕飛龍兮，雜瑶象以爲車。**象，象牙也。言我駕飛龍，乘明智之獸，象玉之車，文章雜錯，以言己德似龍玉，而世莫之識也。五臣云：飛龍喻道，瑶象以比君子之德。言我遠游，但駕此道德以爲車。〔補〕曰：《易》曰：飛龍在天。許慎云：飛龍有翼。瑶，美玉也。言以瑶象爲車，而駕以飛龍也。上「爲」去聲。**何離心之可同兮，吾將遠逝以自疏。**言賢愚異心，何可合同，知君與己殊志，故將遠去自疏，而流遁於世也。五臣云：忠佞兩心不可同，吾將遠去，自疏遠也。〔補〕曰：疏，所葅切。**邅吾道夫崑崙兮，**邅，轉也。楚人名轉曰邅。《河圖括地象》言：崑崙在西北，其高萬一千里，上有瓊玉之樹也。〔補〕曰：邅，池戰切。《禹本紀》言：崑崙山高三千五百餘里，日月所相避隱爲光明也。其上有醴泉華池。《河圖》云：崑崙，天中柱也，氣上通天。《水經》云：崑崙虚在西北，去嵩高五萬里，地之中也，其高萬一千里。河水出其東北陬。《爾雅》曰：西北之美者，有崑崙虚之璆琳琅玕焉。又曰：三成爲崑崙丘。注云：崑崙山三重，故以名云。昔人引《山海經》，西海之南，流沙之濱，赤水之後，黑水之前，有大山，名崑崙之丘。其下有弱水之淵環之。又曰：鐘山西六百里，有崑崙山，所出五水。今按：《山海經》内崑崙虚在西北，帝之下都，方八百里，高萬仞。山有木禾，面有九井，以玉爲檻，面有五門，門有開明獸守之，百神之所在。郭璞曰：此自别有小崑崙也。《淮南子》云：崑崙虚中有增城九重，上有木禾，珠樹、玉樹、琁樹、不死樹在其西，沙棠、琅玕在其東，絳樹在其南，碧樹、瑶樹在其北。東方朔《十洲記》：崑陵即崑崙，中狹上廣，故曰崑崙。山有三角，其一角正東，名曰崑崙宫，其處有積金爲墉城，面方千里，城上安金臺五所，玉樓十二。《神異經》云：崑崙有銅柱焉，其高入天，所謂天柱也。圍三千里，圓周如削，下有回屋，仙人九府所治。又一説云：大五嶽者，中嶽崑崙，在九海中，爲天地心，神仙所居，五帝所理。凡此諸説，誕實未聞也。**路脩遠以周流。**言己設去楚國遠行，乃轉至崑崙神明之山，其路遥遠，周流天下，以求同志也。**揚雲霓之晻藹兮，**揚，披也。晻藹，猶蓊鬱，蔭貌也。一本，「揚」下有「志」字。藹，《釋文》作濭，一作靄。五臣云：揚，舉也。雲霓，虹也，畫之於旌旗。晻藹，旌旗蔽日貌。〔補〕曰：晻藹，暗也，冥也。晻，烏感切。藹、靄、濭，並於蓋切。**鳴玉鸞之啾啾。**鸞，鸞鳥也。以玉爲之，著於衡，和著於軾。啾啾，鳴聲也。言己從崑崙將遂陞天，披雲霓之蓊鬱，排讒佞之黨羣，鳴玉鸞之啾啾，而有節度也。五臣云：玉，馬佩也。鸞，車鈴也。言我去國，亦守節度而行。〔補〕曰：許慎云：鸞以象鳥之聲。（按《説文》鑾字注：象鸞鳥聲。）《詩》云：和鸞雝雝。注云：在軾曰和，在鑣曰鸞。《禮記》曰：君子在車，則聞鸞和之音。注云：鸞在衡，和在式。《正義》云：鸞在衡，和在式，謂常所乘之車。若田獵之車，則鸞在馬鑣。《韓詩外傳》曰：升車則馬動，馬動則鸞鳴，鸞鳴則和應。啾，音揫。《埤倉》云：衆聲也。**朝發軔於天津兮，**天津，東極箕、斗之間，漢津也。〔補〕曰：《爾雅》：析木謂之津，箕、斗之間，漢津也。注云：箕，龍尾。斗，南斗。天漢之津梁。疏云：天河在箕、斗二星之閒，隔河須津梁以渡，故謂此次爲析木之津。《天文大象賦》云：天津橫漢以摛光。注云：天津九星，在虛危北，橫河中，津梁所渡。**夕余至乎西極。**言己朝發天之東津，萬物所生，夕至地之西極，萬物所成，動順陰陽之道，且亟疾也。〔補〕曰：《上林賦》云：左蒼梧，右西極。注引《爾雅》，西至于豳國，爲西極。又《淮南》曰：西方西極之山，曰閶闔之門。**鳳皇翼其承旂兮，**翼，敬也。旂，旗也。畫龍虎爲旂也。《文選》翼作紛。〔補〕曰：《周禮》：交龍爲旂，熊虎爲旗。《左傳》曰：三辰旂旗。《爾雅》有鈴曰旂。旂，渠希切。旗，渠之切。**高翺翔之翼翼。**翼翼，和貌。言己動順天道，則鳳皇來隨我車，敬承旂旗，高飛翺翔，翼翼而和，嘉忠正、懷有德也。之，一作而。五臣云：鳳皇承旂，引路飛翔，翼翼然扶衛於己。〔補〕曰：古者旌旗皆載於車上，故逸以承旂爲來隨我車。《遠遊》注云「俊鳥夾轂而扶輪」是也。五臣以爲引路，誤矣。《淮南》曰：鳳皇曾逝萬仞之上，翺翔四海之外。注云：鳥之高飛，翼一上一下曰翺，直刺不動曰翔。**忽吾行此流沙兮，**流沙，沙流如水也。《尚書》曰：餘波入于流沙。五臣云：流沙，西極也。〔補〕曰：《山海經》：流沙出鍾山西行。注云：今西海居延澤，《尚書》所謂流沙者，形如月生五日。張揖云：流沙，沙與水流行也。顔師古曰：流沙但有沙流，本無水也。**遵赤水而容與。**遵，循也。赤水，出崑崙山。容與，游戲貌。言吾行忽然過此流沙，遂循赤水而游戲，雖行遠方，動以潔清自洒飾也。〔補〕曰：《博雅》云：崑崙虛，赤水出其東南陬，河水出其東北陬，洋水出其西北陬，弱水出其西南陬。河水入東海，三水入南海。《穆天子傳》曰：遂宿于崑崙之阿，赤水之陽。《莊子》曰：黄帝游乎赤水之北，登乎崑崙之丘。**麾蛟龍使梁津兮，**舉手曰麾。小曰蛟，大曰龍。或言以手教曰麾。津，西海也。蛟龍，水虫也。以蛟龍爲橋，乘之以渡，似周穆王之越海，比黿鼉以爲梁也。使，一作吕。五臣曰：麾，招也。〔補〕曰：麾，許爲切。《廣雅》曰：有鱗曰蛟龍，有翼曰應龍，有角曰虬龍，無角曰螭龍。郭璞曰：蛟似蛇，四足，小頭，細頸，卵生，子如三斛瓮，能吞人，龍屬也。《説文》曰：津，水渡也。詔西皇使涉予。詔，告也。西皇，帝少皞也。涉，渡也。言我乃麾蛟龍，以橋西海，使少皞來渡我，動與神獸聖帝相接，言能渡萬民之厄也。予，一作余。〔補〕曰：少皞以金德王，白精之君，故曰西皇。《遠遊》注云：西皇所居，在西海之津。予，我也，上聲。路脩遠以多艱兮，艱，難也。騰衆車使徑待。騰，過也。言崑崙之路，險阻艱難，非人所能由，故令衆車先過，使從邪徑以相待也。以言己所行高遠，莫能及也。待，一作侍。路不周以左轉兮，不周，山名，在崑崙西北。轉，行也。五臣云：左轉者，君子尚左。〔補〕曰：《山海經》：西北海之外，大荒之隅，有山而不合，名曰不周。注云：此山形有缺，不周匝，因名之。西北不周風自此出也。《淮南子》云：西北方不周之山，曰幽都之門。又曰：崑崙之山，北門開，以納不周之風。《大人賦》曰：回車朅來兮，絶道不周。張揖曰：不周山在崑崙東南二千三百里。以《山海經》、《淮南子》考之，不周當在崑崙西北，逸説是也。《遠遊》曰：歷太皓以右轉。太皓在東方，自左而之右，故下云遇蓐收乎西皇也。此云「路不周以左轉」，不周在西北海之外，自右而之左，故曰指西海以爲期也。五臣説非是。指西海以爲期。指，語也。期，會也。言己使語衆車，我所行之道，當過不周山而左行，俱會西海之上也。過不周者，言道不合於世也。左轉者，言君行左乖，不與己同志也。〔補〕曰：《博物志》云：七戎、六蠻、九夷、八狄，謂之四海。言皆近海。漢張騫渡西海，至大秦，大秦之西鳥遲國，鳥遲國之西，復言有海。西海之濱，有小崑崙，高萬仞，方八百里。屯余車其千乘兮，屯，陳也。五臣云：屯，聚也。車所以載己，言君子以德自載，亦如車焉。聚千乘者，言道德之多，並運於己，所在可馳走。〔補〕曰：屯，徒渾切。乘，實證切。齊玉軑而並馳。軑，錮也。一云車轄也。言乃屯陳我車，前後千乘，齊以玉爲車轄，並馳左右。言從己者衆，皆有玉德，宜輔千乘之君也，即道千乘之國也。〔補〕

曰：軑音大。《方言》云：輪，韓、楚之閒謂之軑。齊，同也，言齊驅並進。駕八龍之婉婉兮，婉婉，龍貌。五臣云：八龍，八節之氣也。婉，於阮切，《釋文》作蜿，於元切。載雲旗之委蛇。言己乘八龍，神智之獸，其狀婉婉，又載雲旗，委蛇而長也。駕八龍者，言己德如龍，可制御八方也。載雲旗者，言己德如雲，能潤施萬物也。蛇，一作移。一作逶迤。五臣云：言我所往，皆與神游，故可御氣爲駕，載雲爲旗也。〔補〕曰：《文選》注云：其高至雲，故曰雲旗。委，於爲切。蛇，弋支切。抑志而弭節兮，神高馳之邈邈。邈邈，遠貌。言己雖乘雲龍，猶自抑案，弭節徐行，高抗志行，邈邈而遠，莫能追及。一云：邁高馳。五臣云：抑志按節，徐行以候世人，其邈遠莫能逮及也。奏《九歌》而舞《韶》兮，《九歌》，《九德》之歌，禹樂也。《韶》，《九韶》，舜樂也，《尚書》：簫韶九成。是也。〔補〕曰：《周禮》有《九德》之歌，《九磬》之舞。啟樂有《九辯》、《九歌》。又《山海經》：夏后開始歌《九招》。開即啟也。《竹書》云：夏后啟舞《九韶》。聊假日以婾樂。言己德高智明，宜輔舜、禹以致太平，奏《九德》之歌、《九韶》之舞，而不遇其時，故假日游戲婾樂而已。假，一作暇。〔補〕曰：顏師古云：此言遭遇幽厄，中心愁悶，假延日月，苟爲娛樂耳。今俗猶言借日度時。故王仲宣《登樓賦》云：登茲樓以四望兮，聊假日以消憂。今之讀者改「假」爲「暇」，失其意矣。李善注仲宣賦，引《荀子》多暇日，亦承誤也。婾，樂也，音俞。陟陞皇之赫戲兮，皇，皇天也。赫戲，光明貌。一無「陟」字。陞，一作升。〔補〕曰：《西京賦》云：叛赫戲以煇煌。赫戲，炎盛也。戲與曦同。忽臨睨夫舊鄉。睨，視也。舊鄉，楚國也。言己雖升崑崙，過不周，渡西海，舞《九韶》，陞天庭，據光曜，不足以解憂，猶顧視楚國，愁且思也。〔補〕曰：睨，五計切。僕夫悲余馬懷兮，僕，御也。懷，思也。蜷局顧而不行。蜷局，詰屈不行貌。屈原設去世離俗，周天帀地，意不忘舊鄉，忽望見楚國，僕御悲感，我馬思歸，蜷局詰屈而不肯行，此終志不去，以詞自見，以義自明也。五臣云：蜷局回顧而不肯行。〔補〕曰：蜷，音拳，蟲形詰屈也。行，胡郎切，叶韻。

亂曰：亂，理也。所以發理詞指，總撮其要也。屈原舒肆憤懣，極意陳詞，或去或留，文采紛華，然後結括一言，以明所趣之意也。〔補〕曰：《國語》云：其輯之亂。輯，成也。凡作篇章既成，撮其大要以爲亂辭也。《離騷》有亂有重，亂者，總理一賦之終；重者，情志未申，更作賦也。已矣哉，國無人莫我知兮，已矣，絶望之詞。無人，謂無賢人也。《易》曰：闃其户，闃其無人。屈原言已矣，我獨懷德不見用者，以楚國無有賢人知我忠信之故，自傷之詞。一無「哉」字。〔補〕曰：《論語》曰：已矣乎，吾未見好德如好色者也。孔安國曰：已矣，發端歎辭。又何懷乎故都？言衆人無有知己，己復何爲思故鄉念楚國也。既莫足與爲美政兮，吾將從彭咸之所居。言時世之君無道，不足與共行美德、施善政者，故我將自沈汨淵，從彭咸而居處也。

叙曰：昔者孔子叡聖明喆，音哲。天生不羣，羣，一作王。定經術，删詩書，一云俾定經術，乃删詩書。正禮樂，制作春秋，以爲後王法。門人三千，罔不昭達。臨終之日，則大義乖而微言絶。其後周室衰微，戰國竝争，道德陵遲，譎詐萌生。於是楊、墨、鄒、孟、孫、韓之徒，各以所知著造傳記，或以述古，或以明世。八字一作咸以名世。而屈原履忠被譖，憂悲愁思，一云憂愁思憤。獨依詩人之義而作《離騷》，上以諷諫，下以自慰。遭時闇亂，不見省納，不勝憤懣，遂復作《九歌》以下凡二十五篇。楚人高其行義，瑋其文采，以相教傳。

或作傳教。至於孝武帝，恢廓道訓，使淮南王安作《離騷經章句》，則大義粲然。後世雄俊，莫不瞻慕，一作仰。舒肆妙慮，一云攄舒妙思。纘述其詞。逮至劉向，顔師古讀如本字。典校經書，分爲十六卷。孝章即位，深弘道藝，而班固、賈逵復以所見改易前疑，各作《離騷經章句》。其餘十五卷，一作篇。闕而不説。又以壯爲狀，一作扶。義多乖異，事不要括。一作撮。今臣復以所識所知，稽之舊章，合之經傳，八字一云稽之經傳。作十六卷章句。雖未能究其微妙，然大指之趣，略可見矣。且人臣之義，以忠正爲高，以伏節爲賢。故有危言以存國，殺身以成仁。是以伍子胥不恨於浮江，比干不悔於剖心，然後忠立而行成，忠，一作德。榮顯而名著。著，一作稱。若夫懷道以迷國，詳愚而不言，詳與佯同，詐也。顛則不能扶，危則不能安，婉娩以順上，婉娩，一作娩娩，一作僶俛。逡巡以避患，雖保黄耇，終壽百年，蓋志士之所恥，愚夫之所賤也。今若屈原，膺忠貞之質，體清潔之性，直若砥矢，言若丹青，進不隱其謀，退不顧其命，此誠絶世之行，俊彦之英也。而班固謂之「露才揚己」，一作班、賈。「競於羣小之中，怨恨懷王，譏刺椒、蘭，苟欲求進，强巨姜切。非其人，不見容納，忿恚自沈」，是虧其高明，而損其清潔者也。昔伯夷、叔齊讓國守分，作志。不食周粟，遂餓而死，豈可復謂有求於世而怨望哉。一作恨怨。且詩人怨主刺一作諫。上曰：「嗚呼！小子，未知臧否，匪面命之，言提其耳！」風諫之語，於斯爲切。然仲尼論之，以爲大雅。引此比彼，屈原之詞，優游婉順，寧以其君一有爲字。不智之故，欲提攜其耳乎！而論者以爲「露才揚己」、「怨刺其上」、「强非其人」，殆失厥中矣。夫《離騷》之文，依託《五經》以立義焉：「帝高陽之苗裔」，則「厥初生民，時惟姜嫄」也；「紉秋蘭以爲佩」，則「將翱將翔，佩玉瓊琚」也；「夕攬洲之宿莽」，則《易》「潛龍勿用」也；「駟玉虯而乘鷖」，則「時乘六龍以御天」也；「就重華而敶詞」，則《尚書》咎繇之謀謨也；「登崑崙而涉流沙」，則《禹貢》之敷土也。故智彌盛者其言博，才益多者其識遠。多，一作劭。屈原之詞，誠博遠矣。自一有「孔丘」字。終没以來，名儒博達之士著造詞賦，莫不擬則其儀表，祖式其模範，取其要妙，竊其華藻，所謂金相玉質，百世無匹，世，一作歲。名垂罔極，永不刊滅者矣。班孟堅序云：「昔在孝武，博覽古文。淮南王安叙《離騷傳》，以《國風》好色而不淫，《小雅》怨誹而不亂，若《離騷》者，可謂兼之。蟬蜕濁穢之中，浮游塵埃之外，皭然泥而不滓；推此志，雖與日月争光可也。斯論似過其真。又説：五子以失家巷，謂五子胥也。及至羿、澆、少康、貳姚、有娀佚女，皆各以所識有所增損，然猶未得其正也。故博采經書傳記本文以爲之解。且君子道窮，命矣。故潛龍不見是而無悶。《關雎》哀周道而不傷。蘧瑗持可懷之智，甯武保如愚之性，咸以全命避害，不受世患。故《大雅》曰：既明且哲，以保其身。斯爲貴矣。今若屈原，露才揚己，競乎危國羣小之閒，以離讒賊。然責數懷王，怨惡椒、蘭，愁神苦思，强非其人，忿懟不容，沈江而死，亦貶絜狂狷景行之士。多稱崑崙、冥婚宓妃虚無之語，皆非法度之政，經義所載。謂之兼《詩》風雅，而與日月争光，過矣！然其文弘博麗雅，爲辭賦宗。後世莫不斟酌其英華，則象其從容。自宋玉、唐勒、景差之徒，漢興，枚乘、司馬相如、劉向、揚雄，騁極文辭，好而悲之，自謂不能及也。雖非明智之器，可謂妙才者也。」政與正同。顏之推云：「自古文人常陷輕薄。屈原露才揚己，顯暴君過。」劉子玄云：「懷、襄不道，其惡存於楚賦。」讀者不以爲過，蓋不隱惡故也。愚嘗折衷其説而論之曰：或問：古人有言：殺其身有益於君則爲之。屈原雖死，何益於懷、襄？曰：忠臣之用心，自盡其愛君之誠耳。死生、毁譽，所不顧也。故比干以諫見戮，屈原以放自沈。比干，紂諸父也。屈原，楚同姓也。爲人臣者，三諫不從則去之。同姓無可去之義，有死而已。《離騷》曰：阽余身而危死兮，覽余初其猶未悔。則原之自處審矣。或曰：原用智於無道之邦，虧明哲保身之義，可乎？曰：愚如武子，全身遠害可也。有官守言責，斯用智矣。山甫明哲，固保身之道。然不曰夙夜匪解，以事一人乎！士見危致命，況同姓，兼恩與義，而可以不死乎！且比干之死，微子之去，皆是也。屈原其不可去乎？有比干以任責，微子去之可也。楚無人焉，原去則國從而亡。故雖身被放逐，猶徘徊而不忍去。生不得力争而强諫，死猶冀其感發而改行，使百世之下，聞其風者，雖流放廢斥，猶知愛其君，眷眷而不忘，臣子之義盡矣。非死爲難，處死爲難。屈原雖死，猶不死也。後之讀其文，知其人，如賈生者亦鮮矣。然爲賦以弔之，不過哀其不遇而已。余觀自古忠臣義士，慨然發憤，不顧其死，特立獨行，自信而不回者，其英烈之氣，豈與身俱亡哉！仍羽人於丹丘，留不死之舊鄉，超無爲以至清，與太初而爲鄰，此《遠遊》之所以作，而難爲淺見寡聞者道也。仲尼曰：樂天知命，故不憂。又曰：樂天知命，有憂之大者。屈原之憂，憂國也；其樂，樂天也。《離騷》二十五篇，多憂世之語。獨《遠遊》曰：道可受兮不可傳，其小無内兮其大無垠。無淈滑而魂兮，彼將自然。壹氣孔神兮，於中夜存。虚以待之兮，無爲之先。此老、莊、孟子所以大過人者，而原獨知之。司馬相如作《大人賦》，宏放高妙，讀者有淩雲之意。然其語多出於此。至其妙處，相如莫能識也。太史公作傳，以爲其文約，其辭微，其志絜，其行廉，其稱文小而其指極大，舉類邇而見義遠。其志絜，故其稱物芳。其行廉，故死而不容自疏。濯淖污泥之中，以浮游塵埃之外，推此志也，雖與日月争光可也。斯可謂深知己者。楊子雲作《反離騷》，以爲君子得時則大行，不得時則龍蛇。遇不遇，命也，何必沈身哉！屈子之事，蓋聖賢之變者。使遇孔子，當與三仁同稱雄，未足以與此。班孟堅、顔之推所云，無異妾婦兒童之見。余故具論之。

離騷贊序

班固

《離騷》者，屈原之所作也。屈原初事懷王，甚見信任。同列上官大夫妒害其寵，讒之王，王怒而疏屈原。屈原以忠信見疑，憂愁幽思而作《離騷》。離，猶遭也。騷，憂也。明己遭憂作辭也。是時周室已滅，七國竝争。屈原痛君不明，信用羣小，國將危亡，忠誠之情，懷不能已，故作《離騷》。上陳堯、舜、禹、湯、文王之法，下言羿、澆、桀、紂之失，以風懷王，終不覺寤，信反閒之説，西朝於秦。秦人拘之，客死不還。至于襄王，復用讒言，逐屈原。在野又作《九章》賦以風諫，卒不見納。不忍濁世，自投汨羅。原死之後，秦果滅楚。其辭爲衆賢所悼悲，故傳於後。

辨　騷

劉勰

自風雅寢聲，莫或抽緒，奇文蔚起，其《離騷》哉！故以（《文心雕龍·辨騷》作已）軒翥詩人之後，奮飛辭家之前，豈去聖之未遠，而楚人之多才乎！ 昔漢武愛騷，而淮南作傳，以爲《國風》好色而不淫，《小雅》怨誹而不亂。 若《離騷》者，可謂兼之。 蟬蛻穢濁之中，浮游塵埃之外，皭一作皦。 然涅而不緇，雖與日月爭光可也。 班固以爲露才揚己，忿懟沈江。羿、澆、二姚，與左氏不合；《離騷》用羿、澆等事，正與左氏合。 孟堅所云，謂劉安說耳。 崑崙、懸圃，非經義所載，然而（同上作其）文辭麗雅，爲詞賦之宗，雖非明哲，可謂妙才。 王逸以爲詩人之提耳（同上無之字），屈原婉順。 《離騷》之文，依經立義：駟虬乘鷖，則時乘六龍；崑崙流沙，則《禹貢》敷土。 名儒詞賦，莫不擬其儀表，所謂金相玉振（同上作質），百世無匹者也。 及漢宣嗟歎，以爲皆合經術。 揚雄諷味，亦言體同詩雅。 四家舉以方經，而孟堅謂不合傳體（同上無體字），襃貶任聲，抑揚過實，可謂鑒而弗精，翫而未覈者也。 將覈其論，必徵言焉。故其陳堯、舜之耿介，稱禹、湯之祗敬，典誥之體也。 譏桀、紂之猖狂（同上作披），傷羿、澆之顛隕，規諷之旨也。 虬龍以諭君子，雲霓以譬讒邪，比興之義也。 每一顧而掩涕，歎君門之九重，忠怨之辭也。 觀茲四事，同於風雅者也。 至於託雲龍，說迂怪，豐隆求宓妃，鴆鳥媒娀女，詭異之辭也。 康回傾地，夷羿彃（同上作彈）日，木夫九首，土伯三目，譎怪之談也。 依彭咸之遺則，從子胥以自適，狷狹之志也。 士女雜坐，亂而不分，指以爲樂，娛酒不廢，沈湎日夜，舉以爲歡，荒淫之意也。 此皆宋玉之詞，非屈原意。 自漢以來，靡麗之賦，勸百而諷一，其流至於齊、梁而極矣，皆自宋玉倡之。　擿（同上作摘）此四事，異乎經典者也。故論其典誥則以（同上作如）彼，語其夸誕則如此。固知《楚辭》者，體慢於三代，而風雅於戰國，乃雅頌之博徒，而詞賦之英傑也。此語施於宋玉可也。　觀其骨鯁所樹，肌膚所附，雖取鎔經意，亦自鑄偉辭。故《騷經》《九章》，朗麗以哀志；《九歌》《九辯》，綺靡以傷情；《遠遊》《天問》，瓌詭而惠巧；《招魂》《大招》，耀豔而深華；《卜居》標放言之致，《漁父》寄獨任（同上作往）之才。一云：獨任當作獨往。　故能氣往轢古，辭來切今，驚采絶燄（同上作豔），難與竝能矣。自《九懷》已下，遽躡其跡，而屈、宋逸步，莫之能追。故其叙情怨，則鬱伊而易感；述離居，則愴怏而難懷；論山水，則循聲而得貌；言節候，則披文而見時。（同上有是以二字）枚、賈追風以入麗，馬、揚沿波而得奇，其衣被詞人，非一代也。故才高者苑（同上作菀）其鴻裁，中巧者獵其豔辭，吟諷者銜其山川，童蒙者拾其香草。若能憑軾以倚雅頌，懸轡以馭楚篇，酌奇而不失其貞，玩華而不墜其實，則顧眄（同上作盼）可以驅辭力，咳唾可以窮文致，亦不復乞靈於長卿，假寵於子淵矣。讚曰：不有屈原，豈見《離騷》。驚才風逸，壯志煙高。煙，一作雲。山川無極，情理實勞。金相玉式，豔溢錙毫。

楚辭卷第二

校書郎臣王　逸上

九歌章句第二　離騷

東皇太一一本自《東皇太一》至《國殤》上皆有祠字。

雲中君

湘君

湘夫人

大司命

少司命

東君

河伯

《九歌》者，屈原之所作也。昔楚國南郢之邑，沅、湘之間，其俗信鬼而好祠。祠，一作祀。《漢書》曰：楚地信巫鬼，重淫祀。《隋志》曰：荆州尤重祠祀。屈原制《九歌》，蓋由此也。其祠，必作歌樂鼓舞以樂諸神。一無歌字。屈原放逐，竄伏其域，懷憂苦毒，愁思沸鬱。出見俗人祭祀之禮，歌舞之樂，其詞鄙陋。因爲作《九歌》之曲，王逸注《九辯》云：九者，陽之數，道之綱紀也。五臣云：九者，陽數之極。自謂否極，取爲歌名矣。按：《九歌》十一首，《九章》九首。皆以九爲名者，取簫韶九成、啟《九辯》《九歌》之義。《騷》經曰：奏《九歌》而舞韶兮，聊假日以婾樂。即其義也。宋玉《九辯》以下皆出於此。上陳事神之敬，下見己之冤結，託之以風諫。故其文意不同，章句雜錯，而廣異義焉。一云：故其文詞意周章雜錯。

吉日兮辰良，日謂甲乙，辰謂寅卯。〔補〕曰：沈括存中云：吉日兮辰良，蓋相錯成文，則語勢矯健。如杜子美詩云：「紅豆啄餘鸚鵡粒，碧梧棲老鳳凰枝。」韓退之云：「春與猿吟兮，秋鶴與飛。」皆用此體也。穆將愉兮上皇。穆，敬也。愉，樂也。上皇，謂東皇太一也。言己將修祭祀，必擇吉良之日，齋戒恭敬，以宴樂天神也。〔補〕曰：愉，音俞。撫長劍兮玉珥，撫，持也。玉珥，謂劍鐔也。劍者，所以威不軌，衛有德，故撫持之也。〔補〕曰：撫，循也，以手循其珥也。《博雅》曰：劍珥謂之鐔。鐔，劍鼻，一曰劍口，一曰劍環。珥，耳飾也。鐔所以飾劍，故取以名焉。珥，音餌。鐔，覃、淫二音。**璆鏘鳴兮琳琅。**璆、琳琅，皆美玉名也。《爾雅》曰：有璆琳琅玕焉。鏘，佩聲也。詩曰：佩玉鏘鏘。言己供神有道，乃使靈巫常持好劍以辟邪，要垂衆佩周旋而舞，動鳴五玉鏘鏘而和，且有節度也。或曰：糾鏘鳴兮琳琅。糾，錯也。琳琅，聲也。謂帶劍佩衆多，糾錯而鳴，其聲琳琅也。鏘，《釋文》作鎗。〔補〕曰：璆，渠幽切。鏘，七羊切。《禮記》曰：古之君子必佩玉，進則揖之，退則揚之，然後玉鏘鳴也。琳，音林。琅，音郎。俗作瑯。《爾雅》曰：西北之美者，有崑崙虛之璆琳琅玕焉。璆琳，美玉名。琅玕，狀似珠也。《本草》云：琅玕，是石之美者，明瑩若珠之色。此言帶劍佩玉，以禮事神也。**瑶席兮玉瑱，**瑶，石之次玉者。《詩》云：報之以瓊瑶。瑱，一作鎮。〔補〕曰：瑶，音遥。一曰，美玉也。瑱，壓也。音鎮。下文云白玉兮爲鎮，是也。《周禮》：玉鎮，大寶器。故書作瑱。鄭司農云：瑱，讀爲鎮。**盍將把兮瓊芳。**盍，何不也。把，持也。瓊，玉枝也。言己修飾清潔，以瑶玉爲席，美玉爲瑱。靈巫何持乎？乃復把玉枝以爲香也。五臣云：靈巫何不持瓊枝以爲芳香，取美潔也。〔補〕曰：盍，音合。**蕙肴蒸兮蘭藉，**蕙肴，以蕙草蒸肉也。藉，所以藉飯食也。《易》曰「藉用白茅」也。蒸，一作𦱆，一作烝。〔補〕曰：肴，骨體也。蒸，進也。𦱆、烝並同。《國語》曰：親戚宴饗，則有殽烝。注云：升體解節折之俎。藉，薦也，慈夜切。**奠桂酒兮椒漿。**桂酒，切桂置酒中也。椒漿，以椒置漿中也。言己供待彌敬，乃以蕙草蒸肴，芳蘭爲藉，進桂酒椒漿，以備五味也。五臣云：蕙、蘭、椒、桂，皆取芬芳。〔補〕曰：《説文》：奠，置祭也。漢樂歌曰：奠桂酒，勺椒漿。《周禮》：四飲之物，三曰漿。**揚枹兮拊鼓，**揚，舉也。拊，擊也。枹，一作桴。〔補〕曰：枹，房尤切，擊鼓槌也。**疏緩節兮安歌，**疏，希也。言肴膳酒醴既具，不敢寧處，親舉枹擊鼓，使靈巫緩節而舞，徐歌相和，以樂神也。五臣云：使曲節希緩而安音清歌。〔補〕曰：疏與疎同。陳竽瑟兮浩倡。陳，列也。浩，大也。言己又陳列竽瑟，大倡作樂，以自竭盡也。〔補〕曰：《禮記》：鍾、磬、竽、瑟以和之。竽，笙類，三十六簧。瑟，琴類，二十五絃。靈偃蹇兮姣服，靈，謂巫也。偃蹇，舞貌。姣，好也。服，飾也。姣，一作妖。服，一作般。〔補〕曰：古者巫以降神。「靈偃蹇兮姣服」，言神降而託於巫也。下文亦曰：靈連蜷兮既留。偃蹇，委曲貌。一曰衆盛貌。《方言》曰：好，或謂之姣。注云：言姣潔也。姣與妖並音狡。般與服同。芳菲菲兮滿堂。菲菲，芳貌也。言乃使姣好之巫，被服盛飾，舉足奮袂，偃蹇而舞。芬芳菲菲，盈滿堂室也。五音紛兮繁會，五音，宫、商、角、徵、羽也。紛，盛貌。繁，衆也。五臣云：繁會，錯雜也。君欣欣兮樂康。欣欣，喜貌。康，安也。言己動作衆樂，合會五音，紛然盛美。神以歡欣，猒飽喜樂，則身蒙慶祐，家受多福也。屈原以爲神無形聲，難事易失。然人竭心盡禮，則歆其祀而惠降以祉（降字據《文選》李善注引補）。自傷履行忠誠以事於君，不見信用而身放棄，遂以危殆也（按《文選》李善注引作而身放逐以危殆也。）。五臣云：君，謂東皇也。欣欣，和悦貌。〔補〕曰：此章以東皇喻君。言人臣陳德義禮樂以事上，則其君樂康無憂患也。

東皇太一

五臣云：每篇之目皆楚之神名。所以列於篇後者，亦猶《毛詩》題章之趣。太一，星名，天之尊神。祠在楚東，以配東帝，故云東皇。〔補〕曰：《漢書・郊祀志》云：天神，貴者太一。太一佐曰五帝。古者天子以春秋祭太一東南郊。《天文志》曰：中宫天極星，其一明者，太一常居也。《淮南子》曰：太微者，太一之庭；紫宫者，太一之居。説者曰：太一，天之尊神，曜魄寶也。《天文大象賦》注云：天皇大帝一星在紫微宫内，勾陳口中。其神曰曜魄寶，主御羣靈，秉萬機神圖也。其星隱而不見。其占以見則爲災也。又曰：太一一星，次天一南，天帝之臣也。主使十六龍，知風雨、水旱、兵革、飢饉、疾疫。占不明反移爲災。

浴蘭湯兮沐芳，蘭，香草也。〔補〕曰：《本草》：白芷一名芳香。樂府有《沐浴子》。劉次莊云：《楚詞》曰：新沐者必彈冠，新浴者必振衣。又曰：與汝沐兮咸池，晞汝髮兮陽之阿。皆潔濯之謂也。李白亦有此作，其詞曰：沐芳莫彈冠，浴蘭莫振衣。處世忌太潔，至人貴藏暉。與屈原意異。華采衣兮若英。華采，五色采也。若，杜若也。言己將修饗祭以事雲神，乃使靈巫先浴蘭湯，沐香芷，衣五采，華衣飾以杜若之英，以自潔清也。〔補〕曰：華，户花切。荀卿《雲賦》云：五采備而成文，衣華采之衣，以其類也。《本草》：杜若，一名杜衡，葉似薑而有文理，味辛香。今復别有杜衡，不相似。按杜衡，《爾雅》所謂「杜土鹵」者也。杜若，《廣雅》所謂「楚衡」者也。其類自别。古人多雜引用。《爾雅》曰：榮而不實者謂之英。靈連蜷兮既留，靈，巫也。楚人名巫爲靈子。連蜷，巫迎神導引貌也。既，已也。留，止也。一本「靈」下有「子」字。〔補〕曰：蜷，音拳。《南都賦》云：蛾眉連卷。連卷，長曲貌。爛昭昭兮未央。爛，光貌也。昭昭，明也。央，已也。言巫執事肅敬，奉迎導引，顏貌矜莊，形體連蜷，神則歡喜，必留而止。見其光容爛然昭明，無極已也。蹇將憺兮壽宫，蹇，詞也。憺，安也。壽宫，供神之處也。祠祀皆欲得壽，故名爲壽宫也。言雲神既至於壽宫，歆饗酒食，憺然安樂，無有去意也。〔補〕曰：憺，徒濫切。漢武帝置壽宫神君。臣瓚曰：壽宫，奉神之宫。與日月兮齊光。齊，同也。光，明也。言雲神豐隆，爵位尊高，乃與日月同光明也。夫雲興而日月昏，雲藏而日月明，故言齊光也。齊，一作爭。龍駕兮帝服，龍駕，言雲神駕龍也。故《易》曰：雲從龍。帝，謂五方之帝也。言天尊雲神，使之乘龍，兼衣青黄五采之色，與五帝同服也。五臣云：言神駕雲龍之車。聊翺遊兮周章。聊，且也。周章，猶周流也。言雲神居無常處，動則翺翔，周流往來，且遊戲也。五臣云：翺遊、周章，往來迅疾貌。靈皇皇兮既降，靈，謂雲神也。皇皇，美貌。降，下也。言雲神來下，其貌皇皇，而美有光明也。猋遠舉兮雲中。猋，去疾貌也。雲中，雲神所居也。言雲神往來急疾，飲食既飽，猋然遠舉，復還其處也。〔補〕曰：猋，卑遥切，群犬走貌。《大人賦》曰：猋風涌而雲浮。李善引此，作焱，其字从火，非也。覽冀州兮有餘，覽，望也。兩河之間曰冀州。餘，猶他也。言雲神所在高邈，乃望於冀州，尚復見他方也。五臣云：言神所居高絶，下覽冀州，横望四海，皆有餘而無極。冀州，堯所都。思有道之君，故覽之。〔補〕曰：《淮南子》曰：正中冀州，曰中土。注云：冀，大也。四方之主。又曰：殺黑龍以濟冀州。注云：冀，九州中。謂今四海之内。横四海兮焉窮。窮，極也。言雲神出入奄忽，須臾之間，横行四海，安有窮極也。〔補〕曰：《禮記》云：以横於天下。注云：横，充也。思夫君兮太息，君謂雲神。五臣曰：夫君，謂雲神，以喻君也。言夫君所居高遠，下制有國，我之思君，終不可見，故歎息而憂心也。〔補〕曰：《記》曰：夫，夫也。爲習於禮者。上夫，音扶。極勞心兮㤺㤺。㤺㤺，憂心貌。屈原見雲一動千里，周徧四海，想得隨從，觀望西方，以忘己憂思，而念之終不可得，故太息而歎，心中煩勞而㤺㤺也。或曰：君，謂懷王也。屈原陳序雲神，文義略訖，愁思復至，哀念懷王暗昧不明，則太息增歎，心每㤺㤺，而不能已也。㤺，一作忡。〔補〕曰：㤺，敕中切。《説文》忡，憂也。引《詩》憂心忡忡。《楚詞》作㤺。此章以雲神喻君，言君德與日月同明，故能周覽天下，横被六合，而懷王不能如此，故心憂也。

雲中君

雲神豐隆也。一曰屏翳。已見《騷經》。《漢書·郊祀志》有雲中君。

君不行兮夷猶，君，謂湘君也。夷猶，猶豫也。言湘君所在，左沅、湘，右大江，苞洞庭之波，方數百里，羣鳥所集，魚鼈所聚，土地肥饒，又有險阻，故其神常安，不肯遊蕩，既設祭祀，使巫請呼之，尚復猶豫也。**蹇誰留兮中洲？**蹇，詞也。留，待也。中洲，洲中也。水中可居者曰洲。言湘君蹇然難行，誰留待於水中之洲乎？以爲堯用二女妻舜，有苗不服，舜往征之，二女從而不反，道死於沅、湘之中，因爲湘夫人也。所留，蓋謂此堯之二女也。五臣云：誰將留待於中洲乎？欲神之速至也。〔補〕曰：逸以湘君爲湘水神，而謂留湘君於中洲者，二女也。韓退之則以湘君爲娥皇，湘夫人爲女英。留，止也。**美要眇兮宜修，**要眇，好貌。修，飾也。言二女之貌，要眇而好，又宜修飾也。眇，一作妙。一本「宜」上有「又」字。〔補〕曰：要，於笑切。眇，與妙同。《前漢》傳曰：幼眇之聲。亦音要妙。此言娥皇容德之美，以喻賢臣。**沛吾乘兮桂舟。**沛，行貌。舟，船也。吾，屈原自謂也。言己雖在湖澤之中，猶乘桂木之船，沛然而行，常香淨也。五臣云：我復乘桂舟以迎神。舟用桂者，取香潔之異。乘，一作棄。〔補〕曰：《孟子》曰：如水之就下，沛然誰能禦之。沛，普賴切。桂舟，迎神之舟。屈原因以自喻。**令沅湘兮無波，**沅、湘，水名。**使江水兮安流！**言己乘船，常恐危殆。願湘君令沅、湘無波涌，使江水順徑徐流，則得安也。〔補〕曰：沅、湘已見《騷經》。《水經》及《荆州記》云：江出岷山，其源若甕口，可以濫觴。潛行地底數里，至楚都遂廣十里，名爲南江。初在犍爲，與青衣水、汶水合。東北至巴郡，與涪水、漢水、白水合。至長沙，與澧水、沅水、湘水合。至江夏，與沔水合。至潯陽，分爲九道，東會於彭澤，經蕪湖，名爲中江。東北至南徐州，名爲北江，而入海也。**望夫君兮未來，**君，謂湘君。未，一作歸。**吹參差兮誰思！**參差，洞簫也。言己供修祭祀，瞻望於君，而未肯來，則吹簫作樂，誠欲樂君，當復誰思念也。五臣云：謂神肯來斯，而我作樂，吹聲參差，當復思誰，言思神之甚。一作篸篨。〔補〕曰：《風俗通》云：舜作簫，其形參差，象鳳翼。參差，不齊之貌。初簪、叉宜二切。此言因吹簫而思舜也。《洞簫賦》云：吹參差而入道德。洞簫，簫之無底者。篸箑，竹貌。**駕飛龍兮北征**，征，行也。屈原思神略畢，意念楚國，願駕飛龍北行，亟還歸故居也。**邅吾道兮洞庭。**邅，轉也。洞庭，太湖也。言己欲乘龍而歸，不敢隨從大道，願轉江湖之側，委曲之徑，欲急至也。五臣云：轉道於洞庭湖上而直歸。〔補〕曰：邅，池戰切。《文選》音陟連切，原欲歸而轉道於洞庭者，以湘君在焉故也。《山海經》曰：洞庭之山，帝之二女居之。是常游于江淵，澧、沅之風，交瀟湘之淵，出入多飄風暴雨。注云：言二女遊戲江之淵府，則能鼓動三江，令風波之氣共相交通。又曰：湘水出帝舜葬東，入洞庭下。注云：洞庭地穴，在長沙巴陵也。《水經》云：四水同注洞庭，北會大江，名之五渚。《戰國策》「秦與荆戰，大破之，取洞庭五渚」是也。湖水廣員五百餘里，日月若出没於其中。湖中有君山，潛通吴之苞山。郭景純《江賦》云「苞山洞庭，巴陵地道，潛陸旁通，幽岫窈窕」者也。按吴中太湖，一名洞庭。而巴陵之洞庭，亦謂之太湖。逸云：太湖，蓋指巴陵洞庭耳。**薜荔柏兮蕙綢**，薜荔，香草。柏，榑壁也。綢，縛束也。《詩》曰：綢繆束楚。是也。柏，一作拍。榑，一作搏。〔補〕曰：柏，拍並音博。綢，儔、叨二音。**蓀橈兮蘭旌。**蓀，香草也。橈，船小楫也。屈原言己居家則以薜荔榑飾四壁，蕙草縛屋，乘船則以蓀爲楫櫂，蘭爲旌旗，動以香潔自修飾也。蓀，一作荃。旌，一作旍。〔補〕曰：蓀、荃，見《騷經》。橈，而遥切。《方言》云：楫，謂之橈，或謂之櫂。《周禮》云：析羽爲旌。《爾雅》云：注旄首曰旌，旍與旌同。諸本或云：乘荃橈。乘，一作承。或云：采荃橈兮蘭旗。皆後人增改，或傳寫之誤耳。**望涔陽兮極浦**，涔陽，江碕名，近附郢。極，遠也。浦，水涯也。〔補〕曰：涔，音岑。碕，音祈，曲岸也。今澧州有涔陽浦。《水經》云：涔水出漢中南縣東南旱山，北至沔陽縣南，入于沔。涔水，即黄水也。《集韻》：涔，郎丁切，水名。其字从令。引《楚辭》望涔陽兮極浦。未詳。《説文》云：浦，濱也。《風土記》：大水，有小口别通，曰浦。**橫大江兮揚靈。**靈，精誠也。屈原思念楚國，願乘輕舟，上望江之遠浦，下附郢之碕，以渫憂患，橫度大江，揚己精誠，冀能感悟懷王使還己也。五臣曰：言我遠遊此浦，將橫絶大江，揚其精誠於君側。〔補〕曰：橫大江兮揚靈。以湘君在焉故也。**揚靈兮未極，**極，已也。**女嬋媛兮爲余太息。**女謂女嬃，屈原姊也。嬋媛，猶牽引也。言己遠揚精誠，雖欲自竭盡，終無從達，故女嬃牽引而責數之，爲己太息悲毒，欲使屈原改性易行，隨風俗也。五臣云：言我揚精誠未已，女嬃牽引時事，以爲不變節從俗，終不可爲，而爲我歎息也。〔補〕曰：嬋媛已見《騷經》。**橫流涕兮潺湲，**潺湲，流貌。屈原感女嬃之言，外欲變節，而意不能改，内自悲傷，涕泣橫流也。〔補〕曰：潺，仕連、鉏山二切。湲，音爰。**隱思君兮陫側。**君，謂懷王也。陫，陋也。言己雖見放棄，隱伏山野，猶從側陋之中，思念君也。〔補〕曰：隱，痛也。《孟子》曰：惻隱之心。陫，符沸切。《説文》：隱也。**桂櫂兮蘭枻，**櫂，楫也。枻，船旁板也。一作栧。五臣云：桂蘭，取其香也。〔補〕曰：櫂，直教切。枻，音曳。楫謂之枻，一曰柂也。**斲冰兮積雪。**斲，斫也。言己乘船，遭天盛寒，舉其櫂楫，斲斫冰凍，紛然如積雪，言己勤苦也。一云斲曾冰。五臣云：言志不通，猶乘舟，值天盛寒，斲斫冰凍，徒爲勤苦，而不得前也。**采薜荔兮水中，**薜荔之草，緣木而生。**搴芙蓉兮木末。**搴，手取也。芙蓉，荷華也。生水中。屈原言己執忠信之行，以事於君，其志不合，猶入池涉水而求薜荔，登山緣木而采芙蓉，固不可得也。〔補〕曰：搴，音蹇。**心不同兮媒勞，**言婚姻所好，心意不同，則媒人疲勞，而無功也。屈原自喻行與君異，終不可合，亦疲勞而已也。**恩不甚兮輕絶。**言人交接初淺，恩不甚篤，則輕相與離絶。言己與君同姓共祖，無離絶之義也。五臣曰：事君之道，亦類此焉。**石瀨兮淺淺，**瀨，湍也。淺淺，流疾貌。〔補〕曰：瀨，落蓋切。《説文》曰：

水流沙上也。《文選》注云：石瀨，水激石間，則怒成湍。淺，音牋。**飛龍兮翩翩。**屈原憂愁，覩視川水，見石瀨淺淺，疾流而下，將有所至；仰見飛龍，翩翩而上，將有所登。自傷棄在草野，終無所登至也。五臣云：下視水石，淺淺而流；仰觀飛龍，翩翩而舉。物皆遂性，我獨不然也。〔補〕曰：《説文》云：翩，疾飛也。**交不忠兮怨長，**交，友也。忠，厚也。言朋友相與不厚，則長相怨恨。言己執履忠信，雖獲罪過，不敢怨恨於衆人也。**期不信兮告余以不閒。**閒，暇也。言君嘗與己期，欲共爲治，後以讒言之故，更告我以不閒暇，遂以疏遠己也。余，一作我。五臣云：言君與臣下爲友，而臣爲不忠，則怨而責之，己爲不信，則以爲閒爾。疾其君初欲與己爲治，後遂相背焉。〔補〕曰：此言朋友之交，忠則見信，不忠則生怨。臣忠於君，則君宜見信，而反告我以不閒，所謂羌中道而回畔兮，反既有此它志也。此原陳己之志於湘君也。閒，音閑。**鼂騁騖兮江皐，**鼂，以喻盛明也。澤曲曰皐。言己願及鼂，明己年盛時，任重馳驅，以行道德也。鼂，一作朝。〔補〕曰：鼂，陟遥切，早也。騁，音逞。騖，音務。《説文》曰：騁，直馳也。騖，亂馳也。**夕弭節兮北渚。**弭，安也。渚，水涯也。夕以喻衰，言日夕將暮，己已衰老，弭情安意，終志草壄也。五臣云：喻己盛少之時，願驅馳於君前，及衰謝之日，反安意於草野，自歎之詞。〔補〕曰：騁騖、弭節，不出江皐北渚之間，自傷不得居朝廷也。渚，沚也。《爾雅》：小洲曰陼。《韓詩章句》：水一溢而爲渚。**鳥次兮屋上，**次，舍也。再宿曰信，過信曰次。**水周兮堂下。**周，旋也。言己所居，在湖澤之中，衆鳥舍止我之屋上，流水周旋己之堂下，自傷與鳥獸魚鼈同爲伍也。〔補〕曰：下，音户。**捐余玦兮江中，**玦，玉佩也。先王所以命臣之瑞，故與環即還，與玦即去也。〔補〕曰：捐，音沿。玦，古穴切，如環，而有缺。《左傳》曰：佩以金玦，棄其衷也。《荀子》曰：絶人以玦。皆取弃絶之義。《莊子》曰：緩佩玦者，事至而斷。《史記》曰：舉佩玦以示之。皆取決斷之義。**遺余佩兮醴浦。**遺，離也。佩，瓊琚之屬也。

言己雖見放逐，常思念君，設欲遠去，猶捐玦佩置於水涯，冀君求己，示有還意。佩，一作珮。醴，一作澧。五臣云：捐、遺，皆置也。玦、珮，朝服之飾，置於江、澧二水之涯者，冀君命己，猶可以用也。〔補〕曰：捐玦遺佩，以詒湘君。與《騷經》解佩纕以結言同意，喻求賢也。遺，平聲。《方言》注云：澧水，今在長沙。《水經》云：澧水，出武陵充縣，注於洞庭。按《禹貢》曰：又東至於澧。《史記》作醴。孔安國，馬融、王肅皆以醴爲水名。鄭玄曰：醴，陵名也。長沙有醴陵縣。澧、醴，古書通用。今澧州有佩浦，因《楚詞》爲名也。**采芳洲兮杜若，**芳洲，香草藂生水中之處。〔補〕曰：藂，音叢。

將以遺兮下女。遺，與也。女，陰也。以喻臣，謂己之儔匹。言己願往芬芳絶異之洲，采取杜若，以與貞正之人，思與同志，終不變更也。五臣云：欲將己之美，投於賢臣者，思與同志，復爲治道。〔補〕曰：遺，去聲。既詒湘君以佩玦，又遺下女以杜若，好賢不已也。《騷經》曰：相下女之可詒。**旹不可兮再得，**言日不再中，年不再盛也。旹，一作時。

聊逍遥兮容與。逍遥，遊戲也。《詩》曰：狐裘逍遥。言天時不再至，人年不再盛，己年既老矣，不遇於時，聊且逍遥而遊，容與而戲，以待天命之至也。五臣云：自言憂愁，欲以決死，死不再生，何由復遇。逍遥容與，待君之命，冀得盡其誠心焉。

湘君

劉向《列女傳》：舜陟方死於蒼梧，二妃死於江、湘之間，俗謂之湘君。《禮記》：舜葬於蒼梧之野，蓋二妃未之從也。注云：《離騷》所歌湘夫人，舜妃也。韓退之《黄陵廟碑》云：湘旁有廟，曰黄陵。自前古立，以祠堯之二女——舜二妃者。秦博士對始皇帝云：湘君者，堯之二女，舜妃者也。劉向、鄭玄亦皆以二妃爲湘君。而《離騷》、《九歌》既有湘君，又有湘夫人。

王逸以爲湘君者，自其水神。而謂湘夫人，乃二妃也。從舜南征三苗，不及，道死沅、湘之閒。《山海經》曰：洞庭之山，帝之二女居之。郭璞疑二女者，帝舜之后，不當降小水爲其夫人，因以二女爲天帝之女。以余考之，璞與王逸俱失也。堯之長女娥皇，爲舜正妃，故曰君。其二女女英，自宜降曰夫人也。故《九歌》詞謂娥皇爲君，謂女英帝子，各以其盛者，推言之也。禮有小君、君母，明其正，自得稱君也。

帝子降兮北渚，帝子，謂堯女也。降，下也。言堯二女娥皇、女英，隨舜不反，没於湘水之渚，因爲湘夫人。〔補〕曰：此言帝子之神，降於北渚，來享其祀也。帝子，以喻賢臣。**目眇眇兮愁予。**眇眇，好貌。予，屈原自謂也。言堯二女儀德美好，眇然絶異，又配帝舜，而乃没命水中。屈原自傷，不遭値堯、舜，而遇闇君，亦將沈身湘流，故曰愁我也。予，一作余。五臣云：其神儀德美好，愁我失志焉。〔補〕曰：眇眇，微貌。言神之降，望而不見，使我愁也。以況思賢而不得見也。予，音與。**嫋嫋兮秋風，**嫋嫋，秋風摇木貌。〔補〕曰：嫋，長弱貌，奴鳥切。**洞庭波兮木葉下。**言秋風疾，則草木摇，湘水波，而樹葉落矣。以言君政急則衆民愁，而賢者傷矣。或曰：屈原見秋風起而木葉墮，悲歲徂盡，年衰老也。五臣云：喻小人用事，則君子棄逐。〔補〕曰：《淮南》云：見一葉落，而知歲之將暮。又曰：桑葉落而長年悲。下，音户。**白薠兮騁望，**薠，草，秋生，今南方湖澤皆有之。騁，平也。薠，或作蘋。一本此句上有「登」字，皆非也。〔補〕曰：薠，音煩。《淮南子》云：路無莎薠。注云：薠，狀如葴。葴，音針，見《爾雅》。又《説文》云：青薠似莎者。司馬相如賦注云：似莎而大，生江湖，鴈所食。**與佳期兮夕張。**佳，謂湘夫人也。不敢指斥尊者，故言佳也。張，施也。言己願以始秋薠草初生平望之時，修設祭具，夕早灑掃，張施帷帳，與夫人期歆饗之也。一本「佳」下有「人」字。一云：與佳人兮期夕張。五臣云：佳期，謂湘夫人言己願以此夕設祭祀，張帷帳，冀夫人之神來此歆饗，以喻張設忠信以待君命。〔補〕曰：《説文》云：佳，善也。《廣雅》云：佳，好也。張，音帳，陳設也。《周禮》曰：凡邦之張事。《漢書》曰：供張東都門外。言夕張者，猶黄昏以爲期之意。**鳥萃兮蘋中，**萃，集。一本「萃」上有「何」字。五臣云：蘋，水草。〔補〕曰：萃，音遂。**罾何爲兮木上。**罾，魚網也。夫鳥當集木巔，而言草中，罾當在水中，而言木上，以喻所願不得，失其所也。〔補〕曰：罾，音增。**沅有茝兮醴有蘭，**言沅水之中有盛茂之茝，澧水之内有芬芳之蘭，異於衆草，以興湘夫人美好亦異於衆人也。茝，一作芷。醴，一作澧。五臣云：蘭、芷，喻己之善。〔補〕曰：《水經》云：澧水，又東南注於沅水，曰澧口，蓋其枝瀆耳。引沅有芷兮澧有蘭。或曰：澧州有蘭江，因此爲名。**思公子兮未敢言。**公子，謂湘夫人也。重以卑説尊，故變言公子也。言己想若舜之遇二女，二女雖死，猶思其神，所以不敢達言者，士當須介，女當須媒也。五臣云：公子，謂夫人喻君也。未敢言者，欲待賢主。〔補〕曰：諸侯之子，稱公子。謂子椒、子蘭也。思椒、蘭，宜有蘭、茝之芬芳。未敢言者，恐逢彼之怒耳。此原陳己之志於湘夫人也。《山鬼》云：思公子兮徒離憂。**荒忽兮遠望，觀流水兮潺湲。**言鬼神荒忽，往來無形，近而視之，彷彿若存，遠而望之，但見水流而潺湲也。荒，一作慌。忽，一作惚。〔補〕曰：慌，《釋文》、《文選》並音荒。此言遠望楚國，若有若無，但見流水之潺湲耳。荒忽，不分明之貌。**麋何食兮庭中？**麋，獸名，似鹿也。食，一作爲。〔補〕曰：麋，音眉。《月令》曰：麋角解。疏云：麋陰獸，情淫而遊澤。**蛟何爲兮水裔？**蛟，龍類也。麋當在山林，而在庭中，蛟當在深淵，而在水涯，以言小人宜在山野，而陞朝廷，賢者當居尊官，而爲僕隸也。裔，一作裹。〔補〕曰：裔，邊也，末也。蛟在水裔，猶所謂神龍失水而陸居也。**朝馳**

余馬兮江皋，一云朝馳騁兮江皋。夕濟兮西澨。濟，渡也。澨，水涯也。自傷驅馳不出湘、潭之間。〔補〕曰：澨，音逝。《說文》曰：澨，埤增水邊土，人所居者。聞佳人兮召予，予，屈原自謂也。將騰駕兮偕逝。偕，俱也。逝，往也。屈原幽居草澤，思神念鬼，冀湘夫人有命召呼，則願命駕騰馳而往，不待侶偶也。五臣云：冀聞夫人召我，將騰馳車馬，與使者俱往，喻有君命亦將然矣。〔補〕曰：佳人以喻賢人，與己同志者。築室兮水中，葺之兮荷蓋。屈原困於世，願築室水中，託附神明而居處也。一本云以荷蓋。五臣云：願築室結茨於水底，用荷葉蓋之，務清潔也。〔補〕曰：築，版築也。葺，七入切。《說文》：茨也。蓀壁兮紫壇，以蓀草飾室壁，累紫貝爲室壇。蓀，一作荃。〔補〕曰：《荀子》曰：東海則有紫紶魚鹽焉。紫，紫貝也。《相貝經》曰：赤電黑雲謂之紫貝。郭璞曰：今之紫貝，以紫爲質，黑爲文點。陸機云：紫貝，其白質如玉，紫點爲文。《本草》云：貝類極多，而紫貝尤爲世所貴重。《淮南子》曰：腐鼠在壇。注云：楚人謂中庭爲壇。《七諫》曰：雞鶩滿堂壇兮。注云：高殿敞陽爲堂，平場廣坦爲壇。音善。⿷匚釆芳椒兮成堂。布香椒於堂上。一云：播芳椒兮盈堂。〔補〕曰：⿷匚釆，古播字，本作⿷匚釆。《漢官儀》曰：椒房，以椒塗壁，取其温也。桂棟兮以桂木爲屋棟。〔補〕曰：《爾雅》：棟謂之桴。注：屋穩也。蘭橑，以木蘭爲榱也。〔補〕曰：橑，音老。《說文》：椽也。一曰：星橑，簷前木。《爾雅》曰：桷謂之榱。辛夷楣兮辛夷，香草，以作户楣。〔補〕曰：《本草》云：辛夷，樹大連合抱，高數仞。此花初發如筆，北人呼爲木筆。其花最早，南人呼爲迎春。逸云香草，非也。楣，音眉。《說文》云：秦名屋櫋聯也。《爾雅》：楣謂之梁。注云：門户上横梁。葯房。葯，白芷也。房，室也。五臣云：以馨香爲房之飾。〔補〕曰：《本草》：白芷，楚人謂之葯。《博雅》曰：芷，其葉謂之葯，渥、約二音。罔薜荔兮爲帷，罔，結也。言結薜荔爲帷帳。〔補〕曰：罔，讀若網。在旁曰帷。擗蕙櫋兮既張。擗，枅也。以枅蕙覆櫋屋。擗，一從木，一作擘。枅，一作析。櫋，一作槾。五臣云：罔結以爲帷帳，擗析以爲屋聯，盡張設於中也。〔補〕曰：擗，普覓切，一音覓。櫋，音綿，又彌堅切。白玉兮爲鎮，以白玉鎮坐席也。鎮，一作瑱。一本「爲」上有「以」字。疏石蘭兮爲芳。石蘭，香草。疏，布陳也。一本「兮」下有「以」字。一云：疏石蘭以爲芳。五臣云：疏布其芳氣。芷葺兮荷屋，葺，蓋屋也。一本「葺」下有「之」字。五臣云：以芷草及荷葉葺以蓋屋也。繚之兮杜衡。繚，縛束也。杜衡，香草。一本「兮」下有「以」字。衡，一作蘅。〔補〕曰：繚，音了，纏也。謂以荷爲屋，以芷覆之，又以杜衡繚之也。五臣云：束縛杜衡，置于水中。非是。合百草兮實庭，合百草之華，以實庭中。五臣云：百草，香草。實，滿也。建芳馨兮廡門。馨，香之遠聞者，積之以爲門廡也。屈原生遭濁世，憂愁困極，意欲隨從鬼神，築室水中，與湘夫人比鄰而處。然猶積聚衆芳以爲殿堂，修飾彌盛，行善彌高也。〔補〕曰：廡，音武。《説文》曰：堂下周屋也。廡門，謂廡與門也。九嶷繽兮並迎，九嶷，山名，舜所葬也。嶷，一作疑。〔補〕曰：迎，去聲。靈之來兮如雲。言舜使九嶷之山神，繽然來迎二女，則百神侍送，衆多如雲也。如，一作若。〔補〕曰：《詩》云：有女如雲。言衆多也。捐余袂兮江中，袂，衣袖也。〔補〕曰：袂，彌蔽切。遺余褋兮醴浦。褋，襜襦也。屈原託與湘夫人共鄰而處，舜復迎之而去，窮困無所依，故欲捐棄衣物，裸身而行，將適九夷也。醴，一作澧。五臣云：褋，禮襜袖襦也。袂、褋，皆事神所用，今夫人既去，君復背己，無所用也，故棄遺之。〔補〕曰：遺，平聲。褋，音牒。《方言》曰：襌衣，江、淮、南楚之閒謂之褋。捐袂遺褋與捐玦遺佩同意。玦珮，貴之也。袂褋，親之也。搴汀洲兮杜若，將㠯遺兮遠者。汀，平也。遠者，謂高賢隱士也。言己雖欲之九夷絶域之外，猶求高賢之士，平洲香草以遺之，與共修道德也。者，一作渚。五臣云：搴，取也。杜若，以喻誠信。遠者，神及君也。〔補〕曰：汀，它丁切，水際平地。遺，去聲。既詒湘夫人以袂褋，又遺遠者以杜若，好賢不已也。舊本者音渚。《集韻》：者，有覩音。**時不可兮驟得，**驟，數。**聊逍遥兮容與。**言富貴有命，天時難值，不可數得，聊且遊戲，以盡年壽也。與，一作冶。〔補〕曰：不可再得則已矣。不可驟得，猶冀其一遇焉。

湘夫人

廣開兮天門，〔補〕曰：漢樂歌云：天門開，詄蕩蕩。《淮南子》注云：天門，上帝所居紫微宫門也。**紛吾乘兮玄雲。**吾，謂大司命也。言天尊重司命，將出游戲，則爲大開禁門，使乘玄雲而行。〔補〕曰：漢樂歌云：靈之車，結玄雲。**令飄風兮先驅，**迴風爲飄。**使湅雨兮灑塵。**暴雨爲湅雨。言司命爵位尊高，出則風伯、雨師先驅，爲軾路也。灑，一作洒。軾，一作戒。〔補〕曰：湅，音東。《爾雅》注云：今江東呼夏月暴雨爲湅雨。灑，所買切。《淮南子》曰：令雨師灑道，風伯掃塵。自此已上，皆喻君也。**君迴翔兮以下，**迴，運也。言司命行有節度，雖乘風雨，然徐迴運而來下也。迴，一作佪。以，一作來。〔補〕曰：迴翔，猶翺翔也。下，音户。**踰空桑兮從女。**空桑，山名。司命所經。屈原修履忠貞之行，而身放棄，將愬神明，陳己之冤結，故欲踰空桑之山，而要司命也。〔補〕曰：《山海經》云：東曰空桑之山。注云：此山出琴瑟材。《周禮》：空桑之琴瑟。是也。《淮南》曰：舜之時，共工振滔洪水以薄空桑。注云：空桑，地名，在魯也。女，讀作汝。親之之辭，喻欲從君也。**紛總總兮九州，**總總，衆貌。〔補〕曰：堯時九州，見《禹貢》。商九州，見《爾雅》。周九州，見《周禮》。鄒衍云：赤縣神州内自有九州。中國外如赤縣神州者九，乃所謂九州也。

《淮南》曰：天地之間九州：東南神州曰農土，正南次州曰沃土，西南戎州曰滔土，正西弇州曰并土，正中冀州曰中土，西北台州曰肥土，正北濟州曰成土，東北薄州曰隱土，正東陽州曰申土。弇，音奄。何壽夭兮在予！予，謂司命。言普天之下，九州之民，誠甚衆多，其壽考夭折，皆自施行所致。天誅加之，不在於我也。〔補〕曰：此言九州之大，生民之衆，或壽或夭，何以皆在於我？以我爲司命故也。言人君制生殺與奪之命也。予，音與。高飛兮安翔，言司命執持天政，不以人言易其則度，復徐飛高翔而行。乘清氣兮御陰陽。陰主殺，陽主生。言司命常乘天清明之氣，御持萬民死生之命也。清，一作精。〔補〕曰：《易》云：時乘六龍以御天。《莊子》曰：乘天地之正，御六氣之辨。乘，猶乘車。御，猶御馬也。吾與君兮齋速，吾，屈原自謂也。齋，戒也。速，疾也。〔補〕曰：齋速者，齋戒以自敕也。導帝之兮九坑。言己願修飾，急疾齋戒，侍從於君，導迎天帝，出入九州之山。冀得陳己情也。導，一作道。坑，一作阬。《文苑》作岡。〔補〕曰：之，適也。坑，音岡，山脊也。《周禮·職方氏》：九州山鎮，曰會稽、衡山、華山、沂山、岱山、嶽山、醫無閭、霍山、恒山也。《淮南》曰：天地之間，九州八極，土有九山，山有九塞。何謂九山，會稽、泰山、王屋、首山、太華、岐山、太行、羊腸、孟門也。原言司命代天操生殺之柄，人君亦代天制一國之命，故欲與司命導帝適九州之山，以觀四方之風俗，天下之治亂。靈衣兮被被，被被，長貌，一作披。〔補〕曰：被，與披同。玉佩兮陸離。言己得依隨司命，被服神衣，被被而長，玉佩衆多，陸離而美也。壹陰兮壹陽，陰，晦也。陽，明也。衆莫知兮余所爲。屈原言己得配神俱行，出陰入陽。一晦一明，衆人無緣知我所爲作也。〔補〕曰：此言司命開闔變化，能制萬民之命，人君亦當如此也。折疏麻兮瑤華，疏麻，神麻也。瑤華，玉華也。〔補〕曰：謝靈運詩云：折麻心莫展。又云：瑤華未敢折。説者云：瑤華，麻花也。其色白，故比於瑤。此花香，服食可致長壽，故以爲美，將以贈遠。江淹雜擬詩云：

雜珮雖可贈，疏華竟無陳。李善云：疏華，瑤華也。**將以遺兮離居**。離居，謂隱者也。言己雖出陰入陽，涉歷殊方，猶思離居隱士，將折神麻，采玉華，以遺與之。明己行度如玉，不以苦樂易其志也。〔補〕曰：遺，去聲。離居，猶遠者也。自此以下，屈原陳己之志於司命也。**老冉冉兮既極**，極，窮也。極，一作終。**不寖近兮愈疏**。寖，稍也，疏，遠也。言履行忠信，從小至老，命將窮矣，而君猶疑之，不稍親近，而日以疏遠也。寖，一作侵，一作浸。兮，一作而。愈，一作踰。**乘龍兮轔轔**，轔轔，車聲。《詩》云有車轔轔也。《釋文》作軨，音轔。〔補〕曰：今《詩》作鄰。**高駝兮沖天**。言己雖見疏遠，執志彌堅，想乘神龍，轔轔然而有節度，抗志高行，沖天而驅，不以貧困有枉橈也。駝，一作馳。〔補〕曰：《史記》云：一飛沖天。沖，持弓切，直上飛也。《集韻》作翀，與沖通。此言司命高馳而去，不復留也。**結桂枝兮延竚**，延，長也。竚，立也。《詩》曰：竚立以泣。《釋文》延作辿。〔補〕曰：竚，久立也。直吕切。**羌愈思兮愁人**。言己乘龍沖天，非心所樂，猶結木爲誓，長立而望，想念楚國，愁且思也。〔補〕曰：此言司命既去，猶結桂枝以延望。喻君舍己不顧，益憂思也。**愁人兮柰何，願若今兮無虧**。虧，歇也。言己愁思，安可柰何乎？願身行善，常若於今，無有歇也。**固人命兮有當，孰離合兮可爲？**言人受命而生，有當貴賤貧富者，是天禄也。己獨放逐離別，不復會合，不可爲思也。〔補〕曰：君子之仕也，去就有義，用舍有命。屈子於同姓事君之義盡矣。其不見用，則有命焉。或離或合，神實司之，非人所能爲也。一云：孰離合兮不可爲。

大司命

《周禮・大宗伯》：以槱燎祀司中、司命。疏引《星傳》云：三台，上台司命，爲太尉。又文昌宮第四曰司命。按《史記・天官書》：文昌六星，四曰司命。《晉書・天文志》：三台六星，兩兩而居，西近文昌二星，曰上台，爲司命，主壽。然則有兩司命也。《祭法》：王立七祀，諸侯立五祀，皆有司命。疏云：司命，宫中小神。而《漢書・郊祀志》：荆巫有司命。説者曰：文昌第四星也。五臣云：司命，星名。主知生死，輔天行化，誅惡護善也。《大司命》云：乘清氣兮御陰陽。《少司命》云：登九天兮撫彗星。其非宫中小神明矣。

秋蘭兮麋蕪，羅生兮堂下。言己供神之室，空閑清淨，衆香之草，又環其堂下，羅列而生，誠司命君所宜幸集也。秋，一作穐，下同。麋，一作蘪。〔補〕曰：《爾雅》曰：蘄茝，蘪蕪。郭璞云：香草，葉小如萎狀。《山海經》云：臭如蘪蕪。《本草》云：芎藭，其葉名蘼蕪，似蛇牀而香，騷人借以爲譬，其苗四五月間生，葉作叢，而莖細，其葉倍香。或蒔於園庭，則芬香滿徑，七八月開白花。《管子》曰：五沃之土生蘼蕪。相如賦云：穹窮昌蒲，江離蘪蕪。師古云：蘪蕪，即穹窮苗也。下，音户。緑葉兮素枝，芳菲菲兮襲予。襲，及也。予，我也。言芳草茂盛，吐葉垂華，芳香菲菲，上及我也。枝，一作華。五臣云：四句皆喻懷忠潔也。〔補〕曰：襲，音習。予，上聲。夫人自有兮美子，夫人，謂萬民也。一云：夫人兮自有美子。〔補〕曰：夫，音扶。《考工記》曰：夫人而能爲鎛也。夫人，猶言凡人也。蓀何以兮愁苦！蓀，謂司命也。言天下萬民，人人自有子孫，司命何爲主握其年命，而用思愁苦也。以，一作爲。五臣云：蓀，香草，喻司命。言凡人各自有美愛臣子，司命何爲愁苦而司主之，蓋自傷也。〔補〕曰：此言愛其子者，人之常情，非司命所憂，猶恐不得其所。原於君有同姓之恩，而懷王曾莫之恤也。蓀亦喻君。《騷經》曰：荃不察余之中情。是也。秋蘭兮青青，緑葉兮紫莖。言己事神崇敬，重種芳草，莖葉五色，芳香益暢也。一本「蘭」下有「生」字。〔補〕曰：《詩》云：綠竹青青。青青，茂盛也，音菁。**滿堂兮美人，忽獨與余兮目成。**言萬民衆多，美人並會，盈滿於堂，而司命獨與我睨而相視，成爲親親也。五臣云：滿堂，喻天下也。謂天下亦有善人，而司命獨與我相目結成親親者，爲我修道德爾，謂初與己善時也。□□□□□□**入不言兮出不辭，**言神往來奄忽，入不語言，出不訣辭，其志難知。辭，一作詞。**乘回風兮載雲旗。**言司命之去，乘風載雲，其形貌不可得見。五臣云：司命初與己善，後乃往來飄忽，出入不言不辭，乘風載雲，以離於我，喻君之心與我相背也。**悲莫悲兮生別離，**屈原思神略畢，憂愁復出，乃長歎曰：人居世間，悲哀莫痛與妻子生別離，傷己當之也。〔補〕曰：《樂府》有《生別離》，出於此。**樂莫樂兮新相知。**言天下之樂，莫大於男女始相知之時也。屈原言己無新相知之樂，而有生別離之憂也。五臣云：喻己初近君而樂，後去君而悲也。**荷衣兮蕙帶，儵而來兮忽而逝。**言司命被服香淨，往來奄忽，難當值也。儵，一作倏。來，一作倈。五臣云：言神倏忽往來，終不可逢，以喻君。〔補〕曰：《莊子》疏曰：儵爲有，忽爲無。**夕宿兮帝郊，**帝，謂天帝。**君誰須兮雲之際？**言司命之去，暮宿於天帝之郊，誰待於雲之際乎？幸其有意而顧己。五臣云：須，待也。冀君猶待己而命之。**與女遊兮九河，衝風至兮水揚波。**王逸無注。古本無此二句。《文選》遊作游，女作汝，風至作飆起。五臣云：汝，謂司命。九河，天河也。衝飆，暴風也。〔補〕曰：此二句，《河伯》章中語也。**與女沐兮咸池，**咸池，星名，蓋天池也。一作咸之池。〔補〕曰：咸池見《騷經》。**晞女髮兮陽之阿。**晞，乾也。《詩》曰：匪陽不晞。阿，曲隅，日所行也。言己願託司命，俱沐咸池，乾髮陽阿，齋戒潔己，冀蒙天祐也。五臣云：願與司命共爲清潔，喻己與君俱行政教，以治於國。〔補〕曰：晞，音希。《淮南》曰：日出湯谷，浴於咸池，拂於扶桑，是謂晨明；登於扶桑，是謂朏明；至於曲阿，是謂旦明。《遠遊》曰：朝濯髮於湯谷兮，夕晞余身兮九陽。**望美人兮未來，**美人，謂司命。**臨風怳兮浩歌。**怳，失意貌。言己思望司命，而未肯來。臨疾風而大歌，冀神聞之而來至也。五臣云：以喻望君之使未至，臨風怳然而大歌也。浩，大也。〔補〕曰：怳，惝怳也，許往切。**孔蓋兮翠旍，**言司命以孔雀之翅爲車蓋，翡翠之羽爲旗旍，言殊飾也。旍，一作旌。一本此句上有「揚」字。〔補〕曰：相如賦云：宛雛孔鸞。孔，孔雀也。顔師古曰：鳥赤羽者曰翡，青羽者曰翠。《周禮》曰：蓋之圜也，以象天。漢樂歌曰：庶旄翠旌。**登九天兮撫彗星。**九天，八方中央也。言司命乃陞九天之上，撫持彗星，欲掃除邪惡，輔仁賢也。五臣云：飛登於天，撫掃彗星，言願將忠正美行還於君前，翦讒賊矣。〔補〕曰：《左傳》曰：天之有彗，以除穢也。《爾雅》：彗星爲欃槍。彗，祥歲切。偏指曰彗。自此以下，皆喻君也。**竦長劍兮擁幼艾，**竦，執也。幼，少也。艾，長也。言司命執持長劍，以誅絶凶惡，擁護萬民長少，使各得其命也。《釋文》竦，作慫。〔補〕曰：竦、慫，並息拱切。竦，立也。《國語》曰：竦善抑惡。慫，驚也。《孟子》曰：知好色，則慕少艾。説者曰：艾，美好也。《戰國策》云：今爲天下之工或非也，乃與幼艾。又齊王有七孺子。注云：孺子，謂幼艾美女也。《離騷》以美女喻賢臣，此言人君當遏惡揚善，佑賢輔德也。或曰：麗姬，艾封人之子也，故美女謂之艾。猶姬貴姓，因謂美妾爲姬耳。**蓀獨宜兮爲民正。**言司命執心公方，無所阿私，善者佑之，惡者誅之，故宜爲萬民之平正也。蓀，一作荃。五臣云：蓀，香草，謂神也，以喻君。〔補〕曰：正，音征，叶韻。

少司命

暾將出兮東方，謂日始出東方，其容暾暾而盛大也。〔補〕曰：暾，他昆切。**照吾檻兮扶桑。**吾，謂日也。

檻，楯也。言東方有扶桑之木，其高萬仞，日出，下浴於湯谷，上拂其扶桑，爰始而登，照曜四方，日以扶桑爲舍檻，故曰：照吾檻兮扶桑也。〔補〕曰：檻，闌也。户黤切。楯，音盾。**撫余馬兮安驅，**余，謂日也。〔補〕曰：《淮南》曰：日至悲泉，爰止其女，爰息其馬，是謂懸車。車，日所乘也。馬，駕車者也。御之者，羲和也。女，即羲和。馬，即六龍。見《騷經》注。**夜晈晈兮既明。**言日既陞天，運轉而西，將過太陰，徐撫其馬，安驅而行。雖幽昧之夜，猶晈晈而自明也。晈，一作皎。〔補〕曰：晈字从日，與皎同。此言日之將出，羲和御之，安驅徐行，使幽昧之夜，晈晈而復明也。〔補〕曰：舊本明音亡。**駕龍輈兮乘雷，**輈，車轅也。〔補〕曰：震，東方也，爲雷，爲龍。日出東方，故曰「駕龍乘雷」也。《春秋命厤序》曰：皇伯登扶桑，日之陽，駕六龍以上下。《淮南》曰：雷以爲車輪。注云：雷，轉氣也。輈，張留切。《方言》曰：轅，楚、韓之間謂之輈。**載雲旗兮委蛇。**言日以龍爲車轅，乘雷而行，以雲爲旌旗，委蛇而長。委，一作逶。蛇，一作虵。**長太息兮將上，心低佪兮顧懷。**言日將去扶桑，上而升天，則俳佪太息，顧念其居也。低，一作俳，一作儃。〔補〕曰：低佪，疑不即進貌。出不忘本，行則思歸，物之情也。以諷其君迷不知復也。上，上聲，升也。**羌聲色兮娱人，**娱，樂也。一作色聲。**觀者憺兮忘歸。**憺，安也。言日色光明，旦燿四方，人觀見之，莫不娱樂，憺然意安，而忘歸也。〔補〕曰：東方既明，萬類皆作，有聲者以聲聞，有色者以色見，耳目之娱，各自適焉。以喻人君有明德，則百姓皆注其耳目也。**緪瑟兮交鼓，**緪，急張絃也。交鼓，對擊鼓也。緪，一作絚。〔補〕曰：緪，古登切。《長笛賦》曰：絚瑟促柱。**簫鍾兮瑶簴，**王逸無注。簫，一作蕭。〔補〕曰：《儀禮》有笙磬、笙鍾。《周禮》笙師共其鍾笙之樂。注云：鍾笙，與鍾聲相應之笙。然則簫鍾，與簫聲相應之鍾歟？簴，其吕切。《爾雅》木謂之虡，縣鍾磬之木也。瑶簴，以美玉爲飾也。**鳴篪兮吹竽，**篪、竽，樂器名也。言己願供修香美，張施琴瑟，吹鳴篪竽，列備衆樂，以樂大神。篪，一作箎。〔補〕曰：箎，與鯱同，並音池。《爾雅》注云：箎以竹爲之，長尺四寸，圍三寸，一孔上出，一寸三分，名翹，横吹之。小者尺二寸。《廣雅》云：八孔。竽，已見上。**思靈保兮賢姱。**靈，謂巫也。姱，好貌。言己思得賢好之巫，使與日神相保樂也。〔補〕曰：古人云：詔靈保，召方相。説者曰：靈保，神巫也。姱，音户，叶韻。舊苦胡切。未詳。**翾飛兮翠曾，**曾，舉也。言巫舞工巧，身體翾然若飛，似翠鳥之舉也。〔補〕曰：翾，小飛也，許緣切。曾，作滕切。《博雅》曰：翻，翥飛也。**展詩兮會舞。**展，舒。〔補〕曰：展詩，猶陳詩也。會舞，猶合舞也。**應律兮合節，**言乃復舒展詩曲，作爲雅頌之樂，合會六律，以應舞節。〔補〕曰：應，於證切。漢樂歌曰：展詩應律鋗玉鳴。**靈之來兮蔽日。**言日神悦喜，於是來下，從其官屬，蔽日而至也。**青雲衣兮白霓裳，**言日神來下，青雲爲上衣，白蜺爲下裳也。日出東方，入西方，故用其方色以爲飾也。〔補〕曰：霓見《騷經》。**舉長矢兮射天狼。**天狼，星名，以喻貪殘。日爲王者，王者受命，必誅貪殘，故曰舉長矢，射天狼，言君當誅惡也。射，一作䠶。〔補〕曰：射，食亦切。《晉書·天文志》云：狼一星在東井南，爲野將，主侵掠。**操余弧兮反淪降，**言日誅惡以後，復循道而退，下入太陰之中，不伐其功也。〔補〕曰：操，持也，七刀切。弧，音胡。《説文》曰：木弓也。一曰往體寡、來體多曰弧。淪，没也。降，下也，户江切，叶韻。《晉志》曰：弧，九星，在狼東南，天弓也，主備盜賊。《天文大象賦》注云：弧矢九星，常屬矢而向狼，直狼多盜賊，引滿則天下兵起。《河東賦》云：攖天狼之威弧。《思玄賦》云：彎威弧之拔刺兮，射嶓嵱之封狼。**援北斗兮酌桂漿。**斗，謂玉爵。言誅惡既畢，故引玉斗酌酒漿，以爵命賢能，進有德也。〔補〕曰：援，音爰，引也。《詩》云：酌以大斗。斗，酒器也。又曰：維北有斗，不可以挹酒漿。此以北斗喻酒器者，大之也。斗，舊音主。射天狼、酌桂漿，以諷其君不能遏惡揚善也。**撰余轡兮高駝翔，**駝，一作馳，一無此字。〔補〕曰：撰，雛免切，定也，持也。《遠遊》曰：撰余轡而正策。反淪降者，喻人君退託不自有其功。高馳翔者，喻制世馭民於萬物之上。**杳冥冥兮以東行。**言日過太陰，不見其光，出杳杳，入冥冥，直東行而復出。或曰：日月五星，皆東行也。一云：翔杳冥兮。一無「以」字。〔補〕曰：杳，深也。冥，幽也。日出東方，猶帝出乎震也。行，胡岡切，叶韻。

東君

《博雅》曰：朱明耀靈。東君，日也。《漢書·郊祀志》有東君。

與女遊兮九河，河爲四瀆長，其位視大夫。屈原亦楚大夫，欲以官相友，故言女也。九河：徒駭、太史、馬頰、覆鬴、胡蘇、簡、絜、鉤盤、鬲津也。〔補〕曰：女，讀作汝，下同。九河，名見《爾雅》。《書》曰：九河既道。注云：河水分爲九道，在兗州界。又曰：又北播爲九河，同爲逆河，入於海。注云：分爲九河，以殺其溢。漢許商上書云：古記九河之名，有徒駭、胡蘇、鬲津，今見在成平、東光、鬲縣界中。自鬲津以北至徒駭，其閒相去二百餘里。是知九河所在，徒駭最北，鬲津最南，蓋徒駭是河之本道，東出分爲八枝也。**衝風起兮橫波。**衝，隧也。屈原設意與河伯爲友，俱遊九河之中，想蒙神祐，反遇隧風，大波涌起，所託無所也。一本「橫」上有「水」字。五臣云：衝風，暴風也。〔補〕曰：《詩》云：大風有隧。**乘水車兮荷蓋，駕兩龍兮驂螭。**言河伯以水爲車，驂駕螭龍，而戲遊也。一本「螭」上有「白」字。〔補〕曰：《括地圖》云：馮夷常乘雲車，駕二龍。《史記》曰：水神不可見，以大魚蛟龍爲候。《博物志》曰：水神乘魚龍。驂，蒼含切，在旁曰驂。驂，兩騑也。螭，丑知切。《說文》云：如龍而黃。北方謂之地螻。一說無角曰螭。一音離。《集韻》：螹螭，龍無角。**登崑崙兮四望，**崑崙山，河源所從出。〔補〕曰：《援神契》云：河者，水之伯。上應天河。《山海經》云：崑崙山有青河、白河、赤河、黑河，環其墟。其白水出其東北陬，屈向東南流，爲中國河。《爾雅》曰：河出崑崙虛，色白，所渠幷千七百一川。色黄，百里一小曲，千里一曲直。《淮南》曰：河出崑崙，貫渤海，入禹所導積石山也。心飛揚兮浩蕩。浩蕩，志放貌。言己設與河伯俱遊西北，登崑崙萬里之山，周望四方，心意飛揚，志欲陞天，思念浩蕩，而無所據也。日將暮兮悵忘歸，言崑崙之中，多奇怪珠玉之樹，觀而視之，不知日暮。言己心樂志説，忽忘還歸也。〔補〕曰：此言登崑崙以望四方，無所適從，惆悵歎息，而忘歸也。悵，失志也。惟極浦兮寤懷。寤，覺也。懷，思也。言己復徐惟念河之極浦，江之遠碕，則中心覺寤，而復愁思也。〔補〕曰：惟，思也。極浦，所謂望涔陽兮極浦是也。魚鱗屋兮龍堂，紫貝闕兮朱宮。言河伯所居，以魚鱗蓋屋，堂畫蛟龍之文，紫具作闕，朱丹其宮，形容異制，甚鮮好也。《文苑》作珠宮。〔補〕曰：河伯，水神也。故託魚龍之類，以爲宮室闕門觀也。靈何爲兮水中，言河伯之屋，殊好如是，何爲居水中而沈没也。〔補〕曰：此喻賢人處非其所也。乘白黿兮逐文魚。大鼈爲黿，魚屬也。逐，從也。言河伯遊戲，遠出乘龍，近出乘黿，又從鯉魚也。一無「文」字。〔補〕曰：黿，音元。《紀年》曰：穆王三十七年，征伐起師，至九江，叱黿鼉以爲梁。陶隱居云：鯉魚形既可愛，又能神變，乃至飛越山湖，所以琴高乘之。按《山海經》：睢水東注江，其中多文魚。注云：有斑采也。又《文選》云：騰文魚以警乘。注云：文魚，有翅，能飛。逸以文魚爲鯉，豈亦有所據乎。與女遊兮河之渚，流澌紛兮將來下。流澌，解冰也。言屈原願與河伯遊河之渚，而流澌紛然相隨來下，水爲污濁，故欲去也。或曰：流澌，解散。屈原自比流澌者，欲與河伯離别也。〔補〕曰：渚，洲也。澌，音斯。從仌者，流冰也。從水者，水盡也。此當從仌。下，音户。子交手兮東行，子，謂河伯也。言屈原與河伯别，子宜東行，還於九河之居，我亦欲歸也。一本「子」上有「與」字。〔補〕曰：《莊子》曰：河伯順流而東行。送美人兮南浦。

美人，屈原自謂也。願河伯送己南至江之涯，歸楚國也。〔補〕曰：江淹《別賦》云：送君南浦，傷如之何。蓋用此語。波滔滔兮來迎，魚隣隣兮媵予。媵，送也。言江神聞己將歸，亦使波流滔滔來迎，河伯遣魚隣隣侍從，而送我也，隣，一作鱗。〔補〕曰：滔，土刀切，水流貌。《詩》曰：滔滔江漢。媵，以證切。予，音與。屈原託江海之神送迎己者，言時人遇己之不然也。杜子美詩云：岸花飛送客，檣燕語留人。亦此意。

河伯

《山海經》曰：中極之淵，深三百仞，唯冰夷都焉。冰夷，人面而乘龍。《穆天子傳》云：天子西征，至於陽紆之山，河伯無夷之所都居。冰夷、無夷，即馮夷也。《淮南》又作馮遲。《抱朴子·釋鬼篇》曰：馮夷以八月上庚日渡河溺死，天帝署爲河伯。《清泠傳》曰：馮夷，華陰潼鄉隄首人也。服八石，得水仙，是爲河伯。《博物志》云：昔夏禹觀河，見長人魚身出曰：吾河精。豈河伯也？馮夷得道成仙，化爲河伯，道豈同哉？

若有人兮山之阿，若有人，謂山鬼也。阿，曲隅也。被薜荔兮帶女羅。女羅，兔絲也。言山鬼仿佛若人，見於山之阿，被薜荔之衣，以兔絲爲帶也。薜荔、兔絲，皆無根，緣物而生。山鬼亦晻忽無形，故衣之以爲飾也。羅，一作蘿。〔補〕曰：《爾雅》云：唐蒙女蘿。女蘿，兔絲。《詩》云：蔦與女蘿，施于松上。《呂氏春秋》云：或謂菟絲，無根也，其根不屬地，茯苓是也。《抱朴子》云：菟絲之草，下有伏菟之根，無此菟則絲不生於上，然實不屬也。既含睇兮又宜笑，睇，微眄貌也。言山鬼之狀，體含妙容，美目盼然，又好口齒，而宜笑也。五臣云：山鬼美貌，既宜含視，又宜發笑。〔補〕曰：睇，音弟，傾視也。一曰：目小視也。《説文》云：南楚謂眄曰睇。眄，眠見切。《詩》曰：巧笑倩兮，美目盼兮。《大招》曰：靨輔奇牙，宜笑嘕只。山鬼無形，其情狀難知。故含睇宜笑，以喻姱美；乘豹從貍，以譬猛烈；辛夷杜衡，以況芬芳，不一而足也。子慕予兮善窈窕。子，謂山鬼也。窈窕，好貌。《詩》曰：窈窕淑女。言山鬼之貌，既以姱麗，亦復慕我有善行好姿，故來見其容也。善，一作譱。五臣云：喻君初與己誠而用之矣。〔補〕曰：窈，音杳。窕，徒了切。《方言》云：美狀爲窕，美心爲窈。注云：窈，幽靜。窕，閑都也。乘赤豹兮從文狸，狸，一作貍。五臣云：赤豹、文貍，皆奇獸也。將以乘騎侍從者，明異於衆也。乘，一作椉。〔補〕曰：從，隨行也，才用切。豹有數種，有赤豹，有玄豹，有白豹。《詩》曰：赤豹黄羆。陸機云：毛赤而文黑，謂之赤豹。貍有虎斑文者，有貓斑者。《河伯》云：乘白黿兮逐文魚。《山鬼》云：乘赤豹兮從文貍。各以其類也。辛夷車兮結桂旗。辛夷，香草也。言山鬼出入，乘赤豹，從文貍，結桂與辛夷以爲車旗，言其香潔也。《文選》桂誤作旌。〔補〕曰：以辛夷香木爲車，結桂枝以爲旌旗也。被石蘭兮帶杜衡，石蘭、杜衡，皆香草。衡，一作蘅。折芳馨兮遺所思。所思，謂清潔之士，若屈原者也。言山鬼修飾衆香，以崇其善。屈原履行清潔，以厲其身。神人同好，故折芳馨相遺，以同其志也。五臣云：所思，謂君也。喻己被帶忠信，又以嘉言而納於君也。〔補〕曰：遺，去聲。余處幽篁兮終不見天，言山鬼所處，乃在幽篁之内，終不見天地，所以來出歸有德也。或曰：幽篁，竹林也。五臣云：幽，深也。篁，竹叢也。〔補〕曰：篁，音皇。《漢書》云：篁竹之中。注云：竹田曰篁。《西都賦》云：篠簜敷衍，編町成篁。注云：篁，竹墟名也。路險難兮獨後來。言所處既深，其路險阻又難，故來晚暮，後諸神也。五臣云：言己處江山竹叢之間，上不見天，道路險阻，欲與神游，獨在諸神之後，喻己不得見君。讒邪填塞，難以前進，所以索居於此。〔補〕曰：來，音釐。表獨立兮山之上，表，特也。言山鬼後到，特立於山之上，而自異也。雲容容兮而在下。杳冥冥兮羌晝晦，言山鬼所在至高邈，雲出其下，雖白晝猶瞑晦也。五臣云：表，明也。雖明然自異，立於山上，終被雲鄣蔽其下，使不通也。容容，雲出貌。杳，深也。晦，暗也。羌，語詞也。言雲氣深厚，冥冥使晝日昏暗。一云：日窈冥兮羌晝晦。〔補〕曰：此喻小人之蔽賢也。下，音户。東風飄兮神靈雨。飄，風貌。《詩》曰：匪風飄兮。言東風飄然而起，則神靈應之而雨。以言陰陽通感，風雨相和。屈原自傷獨無和也。飄，一作飄飄。五臣云：自傷誠信不能感君也。留靈脩兮憺忘歸，靈脩，謂懷王也。歲既晏兮孰華予。晏，晚也。孰，誰也。言己宿留懷王，冀其還己，心中憺然，安而忘歸，年歲晚暮，將欲罷老，誰復當令我榮華也。五臣云：言君若能除去讒邪，我則可進，留止於君所，不然則歲晏衰老，孰能榮華我乎？〔補〕曰：留，止也。不必讀爲宿留之留。此言當及年德盛壯之時，留於君所。日月逝矣，孰能使衰老之人復榮華乎？自此以下，屈原陳己之志於山鬼也。予，音與。采三秀兮於山間，三秀，謂芝草也。〔補〕曰：《爾雅》苬芝注云：一歲三華，瑞草也。苬，音囚。《思玄賦》云：冀一年之三秀。近時王令逢原作《藏芝賦序》云：《離騷》、《九歌》，自詩人所紀之外，地所常產，目所同識之草盡矣，而芝復獨遺。說者遂以《九歌》之三秀爲芝，予以其不明。又其辭曰：適山而采之。芝非獨山草，蓋未足據信也。余按《本草》引《五芝經》云：皆以五色生於五岳。又《淮南》云：紫芝生於山，而不能生於盤石之上，則芝正生於山間耳。逢原之說，豈其然乎？石磊磊兮葛蔓蔓。言己欲服芝草以延年命，周旋山間，采而求之，終不能得。但見山石磊磊，葛草蔓蔓。或曰：三秀，秀材之士隱處者也。言石葛者，喻所在深也。五臣云：芝草，仙藥，采不可得，但見葛石爾。亦猶賢哲難逢，諂諛者衆也。〔補〕曰：磊，衆石貌，魯猥切。《詩》曰：葛之覃兮，施于中谷。又曰：南有樛木，葛藟纍之。蔓，莫干切，俗作蔓。怨公子兮悵忘歸，公子，謂公子椒也。言己所以怨公子椒者，以其知己忠信，而不肯達，故我悵然失志而忘歸也。〔補〕曰：怨椒蘭蔽賢，如葛石之於三秀，故悵然忘歸也。君思我兮不得閒。言懷王時思念我，顧不肯以閒暇之日，召己謀議也。五臣云：君縱相思，爲小人在側，亦無暇召我也。〔補〕曰：閒，音閑。

山中人兮芳杜若，山中人，屈原自謂也。飲石泉兮蔭松柏。言己雖在山中無人之處，猶取杜若以爲芬芳，飲石泉之水，蔭松柏之木，飲食居處，動以香潔自修飾也。五臣云：飲清潔之水，蔭貞實之木。君思我兮然疑作。言懷王有思我時，然讒言妄作，故令狐疑也。五臣云：讒邪在旁，起其疑惑。作，起也。〔補〕曰：然，不疑也。疑，未然也。君雖思我，而爲讒者所惑，是非交作，莫知所決也。靁填填兮雨冥冥，靁，一作雷。〔補〕曰：填，音田。猨啾啾兮又夜鳴。又，一作狖。五臣云：填填，雷聲。冥冥，雨貌。啾啾，猨聲。皆喻讒言也。〔補〕曰：啾，小聲也。狖，似猨，余救切。風颯颯兮木蕭蕭，言己在深山之中，遭雷電暴雨，猨狖號呼，風木摇動，以言恐懼失其所也。或曰：雷爲諸侯，以興於君。雲雨冥昧，以興佞臣。猨猴善鳴，以興讒言。風以喻政，木以喻民。雷填填者，君妄怒也。雨冥冥者，羣佞聚也。猨啾啾者，讒夫弄口也。風颯颯者，政煩擾也。木蕭蕭者，民驚駭也。蕭蕭，《文苑》作搜搜。〔補〕曰：颯，蘇合切。搜搜，動貌，與蕭同。思公子兮徒離憂。言己怨子椒不見達，故遂去而憂愁也。五臣云：思子椒不能用賢，使國若此，但使我罹其憂愁。離，罹也。

山鬼

《莊子》曰：山有夔。《淮南》曰：山出嘄陽。楚人所祠，豈此類乎？

操吴戈兮被犀甲，戈，戟也。甲，鎧也。言國殤始從軍之時，手持吴戟，身被犀鎧而行也。或曰：操吾科。吾科，楯之名也。〔補〕曰：操，持也。《説文》云：戈，平頭戟也。《考工記》曰：吴粤之劍。又曰：吴粤之金錫。《爾雅》曰：南方之美者，有梁山之犀象焉。《考工記》曰：犀甲，壽百年。《荀子》曰：楚人鮫革犀兕以爲甲，鞈如金石。鞈，堅貌，音夾。車錯轂兮短兵接。錯，交也。短兵，刀劍也。言戎車相迫，輪轂交錯，長兵不施，故用刀劍，以相接擊也。〔補〕曰：錯，倉各切。《詩傳》云：東西爲交，邪行爲錯。《司馬法》曰：弓矢，圍；殳、矛，守；戈、戟，助。凡五兵，長以衛短，短以救長。旌蔽日兮敵若雲，言兵士竟路趣敵，旌旗蔽天，敵多人衆，來若雲也。矢交墜兮士争先。墜，墮也。言兩軍相射，流矢交墮，壯夫奮怒，争先在前也。墜，一作隧。〔補〕曰：隧與墜同。凌余陣兮躐余行，凌，犯也。躐，踐也。言敵家來，侵凌我屯陣，踐躐我行伍也。躐，一作躐。〔補〕曰：顔之推云：《六韜》有天陳、地陳、人陳、雲鳥之陳。《左傳》有魚麗之陳。行陳之義，取於陳列耳。俗作阜傍車，非也。躐、躐，並音獵。行，胡岡切。左驂殪兮右刃傷。殪，死也。言己所乘左驂馬死，右騑馬被刃創也。〔補〕曰：殪，壹計切。驂，見《遠遊》。創，初良切。霾兩輪兮縶四馬，縶，絆也。《詩》曰：縶之維之。言己馬雖死傷，更霾車兩輪，絆四馬，終不反顧，示必死也。霾，一作埋。〔補〕曰：霾，讀若埋。縶，陟立切。援玉枹兮擊鳴鼓。言己愈自厲怒，勢氣益盛。援，一作摇。枹，一作桴。〔補〕曰：援，音爰，引也。《左傳》：郤克傷於矢，左并轡，右援枹而鼓。天時墜兮威靈怒，墜，落也。言己戰鬬，適遭天時，命當墮落。雖身死亡，而威神怒健，不畏憚也。墜，一作隧。《文苑》作懟。嚴殺盡兮棄原壄。嚴，壯也。殺，死也。言壯士盡其死命，則骸骨棄於原壄，而不土葬也。〔補〕曰：壄，古野字。又叶韻。出不入兮往不反，言壯士出鬭，不復顧入，一往必死，不復還反也。平原忽兮路超遠。言身棄平原山壄之中，去家道甚遠也。一云平原路兮忽超遠。帶長劍兮挾秦弓，言身雖死，猶帶劍持弓，示不舍武也。〔補〕曰：《漢書·地理志》云：秦地迫近戎狄，以射獵爲先。又秦有南山檀柘，可爲弓幹。首身離兮心不懲。懲，忞也。言己雖死，頭足分離，而心終不懲忞。身，一作雖。〔補〕曰：懲，音澄。忞，音乂。誠既勇兮又以武，終剛强兮不可凌。言國殤之性誠以勇猛，剛强之氣不可凌犯也。身既死兮神以靈，子魂魄兮爲鬼雄。言國殤既死之後，精神强壯，魂魄武毅，長爲百鬼之雄傑也。一云，䰟𩲸毅。一云：子𩲸毅。〔補〕曰：《左傳》曰：人生始化曰魄，既生𩲸，陽曰魂，用物精多則魂魄强。疏云：人稟五常以生，感陰陽以靈。有身體之質，名之曰形。有噓吸之動，謂之爲氣。氣之靈者曰魄。既生魄矣，其內自有陽氣也。氣之神者曰魂。魂魄，神靈之名，本從形氣而有。附形之靈爲魄，附氣之神爲魂。附形之靈者，謂初生之時，耳目心識，手足運動，啼呼爲聲，此則魄之靈也。附氣之神者，謂精神性識，漸有所知，此則附氣之神也。魄在於前，魂在於後，魄識少而魂識多。人之生也，魄盛魂强。及其死也，形銷氣滅。聖人緣生以事死，改生之魂曰神，改生之魄曰鬼。合鬼與神，教之至也。魂附於氣，氣又附形。形强則氣强，形弱則氣弱。魂以氣强，魄以形强。《淮南子》曰：天氣爲魂，地氣爲魄。注云：魂，人陽神。魄，人陰神也。

國殤

謂死於國事者。《小爾雅》曰：無主之鬼謂之殤。

成禮兮會鼓，言祠祀九神，皆先齋戒，成其禮敬，乃傳歌作樂，急疾擊鼓，以稱神意也。成，一作盛。傳芭兮代舞，芭，巫所持香草名也。代，更也。言祠祀作樂，而歌巫持芭而舞，訖以復傳與他人更用之。芭，一作巴。〔補〕曰：芭，卜加切。司馬相如賦云：諸柘巴且。注云：巴且草，一名巴焦。姱女倡兮容與。姱，好貌。謂使童稚好女先倡而舞，則進退容與而有節度也。與，一作冶。〔補〕曰：姱，音夸。倡，讀作唱。春蘭兮秋菊，菊一作鞠。〔補〕曰：古語云：春蘭秋菊，各一時之秀也。長無絶兮終古。言春祠以蘭，秋祠以菊，爲芬芳長相繼承，無絶於終古之道也。

禮魂

禮，一作祀。魂，一作䰟。或曰：禮魂，謂以禮善終者。

楚辭卷第三

校書郎臣王　逸上

天問章句第三　離騷

《天問》者，屈原之所作也。何不言問天？天尊不可問，故曰天問也。屈原放逐，憂心愁悴。一作瘁。彷徨山澤，一作川澤。經歷陵陸。嗟號昊旻，仰天歎息。見楚有先王之廟及公卿祠堂，圖畫天地山川神靈，琦一作瑰。瑋僪佹，一作譎詭。及古賢聖怪物行事。周流罷倦，罷音皮。休息其下，仰見圖畫，因書其壁，何而問之，何，一作呵。以渫憤懣，舒瀉愁思。楚人哀惜屈原，因共論述，故其文義不次序云爾。《天問》之作，其旨遠矣。蓋曰遂古以來，天地事物之憂，不可勝窮。欲付之無言乎？而耳目所接，有感於吾心者，不可以不發也。欲具道其所以然乎？而天地變化，豈思慮智識之所能究哉？天固不可問，聊以寄吾之意耳。楚之興衰，天邪人邪？吾之用舍，天邪人邪？國無人，莫我知也。知我者其天乎？此《天問》所爲作也。太史公讀《天問》，悲其志者以此。柳宗元作《天對》，失其旨矣。王逸以爲文義不次序，夫天地之間，千變萬化，豈可以次序陳哉。序，一作叙。

曰：遂古之初，誰傳道之？遂，往也。初，始也。言往古太始之元，虚廓無形，神物未生，誰傳道此事也。

〔補〕曰：《列子》：殷湯問於夏革曰：「古初有物乎？」夏革曰：「古初無物，今惡得物？自物之外，自事之先，朕所不知也。」《周禮》訓方氏誦四方之傳道。道，猶言也。傳道，世世所傳説往古之事也。**上下未形，何由考之？**言天地未分，溷沌無垠，誰考定而知之也？考，一作知。定，一作述。〔補〕曰：《列子》曰：有形者生於無形，則天地安從生？故曰：有太易，有太初，有太始，有太素。氣形質具而未相離，故曰渾淪。又曰：一者，形變之始也。清輕者上爲天，濁重者下爲地，沖和氣者爲人。**冥昭瞢闇，誰能極之？**言日月晝夜，清濁晦明，誰能極知之？〔補〕曰：冥，幽也，所謂窈冥之門也。昭，明也，所謂大明之上也。瞢，母豆切，目不明也。闇，音暗，閉門也。此言幽明之理，瞢闇難知，誰能窮極其本原乎？**馮翼惟像，何以識之？**言天地既分，陰陽運轉，馮馮翼翼，何以識知其形像乎？〔補〕曰：《淮南》言天墜未形，馮馮翼翼，洞洞灟灟，故曰大昭。注云：馮翼，無形之貌。又曰：古未有天地之時，惟像無形，窈窈冥冥，芒芠漠閔，澒濛鴻洞，莫知其門。**明明闇闇，惟時何爲？**言純陰純陽，一晦一明，誰造爲之乎？〔補〕曰：此言日月相推，晝夜相代，時運不停，果何爲乎？**陰陽三合，何本何化？**謂天地人三合成德，其本始何化所生乎？〔補〕曰：《天對》云：合焉者三，一以統同。吁炎吹冷，交錯而功。引《穀梁子》云：獨陰不生，獨陽不生，獨天不生，三合然後生。逸以爲天地人，非也。《穀梁》注云：古人稱萬物負陰而抱陽，沖氣以爲和。然則傳所謂天，蓋名其沖和之功，而神理所由也。會二氣之和，極發揮之美者，不可以柔剛滯其用，不得以陰陽分其名，故歸於冥極，而謂之天。凡生類稟靈知於天，資形於二氣，故又曰獨天不生，必三合而形神生理具矣。**圜則九重，孰營度之？**言天圜而九重，誰營度而知之乎？〔補〕曰：圜，與圓同。《説文》曰：天體也。《易》曰：乾元用九，乃見天則。《淮南》曰：天有九重，人亦有九竅。《天對》曰：無營以成，沓陽而九。運輠渾淪，蒙以圜號。積陽爲天。九，老陽數也。營，經營也。度，量度也。惟兹何功？孰初作之？言此天有九重，誰功力始作之邪？斡維焉繫？天極焉加？斡，轉也。維，綱也。言天晝夜轉旋，寧有維綱繫綴，其際極安所加乎？斡，一作筦。〔補〕曰：《説文》云：斡，轂端沓也。楊雄、杜林云：軺車輪，斡也。顔師古《匡謬正俗》云：《聲類》、《字林》並音管。賈誼《服鳥賦》云：斡流而遷。張華《勵志詩》云：大儀斡運。皆爲轉也。《楚辭》云：筦維焉繫？此義與斡同字，即爲筦。故知斡、管二音不殊。近代流俗音烏活切，非也。《淮南》曰：帝張四維，運之以斗，東北爲報德之維，西南爲背陽之維，東南爲常羊之維，西北爲蹏通之維。注云：四角爲維也。先儒説云：天是太虚，本無形體，但指諸星運轉以爲天耳。天如彈丸，圍圜三百六十五度四分度之一。旁行四表之中，冬南夏北，春西秋東，皆薄四表而止。張衡《靈憲》云：八極之維，徑二億三萬二千三百里。維謂四維，極謂八極也。一説云：北極，天之中也。《天官書》曰：中宫天極星，其一明者，太一常居也。《太玄經》曰：天圜地方，極植中央。八柱何當？東南何虧？言天有八山爲柱，皆何當值？東南不足，誰虧缺之也？虧，一作虧。〔補〕曰：《河圖》言：崑崙者，地之中也。地下有八柱，柱廣十萬里，有三千六百軸，互相牽制。名山大川，孔穴相通。《淮南》云：天有九部八紀，地有九州八柱。《神異經》云：崑崙有銅柱焉，其高入天，所謂天柱也。《素問》曰：天不足西北，故西北方陰也，而人右耳目不如左明也。地不滿東南，故東南方陽也，而人左手足不如右强也。又曰：天不足西北，左寒而右凉，地不滿東南，右熱而左温。注云：中原地形，西北高，東南下。今百川滿湊東之滄海，則東西南北高下可知。九天之際，安放安屬？九天，東方皞天，東南方陽天，南方赤天，西南方朱天，西方成天，西北方幽天，北方玄天，東北方變天，中央鈞天。其際會何分，安所繫屬乎？皞，亦作昊。變，一作欒，一作鸞。〔補〕曰：際，邊也。傳曰：九天之際，曰九垠；九天之外，曰九陔。放，上聲。《孟子》曰：遵海而南，放于琅邪。放，至也。屬，附也，音注。隅隈多有，誰知其數？言天地廣大，隅隈衆多，寧有知其數乎？〔補〕曰：隅，角也。《爾雅》：厓内爲隩，外爲隈。《淮南》曰：天有九野，九千九百九十九隅，去地五億萬里。注云：九野，九天之野。一野，千一百一十一隅。天何所沓？十二焉分？沓，合也。言天與地合會何所？十二辰誰所分别乎？〔補〕曰：沓，徒合切。《靈憲》云：天體於陽，故圓以動。地體於陰，故平以静。動以行施，静以合化，堙鬱構精，時育庶類，斯謂天元。天何所沓，言與地合也。《左傳》曰：日月所會是謂辰，故以配日。注云：一歲日月十二會，所會爲辰。十一月辰在星紀、十二月辰在元枵之類是也。若歲在鶉火，我周之分野，實沈之虚，晉人是居，則十二辰所次也。日月安屬？列星安陳？言日月衆星，安所繫屬，誰陳列也。〔補〕曰：《列子》曰：天，積氣耳。日月星宿，亦積氣中之有光曜者。《靈憲》曰：星也者，體生於地，精成于天，列居錯跱，各有攸屬。出自湯谷，次于蒙汜。次，舍也。汜，水涯也。言日出東方湯谷之中，暮入西極蒙水之涯也。〔補〕曰：《書》云：宅嵎夷，曰暘谷。即湯谷也。《爾雅》云：西至日所入，爲太蒙。即蒙汜也。《説文》云：暘，日出也。或作湯，通作陽。汜，音似。《淮南》曰：日出于暘谷，浴于咸池，拂于扶桑，是謂晨明。登于扶桑，爰始將行，是謂朏明。至于曲阿，是謂旦明。至于曾泉，是謂早食。至于桑野，是謂晏食。至于衡陽，是謂隅中。至于昆吾，是謂正中。至于鳥次，是謂小還。至于悲谷，是謂餔時。至于女紀，是謂大還。至于淵隅，是謂高舂。至于連石，是謂下舂。至于悲泉，爰止其女，爰息其馬，是謂懸車。薄于虞淵，是謂黄昏。淪于蒙谷，是謂定昏。日入于虞淵之汜，曙於蒙谷之浦，行九州七舍，有五億萬七千三百九里。注云：自暘谷至虞淵，凡十六所，爲九州七舍。自明及晦，所行幾里？言日平旦而出，至暮而止，所行凡幾何里乎？〔補〕曰：《論衡》云：日晝行千里，夜行千里。行太陰則無光，行太陽則能照。《物理論》云：極南爲太陽，極北爲太陰。夜光何德，死則又育？夜光，月也。育，生也。言月何德於天，死而復生也。一云：言月何德，居於天地，死而復生。〔補〕曰：《博雅》云：夜光謂之月。皇甫謐曰：月以宵曜，名曰夜光。《書》有旁死魄，哉生明，既生魄。死魄，朔也。生魄，望也。先儒云：月光生於日所照，魄生於日所蔽，當日則光盈，就日則光盡。

厥利維何，而顧菟在腹？言月中有菟，何所貪利，居月之腹，而顧望乎？菟，一作兔。〔補〕曰：菟，與兔同。《靈憲》曰：月者，陰精之宗，積而成獸，象兔，陰之類，其數偶。《蘇鶚演義》云：兔十二屬，配卯位，處望日，月最圓，而出於卯上。卯，兔也。其形入於月中，遂有是形。《古今注》云：兔口有缺。《博物志》云：兔望月而孕，自吐其子。故《天對》云：玄陰多缺，爰感厥兔。不形之形，惟神是類。

女岐無合，夫焉取九子？女岐，神女，無夫而生九子也。《天對》云：陽健陰淫，降施蒸摩，岐靈而子，焉以夫爲？

伯强何處？惠氣安在？伯强，大厲，疫鬼也，所至傷人。惠氣，和氣也。言陰陽調和則惠氣行，不和調則厲鬼興，二者當何所在乎？〔補〕曰：强，巨良切。惠，順也。

何闔而晦？何開而明？言天何所闔閉而晦冥，何所開發而明曉乎？〔補〕曰：闔，閉户也。開，闢户也。陰闔而晦，陽開而明。

角宿未旦，曜靈安藏？角亢，東方星。曜靈，日也。言東方未明旦之時，日安所藏其精光乎？《釋文》藏作臧。〔補〕曰：宿，音秀。臧，與藏同。《爾雅》曰：壽星，角亢也。注云：數起角亢，列宿之長。《國語》曰：辰角見而雨畢。注云：辰角，大辰蒼龍之角。見者，朝見東方，建戌之初，寒露節也。此言角宿未旦者，指東方蒼龍之位耳。《天對》云：孰旦孰幽，繆躔于經，蒼龍之寓，而迋彼角亢。迋，欺也，具往切。亢，音剛。

不任汩鴻，師何㠯尚之？汩，治也。鴻，大水也。師，衆也。尚，舉也。言鮌才不任治鴻水，衆人何以舉之乎？師，一作鮌。〔補〕曰：汩，音骨。《國語》曰：禹決汩九川。汩，通也。《荀子》曰：禹有功，抑下鴻。鴻，即洪水也。《堯典》曰：湯湯洪水方割，蕩蕩懷山襄陵。下民其咨，有能俾乂。僉曰：於，鮌哉。帝曰：吁，咈哉。方命圮族。岳曰：

异哉，試可乃已。帝曰：往欽哉，九載績用弗成。异，舉也。僉曰何憂？何不課而行之？僉，衆也。課，試也。言衆人舉鮌治水，堯知其不能，衆人曰：何憂哉？何不先試之也。曰，一作答。鴟龜曳銜，鮌何聽焉？言鮌治水，績用不成，堯乃放殺之羽山，飛鳥水蟲，曳銜而食之。鮌何能復不聽乎？〔補〕曰：鴟，處脂切。一名鳶也。曳，牽也，引也。聽，從也。此言鮌違帝命而不聽，何爲聽鴟龜之曳銜也？《天對》云：方陟元子，以胤功定地。胡離厥考，而鴟龜肆喙。順欲成功，帝何刑焉？帝，謂堯也。言鮌設能順衆人之欲，而成其功，堯當何爲刑戮之乎？〔補〕曰：《書》云：方命圮族。《國語》云：鮌違帝命。則所謂順欲者，順帝之欲也。《天對》云：盜堙息壤，招帝震怒。賦刑在下，投棄於羽。《山海經》云：鮌竊帝之息壤，以堙洪水，帝令祝融殺鮌于羽郊。永遏在羽山，夫何三年不施？永，長也。遏，絶也。施，舍也。言堯長放鮌於羽山，絶在不毛之地，三年不舍其罪也。一無「山」字。施，一作弛。〔補〕曰：遏，猶遏絶苗民之遏。施，舍也。通作弛，音豕。伯禹愎鮌，夫何以變化？禹，鮌子也。言鮌愚很，愎而生禹，禹小見其所爲，何以能變化而有聖德也？愎，一作腹。注同。一本「何」下有「故」字。〔補〕曰：愎，弼力切，戾也。《詩》云：出入腹我。腹，懷抱也。《天對》云：氣孽宜害，而嗣續得聖，汙塗而蕖，夫固不可以類。纂就前緒，遂成考功。父死稱考。緒，業也。言禹能纂代鮌之遺業，而成考父之功也。〔補〕曰：纂，作管切，集也。緒，音叙，絲耑也。記曰：禹能修鮌之功。何續初繼業，而厥謀不同？言禹何能繼續鮌業，而謀慮不同也。〔補〕曰：《洪範》言鮌堙洪水，汨陳其五行。帝乃震怒，不畀洪範九疇，彝倫攸斁，鮌則殛死；禹乃嗣興，天乃錫禹洪範九疇，彝倫攸叙。《孟子》曰：禹之治水，水之道也。鮌堙洪水，而禹行其所無事，雖承父業，其謀不同也。洪泉極深，何以寘

之？言洪水淵泉極深大，禹何用寘塞而平之乎？〔補〕曰：寘與填同。《淮南》曰：凡鴻水淵藪，自三百仞以上，二億三萬三千五百五十里，有九淵，禹乃以息土填洪水，以爲名山。注云：息土不耗減，掘之益多，故以填洪水也。《天對》云：行鴻下隤，厥丘乃降。焉填絶淵，然後夷於土。**地方九則，何以墳之？**墳，分也。謂九州之地，凡有九品，禹何以能分別之乎？墳，一作憤。〔補〕曰：班孟堅云：坤作地勢，高下九則。劉德云：九則，九州土田上中下九等也。《天對》云：從民之宜，乃九於野，墳厥貢藝，而有上中下。**河海應龍，何盡何歷？**有鱗曰蛟龍，有翼曰應龍。歷，過也。言河海所出至遠，應龍過歷遊之，而無所不窮也。或曰：禹治洪水時，有神龍以尾畫地，導水所注當決者，因而治之也。一云：應龍何畫，河海何歷。〔補〕曰：《山海經》云：應龍處南極，殺蚩尤與夸父，不得復上，故下數旱，旱而爲應龍之狀，乃得大雨。《山海經圖》云：犂丘山有應龍者，龍之有翼也。昔蚩尤禦黄帝，令應龍攻於冀州之野。女媧之時，乘雷車服駕應龍。夏禹治水，有應龍以尾畫地，即水泉流通。《天對》云：胡聖爲不足，反謀龍知，畚鍤究勤，而欺畫厥尾。畫，音獲。**鮌何所營？禹何所成？**言鮌治鴻水，何所營度，禹何所成就乎？〔補〕曰：汩陳其五行，此鮌所營也。六府三事允治，此禹所成也。**康回馮怒，墜何故以東南傾？**康回，共工名也。《淮南子》言共工與顓頊争爲帝，不得，怒而觸不周之山，天維絶，地柱折，故東南傾也。墜，一作地。一無「以」字。〔補〕曰：馮，皮膺切。《列子》曰：帝憑怒。注云：憑，大也。《春秋傳》曰：震電馮怒。注云：馮，盛也。《方言》云：憑，怒也，楚曰憑。注云：恚盛貌。引康回憑怒。然則馮、憑一也。《列子》曰：共工氏與顓頊争爲帝，怒而觸不周之山，折天柱，絶地維，故天傾西北，日月星辰就焉；地不滿東南，百川水潦歸焉。注云：共工氏興霸於伏羲、神農之間，其後苗裔恃其强，與顓頊争爲帝。又《淮南》言：共工之力觸不周之山，使地東南傾。注云：非堯時共工。傾，猶下也。**九州安錯？川谷何洿？**

錯，厠也。洿，深也。言九州錯厠，禹何所分別之？川谷於地，何以獨洿深乎？安，一作何。〔補〕曰：錯，七故切，置也。《天對》云：州錯富媪，爰定於趾。《國語》曰：疏爲川谷，以導其氣。蔡邕《月令章句》曰：衆流注海曰川。《爾雅》云：水注川曰谿，注谿曰谷。《集韻》：洿音户，水深謂之洿。舊音烏，無深義，亦不叶韻。東流不溢，孰知其故？言百川東流，不知滿溢，誰有知其故也。〔補〕曰：《列子》云：渤海之東，不知幾億萬里，有大壑焉，實惟無底之谷，名曰歸墟，八紘（紘原作絃，據《列子·湯問》改。）九野之水，天漢之流，莫不注之，而無增無減焉。《莊子》曰：天下之水，莫大於海，萬川歸之，不知何時止而不盈；尾閭泄之，不知何時已而不虚。《天對》云：東窮歸墟，又環西盈。脈穴土區，而濁濁清清。墳壚燮疏，滲渴而升。充融有餘，泄漏復行。器運漱漱，又何溢爲。東西南北，其修孰多？修，長也。言天地東西南北，誰爲長乎？南北順橢，其衍幾何？衍，廣大也。言南北橢長，其廣差幾何乎？橢，《釋文》作「隋」。一作「墮」。〔補〕曰：《爾雅》云：蟦小而橢。橢音妥，又徒禾切，狹而長也。《疏》引南北順橢，其修幾何。橢與橢同，通作隋。《淮南子》云：闔四海之内，東西二萬八千里，南北二萬六千里。注云：子午爲經，卯酉爲緯，言經短緯長也。又曰：禹乃使大章步自東極至於西極，二億三萬三千五百里七十五步。使豎亥步自北極至於南極，二億三萬三千五百里七十五步。注云：海内有長短，極内等也。《軒轅本紀》云：帝令豎亥步自東極至於西極，得五億十萬九千八百八步，南北二億三萬一千三百里。豎亥左手把算，右手指青丘北，東盡泰遠，西窮邠國，東西得二萬八千里，南北得二萬六千里。《靈憲》曰：八極之維，徑二億三萬二千三百里，南北則短減千里，東西則廣增千里。自地至天，半於八極，則地之深亦如之。《博物志》曰：《河圖》：天地南北三億三萬五千五百里，東西二億三萬三千里。其說不同，今並存之。崑崙縣圃，其尻安在？崑崙，山名也，在西北，元氣所出。其巔曰縣圃，乃上通於天也。尻，一作居。《天對》云：積高於乾，崑崙攸居。蓬首虎齒，爰穴爰都。〔補〕曰：縣，音玄。尻，與居同。增城九重，其高幾里？《淮南》言崑崙之山九重，其高萬二千里也。二或作五。〔補〕曰：《淮南》云：崑崙虛，中有增城九重，其高萬一千里百一十四步二尺六寸。注云：增，重也。有五城十二樓，見《括地象》。此蓋誕，實未聞也。四方之門，其誰從焉？言天四方，各有一門，其誰從之上下？一云誰其從焉。〔補〕曰：《淮南》言崑崙虛旁，有四百四十門，門間四里，里間九純，純丈五尺。此云四方之門，蓋謂崑崙也。又云東北方方土之山曰蒼門，東方東極之山曰開明之門，東南方波母之山曰陽門，南方南極之山曰暑門，西南方編駒之山曰白門，西方西極之山曰閶闔之門，西北方不周之山曰幽都之門，北方北極之山曰寒門。凡八極之雲，是雨天下。八門之風，是節寒暑。逸説蓋出於此。然與上下文不屬，恐非也。西北辟啟，何氣通焉？言天西北之門，每常開啟，豈元氣之所通？辟，一作闢，一作開。〔補〕曰：辟，與闢同。《淮南》云：崑崙虛，玉横維其西北隅，北門開以納不周之風。按不周山在崑崙西北，不周風自此出也。

日安不到，燭龍何照？言天之西北，有幽冥無日之國，有龍銜燭而照之也。〔補〕曰：《山海經》云：鍾山之神，名曰燭陰，視爲晝，瞑爲夜，吹爲冬，呼爲夏，不飲不食，不喘不息，身長千里，人面蛇身，赤色。注曰：即燭龍也。《淮南》云：燭龍在鴈門北，蔽於委羽之山，不見日，其神人面龍身而無足。《雪賦》云：爛兮若燭龍銜曜照崑山。李善引《山海經》云：西北海之外，赤水之北，有章尾山，有神人面蛇身而赤，其瞑乃晦，其視乃明，是燭九陰，是謂燭龍。《詩含神霧》曰：天不足西北，無陰陽消息，故有龍銜火精，以照天門中者也。羲和之未揚，若華何光？羲和，日御也。言日未出之時，若木何能有明赤之光華乎？和，《釋文》作龢。揚，一作陽。《天對》云：惟若之華，禀羲以耀。〔補〕曰：羲和、若木，已見《騷經》。何所冬暖？何所夏寒？暖，温也。言天地之氣，何所有冬温而夏寒者乎？〔補〕

曰：《素問》：天不足西北，左寒而右涼。地不滿東南，右熱而左温。其故何也？歧伯曰：陰陽之氣，高下之理，太少之異也。注云：高下謂地形，太少謂陰陽之氣，盛衰之異。西方涼，北方寒，東方温，南方熱，氣化猶然矣。又曰：東南方陽也，陽者其精降於下，故右熱而左温。西北方陰也，陰者其精奉於上，故左寒而右涼。是以地有高下，氣有温涼，高者氣寒，下者氣熱。注云：以氣候驗之，中原地形，所居者悉以居高則寒，處下則熱。中華之地，凡有高下之大者，東西南北各三分也。其一者，自漢蜀江南至海也。二者，自漢江北至平遥縣也。三者，自平遥北山北至蕃界北海也。故南分大熱，中分寒熱兼半，北分大寒。南北分外，寒熱尤極，大熱之分其寒微，大寒之分其熱微。又東西高下之别亦三矣。其一者，自汧源縣西至沙州。二者，自開封縣西至汧源縣。三者，自開封縣東至滄海也。故東分大温，中分温涼兼半，西分大涼。大温之分，其寒五分之二。大涼之分，其熱五分之二。温涼分外，温涼尤極，變爲大暄大寒也，約其大凡如此。然九分之地，寒極於東北，熱極於西南。中原地形，西北高，東南下，一爲地形高下，故寒熱不同；二則陰陽之氣有少有多，故表温涼之異爾。又曰：至高之地，冬氣常在；至下之地，春氣常在。注云：高山之巔，盛夏冰雪；污下川澤，嚴冬草生。常在之義足明矣。《淮南》云：南至委火炎風之野，北方之極，有凍寒積冰，雪雹霜霰，漂潤群水之野。又曰：南方有不死之草，北方有不釋之冰。

焉有石林？何獸能言？言天下何所有石木之林，林中有獸能言語者乎？《禮記》曰：猩猩能言，不離禽獸也。〔補〕曰：石林與能言之獸，各指一物，非必林中有此獸也。《吴都賦》云：雖有石林之岝崿，請攘臂而靡之。雖有雄虺之九首，將抗足而跐之。注引《天問》云：焉有石林。此本南方楚圖畫，而屈原難問之，於義則石林當在南也。按《天問》所言，不獨南方之物，但《吴都賦》以石林與雄虺同稱，則當在南耳。《天對》云：石胡不林，往視西極。按《淮南》云：西方之極，石城金室。未見石林所出也。《爾雅》曰：猩猩小而好啼。《山海經》：鵲山有獸，狀如禺，捷類獮猴，被髮垂地，名曰猩猩。又曰：猩猩知人名，其爲獸如豕而人面。

焉有虬龍，負熊以遊？

有角曰龍，無角曰虬。言寧有無角之龍，負熊獸以遊戲者乎？〔補〕曰：虬，見《騷經》。熊，形類大豕，而性輕捷，好攀緣上高木，見人則顛倒自投地而下。《天對》云：有虬螻蛇，不角不鱗。嬉夫玄熊，（夫原作大，據繙宋本改。）相待以神。**雄虺九首，儵忽焉在？**虺，蛇別名也。儵忽，電光也。言有雄虺，一身九頭，速及電光，皆何所在乎？一無「速」字。〔補〕曰：虺，許偉切。《國語》云：爲虺弗摧，爲蛇將若何？虺，小蛇也。然《爾雅》云：蝮虺博三寸，首大如擘。則虺亦有大者，其類不一。《招魂》：南方曰，雄虺九首，往來儵忽。儵忽，疾急貌。《天對》曰：儵忽之居，帝南北海。注云：儵忽，在《莊子》甚明，王逸以爲電，非也。按《莊子》云：南海之帝爲儵，北海之帝爲忽。乃寓言爾，不當引以爲證。**何所不死？長人何守？**《括地象》曰：有不死之國。長人，長狄。《春秋》云：防風氏也。禹會諸侯，防風氏後至，于是使守封嵎之山也。一云：何所不老。〔補〕曰：《山海經》：不死民在交脛國東，其人黑色，壽不死。注云：圓丘上有不死樹，食之乃壽，有赤水，飲之不老。又大荒之山，日月所入，有人三面，一臂奇右，其人不死。《淮南》曰：西方之極，石城金室，飲氣之民，不死之野。《國語》：仲尼曰：昔禹致群神於會稽之山，防風氏後至，禹殺而戮之，其骨節專車。又曰：山川之守，足以綱紀天下者，其守爲神。客曰：「防風氏何守也？」仲尼曰：「汪芒氏之君，守封嵎之山者也。爲漆姓，在虞、夏、商爲汪芒氏，於周爲長狄，今爲大人。」客曰：「人長之極幾何？」仲尼曰：「長者不過十之，數之極也。」注云：十之三丈，則防風氏也。今湖州武康縣東有防風山，山東二百步有禹山，防風廟在封、禺二山之間。《穀梁》：文公十一年，叔孫得臣敗狄于鹹，長狄也。射其目，身横九畝。**靡蓱九衢，枲華安居？**九交道曰衢。言寧有蓱草，生於水上無根，乃蔓衍於九交之道，又有枲麻垂草華榮，何所有此物乎？蓱，一作苹。〔補〕曰：此謂靡蓱與枲華皆安在也。《爾雅》萍蓱注云：水中浮蓱也。《山海經》曰：宣山上有桑焉，其枝四衢。（四原作曰，據《山海經》改。）注云：枝交互四出。

又少室之山有木，名帝休，其枝五衢。注云：言樹枝交錯，相重五出，有象路衢。《天對》云：有蓱九岐，厥圖以詭。注云：衢，歧也。逸以爲生九衢中，恐謬。《魏都賦》云：尋靡蓱於中逵。蓋用逸説也。李善云：靡，蔓也。枲，相里切。《爾雅》有枲麻，麻有子曰枲。《天對》云：浮山孰産？赤華伊枲。引《山海經》浮山有草焉，其葉如麻。赤華，即枲華也。

一蛇吞象，厥大何如？《山海經》云：南方有靈蛇，吞象，三年然後出其骨。一或作靈。大或作骨。〔補〕曰：《山海經》：南海内有巴蛇，身長百尋，其色青黄赤黑，食象，三歲而出其骨，君子服之，無心腹疾，在犀牛西也。注云：今南方蚺蛇，亦吞鹿，消盡，乃自絞於樹，腹中骨皆穿鱗甲間出，亦此類也。楊大年云：逸注《楚詞》，多不原所出，或引《淮南子》，而劉安所引，亦本《山海經》。其注巴蛇事，文句頗謬戾，乃知逸憑它書，不親見《山海經》也。《吴都賦》云：屠巴蛇，出象骼。

黑水玄趾，三危安在？玄趾、三危，皆山名也，在西方，黑水出崑崙山也。趾，一作沚。〔補〕曰：言黑水、玄趾、三危，皆安在也？《書》曰：道黑水至於三危，入于南海。張揖云：三危山在鳥鼠之西，黑水出其南。《天對》云：黑水淫淫，窮于不姜。玄趾則北，三危則南。《西京賦》云：昆明靈沼，黑水、玄阯。言昆明靈沼，取象於黑水、玄阯也。李善云：黑水、玄阯，謂昆明靈沼之水沚。非是。

延年不死，壽何所止？言仙人稟命不死，其壽獨何所窮止也？〔補〕曰：《素問》云：上古有真人，壽敝天地，無有終時。中古之時，有至人者，益其壽命而强者也，亦歸於真人。其次有聖人者，形體不敝，精神不散，亦可以百數。

鯪魚何所？鬿堆焉處？鯪魚，鯉也。一云鯪魚，鯪鯉也，有四足，出南方。鬿堆，奇獸也。鯪，一作陵。所，一作居。鬿，一作魁。〔補〕曰：鯪，音陵。《山海經》：西海中近列姑射山，有陵魚，人面人手，魚身，見則風濤起。《天對》云：鯪魚人貌，邇列姑射。是也。陶隱居云：鯪鯉形似鼉而短小，又似鯉魚，有四足。《吴都賦》云：陵鯉若獸。注引陵魚曷止，與逸説同。鬿，音祈。堆，多回切。《山海經》云：北號山有鳥，狀如雞而白首，鼠足，名曰鬿雀，食人。《天對》云：鬿雀峙北號，惟人是食。注云：堆，當爲雀，王逸注誤。按字書，鴭音堆，雀屬也。則魁堆即魁雀也。

羿焉彈日？烏焉解羽？《淮南》言堯時十日並出，草木焦枯，堯命羿仰射十日，中其九日，日中九烏皆死，墮其羽翼，故留其一日也。彈，一作彈，一作斃。〔補〕曰：《山海經》：黑齒之北，曰湯谷，居水中，有扶木，九日居下枝，一日居上枝，皆戴烏。注云：羿射十日，中其九，《離騷》所謂羿焉射日？烏焉解羽？傳曰：天有十日，日之數，十也。此言九日居下枝，一日居上枝者。《大荒經》曰：一日方至，一日方出。明天地雖有十日，自使以次迭出運照；而今俱見，爲天下妖，故羿稟天命，洞其靈誠，仰天控弦，而九日潛退也。《歸藏易》云：羿彈十日。《說文》云：彈，射也，音畢。引𢏚焉彈日。𢏚與羿同。然則彈或作彈，蓋字之誤耳。《淮南》又云：羿除天下之害，死而爲宗布。注云：羿，古之諸侯，此堯時羿，非有窮后羿。又云：日中有踆烏。踆，猶蹲也。《春秋元命苞》云：陽成於三，故日中有三足烏者，陽精也。《天對》云：大澤千里，群烏是解。注云：烏當爲鳥，後人不知，因配上句改爲烏也。《山海經》云：大澤方千里，群鳥之所生及所解。又《穆天子傳》曰：比至曠原之野，飛鳥之所解其羽。然以文意考之，烏當如字，宗元改從鳥，雖有所據，近乎鑿矣。

禹之力獻功，句絕。降省下土四方，言禹以勤力獻進其功，堯因使省迨下土四方也。一無「四方」二字。〔補〕曰：降，下也。省，察也。《書》曰：惟荒度土功。

焉得彼嵞山女，而通之於台桑？言禹治水，道娶塗山氏之女，而通夫婦之道於台桑之地。焉，一作安。一云：焉得彼塗山之女，而通於台桑。塗，《釋文》作涂。〔補〕曰：嵞，音塗。《說文》云：會稽山也。一曰：九江當嵞也。《書》曰：娶於塗山，辛壬癸甲。疏引《左傳》禹會諸侯於塗山。杜預云：塗山，在壽春東北。《蘇鶚演義》云：塗山有四：一者會稽，二者渝州，三者濠州，四者《文字音義》云嵞山，古國名。夏禹娶之，今宣州當塗縣也。塗山氏女，即女嬌也。《史記》曰：辛壬娶塗山，癸甲生啟。《呂氏春秋》曰：禹娶塗山氏女，不以私害公，自辛至甲四日，復往治水。故江、淮之俗，以辛壬癸甲爲嫁娶日也。《淮南》曰：禹治鴻水，通轘轅山，化爲熊，謂塗山氏曰：欲餉，聞鼓聲乃來。禹跳石，誤中鼓，塗山氏往，見禹方作熊，慚而去。至嵩高山下，化爲石，方生啟。禹曰：歸我子。石破北方而啟生。閔妃匹合，厥身是繼，閔，憂也。言禹所以憂無妃匹者，欲爲身立繼嗣也。〔補〕曰：《左傳》云：嘉偶曰妃。《爾雅》云：妃，匹也，對也。胡維嗜不同味，而快鼂飽？言禹治水道娶者，憂無繼嗣耳。何特與衆人同嗜欲，苟欲飽快一朝之情乎？故以辛酉日娶，甲子日去，而有啟也。一本「嗜」下有「欲」字。一本「快」下有「一」字。一云：胡維嗜欲同味。維，一作爲。鼂，一作晁，一作朝。〔補〕曰：鼂、晁，並音朝莫之朝。此言禹之所嗜，與衆人異味。衆人所嗜，以厭足其情欲；禹所嗜者，拯民之溺爾。啟代益作后，卒然離蠥，益，禹賢臣也。作，爲也。后，君也。離，遭也。蠥，憂也。言禹以天下禪與益，益避啟於箕山之陽。天下皆去益而歸啟，以爲君。益卒不得立，故曰遭憂也。蠥，一作孽，一作孼。〔補〕曰：蠥，魚列切。《孟子》曰：禹薦益於天，益避禹之子於箕山之陰。朝覲訟獄者，不之益而之啟，曰：吾君之子也。謳歌者不謳歌益而謳歌啟，曰：吾君之子也。《書》曰：啟與有扈戰于甘之野。説者曰：有扈氏與夏同姓，啟繼世以有天下，有扈不服，大戰于甘，故曰卒然離蠥也。《汲冢書》云：益爲啟所殺。非也。《天對》云：彼呱克臧，俾姒作夏。獻后益于帝，諄諄以不命。復爲叟耆，曷戚曷孽。何啟惟憂，而能拘是達？言天下所以去益就啟者，以其能憂思道德，而通其拘隔。拘隔者，謂有扈氏叛啟，啟率六師以伐之也。〔補〕曰：惟，思也。拘，執也。禹嘗薦益於天矣，啟賢能敬承繼禹之道，憂思天下，因民心之歸，代益作后；因民心之不予，以伐有扈，是能變通而不拘執也。皆歸䠶𥷚，而無害厥躬。射，行也。𥷚，窮也。言有扈氏所行，皆歸於窮惡，故啟誅之，長無害於其身也。䠶，一作射。𥷚，一作鞠。〔補〕曰：凡能取中皆曰射。𥷚，窮也，音菊。此言啟之所爲，皆歸於中理而窮情，夫孰能害之者。何后益作革，而禹播降？后，君也。革，更也。播，種也。降，下也。言啟所以能變更益，而代益爲君者，以禹平治水土，百姓得下種百穀，故思歸啟也。〔補〕曰：據上所言，則啟固賢矣。然禹之播降，待益作革，然後能成功。特天與子則與子，故益不有天下耳。焚山澤，奏鮮食，所謂作革也。稷降播種而曰禹播降者，水土平然後嘉穀可殖故也。降，乎攻切，見《騷經》。《天對》云：益革民艱，咸粲厥粒。惟禹授以土，爰稼萬億。

啟棘賓商，《九辯》《九歌》。

棘，陳也。賓，列也。《九辯》、《九歌》，啟所作樂也。言啟能修明禹業，陳列宮商之音，備其禮樂也。〔補〕曰：《史記》：契佐禹治水有功，封於商，興於唐、虞、大禹之際。此言賓商者，疑謂待商以賓客之禮。棘，急也。言急於賓商也。《九辯》、《九歌》，享賓之樂也。

何勤子屠母，而死分竟地？

勤，勞也。屠，裂剥也。言禹疈剥母背而生，其母之身，分散竟地，何以能有聖德，憂勞天下乎？地，一作墜。〔補〕曰：疈，判也，音副。《史記·楚世家》：陸終生子六人，坼剖而產焉。干寶曰：前志所傳，修己背坼而生禹，簡狄胸剖而生契，歷代久遠，莫足相證。魏黄初五年，汝南屈雍妻生男，從右胳下水腹上出，而平和自若，母子無恙。《詩》云：不坼不副，無災無害。原詩人之旨，明古之婦人，常有坼剖而產者矣。又有因產而遇災害者，故美其無害也。禹母事出《帝王世紀》。禹以勤勞修鯀之功，故曰勤子也。上云《九辯》、《九歌》，言啟以禹故，得享備樂。何以修己生禹而反遇災害邪？言坼剖而產，則有之，死分竟地，未必然也。竟地猶言竟天也。唐段成式云：迸分竟地。蓋用此語。

帝降夷羿，革孽夏民。

帝，天帝也。夷羿，諸侯，弑夏后相者也。革，更也。孽，憂也。言羿弑夏家，居天子之位，荒淫田獵，變更夏道，爲萬民憂患。《天對》云：夷羿滔淫，割更后相。夫孰作厥孽，而誣帝以降。〔補〕曰：左氏云：在帝夷羿，冒于原獸，忘其國恤，而思其麀牡，武不可重，用不恢于夏家。

胡䠶夫河伯，而妻彼雒嬪？

胡，何也。雒嬪，水神，謂宓妃也。傳曰：河伯化爲白龍，遊于水旁，羿見䠶之，眇其左目。河伯上訴天帝，曰：爲我殺羿。天帝曰：爾何故得見䠶？河伯曰：我時化爲白龍出遊。天帝曰：使汝深守神靈，羿何從得犯？汝今爲虫獸，當爲人所䠶，固其宜也。羿何罪歟？深，一作保。羿又夢與雒水神宓妃交接也。一本「胡」下有「羿」字。䠶，一作射。〔補〕曰：䠶，食亦切，下同。妻，心計切。此言射河伯、妻雒嬪者，何人乎？乃堯時羿，非有窮羿也。革孽夏民，封豨是射，乃有窮羿耳。《淮南》云：河伯溺殺人，羿射其左目。注云：堯時羿射十日，繳大風，殺窫窳，斬九嬰，射河伯。

馮珧利決，封豨是䠶。馮，挾也。珧，弓名也。決，䠶韝也。封豨，神獸也。言羿不修道德，而挾弓䠶韝，獵捕神獸，以快其情也。䠶，一作射。〔補〕曰：馮，音憑。珧，音遥。《爾雅》：弓以蜃者謂之珧。注云：用蜃飾弓兩頭，因取其類以爲名。又曰：蜃小者珧。注云：王珧，即小蚌也。《説文》云：珧，蜃甲也，所以飾物。《儀禮》有決遂。注云：決，猶闓也。以象骨爲之，著右大擘指以鉤弦。闓，體也。遂，射韝也。以韋爲之，所以遂弦也。《説文》云：韝，射臂決也。封，大也。豨，虚豈切。《方言》云：豬，南楚謂之豨。《淮南》云：堯時封豨、長蛇，皆爲民害，堯使羿斷修蛇，禽封豨。此言有窮羿亦封豨是射，而反爲民害也。《左傳》曰：樂正后夔生伯封，實有豕心，貪惏無厭，忿纇無期，謂之封豕，有窮后羿滅之。此則窮奇、饕餮之類，以惡得名者。

何獻蒸肉之膏，而后帝不若？蒸，祭也。后帝，天帝也。若，順也。言羿獵䠶封豨，以其肉膏祭天帝，天帝猶不順羿之所爲也。蒸，一作烝。〔補〕曰：冬祭曰蒸。膏，脂也。《詩》曰：皇皇后帝。謂天帝也。《天對》云：夸夫快殺，鼎豨以慮飽。馨膏腴帝，叛德恣力。胡肥台舌喉，而濫厥福。

浞娶純狐，眩妻爰謀。浞，羿相也。爰，於也。眩，惑也。言浞娶於純狐氏女，眩惑愛之，遂與浞謀殺羿也。〔補〕曰：寒浞見《騷經》。

何羿之䠶革，而交吞揆之？吞，滅也。揆，度也。言羿好䠶獵，不恤政事法度，浞交接國中，布恩施德而吞滅之也。一無「革」字。〔補〕曰：《禮》云：貫革之射。《左傳》云：蹲甲而射之，徹七札焉。言有力也。羿之射藝如此，唯不恤國事，故其衆交合而吞滅之，且揆度其必可取也。

阻窮西征，

巖何越焉？阻，險也。窮，窘也。征，行也。越，度也。言堯放鮌羽山，西行度越岑巖之險，因墮死也。〔補〕曰：羽山東裔。此云西征者，自西徂東也。上文言永遏在羽山，夫何三年不施，則鮌非死於道路，此但言何以越巖險而至羽山耳。化爲黄熊，巫何活焉？活，生也。言鮌死後化爲黄熊，入於羽淵，豈巫醫所能復生活也？一本「化」下有「而」字。〔補〕曰：《左傳》曰：昔堯殛鮌于羽山，其神化爲黄熊，以入于羽淵，實爲夏郊，三代祀之。《國語》作黄能。按熊，獸名。能，奴來切，三足鱉也。説者曰：獸非入水之物，故是鱉也。一云既爲神，何妨是獸。《説文》云：能，熊屬，足似鹿。然則能既熊屬，又爲鱉類。東海人祭禹廟，不用熊肉及鱉爲膳，斯豈鮌化爲二物乎？抑亦以《左傳》《國語》不同，兼存之也。咸播秬黍，莆雚是營。咸，皆也。秬黍，黑黍也。雚，草名也。營，耕也。言禹平治水土，萬民皆得耕種黑黍於雚蒲之地，盡爲良田也。一作黄雚，一作莆藿。〔補〕曰：《詩》云：維秬維秠。《爾雅》曰：秬，黑黍。秠，一稃二米。秠亦黑黍，但中米異爾。秬，音巨。《説文》：黍，禾屬而黏也。莆，疑即蒲字。蒲，水草，可以作席。李商隱詩云：直是滅雚莆。與圖同韻。雚，藿也，音丸，與萑同。左氏云：萑苻之澤。是也。以莆爲黄，以雚爲藿，皆字之誤耳。《天對》云：維莞維蒲，維菰維蘆。何由并投，而鮌疾脩盈？疾，惡也。脩，長也。盈，滿也。由，用也。言堯不惡鮌而戮殺之，則禹不得嗣興，民何得投種五穀乎？乃知鮌惡長滿天下也。〔補〕曰：并，並也。言禹平水土，民得並種五穀矣，何由鮌惡長滿天下乎？所謂蓋前人之愆。白蜺嬰茀，胡爲此堂？蜺，雲之有色似龍者也。茀，白雲逶移若蛇者也。言此有蜺茀，氣逶移相嬰，何爲此堂乎？蓋屈原所見祠堂也。〔補〕曰：蜺，雌虹也。茀，音拂。《説文》云：⿱雨弗，雲貌，疑即此茀字。《天對》云：王子怪駭，蜺形茀裳。安得夫良藥，不能固臧？臧，善也。言崔文子學仙於王子僑，子僑化爲白蜺而嬰茀，持藥與崔文子，崔文子驚怪，引戈擊蜺，中之，因墮其藥，俯而視之，王子僑之尸也。

故言得藥不善也。一本「夫」上有「失」字。〔補〕曰：崔文子事見《列仙傳》。**天式從横，陽離爰死。**式，法也。爰，於也。言天法有善惡陰陽從横之道（惡字據《天問纂義》補）。人失陽氣則死也。〔補〕曰：從，即容切。**大鳥何鳴，夫焉喪厥體？**言崔文子取王子僑之尸，置之室中，覆之以弊篚，須臾則化爲大鳥而鳴，開而視之，䎙飛而去，文子焉能亡子僑之身乎？言仙人不可殺也。喪，一作䘮。**蓱號起雨，何以興之？**蓱，蓱翳，雨師名也。號，呼也。興，起也。言雨師號呼，則雲起而雨下，獨何以興之乎？蓱，一作荓，一作萍。〔補〕曰：蓱，音瓶。號，乎刀切。《山海經》：屏翳在海東，時人謂之雨師。《天象賦》云：太白降神於屏翳。注云：其精降爲雨師之神。《博雅》作荓翳。張景陽詩云：豐隆迎號屏。顔師古云：屏翳，一曰蓱號。《大人賦》云：召屏翳，誅風伯，刑雨師。注云：屏翳，天神使也。**撰體協脅，鹿何膺之？**膺，受也。言天撰十二神鹿，一身八足兩頭，獨何膺受此形體乎？一云：撰體脅鹿，何以膺之？〔補〕曰：撰，具也，雛綰切。協，合也。脅，虚業切。《説文》云：兩膀也。膺，於陵切。《書》曰：永膺多福。膺，當也，受也。《天對》云：氣怪以神，爰有奇軀。脅屬支偶，尸帝之隅。**鼇戴山抃，何以安之？**鼇，大龜也。擊手曰抃。《列仙傳》曰：有巨靈之鼇，背負蓬萊之山而抃舞，戲滄海之中，獨何以安之乎？戴，一作載。抃，《釋文》作拚。〔補〕曰：鼇，音敖。抃，音卞。《列子》云：五山之根，無所連箸，帝命禺强使巨鼇十五，舉首而戴之，迭爲三番，六萬歲一交焉，五山始峙而不動。張衡賦云：登蓬萊而容與兮，鼇雖抃而不傾。《玄中記》云：即巨龜也。一云：海中大鼈。**釋舟陵行，何以遷之？**釋，置也。舟，船也。遷，徙也。舟釋水而陵行，則何能遷徙也？言龜所以能負山若舟船者，以其在水中也。使龜釋水而陵行，則何以能遷徙山乎？〔補〕曰：《列子》云：龍伯之國有大人，舉足不盈數步而暨五山之所，一釣而連六鼇，合負而趣歸其國，灼其骨以數焉。此言鼇在海中，其負山若舟之負物，今釋水而陸，反爲人所負，何罪而見徙也。《天對》云：惡釋而陵（惡，《柳宗元集》作要），殆或謫之。龍伯負骨，帝尚窄之。惟澆在户，何求于嫂？澆，古多力者也。《論》曰：澆盪舟。言澆無義，淫佚其嫂，往至其户，佯有所求，因與行淫亂也。〔補〕曰：澆，堯弔切，見《騷經》。何少康逐犬，而顛隕厥首？言夏少康因田獵放犬逐獸，遂襲殺澆而斷其頭。〔補〕曰：《説文》：顛，倒也。俗作顚，下同。隕，從高下也。女歧縫裳，而館同爰止，女歧，澆嫂也。館，舍也。爰，於也。言女歧與澆淫佚，爲之縫裳，於是共舍而宿止也。何顛易厥首，而親以逢殆？逢，遇也。殆，危也。言少康夜襲得女歧頭，以爲澆，因斷之，故言易首，遇危殆也。一本「顛」下有「隕」字。「殆」上有「天」字。湯謀易旅，何以厚之？湯，殷王也。旅，衆也。言殷湯欲變易夏衆，使之從己，獨何以厚待之乎？〔補〕曰：《書》云：攸徂之民，室家相慶，曰：徯予后，后來其蘇。湯之厚其衆，以德而已。覆舟斟尋，何道取之？覆，反也。舟，船也。斟尋，國名也。言少康滅斟尋氏，奄若覆舟，獨以何道取之乎？〔補〕曰：斟，職深切。《左傳》云：有過澆殺斟灌，以伐斟尋，滅夏后相。注云：二斟，夏同姓諸侯，相失國，依於二斟，爲澆所滅。然則取斟尋者，乃有過澆，非少康也。《天對》云：康復舊物，尋焉保之？覆舟喻易，尚或艱之。承逸之誤也。取，此苟切。桀伐蒙山，何所得焉？桀，夏亡王也。蒙山，國名也。言夏桀征伐蒙山之國，而得妹嬉也。〔補〕曰：《國語》云：昔夏桀伐有施，有施人以未嬉女焉。注云：有施，嬉姓之國。未嬉，其女也。妹嬉何肆，湯何殛焉？言桀得妹嬉，肆其情意，故湯放之南巢也。妹，一作末。殛，一作極。〔補〕曰：妹，音末。嬉，音喜。《説文》云：殛，誅也。引《書》殛鯀于羽山。或作極，音義同。

舜閔在家，父何以鱞？舜，帝舜也。閔，憂也。無妻曰鱞。言舜爲布衣，憂閔其家。其父頑母嚚，不爲娶婦，乃至于鱞也。〔補〕曰：鱞，古頑切，經傳多作鰥。《書》曰：有鰥在下，曰虞舜。此言舜孝如此，父何以不爲娶乎？

堯不姚告，二女何親？姚，舜姓也。言堯不告舜父母而妻之，如令告之，則不聽，堯女當何所親附乎？一云：女何所親。〔補〕曰：《書》云：女于時觀厥刑于二女，釐降二女于媯汭，嬪于虞。二女，娥皇、女英也。《孟子》曰：舜不告而娶，爲無後也。君子以爲猶告也。又《萬章》曰：舜之不告而娶，則吾既得聞命矣。帝之妻舜而不告，何也？曰：帝亦知告焉，則不得妻也。伊川程頤曰：舜不告而娶，固不可。堯命瞽使舜娶，舜雖不告，堯固告之爾。堯之告也，以君治之而已。厥萌在初，何所億焉！言賢者預見施行萌牙之端，而知其存亡善惡所終，非虚億也。億，一作意。〔補〕曰：億，度也。《論語》曰：億則屢中。意與億音義同。璜臺十成，誰所極焉？璜，石次玉者也。言紂作象箸，而箕子歎，預知象箸必有玉杯，玉杯必盛熊蹯豹胎，如此，必崇廣宫室。紂果作玉臺十重，糟丘酒池，以至于亡也。〔補〕曰：《左傳》曰：夏后氏之璜。璜，美玉也。郭璞注：《爾雅》云：成，猶重也。《淮南》云：桀、紂爲琁室、瑶臺、象廊、玉牀。登立爲帝，孰道尚之？言伏羲始畫八卦，脩行道德，萬民登以爲帝，誰開導而尊尚之也？〔補〕曰：登立爲帝，謂疋夫而有天下者，舜、禹是也。《史記》：夏、商之君皆稱帝。《天對》云：惟德登帝，帥以首之。逸以爲伏羲，未知何據。女媧有體，孰制匠之？傳言女媧人頭蛇身，一日七十化，其體如此，誰所制匠而圖之乎？〔補〕曰：媧，古華切。古天子，風姓也。《山海經》云：女媧之腸，化爲神，處栗廣之野。注云：女媧，古神女帝，人面蛇身，一日中七十變，其腸化爲此神。《列子》曰：女媧氏蛇身人面，牛首虎鼻，此有非人之狀，而有大聖之德。注云：人形貌自有偶與禽獸相似者，亦如相書龜背、鵠步、鳶肩、鷹喙耳。《淮南》云：黄帝生陰陽，上駢生耳目，桑林生臂手。此女媧所以七十化也。舜服厥弟，終然爲害。服，事也。言舜弟象，施行無道，舜猶服而事之，然象終欲害舜也。〔補〕曰：此言舜德足以服象，而象終爲害也。《書》云：父頑母嚚象傲，克諧以孝。《史記》云：舜父瞽叟盲，而舜母死，瞽叟更娶妻而生象，愛後妻子，常欲殺舜。舜順事父，及後母與弟，日以篤謹。**何肆犬體，而厥身不危敗？**言象無道，肆其犬豕之心，燒廩寘井，欲以殺舜，然終不能危敗舜身也。一云：何得肆其犬豕。一云：何肆犬豕。〔補〕曰：《列女傳》云：瞽叟與象謀殺舜，使塗廩，舜告二女。二女曰：「時唯其戕汝，時唯其焚汝，鵲如汝裳衣，鳥工往。」舜既治廩，戕旋階，瞽叟焚廩，舜往飛。復使浚井，舜告二女。二女曰：「時亦唯其戕汝，時其掩汝。汝去裳衣，龍工往。」舜往浚井，格其入出，從掩，舜潛出。

吳獲迄古，南嶽是止。獲，得也。迄，至也。古，謂古公亶父也。言吳國得賢君，至古公亶父之時，而遇太伯，陰讓避王季，辭之南嶽之下，采藥於是，遂止而不還也。〔補〕曰：迄，許訖切。《史記》：古公亶父有長子曰太伯，次曰虞仲，少子季歷。古公曰：我世當興者，其在昌乎？長子太伯、虞仲，知古公欲立季歷以傳昌，乃二人亡如荆蠻，文身斷髮，以讓季歷。太伯之犇荆蠻，自號句吳，荆蠻義之，從而歸之千餘家，立爲吳太伯。太伯卒，弟仲雍立。仲雍，即虞仲也。

孰期去斯，得兩男子？期，會也。昔古公有少子，曰王季，而生聖子文王，古公欲立王季，令天命及文王。長子太伯及弟仲雍去而之吳，吳立以爲君。誰與期會，而得兩男子，兩男子，謂太伯、仲雍也。去，一作夫。

緣鵠飾玉，后帝是饗。后帝，謂殷湯也。言伊尹始仕，因緣烹鵠鳥之羹，脩玉鼎，以事於湯。湯賢之，遂以爲相也。〔補〕曰：《史記》：阿衡欲干湯而無由，乃爲有莘氏媵臣，負鼎俎，以滋味説湯，致於王道。《淮南》云：伊尹憂天下之不治，調和五味，負鼎俎而行。注云：負鼎俎，調五味，欲其調陰陽，行其道。《孟子》云：吾聞以堯、舜之道要湯，未聞割烹也。伊尹負鼎干湯，猶太公屠釣之類，於傳有之。孟子不以爲然者，慮後世貪鄙之徒，託此以自進耳。若謂初無負鼎之説，則古書皆不可信乎？

何承謀夏桀，終以滅喪？言湯遂承用伊尹之謀，而伐夏桀，終以滅亡也。一無「夏」字。喪，一作𠷎。〔補〕曰：此言伊尹承事湯以謀夏桀也。喪，去聲。

帝乃降觀，下逢伊摯。帝，謂湯也。摯，伊尹名也。言湯出觀風俗，乃憂下民，博選於衆，而逢伊尹，舉以爲相也。乃，一作力，注同。何條放致罰，而黎服大説？條，鳴條也。黎，衆也。説，喜也。言湯行天之罰，以誅於桀，放之鳴條之野，天下衆民大喜悦也。服，一作伏。〔補〕曰：《書》云：伊尹相湯伐桀，遂與桀戰於鳴條之野。又曰：造攻自鳴條，朕載自亳。注云：鳴條在安邑之西。《史記》：桀敗於有娀之虚，犇於鳴條。此言條放者，自鳴條放之也。致罰者，《湯誥》所謂致天之罰也。黎，謂群黎百姓也。湯以臣放君，而黎民説服者，代虐以寬故也。《天對》云：條伐巢放，民用濆厥疣，以夷於膚，夫曷不謡？簡狄在臺，嚳何宜？玄鳥致貽，女何喜？簡狄，帝嚳之妃也。玄鳥，燕也。貽，遺也。言簡狄侍帝嚳於臺上，有飛燕墮遺其卵，喜而吞之，因生契也。一云：帝嚳何宜。貽，一作詒。喜，一作嘉。〔補〕曰：《詩》云：天命玄鳥，降而生商。玄鳥，鳦也。湯之先祖，有娀氏女簡狄，配高辛氏。天使鳦下而生商者，謂鳦遺卵，簡狄吞之而生契，爲堯司徒而有功，封之於商也。嚳，苦篤切。《天對》云：嚳狄禱禖，契形于胞，胡乙鷇之食，而怪焉以嘉。以《詩》考之，非史氏之妄也。該秉季德，厥父是臧。該，苞也。秉，持也。父，謂契也。季，末也。臧，善也。言湯能包持先人之末德，脩其祖父之善業，故天祐之以爲民主也。〔補〕曰：《天對》云：該德胤考，蓐收于西，爪虎手鉞，尸刑以司慝。《左氏傳》：少皞氏有四叔：曰重、曰該、曰脩、曰熙。使該爲蓐收，世不失職，遂濟窮桑。宗元所云謂此也。按此當與下文相屬，下云弊于有扈，則秉季德者，謂夏啟也。該，兼也。言能兼秉大禹之末德，猶曰恒秉季德耳。恒豈亦人名乎？厥父是臧，言爲父所善以有天下也。胡終弊于有扈，牧夫牛羊？有扈，澆國名也。澆滅夏后相，相之遺腹子曰少康，後爲有仍牧正，典主牛羊，遂攻殺澆，滅有扈，復禹舊跡，祀夏配天也。〔補〕曰：《書序》云：啟與有扈戰于甘之野。《淮南》曰：有扈氏爲義而亡。注云：有扈，夏啟之庶兄，以堯、舜與賢，啟獨與子，故伐啟，啟亡之。《左傳》：少康滅澆于過。非有扈也。逸説非是。《地理志》云：扶風鄠縣是扈國。此言禹得天下以揖讓，而啟用兵以滅有扈氏，有扈遂爲牧豎也。《天對》云：牧正矜矜，澆扈爰踣。承逸之誤也。**干協時舞，何以懷之？**干，求也。舞，務也。協，和也。懷，來也。言夏后相既失天下，少康幼小，復能求得時務，調和百姓，使之歸己，何以懷來之也？〔補〕曰：《書》云：三旬，苗民逆命，帝乃誕敷文德，舞干羽于兩階。七旬，有苗格。協，合也。言舜以時合舞于兩階，而有苗格也。《莊子》曰：執干而舞。干，盾也。《天對》云：階干以娛，苗革而格。不迫以死，夫胡狃厥賊？**平脅曼膚，何以肥之？**言紂爲無道，諸侯背畔，天下乖離，當懷憂癯瘦，而反形體曼澤，獨何以能平脅肥盛乎？一本「平」上有「受」字。〔補〕曰：受，即紂也。曼，音萬。李善云：曼，輕細也。《天對》云：辛后騃狂，無憂以肥。肆蕩弛厥體，而充膏于肌。**有扈牧豎，云何而逢？**言有扈氏本牧豎之人耳，因何逢遇而得爲諸侯乎？一曰：其爰何逢。一曰：其云何逢。〔補〕曰：此言啟滅有扈之國，其後子孫遂爲民庶，牧夫牛羊，其初以何道而得爲諸侯也。豎，童僕之未冠者，巨庾切。**擊牀先出，其命何從？**言啟攻有扈之時，親於其牀上，擊而殺之。其先人失國之原，何所從出乎？一云：其何所從。**恒秉季德，焉得夫朴牛？**恒，常也。季，末也。朴，大也。言湯常能秉持契之末德，脩而弘之，天嘉其志，出田獵，得大牛之瑞也。〔補〕曰：《說文》云：特牛，牛父也，言其朴特。朴，匹角切。一云平豆切，無樸音。**何往營班禄，不但還來？**營，得也。班，徧也。言湯往田獵，不但驅馳往來也，還輒以所獲得禽獸，徧施禄惠於百姓也。〔補〕曰：《詩》云：經之營之。營，度也。曰：請班諸兄弟之貧者。班，分也。言湯田獵禽獸，往營所以施禄惠於百姓者，不但還來而已，必有所分也。**昏微遵迹，有狄不寧。**昏，闇也。遵，循也。迹，道也。言人有循闇微之道，爲婬泆夷狄之行者，不可以安其身也。謂晉大夫解居父也。遵，一作循。有，一作佚。**何繁鳥萃棘，負子肆情？**言解居父聘吴，過陳之墓門，見婦人負其子，欲與之淫泆，肆其情欲。婦人則引《詩》刺之曰：墓門有棘，有鴞萃止。故曰繁鳥萃棘也。言墓門有棘，雖無人，棘上猶有鴞，汝獨不愧也。〔補〕曰：《列女傳》：陳辯女者，陳國采桑之女也。晉大夫解居甫使於宋，道過陳，遇采桑之女，止而戲之曰：「女爲我歌，吾將舍女。」乃爲歌曰：「墓門有棘，斧以斯之。夫也不良，國人知之。知而不已，誰昔然矣。」又曰：「爲我歌其二。」女曰：「墓門有楳，有鴞萃止。夫也不良，歌以訊止。訊予不顧，顛倒思予。」大夫曰：「其棘則是，其鴞安在？」女曰：「陳小國也，攝乎大國之間，因之以饑饉，加之以師旅，其人且亡，而況鴞乎？」大夫乃服而釋之。

眩弟竝淫，危害厥兄。眩，惑也。厥，其也。言象爲舜弟，眩惑其父母，並爲淫泆之惡，欲共危害舜也。害，一作虞。〔補〕曰：眩弟，猶惑婦也，言舜有惑亂之弟也。何變化以作詐，後嗣而逢長？言象欲殺舜，變化其態，内作姦詐，使舜治廩，從下焚之；又命穿井，從上寘之，終不能害舜，舜爲天子，封象於有庳，而後嗣子孫，長爲諸侯也。一云：而後嗣逢長。《天對》云：象不兄龔，而奮以謀蓋。聖孰凶怒，嗣用紹厥愛。〔補〕曰：《孟子》云：仁人之於弟，不藏怒，不宿怨。封之有庳，富貴之也。成湯東巡，有莘爰極。有莘，國名。爰，於也。極，至也。言湯東巡狩，至有莘國，以爲婚姻也。〔補〕曰：莘，所申切。何乞彼小臣，而吉妃是得？小臣，謂伊尹也。言湯東巡狩，從有莘氏乞匄伊尹，因得吉善之妃，以爲内輔也。〔補〕曰：《孟子》曰：伊尹耕於有莘之野，湯三使往聘之。《史記》曰：阿衡欲干湯而無由，乃爲有莘氏媵臣。《列女傳》云：湯妃，有莘氏之女，明而有序。《左傳》以后稷之妃爲吉人，與此吉妃同意。

水濱之木，得彼小子。夫何惡之，媵有莘之婦？小子，謂伊尹。媵，送也。言伊尹母姙身，夢神女告之曰：「臼竈生鼃，亟去無顧。」居無幾何，臼竈中生鼃，母去東走，顧視其邑，盡爲大水，母因溺死，化爲空桑之木。水乾之後，有小兒啼水涯，人取養之。既長大，有殊才。有莘惡伊尹從木中出，因以送女也。一無「彼」字。〔補〕曰：濱，水際也。送女從嫁曰媵。《列子》曰：伊尹生乎空桑。注云：伊尹母居伊水之上，既孕，夢有神告之曰：「臼水出而東走，無顧。」明日，視臼水出，告其鄰，東走十里，而顧視其邑，盡爲水，身因化爲空桑。有莘氏女子采桑，得嬰兒於空桑之中，故命之曰伊尹，而獻其君，令庖人養之。長而賢，爲殷湯相。與注説小異，故并録之。**湯出重泉，夫何辠尤？**重泉，地名也。言桀拘湯於重泉，而復出之，夫何用罪法之不審也？〔補〕曰：辠，古罪字。尤，過也。《前漢志》：左馮翊有重泉。《史記》曰：夏桀不務德，百姓弗堪，乃召湯而囚之夏臺，已而釋之。**不勝心伐帝，夫誰使挑之？**帝，謂桀也。言湯不勝衆人之心，而以伐桀，誰使桀先挑之也？挑，一作祧。〔補〕曰：帝謂帝履癸，即桀也。挑，徒了切。《倉頡篇》云：挑，招呼也。《書》曰：造攻自鳴條，朕載自亳。《天對》云：湯行不類，重泉是囚。違虐立辟，實罪德之由。師馮怒以割，癸祧而讎。

會鼂爭盟，何踐吾期？言武王將伐紂，紂使膠鬲視武王師。膠鬲問曰：欲以何日至殷？武王曰：以甲子日。膠鬲還報紂。會天大雨，道難行，武王晝夜行。或諫曰：雨甚，軍士苦之，請且休息。武王曰：吾許膠鬲以甲子日至殷，今報紂矣。吾甲子日不到，紂必殺之。吾故不敢休息，欲救賢者之死也。遂以甲子日朝誅紂，不失期也。一作會晁請盟。〔補〕曰：鼂、晁，並朝夕之朝。《詩》云：肆伐大商，會朝清明。注云：會，甲也。箋云：會，合也。天期已至，兵甲之强，師率之武，故今伐殷，合兵以清明。《書·牧誓》曰：時甲子昧爽，武王朝至於商郊牧野，乃誓。**蒼鳥羣飛，孰使萃之？**蒼鳥，鷹也。萃，集也。言武王伐紂，將帥勇猛如鷹鳥羣飛，誰使武王集聚之者乎？《詩》曰：惟師尚父，時惟鷹揚也。蒼，一作倉。〔補〕曰：《詩》注：鷹，鷙鳥也，如鷹之飛揚。按《詩》鷹揚指尚父，此云羣飛者，士以類從也。**到擊紂躬，叔旦不嘉。**旦，周公名也。嘉，善也。言武王始至孟津，八百諸侯不期而到，皆曰紂可伐也。白魚入于王舟，羣臣咸曰：休哉。周公曰：雖休勿休。故曰：叔旦不嘉也。到，一作列。〔補〕曰：《六韜》云：武王東伐，至於河上，雨甚雷疾。周公旦進曰：「天不祐周矣！意者，吾君德行未備，百姓疾怨邪？故天降吾災，請還師。」太公曰：「不可。」武王與周公旦望紂之陣，引軍止之。太公曰：「君何不馳也。」周公曰：「天時不順，龜焦不兆，占筮不吉，妖而不祥，星變又凶，固旦待之，何可驅也？」《天對》云：頸紂黄鉞，旦孰喜之？余謂武王之事，太公佐之，伯夷諫之。佐之者，以救天下之溺；諫之者，以懲萬世之亂。武未盡善，叔旦不嘉，其意一也。《爾雅疏》曰：到者，自遠而至也。周公，武王弟，故曰叔旦。

何親揆發足，周之命以咨嗟？揆，度也。言周公於孟津揆度天命，發足還師而歸，當此之時，周之命令已行天下，百姓咨嗟歎而美之也。一無「何」字，一云周命咨嗟。

授殷天下，其位安施？言天始授殷家以天下，其王位安所施用乎？善施若湯也。位，一作德。《天對》曰：位庸庀民，仁克莅之。

反成乃亡，其罪伊何？言殷王位已成，反覆亡之，其罪惟何乎？罪若紂也。乃，一作及。

争遣伐器，何以行之？伐器，攻伐之器也。言武王伐紂，發遣干戈攻伐之器，争先在前，獨何以行之乎？〔補〕曰：争遣伐器，謂群后以師畢會也。

竝驅擊翼，何以將之？言武王三軍，人人樂戰，竝載驅載馳，赴敵争先，前歌後舞，鳧藻讙呼，奮擊其翼，獨何以將率之也？鳧藻讙呼，一云如鳥喿呼。〔補〕曰：《六韜》云：翼其兩旁，疾擊其後。擊翼，蓋兵法也。

昭后成遊，南土爰底。爰，於也。底，至也。言昭王背成王之制而出遊，南至於楚，楚人沈之，而遂不還也。〔補〕曰：《左傳》：齊侯伐楚，曰：「昭王南征而不復，寡人是問。」對曰：「昭王之不復，君其問諸水濱。」注云：昭王，成王孫，南巡守，涉漢，船壞而溺。《史記》：昭王之時，王道微缺，南巡狩不返，卒於江上。其卒不赴告，諱之也。成遊，謂成南征之遊，猶所謂斯遊遂成也。底，音旨。

厥利惟何，逢彼白雉？厥，其也。逢，迎也。言昭王南遊，何以利于楚乎？以爲越裳氏獻白雉，昭王德不能致，欲親往逢迎之。〔補〕曰：《後漢書》曰：交阯之南，有越裳國，周公居攝，越裳重譯而獻白雉。穆王巧梅，夫何爲周流？梅，貪也。言穆王巧於辭令，貪好攻伐，遠征犬戎，得四白狼、四白鹿。自是後夷狄不至，諸侯不朝。穆王乃更巧詞周流，而往說之，欲以懷來也。一云：夫何周流。梅，一作珻。〔補〕曰：《方言》云：梅，貪也，亡改切，其字從手。賈生云：品庶每生。是也。《集韻》云：梅，母罪切，慙也。挴，母亥切，貪也。諸本作梅。《釋文》每磊切，其字從木，傳寫誤耳。珻，玉名，音媒，亦非也。《左傳》云：穆王欲肆其心，周行天下，將必有車轍馬迹焉。祭公謀父作祈招之詩，以止王心，王是以獲没於祇宮。《史記》云：周穆王得驥、温驪、驊騮、騄耳之駟，西巡狩，樂而忘歸。徐偃王作亂，造父爲穆王御，長驅歸周以救亂。巧梅，言巧於貪求也。環理天下，夫何索求？環，旋也。言王者當脩道德以來四方，何爲乃周旋天下，而求索之也？《天對》曰：穆懵祈招，猖洋以游，輪行九野，惟怪之謀。〔補〕曰：穆王事見《竹書·穆天子傳》。後世如秦皇、漢武，託巡狩以求神僊，皆穆王啟之也。志足氣滿，貪求無猒，適以召亂。妖夫曳衒，何號于市？妖，怪也。號，呼也。昔周幽王前世有童謡曰：檿弧箕服，實亡周國。後有夫婦賣是器，以爲妖怪，執而曳戮之於市也。〔補〕曰：曳，牽也，引也。衒，熒絹切，行且賣也。曳衒，言夫婦相引，行賣於市也。褒姒事見《國語》。周幽誰誅，焉得夫褒姒？褒姒，周幽王后也。昔夏后氏之衰也，有二神龍止於夏庭而言曰：余褒之二君也。夏后布幣糈而告之，龍亡而漦在，櫝而藏之。夏亡傳殷，殷亡傳周，比三代莫敢發也。至厲王之末，發而觀之，漦流于庭，化爲玄黿，入王後宮。後宮處妾遇之而孕，無夫而生子，懼而弃之。時被戮夫婦夜亡，道聞後宮處妾所弃女啼聲，哀而收之，遂奔褒。褒人後有罪，幽王欲誅之，褒人乃入此女以贖罪，是爲褒姒，立以爲后，惑而愛之，遂爲犬戎所殺也。〔補〕曰：藏，一作弆。弆即藏也。天命反側，何罰何佑？言天道神明，降與人之命，反側無常，善者佑之，惡者罰之。齊桓九會，卒然身殺。言齊桓公任管仲，九合諸侯，一匡天下。任豎刁、易牙，子孫相殺，虫流出户。一人之身，一善一惡，天命無常，罰佑之不恒也。會，一作合。〔補〕曰：卒，終也。《論語》曰：桓公九合諸侯，不以兵車，管仲之力也。《國語》曰：兵車之屬六，乘車之會三。孫明復《尊王發微》曰：桓公之會十有五，十三年會北杏，十四、十五年會鄄，十六、二十七年會幽，僖元年會檉，二年會貫，三年會陽穀，五年會首止，七年會甯母，八年會洮，九年會葵丘，十三年會鹹，十五年會牡丘，十六年會淮是也。孔子止言其九者，蓋十三年會北杏，桓始圖伯，其功未見。十四年會鄄，又是伐宋諸侯。僖八年會洮，十三年會鹹，十五年會牡丘，十六年會淮，皆有兵車，故止言其會之盛者九焉。《史記》曰：管仲病，桓公問曰：「易牙何如？」對曰：「殺子以適君，非人情，不可。」「開方何如？」曰：「倍親以適君，非人情，難近。」「豎刁何如？」曰：「自宫以適君，非人情，難親。」管仲死，桓公卒近用三子，三子專權。桓公卒，易牙與豎刁殺群吏而立公子無詭爲君。桓公病，五公子各樹黨争立。及桓公卒，遂相攻，以故宫中莫敢棺。桓公尸在牀上六十七日，尸蟲出於户。無詭立，乃棺赴。按小白之死，諸子相攻，身不得斂，與見殺無異，故曰卒然身殺，甚之也。彼王紂之躬，孰使亂惑？惑，妲己也。何惡輔弼，讒諂是服？服，事也。言紂憎輔弼，不用忠直之言，而事用諂讒之人也。諂，一作讇。〔補〕曰：服，行也，用也。武王數紂曰：「賊虐諫輔，崇信姦回。」《莊子》曰：好言人之惡謂之讒，希意導言謂之諂。比干何逆，而抑沈之？比干，聖人，紂諸父也。諫紂，紂怒，乃殺之剖其心也。〔補〕曰：抑沈，猶《九章》云情沈抑而不達也。雷開阿順，而賜封之？雷開，佞人也，阿順於紂，乃賜之金玉而封之也。一云：雷開何順，而賜封金。何聖人之一德，卒其異方？聖人，謂文王也。卒，終也。言文王仁聖，能純一其德，則天下異方，終皆歸之也。〔補〕曰：文王順紂而不敢逆，武王逆紂而不肯順，故曰異方。或曰：下文云：梅伯受醢，箕子佯狂。此異方也。

梅伯受醢，箕子詳狂。梅伯，紂諸侯也。言梅伯忠直，而數諫紂，紂怒，乃殺之，葅醢其身。箕子見之，則被髮詳狂也。詳，一作佯。〔補〕曰：梅，音浼，紂諸侯號。《淮南子》曰：醢鬼侯之女，葅梅伯之骸。《史記》曰：箕子，紂親戚也。紂爲淫泆，箕子諫不聽。或曰：「可以去矣。」箕子曰：「爲人臣，諫不聽而去，是彰君之惡，而自説於民，吾不忍爲也。」乃被髮詳狂而爲奴，遂隱而鼓琴以自悲。故傳之曰《箕子操》。詳，詐也，與佯同。稷維元子，帝何竺之？元，大也。帝，謂天帝也。竺，厚也。言后稷之母姜嫄，出見大人之迹，怪而履之，遂有娠而生后稷。后稷生而仁賢，天帝獨何以厚之乎？竺，一作篤。一云帝何竺、鳥何燠，竝無「之」字。〔補〕曰：《爾雅》云：竺，厚也，與篤同。《詩》曰：厥初生民，時維姜嫄。生民如何，克禋克祀，以弗無子。履帝武敏，歆。攸介攸止。載震載夙。載生載育，時維后稷。注云：姜嫄之生后稷，乃禋祀上帝於郊禖，而得其福。《史記》曰：周后稷名弃，其母有邰氏女，曰姜原，爲帝嚳元妃。姜原出野，見巨人迹，心忻然悦，欲踐之，踐之而身動如孕者，居期而生子。左氏曰：微子啟，帝乙之元子。説者曰：元子，首子也。姜嫄爲帝嚳元妃，生后稷。簡狄爲次妃，生契。故曰稷維元子也。投之於冰上，鳥何燠之？投，弃也。燠，温也。言姜嫄以后稷無父而生，弃之於冰上，有鳥以翼覆薦温之，以爲神，乃取而養之。《詩》曰：誕寘之寒冰，鳥覆翼之。燠，一作懊。〔補〕曰：燠，音郁，熱也，其字從火。懊，貪也，無熱義。《詩》曰：不康禋祀，居然生子。誕寘之隘巷，牛羊腓字之。誕寘之平林，會伐平林。誕寘之寒冰，鳥覆翼之。鳥乃去矣，后稷呱矣。注云：大鳥來，一翼覆之，一翼藉之。《史記》曰：初欲弃之，因名曰弃。及爲成人，遂好耕農，帝堯聞之，舉爲農師。逸云：后稷無父而生。按稷以帝嚳爲父，特姜嫄感巨迹而生，有神靈之徵耳。天命玄鳥，降而生商，亦猶是也。何馮弓挾矢，殊能將之？馮，大也。挾，持也。言后稷長大，持大强弓，挾箭矢，桀然有殊異，將相之才。馮，一作憑。〔補〕曰：此與下文相屬，馮如馮珧之馮。武王多才多藝，言馮弓挾矢，而將之以殊能者，武王也。《天對》曰：既岐既嶷，宜庸將焉。用逸説也。**既驚帝切激，何逢長之？**帝，謂紂也。言武王能奉承后稷之業，致天罰，加誅於紂，切激而數其過，何逢後世繼嗣之長也。驚，一作敬。切，一作功。〔補〕曰：此言武王伐紂，震驚而切責之，不顧君臣之義。惟紂無道，故武王能逢天命以永其祚也。

伯昌号衰，秉鞭作牧。伯昌，謂文王也。秉，執也。鞭以喻政。言紂號令既衰，文王執鞭持政，爲雍州之牧也。〔補〕曰：号與號同。《孔叢子》：羊客問於子思曰：「古之帝王，中分天下，而二公治之，謂之二伯。周自后稷封爲王者之後，子孫據國，至太王、王季，皆爲諸侯矣，焉得爲西伯乎？」子思曰：「吾聞殷王帝乙之時，王季以九命作伯，受圭瓚秬鬯之賜，故文王因之，得專征伐。此以諸侯爲伯，猶周、召之君爲伯也。」《西伯戡黎》注云：文王爲雍州之伯。《史記》：紂以西伯爲三公，賜弓矢斧鉞，使得專征伐。《周官》曰：牧以地得民。**何令徹彼岐社，命有殷國？**徹，壞也。社，土地之主也。言武王既誅紂，令壞邠岐之社，言己受天命而有殷國，因徙以爲天下之太社也。一云：命有殷之國。〔補〕曰：此言文王秉鞭作牧以事紂，而武王伐殷以有天下也。《論語》曰：三分天下有其二，以服事殷，周之德可謂至德也已矣。謂文王也。《詩》曰：迺立冢土，戎醜攸行。冢土，大社，美太王之社，遂爲大社也。《記》曰：王爲群姓立社，曰大社。岐在右扶風美陽中水鄉，因岐山以名，太王自豳徙焉。**遷藏就岐，何能依？**言太王始與百姓徙其寶藏，來就岐下，何能使其民依倚而隨之也？太王，一作文王。〔補〕曰：按《詩》云：度其鮮原，居岐之陽。注云：文王謀居善原廣平之地，亦在岐山之南。《説文》云：岐，周文王所封也。然太王居邠，狄人侵之，始邑於岐山之下，則遷藏就岐，蓋指太王也。《天對》曰：踰梁橐囊，羶仁蟻萃。**殷有惑婦，何所譏？**惑婦，謂妲己也。譏，諫也。言妲己惑誤于紂，不可復譏諫也。〔補〕曰：《國語》曰：殷辛伐有蘇，有蘇氏以妲己女焉。**受賜兹醢，西伯上告。**兹，此也。西伯，文王也。言紂醢梅伯，以賜諸侯，文王受之，以祭告語於上天也。〔補〕曰：《史記》：紂醢九侯，脯鄂侯，西伯聞之竊歎，紂囚西伯羑里。**何親就上帝罰，殷之命以不救？**上帝，謂天也。言天帝親致紂之罪罰，故殷之命不可復救也。一云：上帝之罰。〔補〕曰：此言紂爲無道，自致天討，故不可救也。《天對》云：孰盈癸惡，兵躬殄祀。**師望在肆，昌何識？**師望，謂太公也。昌，文王名也。言太公在市肆而屠，文王何以識知之乎？識，一作志。〔補〕曰：識與志同。**鼓刀揚聲，后何喜？**后，謂文王也。言呂望鼓刀在列肆，文王親往問之，呂望對曰：「下屠屠牛，上屠屠國。」文王喜，載與俱歸也。《天對》云：奮力屠國，以髀髖厥商。**武發殺殷，何所悒？**言武王發欲誅殷紂，何所悁悒而不能久忍也？〔補〕曰：悒，音邑，憂也，不安也。《天對》云：發殺曷逞，寒民于烹。**載尸集戰，何所急？**尸，主也。集，會也。言武王伐紂，載文王木主，稱太子發，急欲奉行天誅，爲民除害也。〔補〕曰：《史記》：武王東觀兵至于盟津，爲文王木主，載以車中軍。武王自稱太子發，言奉文王以伐，不敢自專。〔補〕曰：《記》云：祭祀之有尸也，宗之廟有主也，示民有事也。主有虞主、練主。尸，神象也，以人爲之。然《書序》云：康王既尸天子，則尸亦主也。**伯林雉經，維其何故？**伯，長也。林，君也。謂晉太子申生爲後母驪姬所譖，遂雉經而自殺。一無「何」字。〔補〕曰：《左傳》：晉獻公伐驪戎，驪戎男女以驪姬，歸，生奚齊。驪姬嬖，欲立其子。使太子居曲沃，姬謂太子曰：「君夢齊姜，必速祭之。」太子祭于曲沃，歸胙於公。姬毒而獻之，泣曰：「賊由太子。」太子奔新城，十二月戊申，縊于新城。《國語》云：雉經于新城之廟。注云：雉經，頭槍而懸死也。**何感天抑墬，夫誰畏懼？**言驪姬讒殺申生，其冤感天，又讒逐羣公子，當復誰畏懼也？墬，一作壂，一作墬。〔補〕曰：墬即地字。《左傳》云：狐突適下國，遇太子曰：「夷吾無禮，余得請於帝矣。」又曰：「帝許我罰有罪矣，敝於韓。」此言申生之冤感天抑地，而誰畏懼之乎？**皇天集命，惟何戒之？**言皇天集禄命而與王者，王者何不常畏慎而戒懼也？〔補〕曰：《詩》云：天鑒在下，有命既集。此言何所戒慎而致天命之集也。受禮天下，又使至代之？ 言王者既已修行禮義，受天命而有天下矣，又何爲至使異姓代之乎？ 一無「又」字。代，一作伐。〔補〕曰：受禮天下，言受王者之禮於天下也。有德則興，無德則亡，三代之王，是不一姓，可不慎乎？ 初湯臣摯，後兹承輔。 言湯初舉伊尹，以爲凡臣耳。後知其賢，乃以備輔翼承疑，用其謀也。承，一作丞。〔補〕曰：《孟子》曰：湯之於伊尹，學焉而後臣之。與此異者，此言伊尹初爲媵臣，後乃以爲相耳。孟子言湯尊德樂道，不以臣禮待之也。何卒官湯，尊食宗緒？ 卒，終也。緒，業也。言伊尹佐湯命，終爲天子，尊其先祖，以王者禮樂祭祀，緒業流於子孫。《天對》云：湯摯之合，祚以久食。〔補〕曰：官湯，猶言相湯也。尊食，廟食也。勳闔夢生，少離散亡。 勳，功也。闔，吴王闔廬也。夢，闔廬祖父壽夢也。壽夢卒，太子諸樊立。諸樊卒，傳弟餘祭。餘祭卒，傳弟夷末。夷末卒，太子王僚立。闔廬，諸樊之長子也。次不得爲王，少離散亡放在外，乃使專設諸刺王僚，代爲吴王。子孫世盛，以伍子胥爲將，大有功勳也。〔補〕曰：《史記》：吴壽夢卒，有子四人：長諸樊，次餘祭，次餘昧，次季札。公子光者，諸樊之子也。以爲吾父兄弟四人，當傳至季子，季子即不受國，光父先立，即不傳季子，光當立。遂弑王僚，代立爲王，是爲吴王闔廬。《天對》云：光徵夢祖，憾離以厲。傍偟激覆，而勇益德邁。何壯武厲，能流厥嚴？ 壯，大也。言闔廬少小散亡，何能壯大厲其勇武，流其威嚴也。〔補〕曰：闔廬用伍子胥、孫武，破楚入郢。彭鏗斟雉，帝何饗？ 彭鏗，彭祖也。好和滋味，善斟雉羹，能事帝堯，堯美而饗食之。〔補〕曰：斟，勺也，諸深切。鏗，可衡切。饗有香音。《神仙傳》云：彭祖姓籛名鏗，帝顓頊之玄孫，善養性，能調鼎，進雉羹於堯，堯封於彭城。歷夏經殷至周，年七百六十七歲而不衰。籛，音翦。受壽永多，夫何久長？ 言彭祖進雉羹於堯，堯饗食之以壽考。彭祖至八百歲，猶自悔不壽，恨枕高而唾遠也。〔補〕曰：《莊子》曰：彭祖得之，上及有虞，下及五伯。又曰：吹呴呼吸，吐故納新，熊經鳥伸，爲壽而已矣。此導引之士，養形之人，彭祖壽考者之所好也。《天對》云：鏗羹於帝，聖孰嗜味。夫死自暮，而誰饗以俾壽。

中央共牧，后何怒？ 牧，草名也，有實。后，君也。言中央之州，有歧首之蛇，爭共食牧草之實，自相啄嚙。以喻夷狄相與忿爭，君上何故當怒之乎？牧，唐本作牧，注同，一作枚。〔補〕曰：《爾雅》曰：中有枳首蛇焉。枳首，歧頭蛇也。《韓非子》曰：虫有蚘者，一身兩口，爭食相齕，遂相殺也。《古今字詁》云：蚘，古虺字。《天對》云：蚘齧已毒，不以外肆。

蠭蛾微命，力何固？ 言蠭蛾有蠚毒之蟲，受天命，負力堅固。屈原以喻蠻夷自相毒蠚，固其常也。獨當憂秦吳耳。一作蠭蟻。〔補〕曰：蠭，音峰。《傳》曰：蠭蠆有毒，而況國乎？蛾，古蟻字。《記》曰：蛾子時術之。是也。蠚，音若，痛也。《天對》云：細腰群螫，夫何足病。

驚女采薇，鹿何祐？ 祐，福也。言昔者有女子采薇菜，有所驚而走，因獲得鹿，其家遂昌熾，乃天祐之。祐，一作佑。

北至回水，萃何喜？ 萃，止也。言女子驚而北走，至於回水之上，止而得鹿，遂有禧（按《天對》引作「福」）喜也。

兄有噬犬，弟何欲？ 兄，謂秦伯也。噬犬，齧犬也。弟，秦伯弟鍼也。言秦伯有齧犬，弟鍼欲請之。〔補〕曰：噬，音筮。

易之以百兩，卒無祿。 言秦伯不肯與弟鍼犬，鍼以百兩金易之，又不聽，因逐鍼而奪其爵祿也。〔補〕曰：《春秋》昭元年，夏，秦伯之弟鍼出奔晉。《傳》曰：罪秦伯也。《晉語》曰：秦后子來仕，其車千乘。后子，即鍼也。《天對》注云：百兩，蓋謂車也。逸以爲百兩金，誤矣（《天對》作「也」）。兩，音亮，車數也。

薄暮雷電，歸何憂？ 言屈原書壁，所問略訖，日暮欲去，時天大雨雷電，思念復至。自解曰：歸何憂乎？〔補〕曰：薄暮，日欲晚，喻年將老也。雷電，喻君暴怒也。歸何憂者，自寬之詞。

厥嚴不奉，帝何求？ 言楚王惑

信讒佞，其威嚴當日墮，不可復奉成，雖從天帝求福，神無如之何。伏匿穴處，爰何云？爰，於也。吾將退於江濱，伏匿穴處耳，當復何言乎？《天對》云：合行違匿同若所。咿嚘忿毒竟誰與？荆勳作師，夫何長？荆，楚也。師，衆也。勳，功也。初，楚邊邑之處女，與吴邊邑處女争采桑於境上，相傷，二家怒而相攻，於是楚爲此興師，攻滅吴之邊邑，而怒始有功。時屈原又諫，言我先爲不直，恐不可久長也。一云：夫何長先。〔補〕曰：《史記》：吴王僚九年，公子光伐楚，拔居巢、鍾離。初，楚邊邑卑梁氏之處女，與吴邊邑之女争桑，二女家怒相滅，兩國邊邑長聞之，怒而相攻，滅吴之邊邑。吴王怒，故遂伐楚，取兩都而去。荆勳作師，夫何長，言楚雖有功，吴復伐楚，非長久之策也。此楚平王時事，屈原徵往事以諷耳。悟過改更，我又何言？欲使楚王覺悟，引過自與，以謝於吴，不從其言，遂相攻伐。言禍起於細微也。悟，一作寤。〔補〕曰：更，音庚。太史公曰：屈平雖放流，睠顧楚國，繫心懷王，不忘欲反，冀幸君之一悟，俗之一改也。其存君興國而欲反覆之，一篇之中，三致志焉。然終無可柰何，故不可以反，卒以此見懷王之終不悟也。吴光争國，久余是勝。光，闔廬名也。言吴與楚相伐，至於闔廬之時，吴兵入郢都，昭王出奔。故曰「吴光争國，久余是勝」，言大勝我也。〔補〕曰：楚昭王十年，吴王闔廬伐楚，楚大敗，吴兵遂入郢。懷王與秦戰，爲秦所敗，亡其六郡，入秦不返。故屈原徵荆勳作師，吴光争國之事諷之。何環穿自閭社丘陵，爰出子文？子文，楚令尹也。子文之母，鄖公之女，旋穿閭社，通於丘陵以淫，而生子文，弃之夢中，有虎乳之，以爲神異，乃取收養焉。楚人謂乳爲穀，謂虎爲於菟，故名鬬穀於菟，字子文，長而有賢仁之才也。一云：何環閭穿社，以及丘陵，是淫是蕩，爰出子文。〔補〕曰：《左傳》：初，若敖娶於邧，生鬬伯比。若敖卒，從其母畜於邧，淫於邧子之女，生子文焉。以其女妻伯比，實爲令尹子文。《天對》注曰：爰出子文。哀今無此人，但任子蘭也。吾告堵敖以不長。堵敖，楚賢人也。屈原放時，語堵敖曰：「楚國將衰，不復能久長也。」一本「以」下有「楚」字。〔補〕曰：《左傳》：楚子滅息，以息姬歸，生堵敖及成王焉。楚子，文王也。莊公十九年，杜敖生。二十三年，成王立。杜敖，即堵敖也。《天對》注云：楚人謂未成君而死曰堵敖。堵敖，楚文王兄也。今哀懷王將如堵敖不長而死，以此告之。逸注以堵敖爲楚賢人，大謬。然宗元以堵敖爲文王兄，亦誤矣。何試上自予，忠名彌彰？屈原言我何敢嘗試君上，自干忠直之名，以顯彰後世乎？誠以同姓之故，中心懇惻，義不能已也。試，一作誠。予，一作與。彰，一作章。《天對》云：誠若名不尚，曷極而辭？〔補〕曰：予，音與。

叙曰：昔屈原所作，凡二十五篇，世相教傳，而莫能説《天問》，以其文義不次，又多奇怪之事。自太史公口論道之，多所不逮。至於劉向、揚雄，援引傳記一作經傳。以解説之，亦不能詳悉。所闕者衆，日無聞焉。既有解□□□詞，一作説。乃復多連蹇其文，一云乃復支連其文。濛澒其説，上莫孔、下乎孔切。濛澒，大水也。澒，一作鴻，音同。故厥義不昭，微指不哲，自游覽者，靡不苦之，而不能照也。今則稽之舊章，合之經傳，以相發明，爲之符驗，章决句斷，事事可曉，俾後學者永無疑焉。

楚辭卷第四

校書郎臣王　逸上

九章章句第四　離騷

《九章》者，屈原之所作也。屈原放於江南之壄，思君念國，憂心罔極，故復作《九章》。《史記》云：上官大夫短屈原於頃襄王，王怒而遷之，乃作《懷沙》之賦。則《九章》之作，在頃襄時也。章者，著也，明也。言己所陳忠信之道，甚著明也。卒不見納，委命自沈。楚人惜而哀之，世論其詞，以相傳焉。卒，《釋文》作猝。《騷經》之詞緩，《九章》之詞切，淺深之序也。五臣云：九義與《九歌》同。

惜誦以致愍兮，惜，貪也。誦，論也。致，至也。愍，病也。言己貪忠信之道，可以安君。論之於心，誦之於口，至於身以疲病，而不能忘。愍，一作閔。〔補〕曰：愍，音敏。惜誦者，惜其君而誦之也。發憤以杼情。憤，懣也。杼，渫也。言己身雖疲病，猶發憤懣，作此辭賦，陳列利害，渫己情思，以風諫君也。杼，一作舒。〔補〕曰：杼，渫水槽也，音署。杜預云：申杼舊意。然《文選》云：抒情素。又曰：抒下情而通諷諭。其字並从手。上與、丈吕二切。所作忠而言之兮，言己所陳忠信之道，先慮於心，合於仁義，乃敢爲君言之也。作，一作非。一本「忠」下有「心」字。〔補〕曰：作，爲也。下文云：作忠以造怨。指蒼天以爲正。春曰蒼天。正，平也。設君謂己作言非邪，願上指蒼天，使正平之也。夫天明察，無所阿私，惟德是輔，惟惡是去，故指之以爲誓也。〔補〕曰：正，音征。叶韻。令五帝以枏中兮，五帝，謂五方神也。東方爲太皞，南方爲炎帝，西方爲少昊，北方爲顓頊，中央爲黄帝。枏，猶分也。言己復命五方之帝，分明言是與非也。一本作折中。〔補〕曰：枏，與析同。按《史記索隱》解折中於夫子，引此爲證。云：折中，正也。宋均云：（宋原作安，據《史記·孔子世家索隱》改。）折，斷也。中，當也。言欲折斷其物而用之，與度相中當，故言折中也。中，陟仲切。戒六神與嚮服。六神，謂六宗之神也。《尚書》：禋於六宗。嚮，對也。服，事也。言己願復令六宗之神，對聽己言事可行與否也。一云：以鄉服。〔補〕曰：《孔叢子》云：宰我問禋於六宗。孔子曰：所宗者六：埋少牢於太昭，祭時也；祖迎於坎壇，祭寒暑也；主於郊宫，祭日也；夜明，祭月也；幽禜，祭星也；雩禜，祭水旱也。禋於六宗，此之謂也。孔安國、王肅用此説。又一説云：六宗：星、辰、風伯、雨師、司中、司命。一云：乾坤六子。顔師古用此説。一云：天地四時。一云：天宗三，日月星辰；地宗三，太山河海。一云：六爲地數，祭地也。一云：天地間游神也。一云：三昭、三穆。王介甫用此説。一云：六氣之宗，謂太極沖和之氣。蘇子由云：捨《祭法》不用，而以意立説，未可信也。俾山川以備御兮，俾，使也。御，侍也。命咎繇使聽直。咎繇，聖人也。言己願復令山川之神備列而處，使御知己志，又使聖人咎繇聽我之言忠直與否也。夫神明照人心，聖人達人情，故屈原動以神聖自證明也。命，一作會。使，一作以。〔補〕曰：舜舉咎繇，不仁者遠，惟兹臣庶，罔或干予正，故使之聽直。竭忠誠㠯事君兮，竭，盡。一本「君」下有「子」字。反離羣而贅肬。羣，衆也。贅肬，過也。言己竭盡忠信，以事于君，若人有贅肬之病，與衆别異，以得罪謫也。〔補〕曰：贅，之芮切。肬，音尤，瘤腫也。《莊子》曰：附贅懸肬。忘儇媚以背衆兮，儇，佞也。媚，愛也。背，違也。言己修行正直，忘爲佞媚之行，違偝衆人，言見憎惡也。〔補〕曰：儇，隳緣切。《説文》：慧也。一曰利也。言己忘佞人之害己，爲忠直以背衆。背，音佩。待明君其知之。須賢明之君，則知己之忠也。《書》曰：知人則哲。秦繆公舉由余，齊桓任管仲，知人之君也。一本無「明」字。言與行其可迹兮，出口爲言，所履爲迹。情與貌其不變。志願爲情，顔色爲貌。變，易也。言己吐口陳辭，言與行合，誠可循迹。情貌相副，内外若一，終不變易也。故相臣莫若君兮，言相視臣下，忠之與佞，在君知之明也。〔補〕曰：相，視也。息亮切。傳曰：知臣莫若君。所以證之不遠。證，驗也。言君相臣動作應對，察言觀行，則知其善惡所證驗之迹，近取諸身而不遠也。一本「之」下有「而」字。

吾誼先君而後身兮，言我所以修執忠信仁義者，誠欲先安君父，然後乃及於身也。夫君安則己安，君危則己危也。〔補〕曰：誼，與義同。人臣之義，當先君而後己。羌衆人之所仇。羌，然辭也。怨耦曰仇。言在位之臣，營私爲家，己獨先君後身，其義相反，故爲衆人所仇怨。一本「羌」下有「然」字。一本「仇」下有「也」字。專惟君而無他兮，惟，一作思，一作爲。又衆兆之所讎。兆，衆也。百萬爲兆。交怨曰讎。言己專心思欲竭忠情以安於君，無有他志，不與衆同趨，故爲衆所怨讎，欲殺己也。兆，一作人。一本「讎」下有「也」字。壹心而不豫兮，豫，猶豫也。羌不可保也。保，知也。言己專壹忠信，以事於君，雖爲衆人所惡，志不猶豫，顧君心不可保知，易傾移也。一本此句與下文，皆無「也」字。疾親君而無他兮，疾，惡。有招禍之道也。招，召也。言己疾惡讒佞，欲親近君側，衆人悉欲來害己，有招禍之道，將遇咎也。

思君其莫我忠兮，言衆人思君，皆欲自利，無若己欲盡忠信之節。忠，一作知。〔補〕曰：此言君不以我爲忠也。忽忘身之賤貧。言己憂國念君，忽忘身之賤貧，猶願自竭。事君而不貳兮，貳，二也。而，一作其。迷不知寵之門。迷，惑也。言己事君，竭盡信誠，無有二心，而不見用，意中迷惑，不知得遇寵之門户，當何由之也。〔補〕曰：《老子》云寵爲不寵，非君子之所貴也。屈原惟不知出此，故以信見疑，以忠被謗。忠何罪以遇罰兮，罰，刑。亦非余心之所志。言己履行忠直，無有罪過，而遇放逐，亦非我本心宿志所望於君也。一本此句末與下文皆有「也」字。行不羣以巔越兮，巔，殞。越，墜。又衆兆之所咍。咍，笑也。楚人謂相嘲笑曰咍。言己行度不合於俗，身以巔墮，又爲人之所笑也。或曰：衆兆之所異。言己被放而巔越者，行與衆殊異也。〔補〕曰：咍，呼來切。

《說文》云：蚩笑也。紛逢尤以離謗兮，紛，亂貌也。尤，過也。〔補〕曰：紛，衆貌。言尤謗之多也。離，遭也。謇不可釋。謇，辭也。釋，解也。言己逢遇亂君，而被罪過，終不可復解釋而說也。一本句末有「也」字。情沈抑而不達兮，沈，没也。抑，按也。又蔽而莫之白。言己懷忠貞之情，沈没胸臆，不得白達，左右壅蔽，無肯白達己心也。一本句末有「也」字。〔補〕曰：情沈抑而不達，人君不知其用心也。又：蔽而莫之白；群臣莫肯明己所存也。心鬱邑余侘傺兮，鬱邑，愁貌也。侘，猶堂堂立貌也。傺，住也。楚人謂失志悵然住立爲侘傺也。心，一作忳。又莫察余之中情。言己懷忠不達，心中鬱邑，惆悵住立，失我本志，曾無有察我之中情也。固煩言不可結詒兮，詒，遺也。《詩》曰詒我德音也。固，一作故。一本結下有「而」字。〔補〕曰：詒，音怡。贈言也。願陳志而無路。願，思也。路，道也。言己積思累日，其言煩多，不可結續，以遺於君，欲見君陳己志，又無道路也。〔補〕曰：《思美人》曰：媒絶路阻兮，言不可結而詒。退静默而莫余知兮，進號呼又莫吾聞。言己放棄，所在幽遠，衆無知己之情也。〔補〕曰：號，大呼也。音豪。申侘傺之煩惑兮，申，重也。言衆人無知己之情，思念惑亂，故重侘傺，悵然失意也。中悶瞀之忳忳。悶，煩也。瞀，亂也。忳忳，憂貌也。言己憂心煩悶，忳忳然無所舒也。中，一作心。〔補〕曰：瞀，音茂。忳，徒昆切，悶也。

昔余夢登天兮，魂中道而無杭。杭，度也。《詩》曰：一葦杭之。魂，一作寃。杭，一作航。〔補〕曰：杭與航同。許慎曰：方兩小船，竝與共濟爲航。吾使厲神占之兮，厲神，蓋殤鬼也。《左傳》曰：晉侯夢大厲，搏膺而踊也。〔補〕曰：《禮記》：王立七祀有泰厲，諸侯有公厲，大夫有族厲。注云：厲主殺罰。曰有志極而無旁。旁，輔也。言厲神爲屈原占之曰：人夢登天無以渡，猶欲事君而無其路也。但有勞極心志，終無輔佐。終危獨以離異兮，言己行忠直，身終危殆，與衆人異行之故也。曰君可思而不可恃。恃，怙也。言君誠可思念，爲竭忠謀，顧不可怙恃，能實任己與不也。故衆口其鑠金兮，鑠，銷也。言衆口所論，萬人所言，金性堅剛，尚爲銷鑠，以喻讒言多，使君亂惑也。〔補〕曰：鑠，書藥切。鄒陽曰：衆口鑠金，積毁銷骨。顔師古曰：美金見毁，衆共疑之，數被燒煉，以至銷鑠。初若是而逢殆。殆，危也。言己志行忠信正直，性若金石，故爲讒人所危殆。懲於羹者而吹韲兮，言人有歠羹而中熱，心中懲忿，見韲則恐而吹之，言易改移也。獨己執守忠直，終不可移也。一無「者」字。一云：懲於熱羹者。一云：懲熱於羹。韲，一作齏，一作虀。〔補〕曰：懲，戒也。韲，音賫。鄭康成云：凡醯醬所和，細切爲韲。一曰：擣薑蒜辛物爲之。故曰韲臼受辛也。（臼原作曰，據《世説新語·捷悟篇》改。）何不變此志也？何不改忠直之節，隨從吹韲之志也。一云：何不變此之志。一本自此句至又何以爲此援，竝無「也」字。欲釋階而登天兮，釋，置也。登，上也。人欲上天，而釋其階，知其無由登也。以言我欲事君，而釋忠信，亦知終無以自通也。〔補〕曰：《釋名》云：階，梯也。《孟子》所謂完廩捐階是也。《易》曰：天險不可升。《語》曰：猶天之不可階而升。欲釋階而登天，甚言其不可也。猶有曩之態也。曩，曏也。言欲使己變節而從俗，猶曏者欲釋階登天之態也，言己所不能履行也。「猶有」一作「又猶」。〔補〕曰：謂懲羹吹韲之態。衆駭遽以離心兮，又何以爲此伴也？伴，侣也。言己見衆人易移，意中驚駭，遂離己心，獨行忠直，身無伴侣，特立于世也。一無「衆」字。〔補〕曰：言衆人見己所爲如此，皆驚駭遑遽，離心而異志也。同極而異路兮，又何以爲此援也？路，道也。言衆人同欲極志事君，顧忠佞之行，異道而殊趨也。援，引也。言忠佞之志，不相援引而同也。〔補〕曰：援，于願切。接援，救助也。晉申生之孝子兮，一無「晉」字。

父信讒而不好。好，愛也。申生，晉獻公太子也。體性慈孝。獻公娶後妻孋姬，生子奚齊，立爲太子。因誤申生使祭其母於曲沃，歸胙於獻公。孋姬於酒肉置鴆其中，因言曰：胙從外來，不可信，乃以酒賜小臣，以肉食犬，皆斃。姬乃泣曰：賊由太子。於是申生遂自殺。故曰：父信讒而不愛也。〔補〕曰：《禮記》曰：晉獻公將殺其世子申生，公子重耳謂之曰：子盍言子之志於公乎？世子曰：不可。君安驪姬，是我傷公之心也。然則盍行乎？曰：不可。君謂我欲弑君也，天下豈有無父之國哉，吾何行如之？使人辭於狐突曰：申生有罪，不念伯氏之言也，以至於死，申生不敢愛其死。雖然，吾君老矣，子少，國家多難。伯氏不出而圖吾君，伯氏苟出而圖吾君，申生受賜而死。再拜稽首，乃卒。是以爲恭世子也。行婞直而不豫兮，婞，很也。豫，厭也。豫，一作斁。鮌功用而不就。鮌，堯臣也。言鮌行婞很勁直，恣心自用，不知厭足，故殛之羽山。治水之功，以不成也。屈原履行忠直，終不回曲，猶鮌婞很，終獲罪罰。〔補〕曰：申生之孝，未免陷父於不義。鮌績用不成，殛於羽山。屈原舉以自比者，申生之用心善矣，而不見知於君父，其事有相似者。鯀以婞直忘身，知剛而不知義，亦君子之所戒也。

吾聞作忠以造怨兮，忽謂之過言。始吾聞爲君建立忠策，必爲羣佞所怨，忽過之耳，以爲不然，今而後信。九折臂而成醫兮，吾至今而知其信然。言人九折臂，更歷方藥，則成良醫，乃自知其病。吾被放棄，乃信知讒佞爲忠直之害也。一云：九折臂而爲良醫。一云：吾至今而知其然。一云：吾今而知其然。〔補〕曰：《左氏》云：三折肱知爲良醫。《孔叢子》云：宰我問曰：「梁丘據遇虺毒，三旬而後瘳。大夫衆賓，復獻攻療之方，何也？」夫子曰：「三折肱爲良醫。梁丘子遇虺毒而獲瘳，諸有與之同疾者，必問所以已之之方焉。衆人爲此，故各言其方，欲售之，以已人之疾也。」矰弋機而在上兮，矰繳，射矢也。弋，亦射也。《論語》曰：弋不射宿。弋，一作隿。〔補〕曰：矰，音增。

《淮南》云：矰繳機而在上，罝罟張而在下，雖欲翺翔，其勢焉得。注云：矰弋，射鳥短矢也。機，發也。罻羅張而在下。罻羅，捕鳥網也。言上有罥繳弋射之機，下有張施罻羅之網，飛鳥走獸，動而遇害。喻君法繁多，百姓動觸刑罰也。〔補〕曰：罻，音尉。《記》曰：鳩化爲鷹，然後設罻羅。下，音户。設張辟以娱君兮，辟，法也。娱，樂也。〔補〕曰：辟，毗亦切。《説文》云：法也，節制其罪也。願側身而無所。言君法繁多，讒人復更設張峻法，以娱樂君，己欲側身竄首，無所藏匿也。欲儃佪以干傺兮，儃佪，猶低佪也。干，求也。傺，住也。言己意欲低佪留待於君，求其善意，恐終不用，恨然立住。〔補〕曰：儃，知然切。儃佪，不進貌。干傺，謂求仕而不去也。恐重患而離尤。尤，過也。言己欲求君之善意，恐重得患禍，逢罪過也。〔補〕曰：恐，去聲。重，儲用切。增，益也。離，遭也。欲高飛而遠集兮，君罔謂汝何之？罔，無也。言己欲遠集它國，君又誣罔我，言汝遠去何之乎？〔補〕曰：言欲高飛遠集，去君而不仕，得無謂我遠去欲何所適也。欲横奔而失路兮，堅志而不忍。言己意欲變節易操，横行失道，而從佞僞，心堅於石，而不忍爲也。一云：蓋志堅而不忍。背膺牉以交痛兮，膺，胸也。牉，分也。一本「牉」下有「合」字。一云：背膺敷牉其交痛。〔補〕曰：牉，音判。傳曰：夫妻牉合也。《字林》云：牉，半也。心鬱結而紆軫。紆，曲也。軫，隱也。言己不忍變心易行，則憂思鬱結，胸背分裂，心中交引而隱痛也。結，一作約。〔補〕曰：紆，縈也。軫，痛也。檮木蘭以矯蕙兮，矯，猶糅也。檮，一作擣。矯，一作撟。糅，一作揉。〔補〕曰：檮，音擣，斷木也。撟，舉手也。《釋文》：古昴切。糳申椒以爲糧。申，重也。言己雖被放逐，而棄居於山澤，猶重糳蘭蕙，和糅衆芳以爲糧。食飲有節，修善不倦也。糳，一作鑿。〔補〕曰：《左傳》曰：粢食不鑿。鑿，精細米。《説文》曰：糲米一斛舂九斗，曰鑿。並音作。播江離與滋菊兮，播，種也。《詩》曰：播厥百穀。滋，蒔也。願春日以爲糗芳。糗，糒也。言己乃種江離，蒔香菊，采之爲糧，以供春日之食也。〔補〕曰：糗，去久切，乾飯屑也。《孟子》曰：飯糗茹草。江離與菊，以爲糗糒，取其芳香也。糒，音備。恐情質之不信兮，情，志也。質，性也。質，一作志。故重著以自明。言我修善不懈，恐君不深照己之情，故復重深陳飲食清潔，以自著明也。〔補〕曰：重，直用切。矯茲媚以私處兮，矯，舉也。茲，此也。《釋文》作橋，居表切。〔補〕曰：撟，本從手，舉手也。願曾思而遠身。曾，重也。言己舉此衆善，可以事君，則願私居遠處，唯重思而察之。〔補〕曰：曾，音增。

惜誦

此章言己以忠信事君，可質於明神，而爲讒邪所蔽，進退不可，惟博采衆善以自處而已。

余幼好此奇服兮，奇，異也。或曰：奇服，好服也。年既老而不衰。衰，懈也。言己少好奇偉之服，履忠直之行，至老不懈。五臣云：衰，退也。雖年老而此心不退。帶長鋏之陸離兮，長鋏，劍名也。其所握長劍，楚人名曰長鋏也。五臣云：陸離，劍低昂貌。〔補〕曰：鋏，古挾切。《莊子》曰：韓、魏爲鋏。注云：鋏，把也。《史記》曰：彈劍而歌曰：長鋏歸來乎！《文選》注云：鋏，刀身劍鋒也，有長鋏、短鋏。冠切雲之崔嵬。崔嵬，高貌也。言己內修忠信之志，外帶長利之劍，戴崔嵬之冠，其高切青雲也。嵬，一作巍。五臣云：切雲，冠名。〔補〕曰：崔，音摧。嵬、巍，並五回切。被明月兮珮寶璐。在背曰被。寶璐，美玉也。言己背被明月之珠，要佩美玉，德寶兼備，行度清白也。

珮，一作佩。五臣云：被，猶服也。明月，珠名。〔補〕曰：《淮南》曰：明月之珠，不能無纇。注云：夜光之珠，有似月光，故曰明月。璐，音路。《説文》云：玉名。世溷濁而莫余知兮，溷，亂也。濁，貪也。一無「兮」字。吾方高馳而不顧。言時世貪亂，遭君蔽闇，無有知我之賢，然猶高行抗志，終不回曲也。一本句末有「兮」字。五臣云：言我冠帶佩服，莫不盛美，加之忠信貞潔，而遭世溷濁，無相知者。顧世上如此，故高馳不顧，願駕虬螭而遠去也。駕青虬兮驂白螭，虬、螭，神獸，宜於駕乘。以喻賢人清白，宜可信任也。五臣云：虬、螭皆龍類。〔補〕曰：虬見《騷經》。螭見《九歌》。吾與重華遊兮瑶之圃。重華，舜名。瑶，玉也。圃，園也。言己想侍虞舜，遊玉園，猶言遇聖帝升清朝也。遊，一作游。一云：瑶，石次玉也。〔補〕曰：《山海經》云：槐江之山，上多琅玕金玉，實惟帝之平圃。登崑崙兮食玉英，猶言坐明堂，受爵位。崑崙，一作崐崘。食，一作飡。五臣云：瑶圃、玉英，皆美言之。〔補〕曰：《爾雅》：西北之美者，有崐崘虚之璆琳琅玕焉。《援神契》曰：玉英，玉有英華之色。與天地兮同壽，與日月兮同光。言己年與天地相敝，名與日月同耀。一云：同壽齊光。一云：比壽齊光。五臣云：言若得值於此時，而我年德冀如是也。〔補〕曰：《莊子》曰：吾與日月參光，吾與天地爲常。哀南夷之莫吾知兮，屈原怨毒楚俗，嫉害忠貞，乃曰哀哉南夷之人，無知我賢也。〔補〕曰：《國語》云：楚爲荆蠻。旦余濟乎江湘。旦，明也。濟，渡也。言己放棄，以明旦之時始去，遂渡江湘之水。言明旦者，紀時明，刺君不明也。乎，一作於。

乘鄂渚而反顧兮，乘，登也。鄂渚，地名。〔補〕曰：楚子熊渠，封中子紅於鄂。鄂州，武昌縣地是也。隋以鄂渚爲名。欸秋冬之緒風。欸，歎也。緒，餘也。言己登鄂渚高岸，還望楚國，嚮秋冬北風，愁而長歎，心中憂思也。

五臣云：秋冬之風，搖落萬物，比之讒佞，是以歎焉。〔補〕曰：欸，音哀。《方言》云：欸，然也。南楚凡言然者，曰欸。

步余馬兮山皋，邸余車兮方林。邸，舍也。方林，地名。言我馬強壯，行於山皋，無所驅馳；我車堅牢，舍於方林，無所載任也。以言己才德方壯，誠可任用，弃在山野，亦無所施也。邸，一作低。〔補〕曰：邸，典禮切。低無舍義。《風賦》云：邸蕚葉而振氣。注云：邸，觸也。乘舲船余上沅兮，舲船，船有牕牖者。〔補〕曰：舲，音靈。《淮南》云：越舲蜀艇。注云：舲，小船也。《釋文》作柃。〔補〕曰：上，謂遡流而上也。上，上聲。齊吳榜以擊汰。吳榜，船櫂也。汰，水波也。言己始去乘牕舲之船，西上沅、湘之水，士卒齊舉大櫂而擊水波，自傷去朝堂之上，而入湖澤之中也。或曰：齊悲歌，言愁思也。〔補〕曰：《字書》：艅，船也。吳，疑借用。榜，北孟切，又音謗，進船也。汰，音泰。船容與而不進兮，淹回水而疑滯。疑，惑也。滯，留也。言士衆雖同力引櫂，船猶不進，隨水回流，使己疑惑有還意也。疑，一作凝。五臣云：容與，徐動貌。淹，留也。疑滯者，戀楚國也。〔補〕曰：江淹賦云：舟凝滯於水濱。杜子美詩云：舊客舟凝滯。皆用此語。其作疑者，傳寫之誤耳。朝發枉陼兮，枉陼，地名。陼，一作渚。夕宿辰陽。辰陽，亦地名也。言己乃從枉陼，宿辰陽，自傷去國日已遠也。或曰：枉，曲也。陼，沚也。辰，時也。陽，明也。言己將去枉曲之俗，而趨時明之鄉也。〔補〕曰：前漢武陵郡有辰陽。注云：三山谷辰水所出，南入沅七百五十里。《水經》云：沅水東逕辰陽縣東南，合辰水。舊治在辰水之陽，故取名焉。《楚詞》所謂夕宿辰陽也。沅水又東，歷小灣，謂之枉渚。苟余心其端直兮，苟，誠也。其，一作之。五臣云：苟，且也。雖僻遠之何傷。僻，左也。言我惟行正直之心，雖在遠僻之域，猶有善稱，無害疾也。故《論語》曰子欲居九夷也。僻，一作辟。五臣云：原自解之詞。

入溆浦余儃佪兮，溆浦，水名。儃佪，一作邅迴。五臣云：溆亦浦類。邅，轉。迴，旋也。〔補〕曰：溆，徐呂切。迷不知吾所如。迷，惑也。如，之也。言己思念楚國，雖循江水涯，意猶迷惑，不知所之也。一本「吾」下有「之」字。深林杳以冥冥兮，山林草木茂盛。一云：杳杳以冥冥。杳，一作晦。冥冥，一作冥寞。五臣云：冥冥暗貌。猨狖之所居。非賢士之道徑。一本此句上有「乃」字。五臣云：猨狖，輕捷之獸。喻國之昏亂，邪巧生焉，非賢智所能處也。〔補〕曰：猨狖，見《九歌》。山峻高以蔽日兮，言險阻危傾也。㠯，一作而。下幽晦㠯多雨。言暑溼泥濘也。〔補〕曰：此言陰氣盛而多雨也。霰雪紛其無垠兮，涉冰凍之盛寒。〔補〕曰：《詩》云：如彼雨雪，先集維霰。霰，霙也。一曰：雨雪雜。垠，音銀，畔岸也。雲霏霏而承宇。室屋沈没，與天連也。或曰：日以喻君，山以喻臣，霰雪以興殘賊，雲以象佞人。山峻高以蔽日者，謂臣蔽君明也。下幽晦以多雨者，羣下專擅施恩惠也。霰雪紛其無垠者，殘賊之政害仁賢也。雲霏霏而承宇者，佞人並進滿朝廷也。〔補〕曰：霏，芳微切。《詩》：雨雪霏霏。哀吾生之無樂兮，遭遇讒佞，失官爵也。幽獨處乎山中。遠離親戚，而斥逐也。吾不能變心而從俗兮，終不易志，隨枉曲也。固將愁苦而終窮。愁思無聊，身困窮也。

接輿髡首兮，桑扈臝行。接輿，楚狂接輿也。髡，剔也。首，頭也，自刑身體，避世不仕也。桑扈，隱士也。去衣裸裎，效夷狄也。言屈原自傷不容於世，引此隱者以自慰也。臝，一作裸。〔補〕曰：《論語》曰：楚狂接輿，歌而過孔子。《揚子》曰：狂接輿之被其髮也。《莊子》曰：嗟來桑户乎。髡，音坤，去髮也。臝，力果切，赤體也。忠不必用兮，賢不必㠯。㠯，亦用也。〔補〕曰：《語》曰：不使大臣怨乎不㠯。左氏曰：師能左右之曰㠯。伍子逢殃兮，伍子，伍子胥也。爲吴王夫差臣，諫令伐越，夫差不聽，遂賜劍而自殺。後越竟滅吴，故言逢殃。〔補〕曰：子胥，伍員也。

《史記》：越王句踐率其衆以朝吴，吴王喜。惟子胥懼曰：是棄吴也。諫不聽，賜子胥屬鏤之劍以死。將死，曰：抉吾眼，置吴東門之上，以觀越之滅吴也。《莊子》曰：伍員流于江。鄒陽曰：子胥鴟夷。比干菹醢。比干，紂之諸父也。紂惑妲己，作糟丘酒池，長夜之飲，斷斮朝涉，刳剔孕婦。比干正諫，紂怒曰：吾聞聖人心有七孔。於是乃殺比干，剖其心而觀之，故言菹醢也。一云：比干，紂之庶兄。菹，一作葅。與前世而皆然兮，謂行忠直，而遇患害，如比干、子胥者多也。吾又何怨乎今之人！自古有迷亂之君，若紂、夫差，不用忠信，滅國亡身，當何爲復怨今之君乎？五臣云：此自抑之詞。余將董道而不豫兮，董，正也。豫，猶豫也。言己雖見先賢執忠被害，猶正身直行，不猶豫而狐疑也。固將重昏而終身！昏，亂也。言己不逢明君，思慮交錯，心將重亂，以終年命。

亂曰：鸞鳥鳳皇，日以遠兮。鸞、鳳，俊鳥也。有聖君則來，無德則去，以興賢臣難進易退也。燕雀烏鵲，巢堂壇兮。燕雀烏鵲，多口妄鳴，以喻讒佞。言楚王愚闇，不親仁賢，而近讒佞也。〔補〕曰：壇，音善，見《九歌》。露申辛夷，死林薄兮。露，暴也。申，重也。叢木曰林。草木交錯曰薄。言重積辛夷露而暴之，使死於林薄之中，猶言取賢明君子，弃之山野，使之顛墜也。腥臊並御，芳不得薄兮。腥臊，臭惡也。御，用也。薄，附也。言不識味者，並甘臭惡。不知人者，信任讒佞。故忠信之士，不得附近而放逐也。〔補〕曰：臊，音騷。《周禮》曰：豕盲視而交睫，腥。犬赤股而躁，臊。《左傳》曰：薄而觀之。薄，迫也，逼近之意。如字，一音博。下文忽翺翔之焉薄，瞭杳杳而薄天，並同。陰陽易位，時不當兮。陰，臣也。陽，君也。言楚王惑蔽羣佞，權臣將代君，與之易位。自傷不遇明時，而當暗世。〔補〕曰：陰陽易位，言君弱而臣强也。當，平聲。懷信侘傺，忽乎吾將行兮！言己懷忠信，不合於衆，故悵然住立，忽忘居止，將遂遠行之它方也。一無「忽」字。

涉江

此章言己佩服殊異，抗志高遠，國無人知之者，徘徊江之上，歎小人在位，而君子遇害也。

皇天之不純命兮，德美大稱皇天，以興君也。何百姓之震愆？震，動也。愆，過也。言皇天不純一其施，則萬物夭傷；人君不純一其政，則百姓震動以觸罪也。民離散而相失兮，方仲春而東遷。仲春，二月也。刑德合會，嫁娶之時。言懷王不明，信用讒言而放逐己，正以仲春陰陽會時，徙我東行，遂與室家相失也。一無「方」字。去故鄉而就遠兮，遵江夏以流亡。遵，循也。江夏，水名也。言己東行，循江夏之水而遂流亡，無還鄉之期也。〔補〕曰：前漢有江夏郡。應劭曰：沔水自江别至南郡華容爲夏水，過郡入江，故曰江夏。《水經》云：夏水出江津（津原作流，據《水經注》改。），於江陵縣東南。注云：江津豫章口，東會中夏口，是夏水之首（首原作苔，據《水經注》改。），江之汜也。所謂過夏首而西浮，顧龍門而不見也。又云：又東至江夏雲杜縣，入于沔。注云：應劭曰：江别入沔，爲夏水。原夫夏之爲名（原原作源，據《水經注》改。），始於分江，冬竭夏流，故納厥稱。既有中夏之目，亦苞大夏之名矣。當其決入之所，土謂之賭口焉。鄭玄注：《尚書》滄浪之水，言今謂之夏水。劉澄之著《永初山川記》云：夏水古文以爲滄浪，漁父所歌也。因此言之，水應由沔。今按夏水，是江流沔，非沔入夏。假使沔注夏，其勢西南，非《尚書》又東文。余亦以爲非也。自賭口下沔水，兼通夏目，而會於江，謂之夏汭。故《春秋傳》：吴伐楚，沈尹戌奔命於夏汭也（沈尹戌《春秋左傳·昭公四年》作沈尹射。）。杜預曰：漢水曲入江，即夏口矣。出國門而軫懷兮，軫，痛也。懷，思也。甲之鼂吾以行。甲，日也。

鼂，旦也。屈原放出郢門，心痛而思，始去，正以甲日之旦而行。紀時日清明者，刺君不聰明也。鼂，一作晁。〔補〕曰：鼂、晁，並讀爲朝暮之朝。馮衍賦云：甲子之朝兮，汨吾西征。注云：君子舉事尚早，故以朝言也。**發郢都而去閭兮，荒忽其焉極？**言己始發郢，去我閭里，愁思荒忽，安有窮極之時。一無「都」字。一本「荒」上有「怊」字。其，一作之。〔補〕曰：前漢南郡江陵縣，故楚郢都。楚文王自丹陽徙此。後九世平王城之。後十世秦拔我郢，徙東郢。閭，里門也。荒忽，見《九歌》。**楫齊揚以容與兮，**楫，船櫂也。齊，同也。揚，舉也。〔補〕曰：楫，音接。**哀見君而不再得。**言己去乘船，士卒齊舉楫櫂，低徊容與，咸有還意。自傷卒去，而不得再事於君也。**望長楸而太息兮，**長楸，大梓。太，一作歎。〔補〕曰：楸，音秋。**涕淫淫其若霰。**淫淫，流貌也。言己顧望楚都，見其大道長樹，悲而太息，涕下淫淫，如雨霰也。**過夏首而西浮兮，**夏首，夏水口也。船獨流爲浮也。〔補〕曰：《荀子》曰：夏首之南有人焉。**顧龍門而不見。**龍門，楚東門也。言己從西浮而東行，過夏水之口，望楚東門，蔽而不見，自傷日以遠也。〔補〕曰：《水經》云：龍門，即郢城之東門。又伍端休《江陵記》云：南關三門，其一名龍門，一名修門。修門，見《招魂》。**心嬋媛而傷懷兮，**嬋媛，猶牽引也。**眇不知其所蹠。**眇，猶遠也。蹠，踐也。言己顧視龍門不見，則心中牽引而痛，遠視眇然，足不知當所踐蹠也。其，一作余。一無「其」字。《文苑》作「所它」。〔補〕曰：蹠，音隻。**順風波以從流兮，焉洋洋而爲客。**洋洋，無所歸貌也。言己憂不知所踐，則聽船順風，遂洋洋遠客，而無所歸也。〔補〕曰：洋洋，水盛貌。焉，讀如「且焉止息」之焉。**淩陽侯之氾濫兮，**淩，乘也。陽侯，大波之神。濫，一作倢。〔補〕曰：《戰國策》云：塞漏舟而輕陽侯之波，則舟覆矣。《淮南》云：武王伐紂，渡于孟津，陽侯之波，逆流而擊。注云：

陽侯，陵陽國侯也。其國近水，溺死於水，其神龍爲大波，有所傷害，因謂之陽侯之波也。應劭曰：陽侯，古之諸侯。有罪自投江，其神爲大波。氾，孚梵切。忽翺翔之焉薄。薄，止也。言己遂復乘大波而遊，忽然無所止薄也。之，一作而，一作兮。心絓結而不解兮，絓，懸。〔補〕曰：絓，礙也。音畫。思蹇産而不釋。蹇産，詰屈也。言己乘船蹈波，愁而恐懼，則心肝縣結，思念詰屈，而不可解釋也。〔補〕曰：山曲曰𡾰嵼，義與此同。將運舟而下浮兮，運，回也。上洞庭而下江。言己憂愁，身不能安處也。去終古之所居兮，遠離先祖之宅舍也。今逍遥而來東。遂行遊戲，涉江湖也。

羌靈魂之欲歸兮，精神夢遊，還故居也。羌，一作唴。〔補〕曰：羌，發聲也。唴，丘亮切。於義不通。何須臾而忘反。倚住顧望，常欲去也。背夏浦而西思兮，背水鄉家，念親屬也。哀故都之日遠。遠離郢都，何遼遼也。登大墳以遠望兮，想見宮闕與廊廟也。水中高者爲墳，《詩》曰：遵彼汝墳。聊以舒吾憂心。且展我情，渫憂思也。哀州土之平樂兮，閔惜鄉邑之饒富也。〔補〕曰：樂，音洛。悲江介之遺風。遠涉大川，民俗異也。介，一作界。〔補〕曰：薛君《韓詩章句》曰：介，界也。曹子建詩云：江介多悲風。注云：介，間也。當陵陽之焉至兮，意欲騰馳，道安極也。陵，一作淩。〔補〕曰：前漢丹陽郡，有陵陽仙人。陵陽，子明所居也。《大人賦》云：反大壹而從陵陽。淼南渡之焉如？淼，滉，彌望無際極也。渡，一作度。一云：淼，瀁，彌望無棲集也。曾不知夏之爲丘兮，夏，大殿也。丘，墟也。《詩》云：於我乎夏屋渠渠。懷王信用讒佞，國將危亡，曾不知其所居宮殿當爲墟也。〔補〕曰：夏，大屋。《楊子》曰：震風淩雨，然後知夏屋之爲帡幪也。孰兩東門之可蕪？孰，誰也。蕪，逋也。言郢城兩東門，非先王所作邪？何可使逋廢而無路？〔補〕曰：《說文》曰：蕪，薉也。心不怡之長久兮，怡，樂貌也。憂與愁其相接。接，續也。言己念楚國將墟，心常含戚，憂愁相續，無有解也。其，一作之。惟郢路之遼遠兮，楚道逶迤，山谷隘也。江與夏之不可涉。分隔兩水，無以渡也。忽若不信兮，始從細微，遂見疑也。一本「若」下有「去」字。至今九年而不復。放且九歲，君不覺也。〔補〕曰：《卜居》言：屈原既放，三年不得復見。此云：至今九年而不復。按：《楚世家》、《屈原傳》、《六國世表》、劉向《新序》云：秦欲吞滅諸侯，屈原爲楚東使於齊，以結强黨。秦國患之，使張儀之楚，賂貴臣上官大夫、靳尚之屬，及令尹子蘭、司馬子椒，内賂夫人鄭袖，共譖屈原。屈原遂放於外，乃作《離騷》。當懷王之十六年，張儀相楚，十八年楚囚張儀，復釋去之。是時屈平既疏，不復在位，懷王悔不用屈原之策，於是復用屈原。屈原諫懷王曰：何不殺張儀？懷王使人追之不及。三十年，秦昭王欲與懷王會，屈平曰：不如無行。懷王卒行。當頃襄王之三年，懷王卒於秦。頃襄聽讒，復放屈原。以此考之，屈平在懷王之世，被絀復用。至頃襄即位，遂放於江南耳。其云既放三年，謂被放之初。又云九年而不復，蓋作此時放已九年也。慘鬱鬱而不通兮，中心憂滿，慮閉塞也。通，一作開。蹇侘傺而含感。悵然住立，内結毒也。

外承歡之汋約兮，汋約，好貌。〔補〕曰：汋，音綽。諶荏弱而難持。諶，誠也。言佞人承君歡顏，好其諂言，令之汋約然，小人誠難扶持之也。〔補〕曰：諶，音忱，信也。荏，音稔。《語》曰：色厲而内荏。忠湛湛而願進兮，湛湛，重厚貌。〔補〕曰：《詩》曰：湛湛露斯。注云：湛湛，茂盛貌。丈減切。相如賦云：紛湛湛其差錯。注云：湛湛，積厚之貌，徒感切。妒被離而鄣之。言己體性重厚，而欲願進，讒人妒害，加被離析，鄣而蔽之。被，一作披。

〔補〕曰：被，讀曰披。《反離騷》曰：亡春風之被離。鄣，音章，壅也。《記》曰：鮌鄣洪水。堯舜之抗行兮，行，下孟切。瞭杳杳而薄天。一無「瞭」字。一云：杳冥冥而薄天。〔補〕曰：瞭，音了，目明也。杳杳，遠貌。衆讒人之嫉妒兮，被以不慈之僞名。〔補〕曰：堯、舜與賢而不與子，故有不慈之名。《莊子》曰：堯不慈，舜不孝。言此者，以明堯、舜大聖，猶不免讒謗，況餘人乎？憎愠惀之脩美兮，脩，一作修。〔補〕曰：愠，紆粉切，心所愠積也。惀，力允切，思求曉知謂之惀。好夫人之忼慨。《釋文》作磕。苦蓋切。〔補〕曰：忼，苦朗切，忼慨，憤意。君子之愠惀，若可鄙者；小人之忼慨，若可喜者，惟明者能察之。衆踥蹀而日進兮，踥，一作躞，一作踕，一作⿰忄疌惵。〔補〕曰：踥，思葉切。蹀，音牒。踥蹀，行貌。美超遠而逾邁。此皆解於《九辯》之中。

亂曰：曼余目以流觀兮，曼，猶曼曼，遠貌。〔補〕曰：《說文》：曼，引也。音萬。冀壹反之何時？言己放遠，日以曼曼，周流觀視，意欲一還，知當何時也。鳥飛反故鄉兮，思故巢也。〔補〕曰：《淮南》云：鳥飛反鄉，狐死首丘，各哀其所生。狐死必首丘。念舊居也。〔補〕曰：《記》曰：樂，樂其所自生，禮不忘其本。古人有言曰：狐死正丘首，仁也。《廣志》曰：狐死首丘，豹死首山。信非吾罪而棄逐兮，我以忠信而獲過也。何日夜而忘之？晝夜念君，不遠離也。

哀郢

此章言己雖被放，心在楚國，徘徊而不忍去，蔽於讒諂，思見君而不得。故太史公讀《哀郢》而悲其志也。

心鬱鬱之憂思兮，哀憤結縎，慮煩冤也。一無「心」字。獨永歎乎增傷。哀悲太息，損肺肝也。思蹇産之不釋兮，心中詰屈，如連環也。曼遭夜之方長。憂不能眠，時難曉也。悲秋風之動容兮，風爲政令。動，摇也。言風起而草木之類摇動，君令下而百姓之化行也。一本云悲夫。〔補〕曰：《九辯》曰：悲哉秋之爲氣也！蕭瑟兮草木摇落而變衰。意與此同。何回極之浮浮。回，邪也。極，中也。浮浮，行貌。懷王爲回邪之政，不合道中，則其化流行，羣下皆效也。〔補〕曰：極，至也。《詩》曰：江漢浮浮。浮浮，水流貌。此言回邪盛行，猶秋風之摇落萬物也。數惟蓀之多怒兮，數，紀也。蓀，香草也。以喻君。蓀，一作荃。〔補〕曰：數，所矩切，計也。惟，思也。言計思其君多妄怒，無罪而受罰也。傷余心之懮懮。懮，痛貌也。言己惟思君行，紀數其過，又多忿怒，無罪受罰，故我心懮懮而傷痛也。〔補〕曰：懮，音憂。《説文》云：愁也。願摇起而横奔兮，言己見君妄怒，無辜而受罰，則欲摇動而奔走。覽民尤以自鎮。尤，過也。鎮，止也。言己覽觀衆民，多無過惡而被刑罰，非獨己身，故自鎮止而慰己也。（故字據《楚辭章句》補。）〔補〕曰：鎮，音珍。結微情以陳詞兮，結續妙思，作辭賦也。矯以遺夫美人。舉與懷王，使覽照也。〔補〕曰：遺，去聲。昔君與我誠言兮，始君與己謀政務也。誠，一作成。曰黄昏以爲期。且待日没閒静時也。〔補〕曰：《淮南》曰：薄于虞淵，是謂黄昏。黄昏，喻晚節也。《戰國策》云：行百里者，半於九十。此言末路之難。羌中道而回畔兮，信用讒人，更狐疑也。反既有此他志。謂己不忠，遂外疏也。〔補〕曰：志，音之，叶韻。憍吾以其美好兮，握持寶玩，以侮余也。一無「其」字。〔補〕曰：此言懷王自矜伐也。憍，矜也。《莊子》曰：虚憍而恃氣。讀若驕。覽余以其脩姱。陳列好色，以示我也。覽，一作鑒。脩，一作修。〔補〕曰：姱，好也，亦有户音。與余言而不信兮，外若親己，内懷詐也。一作途言。蓋爲余而造怒。責其非職，語横暴也。蓋，一作盍。〔補〕曰：爲，去聲。

願承閒而自察兮，思待清宴，自解説也。〔補〕曰：閒音閑。《莊子》曰：今日宴閒。察，明也。心震悼而不敢；志恐動悸，心中怛也。悲夷猶而冀進兮，意懷猶豫，幸擢拔也。心怛傷之憺憺。肝膽剖破，血凝滯也。〔補〕曰：怛，當割切，悲慘也。憺，談敢切，安静也。兹歷情以陳辭兮，發此憤思，列謀謨也。一作「歷兹情」。蓀詳聾而不聞。君耳不聽，若風過也。蓀，一作荃。詳，一作佯。〔補〕曰：詳，詐也。與佯同。固切人之不媚兮，琢瑳羣佞，見憎惡也。衆果以我爲患。諂諛比己于劍戟也。〔補〕曰：患，音還。初吾所陳之耿著兮，論説政治道明白也。〔補〕曰：耿，古迥切。豈至今其庸亡？文辭尚在，可求索也。一云：豈不至今其庸止。何毒藥之謇謇兮？忠信不美，如毒藥也。一云：何獨樂斯之謇謇兮。〔補〕曰：《書》曰：若藥不瞑眩，厥疾不瘳。《傳》曰：美疢不如惡石。願蓀美之可完。想君德化，可興復也。蓀，一作荃。完，一作光。望三五以爲像兮，三王五伯，可修法也。指彭咸以爲儀。先賢清白，我式之也。夫何極而不至兮，盡心修善，獲官爵也。〔補〕曰：此言以聖賢爲法，盡心行之，何遠而不至也？故遠聞而難虧。功名布流，長不滅也。善不由外來兮，才德仁義，從己出也。名不可以虚作。愚欲强智不能及也。〔補〕曰：此言有實而後名從之。孰無施而有報兮，誰不自施德而蒙福。〔補〕曰：施，矢豉切。孰不實而有穫？空穗滿田，無所得也。以言上不施惠，則下不竭其力；君不履信誠，則臣下僞惑也。穫，一作獲。

少歌曰：小唫謳謡，以樂志也。少，一作小。〔補〕曰：少，矢照切。《荀子》曰：其小歌也。注云：此下一章，即其反辭，總論前意，反覆説之也。此章有少歌，有倡，有亂。少歌之不足，則又發其意而爲倡。獨倡而無與和也，則總理一賦之終，以爲亂辭云爾。與美人抽怨兮，爲君陳道，拔恨意也。幷日夜而無正。君性不端，晝夜謬也。幷，一作弃。一云幷憾日夜無正。〔補〕曰：幷，並也。馮衍賦云：幷日夜而憂思。憍吾以其美好兮，示我爵位及財賄也。憍，一作驕。敖朕辭而不聽。慢我之言，而不采聽也。敖，一作謷。〔補〕曰：敖，倨也，與傲同。

倡曰：起倡發聲，造新曲也。〔補〕曰：倡，與唱同。有鳥自南兮，屈原自喻生楚國也。〔補〕曰：孔子曰：鳥則擇木，木豈能擇鳥？子思曰：君子猶鳥也，疑之則舉矣。色斯舉矣，翔而後集。故古人以自喻。來集漢北。雖易水土，志不革也。〔補〕曰：《禹貢》：嶓冢導漾，東流爲漢。《周禮》：荆州，其川江、漢。漢，楚水也。《水經》及《山海經》注云：漢水出隴西坻道縣嶓冢山，初名漾水，東流至武都沮縣，始爲漢水。東南至葭萌，與羌水合，至江夏安陸縣，名沔水。故有漢沔之名。又東至竟陵，合滄浪之水，又東過三澨，水觸大别山，南入於江也。好姱佳麗兮，容貌説美，有俊德也。牉獨處此異域。背離鄉黨，居他邑也。牉，一作叛，一作柈。〔補〕曰：牉，音泮，舊音伴。既惸獨而不羣兮，行與衆異，身孤特也。〔補〕曰：惸，渠縈切，無弟兄也。又無良媒在其側。左右嫉妒，莫衒鬻也。道卓遠而日忘兮，卓，一作逴。願自申而不得。望北山而流涕兮，瞻仰高景，愁悲泣也。北山，一作南山。臨流水而太息。顧念舊故，思親戚也。流水，一作深水。望孟夏之短夜兮，四月之末，陰盡極也。〔補〕曰：上云曼遭夜之方長，此云望孟夏之短夜者，秋夜方長，而夏夜最短，憂不能寐，冀夜短而易曉也。何晦明之若歲！憂不能寐，常倚立也。惟郢路之遼遠兮，隔以江湖，幽僻側也。䰟一夕而九逝。精䰟夜歸，幾滿十也。曾不知路之曲直兮，忽往忽來，行亟疾也。一本云：曾不知路之曲直兮，魂識路之營營。何靈魂之信直兮，南指月與列星。願徑逝而未得兮，人之心不與吾心同。南指月與列星。參差轉運，相遞代也。願徑逝而未得兮，意欲直還，君不納也。未，一作不。䰟識路之營營。精靈主行，往來數也。或曰：識路，知道路也。營，一作煢。〔補〕曰：《詩》注云：營營，往來貌。煢煢，憂也，音瓊。何靈䰟之信直兮，質性忠正，不枉曲也。人之心不與吾心同！我志清白，衆泥濁也。理弱而媒不通兮，知友劣弱，又鄙朴也。尚不知余之從容。未照我志之所欲也。〔補〕曰：言尚不知己志，況能召我也？

亂曰：長瀨湍流，泝江潭兮。湍，亦瀨也。逆流而上曰泝。潭，淵也。楚人名淵曰潭。言己思得君命，緣湍瀨之流，上泝江淵，而歸郢也。〔補〕曰：瀨見《九歌》。《說文》：逆流而上曰泝洄。泝，向也。水欲下，違之而上也。潭水出武陵。一說楚人名深曰潭。徒含切，又音淫。狂顧南行，聊以娛心兮。狂，猶遽也。娛，樂也。君不肯還己，則復遽走南行，幽藏山谷，以娛己之本志也。一無「聊」字。軫石崴嵬，蹇吾願兮。軫，方也。故曰：軫之方也，以象地。崴嵬，崔巍，高貌也。言雖放弃，執履忠信，志如方石，終不可轉，行度益高，我常願之也。嵬，一作嵔。〔補〕曰：軫石，謂石之方者，如車軫耳。《集韻》：崴，音隈。嵬，吾回切。又崴，烏皆切。嵬，音懷。崴嵬，不平也。一曰：山形崴。舊音委誰切。嵔，音淮。超回志度，行隱進兮。超，越也。言己動履正直，超越回邪，志其法度，隱行忠信，日以進也。〔補〕曰：《說文》：隱，安也。低佪夷猶，宿北姑兮。夷猶，猶豫也。北姑，地名。言己所以低佪猶豫、宿北姑者，冀君覺寤而還己也。低，一作俳。煩冤瞀容，實沛徂兮。瞀，亂也。實，是也。徂，去也。言己憂愁思念煩冤，容貌憒亂，誠欲隨水沛然而流去也。〔補〕曰：瞀，音茂。愁歎苦神，靈遥思兮。愁歎苦神者，思舊鄉而神勞也。靈遥思者，神遠思也。路遠處幽，又無行媒兮。路遠處幽者，道遠處僻也。無行媒者，無紹介也。道思作頌，聊以自救兮。一無「以」字。憂心不遂，斯言誰告兮。道思者，中道作頌，以舒怫鬱之念，救傷懷之思也。憂心不遂，不達也。誰告者，無所告愬也。

抽思

此章言己所以多憂者，以君信諛而自聖，眩於名實，昧於施報，己雖忠直，無所赴愬，故反復其詞，以泄憂思也。

滔滔孟夏兮，滔滔，盛陽貌也。《史記》作陶陶。〔補〕曰：《説文》：滔，水漫漫大貌，他刀切。又滔，聚也，音陶。前云方仲春而東遷，此云滔滔孟夏者，屈原以仲春去國，以孟夏徂南土也。草木莽莽。言孟夏四月，純陽用事，煦成萬物。草木之類，莫不莽莽盛茂。自傷不蒙君惠，而獨放弃，曾不若草木也。〔補〕曰：莽，莫補切。傷懷永哀兮，懷，思也。永，長也。汩徂南土。汩，行貌。徂，往也。言己見草木盛長，而己獨汩然放流，往居江南之土，僻遠之處，故心傷而長悲思也。土，一作去。〔補〕曰：汩，越筆切，見《騷經》。眴兮杳杳，眴，視貌也。杳杳，深冥貌也。《史記》作窈窈。〔補〕曰：眴，與瞬同。《説文》云：開闔目數摇也。孔静幽默。孔，甚也。《詩》曰：亦孔之將。默默，無聲也。言江南山高澤深，視之冥冥，野甚清淨，漠無人聲。一云孔静兮。《史記》默作墨。鬱結紆軫兮，紆，屈也。軫，痛也。《史記》紆作冤。離愍而長鞠。愍，痛也。鞠，窮也。言己愁思，心中鬱結紆屈，而痛身遭疾病，長窮困苦，恐不能自全也。《史記》愍作慜，而作之。〔補〕曰：離，遭也。愍，與慜同。撫情効志兮，撫，循也。効，猶覈也。冤屈而自抑。抑，按也。言己身多病長窮，恐遂顛沛，撫己情意，而考覈心志，無有過失，則屈志自抑，而不懼也。《史記》云：俛詘以自抑。

刓方以爲圜兮，刓，削。〔補〕曰：刓，吾官切，圓削也。常度未替。度，法也。替，廢也。言人刓削方木，欲以爲圜，其常法度尚未廢也。以言讒人譖逐放己，欲使改行，亦終守正而不易也。易初本迪兮，《史記》迪作由。一無「初」字。君子所鄙。鄙，恥也。言人遭世遇，變易初行，遠離常道，賢人君子之所恥，不忍爲也。（按《史記·屈原列傳正義》引作遭世不道，變易初行，違離常道，君子所鄙。）章畫志墨兮，章，明也。志，念也。《史記》志作職。〔補〕曰：畫，音獲。前圖未改。圖，法也。改，易也。言工明於所畫，念其繩墨，修前人之法，不易其道，則曲木直而惡木好也。以言人遵先聖之法度，修其仁義，不易其行，則德譽興而榮名立也。《史記》圖作度。内厚質正兮，《史記》作内直質重兮。大人所盛。言人質性敦厚，心志正直，行無過失，則大人君子所盛美也。巧倕不斲兮，倕，堯巧工也。斲，斫也。《史記》作巧匠。斲，一作劉，一作斷。〔補〕曰：倕，音垂。《書》曰：垂，汝共工。《莊子》曰：工倕旋而蓋規矩。《淮南》曰：周鼎著倕，使銜其指。《説文》云：斲，斫也。劉，殺也。作斲者是。孰察其撥正。察，知也。撥，治也。言倕不以斤斧斲斫，則曲木不治，誰知其工巧者乎？以言君子不居爵位，衆亦莫知其賢能也。《史記》作揆正。〔補〕曰：《説文》曰：撥，治也，比末切；　揆，度也。

玄文處幽兮，玄，墨也。幽，冥也。《史記》作幽處。　矇瞍謂之不章；矇，盲者也。《詩》云：矇瞍奏公。章，明也。言持玄墨之文，居於幽冥之處，則矇瞍之徒，以爲不明也。言持賢知之士，居於山谷，則衆愚以爲不賢也。瞍，一作瞜。《史記》無「瞍」字。〔補〕曰：有眸子而無見曰矇，無眸子曰瞍。　離婁微睇兮，離婁，古明目者也。《孟子》曰：離婁之明。睇，眄之也。〔補〕曰：《淮南》曰：離朱之明。即離婁也。黄帝時人，明目能見百步之外，秋豪之末。睇，音弟。《説文》曰：目小視也。南楚謂眄曰睇。　瞽以爲無明。瞽，盲者也。《詩》云：有瞽有瞽。言離婁明目無所不見，微有所眄，盲人輕之，以爲無明也。言賢者遭困厄，俗人侮之，以爲癡也。〔補〕曰：《説文》：瞽，目但有眹也。　變白以爲黑兮，世以濁爲清也。《史記》以作而。　倒上以爲下。俗人以愚爲賢也。〔補〕曰：下，音户。　鳳皇在笯兮，笯，籠落也。徐廣曰：笯，一作郊。〔補〕曰：笯，音暮。《釋文》音奴，又女家切。《説文》曰：籠也，南楚謂之笯。雞鶩翔舞。言聖人困厄，小人得志也。《史記》鶩作雉。〔補〕曰：鶩，鳧屬，音木。　同糅玉石兮，賢愚雜廁。〔補〕曰：糅，雜也，女救切。　一槩而相量。忠佞不異。〔補〕曰：槩，平斗斛木，古代切。　夫惟黨人鄙固兮，楚俗狹陋。鄙一作交。《史記》云：夫黨人之鄙妒兮。　羌不知余之所臧。莫照我之善意也。《史記》云：羌不知吾所臧。任重載盛兮，〔補〕曰：盛，多也。言所任者重，所載者多也。重，直用切。　陷滯而不濟。陷，没也。濟，成也。言己才力盛壯，可任重載，而身放弃，陷没沈滯，不得成其本志。　懷瑾握瑜兮，在衣爲懷，在手爲握。瑾、瑜，美玉也。〔補〕曰：傳云：鍾山之玉，瑾、瑜爲良。瑾，音僅。瑜，音逾。　窮不知所示。示，語也。言己懷持美玉之德，遭世闇惑，不别善惡，抱寶窮困，而無所語也。《史記》云：窮不得余所示。邑犬之羣吠兮，吠所怪也。言邑里之犬，羣而吠者，怪非常之人而噪之也。以言俗人羣聚毁賢智者，亦以其行度異，故羣而謗之也。一云：邑犬羣兮，吠所怪也。《史記》無「之」字。一本此句與下文無「也」字。非俊疑傑兮，千人才爲俊，一國高爲傑也。《史記》云：誹駿疑桀。〔補〕曰：《淮南》云：知過萬人謂之英，千人謂之俊，百人謂之豪，十人謂之傑。固庸態也。庸，廝賤之人也。言衆人所謗，非傑異之士，斯庸夫惡態之人也。何者，德高者不合於衆，行異者不合於俗，故爲犬之所吠，衆人之所訕也。文質疏内兮，《史記》疏作疎。〔補〕曰：内，舊音訥。疏，疏通也。訥，木訥也。《釋文》：内，如字。衆不知余之異采。采，文采也。言己能文能質，内以疏達，衆人不知我有異藝之文采也。《史記》余作吾。徐廣曰：異，一作奥。材朴委積兮，條直爲材，壯大爲朴。壯，一作庬。《史記》朴作樸。積，一作質。〔補〕曰：《説文》云：朴，木皮也。樸，木素也。莫知余之所有。言材木委積，非魯班則不能别其好醜。國民衆多，非明君則不知我之能也。

重仁襲義兮，重，累也。襲，及也。〔補〕曰：《淮南》云：聖人重仁襲恩。注云：襲亦重累。謹厚以爲豐。謹，善也。豐，大也。言衆人雖不知己，猶復重累仁德，及興禮義，修行謹善，以自廣大也。重華不可遻兮，遻，逢。一作遌。《史記》作悟。〔補〕曰：遻、遌，當作遌。音忤，與迕同。《列子》：遻物而不慴。是也。《釋文》：遻，五各切。心不欲見而見曰遌，於義頗迕。孰知余之從容！從容，舉動也。言聖辟重華，不可逢遇，誰得知我舉動欲行忠信也。古固有不竝兮，竝，俱。〔補〕曰：此言聖賢有不並時而生者，故重華不可遻，湯、禹不可慕也。豈知其何故？言往古之世，忠佞之臣不可俱並事君，必相剋害。故曰：豈知其何故。一本此與下句末皆有「也」字。《史記》

云：豈知其故也。湯禹久遠兮，邈而不可慕。慕，思也。言殷湯、夏禹聖德之君，明於知人，然去久遠，不可思慕而得事之也。《史記》云：邈不可慕也。懲連改忿兮，懲，止也。忿，恨也。《史記》連作違。抑心而自強。抑，按也。言己知禹、湯不可得，則止己留連之心，改其忿恨，按慰己心，以自勉強也。強，《史記》作彊。〔補〕曰：強，巨兩切。離慜而不遷兮，慜，病也。遷，徙也。慜，《史記》作湣。一作閔。願志之有像。像，法也。言己自勉修善，身雖遭病，心終不徙，願志行流於後世，爲人法也。《史記》像作象。進路北次兮，路，道也。次，舍也。日昧昧其將暮。昧，冥也。言己思念楚國，願得君命，進道北行，以次舍止，冀遂還歸，日又將暮，不可去也。舒憂娛哀兮，娛，樂。《史記》云：含憂虞哀。限之以大故。限，度也。大故，死亡也。言己自知不遇，聊作詞賦，以舒展憂思，樂己悲愁，自度以死亡而已，終無它志也。〔補〕曰：《孟子》云：今也不幸至於大故。

亂曰：浩浩沅湘，《史記》此句末至明告君子，竝有「兮」字。分流汩兮。浩浩，廣大貌也。汩，流也。言浩浩廣大乎沅、湘之水，分汩而流，將歸乎海。傷己放棄，獨無所歸也。分，一作汾。〔補〕曰：汩，音骨者，水聲也；音鶻者，涌波也。《莊子》曰：與汩俱出。郭象云：洄伏而涌出者，汩也。脩路幽蔽，道遠忽兮。修，長也。言己雖在湖澤之中，幽深蔽闇，道路甚遠，且久長也。《史記》蔽作拂。自道遠忽兮以下，有「曾唫恒悲兮，永歎慨兮，世既莫吾知兮，人心不可謂兮」四句。懷質抱情，《史記》云：懷情抱質。獨無匹兮。匹，雙也。言己懷敦篤之質，抱忠信之情，不與衆同，故孤煢獨行，無有雙匹也。匹，俗作疋。伯樂既没，驥焉程兮？伯樂，善相馬也。程，量也。言騏驥不遇伯樂，則無所程量其才力也。以言賢臣不遇明君，則無所施其智能也。《史記》没作歿。「焉」上有「將」字。〔補〕

曰：《戰國策》云：昔騏驥駕鹽車，上吴坂，遷延負轅而不能進。遭伯樂，仰而鳴之，知伯樂之知己也。《淮南子》曰：造父不能爲伯樂。注云：伯樂善相馬，事秦繆公。又王逸云：孫陽，伯樂姓名。而張晏云：王良，字伯樂。非也。王良善馭，事趙簡子。萬民之生，各有所錯兮。錯，安也。言萬民禀受天命，生而各有所錯，安其志。或安于忠信，或安于詐僞，其性不同也。一云：民生有命。《史記》民作人。一云：民生禀命。定心廣志，余何畏懼兮？言己既安於忠信，廣我志意，當復何懼乎？威不能動，法不能恐也。曾傷爰哀，永歎喟兮。爰，於也。喟，息也。言己所以心中重傷，於是歎息自恨，懷道不得施用也。曾，一作增。〔補〕曰：曾，音增。喟，丘愧切。世溷濁莫吾知，人心不可謂兮。謂，猶説也。言己遭遇亂世，衆人不知我賢，亦不可户告人説。一云：念不可謂兮。《史記》云：世溷不吾知，心不可謂兮。一云：世溷莫知，不可謂兮。知死不可讓，願勿愛兮。讓，辭也。言人知命將終，可以建忠仗節死義，願勿辭讓，而自愛惜之也。〔補〕曰：屈子以爲知死之不可讓，則舍生而取義可也。所惡有甚於死者，豈復愛七尺之軀哉？明告君子，吾將以爲類兮。告，語也。類，法也。《詩》云：永錫爾類。言己將執忠死節，故以此明白告諸君子，宜以我爲法度。一本「明」下有「以」字。

懷沙

此章言己雖放逐，不以窮困易其行。小人蔽賢，羣起而攻之。舉世之人，無知我者。思古人而不得見，仗節死義而已。太史公曰：乃作《懷沙》之賦，遂自投汨羅以死。原所以死，見於此賦，故太史公獨載之。

思美人兮，言己憂思，念懷王也。擥涕而竚眙。竚立悲哀，涕交横也。〔補〕曰：擥，猶拔也。竚，直吕切，久立也。眙，直視也，丑吏切。《文選》注云：佇眙，立視也。今市聚人，謂之立眙。媒絶路阻兮，良友隔絶，道壞崩也。一云：媒絶而道路阻。《文苑》作路絶而媒阻。言不可結而詒。秘密之語，難傳誦也。一無「而」字。蹇蹇之煩冤兮，忠謀盤紆，氣盈胸也。冤，一作惋。〔補〕曰：《易》曰：王臣蹇蹇。陷滯而不發。含辭鬱結，不得揚也。陷，一作淊。〔補〕曰：《懷沙》云：陷滯而不濟。申旦以舒中情兮，誠欲日日陳己心也。以，一作不。〔補〕曰：《九辯》云：申旦而不寐。五臣云：申，至也。志沈菀而莫達。思念沈積，不得通也。一無「志」字。〔補〕曰：菀，音鬱，積也。願寄言於浮雲兮，思託要謀於神靈也。遇豐隆而不將。雲師徑遊，不我聽也。因歸鳥而致辭兮，思附鴻鴈，達中情也。羌宿高而難當。飛集山林，道徑異也。一云：羌迅高而難寓。〔補〕曰：當，值也。高辛之靈盛兮，帝嚳之德茂神靈也。盛，一作晟，一作威。〔補〕曰：《史記》：帝嚳高辛者，黄帝之曾孫。生而神靈，自言其名。張晏曰：高辛，所興之地名也。遭玄鳥而致詒。嚳妃吞燕卵以生契也。言殷契合神靈之祥知而生，於是性有賢仁，爲堯三公。屈原亦得天地正氣而生，自傷不遭聖主，而遇亂世也。欲變節以從俗兮，念改忠直，隨讒佞也。媿易初而屈志。慙恥本行，中回傾也。〔補〕曰：媿，與愧同。志，音之，叶韻。獨歷年而離愍兮，脩德累歲，身疲病也。羌馮心猶未化。憤懣守節，不易性也。〔補〕曰：馮與憑同。寧隱閔而壽考兮，懷智佯愚，終年命也。何變易之可爲！心不改更，死忠正也。一云：何變初而可爲。

知前轍之不遂兮，比干、子胥，蒙禍患也。轍，一作道。未改此度。執心不回，志彌固也。車既覆而馬顛兮，君國傾側，任小人也。車以喻君，馬以喻臣。言車覆者，君國危也；馬顛仆者，所任非人。蹇獨懷此異路。遭逢艱難，思忠臣也。勒騏驥而更駕兮，舉用才德，任俊賢也。造父爲我操之。御民以道，須明君也。〔補〕曰：《史記》：秦之先造父，以善御幸於周繆王。得驥、温驪、驊騮、騄耳之駟，西巡狩。父，音甫。操，七刀切。遷逡次而勿驅兮，使臣以禮，得中和也。〔補〕曰：遷逡，猶逡巡，行不進貌。再宿爲信，過信爲次。《説文》曰：次，不前也。逡，七旬切。聊假日以須旹。朞月考功，知德化也。〔補〕曰：假日，見《騷經》。須，待也。旹，古時字。指嶓冢之西隈兮，澤流山野，被流沙也。嶓冢，山名。《尚書》：嶓冢導漾。隈，一作隅。〔補〕曰：嶓，音波。《禹貢》：導嶓冢至於荆山。注云：嶓冢，在梁州。指嶓冢之西隈，言日薄於西山也。與纁黄以爲期。待閒静時，與賢謀也。纁黄，蓋黄昏時也。纁，一作曛。〔補〕曰：纁，淺絳也。其爲色黄而兼赤。曛，日入餘光。並音薰。

開春發歲兮，承陽施惠，養百姓也。白日出之悠悠。君政温仁，體光明也。吾將蕩志而愉樂兮，滌我憂愁，弘佚豫也。將，一作且。〔補〕曰：愉，音逾。遵江夏以娱憂。循兩水涯，以娱志也。擥大薄之芳茝兮，欲援芳茝，以爲佩也。擥，一作攬。茝，一作芷。〔補〕曰：薄，叢薄也。搴長洲之宿莽。采取香草，用飾己也。楚人名冬生草曰宿莽。惜吾不及古人兮，生後殷湯、周文王也。惜，一作然。一云：古之人。吾誰與玩此芳草？誰與竭節，盡忠厚也。此，一作斯。〔補〕曰：玩，五换切。《説文》：弄也。解萹薄與雜菜兮，萹，萹畜也。雜菜，雜香之菜。〔補〕曰：萹，音匾。《爾雅》曰：竹萹蓄。注云：似小藜，赤莖節，好生道旁。《本草》云：亦呼爲萹竹。萹薄，謂萹蓄之成叢者。按萹蓄、雜菜，皆非芳艸。此言解去萹菜而備芳茝、宿莽以爲交佩也。備以爲交佩。交，合也。言己解折萹蓄，雜以香菜，合而佩之，言修飾彌盛也。備，一作脩。佩繽紛以繚轉兮，德行純美，能絶異也。以，一作其。〔補〕曰：繽，匹賓切。繚，音了，繚繞也。遂萎絶而離異。終以放斥而見疑也。〔補〕曰：萎，於危切。吾且儃佪以娛憂兮，聊且遊戲，樂所志也。儃佪，一作徘徊。觀南人之變態。覽察楚俗，化改易也。竊快在中心兮，私懷僥倖，而欣喜也。一無「在」字。一云：吾竊快在其中心兮。一無「吾」字。揚厥憑而不竢。思舒憤懣，無所待也。

芳與澤其雜糅兮，正直温仁，德茂盛也。羌芳華自中出。生含天姿，不外受也。〔補〕曰：出，尺類切，自中而外也。紛郁郁其遠承兮，法度文辭，行四海也。一云：行度文辭，流四海也。承，一作蒸。〔補〕曰：《説文》：郁，有章也。承，奉也。滿内而外揚。修善於身，名譽起也。情與質信可保兮，言行相副，無表裏也。羌居蔽而聞章。雖在山澤，名宣布也。居，一作重。一云：居重蔽而聞章。令薜荔以爲理兮，意欲升高，事貴戚也。以，一作而。憚舉趾而緣木。憚，難也。誠難抗足，屈蜷跼也。因芙蓉而爲媒兮，意欲下求，從風俗也。因，一作用。憚褰裳而濡足。又恐汙泥，被垢濁也。〔補〕曰：《莊子》曰：蹇裳躩步。蹇，起虔切。蓋讀若褰，謂摳衣也。足，一作之。登高吾不説兮，事上得位，我不好也。入下吾不能。隨俗顯榮，非所樂也。固朕形之不服兮，我性婞直，不曲撓也。然容與而狐疑。徘徊進退，觀衆意也。廣遂前畫兮，恢廓仁義，弘聖道也。〔補〕曰：畫，音獲，計策也。未改此度也。心終不變，内自守也。一無「也」字。〔補〕曰：度，徒故切。命則處幽，吾將罷兮，受禄當窮，身勞苦也。一無「則」字。〔補〕曰：罷，讀若疲。願及白日之未暮。思得進用，先年老也。一本句末有「也」字。獨煢煢而南行兮，思彭咸之故也。

思美人

此章言己思念其君，不能自達，然反觀初志，不可變易，益自脩飭，死而後已也。

惜往日之曾信兮，先時見任，身親近也。〔補〕曰：《史記》云：原博聞强志，明於治亂，嫺於辭令。入則與王圖議國事，以出號令；出則接遇賓客，應對諸侯，王甚任之。受命詔以昭詩。君告屈原，明典文也。詩，一作時。〔補〕曰：《國語》曰：莊王使士亹傅太子箴，問於申叔時，叔時曰：教之詩，而爲之導廣顯德，以耀明其志。奉先功以照下兮，承宣祖業，以示民也。明法度之嫌疑。草創憲度，定衆難也。〔補〕曰：《史記》云：懷王使屈原造爲憲令，屬草藁未定。上官大夫見而欲奪之，屈平不與，因讒之曰：王使屈平爲令，衆莫不知，每一令出，平伐其功，曰：非我莫能爲也。王怒，而疏屈平。國富强而法立兮，楚以熾盛，無盜姦也。屬貞臣而日娭。委政忠良，而遊息也。〔補〕曰：屬音燭，付也。娭，音嬉，戲也。一作娛，非是。秘密事之載心兮，天災地變，乃存念也。秘，一作移。雖過失猶弗治。臣有過差，赦貰寬也。弗，一作不。〔補〕曰：治，音持。心純庬而不泄兮，素性敦厚，慎語言也。泄，一作貰。〔補〕曰：庬，厚也，莫江切。泄，漏也，音辥。遭讒人而嫉之。遭遇靳尚及上官也。嫉之，一作佞嫉。君含怒而待臣兮，上懷忿恚，欲刑殘也。不清澈其然否。内弗省察，其侵冤也。澈，一作澂。〔補〕曰：澈，音轍。澂，音澄。蔽晦君之聰明兮，專擅威恩，握主權也。虚惑誤又以欺。欺罔戲弄，若轉丸也。一云：

惑虚言又以欺。弗參驗以考實兮，不審窮覈其端原也。遠遷臣而弗思。放逐徙我，不肯還也。信讒諛之溷濁兮，聽用邪僞，自亂惑也。溷濁，一作浮説。盛氣志而過之。呵罵遷怒，妄誅戮也。盛，古作晠。〔補〕曰：《漢書》曰：聞將軍有意督過之。何貞臣之無辠兮，忠正之行，少愆忒也。辠，一作罪。被離謗而見尤。虚蒙誹訕，獲過愆也。離，一作讟。慙光景之誠信兮，質性謹厚，貌純慤也。〔補〕曰：《説文》云：景，光也。此言己誠信甚著，小人所慙也。身幽隱而備之。雖處草野，行彌篤也。〔補〕曰：此言身被放棄，多讒謗也。臨沅湘之玄淵兮，觀視流水，心悲惻也。沅，一作江。遂自忍而沈流。遂赴深水，自害賊也。遂，一作不。卒没身而絶名兮，姓字斷絶，形體没也。一云：名字斷絶，形朽腐也。没身，一作沈身。惜壅君之不昭。懷王壅蔽，不覺悟也。古本壅，皆作廱。君無度而弗察兮，上無撿押，以知下也。〔補〕曰：撿押，隱括也。押，音狎。使芳草爲藪幽。賢人放竄，弃草野也。〔補〕曰：《説文》藪，大澤也。焉舒情而抽信兮，安所展思，拔愁苦也。恬死亡而不聊。忍不貪生，而顧老也。〔補〕曰：恬，安也。言安於死亡，不苟生也。獨鄣壅而蔽隱兮，遠放隔塞，在裔土也。鄣，一作彰，音如鄣。壅，一作雍。使貞臣爲無由。欲竭忠節，靡其道也。爲，一作而。

聞百里之爲虜兮，〔補〕曰：晉獻公虜虞君與其大夫百里傒，以百里傒爲秦繆公夫人媵。百里傒亡秦走宛，楚鄙人執之。繆公聞百里傒賢，以五羖羊皮贖之，釋其囚，與語國事，繆公大説，授之國政，號曰五羖大夫。《孟子》曰：百里奚自鬻於秦養牲者五羊之皮，食牛以要秦繆公。《莊子》曰：秦穆公以五羊之皮籠百里奚。伊尹烹於庖廚。吕望屠於朝歌兮，朝，知苗切。甯戚歌而飯牛。見《騷經·天問》。不逢湯武與桓繆兮，世孰云而知之。吴信讒而弗味兮，宰嚭阿諛，甘如蜜也。弗，一作不。〔補〕曰：《淮南》云：古人味而不貪，今人貪而不味。此言貪嗜讒諛，不知忠直之味也。子胥死而後憂。竟爲越國所誅滅也。介子忠而立枯兮，介子，介子推也。文君寤而追求。文君，晉文公也。寤，覺也。昔文公被孋姬之譖，出奔齊、楚，介子推從行，道乏糧，割股肉以食文公。文公得國，賞諸從行者，失忘子推。子推遂逃介山隱。文公覺寤，追而求之，子推遂不肯出。文公因燒其山，子推抱樹燒而死，故言立枯也。《七諫》中推自割而食君，亦解此也。封介山而爲之禁兮，一無「而」字。報大德之優游。言文公遂以介山之民封子推，使祭祀之。又禁民不得有言燒死，以報其德，優游其靈魂也。〔補〕曰：《史記》：晉初定，賞從亡，未至隱者介子推，推亦不言禄，禄亦不及。介子推從者，乃懸書宫門。文公出，見其書，曰：此介子推也。吾方憂王室，未圖其功。使人召之，則亡。遂求其所在，聞其入緜上山中。於是文公環緜上山中而封之，以爲介推田，號曰介山。以記吾過，且旌善人。《莊子》曰：介子推至忠也，自割其股，以食文公。公後背之，子推怒而去，抱木而燔死。《淮南》曰：介子歌龍蛇，而文君垂泣也。封介山而爲之禁者，以爲介推田也。逸説非是。優游，大德之貌。思久故之親身兮，因縞素而哭之。言文公思子推親自割其身，恩義尤篤。因爲變服，悲而哭之也。〔補〕曰：親身，言不離左右也。縞，音杲。《説文》云：縞素，白緻繒也。或忠信而死節兮，仇牧、荀息與梅伯也。或訑謾而不疑。張儀詐欺，不能誅也。訑，一作詑。〔補〕曰：訑、謾，皆欺也。上音移，下謨官切。弗省察而按實兮，君不參錯而思慮也。〔補〕曰：省，息井切。聽讒人之虚辭。諂諛毁訾，而加誣也。芳與澤其雜糅兮，質性香潤，德之厚也。孰申旦而别之？世無明智，惑賢愚也。何芳草之早殀兮，賢臣被讒，命不久也。殀，一作夭。微霜降而下戒。嚴刑卒至，死有時也。下，一作不。諒聰不明而蔽壅兮，君知淺短，無所照也。一云：不聰明。〔補〕曰：《易》噬嗑、夬卦皆曰：聰，不明也。使讒諛而日得。佞人位高，家富饒也。家，一作蒙。自前世之嫉賢兮，憎惡忠直，若仇怨也。謂蕙若其不可佩。賤弃仁智，言難用也。〔補〕曰：若，杜若也。妒佳冶之芬芳兮，嫉害美善之婉容也。佳，一作娃。〔補〕曰：娃，於佳切。吳、楚之閒，謂好曰娃。冶，妖冶，女態。《易》曰：冶容誨淫。嫫母姣而自好。醜嫗自飾以粉黛也。〔補〕曰：嫫，音謨。《說文》云：嫫母，都醜也。一曰黄帝妻，貌甚醜。姣，妖媚也。音絞。好，音耗。雖有西施之美容兮，世有好女之異貌也。〔補〕曰：西施，越之美女。《越絶書》曰：越王句踐得採薪二女西施、鄭旦，以獻吳王。讒妒入以自代。衆惡推遠，不附近也。願陳情以白行兮，列己忠心，所趨務也。得罪過之不意。譴怒横異，無宿戒也。情冤見之日明兮，行度清白，皎如素也。冤，一作宛。如列宿之錯置。皇天羅宿，有度數也。〔補〕曰：宿，音秀。錯，倉各切。乘騏驥而馳騁兮，如駕駑馬而長驅也。〔補〕曰：騏驥，駿馬也。無轡銜而自載；不能制御，乘車將仆。〔補〕曰：《詩》云：六轡如琴。《說文》：銜，馬勒口中，行馬者也。乘氾泭以下流兮，乘舟氾船而涉渡也。編竹木曰泭。楚人曰柎，秦人曰撥也。乘，一作椉。泭，一作柎。〔補〕曰：氾，音泛。泭，音敷。《說文》云：編木以度。柎與泭同。無舟楫而自備。身將沈没而危殆也。楫，一作檝。〔補〕曰：《說文》云：楫，舟櫂也。背法度而心治兮，背弃聖制，用愚意也。治，一作殆。辟與此其無異。若乘船車無轡櫂也。辟，一作譬。〔補〕曰：辟，喻也。與譬同。寧溘死而流亡兮，意欲淹没，隨水去也。恐禍殃之有再。罪及父母與親屬也。不畢辭而赴淵兮，陳言未終，遂自投也。惜壅君之不識。

哀上愚蔽，心不照也。識，一作明。〔補〕曰：識，音試，亦音志。馮衍賦云：韓盧抑而不縱兮，騏驥絆而不試。獨慷慨而遠覽兮，非庸庸之所識。亦叶韻也。

惜往日

此章言己初見信任，楚國幾於治矣。而懷王不知君子小人之情狀，以忠爲邪，以僭爲信，卒見放逐，無以自明也。

后皇嘉樹，橘徠服兮。后，后土也。皇，皇天也。服，習也。言皇天后土生美橘樹，異於衆木，來服習南土，便其風氣。屈原自喻才德如橘樹，亦異於衆也。便其風氣，一云便且遂也，一云便其性也。〔補〕曰：《禹貢》：淮海惟揚州，厥包橘柚錫貢。《漢書》：江陵千樹橘與千户侯等。《異物志》云：橘爲樹，白華赤實。皮既馨香，又有善味。徠與來同。《説文》云：周所受瑞麥來麰，天所來也。故爲行來之來。受命不遷，生南國兮。南國，謂江南也。遷，徙也。言橘受天命，生於江南，不可移徙。種於北地，則化而爲枳也。屈原自比志節如橘，亦不可移徙。深固難徙，更壹志兮。屈原見橘根深堅固，終不可徙，則專一己志，守忠信也。緑葉素榮，紛其可喜兮。緑，猶青也。素，白也。言橘青葉白華，紛然盛茂，誠可喜也。以言己行清白，可信任也。榮，一作華。〔補〕曰：《爾雅》：草謂之榮，木謂之華。此言素榮，則亦通稱也。曹植賦曰：朱實不萌，焉得素榮。李尤《七歎》曰：白華緑葉，扶疎冬榮。金衣素裏，班理内充。皆謂橘也。曾枝剡棘，圓果摶兮。剡，利也。棘，橘枝，刺若棘也。摶，圜也。楚人名圜爲摶。言橘枝重累，又有利棘，以象武也。其實圓摶，又象文也。以喻己有文武，能方圓也。圓果，一作圜實。摶，一作槫。〔補〕曰：曾，音增，重也。剡，音琰。《方言》曰：凡草木刺人，江湘之閒謂之棘。注引曾枝剡棘。《説文》云：摶，圜也，其字從手。槫，柩車也，其字從木。音同，義異。青黄雜糅，一作揉。文章爛兮。言橘葉青，其實黄，雜糅俱盛，爛然而明。以言己敏達道德，亦爛然有文章也。〔補〕曰：橘實初青，既熟則黄，若以青爲葉，則上文已言緑葉矣。精色内白，類可任兮。精，明也。類，猶貌也。言橘實赤黄，其色精明，内懷潔白。以言賢者亦然，外有精明之貌，内有潔白之志，故可任以道，而事用之也。一云：類任道兮。〔補〕曰：青黄雜糅，言其外之文；精色内白，言其中之質也。紛緼宜脩，一作修。姱而不醜兮。紛緼，盛貌。醜，惡也。言橘類紛緼而盛，如人宜修飾，形容盡好，無有醜惡也。〔補〕曰：紛，音墳。緼，音氲。《集韻》：蒶蘊，積也。姱，好也。

嗟爾幼志，有以異兮。爾，汝也。幼，小也。言嗟乎衆臣，女少小之人，其志易徙，有異於橘也。獨立不遷，豈不可喜兮？屈原言己之行度，獨立堅固，不可遷徙，誠可喜也。〔補〕曰：自此以下，申前義，以明己志。深固難徙，廓其無求兮。〔補〕曰：凡與世遷徙者，皆有求也。吾之志舉世莫得而傾之者，無求於彼故也。蘇世獨立，横而不流兮。蘇，寤也。言屈原自知爲讒佞所害，心中覺寤，然不可變節，猶行忠直，横立自持，不隨俗人也。〔補〕曰：死而更生曰蘇。《魏都賦》曰：非蘇世而居正。閉心自慎，不終失過兮。言己閉心捐欲，敕慎自守，終不敢有過失也。一云：終不過兮。一云：終不失過兮。〔補〕曰：閉，必結切，闔也。俗作閇，非是。秉德無私，參天地兮。秉，執也。言己執履忠正，行無私阿，故參配天地，通之神明，使知之也。〔補〕曰：天無私覆，地無私載，秉德無私則與天地參矣。願歲并謝，與長友兮。謝，去也。言己願與橘同心并志，歲月雖去，年且衰老，長爲朋友，不相遠離也。〔補〕曰：《説文》云：謝，辭去也。此言己年雖與歲月俱逝，願長與橘爲友也。淑離不淫，梗其有理兮。淑，善也。梗，强也。言己雖設與橘離别，猶善持己行，梗然堅强，終不淫惑而失義也。年歲雖少，可師長兮。言己年雖幼少，言有法則，行有節度，誠可師用長老而事之。〔補〕曰：言可爲人師長。行比伯夷，置以爲像兮。像，法也。伯夷，孤竹君之子也。父欲立伯夷，伯夷讓弟叔齊，叔齊不肯受，兄弟弃國，俱去之首陽山下。周武王伐紂，伯夷、叔齊扣馬諫之曰：父死不葬，謀及干戈，可謂孝乎？以臣弑君，可謂忠乎？左右欲殺之，太公曰：不可。引而去之。遂不食周粟而餓死。屈原亦自以脩飾潔白之行，不容於世，將餓餒而終。故曰：以伯夷爲法也。〔補〕曰：行，下孟切。比，音鼻，近也。韓愈曰：伯夷者，特立獨行，亘萬世而不顧者也。屈原獨立不遷，宜與伯夷無異。乃自謂近於伯夷，而置以爲像，尊賢之詞也。

橘頌

美橘之有是德，故曰頌。《管子》篇名有《國頌》。説者云：頌，容也，陳爲國之形容。

悲回風之摇蕙兮，回風爲飄，飄風回邪，以興讒人。心冤結而内傷。言飄風動摇芳草，使不得安。以言讒人亦别離忠直，使得罪過也。故己見之，中心冤結，而傷痛也。冤，一作宛。物有微而隕性兮，隕，落也。言芳草爲物，其性微眇，易以隕落。以言賢者用志精微，亦易傷害也。聲有隱而先倡。倡，始也。言讒人之言隱匿其聲，先倡導君，使亂惑也。夫何彭咸之造思兮，暨志介而不忘！暨，與也。《尚書》曰：讓于稷契，暨臯陶。介，節也。言己見讒人倡君爲惡，則思念古世彭咸，欲與齊志節，而不能忘也。〔補〕曰：暨，其冀切。此言物有微而隕性者，己獨不忘彭咸之志節。**萬變其情豈可蓋兮**，蓋，覆也。言讒人長於巧詐，情意萬變，轉易其辭，前後反覆，如明君察之，則知其態也。一云：萬變情豈其可蓋兮。〔補〕曰：蓋，古太切，掩也。**孰虚僞之可長！**言讒人虚造人過，其行邪僞，不可久長，必遇禍也。〔補〕曰：此言聲有隱而先倡者，然明者察之，則虚僞安可久長乎？**鳥獸鳴以號羣兮**，號，呼也，音豪。**草苴比而不芳。**生曰草，枯曰苴。比，合也。言飛鳥走獸，羣鳴相呼，則芳草合其莖葉，芬芳以不暢也。以言讒口衆多，盈君之耳，亦可令忠直之士失其本志也。〔補〕曰：苴，《釋文》：七古切，茅藉祭也。鮑欽止本云：七閭、子旅二切。林德祖本云：反賈、士加二切。比，音鼻。**魚葺鱗以自別兮**，葺，累也。〔補〕曰：別，彼列切。**蛟龍隱其文章。**言衆魚張其鬐尾，葺累其鱗，則蛟龍隱其文章而避之也。言俗人朋黨恣其口舌，則賢者亦伏匿而深藏也。**故荼薺不同畝兮**，二百四十步爲畝。言枯草荼薺，不同畝而俱生。以言忠佞亦不同朝而俱用也。薺，一作若。若，一作苦。〔補〕曰：荼，音徒。《爾雅》：荼，苦菜。疏引《易緯》云：苦菜，生於寒秋，經冬歷春，得夏乃成。《月令》：孟夏苦菜秀。是也。葉似苦苣而細，花黄似菊，堪食，但苦耳。又《爾雅》云：蒫，薺實。疏引《本草》云：薺，味甘，人取其菜，作葅及羹。《詩》云：誰謂荼苦，其甘如薺。又曰：堇荼如飴。此言荼苦而薺甘，不同畝而生也。若，杜若也。**蘭茝幽而獨芳。**以言賢人雖居深山，不失其忠正之行。茝，一作芷。**惟佳人之永都兮**，佳人，謂懷、襄王也。邑有先君之廟曰都也。**更統世而自貺。**更，代也。貺，與也。言己念懷王長居郢都，世統其位，父子相舉，今不任賢，亦將危殆也。〔補〕曰：更，平聲。貺，虚王切。叶韻。**眇遠志之所及兮**，言己常眇然高志，執行忠直，冀上及先賢也。憐浮雲之相羊。相羊，無所據依之貌也。言己放弃，若浮雲之氣，東西無所據依也。羊，一作徉。介眇志之所惑兮，介，節也。言己能守耿介之眇節，以自惑誤，不用於世也。竊賦詩之所明。賦，鋪也。詩，志也。言己守高眇之節，不用於世，則鋪陳其志，以自證明也。〔補〕曰：古詩之所明者，與今所遇同，故屈原賦之。

惟佳人之獨懷兮，懷，思。折若椒以自處。處，居也。言己獨念懷王，雖見放逐，猶折香草，以自修飾行善，終不怠也。若，一作芳。曾歔欷之嗟嗟兮，歔欷，啼貌。曾，一作增。獨隱伏而思慮。言己思念懷王，悲啼歔欷，雖獨隱伏，猶思道德，欲輔助之也。伏，一作居。涕泣交而淒淒兮，淒淒，流貌。一云：交下而淒淒。下，一作流。〔補〕曰：淒，寒涼也，音妻。思不眠以至曙。曙，明也。以，一作而。至，一作極。終長夜之曼曼兮，曼曼，長貌。〔補〕曰：曼，莫半切。掩此哀而不去。心常悲慕。〔補〕曰：掩，撫也，止也。寤從容以周流兮，覺立徙倚而行步也。以，一作而。聊逍遥以自恃。且徐游戲，内自娱也。傷太息之愍憐兮，憂悴重歎，心辛苦也。一作愍歎。氣於邑而不可止。氣逆憤懣，結不下也。〔補〕曰：顔師古云：於邑，短氣，上音烏，下烏合切。一讀皆如本字。糺思心以爲纕兮，糺，戾也。纕，佩帶也。一作瓌。〔補〕曰：糺，繩三合也。瓌，玉名，一曰馬帶玦。編愁苦以爲膺。編，結也。膺，胸也。結胸者，言動以憂愁自係結也。一注云：膺，絡胸者也。〔補〕曰：編，音邊。折若木以蔽光兮，光，謂日光。隨飄風之所仍。仍，因也。言己願折若木以蔽日，使之稽留，因隨羣小而遊戲也。〔補〕曰：《騷經》云：飄風屯其相離。亦此意。存髣髴而不見兮，髣髴，謂形貌也。一云：不得見。

〔補〕曰：髣髴，形似也。髴，沸、拂二音。心踊躍其若湯。言己設欲隨從羣小，存其形貌，察其情志，不可得知，故中心沸熱若湯也。踴躍，一作沸熱。撫珮衽以案志兮，整飭衣裳，自寬慰也。〔補〕曰：衽，衣裣也，音稔。案，抑也。與按同。超惘惘而遂行。失志偟遽，而直逝也。〔補〕曰：惘，音罔。歲曶曶其若頹兮，年歲轉去，而流没也。〔補〕曰：曶，音忽。頽，徒回切，下墜也。旹亦冉冉而將至。春秋更到，與老會也。薠蘅槁而節離兮，喻己年衰，齒隨落也。一云蘋蘅，一云蘋蘩。〔補〕曰：槁，音考。芳以歇而不比。志意已盡，知慮闕也。以，一作已。〔補〕曰：比，合也，音鼻。憐思心之不可懲兮，履信被害，志不𢗰也。〔補〕曰：𢗰，音乂。證此言之不可聊。明己之謀不空設也。寧逝死而流亡兮，意欲終命，心乃快也。逝，一作溘。不忍爲此之常愁。心情悁悁，常如愁也。一云：此心之常愁。孤子唫而抆淚兮，自哀煢獨，心悲愁也。抆，一作收。〔補〕曰：唫，古「吟」字，歎也。抆，音吻，拭也。放子出而不還。遠離父母，無依歸也。屈原傷己無安樂之志，而有孤放之悲也。孰能思而不隱兮，誰有悲哀而不憂也。隱，憂也。《詩》曰：如有隱憂。照彭咸之所聞。覩見先賢之法則也。照，一作昭。

登石巒以遠望兮，昇彼高山，瞰楚國也。〔補〕曰：山少而鋭曰巒，落官切。路眇眇之默默。郢道遼遠，居僻陋也。〔補〕曰：眇眇，遠也。默默，寂無人聲也。入景響之無應兮，竄在山野，無人域也。〔補〕曰：景，於境切，物之陰影也。葛洪始作影響。或作嚮，古字借用。聞省想而不可得。目視耳聽，歎寂默也。〔補〕曰：省，息井切，察也，審也。愁鬱鬱之無快兮，中心煩冤，常懷忿也。之，一作而。快，一作決。居戚戚而不可解。思念憔悴，相連接也。一無「可」字。〔補〕曰：解，除也，居隘切。心鞿羈而不形兮，肝膽係結，難解釋也。形，一作開。〔補〕曰：鞿羈，見《騷經》。不形，謂中心係結，不見於外也。氣繚轉而自締。思念緊卷而成結也。緊卷，一作繾綣。〔補〕曰：繚，音了，纏也。締，文爾切，又音啼。結，不解也。《集韻》引此。穆眇眇之無垠兮，天與地合，無垠形也。〔補〕曰：賈誼賦云：沕穆無閒。沕穆，深微貌。垠，音銀。莽芒芒之無儀。草木彌望，容貌盛也。〔補〕曰：芒，莫郎切。芒芒，廣大貌。《詩》曰：宅殷土芒芒。儀，匹也。見《爾雅》。聲有隱而相感兮，鶴鳴九皐，聞於天也。物有純而不可爲。松柏冬生，稟氣純也。〔補〕曰：此言天地之大，眇眇芒芒，然聲有隱而相感者，己獨不能感君何哉？物有純而不可爲者，己之志節亦非勉强而爲之也。藐蔓蔓之不可量兮，八極道理，難算計也。一作邈漫漫。〔補〕曰：藐，音邈，遠也。縹緜緜之不可紆。細微之思，難斷絶也。〔補〕曰：縹，匹妙切。紆，音迂，縈也。愁悄悄之常悲兮，憂心慘慘，常涕泣也。〔補〕曰：悄，親小切。《詩》云：憂心悄悄。翩冥冥之不可娱。身處幽冥，心不樂也。〔補〕曰：翩，疾飛也。《楊子》曰：鴻飛冥冥。此言己欲疾飛而去，無可以解憂者也。淩大波而流風兮，意欲隨水而自退也。〔補〕曰：言乘風波而流行也。託彭咸之所居。從古賢俊，自沈没也。

上高巖之峭岸兮，升彼山石之峻峭也。峭，一作陗。〔補〕曰：並七笑切。處雌蜺之標顛。託乘風氣，遊天際也。〔補〕曰：標，杪也。其字從木。顛，頂也。蜺，見《騷經》。據青冥而攄虹兮，上至玄冥，舒光耀也。〔補〕曰：攄，舒也。遂儵忽而捫天。所至高眇，不可逮也。〔補〕曰：儵，音叔。捫，音門，撫也。吸湛露之浮源兮，湛，厚也。《詩》曰：湛湛露斯。源，一作涼。漱凝霜之雰雰。雰雰，霜貌也。言己雖昇青冥，猶能食霜露之精，以自潔也。〔補〕曰：漱，縮又切。《説文》曰：蕩口也。雰，音芬。《詩傳》：雰雰，雪貌。依風穴以自息兮，伏聽天命之緩急也。〔補〕曰：《歸藏》曰：乾者，積石風穴之翏翏。《淮南》曰：鳳皇羽翼弱水，暮宿風穴。注云：風穴，北方寒風從地出也。宋玉賦云：空穴來風。忽傾寤以嬋媛。心覺自傷，又痛惻也。嬋媛，一作撣援，一作擅徊。馮崑崙以瞰霧兮，遂處神山，觀濁亂之氣也。一云：瞰霧露。一云：澂霧露。〔補〕曰：馮，登也。瞰，視也，苦濫切。隱岐山以清江。隱，伏也。岐山，江所出也。《尚書》曰：岐山導江。言己雖遠遊戲，猶依神山而止，欲清澄邪惡者也。岐，一作崏，一作汶。〔補〕曰：岐、崏、汶，並與岷同。《書》曰：岷山導江。岷山，在蜀郡氐道縣，大江所出。《史記》作汶山。《列子音義》引《楚詞》：隱汶山之清江。隱，依據也。憚涌湍之礚礚兮，憚，難也。涌湍，危阻也。以興讒賊，危害賢人也。礚，一作磕。〔補〕曰：礚，苦蓋切，石聲。聽波聲之洶洶。水得風而波，以喻俗人言也。已欲澄清邪惡，復爲讒人所危，俗人所謗訕也。〔補〕曰：洶，音凶，水勢。紛容容之無經兮，言己欲隨衆容容，則無經緯於世人也。〔補〕曰：此言楚國變亂舊常，無定法也。容容，變動之貌。罔芒芒之無紀。又欲罔然芒芒，與衆同志，則無以立紀綱，垂號謚也。〔補〕曰：此言楚國上下昏亂，無綱紀也。軋洋洋之無從兮，言欲軋沕己心，仿佯立功，則其道無從至也。軋，一作乹。注云：乹愓己心。〔補〕曰：《釋文》：軋，於八切。此言懷亂之勢，如水洋洋，雖欲軋絕之而無由也。沕，潛藏也。馳委移之焉止。雖欲長驅，無所及也。一作馳逶蛇之焉至。〔補〕曰：委，音逶。焉，於軋切。漂翻翻其上下兮，登山入水，周六合也。漂，一作飄。翻，一作幡，一作潘。〔補〕曰：漂，浮也，音飄。翼遥遥其左右。雖遠念君在旁側也。〔補〕曰：翼，疾趨也。《語》曰：趨進，翼如也。氾潏潏其前後兮，思如流水，遊楚國也。〔補〕曰：氾，濫也，音泛。潏，涌出也，音決。伴張弛之信期。伴，俱也。弛，毁也。言己思君念國，而衆人俱共毁己，言内無誠信，不可與期也。〔補〕曰：伴，讀若背畔之畔。言己嘗以弛張之道期於君，而君背之也。觀炎氣之相仍兮，窺煙液之所積。炎氣，南方火也。火氣煙上天爲雲，雲出湊液而爲雨也。相仍者，相從也。煙液所積者，所聚也。〔補〕曰：液，音亦。《神異經》曰：南方有火山，晝夜火然。《抱朴子》曰：南海蕭丘之中，有自生之火，常以春起而秋滅。悲霜雪之俱下兮，聽潮水之相擊。言己上觀炎陽煙液之氣，下視霜雪江潮之流，憂思在心，而無所告也。〔補〕曰：《七發》云：江水逆流，海水上潮。借光景以往來兮，施黄棘之枉策。黄棘，棘刺也。枉，曲也。言己願借神光電景，飛注往來，施黄棘之刺，以爲馬策。言其利用急疾也。〔補〕曰：言己所以假延日月，往來天地之閒，無以自處者，以其君施黄棘之枉策故也。初，懷王二十五年，入與秦昭王盟約於黄棘，其後爲秦所欺，卒客死於秦。今頃襄信任姦回，將至亡國，是復施行黄棘之枉策也。黄棘，地名。求介子之所存兮，介子推也。見伯夷之放迹。伯夷，叔齊兄也。放，遠也。迹，行也。一云：放，放逐也。心調度而弗去兮，弗，一作不。〔補〕曰：調度，見《騷經》。刻著志之無適。無適，言己思慕子推、伯夷清白之行，剋心遵樂，志無所復適也。〔補〕曰：刻，勵也。著，立也。

曰：吾怨往昔之所冀兮，冀，幸也。言己怨往古以邪事君，而幸蒙富貴也。一無「昔」字。悼來者之悐悐。悐悐，欲利貌也。言傷今世人見利，悐悐然欲競之也。悐，一作逖。〔補〕曰：悐，它的切，勞也。浮江淮而入海兮，從子胥而自適。適，之。〔補〕曰：《越絶書》曰：子胥死，王使捐於大江，乃發憤馳騰，氣若奔馬，乃歸神大海。自適，謂順適己志也。望大河之洲渚兮，悲申徒之抗迹。申徒狄也。遇闇君遁世離俗，自擁石赴河，故言抗迹也。〔補〕曰：《莊子》云：申徒狄諫而不聽，負石自投於河。《淮南》注云：申徒狄，殷末人也。不忍見紂亂，自沈於淵。驟諫君而不聽兮，驟，數也。一本作而君。重任石之何益。任，負也。百二十斤爲石。言己數諫君，而不見聽。雖欲自任以重石，終無益於萬分也。一云任重石。石，一作秙。〔補〕曰：秙，當作䄷，音石，百二十斤也。稻一䄷，爲粟二十升。禾黍一䄷，爲粟十六升，大升半。又三十斤爲鈞，四鈞爲石。秙，音庫，禾不實也。義與此異。《文選・江賦》云：悲靈均之任石。注引：重任石之何益，懷沙礫而自沈。懷沙，即任石也。與逸說不同。心絓結而不解兮，絓，懸。一作結絓。思蹇産而不釋。蹇産，猶詰屈也。言己乘水蹈波，乃愁而恐懼，則心懸結詰屈而不可解。一本無此二句。

悲回風

此章言小人之盛，君子所憂，故託遊天地之閒，以泄憤懣，終沈汨羅，從子胥、申徒，以畢其志也。

楚辭卷第五

校書郎臣王　逸上

遠遊章句第五　離騷

遠遊者，屈原之所作也。屈原履方直之行，不容於世。上爲讒佞所譖毀，下爲俗人所困極，章皇山澤，一作：徫徨山野。無所告訴。乃深惟元一，修執恬漠。思欲濟世，則意中憤然，文采鋪一作繡，一作秀。發，遂叙妙思，託配仙人，與俱遊戲，周歷天地，無所不到。然猶懷念楚國，思慕舊故，忠信之篤，仁義之厚也。是以君子珍重其志，而瑋其辭焉。

《古樂府》有《遠遊》篇，出於此。

悲時俗之迫阨兮，哀衆嫉妒，迫脅賢也。阨，一作隘。〔補〕曰：阨，音厄，或讀作隘。願輕舉而遠遊。高翔避世，求道真也。質菲薄而無因兮，質性鄙陋，無所因也。因，一作由。焉託乘而上浮。將何引援而升雲也。〔補〕曰：乘，時證切。遭沈濁而汙穢兮，逢遇闇主，觸讒佞也。而，一作之。獨鬱結其誰語！思慮煩冤，無告陳也。夜耿耿而不寐兮，憂以愁戚，目不眠也。耿耿，猶儆儆，不寐貌也。《詩》云：耿耿不寐。耿，一作炯。〔補〕曰：耿、炯，並古茗切。一云：耿耿，不安也。魂煢煢而至曙。精䰟怔忪不寐，故至曙也。煢，一作營。

惟天地之無窮兮，乾坤體固，居常寧也。哀人生之長勤。傷己命禄，多憂患也。〔補〕曰：此原憂世之詞。唐李翺用其語，作《拜禹言》。往者余弗及兮，三皇五帝，不可逮也。來者吾不聞。後雖有聖，我身不見也。一云：吾不可聞。一云：余弗聞。步徙倚而遥思兮，彷徨東西，意愁憤也。怊惝怳而乖懷。惆悵失望，志乖錯也。〔補〕曰：怊，音超，悵恨也。惝，昌兩切。怳，詡往切，驚貌。意荒忽而流蕩兮，情思罔兩，無據依也。〔補〕曰：荒，呼廣切。心愁悽而增悲。愴然感結，涕沾懷也。悽，一作淒。〔補〕曰：悽，痛也。神儵忽而不反兮，䰟靈遠逝，遊四維也。儵，一作倏。反，一作返。形枯槁而獨留。身體寥廓，無識知也。内惟省以端操兮，捐棄我情，慮專一也。一云林（疑當作朴）素我情。〔補〕曰：操，七到切。求正氣之所由。棲神藏情，治心術也。由，一作繇。漠虛静以恬愉兮，恬然自守，内樂佚也。澹無爲而自得。滌除嗜欲，獲道實也。

聞赤松之清塵兮，想聽真人之徽美也。塵，一作虛。〔補〕曰：《列仙傳》：赤松子，神農時爲雨師，服水玉，教神農，能入火自燒。至崑山上，常止西王母石室，隨風雨上下。炎帝少女追之，亦得仙俱去。張良欲從赤松子游，即此也。願承風乎遺則。思奉長生之法式也。貴真人之休德兮，珍瑋道士壽無窮極。真，一作至。〔補〕曰：休，美也。美往世之登仙。羨門子喬，古登真也。美，一作羨。仙，一作僊。子喬，一作子高。與化去而不見兮，變易形容，遠藏匿也。名聲著而日延。姓字彌章，流千億也。著，一作彰。奇傅説之託辰星兮，賢聖雖終，精著天也。傅説，武丁之相。辰星、房星，東方之宿，蒼龍之體也。傅説死後，其精著於房尾也。〔補〕曰：大火，謂之大辰。大辰，房心尾也。《莊子》曰：傳説得之，以相武丁，奄有天下。乘東維，騎箕尾，而比於列星。《音義》云：傳説死，其精神乘東維，託龍尾。今尾上有傳説星。其生無父母，登假三年而形遯。《淮南》云：傳説之所以騎辰尾。是也。羨韓衆之得一，喻古先聖，獲道純也。羨，一作美。衆，一作終。〔補〕曰：羨，似面切，貪慕也。《列仙傳》：齊人韓終，爲王採藥，王不肯服，終自服之，遂得仙也。形穆穆以浸遠兮，卓絶鄉黨，無等倫也。離人羣而遁逸。遁去風俗，獨隱存也。因氣變而遂曾舉兮，乘風蹈霧，升皇庭也。〔補〕曰：曾，音增，高舉也。忽神奔而鬼怪。往來奄忽，出杳冥也。怪，一作恠。〔補〕曰：《淮南》云：鬼出電入。又曰：電奔而鬼騰。皆神速之意。時髣髴以遥見兮，託貌雲飛，象其形也。〔補〕曰：《説文》云：髣髴，見不諟也。精晈晈以往來。神靈照曜，晈如星也。晈，一作皎。《釋文》作皦。以，一作而。絶氛埃而淑尤兮，超越垢穢，過先祖也。淑，善也。尤，過也。言行道修善，所以過先祖也。絶，一作超。尤，一作郵。〔補〕曰：氛，妖氣。《左傳》曰：楚氛惡。淑尤，言其善有以過物也。終不反其故都。去背舊都，遂登仙也。其，一作乎。免衆患而不懼兮，得離羣小，脱艱難也。世莫知其所如。奮翼高舉，昇天衢也。自此以上，皆美仙人超世離俗，免脱患難。屈原想慕其道，以自慰緩，愁思復至，志意悵然，自傷放逐，恐命不延，顧念年時，因復吟歎也。

恐天時之代序兮，春秋迭更，年老暮也。燿靈曄而西征。託乘雷電，以馳騖也。靈曄，電貌。《詩》云：曄曄震電。西方少陰，其神蓐收，主刑罰。屈原欲急西行者，將命於神務寬大也。〔補〕曰：《博雅》云：朱明燿靈。東君，日也。張平子云：燿靈忽其西藏。潘安仁云：曜靈曄而遄邁。皆用此語。曄，音饁，光也。征，行也。逸説非是。微霜降而下淪兮，淪者，諭上用法之刻深也。〔補〕曰：淪，沈也，音倫。悼芳草之先零。不誅邪僞，害仁賢也。古本零作蕭。〔補〕曰：零，落也。聊仿佯而逍遥兮，聊且戲蕩，而觀聽也。〔補〕曰：仿佯，旁羊二音。永歷年而無成。身以過老，無功名也。誰可與玩斯遺芳兮，世莫足與議忠貞也。斯遺芳，一作此芳草。晨向風而舒情。想承君命，竭誠信也。晨，一作長。向，一作鄉。高陽邈以遠兮，顓頊久矣，在其前也。以，一作已。〔補〕曰：屈原，高陽氏之苗裔也。馮衍賦云：高陽邈其超遠兮，世孰可與論兹。注引《史記》：高陽氏沈深而有謀，疏通而知事。故欲與之論事。余將焉所程。安取法度，修我身也。焉，一作安。〔補〕曰：《説文》：程，品也。十髮爲程，十程爲分。

重曰：憤懣未盡，復陳辭也。〔補〕曰：重，直用切。見《騷經》。春秋忽其不淹兮，四時運轉，往若流也。奚久留此故居？何必舊鄉，可浮遊也。軒轅不可攀援兮，黄帝以往，難引攀也。軒轅，黄帝號也。始作車服，天下號之，爲軒轅氏也。〔補〕曰：《史記》：黄帝，姓公孫，名曰軒轅。援，音爰。吾將從王喬而娛戲！上從真人，與戲娱也。娱，一作遊。〔補〕曰：《列仙傳》：王子喬，周靈王太子晉也。好吹笙作鳳鳴，遊伊、洛間，道士浮丘公接上嵩高山。三十餘年後，來於山上，見桓良曰：告我家，七月七日，待我緱氏山頭。果乘白鵠住山巔，望之不得到，舉手謝時人，數日去。《淮南》云：王喬、赤松，去塵埃之間，離群慝之紛，吸陰陽之和，食天地之精，呼而出故，吸而求新，蹀虚輕舉，乘雲游霧，可謂養性矣。戲，音嬉。餐六氣而飲沆瀣兮，遠棄五穀，吸道滋也。〔補〕曰：餐，吞也，七安切。飲，歠也，音蔭。沆，胡朗切。瀣，音械。漱正陽而含朝霞。餐吞日精，食元符也。《陵陽子明經》言：春食朝霞。

朝霞者，日始欲出赤黃氣也。秋食淪陰。淪陰者，日没以後赤黃氣也。冬飲沆瀣。沆瀣者，北方夜半氣也。夏食正陽。正陽者，南方日中氣也。并天地玄黃之氣，是爲六氣也。含，一作食。〔補〕曰：《莊子》云：御六氣之辨。李云：平旦爲朝霞，日中爲正陽，日入爲飛泉，夜半爲沆瀣。天玄、地黃，爲六也。《大人賦》云：呼吸沆瀣兮餐朝霞。《琴賦》云：餐沆瀣兮帶朝霞。五臣注云：沆瀣，清露。朝霞，赤雲。保神明之清澄兮，常吞天地之英華也。精氣入而麤穢除。納新吐故，垢濁清也。〔補〕曰：麤，聰徂切，物不清也。順凱風以從遊兮，乘風戲蕩，觀八區也。南風曰凱風。《詩》曰：凱風自南。至南巢而壹息。觀視朱雀之所居也。〔補〕曰：《山海經》：丹穴之山有鳥焉，五彩而文，曰鳳鳥。南巢，豈南方鳳鳥之所巢乎？成湯放桀於南巢，乃廬江居巢，非此南巢也。見王子而宿之兮，屯車留止，遇子喬也。審壹氣之和德。究問元精之祕要也。

曰：道可受兮，言易者也。一曰：云無言也。不可傳；誠難論也。一云：而不可傳。〔補〕曰：曰者，王子之言也。謂可受以心，不可傳以言語也。《莊子》曰：道可傳而不可受。謂可傳以心，不可受以量數也。其小無内兮，靡兆形也。其大無垠；覆天地也。〔補〕曰：《淮南》云：深閎廣大，不可爲外；析豪剖芒，不可爲内。垠，音銀。無滑而魂兮，亂爾精也。無，一作毋。滑，一作淈。一云：無淈滑而魂。〔補〕曰：淈、滑，並音骨。淈，濁也。滑，亂也。彼將自然；應氣臻也。壹氣孔神兮，專己心也。〔補〕曰：《列子》曰：心合於氣，氣合於神。壹，專也。孔，甚也。於中夜存；恒在身也。〔補〕曰：《孟子》曰：梏之反覆，則其夜氣不足以存。夜氣不足以存，則其違禽獸不遠矣。虚以待之兮，執清静也。〔補〕曰：《莊子》曰：氣者，虚而待物者也。無爲之先；閑情欲也。〔補〕曰：此所謂感而後應，迫而後動，不得已而後起。庶類以成兮，衆法陳也。此德之門。仙路徑也。〔補〕曰：《老子》曰：玄之又玄，衆妙之門。

聞至貴而遂徂兮，見彼王侯而奔驚也。〔補〕曰：《莊子》曰：獨有之人，是之謂至貴。屈子聞其風而往焉。忽乎吾將行。周視萬宇，涉四遠也。〔補〕曰：《天台賦》云：覿靈驗而遂徂，忽乎吾之將行。仍羽人於丹丘，尋不死之福庭。仍羽人於丹丘兮，因就衆仙於明光也。丹丘，晝夜常明也。《九懷》曰：夕宿乎明光。明光，即丹丘也。《山海經》言：有羽人之國，不死之民。或曰：人得道，身生毛羽也。〔補〕曰：羽人，飛仙也。《爾雅》曰：距齊州以南，戴日爲丹穴。留不死之舊鄉。遂居蓬萊，處崑崙也。〔補〕曰：忽臨睨夫舊鄉。謂楚國也。留不死之舊鄉，其仙聖之所宅乎。朝濯髮於湯谷兮，朝沐浴於温泉。湯谷，在東方少陽之位。《淮南》言：日出湯谷，入虞淵也。〔補〕曰：湯，音暘。夕晞余身兮九陽。晞我形體於天垠也。九陽，謂天地之涯。兮，一作乎。垠，一作根。〔補〕曰：晞，日氣乾也。仲長統云：沆瀣當餐，九陽代燭。注云：九陽，日也。陽谷上有扶木，九日居下枝，一日居上枝。《九歌》曰：晞汝髮兮陽之阿。張衡賦曰：晞余髮於朝陽。吸飛泉之微液兮，含吮玄澤之肥潤也。〔補〕曰：六氣，日入爲飛泉。又張揖云：飛泉，飛谷也，在崑崙西南。懷琬琰之華英。咀嚼玉英，以養神也。〔補〕曰：琬，音宛。琰，音剡。皆玉名。《黄庭經》曰：含漱金醴吞玉英。玉色頩以脕顔兮，面目光澤，以鮮好也。脕，一作豔，一作曼。〔補〕曰：頩，美貌。一曰斂容。普茗、普經二切。脕，澤也，音萬。豔，美色也。曼，色理曼澤也。《黄庭》曰：顔色生光金玉澤。精醇粹而始壯。我靈强健而茂盛也。〔補〕曰：班固云：不變曰醇，不雜曰粹。又醇，厚也，美也。質銷鑠以汋約兮，身體癯瘦，柔媚善也。〔補〕曰：汋，音綽。汋約，柔弱貌。《莊子》曰：肌膚若冰雪，綽約若處子。質銷鑠，謂凡質盡也。司馬相如曰：列仙之儒，形容甚臞。神要眇以淫放。魂魄漂然而遠征也。漂，一作飄。〔補〕曰：眇與妙同。要眇，精微貌。《廣雅》曰：淫，遊也。嘉南州之炎德兮，奇美太陽，氣和正也。麗桂樹之冬榮。元氣温煖，不殞零也。〔補〕曰：桂凌冬不凋。《山海經》：桂林八樹，在賁禺東。注云：番禺也。山蕭條而無獸兮，溪谷寂寥而少禽也。野寂漠其無人。林澤空虛，罕有民也。寂，一作家。漠，一作寞。其，一作乎。載營魄而登霞兮，抱我靈魂而上升也。霞謂朝霞，赤黄氣也。魄，一作魂。〔補〕曰：《老子》曰：載營魄。説者曰：陽氣充魄則爲魂，魂能運動則生金矣。掩浮雲而上征。攀緣蹈氣而飄騰也。征，一作升。命天閽其開關兮，告帝衛臣啟禁門也。其，一作而。排閶闔而望予。立排天門而須我也。閶闔，一作闔閶。〔補〕曰：排，推也。《大人賦》曰：排閶闔而入帝宫。召豐隆使先導兮，呼語雲師，使清路也。問大微之所居。博訪天庭在何處也。大，一作太。〔補〕曰：《大象賦》云：矚太微之峥嶸，啟端門之赫奕。何宫庭之宏敞，類乾坤之翕闢。注云：太微宫垣，十星，在翼軫北。天子之宫庭，五帝之坐，十二諸侯府也。其外蕃，九卿也。集重陽入帝宫兮，得升五帝之寺舍也。一本「入」上有「以」字。〔補〕曰：《文選》云：重陽集清氣。又云：集重陽之清徵。注云：言上止於天陽之宇。上爲陽，清又爲陽，故曰重陽。余謂積陽爲天，天有九重，故曰重陽。造旬始而觀清都。遂至天皇之所居也。旬始，皇天名也。一云：旬始，星名。《春秋考異郵》曰：太白，名旬始，如雄雞也。〔補〕曰：造，至也。《大象賦》注云：鎮星之精爲旬始，其怒青黑，象狀如鼈，見則天下兵起。李奇曰：旬始，氣如雄雞，見北斗旁。《列子》曰：清都、紫微、鈞天、廣樂，帝之所居。

朝發軔於太儀兮，旦早趨駕於天庭也。太儀，天帝之庭，習威儀之處也。夕始臨乎於微閭。暮至東方之玉山也。《爾雅》曰：東方之美者，有醫無閭之珣玗琪焉。《釋文》：於，於其切。一云：微母閭。〔補〕曰：《周禮》：東北曰幽州，其山鎮曰醫無閭。《爾雅疏》云：《地理志》遼東郡，無慮縣。應劭曰：慮，音閭。顏師古曰：即所謂醫巫閭，是縣因山爲名。屯余車之萬乘兮，百神侍從，無不有也。紛溶與而並馳。車騎籠茸而競驅也。〔補〕曰：溶，音容，水盛也。《大人賦》曰：紛鴻溶而上厲。溶，音甬。駕八龍之婉婉兮，虬螭沛艾，屈偃蹇也。婉，《釋文》作蜿，音苑。載雲旗之逶蛇。旍旐竟天，皆霓霄也。此二句見《騷經》。建雄虹之采旄兮，係綴蝃蝀，文紛錯也。五色雜而炫燿。衆采雜廁，而明朗也。〔補〕曰：炫，音縣，明也。燿，音曜，照也。服偃蹇以低昂兮，駟馬駊騀，而鳴驤也。驂連蜷以驕驁。驂騑驕驁，怒顛狂也。〔補〕曰：《說文》云：騑，驂，旁馬。則騑、驂，一也。初駕馬者，以二馬夾轅，謂之服。又駕一馬，與兩服爲參，故謂之驂。又駕一馬，乃謂之駟。故《說文》云：驂，駕三馬也。駟，一乘也。兩服爲主，參之兩旁二馬，遂名爲驂，總舉一乘，則謂之駟。指其騑馬，則謂之驂。《詩》曰：兩驂如舞。是二馬皆稱驂也。服馬夾轅，其頸負軛，兩驂在衡外，挽靷助之。服，兩首齊驂首差退也。連蜷，句蹄也。蜷，巨圓切。驕驁，馬行縱恣也。上居召、下五到切。騎膠葛以雜亂兮，參差駢錯，而縱横也。一作轇轕。以，一作其。〔補〕曰：騎，奇寄切。轇，音膠。轕，音葛。車馬喧雜貌。一云：猶交加也。一曰長遠貌。一曰驅馳貌。斑漫衍而方行。繽紛容裔，以並升也。漫，一作曼。〔補〕曰：斑，駮文也。漫，莫半切。衍，弋戰切。漫衍，無極貌。《前漢書》云：漫衍之戲。撰余轡而正策兮，我欲遠馳，路何從也。〔補〕曰：撰，見《九歌》。吾將過乎句芒。就少陽神於東方也。句，一作鉤。〔補〕曰：《山海經》：東方句芒，鳥身人面，乘兩龍。注云：木神也。昔秦穆公有明德，上帝使句芒賜書，壽九十年。《左傳》曰：木正爲句芒。《月令》曰：其帝太皞，其神句芒。注云：此木帝之君，木官之佐，自古以來著德立功者也。太公《金匱》曰：東海之神曰句芒。《墨子》云：鄭繆公晝日處廟，有神人面鳥身，素服，面狀正方。神曰：帝厚汝明德，使錫汝壽十年，使若國昌。公問神名，曰：予爲句芒也。**歷太皓以右轉兮，**遂過庖犧，而諮訪也。東方甲乙，其帝太皓，其神句芒。太皓始結罔罟，以畋以漁，制立庖廚，天下號之爲庖犧氏。皓，一作皞。**前飛廉以啟路。**風伯先導，以開徑也。啟，一作燭。**陽杲杲其未光兮，**日耀旭曙，旦欲明也。其，一作亦。〔補〕曰：《詩》云：杲杲出日。**淩天地以徑度。**超越乾坤之形體也。徑，一作俓。〔補〕曰：俓，直也，與徑同。**風伯爲余先驅兮，**飛廉奔馳而在前也。先，一作前。〔補〕曰：爲，去聲。《詩》曰：爲王前驅。《淮南》曰：令雨師灑道，風伯掃塵。**氛埃辟而清涼。**掃除霧霾與塵埃也。一曰辟氛埃。〔補〕曰：辟，除也，必亦切。**鳳皇翼其承旂兮，**俊鳥夾轂而扶輪也。**遇蓐收乎西皇。**逕少陰神于海津也。西方庚辛，其帝少皓，其神蓐收。西皇，即少昊也。《離騷經》曰：召西皇使涉予。知西皇所居，在于西海之津也。乎，一作於。〔補〕曰：《山海經》：西方神蓐收，左耳有蛇，乘兩龍，人面白色，有毛，虎爪，執鉞，金神也。太公《金匱》曰：西海之神曰蓐收。《國語》云：虢公夢在廟，有神，人面白毛虎爪，執鉞，立於西阿。召史嚚占之，對曰：如君之言，則蓐收也。《左傳》云：金正爲蓐收。**擥彗星㠯爲旍兮，**引援孛光以翳身也。擥，一作攬。旍，一作旗。〔補〕曰：旍，即旌字。**舉斗柄㠯爲麾。**握持招搖東西指也。〔補〕曰：《天文志》：北斗七星，杓攜龍角。杓，斗柄也。麾，旗屬，吁爲切。**叛陸離其上下兮，**繚隸叛散以別分也。〔補〕曰：叛，音判。**遊驚霧之流波。**蹈履雲氣，浮游清波也。一曰浮澂清也。**旹曖曃其曭莽兮，**日月晻黮而無光也。曖曃，一作晻曀，一作黤黮。〔補〕曰：曖，音愛。曃，音逮，暗也。曭，音儻，日不明也。莽，莫朗切。晻，烏感切，日無光也。曀，於計切，陰而風爲曀。黤，音晻，深黑色。黮，徒感切，黑也。召玄武而奔屬。呼太陰神使承衛也。〔補〕曰：《禮記》曰：行前朱鳥，而後玄武。二十八宿，北方爲玄武。説者曰：玄武，謂龜蛇。位在北方，故曰玄；身有鱗甲，故曰武。蔡邕曰：北方玄武，介虫之長。《文選》注云：龜與蛇交，曰玄武。屬，音燭。後文昌使掌行兮，顧命中宫，勑百官也。天有三宫，謂紫宫、太微、文昌也。故言中宫。紫宫，一作紫微。〔補〕曰：《大象賦》云：文昌制戴匡之位。注云：文昌六星如匡形。故史遷《天官書》云：斗魁戴匡。六星，曰文昌宫，其中六星司録。此天之六府，計集所會也。《晉·天文志》：文昌六星，在北斗魁前。一曰上將，二曰次將，三曰貴相，四曰司録，五曰司命，六曰司寇。掌行，謂掌領從行者。故下文云。選署衆神以並轂。召使羣靈皆侍從也。〔補〕曰：署，常恕切，置也。《大人賦》曰：悉徵靈圉而選之兮，部署衆神於摇光。路曼曼其修遠兮，天道蕩蕩，長無窮也。修，一作悠。〔補〕曰：曼曼，見《騷經》。徐弭節而高厲。按心抑意。徐，從容也。徐，一作颯。〔補〕曰：厲，渡也。《大人賦》：紛鴻溶而上厲。左雨師使徑侍兮，告使屏翳，備下虞也。右雷公以爲衛。進近猛將，任威武也。欲度世以忘歸兮，遂濟于世，追先祖也。一本「欲」上有「遂」字。一云：欲遠度世。一云：遂遠度世。〔補〕曰：度世，謂僊去也。意恣睢㠯担撟。縱心肆志，所願高也。撟，一作矯。〔補〕曰：恣，干咨切。睢，許鼻切。恣睢，自得貌。恣，一音資二切。《大人賦》云：掉指橋以偃蹇。《史記索隱》云：指，居桀切。橋，音矯。張揖云：指橋，隨風指靡也。担，《釋文》云：音丘列切，舉也。撟，居廟切。《史記》作撟。其字從手。内欣欣而自美兮，忠心悦喜，德純深也。而，一作以。一云：德絶殊也。聊媮娱㠯自樂。且戲觀望以忘憂也。自，一作淫。〔補〕曰：媮，樂也，音俞。涉青雲㠯汎濫游兮，隨從豐隆，而相佯也。一無「以」字，一無「游」字。忽臨睨夫舊鄉。觀見楚國之堂殿也。僕夫懷余心悲兮，思我祖宗，哀懷王也。邊馬顧而不行。馳驂徘徊，睨故鄉也。〔補〕曰：邊，旁也。思舊故巳想像兮，戀慕朋友，念兄弟也。以，一作而。像，一作象。長太息而掩涕。喟然增歎，泣沾裳也。屈原謂修身念道，得遇仙人，託與俱遊，周歷萬方，升天乘雲，役使百神，而非所樂，猶思楚國，念故舊，欲竭忠信，以寧國家。精誠之至，德義之厚也。氾容與而遐舉兮，進退俛仰，復欲去也。〔補〕曰：氾，音泛。聊抑志而自弭。且自厭按而踟躕也。指炎神而直馳兮，將候祝融，與諮謀也。南方丙丁，其帝炎帝，其神祝融。炎神，一作炎帝。吾將往乎南疑。過衡山而觀九疑也。疑，一作娭。

覽方外之荒忽兮，遂究率土，窮海嵎也。沛罔象而自浮。水與天合，物漂流也。罔象，《釋文》作沕瀁，上摩朗、下以養切。〔補〕曰：沛，流貌。《文選》云：鹹汩飄淚，沛以罔象兮。注云：罔象，即仿像也。又云：罔象相求。注云：虚無，罔象然也。祝融戒而還衡兮，南神止我，令北征也。還衡，一作蹕御。一云：戒其趩禦。〔補〕曰：《山海經》：南方祝融，獸身人面，乘兩龍，火神也。《國語》曰：夏之興也，祝融降於崇山。太公《金匱》曰：南海之神曰祝融。楊雄賦云：迴軫還衡。衡，轅前橫木。《大人賦》云：祝融警而蹕御。注云：蹕，止行人也。御，禦也。騰告鸞鳥迎宓妃。馳呼洛神，使侍予也。張《咸池》奏《承雲》兮，思樂黃帝與唐堯也。《咸池》，堯樂也。《承雲》即《雲門》，黃帝樂也。屈原得祝融止己，即時還車，將即中土，乃使仁賢若鸞鳳之人，因迎貞女，如洛水之神，使達己於聖君，德若黃帝、帝堯者，欲與建德成化，制禮樂，以安黎庶也。一云：張樂《咸池》。〔補〕曰：《周禮》有《大咸》，堯樂也。《樂記》云：《咸池》備矣。注云：黃帝所作樂名。堯增修而用之。咸，皆也。池之爲言施也。言德無不施也。又《呂氏春秋》云：帝顓頊令飛龍作樂，效八風之音，命之曰《承雲》。《淮南》云：有虞氏其樂《咸池》、《承雲》、《九韶》。注云：舜兼用黃帝樂。二女御《九韶》歌。美堯二女，助成化也。《韶》，舜樂名也。九成，九奏也。屈原美舜遭值於堯，妻以二女，以治天下。内之大麓，任之以職，則百僚師師，百工惟時，於是遂禪以位，升爲天子。乃作《韶》樂，鐘鼓鏗鏘，九奏乃成。屈原自傷，不值於堯，而遭濁世，見斥逐也。〔補〕曰：御，侍也。《孟子》所謂二女婐也。《書》曰：《簫韶》九成，鳳皇來儀。《周禮》曰：九德之歌，九磬之舞。使湘靈鼓瑟兮，百川之神，皆謡歌也。〔補〕曰：上言二女，則此湘靈乃湘水之神，非湘夫人也。令海若舞馮夷。河海之神，咸相和也。海若，海神名也。馮夷，水仙人。《淮南》言馮夷得道，以潛於大川也。令，一作命。〔補〕曰：海若，《莊子》所稱北海若也。馮夷，河伯也。玄螭蟲象並出進兮，鬼魅神獸，喜樂逸豫也。螭，龍類也。象，罔象也。皆水中神物。一云：列螭象而並進兮。〔補〕曰：螭，丑知切。《國語》曰：水之怪龍罔象。形蟉虯而逶蛇。形體蜿蟺，相銜受也。蛇，一作迤。〔補〕曰：上於九、下巨九切。蟉虯，盤曲貌。雌蜺便娟㠯增撓兮，神女周旋，侍左右也。娟，一作蜎。〔補〕曰：蜺，見《騷經》。便，讀作嫓，毗連切。娟，於緣切。便娟，輕麗貌。《爾雅疏》引雌蜺嫓嬛。嬛，與娟同。《釋文》：嬛，虛捐切。撓，而照切，《釋文》從手。《集韻》：撓，纏也。鸞鳥軒翥而翔飛。雋鵬玄鶴，奮翼舞也。軒，一作騫。〔補〕曰：《方言》：翥，舉也。楚謂之翥，章庶切。音樂博衍無終極兮，五音安舒，靡有窮也。〔補〕曰：衍，廣也，達也。焉乃逝㠯俳佪。遂往周流，究九野也。㠯，一作而。〔補〕曰：焉，辭也，尤虔切。舒并節㠯馳騖兮，縱舍轡銜而長驅也。〔補〕曰：《淮南》云：縱志舒節，以馳大區。《大人賦》云：舒節出乎北垠。注云：舒，緩也。逴絶垠乎寒門。經過后土，出北區也。寒門，北極之門也。逴，《釋文》

作踔，勑孝切。乎，一作兮。〔補〕曰：逴，遠也，敕角切。《淮南》曰：出於無垠鄂之門。注云：垠鍔，端崖也。李善曰：絶垠，天邊之際也。《淮南》曰：北方北極之山曰寒門。《大人賦》曰：軼先驅於寒門。軼迅風於清源兮，遂入八風之藏府也。源，一作涼。〔補〕曰：軼，音逸。《三蒼》曰：從後出前也。迅，疾也。《思玄賦》云：旦余沐於清原。從顓頊乎增冰。過觀黑帝之邑宇也。〔補〕曰：北方壬癸，其帝顓頊，其神玄冥。太公《金匱》曰：北海之神曰顓頊。《淮南》云：北方有凍寒積冰雪雹群水之野。歷玄冥以邪徑兮，道絶幽都，路窮塞也。〔補〕曰：《左傳》：水正爲玄冥。乘間維以反顧。攀持天紘以休息也。〔補〕曰：《孝經緯》云：天有七衡，而六間相去合十一萬九千里。《淮南》云：兩維之間，九十一度。注云：自東北至東南，爲兩維，帀四維，三百六十五度，一度二千九百三十二里。召黔嬴而見之兮，問造化之神以得失。〔補〕曰：《大人賦》云：左玄冥而右黔雷。注云：黔嬴也，天上造化神名。或曰水神。《史記》作含靁。黔，其炎切。爲余先乎平路。開軌導我入道域也。一本「先」下有「道」字。經營四荒兮，周遍八極。周流六漠。旋天一帀。天，一作地。〔補〕曰：漠，《樂歌》作六幕。謂六合也。上至列䡓兮，窺天間隙。〔補〕曰：䡓，與缺同。《陵陽子明經》云：列缺去地一千四百里。《大人賦》云：貫列缺之倒影。注云：列缺，天閃也。《文選》云：列缺曄其照夜。應劭曰：列缺，天隙電照也。降望大壑。視海廣狹。〔補〕曰：《列子》曰：渤海之東有大壑焉，實惟無底之谷，名曰歸墟。注引《山海經》：東海之外有大壑。下峥嶸而無地兮，淪幽虚也。嶸，一作嶒。〔補〕曰：顔師古云：峥嶸，深遠貌也。上仕耕切，下音宏。上寥廓而無天。空無形也。寥，一作嵺。〔補〕曰：師古云：寥廓，廣遠也。視儵忽而無見兮，目瞑眩也。聽惝怳而無聞。窈無聲也。〔補〕曰：師古云：惝怳，耳不諦也。《淮南》

云：若士曰：我游乎罔㝗之野，北息乎沈墨之鄉，西窮冥冥之黨，東開鴻濛之光，此其下無地而上無天。聽焉無聞，視焉無眴。超無爲吕至清兮，登天庭也。〔補〕曰：《淮南》云：契大渾之樸，而立至清之中。與泰初而爲鄰。與道并也。〔補〕曰：《列子》曰：太初者，氣之始也。《莊子》曰：泰初有无，无有无名。按《騷經》《九章》皆託游天地之間，以泄憤懣，卒從彭咸之所居，以畢其志。至此章獨不然，初曰「長太息而掩涕」，思故國也。終曰「與泰初而爲鄰」，則世莫知其所如矣。

校書郎臣王　逸上

楚辭卷第六

卜居章句第六　離騷

《卜居》者，屈原之所作也。屈原體忠貞之性，體，一作履。性，一作節。而見嫉妒。念讒佞之臣，承君順非，而蒙富貴。己執一作獨。忠直而身放弃，心迷意惑，不知所爲。乃往至太卜之家，稽問神明，決之蓍龜，卜己居世何所宜行，冀聞異策，聞，一作審。異，一作要。以定嫌疑。故曰《卜居》也。五臣云：卜己宜何所居。

屈原既放，三年遠出郢都，處山林也。不得復見。道路僻遠，所在險也。竭知盡忠，建立策謀，披心胸也。知，一作智。而蔽鄣於讒。遇諂佞也。一無「而」字。心煩慮亂，慮憒悶也。慮，一作意。不知所從。迷所著也。一云迷瞀眩也。往見太卜稽神明也。一此句上有「乃」字。鄭詹尹工姓名也。曰：「余有所疑，意遑惑也。願因先生決之。」斷吉凶也。詹尹乃端策拂龜，整容儀也。五臣云：策，蓍也。立蓍拂龜，以展敬也。〔補〕曰：《龜策傳》曰：揲策定數，灼龜觀兆。曰：「君將何以教之？」願聞其要。一無「將」字。屈原曰：

吐詞情也。「吾寧悃悃欵欵志純一也。欵，一作款。五臣云：悃欵，懃苦貌。〔補〕曰：悃，苦本切。款，苦管切，誠也。俗作欵。朴以忠乎？竭誠信也。五臣云：朴，質也。將送往勞來追俗人也。〔補〕曰：勞，去聲。來，如字。斯無窮乎？不困貧也。五臣云：以此二事，問其所宜，以下類此。〔補〕曰：上句皆原所從也，下句皆原所去也。卜以決疑，不疑何卜。而以問詹尹何哉？時之人，去其所當從，從其所當去，其所謂吉，乃吾所謂凶也。此《卜居》所以作也。寧誅鋤草茅刈蒿菅也。鋤，一作鉏。〔補〕曰：鋤，士魚切。《釋名》云：去穢助苗也。以力耕乎？種稼穡也。將游大人事貴戚也。五臣云：大人，謂君之貴幸者。以成名乎？榮譽立也。寧正言不諱諫君惡也。以危身乎？被刑戮也。將從俗富貴食重禄也。以媮生乎？身安樂也。〔補〕曰：媮，樂也，音俞。寧超然高舉讓官爵也。㠯保真乎？守玄默也。將哫訾栗斯，承顔色也。栗，一作慄。斯，一作嘶。一作促訾粟斯。〔補〕曰：哫、促，竝音足。唐本子禄切。訾，音貲。哫訾，以言求媚也。慄，音栗，謹敬也。粟，讀若慄，音栗，詭隨也。斯，讀若𢢾，音斯，慄也。竝見《集韻》。喔咿儒兒，强笑噱也。一作嚅唲。〔補〕曰：喔，音握。咿，音伊。嚅，音儒。唲，音兒。皆强笑之貌。一云：喔咿，强顔貌。唲，曲從貌。以事婦人乎？詘蜷局也。五臣云：以事婦人，諂君之所寵者。寧廉潔正直志如玉也。潔，一作絜。以自清乎？修潔白也。將突梯滑稽，轉隨俗也。〔補〕曰：《文選》注云：突，吐忽切，滑也。滑，音骨。稽，音雞。五臣云：委曲順俗也。揚雄以東方朔爲滑稽之雄。又曰：鴟夷滑稽。顔師古曰：滑稽，圜轉縱舍無窮之狀。一云酒器也。轉注吐酒，終日不已。出口成章，不窮竭，若滑稽之吐酒。如脂如韋，柔弱曲也。五臣云：能滑柔也。〔補〕曰：韋，柔皮也。以潔楹乎？順滑澤也。《文選》作絜。

五臣云：絜楹，謂同謟諛也。絜，苦結切。寧昂昂志行高也。昂，一作卬。〔補〕曰：昂、卬，音同。若千里之駒乎？才絶殊也。五臣云：千里，駒展才力也。昂昂，馬行貌。〔補〕曰：漢武帝謂劉德爲千里駒。顔師古云：言若駿馬可致千里也。將氾氾普愛衆也。氾，一作泛。五臣云：氾氾，鳥浮貌。若水中之鳧乎，羣戲遊也。一無「乎」字。〔補〕曰：鳧，野鴨也。與波上下，隨衆卑高。偷以全吾軀乎？身免憂患。偷，一作愉。〔補〕曰：愉與偷同，苟且也。寧與騏驥亢軛乎？沖天區也。亢，一作抗。五臣云：騏驥抗軛，謂與賢才齊列也。抗，舉也。〔補〕曰：軛，於革切，車轅前也。將隨駑馬之迹乎？安步徐也。五臣云：駑馬，喻不才之臣。寧與黄鵠比翼乎？飛雲嵎也。五臣云：黄鵠，喻逸士也。比翼，猶比肩也。〔補〕曰：漢始元中，黄鵠下建章宫太液池中。師古云：黄鵠，大鳥，一舉千里。將與雞鶩争食乎？啄糠糟也。五臣云：雞鶩，喻讒夫争食，争食禄也。鶩，鴨也。此孰吉孰凶？誰喜憂也。何去何從？安所由也。世溷濁而不清，貨賂行也。五臣注《文選》，改「世」爲「俗」以避諱。蟬翼爲重，近佞讒也。〔補〕曰：李善云：蟬翼，言薄也。千鈞爲輕；遠忠良也。五臣云：隨俗顛倒，重小人輕君子也。黄鐘毁棄，賢者匿也。五臣云：黄鐘樂器，喻禮樂之士。〔補〕曰：《國語》云：黄鐘所以宣養六氣九德也。瓦釜雷鳴；羣言獲進。一云愚讙訟也。五臣云：瓦釜，喻庸下之人。雷鳴者，驚衆也。讒人高張，居朝堂也。〔補〕曰：張，音帳。自侈大也。《左傳》：隨張必弃小國。賢士無名。身窮困也。吁嗟默默兮，世莫論也。吁，一作于。默，一作嘿。五臣云：嘿嘿，不言貌。誰知吾之廉貞！」不別賢也。詹尹乃釋策而謝，愚不能明也。五臣云：釋，舍也。謝，辭也。曰：「夫尺有所短，騏驥不驟中庭。寸有所長，雞鶴知時而鳴。〔補〕曰：《莊子》

云：粱麗可以克城，而不可以窒穴，尺有所短也；騏驥、騂騮，一日而馳千里，捕鼠不如貍狌，寸有所長也。物有所不足，地毀東南。〔補〕曰：《列子》曰：物有不足。天傾西北，地不滿東南。智有所不明，孔子厄於陳也。〔補〕曰：校人曰：孰謂子産智！予既烹而食之。智有所不明也。數有所不逮，天不可計量也。〔補〕曰：《史記》曰：人雖賢，不能左畫圓，右畫方。神有所不通。日不能夜光也。〔補〕曰：神龜能見夢於元君，不能避余且之網。智有所困，神有所不及也。用君之心，所念慮也。行君之意，遂本操也。龜策誠不能知事。」不能決君之志也。一云：知此事。

楚辭卷第七

校書郎臣王　逸上

漁父章句第七　離騷

《漁父》者，屈原之所作也。屈原放逐，在江、湘之閒，憂愁歎吟，儀容變易。而漁父避世隱身，釣魚江濱，欣然自樂。時遇屈原川澤之域，怪而問之，遂相應答。楚人思念屈原，因叙其辭以相傳焉。《卜居》、《漁父》，皆假設問答以寄意耳。而太史公《屈原傳》、劉向《新序》、嵇康《高士傳》或採《楚詞》、《莊子》漁父之言以爲實録，非也。

屈原既放，身斥逐也。游於江潭，戲水側也。行吟澤畔，履荆棘也。顔色憔悴，皯黴黑也。〔補〕曰：皯，古旱切。黴，力遲切。形容枯槁。癯瘦瘠也。〔補〕曰：槁，音考。漁父見而問之怪屈原也。曰：「子非三閭大夫與？謂其故官。《史記》作歟。何故至於斯？」曷爲遭此患也。《史記》云：何故而至此？屈原曰：「舉世皆濁衆貪鄙也。一作：世人皆濁。《史記》作：舉世混濁而我獨清，衆人皆醉而我獨醒。我獨清，志潔己也。衆人皆醉惑財賄也。一云：巧佞曲也。我獨醒，廉自守也。是以見放。」棄草野也。一本此句末有

「爾」字。漁父曰：隱士言也。「聖人不凝滯於物，不困辱其身也。《史記》云：夫聖人者。一本物上有「萬」字。而能與世推移。隨俗方圓。世人皆濁，人貪婪也。一作舉世皆濁。《史記》云：舉世混濁。何不淈其泥同其風也。《史記》作：隨其流。〔補〕曰：淈，古没切，又乎没切，濁也。而揚其波？與沈浮也。五臣云：淈泥揚波，稍隨其流也。衆人皆醉，巧佞曲也。何不餔其糟從其俗也。〔補〕曰：餔，布乎切。而歠其釃？食其禄也。《文選》釃作醨。五臣云：餔糟歠醨，微同其事也。餔，食也。歠，飲也。糟、醨，皆酒滓。〔補〕曰：釃，力支切，以水䍤糟也。醨，薄酒也。何故深思高舉，獨行忠直。五臣云：深思，謂憂君與民也。自令放爲？」遠在他域。《史記》云：何故懷瑾握瑜而自令見放爲？屈原曰：「吾聞之，受聖人之制也。新沐者必彈冠，拂土坌也。〔補〕曰：《荀子》云：新浴者振其衣，新沐者彈其冠，人之情也。其誰能以己之僬僬，受人之掝掝者哉。新浴者必振衣。去塵穢也。安能以身之察察，己清潔也。五臣云：察察，潔白也。《史記》云：又誰能以身之察察。受物之汶汶者乎？蒙垢塵也。〔補〕曰：汶，音門。汶，濛，沾辱也。一音昏。《荀子》注引此作惛惛。惛惛，不明也。惛，門、昏二音。寧赴湘流，自沈淵也。《史記》作常流。常，音長。葬於江魚之腹中。身消爛也。一無「之」字。《史記》云：而葬乎江魚腹中耳。安能以皓皓之白，皓皓，猶皎皎也。皓，一作皎。五臣云：皓、白，喻貞潔。而蒙世俗之塵埃乎？」被點污也。一無「而」字。塵埃，《史記》作温蠖。説者曰：温蠖，猶惛憒也。漁父莞爾而笑，笑離齗也。莞，一作莧。〔補〕曰：莞爾，微笑。胡板切。鼓枻而去，叩船舷也。枻，一作栧。〔補〕曰：枻，音曳。舷，船邊也。

歌曰：一本「歌」上有「乃」字。「滄浪之水清兮，喻世昭明。〔補〕曰：浪，音郎。《禹貢》：嶓冢導漾，東流爲漢；又東爲滄浪之水。注云：漾水至武都，爲漢；至江夏，謂之夏水；又東，爲滄浪之水，在荆州。孟軻云：有孺子歌曰：滄浪之水清兮，可以濯我纓；滄浪之水濁兮，可以濯我足。清斯濯纓，濁斯濯足矣，自取之也。《水經》云：武當縣西北漢水中有洲，名滄浪洲。《地説》曰：水出荆山，東南流爲滄浪之水。是近楚都，故漁父歌云云。余案：《尚書·禹貢》言導漾水東流爲漢，又東爲滄浪之水。不言過而言爲者，明非它水。蓋漢、沔水自下有滄浪通稱耳。漁父歌之，不達水地，宜以《尚書》爲正。可以濯吾纓；沐浴升朝廷也。吾，一作我。五臣云：清喻明時，可以修飾冠纓而仕也。滄浪之水濁兮，喻世昏闇。可以濯吾足。」宜隱遁也。吾，一作我。五臣云：濁喻亂世，可以抗足遠去。遂去，不復與言。合道真也。〔補〕曰：《藝文志》云：《屈原賦》二十五篇。然則自《騷經》至《漁父》，皆賦也。後之作者苟得其一體，可以名家矣。而梁蕭統作《文選》，自《騷經》、《卜居》、《漁父》之外，《九歌》去其五，《九章》去其八。然司馬相如《大人賦》率用《遠遊》之語，《史記·屈原傳》獨載《懷沙》之賦，揚雄作《伴牢愁》，亦旁《惜誦》至《懷沙》。統所去取，未必當也。自漢以來，靡麗之賦，勸百而諷一，無復惻隱古詩之義。故子雲有曲終奏雅之譏，而統乃以屈子與後世詞人同日而論，其識如此，則其文可知矣。

楚辭卷第八

校書郎臣王　逸上

九辯章句第八　楚辭

《九辯》者，楚大夫宋玉之所作也。辯者，變也，謂敶道德以變説君也。《史記》曰：原死之後，楚有宋玉、唐勒、景差之徒，皆好辭而以賦見稱。皆祖屈原之從容辭令，終莫敢直諫。辯，一作辨。辯，治也。辨，别也。説，音税。九者，陽之數，道之綱紀也。五臣云：宋玉惜其師忠信見放，故作此辭以辯之，皆代原之意。九義亦與《九歌》同。故天有九星，以正機衡；地有九州，以成萬邦；人有九竅，以通精明。屈原懷忠貞之性，而被讒邪，傷君闇蔽，一作昧。國將危亡，乃援天地之數，列人形之要，而作《九歌》、《九章》之頌，以諷諫懷王。明己所言，與天地合度，可履而行也。宋玉者，屈原弟子也。閔惜其師，忠而放逐，故作《九辯》以述其志。至於漢興，劉向、王褒之徒，咸悲其文，依而作詞，故號爲「楚詞」。亦采其九以立義焉。采，一作承。

悲哉秋之爲氣也！寒氣聊戾，歲將暮也。哉，一作夫。蕭瑟兮陰冷促急，風疾暴也。五臣云：蕭瑟，秋風貌。言屈原枉見放逐，其情如秋節之悲，故託言秋之爲狀而盛述之。草木揺落華葉隕零，肥潤去也。一本句末有「兮」字。而變衰，形體易色，枝葉枯槁也。自傷不遇，將與草木俱衰老也。憭慄兮思念暴戾，心自傷也。五臣云：憭慄，猶悽愴也。〔補〕曰：憭，舊音流，又音了。若在遠行，遠客出去，之他方也。登山臨水兮陞高遠望，視江河也。送將歸，族親別逝，還故鄉也。泬寥兮泬寥，曠蕩空虛也。或曰：泬寥猶蕭條。蕭條，無雲貌。寥，《釋文》作嵺。〔補〕曰：泬，音血。嵺，高貌。天高而氣清，秋天高朗，體清明也。言天高朗，照見無形。傷君昏亂，不聰明也。氣清，一作氣平。〔補〕曰：清，疾正切。《説文》云：無垢薉也。古本作瀞。宋廫兮源瀆順流，漠無聲也。宋，一作寂。廫，一作寥，一作漻。五臣云：寂漻，虛静貌。〔補〕曰：《説文》云：宋，無人聲，與寂同。廫，空虛也，與寥同。漻，深清也。竝音聊。一云廫，崖虛也。收潦而水清，溝無溢濫，百川淨也。言川水夏濁而秋清，傷人君無有清明之時也。五臣云：潦，雨水，音老。憯悽增欷兮愴痛感動，歎累息也。五臣云：憯悽，悲痛貌。欷，泣歎。〔補〕曰：憯，七感切。欷，虛毅切，歔欷也。薄寒之中人，傷我肌膚，變顏色也。五臣云：薄，迫也。有似迫寒之傷人。〔補〕曰：中，去聲。愴怳懭悢兮，中情悵惘，意不得也。五臣云：愴怳、懭悢，皆悲傷也。〔補〕曰：愴怳，失意貌。上初兩、下許昉切。懭悢，不得志。上口廣切，下音朗，又音亮。去故而就新，初會鉏鋙，志未合也。五臣云：去故就新，別離也。坎廩兮數遭患禍，身困極也。廩，一作壈。五臣云：坎壈，困窮也。〔補〕曰：廩，力敢切。坎廩，失志，一曰不平。貧士失職亡財遺物，逢寇賊也。貧，一作窮。而志不平，心常憤懣，意未服也。廓落兮喪妃失耦，塊獨立也。五臣云：廓落，空寂也。羇旅而無友生。遠客寄居，孤單特也。羇，一作覊。一無「生」字。〔補〕曰：羇，旅寓也。惆悵兮後黨失輩，惘愁毒也。五臣云：惘悵，悲哀也。而私自憐。竊内念己，自憫傷也。燕翩翩其辭歸兮，將入大海，飛回翔也。五臣云：言秋深也。翩翩，飛貌。蟬宋漠而無聲。螗蜩斂翅，而伏藏也。宋漠，一作寂寞。鴈廱廱而南遊兮，雄雌和樂，羣戲行也。廱，一作噰，一作癰。〔補〕曰：廱與噰同。《詩》曰：噰噰鳴鴈。鴈陰起則南，陽起則北，避寒就燠也。鵾鷄啁哳而悲鳴。奮翼鳴呼，而低昂也。夫燕蟬遇秋寒，將入水穴處，而懷憂懼，候鴈鵾鷄喜樂而逸豫，言己無有候鴈鵾鷄之喜樂，而有蟬燕之憂懼也。〔補〕曰：鵾鷄似鶴，黄白色。啁哳，聲繁細貌。上竹交、下陟轄。獨申旦而不寐兮，夜坐視瞻而達明也。坐，一作起。五臣云：申，至也。哀蟋蟀之宵征。見蟦蛪之夜行，自傷放弃，與昆蟲爲雙也。或曰：宵征，謂「七月在野，八月在宇，九月在户，十月蟋蟀入我牀下」。是其宵征。征，行也。五臣云：宵，夜也。時亹亹而過中兮，時已過半，日進往也。亹亹，進貌。《詩》云：亹亹文王。五臣云：亹亹，行貌。過中，謂漸衰暮也。〔補〕曰：亹，音尾。蹇淹留而無成。雖久壽考，無成功也。五臣云：蹇，語詞也。念己將老，淹留草澤，無所成也。

悲憂窮戚兮，脩德見過，愁懼惶也。戚，一作慼。《文選》作蹙。〔補〕曰：戚、慼、蹙，竝倉歷、子六二切。迫也，促也，憂也。獨處廓，孤立特止，居一方也。五臣云：廓，空也。謂己窮蹙處於空澤。〔補〕曰：處，昌舉切。有美一人兮位尊服好，謂懷王也。心不繹。常念弗解，内結藏也。五臣云：繹，解也。言思君之心常不解也。〔補〕曰：繹，抽絲也，陳也，理也。去鄉離家兮偝違邑里，之他邦也。〔補〕曰：離，去聲。徠遠客，去郢南征，濟沅、湘也。徠，一作來。超逍遥兮遠去浮遊，離州域也。五臣云：無所依。今焉薄？欲止無賢，皆讒賊也。五臣云：焉，何也。

薄，止也。專思君兮執心壹意，在胸臆也。思，一作恖。不可化，同姓親聯，恩義篤也。五臣云：化，變也。〔補〕曰：化，舊音花。君不知兮聰明淺短，志迷惑也。可柰何！頑嚚難啟，長歎息也。蓄怨兮積思，結根在心，慮憤鬱也。心煩憺兮忘食事。思君念主，忽不食也。〔補〕曰：憺，徒濫切，憂也。食事，謂食與事也。願一見兮道余意，舒寫忠誠，自陳列也。余，一作我。君之心兮與余異。方圓殊性，猶白黑也。五臣云：願一見君，道忠信之意。君心以是爲非，故與余異矣。車既駕兮朅而歸，回逝言邁，欲反國也。一無「既」字。〔補〕曰：朅，丘傑切，去也。不得見兮心傷悲。自傷流離，路隔塞也。一本「心」下無「傷」字。五臣云：將去歸國，而君不見察，故心悲也。倚結軨兮長太息，伏車重軾，而涕泣也。一無「長」字。〔補〕曰：軨，音零，車轖間横木。涕潺湲兮下霑軾。泣下交流，濡茵席也。一本「霑」上無「下」字。五臣云：潺湲，流涕貌。軾，車上所憑者。忼慨絶兮不得，中情恚恨，心剥切也。忼，一作慷。〔補〕曰：忼慨，壯士不得志。忼，口朗切。中瞀亂兮迷惑。思念煩惑，忘南北也。五臣云：歎與相絶而不見，使中昏亂迷惑也。瞀，昏也。〔補〕曰：瞀，音茂。私自憐兮何極，哀禄命薄，常含慼也。私，一作思。五臣云：自憐，失志也。極，窮也。心怦怦兮諒直。志行中正，無所告也。五臣云：心存諒直，終日不足。怦怦，心不足貌。〔補〕曰：怦，披繃切，心急。一曰忠謹貌。

皇天平分四時兮，何直春生，而秋殺也。竊獨悲此廩秋。微霜悽愴，寒栗洌也。廩，一作凜。五臣云：秋氣凜然而萬物摇落。喻己爲讒邪所害，是以播遷，故竊悲此也。〔補〕曰：廩，與凜同，寒也。白露既下百草兮，萬物羣生，將被害也。下，一作降。一云下降。奄離披此梧楸。痛傷茂木，又芟刈也。披，一作被。五臣云：言秋氣傷物之甚也。奄同離，羅也。既凋百草，而梧楸同罹此患。百草喻百姓，林木喻賢人。〔補〕曰：奄，忽也，遽也。離披，分散貌。被與披同。梧桐、楸梓，皆早凋。**去白日之昭昭兮，**違離天明，而湮沒也。五臣云：白日喻君，言放逐去君。**襲長夜之悠悠。**永處冥冥，而覆蔽也。五臣云：襲長夜，謂因受覆蔽也。悠悠，無窮也。〔補〕曰：襲，因也，入也。**離芳藹之方壯兮，**去己盛美之光容也。〔補〕曰：藹，繁茂也，於蓋切。**余萎約而悲愁。**身體疲病，而憂貧也。萎，《文選》作委。五臣云：言離去芳盛之德，方壯之任，使余委弃而悲愁也。約，弃也。〔補〕曰：萎，於爲切，草木枯也。約，窮也。**秋既先戒以白露兮，**君不弘德，而嚴令也。一本「戒」下有「之」字。**冬又申之以嚴霜。**刑罰刻峻，而重深也。五臣云：喻暴虐相濟爲害也。申，重也。**收恢台之孟夏兮，**上無仁恩以養民也。夫天制四時，春生夏長，人君則之，以養萬物。秋殺冬藏，亦順其宜，而行刑罰。故君賢臣忠，政合大中，則品庶安寧，萬物豐茂。上闇下僞，用法殘虐，則貞良被害，草木枯落。故宋玉援引天時，託譬草木。以茂美之樹，興於仁賢，早遇霜露，懷德君子，忠而被害也。台，一作炱，一作炱。五臣云：恢台，長養也。《釋文》：台，他來切。〔補〕曰：《舞賦》云：舒恢炱之廣度。注云：恢炱，廣大貌。炱與台，古字通。黄魯直云：恢，大也。台，即胎也。言夏氣大而育物。《爾雅》曰：夏爲長嬴是也。《集韻》：炱，煤塵也。臺、胎二音。**然欿傺而沈藏。**民無駐足，竄巖穴也。楚人謂住曰傺也。欿本多作坎。《釋文》：藏，作臧，音藏。五臣云：坎，陷。傺，止也。言收斂長養之氣，使陷止沈藏，但以秋氣殺物矣。皆喻楚之君臣也。〔補〕曰：欿，與坎同。**葉菸邑而無色兮，**顏容變易，而蒼黑也。邑，一作葩。五臣云：言草木殘瘁也。菸葩，傷壞也。〔補〕曰：菸，音於，臭草也。葩，草傷壞也。**枝煩挐而交横；**柯條糾錯，而崱嶷也。五臣云：煩挐，擾亂也。〔補〕曰：挐，女除切，牽引也，煩也。**顏淫溢而將罷兮，**形貌羸瘦，無潤澤也。五臣云：顏，容也。淫溢，積漸也。

罷，毁也。〔補〕曰：罷，乏也，音疲。柯彷彿而萎黄；肌肉空虚，皮乾腊也。萎，一作委，一作痿。五臣云：柯，枝也。痿黄葉凋。〔補〕曰：彿，音費。痿，枯死也。萷櫹槮之可哀兮，華葉已落，莖獨立也。萷，一作楠。〔補〕曰：萷，音梢。萷蔘，木枝竦也。《釋文》《文選》竝音朔。萷櫂，木無枝柯，長而殺者。櫹，音蕭。槮，音森。櫹槮，樹長貌。《選》云櫹爽、櫹槮是也。楠，與萷同。形銷鑠而瘀傷。身體燋枯，被病久也。五臣云：瘀，病，皆喻己離愁苦。〔補〕曰：瘀，於去切，血瘀也。惟其紛糅而將落兮，蓬茸顛仆，根蠹朽也。糅，一作楺。而，一作之。五臣云：惟，思也。紛糅，衆雜也。言思姦邪衆雜，將或毁落。〔補〕曰：糅，女救切。蓬，蒲孔，茸，仁勇切。恨其失時而無當。不值聖王，而年老也。五臣云：又悵失其明時，不與賢君相當。擥騑轡而下節兮，安步徐行，而勿驅也。擥，一作掔，音啟妍切。五臣云：爲此擥轡按節徐行，游涉草澤也。下節，按節也。〔補〕曰：擥，力敢切，持也。掔，啟妍切，亦持也。其字從臤，作擥誤矣。騑，音菲。聊逍遥以相佯。且徐徘徊，以遊戲也。一作徜佯，一作相羊。〔補〕曰：相佯，徙倚也。歲忽忽而遒盡兮，年歲逝往，若流水也。遒，一作逝。五臣云：忽忽，運行貌。〔補〕曰：遒，即由、即秋二切，迫也，盡也。恐余壽之弗將。懼我性命之不長也。弗，一作不。五臣云：將，長也。〔補〕曰：將，有漸之詞。悼余生之不時兮，傷己幼少，後三王也。逢此世之俇攘。卒遇譖讒，而遽惶也。五臣云：俇攘，憂懼貌。一作恇勷，一作俇躟。〔補〕曰：俇，音匡。攘，而羊切，狂也，遽也。澹容與而獨倚兮，煢煢獨立，無朋黨也。五臣云：澹，徒敢切。澹容與，徐步也。倚，立也。蟋蟀鳴此西堂。自傷閔己，與蟲竝也。心怵惕而震盪兮，思慮惕動，沸若湯也。盪，一作蕩。五臣云：怵惕，震蕩自驚動也。〔補〕曰：怵，音黜。盪，音蕩，摇動貌。何所憂之多方！内念君父及兄弟也。五臣云：方，猶端也。**印明月而太息兮**，告上昊旻，愬神靈也。印，一作仰。太，一作大。〔補〕曰：印，望也，音仰。**步列星而極明**。周覽九天，仰觀星宿，不能卧寐，乃至明也。〔補〕曰：明，舊音亡。

竊悲夫蕙華之曾敷兮，蕙草芬芳，以興在位之貴臣也。五臣云：曾，重也。敷，布也。**紛旖旎乎都房**。被服盛飾於宫殿也。旖旎，盛貌。《詩》云：旖旎其華。《文選》作猗柅。上音倚，下女綺切。五臣云：都，大也。房，花房也。喻君初好善布德，有如此也。旖，一作旑，於可切。旎，乃可切。〔補〕曰：《集韻》：旑，倚可切。其字從可。旖旎，旌旗貌。旖，音倚。其字從奇。旖旎，旌旗從風貌。天子所宫曰都。**何曾華之無實兮**，外貌若忠，而心佞也。**從風雨而飛颺**。隨君嗜欲，而回傾也。夫風爲號令，雨爲德惠，故風動而草木摇，雨降而萬物殖。故以風雨喻君。言政令德惠，所由出也。五臣云：喻其後隨佞人之言。**以爲君獨服此蕙兮**，體受正氣，而高明也。**羌無以異於衆芳**。乃與佞臣之同情也。五臣云：我謂君獨好美行，乃無異於衆人之心，而受其佞也。**閔奇思之不通兮**，傷己忠策，無由入也。思，一作恖。五臣云：閔，自傷也。奇思，謂忠信也。**將去君而高翔**。適彼樂土，之他域也。五臣云：高翔，遠去也。**心閔憐之慘悽兮**，内自哀念，心隱惻也。**願一見而有明**。分別貞正與僞惑也。五臣云：心之憂傷，願見君而自明。**重無怨而生離兮**，身無罪過，而放逐也。五臣云：重，念也。自念無怨咎於君，而生離隔。〔補〕曰：重，去聲。《九歌》云：悲莫悲兮生別離。**中結軫而增傷**。肝膽破裂，心剖愊也。傷，一作慯。五臣云：心中結怨，軫憂而增悲傷。〔補〕曰：慯，痛也，憂也。愊，普逼切。**豈不鬱陶而思君兮？**憤念蓄積，盈胸臆也。思，一作恖。〔補〕曰：《書》云：鬱陶乎予心。**君之門以九重**。閨閫扃閉，道路塞也。一云閨闥。五臣云：雖思見君，而君門深邃，不可至也。〔補〕曰：《月令》云：九門磔攘，天子有九門，謂關門、遠郊門、近郊門、城門、臯門、庫門、雉門、應門、路門也。猛犬狺狺而迎吠兮，讒佞讙呼而在側也。五臣云：狺狺，開口貌。迎吠，拒賢人使不得進也。〔補〕曰：狺，音垠，犬爭。一云吠聲。關梁閉而不通。閽人承指，呵問急也。五臣云：閉關，喻塞賢路也。皇天淫溢而秋霖兮，久雨連日，澤深厚也。后土何時而得漧！山阜濡澤，草木茂也。而，一作兮。漧，一作乾。五臣云：后土，地也。〔補〕曰：漧，與乾同。塊獨守此無澤兮，不蒙恩施，獨枯槁也。仰浮雲而永歎。愬天語神，我何咎也。古本仰作卬。五臣云：衆人皆蒙君澤，而我獨不霑，故仰望而長歎也。〔補〕曰：歎，平聲。

何時俗之工巧兮，世人辯慧，造詐僞也。背繩墨而改錯！違廢聖典，背仁義也。夫繩墨者，工之法度也。仁義者，民之正路也。繩墨用，則曲木截；仁義進，則讒佞滅。二者殊義，不可不察也。五臣云：喻信詐僞，弃忠正，易置禮法也。〔補〕曰：錯，置也，七故切。卻騏驥而不乘兮，斥逐子胥與比干也。不，一作弗。乘，一作椉。五臣云：騏驥，良馬，喻賢才也。策駑駘而取路。信任豎貂與椒蘭也。五臣云：喻疏賢才，而親不肖也。駑駘，喻不肖。當世豈無騏驥兮，家有稷、契與管、晏也。誠莫之能善御。世無堯、舜及桓、文也。五臣云：言豈無賢才，但君不能用也。御，謂御馬者。〔補〕曰：古者，車駕四馬，御之爲難。故爲六藝之一也。見執轡者非其人兮，遭值桀、紂之亂昏也。一無「者」字。故駶跳而遠去。被髮爲奴，走橫奔也。一作駒跳，一作駶驍。五臣云：言見君非好善之主，故賢才皆避而遠去。駒，即騏驥也。跳，走貌。〔補〕曰：馬立不常謂之駶，音局。一本駒亦音衢六切。《釋文》：跳，徒聊切，躍也。駣，徒浩切，馬三歲名。**鳧鴈皆唼夫粱藻兮，**羣小在位，食重禄也。鴈，《釋文》作鵞。一無「夫」字。五臣云：粱，米。藻，水草。〔補〕曰：唼喋，鳧鴈食貌。上音翣，下音霅。**鳳愈飄翔而高舉。**賢者遯世，竄山谷也。愈，一作俞。飄翔，一作飄飄。〔補〕曰：俞與愈同。《荀子》曰「其身俞危」是也。舉，音倨。**圜鑿而方枘兮，**正直邪枉，行殊則也。五臣云：若鑿圓穴，斫方木内之，而必參差不可入。喻邪佞在前，忠賢何由能進。〔補〕曰：鑿，音造，鏨也。枘，音汭，柄也。**吾固知其鉏鋙而難入。**所務不同，若粉墨也。一無「其」字。五臣云：鉏鋙，相距貌。〔補〕曰：鉏，狀所、牀舉二切。鋙，音語，不相當也。**衆鳥皆有所登棲兮，**羣佞竝進，處官爵也。**鳳獨遑遑而無所集。**孔子棲棲，而困厄也。一無「獨」字。一作惶惶。五臣云：賢才竄逐，獨無所託。遑遑，不得所貌。**願銜枚而無言兮，**意欲括囊，而静默也。願，一作顧。五臣云：銜枚，所以止言者也。〔補〕曰：《周禮》有銜枚氏。枚狀如箸，横銜之。**嘗被君之渥洽。**前蒙寵遇，錫祉福也。五臣云：我亦欲不言而自弃，爲昔者嘗受君之厚澤，故復不能已。渥，厚也。洽，澤也。**太公九十乃顯榮兮，**吕尚耆老，然後貴也。**誠未遇其匹合。**遭值文王，功冠世也。五臣云：太公吕尚，年九十而窮困，遭西伯而用之。當未遇之時，故無匹偶，而與相合也。言己所以弃逐者，其行亦不與君意同也。**謂騏驥兮安歸？**躊躇吴坂，遇伯樂也。**謂鳳皇兮安棲？**集棲梧桐，食竹實也。五臣云：騏驥安歸，在於良樂；鳳皇安歸，在於聖明。自喻時無知己也。**變古易俗兮世衰，**以賢爲愚，時闇惑也。五臣云：代衰之時，則必變古之法，易常之道。**今之相者兮舉肥。**不量才能，視顔色也。五臣云：將相士而用舉肥美者，不言其才行，此疾時之深。〔補〕曰：相，視也，去聲。**騏驥伏匿而不見兮，**仁賢幽處，而隱藏也。五臣云：

駃騠伏匿，而不見至。雖願忠其焉得？皆喻己也。鳳皇高飛而不下。智者遠逝，之四方也。〔補〕曰：下，音户。鳥獸猶知懷德兮，慕歸堯、舜之聖明也。《釋文》：懷，作褱。何云賢士之不處？二老太公，歸文王也。驥不驟進而求服兮，干木闔門，而辭相也。五臣云：服，御也。鳳亦不貪餧而妄食。顔闔鑿坏，而逃亡也。坏，一作培。〔補〕曰：餧，於僞切。楊子曰：食其不妄。説者曰：非義不妄食。引此爲證。君弃遠而不察兮，介推割股，而自放也。弃，一作棄。雖願忠其焉得？申生至孝，而被謗也。欲寂漠而絶端兮，甯武佯愚，而不言也。漠，一作嘆，一作寞。五臣云：寂寞，止息貌。〔補〕曰：《廣雅》：嘆，音莫，安也。《説文》：啾嘆，無聲。竊不敢忘初之厚德。嘗受禄惠，識舊德也。五臣云：言我將心不思於君，不能忘君昔之厚德耳。獨悲愁其傷人兮，思念纏結，摧肝肺也。馮鬱鬱其何極！憤懣盈胸，終年歲也。馮，一作憑。其，一作之。何，一作安。五臣云：憑鬱鬱，愁心滿結也。極，窮也。霜露慘悽而交下兮，君政嚴急，刑罰峻也。慘，一作憯。心尚𡴘其弗濟。冀過不成，得免脱也。𡴘，一作幸。尚𡴘，一云徜徉。〔補〕曰：幸，《説文》作𡴘。當以幸爲正。霰雪雰糅其增加兮，威怒益盛，刑酷烈也。其，一作而。〔補〕曰：雰雰，雪貌。乃知遭命之將至。卒遇誅戮，身顛沛也。願徼幸而有待兮，冀蒙貰赦，宥罪法也。宥，一作止。〔補〕曰：徼，古堯切。泊莽莽與壄草同死。將與百卉俱徂落也。一云：泊莽莽兮與埜草同死。一作材草。（翻宋本作林草。）泊，一作汩。〔補〕曰：泊，止也。莽莽，莫古切，草盛。壄、埜，竝野字。願自往而徑遊兮，不待左右之紹介也。一云：願自直而徑往。路壅絶而不通。讒臣嫉妒，無由達也。欲循道而平驅兮，遵放衆人，所履爲也。欲，一作願。又未知其所從。不識趣舍，何所宜也。然中路而迷惑兮，舉足猶豫，心回疑也。自壓桉而學誦。弭情定志，吟詩禮也。壓，一作厭。桉，一作按。一作壓塞。〔補〕曰：《集韻》壓，益涉切，按也。桉與按同，抑也，止也。《釋文》厭，於鹽切，安也。誦，疾恭切。性愚陋以褊淺兮，姿質鄙鈍，寡所知也。〔補〕曰：褊，畢善切，急也，狹也。信未達乎從容。君不照察其真僞也。乎，一作兮，一作於。一本云：然中路而迷惑兮，悲蹭蹬而無歸。性愚陋以褊淺兮，自壓桉而學詩。蘭蓀雜於蕭艾兮，信未達其從容。

竊美申包胥之氣盛兮，申包胥，楚大夫也。昔伍子胥得罪於楚，將適於吳，見申包胥謂曰：「我必亡郢。」申包胥答曰：「子能亡之，我能存之。」遂出奔吳，爲吳王闔閭臣。興兵而伐楚，破郢。昭王出奔，於是申包胥乃之秦，請救兵，鶴立於秦庭，啼呼悲泣，七日七夜不絶聲，勺飲不入於口。秦伯哀之，爲發兵救楚。昭王復國，故言氣盛也。古本盛皆作晟。恐時世之不固。俗人執誓，多不堅也。何時俗之工巧兮？靜言諓諓，而無信也。滅規榘而改鑿。弃捐仁義，信讒佞也。〔補〕曰：鑿，音造。獨耿介而不隨兮，執節守度，不枉傾也。願慕先聖之遺教。循行道德，遵典經也。處濁世而顯榮兮，謂仕亂君，爲公卿也。非余心之所樂。彼雖富貴，我不願也。〔補〕曰：樂，五孝切。與其無義而有名兮，宰嚭專吳，握君權也。寧窮處而守高。思從夷、齊於首陽也。〔補〕曰：高，孤到切，一苦浩切。即枯槁之槁。食不媮而爲飽兮，何必秔粱與芻豢也。一無「而」字。〔補〕曰：媮，他鉤切，巧也。衣不苟而爲温。非貴錦繡，及綾紈也。一無「而」字。竊慕詩人之遺風兮，勤身修德，樂《伐檀》也。願託志乎素餐。不空食禄，而曠官也。《詩》云：彼君子兮，不素餐兮。謂居位食禄，無有功德，名曰素餐也。《釋文》作食，（食疑當作飧。）音孫。蹇充倔而無端兮，媒理斷絶，無因緣也。〔補〕曰：倔，俱物、巨物二切。《儒行》云：不充詘於富貴。充詘，喜失節貌。泊莽莽而無垠。幽處山野，而無鄰也。泊，一作汩。〔補〕曰：垠，岸也，音銀。無衣裘以御冬兮，言己飢寒，家困貧也。御，一作禦。〔補〕曰：御，魚據切。《詩》云：我有旨蓄，亦以御冬。注云：御，禦也。以禦冬月乏無時也。恐溘死不得見乎陽春。懼命奄忽，不踰年也。一本自「霜露慘悽而交下」至此，爲一章。

靚杪秋之遥夜兮，盛陰脩夜，何難曉也。〔補〕曰：靚，音靜。杪，末也。心繚悷而有哀。思念糾戾，腸折摧也。悷，一作㤠。〔補〕曰：繚，音了。繚繞。悷，盧帝切，又音列。懔悷悲吟。㤠，音列，憂也。春秋逴逴而日高兮，年齒已老，將晚暮也。〔補〕曰：逴，竹角切，遠也。然惆悵而自悲。功名不立，自矜哀也。四時遞來而卒歲兮，冬夏更運，去若頹也。遞，一作迭。〔補〕曰：遞，更易也。本作遰。陰陽不可與儷偕。寒往暑來，難追逐也。《釋文》陰作霒。〔補〕曰：儷，偶也，音戾。白日晼晚其將入兮，年時欲暮，才力衰也。〔補〕曰：晼，音宛，景昳也。明月銷鑠而減毁。形容減少，顔貌虧也。〔補〕曰：日出於東方，入於西極，故言入。月三五而盈，三五而缺，故言減毁。歲忽忽而遒盡兮，時去晻晻，若鶩馳也。忽，一作曶。老冉冉而愈弛。年命逝往，促急危也。老，一作壽。愈，一作俞。《釋文》弛作施。〔補〕曰：俞與愈同。施與弛同。心摇悦而日𦍒兮，意中私喜，想用施也。摇，一作遥，一作愮。𦍒，一作幸。〔補〕曰：摇，動也。愮，憂也。無喜悦義。𦍒與幸同。然怊悵而無冀。內無所恃，失本義也。〔補〕曰：怊，音超。中憯惻之悽愴兮，志願不得，心肝沸也。之，一作而。一注云：心傷慘也。長太息而增欷。憂懷感結，重歎悲也。〔補〕曰：欷，虚毅切。年洋洋以日往兮，歲月已盡，去奄忽也。以，一作而。老嵺廓而無處。亡官失禄，去家室也。嵺，一作廖。〔補〕曰：《玉篇》云：廖廓，空也，力么切。事亹亹而覬進兮，思想君命，幸復位也。〔補〕曰：覬，音冀。蹇淹留而躊躇。久處無成，卒放弃也。〔補〕曰：躊躇，進退貌。躇，丈吕切。舊本自「霜露慘悽而交下兮」至此，爲一章。

何氾濫之浮雲兮，浮雲晻翳，興讒佞也。〔補〕曰：氾與泛同。猋壅蔽此明月！妨遮忠良，害仁賢也。夫浮雲行則蔽月之光，讒佞進則忠良壅也。〔補〕曰：猋，卑遥切，犬走貌。忠昭昭而願見兮，思竭謇謇，而陳誠也。然霠曀而莫達。邪僞推排，而隱蔽也。然，一作蔽。霠，一作雺。〔補〕曰：霠，音陰，雲覆日也。曀，陰風也。願皓日之顯行兮，思望聖君之聘請也。日以喻君。《詩》云：杲杲出日。〔補〕曰：皓，光也，明也，日出貌也。雲蒙蒙而蔽之。羣小專恣，掩君明也。蒙，一作濛。竊不自聊而願忠兮，意欲竭死，不顧生也。聊，一作料。〔補〕曰：料，量也，音聊。或黕點而汙之。讒人誣謗，被以惡名也。〔補〕曰：黕，《説文》都感切，滓垢也。又陟甚切，污也。汙，烏故切。堯舜之抗行兮，聖迹顯著，高無顛也。瞭冥冥而薄天。茂德焕炳，配乾坤也。瞭，一作杳。〔補〕曰：瞭，音了，明也。一音杳。薄，附也。何險巇之嫉妒兮，亂惑之主，嫉其榮也。被以不慈之僞名？言堯有不慈之過，以其不傳丹朱也；舜有卑父之謗，以其不立瞽瞍也。彼日月之照明兮，三光照察，鏡幽冥也。尚黯黮而有瑕。雲霓之氣，蔽其精也。〔補〕曰：黯，鄔感切。黮，徒感切。雲黑。何況一國之事兮，衆職叢務，君異政也。亦多端而膠加。賢愚反戾，人異形也。〔補〕曰：《集韻》：膠加，戾也。膠，音豪。加，丘加切。王逸説。

被荷裯之晏晏兮，荷，芙蕖也。裯，祇裯也。若襜褕矣。晏晏，盛貌也。《藝文類聚》作「披荷裯之炅炅」。〔補〕曰：被，音披，又如字。裯，音刀。《説文》：祇裯，短衣。《方言》：汗襦，自關而西謂之祇裯。《爾雅》：晏晏，柔也。然潢洋而不可帶。潢洋，猶浩蕩。不著人貌也。言人以荷葉爲衣，貌雖香好，然浩浩蕩蕩，而不可帶，又易敗也。以喻懷王自以爲有賢明之德，猶以荷葉爲衣，必壞敗也。〔補〕曰：潢，音晃，户廣切，水深廣貌。洋，音養，滉瀁，水貌。既驕美而伐武兮，懷王自謂有懿德，又勇猛也。驕，一作憍。負左右之耿介。恃怙衆士，被甲兵也。懷王内無文德，不納忠言；外好武備，而無名將。所以爲秦所誘，客死不還。〔補〕曰：耿，古幸切，明也。逸以介爲介冑。憎愠惀之脩美兮，惡孫叔敖與子文也。〔補〕曰：愠，紆粉切。惀，力允切。好夫人之慷慨。愛重囊瓦與莊蹻也。《釋文》：慨作𥖁。莊蹻，一作椒蘭。衆踥蹀而日進兮，無極之徒，在帷幄也。踥，一作蹭。《釋文》作啑諜。〔補〕曰：踥，思協切。蹀，音牒。美超遠而逾邁。接輿避世，辭金玉也。逾，一作愈。農夫輟耕而容與兮，愁苦賦斂之重數也。恐田野之蕪穢。失不耨鋤，亡五穀也。事緜緜而多私兮，政由細微以亂國也。緜，一作綿。竊悼後之危敗。子孫絶嗣，失社稷也。世雷同而炫曜兮，俗人羣黨，相稱舉也。〔補〕曰：《曲禮》云：毋雷同。注云：雷之發聲，物無不同時應者。何毀譽之昧昧！論善與惡，不分析也。今脩飾而窺鏡兮，言與行副，面不慙也。今，一作余。窺，一作視。後尚可以竄藏。身雖隱匿，名顯彰也。〔補〕曰：竄，逃也，匿也。願寄言夫流星兮，欲託忠策於賢良也。羌儵忽而難當。行疾去亟，路不值也。〔補〕曰：儵，音倏。卒壅蔽此浮雲兮，終爲讒佞所覆冒也。卒，一作上。下暗漠而無光。忠臣喪精，不識謀也。堯舜皆有所舉任兮，稷、契、禹、益與咎繇也。舉，一作專。故高枕而自適。安臥垂拱，萬國治也。諒無怨於天下兮，己之行度，信無尤也。心焉取此怵惕？内省審己，無畏懼也。焉，一作安。椉騏驥之瀏瀏兮，衆賢竝進，職事脩也。椉，一作六。〔補〕曰：椉與乘同。瀏，流、柳二音，水清也。馭安用夫强策？百姓成化，刑不用也。策，一作筞。〔補〕曰：强，巨良切。策，馬箠。所以驅策。諒城郭之不足恃兮，信哉險阻何足恃也。雖重介之何益？身被甲鎧，猶爲虜也。〔補〕曰：介，甲也。邅翼翼而無終兮，竭身恭敬，何有極也。〔補〕曰：邅，行不進。忳惛惛而愁約。憂心悶瞀，自約束也。〔補〕曰：忳，徒渾切。惛，音昏。《説文》：怓也。愁約，謂窮約而悲愁也。《語》曰：不可以久處約。生天地之若過兮，忽若雲馳，駟過隙也。功不成而無效。道德不施，志不遂也。願沈滯而不見兮，思欲潛匿，自屏弃也。不，一作無。尚欲布名乎天下。敷名四海，垂號謚也。〔補〕曰：下，音户。然潢洋而不遇兮，佷倡後時，無所逮也。直怐愗而自苦。守死忠信，以自畢也。《釋文》作⿱拘心愗。苦，一作若，一作善。〔補〕曰：怐，溝、寇二音。愗，音茂。莽洋洋而無極兮，周行曠野，將何之也。忽翱翔之焉薄？浮遊四海，無所集也。國有驥而不知椉兮，推遠周邵，與伊摯也。〔補〕曰：曹子建以此爲屈子語。焉皇皇而更索？不識賢愚，尚暗昧也。〔補〕曰：更，平聲。甯戚謳於車下兮，飯牛而歌，廝賤役也。一本「謳」下有「歌」字。桓公聞而知之。言合聖道，應經術也。無伯樂之善相兮，驥與駑鈍，幾不别也。今誰使乎譽之。後世歎譽，稱其德也。譽，一作訾。〔補〕曰：訾，音貲，思也。亦通。罔流涕以聊慮兮，愴然深思，而悲泣也。惟著意而得之。知天生賢，不虚出也。〔補〕曰：著，明也，立也，定也。紛純純之願忠兮，思碎首腦，而伏節也。一作紛忳忳而願忠。妒被離而鄣之。讒邪妒害，而壅遏也。被，一作披。鄣，一作彰。〔補〕曰：被，音披。《反離騷》云：亡春風之被離。鄣，音章。舊本自「何汜濫之浮雲兮」至此，爲一章。

願賜不肖之軀而別離兮，乞丐骸骨，而自退也。放遊志乎雲中。上從豐隆而觀望也。志，一作意。椉精氣之摶摶兮，託載日月之光耀也。楚人名圓曰摶也。摶，一作槫。〔補〕曰：摶，度官切。鶩諸神之湛湛。追逐羣靈之遺風也。〔補〕曰：湛，舊音羊戎切。驂白霓之習習兮，驂駕素虹而東西也。言己雖去舊土，猶脩潔白以厲身也。驂，一作參，一作六。歷羣靈之豐豐。周過列宿，存六宗也。靈，一作神。左朱雀之茇茇兮，朱雀奉送，飛翩翩也。茇，《釋文》作芺，於表切。一作茷，音蒲艾切。一云左朱雀之拔拔。〔補〕曰：《集韻》拔、茷、茇，皆有旆音。右蒼龍之躍躍。青虬負轂而扶轅也。躍，《釋文》作躩，音同。〔補〕曰：躍躍，行貌。其俱切。《廣韻》引此。屬雷師之闐闐兮，整理車駕而鼓嚴也。〔補〕曰：屬，朱欲切，連也。闐，音田，鼓聲。通飛廉之衙衙。風伯次且而掃塵也。通，一作道。〔補〕曰：衙衙，行貌，舊五乎切，又牛吕切。《集韻》音魚。前輊輬之鏘鏘兮，軒車先導，聲轉轔也。輊，一作輕。〔補〕曰：輊，音致。《詩》曰：如輊如軒。《說文》云：輬，卧車，音涼。《招魂》云：軒輬既低。注云：軒、輬，皆輕車名。則作輕輬，亦通。後輜椉之從從。輜軿侍從，響雷震也。〔補〕曰：《說文》：輜，軿車前衣車後也。從，楚江切。載雲旗之委蛇兮，旂旗盤紆，背雲霄也。委，一作逶。扈屯騎之容容。羣馬分布，列前後也。〔補〕曰：屯，徒渾切。計專專之不可化兮，我心匪石，不可轉也。〔補〕曰：化，舊音花。願遂推而爲臧。執履忠信，不離善也。賴皇天之厚德兮，靈神覆祐，無疾病也。還及君之無恙。願楚無憂，君康寧也。言己雖陞雲遠遊，隨從百神，志猶念君，而不能忘也。〔補〕曰：恙，舊音羊。《説文》：恙，憂也。一曰虫入腹食人心，古者艸居多被此毒，故相問：無恙乎？《蘇鶚演義》引《神異經》云：北方大荒中，有獸食人，吩人則病，羅人則疾，名曰獇。獇者，恙也。黄帝上章奏天，從之。於是北方人得無憂無疾，謂之無恙。

楚辭卷第九

校書郎臣王　逸上

招䰟章句第九䰟，一作魂。下同。　楚辭

《招䰟》者，宋玉之所作也。李善以《招䰟》爲《小招》，以有《大招》故也。招者，召也。以手曰招，以言曰召。䰟者，身之精也。宋玉憐哀屈原，忠而斥棄，愁懣一作憂愁。山澤，䰟鬼一作魄。放佚，厥命將落。故作《招䰟》，欲以復其精神，延其年壽，外陳四方之惡，内崇楚國之美，以諷諫懷王，冀其覺悟而還之也。太史公讀《招䰟》，悲其志。

朕幼清以廉潔兮，朕，我也。不求曰清，不受曰廉，不汙曰潔。潔，一作絜。五臣云：皆代原爲辭。身服義而未沬。沬，已也。言我少小修清潔之行，身服仁義，未曾有懈已之時也。〔補〕曰：沬，莫貝切。《易》曰：日中見沬。注云：沬，微昧之明也。一云日中而昏也。主此盛德兮，牽於俗而蕪穢。牽，引也。不治曰蕪。多草曰穢。言己施行常以道德爲主，以忠事君，以信結交，而爲俗人所推引。德能蕪穢，無所用之也。五臣云：主，守也。言己主執仁義忠信之德，爲讒佞所牽迫，使荒蕪穢污而不得進。上無所考此盛德兮，考，校。五臣云：上，君也。考，

察也。長離殃而愁苦。殃，禍也。言己履行忠信，而遇暗主。上則無所考校己之盛德，長遭殃禍，愁苦而已也。離，一作罹。五臣云：罹，羅也。帝告巫陽帝，謂天帝也。女曰巫，陽其名也。巫，一作至。五臣云：玉假立天帝及巫陽以爲辭端。〔補〕曰：《山海經》云：開明東有巫彭、巫抵、巫陽、巫几、巫相、巫履。注云：皆神醫也。曰：「有人在下，在，一作於。我欲輔之。人，謂賢人，則屈原也。宋玉上設天意，祐助貞良，故曰：帝告巫陽，有賢人屈原在於下方，我欲輔成其志，以厲黎民也。䰟魄離散，汝筮予之！」䰟者，身之精也。魄者，性之決也。所以經緯五藏，保守形體也。筮，卜問也。蓍曰筮。《尚書》曰：決之蓍龜。言天帝哀閔屈原䰟魄離散，身將顛沛，故使巫陽筮問求索，得而與之，使反其身也。予，一作與。〔補〕曰：予，去聲。下同。巫陽對曰：「掌瘳。巫陽對天帝言，招䰟者，本掌瘳之官所主職也。瘳，一作夢。上帝其難從。言天帝難從掌瘳之官，欲使巫陽招之也。一云：其命難從。一云：命其難從。〔補〕曰：難，《文選》讀作去聲。若必筮予之，恐後之謝，一云：謝之。一無「之」字。不能復用巫陽焉。」謝，去也。巫陽言如必欲先筮問求䰟魄所在，然後與之，恐後世怠懈，必去卜筮之法，不能復修用，但招之可也。五臣云：若必筮而招之，恐後代懈怠，去卜筮之法，但以招䰟爲事。陽意不欲以筮與招相次而行，以爲不筮而招，亦足可也。（按王念孫《讀書雜志》餘下以「不能復用」四字爲句，以「巫陽焉乃下招曰」七字爲句。可備一說。）

乃下招曰：巫陽受天帝之命，因下招屈原之䰟。乃，一作因。䰟兮歸來！還歸屈原之身。一作徠歸。去君之恒幹，恒，常也。幹，體也。《易》曰：貞者事之幹。五臣曰：君謂原也。何爲四方些？言䰟靈當扶人養命，何爲去君之常體，而遠之四方乎？夫人須䰟而生，䰟待人而榮。二者別離，命則賈零也。或曰：去君之恒閈。閈，

里也。楚人名里曰閈也。一云：何爲乎四方。乎，一作兮。一注云：䰟待人而榮。〔補〕曰：些，蘇賀切。《説文》云：語詞也。沈存中云：今夔峽湖湘及南北江獠人，凡禁呪句尾，皆稱些，乃楚人舊俗。舍君之樂處，而離彼不祥些！舍，置也。祥，善也。言何爲舍君楚國饒樂之處，而陸離走不善之鄉，以犯觸衆惡也。舍，一作捨。離，一作罹。五臣云：捨，去也。罹，羅也。䰟兮歸來！東方不可㠯託些。託，寄也。《論語》曰：可以託六尺之孤。言東方之俗，其人無義，不可託命而寄身也。長人千仞，惟䰟是索些。七尺曰仞。索，求也。言東方有長人之國，其高千仞，主求人䰟而食之也。惟，一作唯。五臣云：皆假立其惡，而甚言之。〔補〕曰：《山海經》云：東海之外，大荒之中，有大人之國。十日代出，代，更。流金鑠石些。鑠，銷也。言東方有扶桑之木，十日竝在其上，以次更行，其熱酷烈，金石堅剛，皆爲銷釋也。〔補〕曰：《莊子》曰：昔者十日竝出，萬物皆照。十日，見《天問》。代出，言一日至，一日出，交會相代也。彼皆習之，䰟往必釋些。釋，解也。言彼十日之處，自習其熱。䰟行往到，身必解爛也。皆，一作自。歸來兮！不可以託些。言䰟䰟宜急來歸，此誠不可以託附而居之也。一無「兮」字。一云：歸來歸來。䰟兮歸來！南方不可以止些。言南方之俗，其人甚無信，不可久留也。雕題黑齒，雕，畫也。題，額也。黑，一作墨。五臣云：雕，鏤也。〔補〕曰：《禮記》：南方曰蠻，雕題交趾。注云：雕題，刻其肌，以丹青涅之。得人肉以祀，以其骨爲醢些。醢，醬也。言南極之人，雕畫其額，齒牙盡黑，常食嬴蜯，得人之肉，用祭祀先祖，復以其骨爲醢醬也。一云：而祀。一云：得人以祀。無「肉」字。五臣云：醢，肉醬也。蝮蛇蓁蓁，蝮，大蛇也。蓁蓁，積聚之貌。〔補〕曰：《山海經》：蝮蛇，色如綬文，大者百餘斤。一名反鼻蛇。《爾雅》：蝮，虺，博三寸，首大如擘。《本草》引張文仲云：蝮蛇形乃不長，頭扁口尖，人犯之，頭足貼著。蝮，音覆。蓁，音臻。封狐千里些。封狐，大狐也。言炎土之氣，多蝮虺惡蛇，積聚蓁蓁，争欲齧人。又有大狐，健走，千里求食，不可逢遇也。五臣云：大狐其長千里。雄虺九首，首，頭也。五臣云：虺，亦蛇名。〔補〕曰：《天問》已見。虺，許鬼切。往來儵忽，吞人以益其心些。儵忽，疾急貌也。言復有雄虺，一身九頭，往來奄忽，常喜吞人魂魄，以益其心，賊害之甚也。儵，一作倏。五臣云：益其心，助其毒也。歸來兮！不可以久淫些。淫，遊也。言其惡如此，不可久遊，必被害也。一云：魂兮歸來。一云：歸來歸來，不可久淫。無「以」字。五臣云：淫，淹也。魂兮歸來！西方之害，流沙千里些。流沙，沙流而行也。《尚書》曰：餘波入於流沙。言西方之地，厥土不毛，流沙滑滑，晝夜流行，從廣千里，又無舟航也。從廣，一作縱横。旋入雷淵，旋，轉也。淵，室也。淵，《文選》作泉。〔補〕曰：旋，泉絹切。唐避諱，以淵爲泉。《山海經》云：雷澤中有雷神，龍身而人頭。爢散而不可止些。爢，碎也。言欲涉流沙，少止則回入雷公之室，轉還而行，身雖爢碎，尚不得休息也。爢，一作靡。《釋文》作糜。一作糜，非是。〔補〕曰：爢，靡爲切，爛也，壞也。㚔而得脱，其外曠宇些。曠，大也。宇，野也。言從雷淵雖得免脱，其外復有曠遠之野，無人之土也。㚔，一作幸。赤螘若象，螘，蚍蜉也。小者爲螘，大者謂之蚍蜉也。螘，一作蟻。〔補〕曰：《山海經》大蜂其狀如蠭，朱蛾狀如蟻。玄蠭若壺些。壺，乾瓠也。言曠野之中，有赤蟻，其狀如象。又有飛蠭，腹大如壺。皆有蠚毒，能殺人也。蠭，一作蜂。《釋文》作蠭。五臣云：壺，器名。〔補〕曰：蠭，音峯。《方言》云：蠭，大而蜜謂之壺蠭。蠚，音壑。五穀不生，藂菅是食些。柴棘爲藂。菅，茅也。言西極之地，不生五穀，其人但食柴草，若羣牛也。藂，一作叢。菅，一作菅。〔補〕曰：藂，草叢生也。菅、蒩，竝音姦。《説文》：蒩草，出吴林山。其土爛人，求水無所得些。言西方之土，温暑而熱，燋爛人肉。渴欲求水，無有源泉，不可得之也。〔補〕曰：《前漢·西域傳》：烏弋地暑熱莽平。又，天竺卑濕暑熱。彷徉無所倚，廣大無所極些。倚，依也。言欲彷徉東西，無民可依。其野廣大，行不可極也。一云：言西方之土，廣大遥遠，無所臻極。雖欲彷徉，求所依止，不可得也。一作仿佯。五臣云：仿佯，遊行貌。極，窮也。〔補〕曰：《廣雅》云：彷徉，徙倚也。彷，蒲忙切。歸來兮！恐自遺賊些。賊，害也。言䰟䰡欲往者，自予賊害也。一云：歸來歸來。〔補〕曰：遺，已季切。䰟兮歸來！北方不可㠯止些。增冰峨峨，飛雪千里些。言北方常寒，其冰重累，峨峨如山。涼風急時，疾雪隨之。飛行千里，乃至地也。五臣云：增，積也。峨峨，高貌。〔補〕曰：《神異經》：北方有曾冰，萬里，厚百丈。《尸子》曰：朔方之寒，地凍厚六尺。北極左右，有不釋之冰。歸來兮！不可以久些。言其寒殺人，不可久留也。一云：歸來歸來。一云：不可以久止。䰟兮歸來！君無上天些。天不可得上也。虎豹九關，五臣云：關，鑰。啄害下人些。啄，齧也。言天門凡有九重，使神虎豹執其關閉，主啄齧天下欲上之人，而殺之也。一夫九首，拔木九千些。言有丈夫一身九頭，强梁多力，從朝至暮，拔大木九千枚也。豺狼從目，往來侁侁些；侁侁，往來聲也。《詩》曰：侁侁征夫。言天上有豺狼之獸，其目皆從，奔走往來，其聲侁侁，争欲啗人也。侁，一作莘。五臣云：從，豎也。侁侁，衆貌。〔補〕曰：南北曰從，即容切。《釋文》足用切，與注意不合。侁，所臻切。懸人㠯娭，懸，《釋文》作縣。娭，一作嬉，一作娱。〔補〕曰：娭，許其切。投之深淵些。投，擿也。言豺狼得人，不即啗食，先懸其頭，用之娭戲。疲倦已後，乃擿於深淵之底而棄之也。致命於帝，然後得瞑些。瞑，卧也。言投人已訖，上致命於天帝，然後乃得瞑卧也。瞑，一作眠。五臣云：致，送也。送人之命於天帝。〔補〕曰：瞑，音眠，又音銘。歸來！往恐危身些。往即逢害，身危殆也。一云：歸來歸來。一云：魂兮歸來。魂兮歸來！君無下此幽都些。幽都，地下后土所治也。地下幽冥，故稱幽都。一無「此」字。土伯九約，其角觺觺些。土伯，后土之侯伯也。約，屈也。觺觺，猶狺狺，角利貌也。言地有土伯，執衛門户，其身九屈，有角觺觺，主觸害人也。觺，一作觺。五臣云：觺觺，銛利貌。〔補〕曰：觺，音疑，又牛力切。敦脄血拇，敦，厚也。脄，背也。拇，手母指也。脄，一作脢。〔補〕曰：脄、脢，音梅，又音妹，脊側之肉。《説文》云：背肉也。《易》：咸其脢。一曰：心上口下。拇，莫垢切。逐人駓駓些。駓駓，走貌也。言土伯之狀，廣肩厚背，逐人駓駓，其走捷疾，以手中血漫污人也。〔補〕曰：駓，音丕。參目虎首，其身若牛些。言土伯之頭，其貌如虎，而有三目，身又肥大，狀如牛也。參，一作三。〔補〕曰：參，蘇甘切。《博雅》云：參，三也。此皆甘人，歸來！恐自遺災些。甘，美也。災，害也。言此物食人以爲甘美，徑必自與害，不旋踵也。歸來，一云：歸來歸來。一作：歸來兮。災，《釋文》作菑。〔補〕曰：遺，與也，去聲。菑與災同。魂兮歸來！入修門些。修門，郢城門也。宋玉設呼屈原之魂歸楚都，入郢門。欲以感激懷王，使還之也。〔補〕曰：修門，已見《九章》龍門注中。工祝招君，背行先些。工，巧也。男巫曰祝。背，倍也。言選擇名工巧辯之巫，使招呼君，倍道先行，導以在前，宜隨之也。五臣云：工祝，良巫也。君謂原，言良巫背行在先，君宜隨後。〔補〕曰：背，音倍。秦篝齊縷，篝，絡。縷，綫也。篝，《釋文》作篝。〔補〕曰：篝，古侯切。籠也，笿也。笿，音落。可熏衣。鄭綿絡些。綿，纏也。絡，縛也。言爲君魂作衣，乃使秦人職其篝絡，齊人作綵縷，鄭國之工纏而縛之，堅而且好也。

綿，一作緜。〔補〕曰：《説文》：緜，聯微也。招具該備，永嘯呼些。該，亦備也。言撰設甘美，招䰟之具，靡不畢備。故長嘯大呼，以招君也。夫嘯者，陰也。呼者，陽也。陽主䰟，陰主鬼。故必嘯呼以感之也。䰟兮歸來！反故居些。反，還也。故，古也。言宜急來歸還古昔之處也。

天地四方，多賊姦些。賊，害也。姦，惡也。言天有虎豹，地有土伯，東有長人，西有赤蟻，南有雄虺，北有增冰，皆爲姦惡，以賊害人也。地，一作墜，一作墬。像設君室，像，法也。君，一作居。静閒安些。無聲曰静，空寬曰閒。言乃爲君造設第室，法像舊廬，所在之處，清静寬閒而安樂也。〔補〕曰：閒，音閑。高堂邃宇，邃，深也。宇，屋也。檻層軒些。檻，楯也。從曰檻，横曰楯。軒，樓版也。言所造之室，其堂高顯，屋甚深邃。下有檻楯，上有樓板，形容異制，且鮮明也。五臣云：檻，欄，層，重也。軒，檻樓上板。〔補〕曰：一云檐宇之末曰軒。層臺累榭，層、累，皆重也。無木謂之臺，有木謂之榭。〔補〕曰：《説文》：臺，觀四方而高者。榭，臺有屋也。一曰凡屋無室曰榭。臨高山些。言復作重層之臺，累石之榭，其顛眇眇，上乃臨於高山也。或曰：臨高山而作臺榭也。網户朱綴，網户，綺文鏤也。朱，丹也。綴，緣也。網，一作罔。五臣云：織網于户上，以朱色綴之。刻方連些。刻，鏤也。横木關柱爲連。言門户之楣，皆刻鏤綺文，朱丹其緣，雕鏤連木，使之方好也。五臣云：又刻鏤横木爲文章，連於上，使之方好。〔補〕曰：連，《集韻》作槤，門持關。冬有突廈，突，複室也。廈，大屋也。《詩》云：於我乎夏屋渠渠。廈，一作夏。五臣云：突廈，重屋。〔補〕曰：突，深也，隱暗處。《爾雅》：東南隅謂之窔。廈，胡雅切。突、窔，竝於門切。夏室寒些。言隆冬凍寒，則有大屋，複突温室。盛夏暑熱，則有洞達陰堂，其内寒涼也。室，一作屋。〔補〕曰：夏，胡駕切。川谷

徑復，流源爲川，注谿爲谷。徑，過也。復，反也。川，一作谿。徑，一作俓。五臣云：徑，往也。〔補〕曰：《爾雅》：水注谿爲谷。《説文》：泉出通川爲谷。**流潺湲些**。言所居之舍，激導川水，徑過園庭，回通反復，其流急疾，又潔淨也。**光風轉蕙**，光風，謂雨已日出而風，草木有光也。轉，搖也。五臣云：日光風氣轉，汎薄於蘭蕙之叢。**氾崇蘭些**。氾猶汎。汎，搖動貌也。崇，充也。言天雨霽日明，微風奮發，動搖草木，皆令有光，充實蘭蕙，使之芬芳，而益暢茂也。五臣云：崇，高也。〔補〕曰：氾，音泛。**經堂入奧**，西南隅謂之奧。經，一作徑。古本作陘。奧，《釋文》作隩。五臣云：言自蘭蕙經入於此矣。〔補〕曰：奧，烏到切。**朱塵筵些**。朱，丹也。塵，承塵也。筵，席也。《詩》云：肆筵設机。言升殿過堂，入房至室奧處，上則有朱畫承塵，下則有簟筵好席，可以休息也。或曰：朱塵筵，謂承塵搏壁，曼延相連接也。搏，一作薄。〔補〕曰：鋪陳曰筵，藉之曰席。《説文》：筵，竹席也。**砥室翠翹**，砥，石名也。《詩》曰：其平如砥。翠，鳥名也。翹，羽也。五臣云：以砥石爲室，取其平也。又以翠羽相飾之。〔補〕曰：砥，音咫，礪石也。《書傳》云：砥細於礪，皆磨石也。《穀梁》云：天子之桷，斲之礱之，加密石焉。注云：以細石磨之。翹，祈堯切，鳥尾長毛也。**挂曲瓊些**。挂，懸也。曲瓊，玉鉤也。言內卧之室，以砥石爲壁，平而滑澤。以翠鳥之羽，雕飾玉鉤，以懸衣物也。或曰：僮室，謂僮佪曲房也。挂，一作絓。五臣云：玉鉤挂於室中。〔補〕曰：絓，罥也，古賣切。**翡翠珠被**，雄曰翡，雌曰翠。被，衾也。〔補〕曰：翡，赤羽雀。翠，青羽雀。《異物志》云：翠鳥形如燕，赤而雄曰翡，青而雌曰翠。翡大於翠，其羽可以飾幃帳。顔師古曰：鳥各別異，非雌雄異名也。**爛齊光些**。齊，同也。言牀上之被，則飾以翡翠羽及珠璣，刻畫衆華。其文爛然，而同光明也。五臣云：以珠翠飾被，光色爛然相齊。**蒻阿拂壁**，蒻，蒻席也。阿，曲隅也。拂，薄也。五臣云：以蒻席替壁之曲。〔補〕曰：蒻，音弱，蒲也，可以爲席。羅幬張些。羅，綺屬也。張，施也。言房内則以蒻席薄牀、四壁及與曲隅，復施羅幬，輕且涼也。〔補〕曰：幬，禪帳也，音儔。《爾雅》：幬謂之帳。纂組綺縞，纂組，綬類也。一作綦，一作綦。五臣云：縞，練也。〔補〕曰：纂，作管切，似組而赤。組，音祖。綺，文繒也。縞，音杲，素也。一曰細繒。綦，蒼白色。一曰青黑文。《禮記》有綦組綬。結琦璜些。璜，玉名也。言幬帳之細，皆用綺縞。又以纂組結束玉璜，爲帷帳之飾也。綺，一作奇。〔補〕曰：琦，玉名。璜，半璧也。室中之觀，多珍怪些。金玉爲珍，詭異爲怪。言縱觀房室之中，四方珍奇玩好怪物，無不畢具也。珍，一作珎。怪，一作恠。〔補〕曰：珎、恠，皆俗字。蘭膏明燭，蘭膏，以蘭香煉膏也。燭，一作爥。華容備些。容，貌也。言日暮遊宴，燃香蘭之膏，張施明燭。觀其鐙錠，雕鏤百獸，華奇好備也。五臣云：華容，謂美人也。〔補〕曰：錠，都定切。二八侍宿，二八，二列也。言大夫有二列之樂，故晉悼公賜魏絳女樂二八，歌鍾二肆也。射遞代些。射，猒也。《詩》云：服之無射。遞，更也。言使好女十六人，侍君宴宿，意有厭倦，則使更相代也。或曰：夕遞代。夕，暮也。遞，一作遰。五臣云：君或猒之，則遞代進矣。〔補〕曰：射，音亦。九侯淑女，淑，善。〔補〕曰：九侯，謂九服之諸侯也。多迅衆些。迅，疾也。言復有九國諸侯好善之女，多才長意，用心齊疾，勝於衆人也。五臣云：其來迅疾，衆多於此。盛鬋不同制，鬋，鬢也。制，法也。五臣云：盛飾理鬢，其制不同。〔補〕曰：鬋，音翦，女鬢垂貌。實滿宮些。宮，猶室也。《爾雅》曰：宮，謂之室。言九侯之女，工巧妍雅，裝飾兩結垂鬢髾下髮，形貌奇異，不與衆同，皆來實滿，充後宮也。一云垂髮鬢下鬋。一云垂髾下鬋。〔補〕曰：髾，髮美也。鬋，首飾也。容態好比，態，姿也。比，親也。五臣云：比，密也。〔補〕曰：好，王逸作美好之好。五臣作好愛之好。**順彌代些。**彌，久也。言美女衆多，其貌齊同，姿態好美，自相親比，承順上意，久則相代也。代，一作世。五臣云：彌，猶次也。好相親密和順，次以相代也。〔補〕曰：作世者非。**弱顏固植，**固，堅也。植，志也。植，一作立。**謇其有意些。**謇，正言貌也。言美女内多廉恥，弱顏易媿，心志堅固，不可侵犯，則謇然發言，中禮意也。謇，一作蹇。五臣云：謇，正直貌。有意禮則之意。**姱容修態，**姱，好貌。修，長也。〔補〕曰：姱，苦瓜切。**絙洞房些。**絙，竟也。房，室也。言復有美好之女，其貌姱好，多意長智，羣聚羅列，竟識洞達，滿於房室也。絙，一作縆。五臣云：洞，深也。〔補〕曰：絙，與亘同。《文選》云：洞房叫窱而幽邃。**蛾眉曼睩，**曼，澤也。睩，視貌。蛾，一作娥。睩，一作睇。五臣云：曼，長也。〔補〕曰：李善云：曼，輕細也，音萬。睩，音禄。《説文》云：目睞謹也。**目騰光些。**騰，馳也。言美女之貌，蛾眉玉白，好目曼澤，時睩睩然視，精光騰馳，驚惑人心也。五臣云：騰，發也。**靡顏膩理，**靡，緻也。膩，滑也。五臣云：靡，好也。〔補〕曰：《吕氏春秋》：靡曼皓齒。注云：靡曼，細理弱肌美色也。膩，女吏切。**遺視矊些。**遺，竊視也。矊，脈也。言諸美女顏容脂細，身體夷滑，心中矊脈，時時竊視，安詳審諦，志不可動也。矊，一作緜，一作緡。五臣云：矊，目中瞳子。言目清澈，炯然見其瞳子。〔補〕曰：《方言》：黸瞳之子謂之矊。注云：矊，邈也，音綿。《廣韻》：瞳子黑也。又：矊，眇遠視。**離榭修幕，**離，別也。修，長也。幕，大帳也。**侍君之閒些。**閒，静也。言願令美女於離宫別觀帳幕之中，侍君閒静而宴遊也。〔補〕曰：閒，音閑。**翡帷翠帳，飾高堂些。**言復以翡翠之羽，雕錺幬帳，張之高堂，以樂君也。帳，一作幬。飾，一作錺。〔補〕曰：在旁曰帷。錺與飾同。**紅壁沙版，**紅，赤白色也。沙，丹沙也。**玄玉梁些。**玄，黑也。言堂上四壁，皆堊色令之紅白，又以丹沙畫飾軒版，承以黑玉之梁，五采分别也。一云玄玉之梁。五臣云：黑玉飾于屋梁。仰觀刻桷，〔補〕曰：《左傳》：丹楹刻桷。《文選》云：龍角雕鏤。《説文》：椽方曰桷。音角。畫龍蛇些。言仰觀視屋之榱橑，皆刻畫龍蛇，而有文章也。坐堂伏檻，檻，楯也。臨曲池些。言坐於堂上，前伏檻楯，下臨曲水清池，可漁釣也。芙蓉始發，芙蓉，蓮華也。雜芰荷些。芰，蔆也。秦人謂之薢茩。言池水之中有芙蓉，始發其華，芰蔆雜錯，羅列而生，俱盛茂也。或曰：倚荷，謂荷立生水中持倚之也。五臣云：芰，水草。荷，芙蓉之莖。紫莖屏風，屏風，水葵也。〔補〕曰：《本草》：鳧葵即莕菜，生水中，俗名水葵。又防風，一名屏風。文緣波些。言復有水葵，生於池中，其莖紫色，風起水動，波緣其葉上而生文也。或曰：紫莖，言荷莖紫色也。屏風，謂荷葉鄣風也。緣，《文選》作緑。五臣云：風起吹之，生文於緑波中也。文異豹飾，豹，猶虎豹。〔補〕曰：《詩》云：羔裘豹飾。侍陂陁些。陂陁，長陛也。言侍從之人，皆衣虎豹之文，異采之飾，侍君堂隅，衛階陛也。或曰：侍陂池，謂侍從於君遊陂池之中，赫然光華也。陁，一作陀。〔補〕曰：陂，音頗。陀，音駞。不平也。《文選》陂，音波。軒輬既低，軒、輬，皆輕車名也。低，屯也。一曰：低，俛也。〔補〕曰：軒，曲輈藩車也。輬，音涼，卧車也。步騎羅些。徒行爲步，乘馬爲騎。羅，列也。言官屬之車，既已屯止，步騎士衆，羅列而陳，竢須君命也。蘭薄户樹，薄，附也。樹，種也。五臣云：木叢生曰薄。瓊木籬些。柴落爲籬。言所造舍種樹蘭蕙，附於門户，外以玉木爲其籬落，守禦堅重，又芬香也。五臣云：言夾户種叢蘭，又栽木爲藩籬，以自蔽。瓊者，美言也。魂兮歸來！何遠爲些？遠爲四方而久不歸也。五臣云：此足可安居，何用遠去爲也。

室家遂宗，宗，衆也。〔補〕曰：宗，尊也。食多方些。方，道也。言君九族室家，遂以衆盛，人人曉味，故飲食之和，多方道也。五臣云：營造飲食，亦多方略。**稻粢穱麥，**稻，稌。粢，稷。穱，擇也。擇麥中先熟者也。〔補〕曰：顔師古云：《本草》所謂稻米者，今之稉米耳。《説文》云：稻，稌也。又《急就篇》云：稻黍秫稷。左太沖《蜀都賦》云：粳稻漠漠。益知稻即稉，共粳竝出矣。粢，子夷切。《本草》云：稷，即穄也。今楚人謂之稷。穱，音捉。稻處種麥也。**挐黄粱些。**挐，糅也。言飯則以秔稻糅稷，擇新麥糅以黄粱，和而柔嬬，且香滑也。〔補〕曰：挐，女居切。《記》云：飯黍稷稻粱白黍黄粱。《本草》：黄粱出蜀、漢，商、浙閒亦種之，香美逾於諸粱，號爲竹根黄。**大苦醎酸，**大苦，豉也。醎，一作鹹。五臣云：鹹，鹽也。酸，酢也。大苦鹹酸辛甘，皆和之，使其味行。〔補〕曰：《本草》：豉味苦，故逸以大苦爲豉。然説左氏者曰：醯醢鹽梅，不及豉。古人未有豉也，《内則》及《招魂》，備論飲食，言不及豉。史游《急就篇》曰：及有無夷鹽豉，蓋秦、漢以來始爲之耳。據此，則逸説非也。又《爾雅》云：蘦，大苦。郭氏以爲甘草。又《詩》云：隰有苓。陸璣《草木蟲魚疏》云：苓，大苦也，可爲乾菜。此所謂大苦，蓋苦味之甚者爾。**辛甘行些。**辛，謂椒薑也。甘，謂飴蜜也。言取豉汁和以椒薑，醎酢和以飴蜜，則辛甘之味，皆發而行也。**肥牛之腱，**腱，筋頭也。五臣云：腱，筋肉。〔補〕曰：腱，居言切，膂腱肉也。一曰筋之大者。**臑若芳些。**臑若，熟爛也。言取肥牛之腱，爛熟之，則肥濡䐣美也。若，一作弱。臑，一作臑，一作胹。臑，仁珠切。臑，音耎。胹，音而。《釋文》作㶵，而兖切。〔補〕曰：《集韻》腝、㶵、胹、臑，皆有而音。《説文》云：爛也。一曰臑，嫩耎貌。䐣，蘇本切。**和酸若苦，陳吳羹些。**言吳人工作羹，和調甘酸，其味若苦而復甘也。五臣云：酸苦皆得中。〔補〕曰：若，猶及也。羹，音郎，臛也。《集韻》云：《魯頌》、《楚辭》、《急就篇》，羹與房漿爲韻。《淮南》曰：荆吳芬馨以嚂其口。嚂，音藍。又云：煎熬焚炙調齊和之適，以窮荆吳甘酸之變。注云：二國善醎酸之和。**胹鼈炮羔，**羔，羊子也。胹，一作臑。《釋文》作濡，而朱切。五臣云：濡，煮也。〔補〕曰：濡，《集韻》音而，亨肉和湇也。炮，蒲交切，合毛炙物。一曰裹物燒。有柘漿些。柘，藷蔗也。言復以飴蜜胹鼈炮羔，令之爛熟，取藷蔗之汁，爲漿飲也。或曰：血鼈炮羔，和牛五藏爲羔臛，鶩爲羹者也。柘，一作蔗。一注云：胹鼈炮羔，和牛五藏臛爲羹者也。（按：孫詒讓《札迻》卷十二曰：注或曰以下有譌，審校文義，或本正文羔蓋作羹，注當云，或曰胹鼈炮羹和牛五藏爲羹臛者也。今本羹誤涉正文作羔，又衍鶩爲羹三字，遂不可通。録以備參。）〔補〕曰：相如賦云：諸柘巴苴。注云：柘，甘柘也。鵠酸臇鳧，臇，小臛也。〔補〕曰：鵠，鴻鵠也。臇，子兗切。臛，少汁也。鳧，野鴨也。煎鴻鶬些。鴻，鴻鴈也。鶬，鶬鶴也。言復以酸酢烹鵠爲羹，小臇臛鳧煎熬鴻鶬令之肥美也。〔補〕曰：鶬，音倉，麋鴰也。此言以酢漿烹鵠鳧爲羹，用膏煎鴻鶬也。露雞臛蠵，露雞，露棲之雞也。有菜曰羹，無菜曰臛。蠵，大龜之屬也。蠵，一作蠵。〔補〕曰：《鹽鐵論》曰：煎魚切肝，羊淹雞寒。臛，字書作脽，呼各切。又音霍，肉羹也。《集韻》：涪陵郡出大龜，一名靈蠵。音攜，又以規切。厲而不爽些。厲，烈也。爽，敗也。楚人名羹敗曰爽。言乃復烹露棲之肥雞，臛蠵龜之肉，則其味清烈不敗也。〔補〕曰：爽，音霜，協韻。《老子》曰：五味令人口爽。粔籹蜜餌，有餦餭些。餦餭，餳也。言以蜜和米麪熬煎作粔籹，擣黍作餌，又有美餳，衆味甘美也。擣黍，一作擣麥，一作揉米。〔補〕曰：粔，音巨。籹，音女，又音汝。粔籹，蜜餌也。吴謂之膏環餌，粉餅也。《方言》曰：餌謂之餻，餳謂之餦餭。注云：即乾飴也。音張皇。一曰餅也，一曰餌也。瑶漿蜜勺，瑶，玉也。勺，沾也。古本蜜作蠠。〔補〕曰：勺，音酌。一云丁狄、時斫二切。沾，音添。實羽觴些。實，滿也。羽，翠羽也。觴，觚也。言食已復有玉漿以蜜沾之，滿于羽觴，以漱口也。五臣云：勺，和也。觴，酒器也。插羽于上。〔補〕曰：杯上綴羽，以速飲也。一云：作生爵形，實曰觴，虚曰觶。挫糟凍飲，挫，捉也。凍，冰也。五臣云：糟，酒滓也。可以凍飲。李善云：凍，冷也。〔補〕曰：挫，宗卧切。**酎清涼些。**酎，醇酒也。言盛夏則爲覆蹙乾釀，提去其糟，但取清醇，居之冰上，然後飲之。酒寒涼，又長味，好飲也。〔補〕曰：酎，直又切。三重釀酒。《月令》：孟夏，天子飲酎。注云：春酒至此始成。**華酌既陳，**酌，酒斗也。陳，一作敶。五臣云：華酌，謂置華於酒中。〔補〕曰：華，采也。《説文》云：酌，盛酒行觴也。**有瓊漿些。**言酒罇在前，華酌陳列，復有玉漿，恣意所用也。**歸來反故室，敬而無妨些。**妨，害也。言君寃急來歸，還反所居故室，子孫承事恭敬，長無禍害也。一云：歸來歸來。一云：歸反故室。無「來」字。**肴羞未通，**魚肉爲肴。羞，進也。〔補〕曰：肴，骨體，又葅也。致滋味爲羞。**女樂羅些。**言肴膳已具，進舉在前，賓主之禮，殷勤未通，則女樂倡蕩，羅列在堂下也。**敶鐘按鼓，**按，徐。敶，一作陳。按，一作桉。五臣云：按，猶擊也。**造新歌些。**言乃奏樂作音，而撞鐘，徐鼓，造爲新曲之歌，與衆絶異也。**《涉江》《采菱》，發《揚荷》些。**楚人歌曲也。言己涉渡大江，南入湖池，采取菱芰，發揚荷葉。喻屈原背去朝堂，隱伏草澤，失其所也。菱，一作蔆。《文選》作陽荷。注云：荷，當作阿。《涉江》、《采菱》、《陽阿》皆楚歌名。〔補〕曰：《淮南》云：歌《采菱》，發《揚阿》。又云：足蹀陽阿之舞。注云：陽阿，古之名倡。又云：欲美和者必先始於《陽阿》、《采菱》。注云：《陽阿》、《采菱》，樂曲之和聲。**美人既醉，朱顔酡些。**朱，赤也。酡，著也。言美女飲啗醉飽，則面著赤色而鮮好也。酡，一作酡。一本云：當作袉，徒何切，著也。爲酡者非。〔補〕曰：酡，音駄，飲而赭色著面。**娭光眇視，**娭，戲也。眇，眺也。娭，一作嬉，一作娛。**目曾波些。**波，華也。言美女酣樂，顧望娭戲，身有光文，眺視曲眄，目采盼然，白黑分明，若水波而重華也。五臣云：言美人既爲戲樂，光彩横出，眇然遠視，目若水波。〔補〕曰：曾，重也。**被文服纖，**文，謂綺繡也。纖，謂羅縠也。〔補〕曰：纖，細也。麗而不奇些。麗，美好也。不奇，奇也。猶《詩》云：不顯文王。不顯，顯也。言美女被服綺繡，曳羅縠，其容靡麗，誠足奇怪也。一云：被玆文服，纖麗不奇。長髮曼鬋，曼，澤。髮，一作鬢。〔補〕曰：曼，音萬。鬋，音翦。豔陸離些。豔，好貌也。《左氏傳》曰：宋華督見孔父之妻，目逆而送之，曰：美而豔。言美人長髮工結，鬋鬢滑澤，其狀豔美，儀貌陸離，而難具形也。二八齊容，齊，同。〔補〕曰：二八已見。《舞賦》云：鄭女出進，二八徐侍。起鄭舞些。鄭舞，鄭國之舞也。言二八美女，其儀容齊一，被服同飾，奮袂俱起而鄭舞也。或曰：鄭舞，鄭重屈折而舞也。〔補〕曰：相如賦云：鄭女曼姬。邊讓賦云：齊倡列，鄭女羅。《戰國策》云：彼鄭國之女（彼原作被，據《戰國策·楚策》改。），粉白黛黑，立於衢閒，非知而見之者，以爲神。《淮南子》注云：鄭袖，楚懷幸姬，善歌工舞，因名鄭舞。鄭重殷勤也。衽若交竿，竿，竹竿也。衽，一作袵。〔補〕曰：而甚切。撫案下些。撫，抑也。言舞者迴旋，衣衽掉摇，回轉相鉤，狀若交竹竿，以手抑案而徐來下也。一云：撫，抵也。以手抵案而徐下行也。五臣云：衽，衣襟也。言舞人迴轉，衣襟相交如竿也。以手撫案其節，而徐行也。〔補〕曰：下，音户。唐段安節《樂録》曰：舞者樂之容。古有《大垂手》、《小垂手》。竽瑟狂會，狂，猶竝也。搷鳴鼓些。搷，擊也。言衆樂竝會，吹竽彈瑟。又搷擊鳴鼓，以進八音，爲之節也。搷，一作嗔，一作填。《文選》作槙，徒年切。〔補〕曰：搷，田、殿二音。《集韻》：嗔，音田。引《詩》振旅嗔嗔。宫庭震驚，震，動也。驚，駭也。發《激楚》些。激，清聲也。言吹竽擊鼓，衆樂竝會，宫庭之内，莫不震動驚駭，復作《激楚》之清聲，以發其音也。〔補〕曰：《淮南》曰：揚鄭、衛之浩樂，結《激楚》之遺風。注云：結激清楚之聲也。《舞賦》云：《激楚》結風，《陽阿》之舞。五臣云：激，急也。楚，謂楚舞也。舞急縈結其風。李善云：《激楚》，歌曲也。《列女傳》曰：聽《激楚》之遺風。《上林賦》云：鄢郢繽紛，《激楚》結風。文穎曰：激，衝激急風也。結風，迴風，亦急風也。楚地風既自漂疾，然歌樂者猶復依激結之急風爲節，其樂促迅哀切也。吴歈蔡謳，吴、蔡，國名也。歈、謳，皆歌也。〔補〕曰：歈，音俞。古賦云：巴俞宋、蔡。《説文》云：歈，歌也。徐鉉曰：渝水之人善歌舞，漢高祖采其聲，後人因加此字。按：《楚詞》已有此語，則歈蓋歌之别稱耳。徐説非是。奏大吕些。大吕，六律名也。《周官》曰：舞《雲門》，奏大吕。言乃復使吴人歌謡，蔡人謳吟，進雅樂，奏大吕。五音六律，聲和調也。《文選》奏作秦。五臣云：吴、蔡、秦，皆國名。〔補〕曰：大吕非秦聲，五臣説非是。士女雜坐，亂而不分些。言醉飽酣樂，合罇促席，男女雜坐，比肩齊膝，恣意調戲，亂而不分别也。放敶組纓，組，綬。敶，一作陳。〔補〕曰：纓，冠系也。班其相紛些。紛，亂也。言男女共坐，除去威嚴，放其冠纓，舒敶印綬，班然相亂，不可整理也。班，一作斑。鄭衛妖玩，鄭、衛，國名也。妖玩，好女也。〔補〕曰：許慎云：鄭、衛，新聲所出國也。來雜陳些。雜，廁也。陳，列也。言鄭、衛二國，復遺妖玩之好女，來雜廁俱坐而陳列也。陳，一作敶。《激楚》之結，激，感也。結，頭髻也。〔補〕曰：結，古詣切，束髮也。獨秀先些。秀，異也。言鄭、衛妖女，工於服飾，其結殊形，能感楚人，故異之而使之先進也。五臣云：秀，異而先進於前。菎蔽象棊，菎，玉也。蔽，簙箸以玉飾之也。或言菎蕗，今之箭囊也。菎，一作琨，一作箟。〔補〕曰：菎，音昆，香草也。琨，玉名。箟，竹名。蔽，《集韻》作𥳑，其字從竹。《方言》：簙謂之蔽。秦、晉之間謂之簙，吴、楚之間謂之蔽。或謂之箭裹，或謂之棊。《博雅》云：博箸謂之箭。有六簙些。投六箸，行六棊，故爲六簙也。言宴樂既畢，乃設六簙，以菎蔽作箸，象牙爲棊，麗而且好也。簙，一作博。〔補〕曰：《説文》云：局戲也，六箸、十二棊也。鮑宏《博經》云：所擲頭謂之瓊。瓊有五采，刻爲一畫者謂之塞；刻爲兩畫者謂之白；刻爲三畫者謂之黑；一邊不刻者，五塞之間謂之五塞。《列子》曰：擊博樓上。注云：擊，打也。如今雙陸碁也。古博經云：博法，二人相對，坐向局，局分爲十二道，兩頭當中名爲水，用碁十二枚，六白六黑，又用魚二枚，置於水中，其擲采以瓊爲之，瓊馱方寸三分，長寸五分，鋭其頭，鑽刻瓊四面爲眼，亦名爲齒，二人互擲采行碁，碁行到處即豎之，名爲驍碁。即入水食魚，亦名牽魚。每牽一魚獲二籌，飜一魚獲二籌。（二翻宋本作三。）馱，音側。**分曹竝進**，曹，偶。**遒相迫些**。遒，亦迫。言分曹列偶，竝進技巧，投箸行棊，轉相遒迫，使不得擇行也。或曰：分曹竝進者，謂竝用射禮進也。五臣云：遒，急也。言務以求勝。**成梟而牟**，倍勝爲牟。《文選》梟作梟。〔補〕曰：《漢書》梟騎。注云：梟，勇也，若六博之梟，作梟非是。《淮南》曰：善博者不欲牟，不恐不勝。注云：博其棊不傷爲牟。梟，堅堯切。牟，過也，進也，大也。**呼五白些**。五白，簙齒也。言己棊已梟，當成牟勝，射張食棊，下兆於屈，故呼五白，以助投也。兆於屈，一作逃於窟。〔補〕曰：《列子》云：樓上博者，射明瓊張中。說者曰：凡戲爭能取中，皆曰射。明瓊齒，五白也。中，去聲。射，食亦切。**晉制犀比**，晉，國名也。制，作也。比，集也。〔補〕曰：比，頻二切。**費白日些**。費，光貌也。言晉國工作簙棊箸，比集犀角，以爲雕飾，投之皜然如日光也。〔補〕曰：費，耗也。昲，日光也，芳未切。**鏗鍾搖簴**，鏗，撞也。搖，動也。鏗，《釋文》作銵。簴，一作虡。五臣云：虡，懸鍾格，言擊鍾則搖動其格。〔補〕曰：鏗、銵，竝苦耕切。虡，奇舉切。**揳梓瑟些**。揳，鼓也。言衆賓既集，共簙以相娛樂，堂下復鳴大鍾，左右歌吟，鼓瑟琴也。五臣云：揳，撫也。以梓木爲瑟。〔補〕曰：揳，古入切，轢也。《書》亦作戛。**娛酒不廢**，娛，樂。**沈日夜些**。言雖以酒相娛樂，不廢政事，晝夜沈湎，以忘憂也。或曰：娛酒不發。發，旦也。《詩》云：明發不寐。言日夜娛樂。又曰：和樂且湛。言晝夜以酒相樂也。夜，一作夕。**蘭膏明燭**，一作爓。**華鐙錯些**。言鐙錠盡雕琢錯鏤，飾設以禽獸，有英華也。鐙，一作雕。五臣云：似蘭漬膏取其香也。華，謂有光華。

〔補〕曰：鐙，音登。《説文》曰：錠也。徐鉉曰：錠中置燭，故謂之鐙。又《説文》曰：錯，金涂也。亦支錯。**結撰至思，**撰，猶博也。五臣云：言我能撰深心以思賢人。〔補〕曰：撰，述也，定也，持也。**蘭芳假些。**假，至也。《書》曰：假于上下。蘭芳，以喻賢人也。言君能結撰博專至之心，以思賢人，賢人即自至也。〔補〕曰：假，音格。**人有所極，同心賦些。**賦，誦也。言衆坐之人，各欲盡情，與己同心者，獨誦忠信與道德也。五臣云：極，盡也。賦，聚也。賢人盡至，則同心相聚，君可選也。〔補〕曰：《釋名》曰：敷布其義謂之賦。《漢書》曰：不歌而誦謂之賦。五臣以賦爲聚，蓋取賦斂之義。**酎飲盡歡，樂先故些。**故，舊也。言飲酒作樂，盡己歡欣者，誠欲樂我先祖及與故舊人也。酎，一作酌。一本「盡」上有「既」字。五臣云：樂君先祖及故舊。**䰟兮歸來！反故居些。**言䰟神宜急來歸，還反楚國，居舊故之處，安樂無憂也。

亂曰：獻歲發春兮獻，進。**汩吾南征，**征，行也。言歲始來進，春氣奮揚，萬物皆感氣而生，自傷放逐，獨南行也。五臣云：汩，疾也。亦代原爲詞。〔補〕曰：汩，于筆切。《文選》自此至「白芷生」，句末皆有「些」字。一本至「誘騁先」有「些」字。**菉蘋齊葉兮**菉，王芻也。蘋，一作薠。〔補〕曰：菉，音緑，見《騷經》。**白芷生。**言屈原放時，菉蘋之草，其葉適齊，白芷萌芽，方始欲生，據時所見，自傷哀也。猶《詩》云「昔我往矣，楊柳依依」也。**路貫廬江兮左長薄，**貫，出也。廬江、長薄，地名也。言屈原行先出廬江，過歷長薄。長薄在江北，時東行，故言左也。五臣云：在其左也。〔補〕曰：《前漢·地理志》：廬江出陵陽東南，北入江。**倚沼畦瀛兮**沼，池也。畦，猶區也。瀛，池中也。楚人名池澤中曰瀛。五臣云：倚，立也。**遥望博。**遥，遠也。博，平也。言己循江而行，遂入池澤，其中區瀛遠望平博，無人民也。青驪結駟兮純黑爲驪。結，連也。四馬爲駟。〔補〕曰：驪，吕知切。齊千乘，齊，同也。言屈原嘗與君俱獵於此，官屬齊駕駟馬，或青或黑，連千乘，皆同服也。〔補〕曰：自此以下，盛言畋獵之樂，以招之也。懸火延起兮玄顔烝。懸火，懸鐙也。玄，天也。言己時從君夜獵，懸鐙林木之中，其火延及，燒于野澤，煙上烝天，使黑色也。烝，一作蒸。〔補〕曰：顔，容也。《説文》：烝，火氣上行也。蒸，進也，衆也。步及驟處兮驟，走也。處，止也。誘騁先，誘，導也。騁，馳也。言獵時有步行者，有乘馬走驟者，有處止者，分以圍獸，己獨馳騁，爲君先導也。抑騖若通兮抑，止也。騖，馳也。若，順也。五臣云：止馳騖者，使順通獵事。引車右還。還，轉也。言抑止馳騖者，順通共獲，引車右轉，以遮獸也。還，一作旋。一云引右運，無「車」字。〔補〕曰：還，音旋。與王趨夢兮課後先。夢，澤中也。楚人名澤中爲夢中。《左氏傳》曰：楚大夫鬬伯比與䢵公之女婬而生子，弃諸夢中。言己與懷王俱獵于夢澤之中，課第羣臣，先至後至也。一注云：夢，草中也。〔補〕曰：夢，音蒙，又去聲。楚謂草澤曰夢。《爾雅》曰：楚有雲夢。先儒云：《左傳》楚子與鄭伯田于江南之夢。《地理志》：南郡華容縣南有雲夢澤。杜預云：南郡枝江縣西有雲夢城。江夏安陸縣亦有雲夢。或曰：南郡華容縣東南有巴丘湖。江南之夢，雲夢一澤，而每處有名者。司馬相如《子虚賦》云：雲夢者方八九百里。則此澤跨江南北，每處名存焉。《左傳》：楚昭王寢寱于雲中，則此澤亦得單稱雲，單稱夢也。沈存中云：《書》曰：雲土夢作乂。孔安國注《書》云：雲夢在江南。不然也。據《左傳》，吴人入郢，楚子涉睢濟江，入於雲中。王寢，盗攻之，以戈擊王，王奔鄖。楚子自郢西走涉睢，則當出於江南，其後涉江入於雲中，遂奔鄖，鄖則今之安州。涉江而後至雲，入雲然後至鄖，則雲在江北也。《左傳》：鄭伯如楚，王以田江南之夢。曰江南之夢，則雲在江北明矣。江南則今之公安、石首、建寧等縣。江北則玉沙、監利、景陵等縣也。君王親發兮發，射。憚青兕，憚，驚也。言懷王是時親自射獸，驚青兕牛而不能制也。以言嘗侍從君獵，今乃放逐，歎而自傷閔也。兕，一作兕。五臣云：憚，懼也。時君王親射青兕，懼其不能制，我佐君殺之。〔補〕曰：憚，當割切。《莊子》云：憚赫千里。《音義》云：千里皆懼。《爾雅》：兕似牛。注云：一角，青色，重千斤。朱明承夜兮朱明，日也。承，續也。時不可以淹。淹，久也。言歲月逝往，晝夜相續，年命將老，不可久處，當急來歸也。一云：時不淹。一云：時不可淹。一云：時不見淹。五臣云：日夜相承，四時不得淹止。皐蘭被徑兮皐，澤也。被，覆也。徑，路也。斯路漸。漸，没也。言澤中香草茂盛，覆被徑路，人無采取者，水卒增溢，漸没其道，將至弃捐也。以言賢人久處山野，君不事用，亦將隕顛也。五臣云：埋没凋落。〔補〕曰：漸，音尖，流入也。湛湛江水兮湛湛，水貌。上有楓，楓，木名也。言湛湛江水，浸潤楓木，使之茂盛。傷己不蒙君惠，而身放弃，曾不若樹木得其所也。或曰：水旁林木中，鳥獸所聚，不可居之也。〔補〕曰：楓，音風。《爾雅》：楓攝攝。注云：似白楊，葉圓而岐，有脂而香。《本草》云：樹高大，商、洛閒多有。《説文》云：楓木，厚葉弱枝，善摇。漢宮殿中多植之。至霜後，葉丹可愛，故騷人多稱之。目極千里兮傷春心。言湖澤博平，春時草短，望見千里，令人愁思而傷心也。或曰：蕩春心。蕩，滌也。言春時澤平望遠，可以滌蕩愁思之心也。一作傷心悲。〔補〕曰：心，舊音蘇含切。按《詩》「遠送于南」與「實勞我心」叶韻，正與此同。魂兮歸來哀江南！言魂魄當急來歸，江南土地僻遠，山林嶮阻，誠可哀傷，不足處也。五臣云：，欲使原復歸於郢，故言江南之地，可哀如此，皆諷君之詞。〔補〕曰：庾信《哀江南賦》取此爲名。

楚辭卷第十

校書郎臣王　逸上

大招章句第十　楚辭

《大招》者，屈原之所作也。或曰景差，疑不能明也。屈原賦二十五篇，《漁父》以上是也。《大招》恐非屈原作。屈原放流九年，憂思煩亂，精神越散，與形離別，恐命將終，所行不遂，故憤然大招其魂，盛稱楚國之樂，崇懷、襄之德，以比三王，能任用賢，公卿明察，能薦舉一無「明」字。人，宜輔佐之，以興至治，因以風諫，達己之志也。

青春受謝，青，東方春位，其色青也。謝，去也。謝，一作謝。〔補〕曰：《淮南》曰：扶桑受謝，日炤宇宙。炤炤之光，輝燭四海。《文選》云：陰謝陽施。注引此語。白日昭只。昭，明也。言歲始春，青帝用事，盛陰已去，少陽受之，則日色黃白，昭然光明，草木之類，皆含氣，芽蘖而生。以言魂魄亦宜順陽氣而長養也。〔補〕曰：只，音止，語已詞。春氣奮發，春，蠢也。發，洩也。萬物遽只。遽，猶競也。言春陽氣奮起，上帝發洩，和氣温燠，萬物蠢然，競起而生，各欲滋茂，以言精魂亦宜奮發精明，令己盛壯也。〔補〕曰：遽，其據切。冥淩浹行，冥，玄冥，北方之神也。淩，猶馳也。浹，徧也。魂無逃只。逃，竄也。言歲始春，陽氣上陞，陰氣下降，玄冥之神，徧行淩馳於天地之閒，收其陰氣，閉而藏之，故魂不可以逃，將隨太陰下而沈没也。一作伏陰。魂魄歸徠！無遠遥只。遥，猶漂遥，放流貌也。魂者，陽之精也。魄者，陰之形也。言人體含陰陽之氣，失之則死，得之則生。屈原放在草野，憂心愁悴，精神散越，故自招其魂魄。言宜順陽氣始生而徠歸己，無遠漂遥，將遇害也。一作䰟魄，一作徠歸。魂乎歸徠！無東無西，無南無北只。言我精魂可徠歸矣，無散東西南北，四方異俗，多賊害也。古本「乎」皆作「兮」。一作徠歸。一云：魂乎歸兮。一云：無東西而南北只。東有大海，溺水浟浟只。浟浟，流貌也。言東方有大海，廣遠無涯，其水淖溺，沈没萬物，不可度越，其流浟浟，又迅疾也。〔補〕曰：浟，音悠。螭龍並流，上下悠悠只。悠悠，螭龍行貌也。言海水之中，復有螭龍神獸，隨流上下，並行遊戲，其狀悠悠，可畏懼也。悠，一作攸。古作翛翛。霧雨淫淫，地氣發泄，天氣不應曰霧。淫淫，流貌也。白皓膠只。皓膠，水凍貌也。言大海之涯，多霧惡氣，天常甚雨，如注瀍水，冬則凝凍，皓然正白，回錯膠戾，與天相薄也。皓，一作浩。〔補〕曰：膠，戾也，音豪。魂乎無東！湯谷宲只。言䰟神不可東行，又有湯谷日之所出，其地無人，視聽宲然，無所見聞。或曰：宲，水醮之貌。乎，一作兮。一本「宲」下有「寥」字。〔補〕曰：醮，没也。魂乎無南！南有炎火千里，炎，火盛貌也。《尚書》曰：火曰炎上。蝮蛇蜒只。蜒，長貌也。言南方太陽，有積火千里，又有惡蛇，蜿蜒而長，有蠚毒也。〔補〕曰：蜿，音鴛。蜒，音延。山林險隘，林，一作陵。虎豹蜿只。鰅鱅短狐，蜿，虎行貌也。言南方有高山深林，其路險阨，又多虎豹，匍匐蜿蜒，以候伺人也。鰅鱅，短狐類也。短狐，鬼蜮也。〔補〕曰：鰅，魚恭切。鱅，以恭切。鰅鱅，狀如犁牛。又鰅，魚名，皮有文。鱅魚，音如彘鳴。王虺騫只。王虺，大蛇也。《爾雅》曰：蟒，王蛇也。騫，舉頭貌也。言復有鰅鱅鬼蜮，射傷害人，大蛇羣聚，舉頭而望，其狀騫然也。〔補〕曰：騫，讀若騫，音軒。魂乎無南！蜮傷躬只。蜮，短狐也。《詩》云：爲鬼爲蜮。言魂乎無敢南行，水中多蜮鬼，必傷害於爾躬也。乎，一作兮。〔補〕曰：穀梁子曰：蜮，射人者也。《前漢・五行志》云：蜮生南越，亂氣所生，在水旁，能射人。甚者至死。陸機云：一名射影。人在岸上，影見水中，投人影則射之。或謂含沙射人。孫真人云：江東江南有虫名短狐，谿毒，亦名射工。其虫無目，而利耳能聽，在山源谿水中，聞人聲便以口中毒射人。《說文》云：蜮，似鱉，三足，以氣射害人。音蜮，又音或。魂乎無西！西方流沙，漭洋洋只。洋洋，無涯貌也。言西方有流沙，漭然平正，視之洋洋，廣大無涯，不可過也。〔補〕曰：漭，毋朗切，水大貌。豕首縱目，縱，一作從。〔補〕曰：南北曰縱，將容切。被髮鬤只。豕，猪也。首，頭也。鬤，亂貌也。鬤，古作長。〔補〕曰：鬤，而羊切。長爪踞牙，誒笑狂只。誒，猶强也。言西方有神，其狀猪頭從目，被髮鬤鬤，手足長爪，出齒踞牙，得人强笑憙而狂獝也。或曰：誒，笑樂也。謂得人憙樂也。此蓋蓐收神之狀也。一云豕爪。踞，一作倨。誒，一作娭。〔補〕曰：踞，音據，蹲也。誒，音僖。《說文》云：可惡之詞。《漢書》嘻笑注云：强笑也。魂乎無西！多害傷只。言西方金行，其神獸剛强，皆傷害人也。魂乎無北！北有寒山，逴龍赩只。逴龍，山名也。赩，赤色，無草木貌也。言北方有常寒之山，陰不見日，名曰逴龍。其土赤色，不生草木，不可過之，必凍殺人也。或曰：逴龍，色逴越也。赩，懼也。言起越寒山，赩然而懼，恐不得過也。逴，一作卓。〔補〕曰：逴，音卓，遠也。《山海經》：西北海之外，有章尾山，有神，身長千里，人面蛇身而赤，是燭九陰，是謂燭龍。疑此逴龍即燭龍也。赩，許力切，大赤也。代水不可涉，深不可測只。言復有代水廣大，不可過度，其深無底，不可窮測，沈没人也。代，一作伐。天白顥顥，顥顥，光貌。〔補〕曰：顥，音皓。《説文》：白貌。寒凝凝只。凝凝，水凍貌也。言北方冬夏積雪，其光顥顥，天地皆白，冰凍重累，其狀凝凝，其寒酷烈，傷肌骨也。凝，一本及《釋文》並作嶷。魚力切。魂乎無往！盈北極只。盈，滿也。北極，太陰之中，空虛之處也。言我魂歸乎北極，空虛不可盈滿。往必隕墜，不得出也。〔補〕曰：《淮南》云：北極之山曰寒門。魂魄歸徠！閒以静只。言己䰟鬼宜急徠還，歸我之身，隨己遊戲，心既閑樂，居清静也。一作徠歸。

自恣荆楚，安以定只。言四方多害，不可以遊，獨荆楚饒樂，可以恣意，居之安定，無危殆也。逞志究欲，逞，快也。究，窮也。心意安只。欲，嗜欲也。言楚國珍奇所聚集，尤多姣女，可以快志意，窮情欲，心得安樂，而無憂也。窮身永樂，年壽延只。言居於楚國，窮身長樂，保延年壽，終無憂患也。永，一作安。魂乎歸徠！樂不可言只。言楚國饒樂，不可勝陳也。一作徠歸。五穀六仞，五穀，稻、稷、麥、豆、麻也。七尺曰仞。〔補〕曰：《説文》云：仞，伸臂一尋，八尺也。設菰粱只。設，施也。苽粱，蔣實，謂雕葫也。言楚國土地肥美，堪用種植五穀，其穗長六仞。又有苽粱之飯，芬香且柔滑也。或曰：仞，因也。以五穀因苽粱廁爲飯也。菰，一作苽。〔補〕曰：菰、苽，並音孤。此言積穀之多爾，非謂穗長六仞也。鼎臑盈望，和致芳只。臑，熟也。致，致醎酸也。芳，謂椒薑也。言乃以鼎鑊臑熟羹臛，調和醎酸，致其芬芳，望之滿案，有行列也。臑，一作胹。《釋文》作腩，徒南切。〔補〕曰：腩，臛也。内鶬鴿鵠，鶬，鶬鶴也。鴿似鳩而小，青白。鵠，黄鵠也。内，一作肭。〔補〕曰：内與納同。肭，肥也。鶬，音倉。《爾雅》鶬麋鴰注云：即鶬鴰也。徐朝《七喻》云：雲鶬水鵠，禽蹯豹胎。鵠有白鵠，有黄鵠。味豺羹只。豺似狗。言宰夫巧於調和，先定甘酸，乃内鶬鴿黄鵠，重以豺肉，故羹味尤美也。〔補〕曰：豺，狼屬，狗聲。魂乎歸徠！恣所嘗只。嘗，用也。言羹飯既美，魂宜急徠歸，恣意所用，快己之口也。一作徠歸。鮮蠵甘鷄，生潔爲鮮。蠵，大龜也。《釋文》作蠵。和楚酪只。酪，酢酨也。言取鮮潔大龜，烹之作羹，調以飴蜜，復用肥鷄之肉，和以酢酪，其味清烈也。〔補〕曰：酪，乳漿也。酨，音載，漿也。醢豚苦狗，醢，肉醬也。苦，以膽和醬也。世所謂膽和者也。豚，古作豘。〔補〕曰：《集韻》作𦞦，音同。膾苴蓴只。苴蓴，蘘荷也。言乃以肉醬啗烝豚，以膽和醬，啗狗肉，雜用膾炙，切蘘荷以爲香，備衆味也。蓴，一作蒪。〔補〕曰：苴，即魚切。蓴，普各、匹沃二切。《本草》：蘘荷，葉似初生甘蔗，根似薑牙。《博雅》云：蓴苴，蘘荷也。《九歎》蘘荷注云：蓴，菹也。或作蓴，非是。吴酸蒿蔞，蒿，蘩草也。蔞，香草也。《詩》曰「言采其蔞」也。一作芼蔞。注云：芼，菜也。言吴人善爲羹，其菜若蔞，味無沾薄，言其調也。〔補〕曰：《爾雅》云：蘩，皤蒿，即白蒿也，可以爲菹。陸機云：春生，秋乃香美可食。又蔞，蒿也，葉似艾，生水中，脆美可食。蔞，龍珠切。以菜和羹曰芼。不沾薄只。沾，多汁也。薄，無味也。言吴人工調鹹酸，爚蒿蔞以爲虀，其味不濃不薄，適甘美也。或曰：吴酸醬醃。醬醃，榆醬也。一云吴酢醬醃。〔補〕曰：沾，音添，益也。醬，音模。醃，音途。魂兮歸徠！恣所擇只。言衆味盛多，恣魂志意擇用之也。一作魂乎徠歸。炙鴰烝鳧，鴰，一作鴣。鳧，一作梟。〔補〕曰：炙，音柘，燔肉也。鴰，麋鴰也，古活切。煔鶉陳只。煔，爚也。言復炙鶬鴰，烝鳧鴈。煔爚鶉鷃，陳列衆味，無所不具也。〔補〕曰：煔，音潛，沈肉於湯也。煎鰿臛雀，鰿，鮒。臛，一作臛。〔補〕曰：鰿，舊音積。《集韻》嘖、責二音，小魚也。遽爽存只。遽，趣也。爽，差也。存，前也。言乃復煎鮒魚，臛黄雀，勑趣宰人，差次衆味，持之而前也。魂乎歸徠！麗以先只。言先進靡麗美物，以快神心也。麗，一作進。四酎并孰，醇酒爲酎。并，俱也。不歰嗌只。嗌，䭘也。言乃醖釀醇酒，四器俱熟，其味甘美，飲之醲滑，入口消釋，不苦歰，令人不䭘滿也。歰，一作澀。〔補〕曰：歰，不滑也。嗌，於革切，又音益，咽喉也。䭘，飫也，於泫切。一作饐。清馨凍㱃，馨，香之遠聞者也。凍，猶寒也。㱃，一作飲。〔補〕曰：《集韻》作㱃。不歠役只。歠，飲也。役，賤也。言醇醲之酒，清而且香，宜於寒飲，不可以飲役賤之人。即以飲役賤之人，即易醉顛仆，失禮敬。吴醴白糵，再宿爲醴。糵，米麴也。〔補〕曰：《説文》云：醴，酒一宿熟。和楚瀝只。瀝，清酒也。言使吴人醲醴，和以白米之麴，以作楚瀝，其清酒尤醲美也。魂乎歸徠！不遽惕只。言飲食醲美，安意遨遊，長無惶遽怵惕之憂也。一作徠歸。

代秦鄭衛，鳴竽張只。言代、秦、鄭、衛之國，工作妙音，使吹鳴竽篪，作爲衆樂，以樂君也。代，一作岱。伏戲《駕辯》，楚《勞商》只。伏戲，古王者也。始作瑟。《駕辯》、《勞商》，皆曲名也。言伏戲氏作瑟，造《駕辯》之曲。楚人因之作《勞商》之歌。皆要妙之音，可樂聽也。或曰：《伏戲》、《駕辯》，皆要妙歌曲也。勞，絞也。以楚聲絞商音，爲之清激也。〔補〕曰：《文選》云：或超《延露》而《駕辯》。謳和《揚阿》，徒歌曰謳。揚，舉也。阿，曲也。〔補〕曰：《揚阿》，即《陽阿》。已見《招魂》。趙簫倡只。趙，國名也。簫，樂器也。先歌爲倡，言樂人將歌，徐且謳吟，揚舉善曲，乃俱相和。又使趙人吹簫先倡，五聲乃發也。或曰：《謳和》、《揚阿》，皆歌曲也。魂乎歸徠！定空桑只。空桑，瑟名也。《周官》云：古者絃空桑而爲瑟。言魂急徠歸，定意楚國，聽瑟之樂也。或曰：空桑，楚地名。一作徠歸，下並同。二八接舞，接，聯也。舞，一作武。投詩賦只。投，合也。詩賦，雅樂也。古者以琴瑟歌詩賦爲雅樂，

《關雎》、《鹿鳴》是也。言有美女十六人，聯接而舞，發聲舉足，與詩雅相合，且有節度也。叩鍾調磬，叩，擊也。金曰鍾，石曰磬也。娭人亂只。娭，樂也。亂，理也。言美女起舞，叩鍾擊磬。得其節度，則諸樂人各得其理，有條序也。四上競氣，四上，謂上四國，代、秦、鄭、衛也。〔補〕曰：四上，謂聲之上者有四，謂代、秦、鄭、衛之鳴竽也，伏戲之《駕辯》也，楚之《勞商》也，趙之簫也。極聲變只。言四國競發，善氣，窮極音聲，變易其曲，無終已也。魂乎歸徠！聽歌譔只。譔，具也。言觀聽衆樂，無不具也。朱脣皓齒，皓，白。朱脣，一作美人。嫭以姱只。嫭、姱，好貌也。言美人朱脣白齒，嫭眄美姿，儀狀姱好可近，而親侍左右也。嫭，一作嫮。〔補〕曰：嫭，音護。姱，苦花切。比德好閒，習以都只。言選擇美人，比其才德，容貌都閑，習於禮節，乃敢進也。〔補〕曰：比，必寐切。閒，音閑。《漢書》曰：閒雅甚都。豐肉微骨，豐，厚也。微，細也。調以娭只。言美人肥白潤澤，小骨厚肉，肌膚柔弱，心志和調，宜侍燕居，以自娛樂也。魂乎歸徠！安以舒只。言美女鮮好，可以安意舒緩憂思也。嫮目宜笑，嫮，眄瞻貌。〔補〕曰：嫮，與嫭同。娥眉曼只。曼，澤也。言復有異女，工於嫮眄，好口宜笑，蛾眉曼澤，異於衆人也。容則秀雅，則，法也。秀，異也。稺朱顏只。稺，幼也。朱，赤也。言美女儀容閒雅，動有法則，秀異於人，年又幼稺，顏色赤白，體香潔也。魂乎歸徠！静以安只。言美好之女，可以静居安精神也。姱脩滂浩，脩，長也。滂浩，廣大也。一作脩廣婉心。婉，一作遠。麗以佳只。佳，善也。言美女身體脩長，用意廣大，多於所知，又性婉順善心腸也。曾頰倚耳，曾，重也。倚，辟也。曲眉規只。規，圜也。言美女之面，丰容豐滿，頰肉若重，兩耳郭辟，曲眉正圜，貌絶殊也。郭，一作郤。滂心綽態，綽，猶多也。態，姿也。滂，一作漫。綽，一作淖。姣麗施只。姣，好也。言美女心意廣大，寬能容衆，多姿綽態，調戲不窮，既好有智，無所不施也。小腰秀頸，若鮮卑只。鮮卑，衮帶頭也。言好女之狀，腰支細少，頸鋭秀長，靖然而特異，若以鮮卑之帶，約而束之也。〔補〕曰：《前漢·匈奴傳》：黄金犀毗。孟康曰：要中大帶也。張晏曰：鮮卑郭洛帶，瑞獸名也。東胡好服之。師古曰：犀毗，胡帶之鈎。亦曰鮮卑。《魏書》曰：鮮卑，東胡之餘也。别保鮮卑山，因號焉。魂乎歸徠！思怨移只。移，去也。言美女可以忘憂，去怨思也。思，一作恖。古本作怨思移只。易中利心，以動作只。言復有美女，用志滑易，心意和利，動作合禮，能順人意，可以自侍也。〔補〕曰：易，以豉切。粉白黛黑，施芳澤只。言美女又工妝飾，傅著脂粉，面白如玉，黛畫眉鬢，黑而光淨，又施芳澤，其芳香鬱渥也。長袂拂面，袂，袖也。拂，拭也。善留客只。言美女工舞，揄其長袖，周旋屈折，拂拭人面，芬香流衍，衆客喜樂，留不能去也。魂乎歸徠！昌娱昔只。昔，夜也。《詩》云：樂酒今昔。言可以終夜自娱樂也。昔，一作夕。青色直眉，美目媔只。媔，黠也。言復有美女，體色青白，顔眉平直，美目竊眄，媔然黠慧，知人之意也。〔補〕曰：青色，謂眉也。媔，音綿，美目貌。靨輔奇牙，宜笑嘕只。嘕，笑貌也。言美女頰有靨輔，口有奇牙，嘕然而笑，尤媚好也。輔，一作酺。〔補〕曰：靨，於牒切。酺，與輔同，扶羽切，頰車也。《左氏》：輔車相依。《淮南》云：奇牙出，靨酺摇。注云：將笑，故好齒出。靨酺，頰邊文，婦人之媚也。又云：靨輔在頰前則好。嘕，虚延切。豐肉微骨，體便娟只。便娟，好貌也。已解於上。〔補〕曰：便，平聲。魂乎歸徠！恣所便只。便，猶安也。言所選美女五人，儀貌各異，恣魂所安，以侍棲宿也。〔補〕曰：便，平聲。

夏屋廣大，沙堂秀只。沙，丹沙也。言乃爲魂造作高殿峻屋，其中廣大，又以丹沙朱畫其堂，其形秀異，宜居處也。南房小壇，房，室也。壇，猶堂也。〔補〕曰：壇，音善。觀絶霤只。觀，猶樓也。霤，屋宇也。言復有南房別室，閒静小堂，樓觀特高，與大殿宇絶遠，宜遊宴也。〔補〕曰：觀，音貫。《釋名》曰：觀者，於上觀望也。霤，音溜。《説文》曰：霤，屋水流也。《禮記》中霤注云：古者複穴，是以名室爲霤云。曲屋步壛，曲屋，周閣也。步壛，長砌也。壛，一作櫩。〔補〕曰：《上林賦》：步櫩周流。李善云：步櫩，長廊也。《集韻》：櫩，與簷同。壛，與閻同。宜擾畜只。擾，謹也。言南堂之外，復有曲屋，周旋閣道，步壛長砌，其路險狹，宜乘擾謹之馬，周旋屈折，行遊觀也。畜，一作嘼，一作獸。〔補〕曰：畜，音嗅。師古云：嘼者，人之所養，獸是山澤所育。故《爾雅》説牛、馬、羊、豕，即在《釋畜》；論麋、鹿、虎、豹，即在《釋獸》。《説文》云：嘼，犍也。六畜之字，本自作嘼，後乃借畜養字爲之。騰駕步遊，騰，馳。獵春囿只。春草始生，囿中平易也。言從曲閣之路，可駕馬騰馳，而臨平易，又可步行遂往，田獵於春囿之中，取禽獸也。瓊轂錯衡，金銀爲錯。瓊，一作瑶。〔補〕曰：《詩》云：約軧錯衡。英華假只。假，大也。言所乘之車，以玉飾轂，以金錯衡，英華照燿，大有光明也。假，一作嘏。〔補〕曰：假，大也。嘏，亦大也。茝蘭桂樹，鬱彌路只。言所行之道，皆羅桂樹，茝蘭香草，鬱鬱然滿路，動履芳潔，德義備也。茝，一作芷。魂乎歸徠！恣志慮只。言魂乎徠歸，居有大殿，宴有小堂，遊有園囿，恣君所志而處之也。慮，一作處。孔雀盈園，畜鸞皇只。畜，養也。言園中之禽，則有孔雀羣聚，盈滿其中，又養鸞鳥、鳳皇，皆神智之鳥，可珍重也。畜，《釋文》作慉。〔補〕曰：畜，許六切。鵾鴻羣晨，鵾，鵾雞。鴻，鴻鶴也。雜鶖鶬只。鶖鶬，鵚鶖也。《詩》云：有鶖在梁。言鵾鷄鴻鶴，羣聚候時。鶴知夜半，鵾雞晨鳴，各知其職也。雜以鶖鶬之屬，鳴聲啾啾，各有節度也。〔補〕曰：鶖，音秋。鴻鵠代遊，曼鷫鷞只。

曼，曼衍也。鶤鶵，俊鳥也。言復有鴻鵠，往來遊戲，與鶤鶵俱飛，翩翻曼衍，無絶已也。曼，一作漫。鶵，一作鸘。〔補〕曰：鶵、鸘，並音霜。鶤鶵，長頸緑身，其形似鴈。一曰鳳皇别名。馬融曰：其羽如紈，高首而脩頸。《説文》曰：西方神鳥也。東方發明，南方焦明，西方鶤鶵，北方幽昌，中央鳳皇。魂乎歸徠！鳳皇翔只。言所居園圃，皆多俊大之鳥，咸有智謨，魂宜來歸，若鳳皇之翔歸有德，就同志也。或曰：鸞、皇以下，皆大鳥，以喻仁智之士。言楚國多賢，魂宜來歸也。曼澤怡面，怡，懌貌也。怡，一作台。注云：台，澤貌也。血氣盛只。言冤來歸，己則心志説樂，肌膚曼緻，面貌怡懌，血氣充盛，身體强壯也。盛，一作晠。永宜厥身，保壽命只。言冤既還歸，則與己身相共俱生，長保壽命，終百年也。一云長保命只。室家盈廷，爵禄盛只。言己既保年壽，室家宗族，盈滿朝廷，人有爵禄，豪强族盛也。魂乎歸徠！居室定只。言官爵既崇，宗族既盛，則居家之道，大安定也。接徑千里，出若雲只。言楚國境界，徑路交接，方千餘里，中有隱士，慕己徠出，集聚若雲也。三圭重侯，三圭，謂公、侯、伯也。公執桓圭，侯執信圭，伯執躬圭，故言三圭也。重侯，謂子、男也，子、男共一爵，故言重侯也。〔補〕曰：公、侯、伯、子、男，同謂之諸侯。三圭比子、男爲重。聽類神只。言楚國所包，中有公、侯、伯、子、男執玉圭之君，明於知人，聽愚賢之類，别其善惡，昭然若神，能薦達賢人也。察篤夭隱，篤，病也。早死爲夭。隱，匿也。夭，一作殀。孤寡存只。言三圭之君，不但知賢愚之類，乃察知萬民之中，被篤疾病早殀死，及隱逸之士，存視孤寡而振贍之也。〔補〕曰：篤，厚也。魂兮歸徠！正始昆只。昆，後也。言楚國公侯昭明，魂宜來歸，遂忠信之志，正終始之行，必顯用也。兮，一作乎。田邑千畛，田，野也。畛，田上道也。邑，都邑也。《詩》云：徂隰徂畛。〔補〕曰：畛，之忍切。人阜昌只。

阜，盛也。昌，熾也。言楚國田野廣大，道路千數，都邑衆多，人民熾盛，所有肥饒，樂於他國也。美冒衆流，冒，覆。德澤章只。章，明也。言楚國有美善之化，覆冒羣下，流於衆庶，德澤之惠，甚著明也。先威後文，威，武。善美明只。言楚國爲政，先以威武嚴民，後以文德撫之，用法誠善美，而君明臣直，魂宜還歸也。魂乎歸徠！賞罰當只。言君明臣正，賞善罰惡，各當其所也。一作徠歸。〔補〕曰：當，平聲。名聲若日，照四海只。言楚王方建道德名聲，光輝若日之明，照見四海，盡知賢愚。照，一作昭。德譽配天，萬民理只。言楚王脩德於内，榮譽外發，功德配天，能理萬民之冤結也。理，一作治。一本此二句次「善美明只」之後。北至幽陵，幽陵，猶幽州也。南交阯只。交趾，地名。〔補〕曰：《記》云：南方曰蠻，雕題、交趾。注云：交趾，足相鄉。《後漢書》云：其俗男女同川而浴，故曰交阯。阯與趾同。《輿地志》云：其夷足大指開析，兩足並立，指則相交。西薄羊腸，羊腸，山名。〔補〕曰：《戰國策》注云：羊腸，趙險塞名，山形屈辟，狀如羊腸。今在太原晉陽之西北。東窮海只。言榮譽流行，周遍四極，無遠不聞也。〔補〕曰：《書》云：東漸于海，西被于流沙，朔南暨聲教訖于四海。《史記》曰：北至于幽陵，南至于交阯，西至于流沙，東至于蟠木。《淮南》曰：南至交阯，北至幽都，東至陽谷，西至三危。魂乎歸徠！尚賢士只。言魂急歸徠，楚方尚進賢士，必見進用也。一作徠歸。一云：尚進士只。一云：進賢士只。發政獻行，獻，進。禁苛暴只。言楚王發教施令，進用仁義之行，禁絶苛刻暴虐之人也。禁，一作絶。舉傑壓陛，一國之高爲傑。壓，抑也。陛，階次也。壓，一作厭。陛，一作階。〔補〕曰：厭，於甲切。誅譏罷只。譏，非也。罷，駑也。言楚國選舉，必先升用傑俊之士，壓抑無德，不由階次之人，非惡罷駑，誅而去之。〔補〕曰：罷，音疲。直贏在位，贏，餘。〔補〕曰：贏，音盈。《説文》云：有餘賈利也。近禹麾只。禹，聖王，明於知人。麾，舉手也。言忠直之人，皆在顯位，復有贏餘賢俊，以爲儲副，誠近夏禹指麾取士，一國之人，悉進之也。一云誠近夏禹所稱，舉賢人之意也。豪傑執政，千人才曰豪，萬人才曰傑。傑，一作俊。執，一作理。流澤施只。言豪傑賢士，執持國政，惠澤流行，無不被其施也。魂乎徠歸！國家爲只。言魂乎急徠歸，爲國家作輔佐也。〔補〕曰：據注，爲，去聲。雄雄赫赫，天德明只。雄雄赫赫，威勢盛也。言楚王有雄雄之威，赫赫之勇，德配天地，體性高明，宜爲盡節也。三公穆穆，穆穆，和美貌。登降堂只。言楚有三公，其位尊高，穆穆而美，上下玉堂，與君議政，宜急徠歸，處履之也。降，一作玉。諸侯畢極，立九卿只。言楚選置三公，先用諸侯，盡極，乃立九卿以續之，用士有道，不失其次序也。昭質既設，昭質，謂明旦也。〔補〕曰：《記》云：質明而始行事。大侯張只。侯，謂所射布也。王者當制服諸侯，故名布爲侯而射之。古者，選士必於鄉射。心端志正，射則能中，所以别賢不肖也。言楚王選士，必於鄉射，明旦既設禮，張施大侯，使衆射之，中則舉進，不中退卻，各以能陞，民無怨望也。〔補〕曰：射侯見《周官·考工記》、《禮記·射義》。執弓挾矢，挾，持也。矢，箭也。揖辭讓只。上手爲揖，言衆士將射，已持弓箭，必先舉手以相辭讓，進退有禮，不失威儀也。一云：揖讓辭只。魂乎徠歸！尚三王只。尚，上也。三王，禹、湯、文王也。言魂急徠歸，楚國舉士，上法夏、殷、周，衆賢並進，無有遺失也。

楚辭卷第十一

校書郎臣王　逸上

惜誓章句第十一　楚辭

《惜誓》者，不知誰所作也。或曰賈誼，疑不能明也。《漢書》：賈誼，洛陽人。文帝召爲博士，議以誼任公卿。絳灌之屬毁誼，天子亦疏之，以誼爲長沙王太傅。意不自得，及度湘水，爲賦以弔屈原。賦云：所貴聖之神德兮，遠濁世而自藏。使麒麟可係而羈兮，豈云異夫犬羊。又曰：鳳皇翔于千仞兮，覽德煇而下之。見細德之險微兮，遥增擊而去之。彼尋常之汙瀆兮，豈容呑舟之魚。横江潭之鱣鯨兮，固將制於螻蟻。與此語意頗同。惜者，哀也。誓者，信也，約也。言哀惜懷王，與己信約，而復背之也。古者君臣將共爲治，必以信誓相約，然後言乃從一作從之。而身旨親也。蓋刺懷王有始而無終也。

惜余年老而日衰兮，歲忽忽而不反。言哀己年歲已老，氣力衰微，歲月卒過，忽然不還，而功不成，德不立也。登蒼天而高舉兮，歷衆山而日遠。言己想得道真，上升蒼天，高抗志行，經歷衆山，去我鄉邑，日以遠也。觀江河之紆曲兮，離四海之霑濡。言己遂見江河之紆曲，志爲盤結；遇四海之風波，衣爲濡溼。心愁身苦，憂悲且思也。遇，一作過。攀北極而一息兮，吸沆瀣以充虚。言己周流行求道真，冀得上攀北極之星，且中休息，吸清和之氣，以充空虚，療飢渴也。以，一作㠯。〔補〕曰：《晉志》云：北極五星，天運無窮。三光迭耀，而極星不移。故曰居其所而衆星共之。沆瀣，已見。飛朱鳥使先驅兮，駕太一之象輿。言己吸天元氣，得其道真。即朱雀神鳥爲我先導，遂乘太一神象之轝，而遊戲也。〔補〕曰：《淮南》云：左青龍，右白虎，前朱鳥，後玄武。注云：角、亢爲青龍，參、伐爲白虎，星、張爲朱鳥，斗、牛爲玄武。沈存中云：朱雀莫知何物，但謂鳥而朱者，羽族赤而翔上，集必附木，此火之象也。或云：鳥，即鳳也。然天文家朱鳥，乃取象於鶉。南方七宿，曰鶉首、鶉火、鶉尾是也。蒼龍蚴虬於左驂兮，白虎騁而爲右騑。言己德合神明，則駕蒼龍，驂白虎，其狀蚴虬有威容也。〔補〕曰：蚴，於糾切。虬，渠糾切。騑，音妃。建日月㠯爲蓋兮，載玉女於後車。言己乃立日月之光，以爲車蓋。載玉女於後車，以侍棲宿也。〔補〕曰：《大人賦》云：載玉女而與之歸。張揖曰：玉女，青要、乘弋等也。馳騖於杳冥之中兮，休息虖崑崙之墟。言己雖馳騖杳冥之中，脩善不倦，休息崑崙之山，以遊觀也。騖，一作鶩。虖，一作乎。〔補〕曰：《説文》：虚，大丘也。丘於切。崐崘丘，或謂之崑崙虚。或從土。樂窮極而不厭兮，願從容虖神明。言己周行觀望，樂無窮極，志猶不厭，願復與神明俱遊戲也。虖，一作乎。涉丹水而駝騁兮，丹水，猶赤水也。《淮南》言赤水出崑崙也。駝，一作馳。右大夏之遺風。大夏，外國名也。在西南。言己復渡丹水而馳騁，顧見大夏之俗，思念楚國也。〔補〕曰：《淮南》云：九州之外有八殯。西北方曰大夏。黄鵠之一舉兮，知山川之紆曲。再舉兮，睹天地之圜方。言黄鵠養其羽翼，一飛則見山川之屈曲，再舉則知天地之圜方。居身益高，所睹愈遠也。以言賢者亦宜高望遠慮，以知君之賢愚也。黄，一作鴻。一，或作壹。睹，一作覩，一作知。〔補〕曰：始元中，黄鵠下建章宫太液池中。師古云：黄鵠，大鳥，一舉千里，非白鵠也。臨中國之衆人兮，託回飈乎尚羊。尚羊，遊戲也。言己臨見楚國之中，衆人貪佞，故託回風，遠行遊戲也。一云：託回風乎倘佯。〔補〕曰：尚，音常，與倘同。飈，《集韻》作飆，音標。乃至少原之壄兮，少原之壄，仙人所居。壄，一作野。赤松王喬皆在旁。言遂至衆仙所居，而見赤松子與王喬也。喬，一作僑。〔補〕曰：《淮南》云：王喬、赤松去塵埃之間，離群慝之紛，吸陰陽之和，食天地之精。蹀虚輕舉，乘雲游霧。二子擁瑟而調均兮，均，亦調也。〔補〕曰：《國語》云：律者，所以立均出度也。余因稱乎清商。清商，歌曲也。言赤松、王喬見己歡喜，持瑟調弦而歌。我因稱清商之曲最爲善也。澹然而自樂兮，澹，一作淡。吸衆氣而翱翔。衆氣，謂朝霞、正陽、淪陰、沆瀣之氣也。言己得與松喬相對，心中澹然而自欣樂，俱吸衆氣而遊戲。念我長生而久僊兮，不如反余之故鄉。言屈原設去世離俗，遭遇真人，雖得長生久僊，意不甘樂，猶思楚國，念故鄉。忠信之至，恩義之篤也。黄鵠後時而寄處兮，鴟梟羣而制之。言黄鵠一飛千里，常集高山茂林之上，設後時而欲寄處，則鴟梟羣聚，禁而制之，不得止也。言賢者失時後輩，亦爲讒佞所排逐。一作鴻鵠。〔補〕曰：鴟，稱脂切。鴟鵂，怪鳥。梟，堅堯切，不孝鳥。神龍失水而陸居兮，爲螻蟻之所裁。螻，螻蛄也。蟻，蚍蜉也。裁，制也。言神龍常潛深水，設其失水，居於陵陸之地，則爲螻蟻、蚍蜉所裁制，而見啄齧也。以言賢者不居廟堂，則爲俗人所侵害也。蟻，一作螘。〔補〕曰：螻，音樓。《管子》曰：蛟龍，水虫之神者也。乘於水則神立，失於水則神廢。《莊子》曰：吞舟之魚碭而失水，則蟻能苦之。夫黄鵠神龍猶如此兮，况賢者之逢亂世哉！言黄鵠能飛翔，神龍能存能亡，奄然失所，爲鴟梟、螻蟻所制，其困如此。何況賢者，身無爵禄，爲俗人所困侮，固其宜也。**壽冉冉而日衰兮，固儃回而不息。**儃回，運轉也。言己年壽日以衰老，而楚國羣臣承順君非，隨之運轉，常不止息也。固，一作國。儃，一作邅。**俗流從而不止兮，衆枉聚而矯直。**枉，邪也。矯，正也。言楚國俗人流從諂諛，不可禁止，衆邪羣聚，反欲正忠直之士，使隨之也。**或偷合而苟進兮，或隱居而深藏。**言士有偷合於世，苟欲進取，以得爵位。或有修行德義，隱藏深山，而君不照知也。**苦稱量之不審兮，**稱所以知輕重，量所以別多少。〔補〕曰：稱、量，並平聲。**同權槩而就衡。**槩，平也。權、衡，皆稱也。言患苦衆人，稱物量穀，不知審其多少，同其稱平，以失情實，則使衆人怨也。以言君不稱量士之賢愚，而同用之，則使智者恨也。〔補〕曰：權，稱錘也。槩，平斛木也。衡，平也。**或推迻而苟容兮，或直言之諤諤。**言臣承順君非，可推可迻，苟自容入以得高位。有直言諤諤，諫正君非，而反放弃之也。迻，一作移。諤，《釋文》作讍。**傷誠是之不察兮，并紉茅絲以爲索。**單爲紉，合爲索。言己誠傷念君待遇苟合之人與忠直之士，曾無別異，猶并紉絲與茅共爲索也。一云：并繩絲以爲索。注云：單爲繩，合爲索。〔補〕曰：紉，女巾切。**方世俗之幽昏兮，**幽昏，不明也。**眩白黑之美惡。**眩，惑也。言方今之世，君臣不明，惑於貪濁，眩於白黑，不能知人善惡之情也。一本「眩」下有「於」字。**放山淵之龜玉兮，**龜可以決吉凶，故人亦珤之。放，弃也。**相與貴夫礫石。**小石爲礫。言世人皆弃崑山之玉，大澤之龜，反相與貴重小石也。言闇君貴佞僞，賤忠直也。**梅伯數諫而至醢兮，**已解於《離騷經》。醢，一作菹。一云：至菹醢兮。〔補〕曰：梅，音浼。**來革順志而用國。**來革，紂佞臣也。言來革佞諛，從順紂意，故得顯用，持國權也。**悲仁人之盡節兮，反爲小人之所賊。**言哀傷梅伯盡忠直之節，諫正於紂，反爲來革所譖，而被賊害也。**比干**

忠諫而剖心兮，剖，一作割。箕子被髮而佯狂。已解於《九章》。佯，一作詳。〔補〕曰：詳，與佯同。水背流而源竭兮，竭，《釋文》作渴。〔補〕曰：渴，音竭，水盡也。木去根而不長。言水橫流，背其源泉，則枯竭，木去其根株，則枝葉不長也。以言人背仁義、違忠信，亦將遇害也。非重軀以慮難兮，惜傷身之無功。言己非重愛我身，以慮難而不竭忠，誠傷生於世閒，無功德於民也。軀，一作體。已矣哉！獨不見夫鸞鳳之高翔兮，乃集大皇之壄。大皇之壄，大荒之藪。一無「夫」字。大，一作太。壄，一作野。一注云：皇，美也。大，美之藪。循四極而回周兮，見盛德而後下。言鸞鳥、鳳皇乃高飛於大荒之野，循於四極，回旋而戲，見仁聖之王，乃下來集歸於有德也。以言賢者亦宜處山澤之中，周流觀望，見高明之君，乃當仕也。回，一作佪。而回周兮，一作以周覽兮。彼聖人之神德兮，遠濁世而自藏。言彼神智之鳥，乃與聖人合德。見非其旹，則遠藏匿迹。言己亦宜効之也。使麒麟可得羈而係兮，一無「得」字。一本「係」下有「之」字。又何以異虖犬羊？言麒麟仁智之獸，遠見避害，常藏隱不見，有聖德之君乃肯來出。如使可得羈係而畜之，則與犬羊無異，不足貴也。言賢者亦以不可枉屈爲高，如可趨走，亦不足稱也。虖，一作乎，一作夫。

楚辭卷第十二

校書郎臣王　逸上

招隱士章句第十二　楚辭

《招隱士》者，淮南小山之所作也。昔淮南王安，博雅好古，招懷天下俊偉之士。《漢書》：淮南王安好書，招致賓客數千人，作爲内外書甚衆。自八公之徒，咸慕其德，而歸其仁，《神仙傳》曰：八公詣門，王執弟子之禮。後八公與安俱仙去。各竭才智，竭，一作擅。著作篇章，分造辭賦，㠯類相從，故或稱小山，或稱大山。其義猶《詩》有《小雅》、《大雅》也。《漢・藝文志》有淮南王羣臣賦四十四篇。小山之徒，閔傷屈原，又怪其文昇天乘雲，役使百神，似若仙者，雖身沈没，名德顯聞，與隱處山澤無異，故作《招隱士》之賦，㠯章其志也。也，一作云爾。

桂樹叢生兮桂樹芬香，以興屈原之忠貞也。〔補〕曰：郭璞云：桂，白華，叢生山峰，冬常青，閒無雜木。山之幽，遠去朝廷，而隱藏也。偃蹇連蜷兮容貌美好，悳茂盛也。蜷，一作卷。〔補〕曰：音權。枝相繚。仁義交錯，條理成也。以言才德高明，宜輔賢君爲貞幹也。五臣云：皆樹之美貌，亦喻原之美行。〔補〕曰：繚，紐也，居休切。山氣巃嵸兮岑崟蔘嵯，雲滃鬱也。巃，一作巄。五臣云：巃嵸，雲氣貌。〔補〕曰：巃，力孔切。嵸，音摠，山孤貌。石嵯峨。嵯峨，巀嶭，峻蔽日也。五臣云：嵯峨，高貌。谿谷嶄巖兮崎嶇閜窵，嶮阻倔也。五臣云：嶄巖，險峻貌。〔補〕曰：嶄，鉏咸切。閜，呼雅反。窵，于軌反。倔，苦滑反。水曾波。踊躍澧沛，流迅疾也。曾，一作增。猨狖羣嘯兮禽獸所居，至樂佚也。猨，一作蝯。〔補〕曰：狖，以狩切。虎豹嗥。猛獸争食，欲相囓也。以言山谷之中，幽深險阻，非君子之所處，猨狖虎豹，非賢者之偶，使屈原急來也。〔補〕曰：嗥，胡高切，咆也。攀援桂枝兮登山引木，遠望愁也。一云：引持美木，喻美行也。五臣云：援，持也。言原引持美行，淹留於此，以待明君。聊淹留。周旋中野，立踟蹰也。王孫遊兮隱士避世，在山隅也。遊，一作游。五臣云：原與楚同姓，故云王孫。〔補〕曰：樂府有《王孫遊》，出於此。不歸，違偕舊士，棄室家也。春草生兮萬物蠢動，抽萌芽也。萋萋。垂條吐葉，紛華榮也。五臣云：萋萋，草色。歲暮兮年齒已老，壽命衰也。不自聊，中心煩亂，常含憂也。〔補〕曰：聊，音留。蟪蛄鳴兮蜩蟬得夏，喜呼號也。五臣云：蟪蛄，夏蟬。〔補〕曰：《莊子》云：蟪蛄不知春秋。説者云：寒蟬也。一名蝭蟧，春生夏死，夏生秋死。或曰：山蟬，秋鳴者不及春，春鳴者不及秋。《廣雅》云：蟪蛄，蛁蟧，即《楚詞》所云寒螀者也。《方言》云：蛥蚗，齊謂之螇螰，楚謂之蟪蛄。啾啾。秋節將至，悲嘹噍也。以言物盛則衰，樂極則哀，不宜久隱，失盛時也。〔補〕曰：啾啾，衆聲，音揫。坱兮軋，霧氣昧也。〔補〕曰：坱，烏朗切。軋，於黠切。賈誼賦云：坱圠無垠。注云：其氣坱圠，非有限齊也。《集韻》：軮軋，遠相映貌。山曲岪，盤詰屈也。〔補〕曰：岪，音佛，山曲也。一音皮筆切。心淹留兮志望絶也。恫慌忽。亡妃匹也。一作洞荒忽。五臣云：憂思深也。〔補〕曰：恫，音通，痛也。慌，上聲。罔兮沕，精氣失也。五臣云：失志貌。〔補〕曰：沕，潛藏也，美筆切。《文選》音勿。憭兮栗，心剥切也。栗，一作慄。〔補〕曰：憭，音了，又音聊，一音留。虎豹穴，嵺穿峎也。穴，一作峎。五臣云：既危苦，又進虎豹之穴。〔補〕曰：《淮南》云：虎豹襲穴而不敢咆。襲，入也。咆，嗥也。嵺，音料。峎，音血。叢薄深林兮攢刺棘也。〔補〕曰：深草曰薄。人上慄。恐變色也。上，一作之。五臣云：慄，戰也。嶔岑碕礒兮，山皋嶇嵎。嶔，一作嵚。岑，一作崟。碕礒，一作崎嶬。〔補〕曰：嶔，音欽。岑，音吟。碕，音綺。礒，音蟻，又音錡。嶔岑，山高險也。碕礒，石貌。崎嶬，山形。硱磳磈硊，崔嵬嵯嵾。〔補〕曰：硱，綺矜切。《釋文》苦本切，非也。硱，從困。硱，從囷。磳，七冰切。磈，於鬼切。硊，魚毁切。並石貌。樹輪相糾兮交錯扶疏。糾，一作糺。扶疏，一作糾紛。五臣云：輪，横枝也。林木茷骫。枝條盤紆。一無「林木」二字。茷，一作茇，一作柭，一作茷。〔補〕曰：茇、柭、茷，並音跋。茷，木枝葉盤紆貌，通作茇。骫，音委。骫骫，屈曲也。青莎雜樹兮草木雜居。〔補〕曰：《本草》云：莎，古人爲詩多用之，此草根名香附子，荆襄人謂之莎草。薠草靃靡，隨風披敷。薠，一作蘋。靃，一作藿，一作蘿。〔補〕曰：靃靡，弱貌。蘿，草木花敷貌。白鹿麏麚兮衆獸並遊。麚，一作麢。〔補〕曰：麏，音君，麞也。麚，音加，牝鹿。或騰或倚。走住異趨。一云：走跱殊也。狀皃崟崟兮峨峨，頭角甚殊。蛾蛾，一作峨峨，音蟻。五臣云：頭角高貌。淒淒兮漇漇。衣毛若濡也。兮，一作而。漇，一作縱。〔補〕曰：漇，疏綺切，潤也。獼猴兮熊羆，百獸俱也。〔補〕曰：羆，音陂，如熊，黄白文。慕類兮以悲。哀己不遇也。從此以上，皆陳山林傾危，草木茂盛，麏鹿所居，虎兕所聚，不宜育道德，養情性，欲使屈原還歸郢也。五臣云：言山中之獸，猶慕儔類，而悲哀放弃獨處，實難爲心也。攀援桂枝兮配託香木，誓同志也。援，一作折。一無「援」字。聊淹留，踟躕低佪，待明時也。一云倚立躑躅，待明時也。虎豹鬬兮殘賊之獸，忿争怒也。熊羆咆，貪殺之獸，跳梁吼也。〔補〕曰：咆，蒲交切，嘷也。禽獸駭兮雉兔之羣，驚奔走也。亡其曹。違離黨輩，失羣偶也。王孫兮歸來！旋反舊邑，入故宇也。一作來歸。山中兮不可以久留。誠多患害，難隱處也。

楚辭卷第十三

校書郎臣王　逸上

七諫章句第十三　楚辭

初放

沈江

怨世世，一作上。

怨思

自悲

哀命一作哀時命。

謬諫謬，一作繆。

《七諫》者，東方朔之所作也。昔枚乘作《七發》，傅毅作《七激》，張衡作《七辯》，崔駰作《七依》，曹植作《七啟》，張協作《七命》，皆《七諫》之類。李善云：《七發》者，說七事以起發太子也。猶《楚辭·七諫》之流。五臣云：七者，少陽之數，欲發陽明於君也。《前漢》：東方朔，字曼倩，爲太中大夫，免爲庶人。後常爲郎，上書自訟不得大官，欲求試用。諫者，正也，謂陳法度以諫正君也。古者，人臣三諫不從，退而待放。屈原與楚同姓，無相去之義，故加爲《七諫》，慇懃之意，忠厚之節也。或曰：《七諫》者，法天子有争臣七人也。東方朔追憫屈原，故作此辭，以述其志，一作意。所以昭忠信、矯曲朝也。

平生於國兮，平，屈原名也。一本國上有「中」字。長於原壄。高平曰原，坰外曰野。言屈原少生於楚國，與君同朝，長大見遠，棄於山野，傷有始而無終也。壄，一作野。言語訥譅兮，出口爲言，相答曰語。訥者，鈍也。譅者，難也。譅，一作澀，《釋文》作譅。〔補〕曰：並所立切。《集韻》作嚁，口不能言也。通作澀。又無彊輔。言己質性忠信，不能巧利辭令，言語訥鈍，復無彊友黨輔，以保達己志也。彊，一作强。淺智褊能兮，褊，狹也。〔補〕曰：褊，必善切。《說文》：衣小也。聞見又寡。寡，少也。屈原多才有智，博聞遠見，而言淺狹者，是其謙也。數言便事兮，見怨門下。門下，喻親近之人也。言己數進忠言，陳便宜之事以助治，而見怨恨於左右，欲害己也。一作數諫便事。王不察其長利兮，卒見棄乎原壄。言懷王不察己忠謀可以安國利民，反信讒言，終棄我於原野而不還也。一無「見」字。壄，一作野。伏念思過兮，無可改者。言己伏自思念，行無過失可改易也。羣衆成朋兮，羣，一作群。上浸以惑。上，謂君也。浸，稍也。言佞人相與羣聚，朋黨成衆，君稍以惑亂而不自知也。巧佞在前兮，賢者滅息。滅，消也。言佞臣巧好其言，順意承旨，旦夕在於君前，而使忠賢之士心懷恐懼，吞聲小語，消滅謇謇之氣，以避禍患也。堯舜聖已没兮，一無「聖」字。孰爲忠直？言堯、舜聖明，今已没矣，誰爲盡忠直也？〔補〕曰：爲，去聲。高山崔巍兮，崔巍，高貌。〔補〕曰：上徂回、下五回切。水流湯湯。湯湯，流貌。言己仰視高山，其形崔巍，而不知頽弛。俛視水流，湯焉流行，而不知竭。自傷不如山川之性，身將顛沛也。〔補〕曰：《書》云：湯湯洪水方割。湯，音商。死日將至兮，與麋鹿同坑。陂池曰坑。言己年歲衰老，死日將至，不得處國朝，輔政治，而與麋鹿同坑，鳥獸爲伍，將墜陷坑穽，不復久也。〔補〕曰：坑，字書作坑，丘庚切，俗作坈。塊兮鞠，塊，獨處貌。匍匐爲鞠。一作塊鞠兮。〔補〕曰：塊，苦對切。當道宿，夜止曰宿。言己孤獨無耦，塊然獨處，鞠然匍匐，當道而躓卧，無所棲宿也。舉世皆然兮，舉，一作與。余將誰告？舉，與也。言舉當世之人皆行佞僞，當何所告我忠信之情也？一無「余」字。〔補〕曰：告，姑沃切。《易》：初筮告。斥逐鴻鵠兮，鴻鵠，大鳥。近習鴟梟，鴟梟，惡鳥。一無「習」字。梟，一作鴞。〔補〕曰：斥，音赤。梟，不孝鳥。鴞，于驕切，惡聲之鳥也。斬伐橘柚兮，橘柚，美木。〔補〕曰：《尚書》：厥包橘柚。小曰橘，大曰柚。柚似橙而實酢。《吕氏春秋》：果之美者，有雲夢之柚。列樹苦桃。苦桃，惡木。言君親近貪賊姦惡之人，而遠仁賢之士也。〔補〕曰：桃自有苦者，如苦李之類。《本草》云：羊桃味苦。陶隱居云：山野多有之。《詩》「隰有萇楚」是也。便娟之脩竹兮，寄生乎江潭。便娟，好貌。屈原以竹自喻，言有便娟長好之竹，生於江水之潭，被蒙潤澤而茂盛，自恨放流而獨不蒙君之惠也。乎，一作於。〔補〕曰：便，平聲。娟，烏玄切。上葳蕤而防露兮，葳蕤，盛貌。防，蔽也。〔補〕曰：葳，音威。蕤，儒隹切，艸木垂貌。《集韻》作蕤。下泠泠而來風。泠泠，清涼貌。言竹被潤澤，上則葳蕤而防蔽霧露，言能有所覆也。下則泠泠清涼，可休庇也。以言己德上能覆蓋於君，下能庇廕於民。〔補〕曰：泠，音靈。孰知其不合兮，孰，一作固。若竹柏之異心。竹心空，屈原自喻志通達也。柏心實，以喻君闇塞也。言己性達道德，而君閉塞，其志不合，若竹柏之異心也。往者不可及兮，謂聖明之王堯、舜、禹、湯、文、武也。來者不可待。欲須賢君，年齒已老，命不可待也。悠悠蒼天兮，莫我振理。悠悠，憂貌。振，救也。言己憂愁思想，則呼蒼天。言己懷忠正，而君不知，羣下無有救理我之侵冤者。〔補〕曰：太史公《屈原傳》云：人窮則反本，故勞苦倦極，未嘗不呼天也。竊怨君之不寤兮，吾獨死而後已。言己私怨懷王用心闇惑，終不覺寤，令我獨抱忠信，死於山野之中而已。

初放

惟往古之得失兮，言己思念古者，人君得道則安，失道則危，禹、湯以王，桀、紂以亡。覽私微之所傷。傷，害也。言己又觀人君私愛佞讒，受其微言，傷害賢臣者，國以危殆也。楚之無極、吴之宰嚭是也。堯舜聖而慈仁兮，後世稱而弗忘。言堯舜所以有聖明之德者，以任賢能，慈愛百姓，故民至今稱之也。弗，一作不。齊桓失於專任兮，夷吾忠而名彰。夷吾，管仲名也。管仲將死，戒桓公曰：豎刁自割，易牙烹子，此二臣者不愛其身，不慈其子，不可任也。桓公不從，使專國政。桓公卒，二子各欲立其所傅公子。諸公子並争，國亂無主，而桓公尸不棺，積六十日，虫流出户，故曰失於專任，夷吾忠而名著也。晉獻惑於孋姬兮，申生孝而被殃。已解於《九章》篇中。孋，一作驪。〔補〕曰：並力支切。偃王行其仁義兮，荆文寤而徐亡。荆，楚也。徐，偃王國名也。

周宣王之舅申伯所封也。《詩》曰：申伯番番，既入于徐。周衰，其後僭號稱王也。偃，諡也。言徐偃王修行仁義，諸侯朝之三十餘國，而無武備。楚文王見諸侯朝徐者衆，心中覺悟，恐爲所并，因興兵擊之而滅徐也。故《司馬法》曰：國雖强大，忘戰必危。蓋謂此也。〔補〕曰：《史記》：周穆王西巡狩，徐偃王作亂，造父爲穆王御，長驅歸周以救亂。《淮南子》云：徐偃王被服慈惠，身行仁義，然而身死國亡，子孫無類。注云：偃王於衰亂之世，脩行仁義，不設武備，楚文王滅之。徐國，今下邳徐僮是也。又曰：徐偃王好行仁義，陸地而朝者三十二國。王孫厲謂楚莊王曰：王不伐徐，必反朝徐。乃舉兵伐徐，遂滅之。《後漢書》曰：徐夷僭號，率九夷以伐宗周，西至河上，穆王畏其方熾，乃分東方諸侯，命徐偃王主之。偃王行仁義，陸地而朝者三十六國。穆王後得驥騄之乘，乃使造父御以告楚，令伐徐，一日而至。於是楚文王大舉兵而滅之。《博物志》云：偃王既治其國，仁義著聞，江淮諸侯服從者三十六國。穆王聞之，遣使乘駟，一日至楚，使伐之。偃王仁，不忍鬬其民，爲楚所敗。《元和姓纂》云：伯益之子，夏時受封於徐，至偃王爲楚所滅。按：徐偃王當周穆王時，楚文王乃春秋時，相去甚遠，豈春秋時自有一徐偃王邪？然諸書稱偃王多云穆王時人，唯《博物志》、《姓纂》但云爲楚敗滅，不指文王，其説近之。《後漢書》乃以穆王與楚文王同時，大謬。**紂暴虐以失位兮，周得佐乎吕望。**卒怒曰暴，賊善曰虐。言殷紂暴虐以失其位，周得吕望而有天下也。**修往古以行恩兮，封比干之丘壟。**小曰丘，大曰壟。言武王修先古之法，敬愛賢能，克紂，封比干之墓以彰其德，宣示四方也。壟，一作隴。〔補〕曰：《集韻》壟有寵音。**賢俊慕而自附兮，日浸淫而合同。**才敵千人爲俊。浸淫，多貌也。言天下賢能英俊，慕周之德，日來親附，浸淫盛多，四海並合，皆同志也。浸，一作侵。〔補〕曰：浸，音侵。浸淫，漸漬。**明法令而修理兮，蘭芷幽而有芳。**言周家選賢任士，官得其人，法令修理，故幽隱之士皆有嘉名也。一云：法令修而循理兮。

苦衆人之妒予兮，言己患苦楚國衆人妒我忠直，欲害己也。箕子寤而佯狂。箕子，紂之庶兄，見比干諫而被誅，則被髮佯狂以脱其難也。佯，一作詳。〔補〕曰：詳與佯同。不顧地以貪名兮，心怫鬱而内傷。言己欲效箕子佯狂而去，不顧楚國之地，貪忠直之名，念君闇昧，心爲傷痛而怫鬱也。〔補〕曰：怫，音佛。聯蕙芷以爲佩兮，過鮑肆而失香。言仁人聯結蕙芷，服之於身，過鮑魚之肆，則失其性而不芬香也。以言己積絫忠信，爲讒人所毁，失其忠名也。芷，一作若。佩，一作珮。香，一作芳。〔補〕曰：古人云：與不善人居，如入鮑魚之肆。謂惡人之行，如鮑魚之臭也。正臣端其操行兮，反離謗而見攘。謗，訕也。攘，排也。言正直之臣，端其心志，欲以輔君，反爲讒人所謗訕，身見排逐而遠放也。〔補〕曰：操，七到切。行，下孟切。攘，而羊切。世俗更而變化兮，而，一作以。伯夷餓於首陽。言當世俗人皆改其清潔，化爲貪邪，當若伯夷餓於首陽，而身垂功名也。〔補〕曰：馬融云：首陽山在河東蒲坂華山之北，河曲之中。《蘇鶚演義》云：蒲坂有雷首山，伯夷、叔齊所居，故云首陽山。又隴西地名首陽，東有鳥鼠山，亦謂之首陽。又杜預云：洛陽之東，首陽山之南，有小山，西瞻宫闕，北望夷、齊。又阮籍詩云：步出上東門，遥望首陽岑。下有採薇士，上有嘉樹林。據夷、齊所居此山是矣。《論語》注以蒲坂爲是，恐誤。又《後漢》注亦云首陽山在洛陽東北。獨廉潔而不容兮，叔齊久而逾明。叔齊，伯夷弟也。言己獨行廉潔，不容於世，雖飢餓而死，幸若叔齊久而有榮名也。逾，一作愈。浮雲陳而蔽晦兮，使日月乎無光。言讒佞陳列在側，則使君不聰明也。乎，一作兮。忠臣貞而欲諫兮，讒諛毁而在旁。言忠臣正其心欲諫其君，讒毁在旁，而不敢言也。秋草榮其將實兮，其，一作而。微霜下而夜降。微霜殺物，以喻讒諛。言秋時百草將實，微霜夜下而殺之，使不得成熟也。以言讒人晨夜毀己，亦將害己身，使其忠名不得成也。商風肅而害生兮，商風，西風。肅，急貌。一作肅肅。百草育而不長。言秋氣起，則西風急疾而害生物，使百華不得盛長，以言君令急促，剗傷百姓，使不得保其性命也。育，一作墮。衆並諧以妒賢兮，諧，同也。孤聖特而易傷。言衆佞相與並同，以妒賢者。雖有聖明之智，孤特無助，易傷害也。一云：聖孤特。〔補〕曰：易，以豉切。懷計謀而不見用兮，巖穴處而隱藏。士曰隱，寶曰藏。言己懷忠信之計，不得列見，獨處巖穴之中，隱藏而已。成功隳而不卒兮，隳，壞也。〔補〕曰：翾規切。子胥死而不葬。言子胥爲吳伐楚破郢，謀行功成，後用讒言，賜劍棄死，故言死而不葬也。〔補〕曰：吳王取子胥尸，盛以鴟夷革，浮之江中，故曰死而不葬也。葬，音藏，瘞也。顔師古：音臧。世從俗而變化兮，隨風靡而成行。言當世之人，見子胥被害，則變心從俗，以承上意，若風靡草，羣聚成行而羅列。信直退而毀敗兮，虛僞進而得當。言信直之臣，被蒙譖毀，而身敗弃。虛僞之人，進用在位，而當顯職也。追悔過之無及兮，之，一作而。無，一作不。豈盡忠而有功。言君進用虛僞之臣，則國傾危，追而自悔，亦無所及也。己欲盡忠直之節，終不能成其功也。豈，一作覬。廢制度而不用兮，務行私而去公。言在位之臣，廢先王之制度，務從私邪，背去公正，爭欲求利也。終不變而死節兮，惜年齒之未央。言己執守清白而死忠直，終不變節，惜年齒尚少，壽命未盡，而將夭逝也。將方舟而下流兮，冀幸君之發矇。大夫方舟，士特舟。矇，僮矇也。言我將方舟隨江而浮，冀幸懷王開其矇惑之心而還己也。方，一作舫。矇，一作蒙。〔補〕曰：舫與方同。《說文》云：方，併舟也。亦作舫。《素問》曰：發蒙解惑，未足以論。痛忠言之逆耳兮，恨申子之沈江。申子，伍子胥也。吳封之於申，故號爲申子也。哀痛忠直之言忤逆君耳，使之恚怒，若申胥諫，吳王殺而沈之江流也。願悉心之所聞兮，心，一作余。遭值君之不聰。悉，盡也。聽遠曰聰。言己欲盡忠竭其所聞，陳列政事，遭值懷王闇不聰明，而不見納也。不開寤而難道兮，道，一作導。不别横之與縱。緯曰横，經曰縱。言君心常惑而不可開寤，語以政道，尚不别繒布經緯横縱，不能知賢愚亦明矣。〔補〕曰：别，彼列切。聽奸臣之浮説兮，奸，一作姦。絶國家之久長。言君好聽邪説之臣虚言浮説，以自誤亂，將絶國家累世久長之禄也。滅規榘而不用兮，背繩墨之正方。言君爲政，滅先聖之法度而不施用，背棄忠直之臣，以自傾危。離憂患而乃寤兮，離，一作罹。若縱火於秋蓬。蓬，蒿也，秋時枯槁。言君信任佞諛，不慮艱難，卒遭憂患，然後乃覺，若放火於秋蒿，不可救制也。業失之而不救兮，尚何論乎禍凶？言君施行業以失道，身將危殆，尚復論國之禍凶，豈不晚哉？彼離畔而朋黨兮，獨行之士其何望？言彼讒佞相與朋黨，並食重禄，獨行忠直之士當復何望？宜窮困也。〔補〕曰：望，平聲。日漸染而不自知兮，稍積爲漸，污變爲染。積，一作漬。〔補〕曰：漸，音尖。秋毫微哉而變容。鋭毛爲毫，夏落秋生。言君用讒邪，日以漸染，隨之變化，而不自知，若秋毫更生，其容微眇，而日長大也。毫，一作豪。一無「哉」字。哉，一作裁。〔補〕曰：《莊子》：秋豪雖小。司馬云：兔豪在秋而成。一云：毛至秋而耎細，故以喻小。《説文》云：豪，豕鬣如筆管者。毫，長鋭毛。衆輕積而折軸兮，原咎雜而累重。咎，過也。言車載衆輕之物，以折其軸而不可乘，其過咎由重絫雜載衆多之故也。以言國君聽用羣小之言，則壞敗法度，而自傾危也。原，一作厚。〔補〕曰：《戰國策》云：積羽沈舟，羣輕折軸。累，《釋文》力瑞切。赴湘沅之流澌兮，恐逐波而復東。言己心清潔，不能久居濁世，故赴湘、沅之水，與流澌俱浮，恐遂乘波而東入大海也。〔補〕曰：《説文》：澌，水索也。澌，流冰也。此當從仌。**懷沙礫而自沈兮，不忍見君之蔽壅。**礫，小石也。言己所以懷沙負石，甘樂死亡，自沈于水者，不忍久見懷王壅蔽於讒佞也。壅，一作雍。〔補〕曰：壅，塞也，音雍。

沈江

世沈淖而難論兮，沈，没也。淖，溺也。難，一作不。〔補〕曰：淖，泥也，女孝切。**俗岭峨而嵾嵯。**岭峨、嵾嵯，不齊貌。言時世之人沈没財利，用心淖溺，不論是非，不別忠佞，風俗毀譽，高下嵾嵯，賢愚合同，上不任賢，化使然也。岭，一作岑。〔補〕曰：岭，魚今切。嵾，楚岑切。嵯，叉宜切，一音倉何切。**清泠泠而殲滅兮，**清泠泠，以喻潔白。殲，盡也。滅，消也。殲，一作瀸，一作纖。一云：而日瀸兮。〔補〕曰：殲，盡也。瀸，泉一見一否。並音尖。**溷湛湛而日多。**溷湛湛，喻貪濁也。言泠泠清潔之士，盡棄銷滅，不見論用；貪濁之人，進在顯位，日以盛多。**梟鴞既以成羣兮，玄鶴弭翼而屏移。**言貪狼之人，並進成羣；廉潔之士，斂節而退也。以，一作已。〔補〕曰：鴞，于驕切。《釋文》：何苗切。《史記》：師曠鼓琴，有玄鶴二八，舞于廊門。《山海經》：雷山有玄鶴，粹黑如漆。其壽滿三百六十歲，則色純黑。昔黄帝習樂于崑崙山，有玄鶴飛翔。**蓬艾親入御於牀笫兮，**笫，牀簀也。以喻親密。一無「入」字。〔補〕曰：笫，音姊，牀也。《方言》：陳、楚謂之笫。又阻史切。《説文》：牀簀也。**馬蘭踸踔而日加。**馬蘭，惡草也。踸踔，暴長貌也。加，盛也。言蓬蒿蕭艾入御房中，則馬蘭之草踸踔暴長而茂盛也。以言佞諂見親近，則邪僞之徒踊躍而欣喜也。〔補〕曰：踸，勑錦切。踔，勑角切，又丑角切。《説文》云：踸踔，行無常貌。《本草》云：馬蘭生澤旁，氣臭，花似菊而紫。《楚詞》以惡草喻惡人。棄捐葯芷與杜衡兮，余柰世之不知芳何。言棄捐芳草忠正之士，當柰世人不知賢何。葯，一作蘭。衡，一作蘅。一本「余」下有「今」字。一云：余柰夫世不知芳何。一云：余柰夫不知芳何。《釋文》：葯音約。何周道之平易兮，然蕪穢而險戲。險戲，猶言傾危也。言周家建立德化，其道平直公方，所履無失，而言蕪穢傾危者，心惑意異也。以平直爲傾危，則以忠正爲邪枉也。《詩》曰：周道如砥，其直如矢。〔補〕曰：易，以豉切。戲，音希。高陽無故而委塵兮，高陽，帝顓頊也。委塵，坋塵也。言帝顓頊聖明克讓，然無故被塵翳。言與帝共工爭天下也。《淮南子》曰：顓頊與共工爭爲帝。唐虞點灼而毁議。點，汙也。灼，灸也。猶身有病，人點灸之。言堯、舜至聖，道德擴被，尚點灸謗毁。言有不慈之過，卑父之累也。〔補〕曰：《集韻》議有儀音。誰使正其真是兮，言佞人妄論，以善爲惡，乃非訕聖王，當誰使正其真僞乎？己以忠被罪，固其宜也。雖有八師而不可爲。八師，謂禹、稷、禼、皋陶、伯夷、倕、益、夔也。言堯、舜有聖賢之臣八人，以爲師傅，不能除去虚僞之謗乎？疾讒之辭也。

皇天保其高兮，后土持其久。言皇天保其高明之姿，不可踰越也。后土持其久長，不可掘發也。賢人守其志分，亦不可傾奪也。一云不可輕脱。服清白以逍遥兮，偏與乎玄英異色。玄英，純黑也，以喻貪濁。言己被服芬香，履修清白，偏與貪濁者異行，不可同趣也。色，一作采。〔補〕曰：《爾雅》：冬爲玄英。西施媞媞而不得見兮，西施，美女也。媞媞，好貌也。《詩》曰「好人媞媞」也。〔補〕曰：《淮南》云：嫫母有所美，西施有所醜。又曰：

曼頰皓齒，形夸骨佳，不待脂粉芳澤而性可説者，西施、陽文也。媞，大奚切。媞媞，安也。一曰美好。嫫母勃屑而日侍。嫫母，醜女也。勃屑，猶媻姍，膝行貌。言西施媞媞，儀容姣好，屏不得見。嫫母醜惡，反得媻姍而侍左右也。以言親近小人，斥逐君子也。日，一作近。〔補〕曰：嫫，音謨。屑，蘇骨切。勃屑，行貌。媻姍，一作蹣跚。桂蠹不知所淹留兮，桂蠹，以喻食禄之臣也。言桂蠹食芬香，居高顯，不知留止，妄欲移徙，則失甘美之木，亡其處也。以言衆臣食君之禄，不建忠信，妄行佞諂，亦將失其位，喪其所也。〔補〕曰：蠹，音妒，木中虫。蓼蟲不知徙乎葵菜。言蓼虫處辛烈，食苦惡，不能知徙於葵菜，食甘美，終以困苦而癯瘦也。以喻己修潔白，不能變志易行，以求禄位，亦將終身貧賤而困窮也。知，一作能。〔補〕曰：蓼，辛菜也，音了。《魏都賦》云：習蓼蟲之忘辛。李善引《楚詞》：蓼蟲不知從乎葵藿。處涽涽之濁世兮，今安所達乎吾志。言己居濁溷之世，無有達我清白之志也。涽，一作湣。一無「乎」字。一云：今安達乎吾志。〔補〕曰：涽，音昏。意有所載而遠逝兮，固非衆人之所識。識，知也。言己心載忠正之志，欲遠去以求賢人君子，固非衆人所能知也。〔補〕曰：識，音志。驥躊躇於弊輂兮，躊躇，不行貌。輂，一作轝，一作輦。〔補〕曰：輂，拘玉切，大車駕馬。遇孫陽而得代。孫陽，伯樂姓名也。言衆人不識騏驥，以駕敗車，則不肯進，遇伯樂知其才力，以車代之，則至千里，流名德也。以言俗人不識己志，亦將遇明君，建道流化，垂功業也。呂望窮困而不聊生兮，遭周文而舒志。甯戚飯牛而商歌兮，桓公聞而弗置。皆解於《離騷經》。弗，一作不。〔補〕曰：聊，賴也。路室女之方桑兮，路室，客舍也。孔子過之以自侍。言孔子出遊，過於客舍，其女方采桑，一心不視，喜其貞信，故以自侍。過，一作遇。

吾獨乖剌而無當兮，乖，差也。剌，邪也。〔補〕曰：剌，戾也，力達切。心悼怵而耄思。耄，亂也，九十曰耄。言古賢俊皆有遭遇，我獨乖差，與時邪剌，故心中自傷怵惕，而思志爲耄亂。〔補〕曰：思，去聲。思比干之恲恲兮，恲恲，忠直之貌。〔補〕曰：恲，披耕切，忼慨也。哀子胥之慎事。子胥臨死曰：抉吾兩目，置吳東門，以觀越兵之入也。死不忘國，故言慎事也。〔補〕曰：子胥慎事吳王而見殺，故哀之。悲楚人之和氏兮，獻寶玉以爲石。遇厲武之不察兮，厲，厲王。武，武王。羌兩足以畢斮。斮，斷也。昔卞和得寶玉之璞，而獻之楚厲王，或毁之以爲石，王怒，斷其左足。武王即位，和復獻之，武王不察視，又斷其右足。和乃抱寶泣於荆山之下，悲極血出，於是暨成王，乃使工人攻之，果得美玉，世所謂和氏之璧也。或曰：兩足畢索。索，盡也。以言玉石易别於忠佞，尚不能知，己之獲罪，是其常也。一本云：兩足以之畢斮。〔補〕曰：斮，仄略切。劉向《新序》云：荆人卞和，得玉璞而獻之荆厲王，使工尹相之，曰：石也。王以和爲謾，而斷其左足。厲王薨，武王即位，和復奉玉璞而獻之武王，王使工尹相之，曰：石也。又以爲謾，而斷其右足。武王薨，共王即位，和乃奉玉璞而哭於荆山中，三日三夜，泣盡而繼之以血。共王聞之，乃使人理其璞而得寶焉。又《淮南子》注云：楚人卞和，得美玉璞於荆山之下，以獻武王，王以示玉人，玉人以爲石，刖其左足。文王即位，復獻之，以爲石，刖其右足。抱璞不釋而泣血。及成王即位，又獻之，成王曰：先君輕刖而重剖石。遂剖視之，果得美玉，以爲璧，蓋純白夜光，故曰和氏之璧。又《琴操》曰：卞和得玉璞，以獻楚懷王，使樂正子占之，言非玉，以其欺謾，斬其一足。懷王死，子平王立，和復抱其璞而獻之。平王復以爲欺，斬其一足。平王死，和欲獻，恐復見斷，乃抱其玉而哭荆山之中。諸説不同。按《史記·楚世家》：武王卒，子文王立。文王卒，子熊囏立，是爲杜敖。其弟弒杜敖自立，是爲成王。則《淮南子》注爲是。《新序》之説與朔同，然與《史記》不合，今並存之。小人之居勢兮，志狹智少，爲小人也。視忠正之何若？言小人智少慮狹，苟欲承順求媚，以居位勢，視忠正之人當何如乎？甚於草芥也。之，一作其。改前聖之法度兮，前，一作先。喜囁嚅而妄作。囁嚅，小語謀私貌也。言小人在位，以其愚心，改更先聖法度，背違仁義，相與耳語謀利，而妄造虛僞以譖毀賢人也。囁嚅，或作噂沓。〔補〕曰：囁，如葉切。嚅，如朱切。《説文》云：噂，聚語也。引《詩》「噂沓背憎」。親讒諛而疏賢聖兮，訟謂閭娵爲醜惡。讙譁爲訟。閭娵，好女也。言君親信讒諛之臣，斥逐忠正，背先聖法度，衆人讙譁之訟，以好爲惡，心惑意迷而不自知也。一無「謂」字。娵，一作娶。〔補〕曰：《荀子》曰：閭娵妹子奢，莫知媒兮。亦作閭娵。韋昭云：梁王魏嬰之美女。娵，音鄹。《集韻》：娶音須，人名，引《荀子》「閭娶子奢」。愉近習而蔽遠兮，孰知察其黑白。言君近諂諛，習而信之，蔽遠賢者，言不見用，誰當知己之清白，彼之貪濁也。愉，一作俞。〔補〕曰：愉，音愈。卒不得效其心容兮，卒，一作來。安眇眇而無所歸薄。薄，附也。言己放流，不得内竭忠誠，外盡形體，東西眇眇，無所歸附也。專精爽以自明兮，晦冥冥而壅蔽。言己專壹忠情，竭盡耳目之精明，欲以助君，而爲佞人之所壅蔽，不得進也。年既已過太半兮，然埳軻而留滯。輡軻，不遇也。言己年已過五十，而輡軻沈滯，卒無所逢遇也。埳，一作轗，一作輡。〔補〕曰：埳，苦闇切。軻，苦个切。又音坎可。轗，音坎。埳坷，不平也。輡軻，車行不平。一曰不得志。欲高飛而遠集兮，恐離罔而滅敗。罔以喻法。言己欲高飛遠止他方，恐遭罪法以滅敗忠厚之志也。離，一作罹。獨冤抑而無極兮，傷精神而壽夭。壽命夭也。皇天既不純命兮，余生終無所依。依，保也。一本無上四句。願自沈於江流兮，絶橫流而徑逝。徑，一作遠。寧爲江海之泥塗兮，安能久見此濁世？言己思委命於江流，沈爲泥塗，不忍久見貪濁之俗也。

怨世

賢士窮而隱處兮，士，一作者。廉方正而不容。言時貪亂者衆，賢者隱蔽，廉正之士不能容於世也。子胥諫而靡軀兮，比干忠而剖心。子推自割而飤君兮，德日忘而怨深。已解於《九章》也。一云：推自割而食君兮。〔補〕曰：靡，美皮切。飤，音寺，糧也。食音同。行明白而曰黑兮，荆棘聚而成林。荆棘多刺，以喻讒賊。言己修行清白，皎然日明，而讒人聚而蔽之謂之暗昧，（昧字據《楚辭章句》補。）使不得進也。聚，一作蘩。江離棄於窮巷兮，蒺藜蔓乎東廂。廧序之東爲東廂。以言賢者棄捐閭巷，小人親近左右也。藜，一作蔾。〔補〕曰：蔓，音萬。廂，廡也。賢者蔽而不見兮，讒諛進而相朋。相朋，一作在位。朋，一作明。梟鴞並進而俱鳴兮，鳳皇飛而高翔。言小人相舉而論議，賢智隱而深藏也。願壹往而徑逝兮，壹，或作一。道壅絶而不通。言己思壹見君，盡忠言而遂徑去，障蔽於讒佞而不得至也。

怨思

居愁懃其誰告兮，獨永思而憂悲。言己放在山澤，心中愁苦，無所告愬，長憂悲而已。懃，一作苦。內自省而不慙兮，操愈堅而不衰。言己自念懷抱忠誠，履行清白，內不慙於身，外不媿於人，志愈堅固不衰懈也。隱三年而無決兮，歲忽忽其若頹。言己放在山野，滿三年矣。歲月迫促，去若頹下，年且老也。古者人臣三諫不從，待放三年，君命還則復，無則遂行也。憐余身不足以卒意兮，憐，一作怜。卒，《釋文》作踤。冀一見而復歸。言己自憐身老，不足以終志意。幸復一見君，陳忠言，還鄉邑也。哀人事之不幸兮，幸，愛。屬天命而委之咸池。咸池，天神也。言己自哀不能修人事以見愛於君，屬禄命於天，委之神明而已。〔補〕曰：言己遭時之不幸，無可柰何，付之天命而已。逸説非是。屬，音燭，付也。《淮南》云：咸池者，水魚之囿也。注云：水魚，天神。身被疾而不閒兮，閒，差也。〔補〕曰：閒，瘳也，音諫。差，楚懈切。心沸熱其若湯。言己修行仁義，身反被病而不閒差。憂道不立，心中怛然而氣熱，若湯之沸。沸，一作佛。〔補〕曰：佛，音費，忿貌。冰炭不可以相並兮，並，併也。吾固知乎命之不長。言冰見炭則消，炭得冰則滅，以喻忠佞不可並處，則相傷害，固知我命之不得長久，將消滅也。一云：固知余命之不長。一云：吾乎固知命之不長。哀獨苦死之無樂兮，惜予年之未央。自哀惜死年尚少也。予，一作余。悲不反余之所居兮，一本「不」下有「得」字。恨離予之故鄉。不得歸郢見故居也。鳥獸驚而失羣兮，飛者爲鳥，走者爲獸。羣，一作群。〔補〕曰：《禮記》云：今是大鳥獸失喪其羣匹，越月踰時焉，則必反巡過其故鄉，翔回焉，鳴號焉，蹢躅焉，踟蹰焉，然後乃能去之。猶高飛而哀鳴。言鳥獸失其羣偶，尚哀鳴相求，以刺同位之人，曾無相念之意也。狐死必首丘兮，夫人孰能不反其真情。真情，本心也。言狐狸之死猶嚮丘穴，人年老將死，誰有不思故鄉乎？言己尤甚也。故人疏而日忘兮，新人近而俞好。言舊故忠臣，日以疏遠；讒諛新人，日近而見親也。俞，一作愈。一云：新人愈近而日好。〔補〕曰：俞，與愈同。

莫能行於杳冥兮，孰能施於無報？言衆人誰能有執心正行於杳冥之中，施於無報之人乎？言皆苟且而行，以求利也。〔補〕曰：《傳》曰：行乎冥冥，施乎無報。

苦衆人之皆然兮，乘回風而遠遊。言己患苦衆人皆行苟且，故乘風而遠去也。凌恒山其若陋兮，凌，乘也。恒山，北嶽也。陋，小也。〔補〕曰：恒，胡登切。恒山在中山曲陽縣西北。聊愉娛以忘憂。言己乘騰高山，以爲痺小，陟險猶易，聊且愉樂，以忘悲憂也。愉，一作媮。〔補〕曰：並音俞。悲虚言之無實兮，讒言無誠，君不察也。苦衆口之鑠金。已解於《九章》中。過故鄉而一顧兮，泣歔欷而霑衿。言己遠行，猶思楚國，而悲泣也。厭白玉以爲面兮，厭，著也。〔補〕曰：厭，於葉切，一音淹。懷琬琰以爲心。言己施行清白，心面若玉，内外相副。邪氣入而感内兮，施玉色而外淫。淫，潤也。言讒邪之言，雖自内感己志，而猶不變，玉色外潤，而内愈明也。何青雲之流瀾兮，瀾，一作爛。微霜降之蒙蒙。蒙蒙，盛貌。《詩》云：零雨其蒙。言遭佞人羣聚，造作虚辭，君政用急，天早下霜，則害草木，傷其貞節也。之，一作而。蒙，一作濛。注同。徐風至而徘徊兮，而，一作之。一作俳佪。疾風過之湯湯。風爲號令。言君命寬則風舒，風舒則己徘徊而有還志也。令急風疾，則己惶遽，欲急去也。湯，一作蕩。一云：疾風舒之蕩蕩。聞南藩樂而欲往兮，藩，蔽也。南國諸侯爲天子藩蔽，故稱藩也。唐本無「樂而」二字。〔補〕曰：樂，五効切。注讀作入聲。至會稽而且止。會稽，山名也。言己聞南國饒樂，而欲往至會稽山，且休息也。見韓衆而宿之兮，問天道之所在。韓衆，仙人也。天道，長生之道也。衆，一作終。借浮雲以送予兮，載雌霓而爲旌。旌，旗也。有鈴爲旌也。載，一作戴。

一云：載虹霓而爲旍。〔補〕曰：《梁書·王筠傳》：沈約製《郊居賦》，要筠讀至「雌霓連蜷」，約曰：僕常恐人呼爲霓。上五激、下五雞切。駕青龍以馳騖兮，班衍衍之冥冥。言極疾也。忽容容其安之兮，超慌忽其焉如。不知所之也。焉，一作安。〔補〕曰：如，去聲。苦衆人之難信兮，願離羣而遠舉。舉，去也。言苦見俗人多言無信，不可據任，故願離衆而遠去也。〔補〕曰：舉有據音。登巒山而遠望兮，巒，小山也。一云登巒，無「山」字。好桂樹之冬榮。南方有不死之草，北方有不釋之冰也。一云：好桂茂而冬榮。觀天火之炎煬兮，聽大壑之波聲。大壑，海水也。言己仰觀天火，下覩海水，心愁思也。〔補〕曰：煬，以讓切。炙，燥也。引八維以自道兮，天有八維，以爲綱紀也。道，一作導。含沆瀣以長生。言己乃攣持八維，以自導引，含沆瀣之氣，以不死也。〔補〕曰：沆，胡亢。瀣，胡介切，一本作瀣。居不樂以時思兮，以，一作而。一云思時。食草木之秋實。秋實，謂棗栗之屬也。飲菌若之朝露兮，構桂木而爲室。言飲食潔清，所處芬香也。〔補〕曰：菌，音窘。雜橘柚以爲囿兮，囿，一作圃。列新夷與椒楨。雜聚衆善，以自修飭也。〔補〕曰：新夷，即辛夷也。楨，女貞也。鵾鶴孤而夜號兮，哀居者之誠貞。言鵾雞、鶬鶴大鳥猶知賢良，哀惜己之履行正直，而不施用也。

自悲

哀時命之不合兮，傷楚國之多憂。言己自哀生時禄命，好行公正，不與君合，憐傷楚國無有忠臣，國家多憂也。内懷情之潔白兮，潔，一作質。遭亂世而離尤。言己懷潔白之志，以得罪過於衆人也。而，一作以。惡耿介之直行兮，世溷濁而不知。言衆人惡明正之直士，以君闇昧，不知用之故也。何君臣之相失兮，上沅湘而分離。言讒佞害己，使明君放逐忠臣，上下分離，失其所也。測汨羅之湘水兮，汨水在長沙羅縣，下注湘水中。〔補〕曰：汨，音覓。知時固而不反。言己沈身汨水，終不還楚國也。傷離散之交亂兮，遂側身而既遠。遂去而流遷也。處玄舍之幽門兮，穴巖石而窟伏。巖，穴也。言己修德不用，欲伏巖穴之中，以自隱藏也。從水蛟而爲徒兮，與神龍乎休息。自喻德如蛟龍而潛匿也。乎，一作而。何山石之嶄巖兮，靈魂屈而偃蹇。言山石高巖，非己所居，靈冤偃蹇難止，欲去之也。嶄，一作嶃。〔補〕曰：並士銜切。含素水而蒙深兮，日眇眇而既遠。素水，白水也。言雖遠行，不失清白之節也。蒙深，一作濛濛。哀形體之離解兮，解，一作懈。〔補〕曰：解，音懈。神罔兩而無舍。罔兩，無所據依貌也。舍，止也。自哀身體陸離，遠行解倦，精神罔兩，無所據依而舍止也。罔，一作罔。〔補〕曰：郭象曰：罔兩，景外之微陰也。惟椒蘭之不反兮，椒，子椒也。蘭，子蘭也。不，一作無。魂迷惑而不知路。言子椒、子蘭不肯反己，冤鬼迷惑，不知道路當如何也。願無過之設行兮，《釋文》：行，户更切。雖滅没之自樂。言願設陳己行，終無過惡，雖身没名滅，猶自樂不改易也。〔補〕曰：樂，去聲。痛楚國之流亡兮，哀靈脩之過到。言懷王之過，已至於惡，楚國將危亡，失賢之故也。〔補〕曰：到，至也。固時俗之溷濁兮，志瞀迷而不知路。瞀，悶也。迷，惑也。言己遭遇亂世，心中煩惑，不知所行也。〔補〕曰：瞀，音茂。念私門之正匠兮，匠，教也。遥涉江而遠去。言己念衆臣皆營其私，相教以利，乃以其邪心欲正國家之事，故己遠去也。念女嬃之嬋媛兮，涕泣流乎於悒。於悒，增歎貌也。已解於《離騷經》。悒，一作邑。〔補〕曰：於悒，音見《九章》。我决死而不生兮，雖重追吾何及。言亦無所復還也。一云：吾其何及。戲疾瀨之素水兮，望高山之蹇産。言己履清白，其志如水，雖遇棄放，猶志仰高遠而不懈也。高山，一作喬木。哀高丘之赤岸兮，遂没身而不反。言己哀楚有高丘之山，其岸峻嶮，赤而有光明，傷無賢君，將以阽危，故沈身於湘流而不還也。没，一作歿。

哀命

怨靈脩之浩蕩兮，已解於《離騷經》。夫何執操之不固。操，志也。固，堅也。言己念懷王信用讒佞，志數變移而不堅固也。〔補〕曰：操，七到切。悲太山之爲隍兮，隍，城下池也。《易》曰「城復于隍」也。隍，一作湟。〔補〕曰：《説文》：城池有水曰池，無水曰隍。孰江河之可涸。涸，塞也。言太山將頽爲池，以喻君且失其位，用心迷惑，過惡已成，若江河之决，不可涸塞也。〔補〕曰：涸，乎固切，水竭也。願承閒而效志兮，志，一作忠。〔補〕曰：閒，音閑。恐犯忌而干諱。所畏爲忌，所隱爲諱。干，觸也。言己願承君閒暇之時，竭効忠言，恐犯上忌，觸衆人諱，而見刑誅也。卒撫情以寂寞兮，寞，一作漠。然怊悵而自悲。怊悵，恨貌也。言己終撫我情，寂寞不言，然怊悵自恨，心悲毒也。〔補〕曰：怊，音超。玉與石其同匱兮，匱，匣也。其，一作而。貫魚眼與珠璣。圜澤爲珠，廉隅爲璣。以言君不知賢愚忠佞之士，猶同玉石雜、魚眼與珠璣同貫而不别也。一云：羸嵎爲璣。〔補〕曰：璣字音機，珠不圓也。駑駿雜而不分兮，駑，頓馬也。良馬爲駿。〔補〕曰：頓，與鈍同。服罷牛而驂驥。在轅爲服，外騑爲驂。言君選士用人，雜用駑駿，不異賢愚，若駕罷牛，驂以騏驥，才力不同也。〔補〕曰：罷，音皮。年滔滔而自遠兮，滔滔，行貌。遠，一作往。壽冉冉而愈衰。自傷不遇，年衰老也。愈，一作俞。〔補〕曰：俞，與愈同。衰，所淚切，一所戾切。心悇憛而煩冤兮，悇憛，憂愁貌也。冤，一作怨，《釋文》作宛，於袁切。〔補〕曰：悇，他胡切。憛，他闇切。一曰：禍福未定。屈艸自覆曰宛。蹇超摇而無冀。蹇，辭也。超摇，不安也。言己自念年老，心中悇憛，超摇不安，終無所冀望也。

固時俗之工巧兮，滅規榘而改錯。〔補〕曰：錯，七故切。卻騏驥而不乘兮，策駑駘而取路。當世豈無騏驥兮，誠無王良之善馭。見執轡者非其人兮，故駒跳而遠去。皆已解在《九辯》。〔補〕曰：許慎云：王良，晉大夫御無恤子良也，所謂御良也。一名孫無政，爲趙簡子御，死而託精於天駟星。天文有王良星是也。不量鑿而正枘兮，恐榘矱之不同。已解於《離騷經》。同，一作周。〔補〕曰：鑿，才到切。枘，而鋭切。榘，俱雨切。（雨原作兩，今改。參見《離騷》注。）矱，烏郭切。不論世而高舉兮，恐操行之不調。調，和也。言人不論世之貪濁，而高舉清白之行，恐不和於俗，而見憎於衆也。弧弓弛而不張兮，弛，解。弧一作故，弛一作弛。《釋文》作弞。〔補〕曰：弧，音胡。《說文》：木弓也。一曰：往體多、來體寡曰弧。弛、弞，並音矢。孰云知其所至？言弧弓雖强，弛而不張，誰知其力之所至乎？以言賢者不在職位，亦不知其才德也。無傾危之患難兮，焉知賢士之所死？言國無傾危之難，則不知賢士之伏節死義。〔補〕曰：《老子》云：國家昏亂有忠臣。俗推佞而進富兮，節行張而不著。張，一作明。〔補〕曰：著，張慮切。賢良蔽而不羣兮，朋曹比而黨譽。〔補〕

曰：比，音鼻。邪説飾而多曲兮，正法弧而不公。弧，戾也。言世俗之人，推佞以爲賢，進富以爲能，故君之正法膠戾不用，衆皆背公而鄉私也。一本「邪」下有「枉」字。〔補〕曰：膠，音豪，戾也。直士隱而避匿兮，避，一作辟。讒諛登乎明堂。明堂，布政之宮也。言忠直之士隱身避世，讒諛之人反登明堂而爲政也。〔補〕曰：《左傳》：勇則害上，不登於明堂。棄彭咸之娛樂兮，言棄彭咸清潔之行，娛樂風俗，則爲貪佞也。〔補〕曰：彭咸以伏節死義爲樂，而時人棄之。滅巧倕之繩墨。言工滅巧倕之繩墨，則枉直失其制也。言君偝先王之法則，自亂惑也。菎蕗雜於黀蒸兮，枲翮曰黀，煏竹曰蒸。言持菎蕗香直之草，雜於黀蒸，燒而燃之，則不識於物也。以言取忠直棄之林野，亦不知賢也。一作箟簬。黀，一作菆，一作靡，一作蔌，一作䕺，一作藂。一云：菎蔬雜於黀篜。〔補〕曰：菎，音昆。蕗，音路。箟，與箘同。箘，簬也，音窘，亦音昆。黀，麻藍也。菆，麻蒸也。並音鄒。蒸，折麻中幹也。篜，竹炬也。並音烝。蔌、䕺、藂，並與叢同，草叢生也。菆，亦音叢。靡，音糜。機蓬矢以射革。矢，箭也。言張强弩之機，以蓬蒿之箭，以射犀革之盾，必摧折而無所能入也。言使愚巧任政，必致荒亂，無所能成也。駕蹇驢而無策兮，蹇，跛也。策，箠也。又何路之能極？極，竟也。言君任駑頓之臣，使在顯職，如駕跛蹇之驢，又無鞭箠，終不竟道，將傾覆也。以直鍼而爲釣兮，釣，一作鉤。〔補〕曰：鍼，音針。又何魚之能得？言君不能以禮敬聘請賢者，猶以直鍼釣魚，無所能得也。伯牙之絶弦兮，伯牙，工鼓琴也。〔補〕曰：《列子》：伯牙善鼓琴，鍾子期善聽。無鍾子期而聽之。鍾子期，識音者也。言鍾子期死，伯牙破琴絶絃，不肯復鼓，以世無知音也。言己不遇明君識忠直者，亦宜鉗口而不語言也。和抱璞而泣血兮，一云和氏。安得良工而剖之？和，卞和也。剖，猶治也。已解於上篇也。安，一作焉。剖，一作刊，一作刑。**同音者相和兮，**謂清濁也。**同類者相似。**謂好惡也。以言君清明則潔白之士進，君闇昧則貪濁之人用。《易》曰：方以類聚，物以羣分。似，一作仇。**飛鳥號其羣兮，鹿鳴求其友。**同志爲友。言飛鳥登高木，志意喜樂，則和鳴求其羣而呼其耦。鹿得美草，口甘其味，則求其友而號其侶也。以言在位之臣，不思賢念舊，曾不若鳥獸也。《詩》曰：嚶其鳴矣，求其友聲。又曰：呦呦鹿鳴，食野之苹。**故叩宮而宮應兮，彈角而角動。**叩，擊也。彈，揳也。宮、角，五音也。言叩擊五音，各以其聲感而相應也。以言君求仁則仁至，修正則下直也。一云：叩宮而商應，彈角而徵動。〔補〕曰：《莊子》云：鼓宮宮動，鼓角角動，音律同矣。《淮南》云：調絃者叩宮宮應，彈角角動，此同聲相和者也。注：叩大宮則少宮應，彈大角則少角動。**虎嘯而谷風至兮，**虎，陽物也。谷風，陽氣也。言虎悲嘯而吟，則谷風至而應其類也。以言君修德行正，則百姓隨而化也。**龍舉而景雲往。**龍，介虫，陰物也。景雲，大雲而有光者。雲亦陰也。言神龍將舉陞天，則景雲覆而扶之，輔其類也。言君好賢士，則英俊往而並集也。〔補〕曰：《詩》云：習習谷風。《易》曰：雲從龍，風從虎。《新序》：孔子曰：虎嘯而谷風起，龍興而景雲見。《淮南》曰：虎嘯而谷風至，龍舉而景雲屬。注云：虎，土物也。谷風，木風也。木生於土，故虎嘯而谷風至。龍，水也。雲生水，故龍舉而景雲屬。《管輅別傳》云：徐季龍與輅共論，龍動則景雲起，虎嘯則谷風至。以爲火星者龍，參星者虎，火出則雲應，參出則風到，此乃陰陽之感化，非龍虎之所致也。輅言：若以參星爲虎，則谷風更爲寒霜之風，非東風之名。是以龍者陽精，以潛爲陰，幽靈上通，和氣感神，二物相扶，故能興雲。夫虎者，陰精而居于陽，依木長嘯，動於巽林，二數相感，故能運風。況龍有潛飛之化，虎有文明之變，招雲召風，何足爲疑？季龍言：龍之在淵，不過一井之底。虎之悲嘯，不過百步之中。形氣淺弱，所通者近，何能漂景雲而馳東風？輅言：君不見陰陽燧在掌握之中，形不出手，乃上引太陽之火，下引太陰之水，噓吸之閒，煙景以集，自然之道，無有遠近。**音聲之相和兮，言物類之相感也。**言鳥獸相呼，雲龍相感，無不應其類而從其耦也。傷君獨無精誠之心以動賢也。一云：音擊而相和兮。一無「言」及「也」字。**夫方圜之異形兮，**一云：若夫。圜，一作圓。**勢不可以相錯。**言君性所爲，不與己合，若方與圜不可錯雜，勢不相安也。**列子隱身而窮處兮，**列子，古賢士也。〔補〕曰：列子，名禦寇，其書曰《子列子》。窮，容貌有飢色，居鄭圃四十年，人無識者。**世莫可以寄託。**言列子所以隱佚不仕而窮處者，以世多詐僞，無可以寄命託身也。以，一作與。**衆鳥皆有行列兮，鳳獨翔翔而無所薄。**已解於《九辯》也。翔翔，一作翱翔，一作洋洋。薄，一作合。〔補〕曰：行，胡岡切。**經濁世而不得志兮，願側身巖穴而自託。**言己歷貪濁之世，終不得展其志意，但甘處巖穴之中而隱伏也。一無「側身」二字，有「依」字。**欲闔口而無言兮，嘗被君之厚德。**闔，閉也。言己欲閉口結舌而不復言，以嘗被君之厚禄，故不能默也。**獨便悁而懷毒兮，愁鬱鬱之焉極。**言憂愁之無窮。便悁，一作申旦。愁，一作憑。〔補〕曰：悁，忿也，音淵。**念三年之積思兮，願壹見而陳詞。**思一見君而陳忠言也。壹，或作一。〔補〕曰：糜信以爲屈原著辭，見放九年，今東方朔《謬諫》之章云：三年積思願壹見。愚謂此言朔自爲也。案《漢書·朔傳》亦鬱邑於不登用，故因名此章爲《謬諫》。若云謬語，因託屈原以諷漢主也。諷，一作誣。糜信，魏樂平太守也。一作庾信。予按《卜居》云：屈原既放，三年不得復見。則三年積思，正謂屈原也，唯以《謬諫》名篇，當如糜信之説爾。**不及君而騁説兮，**騁，馳也。**世孰可爲明之。**言己不及賢君，而騁極忠説，則時世闇蔽無可爲明真僞也。〔補〕曰：爲，去聲。身寢疾而日愁兮，寢，臥也。情沈抑而不揚。言己身被疾病，臥而愁思，自傷忠誠沈抑而不得揚達也。衆人莫可與論道兮，悲精神之不通。言當世之人，無可與議事君之道者，哀我精神所志，而不得通於君也。

謬諫

鮑慎思云：篇目當在亂曰之後。按古本《釋文》，《七諫》之後，亂曰別爲一篇，《九懷》《九思》皆同。

亂曰：鸞皇孔鳳日以遠兮，孔，孔雀也。一云：鸞孔鳳皇。畜鳧駕鵝。一云：畜梟駕鵝。〔補〕曰：駕，音加。《博雅》：鳴鵝，鴈也。鳴，音加。郭璞云：駕鵝，野鵝也。鷄鶩滿堂壇兮，高殿敞揚爲堂，平場廣坦爲壇。揚，一作陽。〔補〕曰：壇，音善。鼁黽游乎華池。鼁，蝦蟇也。華池，芳華之池也。言君推遠孔鳳，斥逐賢智，畜養鶩鵞，親近小人，滿於堂庭。鼁黽，諭讒諛弄口得志也。要褭奔亡兮，騰駕橐駝。要，一作騕。〔補〕曰：並音杳。應劭曰：騕褭，古之駿馬，赤喙玄身，日行五千里。橐，音託，又音駱。鉛刀進御兮，遥棄太阿。要褭，駿馬。太阿，利劍也。言君放遠要褭英俊之士，而駕橐駝，任使罷駑頓朽之人，而棄明智之士也。〔補〕曰：賈誼云：莫邪爲鈍兮，鉛刀爲銛。〔銛原作鋸，據《史記·屈賈列傳》改。〕鉛，音沿，青金也。拔搴玄芝兮，玄芝，神草也。〔補〕曰：搴，音蹇。《本草》：黑芝，一名玄芝。列樹芋荷。橘柚萎枯兮，橘柚，美木也。苦李旖旎。旖旎，盛貌也。言君乃拔去芝草，賤棄橘柚，種殖芋荷，養育苦李，愛重小人，斥逐君子也。〔補〕曰：旖，烏可切，當作旖。旎，儺可切。見《九辯》。**甂甌登於明堂兮**，甂甌，瓦器名也。〔補〕曰：甂，音邊。《方言》：自關而西，盆盎小者曰甂也。甌，小盆也。**周鼎潛乎深淵**。周鼎，夏禹所作鼎也。《左氏傳》曰：昔夏禹之有德，遠方圖物，貢金九牧，鑄鼎象物。桀有昏德，鼎遷于商。商紂暴虐，鼎遷于周，是爲周鼎。言甂甌之器登明堂，周鼎反藏於深淵之水。言小人任政，賢者隱匿也。乎，一作於。〔補〕曰：《漢·郊祀志》云：宋太丘社亡，而鼎没于泗水彭城下。**自古而固然兮，吾又何怨乎今之人！**言往古嫉妒忠直而不肯進用，我何爲獨怨今世之人乎？自慰之詞。

楚辭卷第十四

校書郎臣王　逸上

哀時命章句第十四　楚辭

《哀時命》者，嚴夫子之所作也。夫子名忌，忌，會稽吴人，本姓莊，當時尊尚，号曰夫子，避漢明帝諱曰嚴。一云名忌，字夫子。與司馬相如俱好辭賦，客遊於梁，梁孝王甚奇重之。忌哀屈原受性忠貞，一云受命而生。不遭明君而遇暗世，斐然作辭，歎而述之，一云追以述之。故曰《哀時命》也。

哀時命之不及古人兮，夫何予生之不遘時。遘，遇也。《詩》云：遘閔既多。言己自哀生時年命，不及古賢聖之出遇清明之時，而當貪亂之世也。遘，一作遭。閔，一作愍。往者不可扳援兮，倈者不可與期。言往者聖帝不可扳引而及，後世明王亦不可須待與期，傷生不遇時，遭困戹也。扳，一作攀。倈，一作來。〔補〕曰：扳，與攀同，引也。志憾恨而不逞兮，憾，亦恨也。《論語》曰：與朋友共，弊之而無憾。逞，解也。〔補〕曰：逞，丑郢切。《説文》：逞，通也，楚謂疾行爲逞。一曰快也。杼中情而屬詩。屬，續也。言己上下無所遭遇，意中憾恨，憂而不解，則杼我中情，屬續詩文，以曒己志也。杼，一作抒。〔補〕曰：杼，常與切。屬，音燭。夜炯炯而不寐兮，懷隱憂而歷茲。言己中心愁怛，目爲炯炯而不能眠，如遭大憂，常懷戚戚，經歷年歲，以至於此也。炯，一作烔。《釋文》作烱。隱，一作殷。〔補〕曰：炯，古茗切，光也。烱，俱永切，炎蒸也。隱，痛也。殷，大也。注云：大憂，疑作殷者是。心鬱鬱而無告兮，衆孰可與深謀？言己心中憂毒，而無所告語，衆皆諂諛，無可與議忠信也。欿愁悴而委惰兮，欿，愁貌也。委惰，懈倦也。惰，《釋文》作憜。〔補〕曰：欿，音坎，不自滿足意。老冉冉而逮之。言己欲行忠信而不得進，欿然愁悴，意中懈倦，年復已過，爲老所及，而志不立也。居處愁以隱約兮，居，一作尻。以，一作目。志沈抑而不揚。言己放於山澤，隱身守約，而志意沈抑，不得揚見於君，而永憂恨也。道壅塞而不通兮，通，一作達。江河廣而無梁。言己欲竭忠謀，讒邪壅塞而不得達，若臨江河無橋梁以濟也。願至崑崙之懸圃兮，采鍾山之玉英。鍾山，在崑崙山西北。《淮南》言鍾山之玉，燒之三日，其色不變。言己自知不用，願避世遠去，上崑崙山，遊於懸圃，采玉英咀而嚼之，以延壽也。〔補〕曰：《淮南》云：鍾山之玉，炊以鑪炭，三日三夜而色澤不變，則至德天地之精也。許慎云：鍾山北陸無日之地，出美玉。《援神契》曰：玉英，玉有英華之色。擥瑶木之橝枝兮，擥，一作掔。橝，一作擅。〔補〕曰：橝，大男切，木名。望閬風之板桐。板桐，山名也，在閬風之上。言己既登崑崙，復欲引玉樹之枝，上望閬風、板桐之山，遂陟天庭而遊戲也。板，一作阪。〔補〕曰：《博雅》云：崑崙虛有三山，閬風、板桐、玄圃。《水經》云：崑崙三級：下曰樊桐，一名板松；二曰玄圃，一名閬風；上曰層城，一名天庭。《淮南》云：懸圃、涼風、樊桐，在崑崙閶闔之中。樊，讀如飯。弱水汩其爲難兮，《尚書》曰：道弱水至於合黎也。〔補〕曰：汩，音骨，一于筆切。應劭曰：弱水出張掖刪丹，西至酒泉，合黎，餘波入于流沙。師古曰：弱水，謂西域絶遠之水，乘毛車以渡者耳，非張掖弱水也。路中斷而不通。言己想得登神山，顧以娱憂，迫弱水不得涉渡，路絶不通，所爲無可也。斷，一作絶。勢不能凌波以徑度兮，以，一作而，度，一作渡。又無羽翼而高翔。言己勢不能爲船乘波渡水，又無羽翼可以飛翔，當亦窮困也。然隱憫而不達兮，憫，一作閔。獨徙倚而彷徉。徙倚，猶低佪也。言己隱身山澤，内自憫傷志不得達，獨徘徊彷徉而遊戲也。一作仿佯。悵惝罔㠯永思兮，㠯，一作而。〔補〕曰：惝，昌掌切，驚貌。心紆軫而增傷。言己含憂彷徉，意中悵然，惝罔長思，心屈纏痛，苦重傷也。〔補〕曰：軫，當作軫。倚躊躇以淹留兮，以，一作㠯。日飢饉而絶糧。蔬不熟曰饉。言己欲躊躇久留，恐百姓飢餓糧食絶乏也。絶，古本作𢇍。糧，一作粻。〔補〕曰：𢇍，古絶字，反𢇍爲繼。或作㡭，非是。廓抱景而獨倚兮，超永思乎故鄉。言己在於山澤，廓然無耦，獨抱形景而立，長念楚國，心不能已，惝惘長思故鄉也。乎，一作兮。一云：超永思乎此故鄉。廓落寂而無友兮，誰可與玩此遺芳？玩，習也。言己居處廓落，又無知友，當誰與講習忠信之謀也？白日晼晚其將入兮，哀余壽之弗將。將，猶長也。言日月西流，晼晚而歿，天時不可留，哀我年命不得長久也。弗，一作不。〔補〕曰：晼，音苑。車既弊而馬罷兮，蹇邅徊而不能行。言己周行四方，車以弊敗，馬又罷極，蹇然邅徊，不能復前，而不遇賢君也。徊，一作迴。〔補〕曰：罷，音疲。身既不容於濁世兮，不知進退之宜當。言己執貞潔之行，不能自入貪濁之世，愁不知進止之宜，當何所行者也。

冠崔嵬而切雲兮，劍淋離而從横。淋離，長貌也。言己雖不見容，猶整飾衣服，冠則崔嵬上摩於雲，劍則長好，文武並盛，與衆異也。〔補〕曰：崔，音摧。淋，音林。衣攝葉以儲與兮，攝葉、儲與，不舒展貌。〔補〕曰：攝，之葉切，曲折也。儲，音宁，又音佇。左袪挂於榑桑。袪，袖也。《詩》云：羔裘豹袪。言己衣服長大，攝葉儲與，不得舒展，德能弘廣，不得施用，東行則左袖挂於榑桑，無所不覆也。挂，一作絓。榑，一作扶。桑，一作桒。〔補〕曰：榑，與扶同。右衽拂於不周兮，六合不足以肆行。六合，謂天地四方也。言己西行則右衽拂於不周之山，以六合爲小，不足肆行，言道德盛大無所不包也。上同鑿枘於伏戲兮，戲，一作羲。下合矩矱於虞唐。言己德能純美，宜上輔伏戲，與同制量，下佐堯、舜，與合法度而共治也。合，一作同。矩，一作規。願尊節而式高兮，志猶卑夫禹湯。言己雖不見用，猶尊高節度，意卑禹、湯，不欲事也。雖知困其不改操兮，終不以邪枉害方。言己雖自知貧賤困極，不能變志易操，終不能邪枉其身，以害公方之行也。世並舉而好朋兮，壹斗斛而相量。言今世之人，皆好朋黨，竝相薦舉，持其貪佞之心，以量清潔之士。壹，或作一。斗，一作升。衆比周以肩迫兮，比，親也。周，合也。以，一作而。賢者遠而隱藏。言衆佞相與合同，並肩親比，故賢者遠逝而藏匿也。一云隱而退藏。爲鳳皇作鶉籠兮，雖翕翅其不容。爲鳳皇作棲以鶉鴳之籠，雖翕其翅翼，猶不能容其形體也。以言賢者遭世亂，雖屈其身，亦不能自容入。一本「作」上有「而」字。翅，一作翼。〔補〕曰：翕，虚及切。靈皇其不寤知兮，一無「寤」字。焉陳詞而効忠？言懷王闇蔽，心不覺寤，安所陳詞，効己之忠信乎？詞，一作辭。俗嫉妒而蔽賢兮，孰知余之從容？言楚國風俗嫉妒蔽賢，無有知我進退執守忠信也。願舒志而抽馮兮，馮，一作憑，一作懣，一作愁。〔補〕曰：馮，音憑，亦音憤。庸詎知其吉凶？庸，用也。言己思舒志意，援引憤懣，盡極忠信，當何緣知其逢吉將被凶也？ 璋珪雜於甑窐兮，璋珪，玉名也。窐，甑土孔（按土當作下）。一作珪璋。〔補〕曰：甑，子孕切。窐，音攜，又音鼃。《淮南》云：弊箄甑瓾，在袇茵之上。注云：瓾，甑帶，音鼃。 隴廉與孟娵同宫。隴廉，醜婦也。孟娵，好女也。言世人不識善惡，乃以甑窐之土雜廁圭玉，又使醜婦與好女同室也。以言君闇惑，不別賢愚也。〔補〕曰：娵，女名，音鄒，一音須。 舉世以爲恒俗兮，恒，常。 固將愁苦而終窮。言舉世不識賢愚，以爲常俗，我固當終身窮苦而已。 幽獨轉而不寐兮，惟煩懣而盈匈。懣，憤也。言己愁思展轉而不能卧，心中煩憤，氣結滿匈也。 䰟眇眇而馳騁兮，心煩冤之𢥞𢥞。言己精䰟眇眇獨馳，心中煩懣，𢥞𢥞而憂也。䰟，一作魂。之，一作而。〔補〕曰：𢥞，丑弓切。 志欿憾而不憺兮，憺，安。〔補〕曰：大暫切。 路幽昧而甚難。言己心中欿恨，意識不安，欲復遠去，以道路深冥，難數移也。

塊獨守此曲隅兮，然欿切而永歎。言己獨處山野，塊然守此山曲，心爲切痛，長歎而已。 愁脩夜而宛轉兮，而，一作之。 氣涫鬻其若波。言己心憂宛轉而不能卧，愁夜之長，氣爲涫鬻，若水之波也。其，一作而。波，一作湯。〔補〕曰：涫，沸也。《釋文》音館。《集韻》官、貫二音。鬻與沸同。 握剞劂而不用兮，剞劂，刻鏤刀也。〔補〕曰：剞，居綺切。劂，居衛切，又九月切。應劭曰：剞，曲刀。劂，曲鑿。《説文》云：剞剧，曲刀也。 操規榘而無所施。言己懷德不用，若工握剞劂而無所刻鏤，持方圜而無所錯也。一云：而無施。 騁騏驥於中庭兮，焉能極夫遠道？言騏驥壹馳千里，乃騁之中庭促狹之處，不得展足以極遠道也。以言使賢者執洒掃之役，亦不得展志意也。 置猨狖於櫺檻兮，夫何以責其捷巧？言猨狖當居高木茂林，見其才力，而置之櫺檻之中，迫局之處，責其捷巧，非其理也。以言君子當在廟堂爲政，而弃之山林，責其智能，亦非其宜也。猨，一作蝯。狖，一作貁。捷，一作揵。〔補〕曰：櫺，音零，階際欄。駟跛鼈而上山兮，吾固知其不能陞。言己念君信用衆愚，欲以致治，猶若駕跛鼈而欲上山，我固知其不能登也。〔補〕曰：跛，波可切。釋管晏而任臧獲兮，臧，爲人所賤繫也。獲，爲人所係得也。賤繫，一作殘擊。〔補〕曰：《方言》云：臧獲，奴婢賤稱也。罵奴曰臧，罵婢曰獲。男而聓婢曰臧，女而婦奴曰獲。亡奴謂之臧，亡婢謂之獲。何權衡之能稱？言君欲爲政，反置管仲、晏嬰，任用敗軍賤辱係獲之士，何能稱權衡興至治乎？或曰：臧，守藏者也。獲，生禽者也。皆卑賤無知之人。箟簬雜於黀蒸兮，機蓬矢以䠶革。已解於《七諫》也。箟，竹也。一作菎簬。黀，一作菆，一作叢，一作靡。䠶，一作射。負檐荷以丈尺兮，欲伸要而不可得。背曰負，荷曰檐。言己居於衰亂之世，常低頭俛視，若以背肩負檐，丈尺而步，不敢伸要仰首，以遠罪過也。檐，一作擔。〔補〕曰：檐、擔，並都濫切，負也。擔，又都甘切。《釋名》曰：任也，任力所勝也。要，與腰同。外迫脅於機臂兮，迫脅，近附也。機臂，弩身也。於，一作以。臂，一作辟。〔補〕曰：《莊子》云：中於機辟。辟，毗亦切。疏云：辟，法也，機關之類。上牽聯於矰隿。言己居常怖懼，若附强弩機臂，畏其妄發，上恐牽聯於隿䠶，身被矰繳也。隿，一作弋。〔補〕曰：聯，音連。矰，音增。隿，與弋同。肩傾側而不容兮，一云不得容。〔補〕曰：《孟子》云：脅肩諂笑。固陿腹而不得息。言己欲傾側肩背，容頭自入，又不見納，故陿腹小息，畏懼患禍也。陿，一作愜。腹，一作腸。〔補〕曰：陿，音狹，隘也。務光自投於深淵兮，務光，古清白之士也。〔補〕曰：務光，見《莊子》。不獲世之塵垢。言古有賢士務光，憎惡濁世，言不見從，自投深淵而死，不爲讒佞所塵汙，己慕其行也。垢，一作埃。

〔補〕曰：《屈原傳》：不獲世之滋垢。孰魁摧之可久兮，願退身而窮處。言己爲諛佞所譖，被過魁摧，不可久止，願退我身，處於貧窮而已。鑿山楹而爲室兮，楹，柱。而，一作以。下被衣於水渚。渚，水涯也。言己雖窮，猶鑿山石以爲室柱，下洗浴水涯，被己衣裳，不失清潔也。霧露濛濛其晨降兮，一作朦朦。雲依斐而承宇。言幽居山谷，霧露濛濛而晨來下，浮雲依斐承我屋霤，晝夜闇冥也。斐，一作霏。一云：雲衣斐斐而承宇。〔補〕曰：斐，音非。虹霓紛其朝霞兮，霓，一作蜺。夕淫淫而淋雨。言天雲雜色，虹霓揚光，紛然炫燿，日未明旦，復有朝霞，則夕淋雨，愁且思也。〔補〕曰：《詩》云：朝隮于西，崇朝其雨。怊茫茫而無歸兮，茫，一作芒。悵遠望此曠野。言己幽居遇雨，愁思茫茫，無所依歸，但見曠野草木盛茂也。曠，一作廣。下垂釣於谿谷兮，上要求於僊者。言己幽居無事，下則垂釣餌於谿谷；上則要結僊人，從之受道也。求，一作結。〔補〕曰：要，平聲。與赤松而結友兮，一無「而」字。比王僑而爲耦。言己執守清潔，遂與二子爲羣黨也。使梟楊先導兮，梟楊，山神名，即狒狒也。導，一作道。〔補〕曰：《說文》：周成王時，州靡國獻狒，人身反踵，自笑，笑則上脣掩其目，食人。《爾雅》：狒狒如人，被髮迅走，食人。注云：梟羊也。《山海經》曰：其狀如人，而長脣黑身，有毛反踵，見人則笑。狒，父費切。《淮南》云：山出嘄陽。注云：山精也。一説云：梟羊，大口，其初得人喜而笑，卻脣上覆額，移時而後食之。張衡《玄圖》曰：梟羊喜獲，先笑後愁。謂人鑿其脣於額而得禽之也。白虎爲之前後。浮雲霧而入冥兮，騎白鹿而容與。言己與仙人俱出，則山神先道，乘雲霧、騎白鹿而游戲也。

䰟眐眐以寄獨兮，眐眐，獨行貌也。〔補〕曰：眐，音征，从目。眐眩，獨視也。《博雅》云：眐眐，行也。其字从耳。汨徂往而不歸。言我寃神眐眐獨行，寄居而處，汨然遂往而不還也。〔補〕曰：汨，于筆切。處卓卓而日遠兮，卓卓，高貌。卓，一作逴。遠，一作高。〔補〕曰：逴，音卓。志浩蕩而傷懷。言己隨從仙人，上游所居，卓卓日以高遠，中心浩蕩，罔然愁思，念楚國也。鸞鳳翔於蒼雲兮，故矰繳而不能加。一無「而」字。〔補〕曰：繳，音酌。蛟龍潛於旋淵兮，身不挂於罔羅。言鸞鳳飛於千仞，蛟龍藏於旋淵，故矰繳不能逮，羅罔不能加也。以言賢者亦宜高舉隱藏，法令不能拘也。旋，一作深。罔，一作網。〔補〕曰：《淮南》云：藏志乎九旋之淵。注云：九迴之淵，至深也。知貪餌而近死兮，不如下游乎清波。清波，清潔之流，無人之處也。言蛟龍明於避害，知貪香餌必近於死，故下游於清波無人之處也。以言賢者亦不宜貪禄位以危其身也。而，一作之。寧幽隱以遠禍兮，孰侵辱之可爲？言己亦寧隱身幽藏，以遠患禍，不能久被侵辱，誠爲難也。子胥死而成義兮，屈原沈於汨羅。雖體解其不變兮，其，一作而。豈忠信之可化？〔補〕曰：化，音花。志怦怦而内直兮，怦，一作怦。〔補〕曰：披耕切。履繩墨而不頗。皆已解於《離騷》、《九辯》、《七諫》。執權衡而無私兮，稱輕重而不差。差，過也。言己如得執持權衡，能無私阿，稱量賢愚，必不過差，各如其理也。〔補〕曰：差，七何切。概塵垢之枉攘兮，枉攘，亂貌。概，一作慨，一作狂。攘，一作枉。攘，概滌也。除穢累而反真。言己又欲概激濁亂之臣，使君除去穢累，而反於清明之德。真，一作悳。形體白而質素兮，中皎潔而淑清。言己自念形體潔白，表裏如素，心中皎潔，内有善性，清明之質也。時猒飫而不用兮，且隱伏而遠身。言時君不好忠直之士，猒倦其言而不肯用，故且隱伏山澤，斥遠己身也。〔補〕曰：飫，於據切。聊竄端而匿迹兮，嘆寂默而無聲。

言己竭忠而不見用，且逃頭匿足，竄伏自藏，執守寂寞，吞舌無聲也。嗼，一作漠，一作歎，一作嘆。一云：歎寂漠。〔補〕曰：嗼，音莫，《說文》：啾，嗼也。獨便悁而煩毒兮，便悁，一作悁悒。焉發憤而抒情。言己懷忠直之志，獨悁悒煩毒，無所發我憤懣，泄己忠心也。時曖曖其將罷兮，曖，一作薆。〔補〕曰：罷，音皮。遂閔歎而無名。言己遭時不明，行善罷倦，心遂煩悶，傷無美名以流後世也。歎，一作漠，一作嘆。伯夷死於首陽兮，一作首山。一云首陽之山。卒夭隱而不榮。言伯夷餓於首陽，夭命而死，不饗其爵祿，得其榮寵也。夭，一作殀。〔補〕曰：夭，於表切。太公不遇文王兮，身至死而不得逞。言太公不遇文王，至死不得解於廝賤。一無「得」字。〔補〕曰：逞，丑京切，縱也。懷瑤象而佩瓊兮，願陳列而無正。言己懷玉象，履忠信，願陳列己志，無有明正之君聽而受之也。生天墜之若過兮，忽爛漫而無成。爛漫，猶消散也。言己生於天地之閒，忽若風雨之過，晻然而消散，恨無成功也。爛，一作瀾。邪氣襲余之形體兮，一無「體」字。疾憯怛而萌生。襲，及也。言己常恐邪惡之氣及我形體，疾病憯痛橫發而生，身僵仆也。〔補〕曰：怛，多達切。願壹見陽春之白日兮，恐不終乎永年。言己被疾憂懼，恐隨草木徂落，不能至陽春見白日，不終年命，遂委弃也。

楚辭卷第十五

校書郎臣王　逸上

九懷章句第十五　楚辭

匡機匡，一作主。

通路

危俊危，一作苞。

昭世

尊嘉

蓄英

思忠思，一作申，一作由。一云遊思。

陶壅壅，一作廱，音同。

株昭昭，一作明，一作招。一云珠昭，一云林招。

《九懷》者，諫議大夫王褒之所作也。褒，字子淵，蜀人也。爲諫大夫。懷者，思也，言屈原雖見放逐，一作流放。猶思念其君，憂國傾危而不能忘也。褒讀屈原之文，嘉其温雅，藻采敷衍，執握金玉，委之污瀆，遭世溷濁，溷，一作泥。莫之能識。追而愍之，一作諸。故作《九懷》，以裨其詞。《釋文》作埤，作詈。埤，頻彌切。史官録第，遂列于篇。一作編。

極運兮不中，周轉求君，道不合也。來將屈兮困窮。還就農桑，修播植也。來，一作求，一作永。余深愍兮慘怛，我内憤傷，心切剥也。愍，一作閔。慘，一作憒。願一列兮無從。欲陳忠謀，道隔塞也。乘日月兮上征，想託神明，陞天庭也。顧遊心兮鄗酆。回眄周京，念先聖也。文王都酆，武王都鄗，二聖有德，明於用賢，故顧其都，冀遭逢也。顧，一作願。〔補〕曰：鄗，下老切，在長安西上林苑中。酆在京兆杜陵西南。彌覽兮九隅，歷觀九州，求英俊也。彷徨兮蘭宫。遊戲道室，誦五經也。一作仿偟。芷閭兮葯房，居仁履義，守忠貞也。閭，一作室。奮摇兮衆芳。動作應禮，行馨香也。衆，一作種。菌閣兮蕙樓，節度彌高，德成就也。觀道兮從横。衆人瞻望，聞功名也。〔補〕曰：横，音黄，叶。寶金兮委積，志意堅固，策謀明也。美玉兮盈堂。懿譽光明，滿朝廷也。桂水兮潺湲，芳流衍溢，周四境也。揚流兮洋洋。潔白之化，動百姓也。蓍蔡兮踊躍，蓍龜喜樂，慕清高也。蓍，筮也。蔡，大龜也。《論語》曰：臧文仲居蔡。〔補〕曰：《淮南》云：大蔡神龜。注云：大蔡，元龜所出地名，因名其龜爲大蔡。《家語》云：臧氏有守龜，其名曰蔡。《文選》云：搏耆龜。注云：耆，老也。龜之老者神，引「蓍蔡兮踊躍」。據此，則蓍當作耆。然注以爲蓍龜之蓍，蓍雖神草，安能踊躍乎？孔鶴兮回翔。畏怖羅網，陞青雲也。鶴，一作鵠。撫檻兮遠望，登樓伏楯，觀楚郢也。念君兮不忘。思慕懷王，結中情也。不，一作弗。怫鬱兮莫陳，忠言藴積，不列聽也。莫，一作弗。陳，一作敶。〔補〕曰：怫，音佛。永懷兮内傷。長思切切，中心痛也。

匡機

天門兮墬户，金闈玉闥，君之舍也。墬，一作墜，一作地。孰由兮賢者？誰當涉履英俊路也。無正兮溷廁，邪佞雜亂，來竝居也。懷德兮何覩？忠信之士不見用也。假寐兮愍斯，衣冠而寢，自憐傷也。不脱冠帶而卧曰假寐。《詩》云：假寐永歎。愍，一作慜。誰可與兮寤語？衆人愚闇，誰與謀也。一無「與」字。痛鳳兮遠逝，仁智之士，遁世去也。畜鴳兮近處。畜養佞諛而親附也。鴳，《釋文》作鷃。〔補〕曰：鴳，音晏，雇也。鯨鱏兮幽潛，大賢隱匿，竄林藪也。鱏，一作鱓。〔補〕曰：鯨，音勍，海大魚也。鱏，音尋。鱓，音善，皮可爲鼓。從蝦兮遊陼。小人竝進，在朝廷也。鯨鱏，大魚也。蝦，小魚也。陼，一作渚。〔補〕曰：蝦，《釋文》音遐，《説文》云：蝦，蟆也。一曰蝦虫與水母游。乘虬兮登陽，意欲駕龍而陞雲也。載象兮上行。遂騎神獸，用登天也。神象白身赤頭，有翼能飛也。〔補〕曰：行，胡岡切，叶。朝發兮葱嶺，旦發西極之高山也。〔補〕曰：《後漢書》云：西至葱嶺。注云：葱嶺，山名，其山高大，生葱，故名。夕至兮明光。暮宿東極之丹巒也。北飲兮飛泉，吮嗽天液之浮源也。〔補〕曰：張揖云：飛泉在崑崙西南。南采兮芝英。咀嚼靈草，以延年也。宣遊兮列宿，徧歷六合，視衆星也。〔補〕曰：《文選》云：將北度而宣游。宣，徧也。順極兮彷徉。周繞北辰，觀天庭也。紅采兮騂衣，婆娑五采，芬華英也。古本：虹采兮霓衣。〔補〕曰：騂，思營切，赤色。翠縹兮爲裳。衣色瓌瑋，耀青蔥也。〔補〕曰：縹，疋沼切，帛青白色。舒佩兮綝纚，緩帶徐步，五玉鳴也。一本「舒」下有「余」字。〔補〕曰：綝，林、森二音。纚，力知、所宜二切。衣裳毛羽垂貌。竦余劍兮干將。握我寶劍，立延頸也。〔補〕曰：張揖云：干將，韓王劍師也。《博物志》：干將陽龜文，莫耶陰漫理，此二劍吴王使干將作之。莫耶，干將妻也。夫婦善作劍。騰蛇兮後從，神虵侍從，慕仁賢也。騰，一作螣。一云從後。〔補〕曰：《荀子》云：螣蛇無足而飛。《文子》曰：騰蛇無足而騰。郭璞云：螣，龍類，能興雲霧而游其中。飛駏兮步旁。駏驉奮飛，承轂輪也。〔補〕曰：駏，音巨。《淮南》云：北方有獸，其名曰蹶，常爲蛩蛩駏驉取甘草，蹷有患，蛩蛩駏驉必負而走。郭璞曰：邛邛似馬而青。《穆天子傳》：邛邛距虚，日走五百里。微觀兮玄圃，上睨帝圃，見天園也。覽察兮瑶光。觀視斗柄與玉衡也。瑶，一作摇。〔補〕曰：《淮南》云：瑶光者，資糧萬物者也。注云：瑶光，北斗杓第七星也，居中而運，歷指十二辰，擿起陰陽，以殺生萬物者也。啓匱兮探筴，發匣引籌，考禄相也。筴，《釋文》作箣。悲命兮相當。不獲富貴，值流放也。相，一作所。紉蕙兮永辭，結草爲誓，長訣行也。〔補〕曰：紉，女巾切。將離兮所思。背去九族，遠懷王也。浮雲兮容與，天氣滃溶，乍東西也。道余兮何之？來迎導我，難隨從也。遠望兮仟眠，遥視楚國，闇未明也。一作芊瞑，一作晦昏。〔補〕曰：《集韻》云：盰瞑，遥視。聞雷兮闐闐。君好妄怒，威武盛也。〔補〕曰：闐，音田。陰憂兮感余，内愁鬱伊，害我性也。憂，一作愁。惆悵兮自怜。悵然失志，嗟厥命也。

通　路

林不容兮鳴蜩，國不養民，賢宜退也。余何留兮中州？我去諸夏，將遠逝也。陶嘉月兮總駕，嘉及吉時，驅乘駟也。總，一作摠，一作驅。搴玉英兮自脩。采取瓊華，自脩飾也。脩，一作修。結榮茝兮逶逝，束草陳信，遂奔邁也。逶，一作遠。將去烝兮遠遊。違離於君，之四裔也。《爾雅》曰：林、烝，君也。或曰：烝，進也。言去日進而遠也。徑岱土兮魏闕，行出北荒，山高桀也。闕，一作國。〔補〕曰：岱，泰山也。注云：北荒，疑「岱」本「代」字。《春秋傳》曰：魏，大名也。一曰象魏，闕名。許慎云：巍巍高大，故曰魏闕。歷九曲兮牽牛。過觀列宿，九天際也。〔補〕曰：《爾雅》：河鼓謂之牽牛。聊假日兮相佯，且徐遊戲，頡年歲也。頡，一作消。相，一作⿰亻相。《釋文》作⿰彳相，音祥。遺光燿兮周流。敷揚榮華，垂顯烈也。望太一兮淹息，觀天貴將止沈滯也。紆余轡兮自休。緩我馬勒，留寢寐也。晞白日兮皎皎，天精光明而照察也。晞，一作睎。皎，一作皎。〔補〕曰：晞，明之始升也。睎，望也。彌遠路兮悠悠。周望八極，究地外也。顧列孛兮縹縹，邪視彗星，光瞥瞥也。〔補〕曰：孛，薄没切。縹，匹妙切。觀幽雲兮陳浮。山氣滃鬱而羅列也。陳，一作敶。鉅寶遷兮砏磤，太歲轉移，聲磕磑也。〔補〕曰：砏，普貧、披班二切。磤，音殷，又於謹切，石聲。雉咸雊兮相求。飛鳥驚鳴，雌雄合也。

〔補〕曰：雊，音遘。《前漢·郊祀志》云：秦文公獲若石云：于陳倉北阪城祠之。其神或歲不至，或歲數。來也常以夜，光輝若流星，從東方來，集於祠城，若雄雉，其聲殷殷云，野雞夜鳴。以一牢祠之，名曰陳寶。又曰：漢興，世世常來，光色赤黄，長四五丈，直祠而息，音聲砰隱，野雞皆雊。此陽氣舊祠也。注云：陳寶若來而有聲，則野雞皆鳴以應之。又楊雄《校獵賦》云：追天寶，出一方，應駍聲，擊流光。壄盡山窮，囊括其雌雄。注云：天寶，陳寶也。陳寶神來下時，駍然有聲，又有光精也。下時窮極山川天地之閒，然後得其雌雄。雄在陳倉，雌在南陽，故云野盡山窮也。**泱莽莽兮究志，**周望率土，遠廣大也。〔補〕曰：泱，於朗切。**懼吾心兮懤懤。**惟我憂思，意愁毒也。〔補〕曰：懤，憂也，音儔。**步余馬兮飛柱，**徘徊神山，且休息也。**覽可與兮匹儔。**歷觀羣英，求妃合也。二人爲匹，四人爲儔。儔，一作疇。一云：一人爲匹。**卒莫有兮纖介，**衆皆邪佞，無忠直也。**永余思兮怞怞。**愁心長慮，憂無極也。〔補〕曰：怞，憂貌，音由。

危俊

世溷兮冥昏，時君闇蔽，臣貪佞也。一云：世溷濁兮。**違君兮歸真。**將去懷王，就仁賢也。一云：臣違君兮。**乘龍兮偃蹇，**驂駕神獸，挐紛紜也。**高回翔兮上臻。**行戲遨遊，遂至天也。回，一作迴。**襲英衣兮緹䌌，**重我絳袍，采色鮮也。襲，一作龍。〔補〕曰：緹，音提。䌌，音習。《集韻》緹，赤色。䌌，緶衣也，七入切，又音妾。**披華裳兮芳芬。**徐曳文衣，動馨香也。《詩》曰：婆娑其下。**登羊角兮扶輿，**陞彼高山，徐顧睨也。輿，一作與。〔補〕曰：《莊子》：摶扶搖羊角而上者九萬里。疏云：旋風曲戾，猶如羊角。《音義》云：風曲上行曰羊角。相如賦云：扶輿猗靡。《史記》注云：郭璞曰：《淮南》所謂曾折摩地，扶輿猗委也。按今《淮南子》云：曾撓摩地，扶於猗那。浮雲漠兮自娱。乘雲歌吟而遊戲也。或曰：浮雲漢。漢，天河也。握神精兮雍容，握持神明，動容儀也。一云握精明，一云接精神，一云按神明，一云按精明。雍，一作癰。與神人兮相胥。留待松、喬，與伴儷也。流星墜兮成雨，陰精竝降，如墮雨也。〔補〕曰：《春秋》：夜中星隕如雨。《公羊》曰：如雨者，狀似雨。進瞵盼兮上丘墟。天旦欲明，至山溪也。進，一作集。古本無「上」字。〔補〕曰：瞵，力辰切，視貌。盼，普莧切。覽舊邦兮滃鬱，下見楚國之亂危也。覽，一作臨。〔補〕曰：滃，鄔孔切，雲氣起也。余安能兮久居！將背舊鄉，之九夷也。志懷逝兮心懰慄，心中欲去，内傷悲也。一無「懰」字。〔補〕曰：懰，音留。懰慄，憂貌。紆余轡兮躊躇。緩我馬勒，而低佪也。一云情躊躇。聞素女兮微歌，神仙謳吟，聲依違也。聽王后兮吹竽。伏妃作樂，百虫至也。魂悽愴兮感哀，精神惆悵，而思歸也。腸回回兮盤紆。意中毒悶，心紆屈也。回，一作迴。撫余佩兮繽紛，持我玉帶，相糾結也。高太息兮自憐。長歎傷己遠放弃也。使祝融兮先行，俾南方神開軌轍也。令昭明兮開門。炎神前驅，闢梁發也。馳六蛟兮上征，乘龍直驅，陞閶闔也。竦余駕兮入冥。遂馳我車，上寥廓也。歷九州兮索合，周遍天下，求雙匹也。索，一作寡。誰可與兮終生？莫足與友，爲親密也。忽反顧兮西囿，見彼隴蜀，道阻阨也。覩軫丘兮崎傾。山陵嶔岑，難涉歷也。軫丘，一作丘陵。〔補〕曰：軫丘，猶《九章》言軫石也。崎，音欹。横垂涕兮泫流，悲思念國，泣雙下也。〔補〕曰：泫，胡犬切，涕流貌。悲余后兮失靈。哀惜我后，違天法也。

昭世

季春兮陽陽，三月温和，氣清明也。列草兮成行。百卉垂條，吐榮華也。余悲兮蘭生，哀彼香草，獨隕零也。生，一作萃，一作悴。委積兮從横。枝條摧折，傷根莖也。江離兮遺捐，忠正之士，弃山林也。辛夷兮擠臧。仁智之士，抑沈没也。臧，一作將。〔補〕曰：擠，子雞切，排也。臧，音藏，匿也。伊思兮往古，惟念前世諸賢俊也。亦多兮遭殃。仁義遇罰，禍及身也。遭，一作逢。伍胥兮浮江，吴王弃之於江濱也。屈子兮沈湘。懷沙負石，赴汨淵也。運余兮念兹，轉思念此，志煩冤也。心内兮懷傷。腸中惻痛，摧肝肺也。望淮兮沛沛，臨水恐慄，畏禍患也。一云淵沛沛。〔補〕曰：沛，普貝切。濱流兮則逝。意欲隨水而隱遁也。榜舫兮下流，乘舟順水，游海濱也。榜舫，一作榜艕，一作榜舡，一作摘艕，一作摘舫。〔補〕曰：榜，音謗，進船也。舫，音方，併船也。艕，補孟切，船也。東坡本作榜舫。《釋文》榜作摘。摘，取也。東注兮礚礚。濤波踊躍，多險難也。礚，一作礚。《釋文》作磕。〔補〕曰：竝苦蓋切，石聲。蛟龍兮導引，虯螭水禽馳在前也。又作文蛇在前也。一云：蛟龍沃兮。文魚兮上瀨。巨鱗扶己渡涌湍也。文，一作大。抽蒲兮陳坐，拔草爲席，處薄單也。援芙蕖兮爲蓋。引取荷華以覆身也。一云：援英兮爲蓋。一云：拔英。水躍兮余旌，風波動我，摇旗旛也。旌，一作旍。繼以兮微蔡。續以草芥入己船也。以，一作㠯。〔補〕曰：蔡，艸也。雲旗兮電騖，遂乘風電，驅横奔也。儵忽兮容裔。往來亟疾，若鬼神也。

〔補〕曰：儵，音叔。河伯兮開門，水君竢望，開府寺也。迎余兮歡欣。喜笑迎己，愛我善也。顧念兮舊都，還視楚國，思郢城也。懷恨兮艱難。抱念恚恨，常欲還也。竊哀兮浮萍，自比如蘋，生水瀕也。萍，一作荓。汎淫兮無根。隨水浮游，乍東西也。一作沉淫，一作汎搖。〔補〕曰：搖，當作淫，舊音羊瞻切。巴東有淫預石。通作灩。又相如賦云：汎淫泛濫。汎，音馮，浮也。一讀作泛灩，一讀作馮淫，皆通。汎，一作沉。淫，一作搖。皆非是。

尊嘉

秋風兮蕭蕭，陰氣用事，天政急也。舒芳兮振條。動搖百草，使芳熟也。微霜兮眇眇，霜凝微薄，寒深酷也。病殀兮鳴蜩。飛蟬卷曲而寂默也。玄鳥兮辭歸，燕將入海，化爲蛤也。飛翔兮靈丘。悲鳴神山，奮羽翼也。望谿兮滃鬱，川谷吐氣，雲闇昧也。熊羆兮呴噑。猛獸應秋，將害賊也。呴，一作呴。〔補〕曰：呴，音吼，一音雊，一音烏角切。噑，胡刀切。唐虞兮不存，堯、舜已過，難追逐也。何故兮久留？宜更求君，之他國也。臨淵兮汪洋，瞻望大川，廣無極也。〔補〕曰：汪洋，晃養二音。顧林兮忽荒。回視喬木，與山薄也。〔補〕曰：荒，火晃切。修余兮袿衣，整我衫裳，自結束也。修，一作脩。〔補〕曰：袿，音圭。《廣雅》：袿，長襦也。《釋名》：婦人上服曰袿，其下垂者上廣下狹，如刀圭。騎霓兮南上。託乘赤霄，登張翼也。〔補〕曰：上，一音常。椉雲兮回回，載氣溶溶，意中惡也。椉，一作乘。亹亹兮自强。稍稍陞進，遂自力也。强，一作彊。將息兮蘭臯，且欲中休，止方澤也。失志兮悠悠。從高視下，目眩惑也。悠悠，一作調調。蒶蘊兮黴黧，愁思蓄積，面垢黑也。葐，一作紛。〔補〕曰：葐，音墳。藴，於雲切。葐藴，藴積也。黴，音眉，物中久雨青黑。一曰敗也。黧，憐題切，黑黄。思君兮無聊。想念懷王，忘寢食也。〔補〕曰：聊，音留。身去兮意存，體遠情近，在胸臆也。存，一作在。愴恨兮懷愁。心中憂恨，内悽惻也。

蓄英

登九靈兮遊神，想登九天，放精神也。神，一作精。静女歌兮微晨。神女夜吟，聲激清也。悲皇丘兮積葛，皇，美。《釋文》丘作北。衆體錯兮交紛。言己見美大之丘，葛草緣之而生，交錯茂盛，人不異而采取，則不成絺綌也。以言楚國士民衆多，君不異而舉用，則不知其有德也。貞枝抑兮枯槁，貞，正。枉車登兮慶雲。慶雲，喻尊顯也。言葛有正直之枝，抑弃枯槁而不見采。枉壞惡者，滿車陞進，反見珍重，御尊顯也。以言貞正之人，弃於山野，佞曲之臣，陞於顯朝。枉，一作柱。登，一作升。〔補〕曰：《漢·天文志》：若煙非煙，若雲非雲，郁郁紛紛，蕭索輪囷，是謂慶雲。感余志兮慘慄，動踊我心，如析割也。慘，一作憀。〔補〕曰：憀，力周、力彫二切。心愴愴兮自憐。意中切傷，憂悲楚也。一云：心悲兮。駕玄螭兮北征，將乘山神而奔走也。曏吾路兮葱嶺。欲踰高山，度阻險也。路，一作道。葱，一作蔥。〔補〕曰：曏，屬也，音向。連五宿兮建旄，係續列星，爲旗旄也。〔補〕曰：宿，音秀。揚氛氣兮爲旌。舉布霾霧，作旗表也。氛，一作雰。旌，一作旍。歷廣漠兮馳騖，徑過長沙，馳驅馬也。覽中國兮冥冥。顧視諸夏，尚昧晦也。玄武步兮水母，天龜水神侍送余也。天，一作大。與吾期兮南榮。與己爲誓，會炎野也。南方冬温，草木常茂，故曰南榮。登華蓋兮乘陽，上攀北斗，躡房星也。乘，一作椉。〔補〕曰：《大象賦》云：華蓋於是乎臨映。注云：華蓋七星，其柢九星，合十六星，如蓋狀，在紫微宮中，臨勾陳上，以蔭帝坐。聊逍遥兮播光。且徐遊戲，布文采也。抽庫婁兮酌醴，引持二星以斟酒也。〔補〕曰：《大象賦》注云：庫樓十星，五柱十五星，衡四星，合二十九星，在角南。《晉·天文志》云：庫樓十星，六大星爲庫，南四星爲樓。按庫樓形似酌酒之器，故云。王逸誤以天庫及二十八宿之婁以爲庫婁耳。援瓟瓜兮接糧。啗食神果，志猒飽也。瓟，一作匏。糧，一作粮。〔補〕曰：《大象賦》云：瓟瓜薦果於震閨。注云：五星在離珠北，天子之果園，占大光潤則歲豐，不爾則瓜果之實不登。《洛神賦》云：歎匏瓜之無匹。注引《史記》曰：四星在危南。瓟瓜，天官星占曰：瓟瓜一名天鷄，在河鼓東。畢休息兮遠逝，周偏留止而復去也。發玉軔兮西行。引支車木，遂驅馳也。〔補〕曰：行，胡岡切。惟時俗兮疾正，弗可久兮此方。世憎忠信，愛諂諛也。此，一作北。寤辟摽兮永思，心常長愁，拊心踊也。辟，拊心貌也。辟，一作擗。〔補〕曰：《詩》云：寤辟有摽。注云：辟，拊心也。摽，婢小切，擊也。張景陽《七命》云：甇嫠爲之擗摽。擗，避辟切。摽，避櫂切，驚心也。心怫鬱兮内傷。憂思積結，肝腑爛也。〔補〕曰：怫，音佛。

思忠

覽杳杳兮世惟，觀楚泥濁，俗愚蔽也。惟，一作維。〔補〕曰：惟，謀也。余惆悵兮何歸？罔然失志，無依附也。傷時俗兮溷亂，哀愍當世，衆貪暴也。將奮翼兮高飛。振翅翺翔，絶塵埃也。駕八龍兮連蜷，乘虯翱翔，見容貌也。蜷，一作蹉。〔補〕曰：竝音權。建虹旌兮威夷。樹蝃蝀旗，紛光耀也。旌，一作旍。觀中宇兮浩浩，大哉天下，難徧照也。紛翼翼兮上躋。盛氣振迅，陞天衢也。浮溺水兮舒光，遂渡沈流，揚精華也。溺，與弱同。淹低佪兮京沶。且留水側，息河洲也。水中可居爲洲，小洲爲渚，小渚爲沶。京沶，即高洲也。一作衹徊。低，一作徘。京，一作洲。一注云：小渚爲洔，小洔曰沶。〔補〕曰：京，人所爲絶高丘也。一曰大也。沶，直尸切。洔與沚同。屯余車兮索友，住我之駕，求松、喬也。〔補〕曰：索，所革切。覩皇公兮問師。遂見天帝，諮秘要也。覩，一作睹。道莫貴兮歸真，執守無爲，修朴素也。貴，一作遺。羡余術兮可夷。念己道藝，可悦樂也。《詩》云：既見君子，我心則夷。夷，喜也。吾乃逝兮南娭，往之太陽，遊九野也。逝，一作遊。〔補〕曰：娭，音熙。《大人賦》云：吾欲往乎南娭。道幽路兮九疑。涉歷深山，過舜墓也。疑，一作嶷。越炎火兮萬里，積熱彌天，不可處也。處，一作渡。過萬首兮嶷嶷。見海中山數萬頭也。海中山石，嶷嶷嶽嶽，萬首交跱也。萬首，一作千首。嶷嶷，一作旌旌。一注云：萬首，海中山名。〔補〕曰：嶷，音擬，又魚力切。濟江海兮蟬蜕，遂渡大水，解形體也。〔補〕曰：《淮南》云：蟬飲而不食，三十日而蜕。絶北梁兮永辭。超過海津，長訣去也。辭，一作詞。〔補〕曰：江淹《別賦》用此語。浮雲鬱兮晝昏，楚國潰亂，氣未除也。霾土忽兮塺塺。風俗塵濁，不可居也。塺，一作梅。〔補〕曰：霾，音埋。塺，音梅，塵也。息陽城兮廣夏，遂止炎野大屋廬也。衰色罔兮中怠。志欲懈倦，身罷勞也。色，一作氣。〔補〕曰：怠，有胎音。意曉陽兮燎寤，心中燎明，内自覺也。燎，一作半。《釋文》作憭。〔補〕曰：憭，音了。乃自訹兮在茲。徐自省視至此處也。訹，一作睎。在，一作存。自訹，一作息軫，恐非。

〔補〕曰：訡，視也，當作診。思堯舜兮襲興，喜慕二聖，相繼代也。幸咎繇兮獲謀。冀遇虞舜，與議道也。悲九州兮靡君，傷今天下無聖主也。撫軾歎兮作詩。伏車浩歎，作風雅也。

陶壅

悲哉于嗟兮，愁思憤懣，長歎息也。心内切磋。意中激感，腸痛惻也。款冬而生兮，物叩盛陰，不滋育也。〔補〕曰：款，叩也。彫彼葉柯。傷害根莖，枝卷曲也。瓦礫進寶兮，佞僞愚戇侍帷幄也。捐弃隨和。貞良君子，弃山澤也。〔補〕曰：隋侯之珠，和氏之璧。鉛刀厲御兮，頑嚚之徒，任政職也。頓弃太阿。明智忠賢，放斥逐也。〔補〕曰：頓，音鈍，不利也。驥垂兩耳兮，雄俊佯愚，閉口目也。〔補〕曰：賈誼賦云：驥垂兩耳，服鹽車兮。中坂蹉跎。衆無知己，不盡力也。〔補〕曰：坂，音反。《説文》：坡者曰阪，一曰澤障，一曰山脅也。蹉跎，失足。蹇驢服駕兮，駑鈍之徒，爲輔翼也。服，一作般。《釋文》作舨。〔補〕曰：般、舨，竝與服同。無用日多。僮蒙竝進，填滿國也。修潔處幽兮，執履清白，居陋側也。貴寵沙劘。權右大夫，佯不識也。〔補〕曰：沙，蘇何切，摩抄也。劘，音磨，削也。鳳皇不翔兮，賢智隱處，深藏匿也。鶉鴳飛揚。小人得志，作威福也。乘虹驂蜺兮，託駕神氣而遠征也。載雲變化。陞高去俗，易形貌也。〔補〕曰：化，音花。曹子建《橘賦》化與家同韻。鷦鵬開路兮，仁士智鳥，導在前也。一作焦明。〔補〕曰：《博雅》：鷦鵬，鳳也。音明。《楊子》：鷦明沖天，不在六翮乎？後屬青蛇。介虫之長，衛惡姦也。屬，一作厲。步驟桂林兮，馳逐正道，德香芬也。超驤卷阿。騰越曲阜，過阨難也。〔補〕曰：卷，曲也，音拳。丘陵翔儛兮，山丘踴躍而歡喜也。儛，一作舞。〔補〕曰：翔舞，亦丘陵之勢也。谿谷悲歌。川瀆作樂，進五音也。〔補〕曰：悲歌，亦謂水聲。神章靈篇兮，河圖（圖原作曰，據翻宋本改）、洛書，緯讖文也。緯，一作經。赴曲相和。宮商竝會，應琴瑟也。余私娱兹兮，我誠樂此，發中心也。娱，一作樂。孰哉復加。天下歡悦，莫如今也。還顧世俗兮，回視楚國及衆民也。壞敗罔羅。廢弃仁義，修諂諛也。罔，一作網。卷佩將逝兮，祛衣束帶，將横奔也。涕流滂沲。思君念國，泣霑衿也。流，一作泗。

株　昭

一本篇目在「亂曰」之後。

亂曰：皇門開兮王門啟闢，路四通也。一云皇開門兮。照下土，鏡覽幽冥，見萬方也。株穢除兮邪惡已消，遠逃亡也。株，一作珠。蘭芷覩。俊乂英雄，在朝堂也。四佞放兮驩、共、苗、鮌，竄四荒也。後得禹，乃獲文命，治江河也。聖舜攝兮重華秉政，執紀綱也。舜，一作䑞。昭堯緒，著明唐業，致時雍也。孰能若兮誰能知人，如唐虞也。願爲輔。思竭忠信，備股肱也。

楚辭卷第十六

校書郎臣王　逸上

九歎章句第十六　楚辭

逢紛

離世一作《靈懷》，與諸本異。又以《怨思》爲《離世》，《遠逝》爲《怨思》，移《遠遊》在第五，皆非是。

怨思思，一作世。

遠逝逝，一作遊。

惜賢

憂苦

愍命愍，一作閔。命，一作念。

思古

遠遊遊，一作逝。

《九歎》者，護左都水使者光禄大夫劉向之所作也。向以博古敏達，典校經書，辯章舊文，辯，一作辨。追念屈原忠信之節，故作《九歎》。歎者，傷也，息也。言屈原放在山澤，猶傷念君，歎息無已，所謂讚賢以輔志，騁詞以曜德者也。讚，一作贊。輔，一作鋪。曜，一作燿。

伊伯庸之末冑兮，冑，後也。《左氏傳》曰：戎子駒支，四嶽之裔冑也。諒皇直之屈原。諒，信也。《論語》曰：君子貞而不諒。言屈原承伯庸之後，信有忠直美德，甚於衆人也。直，一作貞。云余肇祖于高陽兮，惟楚懷之嬋連。嬋連，族親也。言屈原與懷王俱顓頊之孫，有嬋連之族親，恩深而義篤也。嬋，一作嬋。〔補〕曰：嬋連，猶牽連也。原生受命于貞節兮，鴻永路有嘉名。鴻，大也。永，長也。路，道也。言屈原受陰陽之正氣，體合大道，故長有美善之名也。有，一作以。齊名字於天地兮，謂名平、字原也。竝光明於列星。謂心達道要，又文采光耀，若天有列星也。〔補〕曰：《九章》云：與日月兮齊光。吸精粹而吐氛濁兮，氛，惡氣也。《左氏傳》曰：楚氛甚惡。言己吸天地清明之氣，而吐其塵濁，内潔淨也。横邪世而不取容。言己體清潔之行，在横邪貪枉之世，而不能自容入于衆也。一無「取」字。行叩誠而不阿兮，叩，擊也。阿，曲也。叩，一作切。遂見排而逢讒。言己心不容非，以好叩擊人之過，故遂爲讒佞所排逐也。后聽虚而黜實兮，黜，貶也。實，誠也。不吾理而順情。言君聽讒佞虚言，以貶忠誠之實，不理我言，而順邪僞之情，故見放流也。腸憤悁而含怒兮，〔補〕曰：悁，烏玄切，忿也。志遷蹇而左傾。言己執忠誠而見貶黜，腸中憤懣，悁悒而怒，則志意遷移，左傾而去也。一云：

志徙倚而左傾。心懭慌其不我與兮，懭慌，無思慮貌。慌，一作怳。其，一作而。〔補〕曰：懭慌，失意。上坦朗、下呼晃切。躬速速其不吾親。速速，不親附貌也。言君心懭慌而無思慮，不肯與我謀議，用志速速，不與己相親附也。其，一作而。辭靈脩而隕志兮，隕，墮也。《易》曰：有隕自天也。辭，一作詞。志，一作意。吟澤畔之江濱。畔，界也。濱，涯也。言己與懷王辭訣，志意墮落，長吟江澤之涯而已。椒桂羅㠯顛覆兮，顛，頓也。覆，仆也。有竭信而歸誠。言己見先賢，若椒桂之人以被禍，其身顛仆，然猶竭信歸誠，而志不懼也。讒夫藹藹而漫著兮，藹藹，盛多貌也。《詩》云：藹藹王多吉士。漫，污也。一無「夫」字。漫，一作㬅。注云：㬅，汗也。曼汗以自著。曷其不舒予情。曷，何也。言讒人相聚，藹藹而盛，欲漫污人以自著明，君何不舒我忠情以詰責之乎？

始結言於廟堂兮，結，猶聯也。廟者，先祖之所居也。言人君爲政舉事，必告於宗廟，議之於明堂也。信中塗而叛之。塗，道也。叛，背也。言君始嘗與己結議連謀於明堂之上，今信用讒言，中道而更背我也。塗，一作涂。懷蘭蕙與衡芷兮，衡，一作蘅。行中壄而散之。言己懷忠信之德，執芬香之志，遠行中野，散而棄之，傷不見用也。壄，一作野。聲哀哀而懷高丘兮，心愁愁而思舊邦。言己放斥山野，發聲而唫，其音哀哀，心愁思者，念高丘之山，想歸故國也。願承閒而自恃兮，徑淫曀而道壅。淫曀，闇昧也。《詩》云：不日有曀。言己思承君閒暇，心中自恃，冀得竭忠，而徑路闇昧，遂以壅塞。〔補〕曰：閒，一音諫，據注音閑。曀，於計切。壅，音雍。顔黴黧以沮敗兮，黧，黑也。沮，壞也。黧，《釋文》作藜。〔補〕曰：黴，音眉。沮，音咀。精越裂而衰耄。越，去也。裂，分也。耄，老也。言己欲進不得，中心憂愁，顔色黧黑，面目壞敗，精神越去，氣力衰老也。裳襜襜而含風兮，襜襜，摇貌。〔補〕曰：襜，蚩占切，衣動貌。衣納納而掩露。納納，濡溼貌也。上曰衣，下曰裳。言己放行山野，下裳襜襜而含疾風，上衣濡溼而掩霜露，單行獨處，身苦寒也。〔補〕曰：《説文》云：納，絲溼納納也。赴江湘之湍流兮，順波湊而下降。湊，聚也。言己乘船赴江、湘之疾流，順聚波而下行，身危殆也。一云：赴江湘而横流。〔補〕曰：湊，千候切。降，下也，乎攻切。徐徘徊於山阿兮，阿，曲隅也。徘，一作低。飄風來之洶洶。洶洶，讙聲也。言己至於山之隈曲，且徐徘徊，冀想君命。飄風卒至，復聞讒佞洶洶，欲來害己也。洶，一作匈。〔補〕曰：洶，音凶，水勢。馳余車兮玄石，玄石，山名。步余馬兮洞庭。洞庭，水名。〔補〕曰：謂洞庭之山。平明發兮蒼梧，夕投宿兮石城。石城，山名也。言己動履大水，宿止名山，用志清潔且堅固也。芙蓉蓋而蔆華車兮，蓋，一作葢。〔補〕曰：蔆，與蔆同，花黄白色。紫貝闕而玉堂。紫貝，水蟲名。《援神契》曰：江水出大貝也。一云：白玉堂。薜荔飾而陸離薦兮，陸離，美玉也。薦，卧席也。飾，一作餝。薦，古作[illegible]。魚鱗衣而白蜺裳。魚鱗衣，雜五綵爲衣，如鱗文也。言所居清潔，被服芬芳，德體如玉，文綵燿明也。登逢龍而下隕兮，逢龍，山名。逢，一作逄，古本作蓬。〔補〕曰：逢，符容切。逄，皮江切。違故都之漫漫。言己登逢龍之山，而遂下顧，去楚國之遼遠也。漫，一作曼。〔補〕曰：漫，莫半切。思南郢之舊俗兮，腸一夕而九運。言己思念郢都邑里故俗，腸中愁悴，一夕九轉，欲還歸也。揚流波之潢潢兮，潢潢，大貌。〔補〕曰：潢，音晃，水深廣貌。體溶溶而東回。溶溶，波貌也。言己隨流而行，水盛廣大，波高溶溶，將東入於海也。心怊悵以永思兮，意晻晻而日頹。言己將至於海，心中怊恨而長思，意晻晻而稍下，恐不復還也。日，一作自。頹，一作隤。〔補〕曰：晻，烏感切。

頽，下墜也，與隤同。白露紛旨塗塗兮，塗塗，厚貌。一云紛紛。秋風瀏旨蕭蕭。瀏，風疾貌也。言四時欲盡，白露已降，秋風急疾，年歲且老，愁憂思也。一云瀏瀏。〔補〕曰：瀏，音流。身永流而不還兮，䰟長逝而常愁。言己身隨水長流，不復旋反，則䰟魄遂去，常愁念楚國也。䰟，一作魂。

歎曰：譬彼流水，紛揚礚兮。礚，一作礚。〔補〕曰：竝丘蓋切，石聲。波逢洶涌，濆滂沛兮。水性清潔平正，順而不争，故以喻屈原也。言水逢風紛亂，揚波滂沛，失其本性，以言屈原志行清白，遭逢貪佞，被過放逐，亦失其本志也。濆，一作紛。〔補〕曰：洶，詡拱切。洶涌，水聲。濆，扶刎、扶文二切，涌也。揄揚滌盪，漂流隕往，觸崟石兮。崟，鋭也。言風揄揚，水流隕往，觸鋭利之石，使之危殆，以言讒人亦揚己過，使得罪罰也。崟，一作岑。〔補〕曰：岑，鉏簪切，山小而鋭。龍邛脟圈，繚戾宛轉，阻相薄兮。言水得風則龍邛繚戾，與險阻相薄，不得順其流性也。以言忠臣逢讒人，亦匡攘惶遽而竄伏也。脟，一作綸。〔補〕曰：脟，音臠。圈，懼免切。繚，音了。戾，力結切，曲也。遭紛逢凶，蹇離尤兮。言己遭逢紛濁之世，而遇百凶，以蹇蹇之故，遂以得過也。尤，一作郵。垂文揚采，遺將來兮。言己雖不得施行道德，將垂典雅之文，揚美藻之采，以遺將來賢君，使知己志也。

逢紛

靈懷其不吾知兮，靈懷其不吾聞。言懷王闇惑，不知我之忠誠，不聞我之清白，反用讒言而放逐己也。

就靈懷之皇祖兮，愬靈懷之鬼神。言己所言忠正而不見信，願就懷王先祖告語其冤，使照己心也。鬼神明察，故欲愬之以自證明也。靈懷曾不吾與兮，與，一作知。即聽夫人之諛辭。言懷王之心，曾不與我合，又聽用讒諛之言，以過怒己也。即，一作惻。夫，一作讒。一云夫讒人。〔補〕曰：即，就也。余辭上參於天墜兮，一無「之」字。旁引之於四時。言己所言上參之於天，下合之於地，旁引四時之神，以爲符驗也。一無「辭」字。墜，一作墬。一無指日月使延照兮，延，長也。照，知也。撫招搖以質正。招搖，北斗杓星也。斗主建天時。言己上指語日月，使長視己之志，撫北斗之杓柄，使質正我之志，動告神明以自徵驗也。以，一作使。〔補〕曰：《禮記》：招搖在上。注云：在北斗杓閒指時者。《隋志》云：招搖一星，在北斗杓閒。立師曠俾端詞兮，師曠，聖人也，字子壄，生無目而善聽，當晉平公時。端，正也。命咎繇使竝聽。言己之言信而有徵，誠可據行，願立師曠使正其詞，令咎繇竝而聽之，二聖聰明，長於人情，知真僞之心也。兆出名曰正則兮，卦發字曰靈均。言己生有形兆，伯庸名我爲正則以法天。筮而卜之，卦得坤，字我曰靈均以法地也。〔補〕曰：兆，龜拆兆也。余幼既有此鴻節兮，長愈固而彌純。言己幼少有大節度以應天地，長大修行而彌純固也。鴻，一作洪。愈，一作逾，一作俞。〔補〕曰：俞，與愈同。不從俗而詖行兮，詖，猶傾也。〔補〕曰：詖，彼寄切。直躬指而信志。言己執履忠信，不能隨從俗人，傾易其行，直身而言，以信己之志終不回移也。不枉繩以追曲兮，屈情素以從事。言己心正直，不能枉性以追曲俗，屈我素志以從衆人而承事之也。端余行其如玉兮，述皇輿之踵跡。言思正我行，令之如玉，不匿瑕惡，以承述先王正治之法，繼續其業而大之也。〔補〕曰：行，户更切。羣阿容以晦光兮，晦，冥也。光，明也。羣，一作群。皇輿覆以幽辟。幽辟，闇昧也。言羣臣皆行枉曲，以蔽君之聰明，使楚國闇昧，將危覆也。〔補〕曰：辟，匹亦切。**輿中塗以回畔兮，駟馬驚而横犇。**馬以喻賢臣也。言君爲無道，國人中道倍畔而去之。賢臣驚怖奔亡，争欲遠也。犇，一作奔。**執組者不能制兮，**執組，猶織組也。織組者，動之於此，而成文於彼，善御者亦動之於手，而盡馬力也。《詩》云：執轡如組。一無「能」字。〔補〕曰：組，綬屬。《列女傳》曰：《詩》云：執轡如組，兩驂如舞。孔子曰：信若是詩，則可以治天下也。言執之於此，而成文於彼。**必折軛而摧轅。**言駟馬驚奔，雖有執轡之御，猶不能制，必摧車軛而折其轅也。以言賢臣奔亡，使國荒亂而傾危也。〔補〕曰：軛，轅前也，於革切。轅，輈也。**斷鑣銜㠯馳騖兮，**鑣，勒也。銜，飾口鐵也。斷，一作絶。㠯，一作以。〔補〕曰：鑣，彼苗切。**暮去次而敢止。**暮，夜也。次，舍也。止，制也。言車敗馬奔，鑣銜斷絶，猶自馳騖，至於暮夜乃舍，無有制止之者也。以言人臣一去君，亦不復得拘留也。去，一作者。**路蕩蕩其無人兮，**蕩蕩，平易貌也。《尚書》曰：王道蕩蕩。**遂不禦乎千里。**禦，禁也。言君國之道路蕩蕩，空無賢人，以不待遇之故，遂行千里遠之他方也。

身衡陷而下沈兮，衡，横也。下沈，一作不行。**不可獲而復登。**言己遠去千里，身必横陷沈没，長不可復得登引而用之也。**不顧身之卑賤兮，惜皇輿之不興。**言己遠行千里，不敢顧念身之貧賤，欲慕高位也。惜君國失賢，道德不盛也。**出國門而端指兮，冀壹寤而錫還。**言己放出國門，正心直指，執履誠信，幸君覺寤，賜己以還命也。一本「冀」上有「方」字。錫，一作賜。**哀僕夫之坎毒兮，**坎，恨也。毒，恚也。坎，一作歁。〔補〕曰：歁，音坎，食不滿也。**屢離憂而逢患。**屢，數也。言己不自念惜身之放逐，誠哀僕御之夫，坎然恚恨，以數逢憂患，無已時也。〔補〕曰：患，平聲。**九年之中不吾反兮，思彭咸之水遊。**言己放出九年，君不肯反我，中心愁思，欲自沈於水，與彭咸俱遊戲也。惜師延之浮渚兮，師延，殷紂之臣也，爲紂作新聲北里之樂。紂失天下，師延抱其樂器，自投濮水而死也。〔補〕曰：《史記》：衛靈公至於濮水之上，夜半聞鼓琴聲，召師涓聽而寫之。乃之晉，見晉平公，令師涓援琴鼓之，師曠曰：此亡國之聲，師延所作也，與紂爲靡靡之樂。武王伐紂，師延東走，自投濮水之中。赴汨羅之長流。言己復貪慕師延自投於水，身浮渚涯，冀免於刑誅，故遂赴汨水長流而去也。遵江曲之逶移兮，逶移，長貌。一云：遵曲江之逶虵。觸石碕而衡遊。言己願循江水逶移而行，反觸石碕而復横流，所爲無可也。〔補〕曰：碕，曲岸，音祈。波澧澧而揚澆兮，澧澧，波聲也。回波爲澆也。澧，唐本作澧。〔補〕曰：澆，女教切，湍也。一曰水回波，見《集韻》。舊音叫。順長瀨之濁流。言己横流而行，水波澧澧，回而揚澆，邪引己船，則順長瀨之流，以避其難也。淩黄沱而下低兮，黄沱，江别名也，江别爲沱也。沱，《釋文》作沲。〔補〕曰：沱，唐何切，江别流出嶓山東，别爲沱。低，脂市切。思還流而復反。言己淩乘黄沱，低船而下，將入於海，心思還水之流，冀幸復旋反也。還，一作遠。玄輿馳而竝集兮，玄者，水也。身容與而日遠。言己以水爲車，與船竝馳而流，故身容與日以遠也。櫂舟杭以横濿兮，濿，渡也。由帶以上爲濿。杭，一作航。以，一作而。濿，一作厲。一注云：由膝以上爲厲。〔補〕曰：濿，履石渡水。通作厲。湆湘流而南極。湆，亦渡也。言己乃櫂船横行，南渡湘水，極其源流也。湆，一作濟。而，一作於。〔補〕曰：湆，《集韻》作淦。立江界而長吟兮，愁哀哀而累息。言己還入大江之界，遠望長吟，心中悲歎而太息，哀不遇也，界，一作介。累，一作絫。情慌忽以忘歸兮，神浮遊以高厲。言己心愁，情志慌忽，思歸故鄉，則精神浮遊高厲而遠行也。心蛩蛩而懷顧兮，蛩蛩，懷憂貌。心，一作志。〔補〕曰：蛩，音邛。煢眷眷而獨逝。眷眷，顧貌。《詩》云：眷眷懷顧。言己心中蛩蛩，常懷大憂，内自顧哀，則煢神眷眷，獨行無有還意也。眷，一作睠。〔補〕曰：睠，古倦切，顧也。

歎曰：余思舊邦，思，一作恖。心依違兮。日暮黄昏，羌幽悲兮。言我思念故國，心中依違，不能遠去。日暮黄昏，無所歸附，中心悲愁而憂思也。羌，一作嗟。去郢東遷，去，一作王。余誰慕兮？讒夫黨旅，其㠯兹故兮。旅，衆也。言己去郢東徙，我誰思慕而欲遠去乎？誠以讒夫朋黨衆多之故而見放棄也。河水淫淫，情所願兮。淫淫，流貌。顧瞻郢路，終不返兮。言河水淫淫，流行日遠，誠我中心之所願慕也。觀視楚郢之道路，終不復還反，内自哀傷也。

離世

惟鬱鬱之憂毒兮，志坎壈而不違。坎壈，不遇貌也。言己放逐，心中鬱鬱，憂而愁毒，雖坎壈不遇，志不離於忠信也。〔補〕曰：壈，力感切。身憔悴而考旦兮，憔悴，憂貌也。考，猶終也。旦，明也。日黄昏而長悲。言己心憂憔悴，從夜終明，不能寢寐。日入黄昏，復涕泣而長悲也。閔空宇之孤子兮，宇，居也。無父曰孤。哀枯楊之冤鶵。冤，煩冤也。生哺曰鷇，生啄曰鶵。言己既放傷念，坐於空室之中，孤子煢煢，東西無所依歸，又悲哀飛鳥生鶵，其身煩冤而不得出，在於枯楊之樹，居危殆也。言已有孤子之憂，冤鶵之危也。〔補〕曰：鶵，崇初切。生噣鶵，鳥子生而能自啄者。孤雌吟於高墉兮，墉，牆也。《易》曰：射隼于高墉之上。言冤鶵之生，早失其雄，其母孤居，吟於高牆之上，將復遇害也。言己亦失其所居，在於林澤，居非其處，恐顛仆也。鳴鳩棲於桑榆。言鳩鳥輕佻巧利，乃棲於桑榆，居茂木之上，鼓翼而鳴，得其所也。以言讒佞弄口妄説，以居尊位，得志意也。玄蝯失於潛林兮，獨偏弃而遠放。言玄蝯材力捷敏，失於高深之林，則獨偏遇放弃，忘其能也。以言賢人弃在山澤，亦失其志也。征夫勞於周行兮，行，道也。《詩》云：苕苕公子，行彼周道。處婦憒而長望。言征行之夫，罷勞周道，行役過時而不得歸，則處婦憒憹，長望而思之也。以言己放在山澤之中，曾無思之也。申誠信而罔違兮，情素潔於紐帛。申，重也。罔，無也。紐，結束也。《易》曰：束帛戔戔。言己放弃，雖無有思之者，然猶重行誠信，無有違離，情志潔淨，有如束帛也。一云情結素。《釋文》：紐，女九切。〔補〕曰：紐，系也。一曰結而可解。或作紉，非是。光明齊於日月兮，文采燿於玉石。言己耳目聰明，如日月之光，無所不照。發文序詞，爛然成章，如玉石有文采也。傷壓次而不發兮，壓，鎮壓也。次，失次也。壓，一作厭。《釋文》：於甲切。思沈抑而不揚。言己懷文、武之質，自傷壓鎮失次，不得發揚其美德，思慮沈抑而不得揚見也。芳懿懿而終敗兮，懿懿，芳貌。名靡散而不彰。靡散，猶消滅也。言己有芬芳懿美之德，而放弃不用，身將終敗，名字消滅，不得彰明於後世也。靡，一作糜。〔補〕曰：靡，音眉。

背玉門以犇鶩兮，玉門，君門。犇，一作奔。蹇離尤而干詬。干，求也。言己背君門奔馳而去者，以己忠信之故，得過於衆，而自求辱也。詬，一作詢。〔補〕曰：竝音苟，辱也。又許候、胡遘、丘候三切。若龍逢之沈首兮，〔補〕曰：逢，音龐。王子比干之逢醢。聖賢忠諫而見誅也。念社稷之幾危兮，幾，一作機。反爲讎而見怨。言己念君信用讒佞，社稷幾危，以故正言極諫，反爲衆臣所讎，而見怨惡也。思國家之離沮兮，躬獲愆而結難。言己思念國家綱紀將以離壞，而竭忠言，身以得過，結爲患難也。〔補〕曰：沮，將緒切。難，乃旦切。若青蠅之僞質兮，僞，猶變也。青蠅變白使黑，變黑成白，以喻讒佞。《詩》云：營營青蠅。晉驪姬之反情。言讒人若青蠅變轉其語，以善爲惡，若晉驪姬以申生之孝，反爲悖逆也。恐登階之逢殆兮，之，一作而。故退伏於末庭。末，遠也。言己思欲登君階陛，正言直諫，恐逢危殆，故復退身於遠庭而竄伏也。孽臣之號咷兮，號咷，讙呼。臣，一作子。〔補〕曰：號，乎高切。咷，音逃。本朝蕪而不治。言佞臣妖孽，委曲其聲，相聚讙譁，君以迷惑，國將傾危，朝用蕪薉而不治也。〔補〕曰：治，平聲。楊惲曰：田彼南山，蕪穢不治。犯顔色而觸諫兮，反蒙辜而被疑。言己以犯君之顔色，觸禁而諫，反蒙罪辜而被猜疑，不見信也。一無「色」字。諫，一作諱。菀蘼蕪與菌若兮，菀，積。蘼，一作靡。〔補〕曰：菀，音鬱。漸藁本於洿瀆。洿瀆，小溝也。洿，一作汙。〔補〕曰：漸，子廉切。《荀子》云：蘭茝藁本，漸於蜜醴，一佩易之。漸，浸也。《管子》云：五沃之土，五臭疇生，蓮與蘪蕪，藁本白芷。《本草》云：藁本，莖葉根味與芎藭小別，以其根上苗下似禾藁，故名之。淹芳芷於腐井兮，淹，漬也。腐，臭也。弃雞駭於筐簏。雞駭，文犀也。筐簏，竹器也。言積漬衆芳於汙泥臭井之中，弃文犀之角，置於筐簏而不帶佩，蔽其美質，失其性也。以言弃賢智之士於山林之中，亦失其志也。一作駭雞。簏，《釋文》作簶，音録。〔補〕曰：《集韻》竝音鹿，竹高篋也。《戰國策》：楚獻雞駭之犀、夜光之璧於秦。《援神契》云：神靈滋液，則犀駭雞。宋衷曰：（衷原作哀，今改。）角有光，雞見而駭也。《後漢》傳大秦國有駭雞犀。注引《抱樸子》云：通天犀有一理如綖者，以盛米，置羣雞中。雞欲往啄米，至輒驚卻，故南人名爲駭雞。執棠谿㠯剸蓬兮，棠谿，利劍也。剸，斫也。㠯，一作以。〔補〕曰：剸，斷也，音拂。秉干將以割肉。干將，亦利劍也。利劍宜以爲威，誅無狀以征不服，今乃用斫蓬蒿、割熟肉，非其宜也。以言使賢者爲僕隸之徒，非其宜也。《論語》曰：割鷄焉用牛刀。筐澤瀉㠯豹鞹兮，筐，滿也。澤瀉，惡草也。鞹，革也。《論語》曰：虎豹之鞹。言取澤瀉惡草盛於革囊，滿而藏之，無益於用也。以言養育小人，置之高堂，亦無益於政治也。〔補〕曰：鞹，去毛皮也。《本草》：澤瀉葉狹長，叢生淺水中，多食病人眼。破荆和㠯繼築。築，大杵也。言破和氏之璧，以繼築杵而舂，敗玉寶，失其好也。以言取賢人刑傷使執廝役，亦害忠良，失其宜也。時溷濁猶未清兮，時，一作旹。世殽亂猶未察。察，明也。言時世貪濁，善惡殽亂，尚未清明也。〔補〕曰：殽，一作淆，竝乎交切，雜也。欲容與㠯竢時兮，時，一作旹，一作之。懼年歲之既晏。晏，晚也。言己欲遊戲以待明君，恐年歲已晚，身衰老也。晏，一作旰。顧屈節以從流兮，心鞏鞏而不夷。鞏鞏，拘攣貌也。夷，悦也。言思屈己忠直之節，隨俗流行，心中拘攣，仁義不舒，而志不悦樂。顧，一作願。鞏，一作蛩。〔補〕曰：鞏，音拱，以韋束也。寧浮沅而馳騁兮，下江湘㠯邅迴。邅迴，運轉也。言己不能隨俗，寧浮身於沅水，馳騁而去，遂下湘江，運轉而行也。㠯，一作而。

歎曰：山中檻檻，余傷懷兮。檻檻，車聲也。《詩》云：大車檻檻。言己放去山中，車行檻檻，鳴有節度，自傷不遇，心愁思也。〔補〕曰：檻，音艦，上聲。征夫皇皇，其孰依兮。皇皇，惶遽貌。言己惜征行之夫，心常惶遽，一身獨處，無所依附也。征夫，一作征征。經營原野，杳冥冥兮。南北爲經，東西爲營。言己放行山野之中，但見草木杳冥，無有人民也。乘騏騁驥，舒吾情兮。言己願欲乘騏驥，馳騁以求賢君，舒肆忠節，展我之情也。乘，一作棄。歸骸舊邦，莫誰語兮。言己思念故鄉，雖死欲歸骸骨於楚國，無所告語，達己之心也。長辭遠逝，乘湘去兮。言己欲歸骸骨於楚國而衆不知，故復長訣，乘水而欲遠去也。辭，一作詞。

怨思

志隱隱而鬱怫兮，隱隱，憂也。《詩》云：憂心殷殷。一作隱隱。愁獨哀而冤結。言己放流，心中隱隱而憂愁，思念怫鬱，獨自哀傷，執行忠信而被讒邪，冤結曾無解已也。一云愁獨哀哀。腸紛紜㠯繚轉兮，紛紜，亂貌也。繚，繞也。〔補〕曰：繚，音了。涕漸漸其若屑。漸漸，泣流貌也。言己憂愁，腸中迴亂繚繞而轉，涕泣交流，若磑屑之下，無絶時也。〔補〕曰：漸，側銜切。情慨慨而長懷兮，慨慨，歎貌也。《詩》云：慨我寤歎。信上皇而質正。上皇，上帝也。言己中情憤懣，慨然長嘆，欲自信理於上帝，使天正其意也。質，一作貞。〔補〕曰：信，音伸。正，平聲，叶。合五嶽與八靈兮，五嶽，五方之山也，王者巡狩考課政化之處也。東爲泰山，西爲華山，南爲衡山，北爲恒山，中央爲嵩山。八靈，八方之神也。訊九鬿與六神。訊，問也。《詩》云：執訊獲醜。九鬿，謂北斗九星也。言己忠直而不見信用，願合五嶽與八方之神，察己之志，上問九鬿六宗之神，以照明之也。訊，一作誶。鬿，一作魁。〔補〕曰：訊，音信。誶，息醉切。鬿，音祈，星名也。北斗七星，輔一星，在第六星旁。又招摇一星，在北斗杓端。指列宿以白情兮，訴五帝㠯置詞。言己願復指語二十八宿，以列己清白之情，告訴五方之帝，令受我詞而聽之也。置，一作宣。北斗爲我折中兮，折，一作質。〔補〕曰：折中，平也。中，音衆。太一爲余聽之。折，正也。言己乃復使北斗爲我正其中和，太一之神聽其善惡也。云服陰陽之正道兮，陽爲仁也，陰爲義也。御后土之中和。土色黃，其味甘，故言中和也。言羣神勸我承天奉地，服循仁義，處中和之行，無有違離也。佩蒼龍之蚴虯兮，蚴虯，龍貌。〔補曰〕：於糾、渠糾二切。帶隱虹之逶虵。隱，大也。逶虵，長貌。〔補〕曰：虵，唐何切。曳彗星之皓旰兮，曳，引也。皓旰，光也。彗，一作篲。皓，一作晧。〔補〕曰：皓，下老切。旰，音汗。相如云：采色澔汗。撫朱爵與鵕鸃。朱爵、鵕鸃，皆神俊之鳥也。言己動以神物自喻，諸神勸我行當如蒼龍，能屈能申；志當如大虹，能揚文采；精當若彗星，能耀光明；舉當若鵕鸃，飛能沖天也。〔補〕曰：鵕鸃，浚儀二音。《釋文》：鵕，音迅。師古云：鷩也，似山雞而小。遊清靈之颯戾兮，颯戾，清涼貌。靈，一作霧。服雲衣之披披。披披，長貌也。言積德不止。乃上遊清冥清涼之庭，被服雲氣而通神明也。服，一作般。〔補〕曰：《黃庭經》云：恍惚之間至清靈。般，與服同。杖玉華與朱旗兮，華，一作策。垂明月之玄珠。朱，赤也。黑光曰玄也。舉霓旌之墆翳兮，墆翳，蔽隱貌。旌，一作旍。〔補〕曰：墆，音帝。《博雅》云：障蔽也。建黃纁之總旄。總，合也。黃纁，赤黃也。天氣玄黃，故曰黃纁也。言己修善彌固，手乃杖執美玉之華，帶明月之珠，揚赤霓以爲旌，雜五色以爲旗旄，志行清明，車服又殊也。纁，一作昏。注云：黃昏時天氣玄黃，故曰黃昏。躬純粹而罔愆兮，承皇考之妙儀。儀，法也。言己行度純粹而無過失，上以承美先父高妙之法，不敢解也。一本「承」上有「永」字。妙，一作眇。注云：高遠之法。

惜往事之不合兮，橫汨羅而下濿。言己貪惜以忠事君，而志不合，故欲橫渡汨水，以自沈没也。濿，一作厲。窫隆波而南渡兮，隆，盛也。窫，一作乘。渡，一作度。逐江湘之順流。赴陽侯之潢洋兮，下石瀨而登洲。言己願乘盛波，逐湘江之流，赴陽侯之大波，過石瀨之湍，登水中之洲，身歷危殆，不遑安處也。〔補〕曰：潢，户廣切。洋，以掌切，水深貌。陵魁堆以蔽視兮，魁堆，高貌。陵，一作陸。魁，一作鬿。〔補〕曰：陵，大阜。陸，高平地。雲冥冥而闇前。山峻高以無垠兮，遂曾閎而迫身。垠，岸涯也。曾，重也。閎，大也。言己所在之處，前有高陵，蔽不得視，後有峻大之山，迫附於己，幽藏山野，心中愁思也。雪雰雰而薄木兮，雰雰，雪貌。木，一作林。雲霏霏而隕集。隕，下也。集，會也。阜隘狹而幽險兮，大陵曰阜。狹，陋也。石嵾嵯以翳日。翳，蔽也。言己居隘險之處，山石蔽日，霜雪並會，身既憂愁，又寒苦也。〔補〕曰：嵾嵯，楚岑、又宜二切，山不齊。悲故鄉而發忿兮，忿，恚也。去余邦之彌久。言己不得還歸，中心發恚，自恨去我國邑之甚久也。背龍門而入河兮，龍門，郢東門也。登大墳而望夏首。言己虛被讒言，背郢城門而奔走，將入大河，登其高墳以望夏水之口，泄思念也。大，一作高。橫舟航而⿰氵亝湘兮，⿰氵亝，一作濟。耳聊啾而戃慌。聊啾，耳鳴也。戃慌，憂愁也。言己願乘舟航濟渡湘水，寂無人聲，耳中聊啾而自鳴，意中憂愁而戃慌，無所依歸也。一作黨荒。〔補〕曰：聊，音留。戃，他朗，慌，呼晃切。波淫淫而周流兮，鴻溶溢而滔蕩。滔蕩，廣大貌也。言己愁思戃慌，又見水中流波，淫淫相隨。鴻溶廣大，悵然失志也。鴻，一作澒。〔補〕曰：澒、鴻，並乎孔切。溶，音勇，水盛也。《大人賦》云：紛鴻溶而上厲。路曼曼其無端兮，周容容而無識。言己所行山澤廣遠，道路悠長，周流容容而無知識也。〔補〕曰：識，音志。引日月以指極兮，極，中也，謂北辰星也。少須臾而釋思。釋，解也。言己施行正直，願引日月使照我情，上指北辰，訴告於天，冀君覺寤，且解憂思須臾之閒也。水波遠以冥冥兮，眇不睹其東西。睹，一作覩。順風波以南北兮，霧宵晦以紛紛。宵，夜也。《詩》云：肅肅宵征。言己渡廣水，心迷不知東西，霧氣晦冥，白晝若夜也。紛紛，一作紛闇。日杳杳以西頹兮，頹，一作隤。路長遠而窘迫。言日已西頹，年歲卒盡，道路長遠，不得復還，憂心迫窘，無所舒志也。欲酌醴以娛憂兮，醴，醴酒也。《詩》云：爲酒爲醴。憂，一作意。蹇騷騷而不釋。蹇，難也。言己欲酌醴酒以自娛樂，心中愁思不可解釋也。

歎曰：飄風蓬龍，埃坲坲兮。蓬龍，猶蓬轉風貌也。坲坲，塵埃貌。蓬，一作逢。坲，一作浡。〔補〕曰：坲，音佛，塵起也。浡音同。屮木搖落，屮，一作草。〔補〕曰：屮，與草同。時槁悴兮。槁，枯也。悴，病也。言飄風轉運，揚起塵埃，搖動屮木，使之迎時枯槁，莖葉被病，不得盛長也。以言讒人亦運轉其言，埃塵忠直，使之被病而傷形也。〔補〕曰：悴，音遂律切。遭傾遇禍，不可救兮。長吟永欷，涕究究兮。究究，不止貌也。言己遭傾危之世而遇患禍，不可復救，故長歎歔欷而涕滂流，不可止也。究，一作焭。古本作究。舒情嗽詩，冀以自免兮。頹流下隕，身日遠兮。言己舒展中情，嗽序志意，冀得脱免患禍，然身頹流日遠，不得還也。一云：頹流下逆，身日以遠兮。一云：頹流下隕，身逝遠兮。

遠逝

覽屈氏之《離騷》兮，心哀哀而怫鬱。言己觀屈原所作《離騷》之經，博達温雅，忠信懇惻，而懷王不作厲。椉隆波而南渡兮，隆，盛也。椉，一作乘。渡，一作度。逐江湘之順流。赴陽侯之潢洋兮，下石瀨而登洲。言己願乘盛波，逐湘江之流，赴陽侯之大波，過石瀨之湍，登水中之洲，身歷危殆，不遑安處也。〔補〕曰：潢，户廣切。洋，以掌切，水深貌。陵魁堆以蔽視兮，魁堆，高貌。陵，一作陸。魁，一作𩲡。〔補〕曰：陵，大阜。陸，高平地。雲冥冥而闇前。山峻高以無垠兮，遂曾閎而迫身。垠，岸涯也。曾，重也。閎，大也。言己所在之處，前有高陵，蔽不得視，後有峻大之山，迫附於己，幽藏山野，心中愁思也。雪雰雰而薄木兮，雰雰，雪貌。木，一作林。雲霏霏而隕集。隕，下也。集，會也。阜隘狹而幽險兮，大陵曰阜。狹，陋也。石嵾嵳以翳日。翳，蔽也。言己居隘險之處，山石蔽日，霜雪竝會，身既憂愁，又寒苦也。〔補〕曰：嵾嵳，楚岑、又宜二切，山不齊。悲故鄉而發忿兮，忿，恚也。去余邦之彌久。言己不得還歸，中心發恚，自恨去我國邑之甚久也。背龍門而入河兮，龍門，郢東門也。登大墳而望夏首。言己虛被讒言，背郢城門而奔走，將入大河，登其高墳以望夏水之口，泄思念也。大，一作高。橫舟航而濟湘兮，濟，一作濟。耳聊啾而戃慌。聊啾，耳鳴也。戃慌，憂愁也。言己願乘舟航濟渡湘水，寂無人聲，耳中聊啾而自鳴，意中憂愁而戃慌，無所依歸也。一作黨荒。〔補〕曰：聊，音留。戃，他朗，慌，呼晃切。波淫淫而周流兮，鴻溶溢而滔蕩。滔蕩，廣大貌也。言己愁思戃慌，又見水中流波，淫淫相隨。鴻溶廣大，悵然失志也。鴻，一作澒。〔補〕曰：澒、鴻，竝乎孔切。溶，音勇，水盛也。《大人賦》云：紛鴻溶而上厲。路曼曼其無端兮，周容容而無識。言己所行山澤廣遠，道路悠長，周流容容而無知識也。〔補〕曰：識，音志。引日月以指極兮，極，中也，謂北辰星也。少須臾而釋思。釋，解也。言己施行正直，願引日月使照我情，上指北辰，訴告於天，冀君覺寤，且解憂思須臾之間也。水波遠以冥冥兮，眇不睹其東西。睹，一作覩。順風波以南北兮，霧宵晦以紛紛。宵，夜也。《詩》云：肅肅宵征。言己渡廣水，心迷不知東西，霧氣晦冥，白晝若夜也。紛紛，一作紛闇。日杳杳以西頹兮，頹，一作隤。路長遠而窘迫。言日已西頹，年歲卒盡，道路長遠，不得復還，憂心迫窘，無所舒志也。欲酌醴以娛憂兮，醴，醴酒也。《詩》云：爲酒爲醴。憂，一作意。蹇騷騷而不釋。蹇，難也。言己欲酌醴酒以自娱樂，心中愁思不可解釋也。

歎曰：飄風蓬龍，埃坲坲兮。蓬龍，猶蓬轉風貌也。坲坲，塵埃貌。蓬，一作逢。坲，一作浡。〔補〕曰：坲，音佛，塵起也。浡音同。屮木摇落，屮，一作草。〔補〕曰：屮，與草同。時槁悴兮。槁，枯也。悴，病也。言飄風轉運，揚起塵埃，摇動屮木，使之迎時枯槁，莖葉被病，不得盛長也。以言讒人亦運轉其言，埃塵忠直，使之被病而傷形也。〔補〕曰：悴，音遂律切。遭傾遇禍，不可救兮。長吟永欷，涕究究兮。究究，不止貌也。言己遭傾危之世而遇患禍，不可復救，故長歎歔欷而涕滂流，不可止也。究，一作[illegible]。古本作究。舒情敶詩，冀以自免兮。頹流下隕，身日遠兮。言己舒展中情，敶序志意，冀得脱免患禍，然身頹流日遠，不得還也。一云：頹流下逆，身日以遠兮。一云：頹流下隕，身逝遠兮。

遠逝

覽屈氏之《離騷》兮，心哀哀而怫鬱。言己觀屈原所作《離騷》之經，博達温雅，忠信懇惻，而懷王不瘏，心爲之悲而怫鬱也。聲嗷嗷以寂寥兮，嗷嗷，呼聲也。寂寥，空無人民之貌也。嗷，一作噭。《釋文》作寂嘐。上七到，下音老。一作啾嘐，音同。〔補〕曰：嗷嗷，衆口愁也。噭，呼也，音叫。《集韻》：啾，音寂。嘷嘐，寂静也，音草老。顧僕夫之憔悴。言己思爲屈原訟理寃結，嗷嗷而呼，山野寂寥，空無人民，顧視僕御，心皆憔悴而有憂色也。〔補〕曰：悴，遂律切。撥諂諛而匡邪兮，撥，治也。匡，正也。諂，一作讒。切淟涊之流俗。切，猶槩也。淟涊，垢濁也。言己如得進用，則治讒諛之人，正其邪僞，槩貪濁之俗，使之清淨也。〔補〕曰：淟，他典切。涊，乃典切。盪渨涹之姦咎兮，盪，滌也。渨涹，汙薉也。亂在内爲姦。咎，惡也。〔補〕曰：渨，烏回切。涹，烏禾切。《博雅》：渨，穢也。涹，濁也。夷蠢蠢之溷濁。夷，滅也。蠢蠢，無禮義貌也。《詩》云：蠢爾蠻荆。言己欲盪滌讒佞汙穢之臣，以除姦惡，夷滅貪殘無禮義之人也。〔補〕曰：蠢，出尹切。懷芬香而挾蕙兮，挾，持。芬，一作芳。佩江蘺之斐斐。一作菲菲。〔補〕曰：斐，音霏。《説文》：往來斐斐貌。握申椒與杜若兮，冠浮雲之峨峨。峨峨，高貌也。言己獨懷持香草，執忠貞之行，志意高厲，冠切浮雲，不得而施用也。峨，一作峩。登長陵而四望兮，覽芷圃之蠡蠡。圃，野樹也。《詩》云：東有圃草。蠡蠡，猶歷歷，行列貌也。言己登高大之陵，周而四望，觀香芷之圃，歷歷而有行列，傷人不采而佩帶也。言己亦修德行義，動有節度，而不見進用也。一無「樹」字。〔補〕曰：蠡，禮戈切。遊蘭皋與蕙林兮，睨玉石之嵾嵯。顧視爲睨。玉石，以喻君門也。嵾嵯，不㐬貌也。言已放流，猶喜居蘭皋蕙林芬芳之處，脩行清白，動不離身，上睨君門，賢愚竝進，嵾嵯不㐬也。揚精華以眩燿兮，炫燿，光貌。一作耀。芳鬱渥而純美。渥，厚。芳，一作芬。結桂樹之旖旎兮，旖旎，盛貌。《詩》云：旖旎其華。一作猗狔。〔補〕曰：於綺、乃綺二切。《集韻》：猗狔，弱貌。紉荃蕙與辛夷。言己揚耳目之精，其明炫燿，姿質純美，猶復結桂枝，索蘭蕙，脩善益固，德行彌盛也。荃蕙，一作蕙草。芳若兹而不御兮，捐林薄而菀死。菀，積也。言己修行衆善若此，而不見用，將弃林澤菀積而死，恨功不立而志不成也。〔補〕曰：菀，音鬱。

驅子僑之犇走兮，驅，馳也。子僑，王子僑也。犇，一作奔。申徒狄之赴淵。申徒狄，賢者，避世不仕，自沈赴河也。言己修善不見進用，意欲驅馳，待王子僑隨之奔走，以學道真。又見申徒狄避世赴河，意中紛亂，不知所行也。若由夷之純美兮，由，許由也。夷，伯夷也。一作夷由。介子推之隱山。言己又有清高之行如許由，堯讓以天下，辭而不肯受。伯夷、叔齊讓國而餓死。介子推逃晉文公之賞，隱身深山，無爵位而有顯名也。晉申生之離殃兮，殃，一作讒。荆和氏之泣血。吴申胥之抉眼兮，一作子胥。〔補〕曰：抉，烏決切。王子比干之横廢。皆已解於《九章》。欲卑身而下體兮，心隱惻而不置。言己欲卑身下體，以順風俗，心中惻然而痛，不能置中正而行佞諛也。方圜殊而不合兮，鉤繩用而異態。言方與圜其性不同，鉤曲繩直，其態殊異而不可合也。以言忠佞異志，猶鉤繩也。欲竢時於須臾兮，日陰曀其將暮。日以喻君，陰曀闇昧也。言己欲待盛世明時，君又闇昧，年歲已暮，身將老也。時遲遲其日進兮，遲遲，行貌。《詩》云：行道遲遲。其，一作而。年忽忽而日度。度，去也。言天時轉運日進，遲遲而行，己年忽去，日以衰老也。而，一作以。〔補〕曰：辰去速而來遲。遲遲，來遲也。忽忽，去速也。妄周容而入世兮，内距閉而不開。言己欲妄行周比苟容，自入於君，心内距閉而意不開，敏於忠正而愚於讒諛也。誒時風之清激兮，風以喻政。激，感也。愈氛霧其如塺。塺，塵也。言己欲待明君之政，清潔之化，以感激風俗，而君愈貪濁，如氛霧之氣來塵塺人也。愈，一作逾。〔補〕曰：塺，音梅。進雄鳩之耿耿兮，耿耿，小節貌。讒介介而蔽之。言己欲如雄鳩，進其耿耿小節之誠信，讒人尚復介隔蔽而障之，況有鸞鳳之志，當獲譖毀，固其宜也。介，一作紛。注云：分隔。默順風以偃仰兮，默，寂。尚由由而進之。由由，猶豫也。言己欲寂默不語，以順風俗，隨衆俛仰，而不敢毀譽，然尚猶豫不肯進也。心懭悢以冤結兮，懭悢，失志貌也。心，一作志。懭，一作愰。〔補〕曰：懭，苦晃切。悢，音朗。愰，胡晃切。情舛錯以曼憂。言己欲隨從風俗，尚不肯進，意中懭悢，心爲冤結，情意舛錯而長憂苦也。〔補〕曰：舛，尺兖切。曼，音萬。搴薜荔於山野兮，采撚支於中洲。撚支，香草也。言己雖憂愁，猶采取香草以自約束，修善不怠也。支，一作枝。洲，一作州。〔補〕曰：撚，音煙。相如賦云：枇杷橪柿。其字從木。郭璞云：橪支，木也。望高丘而歎涕兮，悲吸吸而長懷。言己遥望楚國而不得歸，心爲悲歎，涕出長思也。下而，一作其。孰契契而委棟兮，契契，憂貌也。《詩》云：契契寤歎。契，一作挈。〔補〕曰：《爾雅》：佻佻契契，逾遐急也。契，苦絜切。注云：賢人憂歎，遠益急也。日晻晻而下頹。言誰有契契憂國念君，欲委其梁棟之謀若己者乎？然日頽暮，傷不得行也。〔補〕曰：晻，音奄，日無光也。

歎曰：江湘油油，長流汩兮。油油，流貌也。《詩》云：河水油油。言己見江、湘之水油油長流，將歸於海，自傷放流，獨無所歸也。一云：油油江湘。〔補〕曰：汩，于筆切。挑揄揚汰，盪迅疾兮。言水尚得順其經脈，揚蕩其波，使之迅疾，自傷不得順其天性，揚其志意，而常屈伏。汏，一作波。〔補〕曰：挑，撓也，坦彫切。揄，動也。汏，音太，一音大。憂心展轉，愁怫鬱兮。展轉，不寐貌。《詩》云：展轉反側。言己放弃，不得竭其忠誠，心中愁悶，展轉怫鬱，不能寐也。一曰：愁鬱鬱兮。〔補〕曰：今《詩》作輾。卧而不周曰輾。冤結未舒，長隱忿兮。言己抱守冤結，長隱山野，心中忿恨無已時也。丁時逢殃，可柰何兮。丁，當也。言己之生當逢遇殃咎，安可柰何？自閔而已。一本「可」上有「孰」字。勞心悁悁，涕滂沲兮。言己欲竭節盡忠，終不見省，但勞我心，令我悁悒悲涕而橫流也。〔補〕曰：悁，音絹。

惜賢

悲余心之悁悁兮，哀故邦之逢殃。言己所以悲哀心中悁悒者，哀念楚國信用讒佞，將逢殃咎也。悁悁，一作悁邑。辭九年而不復兮，辭，一作詞。獨煢煢而南行。煢煢，獨貌也。言己與君辭訣而出，至今九年，不肯反己，常獨煢煢南循江也。思余俗之流風兮，風，化。心紛錯而不受。紛錯，憒亂也。言己念我楚國風俗餘化，好行讒佞，心爲憒亂，不能受其邪僞也。遵壄莽以呼風兮，莽，草。步從容於山廋。廋，隈也。言己循山野之中，以呼風俗之人，欲語以忠正之道，故徐步山隈，遊戲以須之也。廋，一作庾，一作藪。巡陸夷之曲衍兮，大阜曰陸。夷，平也。衍，澤也。幽空虛以寂寞。言己巡行陵陸，經歷曲澤之中，空虛杳冥，寂寞無人聲也。倚石巖以流涕兮，憂憔悴而無樂。言己依倚巖石之山，悲而涕流，中心憔悴，無歡樂之時也。登巑岏以長企兮，巑岏，鋭山也。企，立貌。《詩》云：企予望之。〔補〕曰：巑，徂丸切。岏，吾官切。望南郢而闚之。闚，視也。言己乃登高鋭之山，立而長望，顧視南郢楚邦，悲且思也。山脩遠其遼遼兮，遼遼，遠貌。塗漫漫其無時。塗，道也。言己遥視楚國山林長遠，遼遼難見，道路漫漫，誠無時至也。一作曼曼。聽玄鶴之晨鳴兮，于高岡之峨峨。玄鶴，俊鳥也。君有德則來，無德則去，若鸞鳳矣。故師曠鼓琴，天下玄鶴皆銜明月之珠以舞也。言己聽玄鶴振音晨鳴，乃於高岡之上，峨峨之巔，見有德之君，乃來下也。以言賢者亦宜自安處，以須明君禮敬己，然後仕也。一作峩峩。獨憤積而哀娛兮，翔江洲而安歌。言己在山澤之中，思慮憤積，一哀一樂，故遊江水之中洲，安意歌吟，自寬慰也。三鳥飛以自南兮，一云飛飛。覽其志而欲北。言己在於湖澤之中，見三鳥飛從南來，觀察其志，欲北渡江，縱恣自在也。自傷不得北歸，曾不若飛鳥也。〔補〕曰：《博物志》：王母來見武帝，有三青鳥如烏大，夾王母。三鳥，王母使也，出《山海經》。韓愈詩云：浪憑三鳥通丁寧。用此也。願寄言於三鳥兮，去飄疾而不可得。言己既不得北歸，願因三鳥寄善言以遺其君，去又急疾而不可得，心爲結恨也。

欲遷志而改操兮，心紛結其未離。言己欲徙意改操，隨俗佞僞，中心亂結，未能離於忠信也。其，一作而。外彷徨而遊覽兮，内惻隱而含哀。言己外雖彷徨於山野之中以遊戲，然心常惻隱含悲而念君也。聊須臾以時忘兮，一作忘時。心漸漸其煩錯。言己且欲須臾以忘憂思，中心漸漸錯亂，意不能已也。其，一作而。〔補〕曰：漸，子廉切，流入也。願假簧以舒憂兮，笙中有舌曰簧。《詩》云：吹笙鼓簧。志紆鬱其難釋。紆，屈也。鬱，愁也。言己欲假笙簧吹以舒憂，意中紆鬱誠難解釋也。歎《離騷》以揚意兮，猶未殫於《九章》。殫，盡也。言己憂愁不解，乃歎唫《離騷》之經以揚己志，尚未盡《九章》之篇，而愁思悲結也。猶，一作獨。長噓吸以於悒兮，噓吸、於悒，皆啼泣貌也。噓，一作呼。涕橫集而成行。言己吟歎《九章》未盡，自知言不見省用，故長噓吸而啼，涕下交集，自閔傷也。傷明珠之赴泥兮，魚眼璣之堅藏。言忠良弃捐，讒佞珍用也。同駑驘與椉駔兮，馬母驢父生子曰驘。椉駔，駿馬也。〔補〕曰：駔，作朗切，牡馬。雜班駮與闒茸。班駮，雜色也。闒茸，駑頓也。言君不明智，斥逐忠良而任用佞諛，委弃明珠而貴魚眼，乘駑驘，雜駿馬，重班駮，喜闒茸，心迷意惑，終不悟也。班，一作斑。〔補〕曰：闒茸，劣也，上託盍、下乳勇切。葛藟虆於桂樹兮，藟，葛荒也。虆，緣也。《詩》曰：葛藟虆之。虆，一作纍。一注云：藟，巨荒也。〔補〕曰：藟，力水切。虆，倫追切，蔓也。鴟鴞集於木蘭。鴟鴞，鵴鳩，貪鳥也。言葛藟惡草，乃緣於桂樹，鴟鴞貪鳥，而集于木蘭。以言小人進在顯位，貪佞升爲公卿也。〔補〕曰：鴞，干驕切。郭璞云：鵴鳩，鴟類。偓促談於廊廟兮，偓促，拘愚之貌。〔補〕曰：偓促，迫也。一曰小貌。於角、楚角二切。律魁放乎山閒。律，法也。魁，大也。言拘愚蔽闇之人，反談論廊廟之中；明於大法賢智之士，弃在山閒而不見用也。乎，一作於。惡虞氏之簫《韶》兮，好遺風之《激楚》。言世人愚惑，惡虞舜簫《韶》之樂，反好俗人淫泆《激楚》之音也。猶言惡典謨中正之言，而好諂諛之説也。潛周鼎於江淮兮，爨土鬵於中宇。爨，炊竈也。《詩》云：執爨踖踖。鬵，釜也。《詩》云：溉之釜鬵。言乃藏九鼎於江、淮之中，反炊土釜於堂宇之上，猶言弃賢智，近愚頑者也。〔補〕曰：鬵，音潛。又才淫切，大釜也。一曰鼎大上小下，若甑。且人心之持舊兮，持，一作有。而不可保長。言賢人君子，其心所志，自有舊故，執守信義，不可長保而行之也。一無「而」字。邅彼南道兮，征夫宵行。言己放流，轉彼江南之道，晨夜而行，身勤苦也。一本「征」上有「以」字。思念郢路兮，還顧睠睠。涕流交集兮，泣下漣漣。漣漣，流貌也。《詩》云：泣涕漣漣。言己思念楚郢之路，冀得復歸，還顧眄視，心中悲感，涕泣交會，漣漣而流也。〔補〕曰：睠，音眷。

歎曰：登山長望，中心悲兮。言己登於高山，長望楚國，則心中悲思而結毒也。菀彼青青，泣如頽兮。菀，盛貌也。《詩》云：有菀者柳。言己觀彼山澤草木，莫不茂盛，青青而生，己獨放弃，身將萎枯，故自傷悲，涕泣俱下也。菀，一作苑。〔補〕曰：菀，音鬱。青，音菁。留思北顧，涕漸漸兮。言己所以留精思，常北顧而視郢都，想見鄉邑，思念君也，故涕漸漸而下流。〔補〕曰：漸，仄銜切。折鋭摧矜，凝氾濫兮。摧，挫也。矜，嚴也。凝，止也。氾濫，猶沈浮也。言己欲折我精鋭之志，挫我矜嚴忠直之心，止與俗人更相沈浮，而意不能也。〔補〕曰：氾，音泛。念我煢煢，䰟誰求兮？言己自念煢煢東西，䰟鬼惶遽，而求忠直之士，欲與事君，亦誰乎？此不能沈浮之道也。一作魂。僕夫慌悴，散若流兮。慌，亡也。言己欲求賢人而未遭遇，僕御之人感懷愁悴，欲散亡而去，若水之流，不可復還也。〔補〕曰：慌，音荒。《博雅》云：忘也。

憂苦

昔皇考之嘉志兮，喜登能而亮賢。言昔我美父伯庸，體有嘉善之德，喜升進賢能，信愛仁智，以爲行也。情純潔而罔薉兮，〔補〕曰：薉，與穢同。姿盛質而無愆。言己受先人美烈，情性純厚，志意潔白，身無瑕穢，姿質茂盛，行無過失也。情純潔，一云外清潔。姿，一作資。質，一作實。放佞人與諂諛兮，斥讒夫與便嬖。便，利也。嬖，愛也。以言君如使己爲政，則放遠巧佞諂諛之人，斥逐讒夫與便利嬖愛之臣，而去之也。〔補〕曰：便，毗連切。嬖，卑義切。賤而得幸曰嬖。親忠正之悃誠兮，悃，厚也。正，一作政。之，一作與。〔補〕曰：政，與正同。悃，苦本切。招貞良與明智。言己如得秉執國政，則使君親任忠正之士，招致幽隱明智之人，令與衆職也。心溶溶其不可量兮，溶溶，廣大貌。其，一作而。情澹澹其若淵。澹澹，不動貌也。言己之心，智謀溶溶，廣大如川，不可度量，情意深奥，澹澹若淵，不可妄動。回邪辟而不能入兮，誠願藏而不可遷。言己執志清白淵静，回邪之言，淫辟之人，不能自入於己，誠願執藏此行，以承事君，心終不移也。〔補〕曰：辟，匹亦切。逐下袟於後堂兮，下袟，謂妾御也。〔補〕曰：《集韻》：袟，音秩，祭有次也。迎宓妃於伊雒。宓妃，神女，蓋伊雒水之精也。言己願令君推逐妾御出之，勿令亂政，迎宓妃賢女於伊雒之水，以配於君，則化行也。雒，一作川。刜讒賊於中廇兮，刜，去也。中廇，室中央也。廇，一作霤。一注云：堂中央也。〔補〕曰：廇，音溜，中庭也。刜，斷也，音拂。選吕管於榛薄。吕，吕尚也。管，管仲也。言己欲爲君斫去讒賊之臣於堂廇之中，選進吕尚、管仲之徒以爲輔佐，則邦國安寧也。薄，《釋文》音博。叢林之下無怨士兮，江河之畔無隱夫。畔，界也。言己欲舉士，必先於叢林側陋之中，使無怨恨，令江河之界無隱佚之夫，賢人盡升，道可興也。三苗之徒以放逐兮，三苗，堯之佞臣也。《尚書》曰：竄三苗於三危。伊皐之倫以充廬。伊，伊尹也。皐，皐陶也。充，滿也。言放逐佞諛之徒若三苗者，置之四裔，進用伊尹、皐陶之徒，使滿國廬，則讒邪道塞也。〔補〕曰：自此以上，皆言皇考之美。自此以下，言今之不然也。

今反表以爲裏兮，顛裳㠯爲衣。顛，倒也。言今世之君，迷惑讒佞，反表以爲裏，倒裳以爲衣，而不能知也。戚宋萬於兩楹兮，宋萬，宋閔公之臣也。與閔公博，争道，以手搏之，絶其脰。戚，親也。楹，柱也。兩楹之閒，户牖之前，尊者所處也。一云：宋萬戚於兩楹兮。廢周邵於遐夷。不用曰廢。周，周公旦也。邵，邵公奭也。遐，遠也。言君反親愛篡逆之臣若宋萬者，置於兩楹之閒，與謀政事，廢弃仁賢若周公、邵公者，放於遠夷之外而不近也。卻騏驥以轉運兮，卻，退也。轉，移也。騰驢贏以馳逐。騰，乘也。言退卻騏驥以轉徙重車，乘駑頓驢贏反以奔走，馳逐急疾，失其性也。以言役使賢者，令之負檐，進用頑愚，以任政職，亦失其志也。蔡女黜而出帷兮，蔡女，蔡國賢女也。黜，貶也。一本「女」下有「疾」字。戎婦入而綵繡服。戎，戎狄也。言蔡女美好，反見貶黜而去離帷幄。戎狄醜婦，反入椒房，被五綵之繡，衣夫人之服也。慶忌囚於阱室兮，慶忌，吴之公子，勇而有力。阱，深陷也。〔補〕曰：阱，疾郢、囚性二切。《淮南》云：王子慶忌死於劍。注云：吴王僚之弟子闔閭殺僚，慶忌勇健，亡在鄭，闔閭畏之，使要離刺慶忌也。陳不占戰而赴圍。陳不占，齊臣，有義而怯，聞其君戰，將赴之，飯則失匕，上車失軾，既至，聞鍾鼓之聲，因怖而死。言乃囚勇猛之士若吴慶忌於阱陷之中，使陳不占赴圍而戰，軍必敗也。以言君用臣顛倒失其人也。破伯牙之號鍾兮，號鍾，琴名。號，一作号。〔補〕曰：乎高切。挾人箏而彈緯。挾，持也。箏，小瑟也。緯，張絃也。言乃破伯牙號鍾所鼓之鳴琴，反持凡人小箏，急張其弦而彈之也。以言世憎惡大賢之言，親信小人之語也。〔補〕曰：《軒轅本紀》云：黄帝之琴名號鍾。傅玄《琴賦》云：齊桓公有鳴琴曰號鍾。《長笛賦》云：號鍾高調。《風俗通》云：箏，蒙恬所造。一云：秦人薄義，父子争瑟而分之，因以爲名。《文選》注引「挾秦箏而彈徽」。

人箏，一作介箏。小瑟，一作小琴。藏瑉石於金匱兮，瑉石，次玉者。匱，匣也。瑉，一作珉。〔補〕曰：竝音旻。捐赤瑾於中庭。赤瑾，美玉也。言乃藏珉石置於金匱，反弃美玉於中庭，言不知別於善惡也。言人而不別玉石，則不知忠佞之分也。〔補〕曰：瑾，音近。韓信蒙於介胄兮，韓信，漢名將也。介，鎧也。胄，兜鍪也。行夫將而攻城。言使韓信猛將被鎧兜鍪守於屯陣，藏其智謀，令行伍怯夫反爲將軍而攻城，必失利而無功也。〔補〕曰：行，胡朗切。莞芎棄於澤洲兮，莞，夫離也。芎，芎窮也。皆香草也。夫離，一作符離。〔補〕曰：莞，音丸。《本章》：白芷，一名莞，一名芙蘺。《爾雅》：莞，芙蘺。注云：蒲也。瓟蠡蠹於筐簏。瓟，匏也。蠡，瓢也。方爲筐，圓爲簏。言弃夫離芎藭于水澤之中，藏枯匏之瓢置於筐簏，令之腐蠹，言愛小人憎君子也。或曰：蠹，囊也。瓟，一作匏。蠡，一作蠡。〔補〕曰：《方言》：蠡，陳、楚、宋、魏之閒或謂之瓢。注云：瓠勺也，音麗。瓟，與匏同，一音雹。麒麟奔於九皐兮，麒麟，仁獸也。君有德則至，無德則去也。熊羆羣而逸囿。熊羆，猛獸，以喻貪殘也。囿，苑也。言麒麟奔竄於九皐之中，熊羆逸踊於君之苑也。以言斥遠仁德之士，而養貪殘之人也。逸，一作溢。注云：滿溢君之苑。折芳枝與瓊華兮，樹枳棘與薪柴。小棗爲棘，枯枝爲柴。掘荃蕙與射干兮，射干，香草。〔補〕曰：掘，具物切。射，音夜。《荀子》曰：西方有木焉，名曰射干，莖長四寸，生於高山之上，而臨百仞之淵，木莖非能長也，所立者然也。注引陶弘景云：花白莖長，如射人之執竿。又引阮公詩云：夜干臨層城。是生於高處也。據《本草》在草部中，又生南陽川谷。此云木，未詳。耘藜藿與蘘荷。耘，耔也。《詩》云：千耦其耘。蘘荷，蒪苴也。藿，豆葉也。言折弃芳草及與玉華，列種柴棘，掘拔射干，而耨耘藜藿，失其所珍也。以言賤弃君子而育養小人也。〔補〕曰：蘘，而羊切。蒪，普各切，即《大招》所稱苴尊也。惜今世其何殊兮，何殊，一作舛異。遠近思而不同。言己哀惜今世之人，賢愚異性，其思慮或遠或近，智謀不同也。或沈淪其無所達兮，淪，没。或清激其無所通。清，明也。激，感也。言或有耳目沈没，無所照見，或有欲感激行於清明，亦復不能通達分别其臧否也。一本無兩「所」字。〔補〕曰：此言沈淪於世俗者，困而不能達。清激以自厲者，介而不能通。哀余生之不當兮，獨蒙毒而逢尤。言哀我之生，不當昭明之世，舉賢之時，獨蒙苦毒而遇罪過也。雖謇謇以申志兮，君乖差而屏之。言己雖竭忠謇謇，以重達其志，君心乃乖差而不與我同，故遂屏弃而不見用也。謇，一作蹇。差，一音楚嫁切。誠惜芳之菲菲兮，反以兹爲腐也。腐，臭也。言己自惜被服芳香，菲菲而盛。君反以此爲腐臭不可用。一無「也」字。懷椒聊之蔎蔎兮，在衣曰懷。椒聊，香草也。《詩》曰：椒聊且。蔎蔎，香貌。蔎，一作藹。一注云：在袖曰懷。〔補〕曰：蔎，桑葛切。《集韻》引此。乃逢紛以罹詬也。言己懷持椒聊，其香蔎蔎，身修行潔，動有節度，而逢亂世，遂爲讒佞所害而見耻辱也。罹，一作離。詬，一作詢。一本句末無「也」字。〔補〕曰：詬，呼候切。

歎曰：嘉皇既殁，終不返兮。嘉，美也。皇，君也。以言懷王不用我謀，以殁於秦，遂死而不歸，終無遺命使己得還也。山中幽險，郢路遠兮。言己被放在此山澤深險之處，去我郢道甚遼遠也。讒人諓諓，孰可愬兮。諓諓，讒言貌也。《尚書》曰：諓諓靖言。言讒人諓諓，承順於君，不可告以忠直之意也。〔補〕曰：諓，音翦，巧言也。征夫罔極，誰可語兮。言己放逐遠行，憂愁無極，衆皆佞諛，不可與語忠信也。行唫累欷，聲喟喟兮。欷，歎貌。喟，歎聲也。累，一作絫，一作纍。懷憂含戚，一云：心懷憂戚。何侘傺兮。言己行常歌唫，增歎累息，懷憂含戚，悵然侘傺而失意也。〔補〕曰：上丑加、下丑利切。

愍命

冥冥深林兮，樹木鬱鬱。山參差以嶄巖兮，阜杳杳以蔽日。言己放在山野，處於深林冥冥之中，山阜高峻，樹木蔽日，望之無人，但見鳥獸也。參差，一作嵾嵳。悲余心之悁悁兮，一作悄悄。目眇眇而遺泣。遺，墮也。言己居於山林，心中愁思。目視眇眇而泣下墮也。風騷屑以摇木兮，騷屑，風聲貌。雲吸吸以湫戾。吸吸，雲動貌也。湫戾，猶卷戾也。言己心既憂悲，又見疾風動摇草木，其聲騷屑，浮雲吸吸卷戾而相隨，重愁思也。湫，一作啾。戾，一作淚。〔補〕曰：湫，子小切。戾，力結切，曲也。悲余生之無歡兮，愁倥偬於山陸。倥偬，猶困苦也。言悲念我之生，遭遇亂世，心無歡樂之時，身常困苦於山陸之中也。〔補〕曰：倥偬，苦貢、走貢二切，困苦也。又音孔傯，事多也。旦徘徊於長阪兮，夕仿偟而獨宿。言己旦起徘徊，行於長阪之上，夕暮獨宿山谷之閒，憂且懼也。髮披披以鬤鬤兮，披披、鬤鬤，解亂貌也。鬤，古本作䰉。〔補〕曰：鬤，而羊切。䰉，匹昭切。躬劬勞而瘏悴。劬，亦勞也。《詩》云：劬勞於野。瘏，病也。《詩》云：我馬瘏矣。言己履涉風露，頭髮解亂，而身罷病也。〔補〕曰：瘏，音徒。䰟俇俇而南行兮，俇俇，惶遽之貌。䰟，一作魂。行，一作征。〔補〕曰：俇，具往切。泣霑襟而濡袂。袂，袖也。言己中心憂戚，用志不安，䰟鬼俇俇，惶遽南行，悲感外發，涕泣交下，霑衣袖也。濡，一作掩。心嬋媛而無告兮，口噤閉而不言。閉口爲噤也。言己愁思，心中牽引而痛，無所告語，閉我之口不知所言，衆皆佞僞，無可與謀也。〔補〕曰：噤，巨蔭切。違郢都之舊閭兮，閭，里。回湘沅而遠遷。言己放逐，去我郢都故閭，回於湘、沅之水而遠移徙，失其所之也。回，一作過。念余邦之横陷兮，〔補〕曰：横，户孟切。宗鬼神之無次。同姓爲宗。次，第也。言我思念楚國任用讒佞，將横陷危殆，己之宗族先祖鬼神，失其次第而不見祀也。閔先嗣之中絶兮，嗣，繼。心惶惑而自悲。言己傷念先祖，乃從屈瑕建立基功，子孫世世承而繼之，至於己身而當中絶，心爲惶惑，内自悲哀也。聊浮遊於山陿兮，陿，山側也。〔補〕曰：與峽同。步周流於江畔。畔，界。臨深水而長嘯兮，且倘佯而氾觀。氾，博也。言己憂愁不能寧處，出升山側，遊戲博觀，臨水長嘯，思念楚國而無解已也。〔補〕曰：倘，音常。氾，音泛。

興《離騷》之微文兮，冀靈修之壹悟。還余車於南郢兮，復往軌於初古。軌，車轍也。《月令》曰：車同軌。言己雖見放逐，猶興《離騷》之文以諷諫其君，冀其心一寤，有命還己，己復得乘車周行楚國，脩古始之轍跡也。〔補〕曰：「車同軌」，今《中庸》文也。古，音故。道脩遠其難遷兮，傷余心之不能已。言己後或歸郢，其路長遠，誠難遷徙，然我心中想念於君，不能已也。背三五之典刑兮，典，常。刑，法。絶《洪範》之辟紀。《洪範》，《尚書》篇名，箕子所爲武王陳五行之道也。言君施行，背三皇五帝之常典，絶去《洪範》之法紀，任意妄爲，故失道也。〔補〕曰：辟，婢亦切。播規榘以背度兮，播，弃。錯權衡而任意。錯，置也。衡，稱也，所以銓物輕重也。言君弃先王之法度而不奉循，猶置衡稱不以量物，更任其意而商輕重，必失道徑、違人情也。〔補〕曰：錯，七故切。意有臆音。操繩墨而放弃兮，傾容幸而侍側。側，旁也。言賢者執持法度而見放弃，傾頭容身讒諛之人，反得親近侍於旁側也。幸，一作達。甘棠枯於豐草兮，甘棠，杜也。《詩》云：蔽芾甘棠。〔補〕曰：《爾雅》：杜，甘棠。注云：今之杜梨。藜棘樹於中庭。堂下謂之庭。言甘棠香美之木，枯於草中而不見御，反種蒺藜棘刺之木滿於中庭，以言遠仁賢近讒賊也。西施斥於北宮兮，仳倠倚於彌楹。西施，美女也。仳倠，醜女也。彌，猶徧也。楹，柱也。言西施美好，弃於後宮不見進御，仳倠醜女，反倚立徧兩楹之閒，侍左右也。〔補〕曰：仳，步渙；倠，虎猥切。又：仳音毗。倠，呼維切。《説文》云：醜面也。《淮南》注云：仳倠，古之醜女，音靡也。烏獲戚而驂乘兮，燕公操於馬圉。烏獲，多力士也。燕公，邵公也。封於燕，故曰燕公也。養馬曰圉。言與多力烏獲同車驂乘，令仁賢邵公執役養馬，失其宜也。〔補〕曰：《孟子》曰：舉烏獲之任。許慎云：秦武王之力士。蒯聵登於清府兮，咎繇棄而在壄。蒯聵，衛靈公太子也，不順其親，欲害其後母。清府，猶清廟也。言使蒯聵無義之人，登於清廟而執綱紀，放弃聖人咎繇於外野，政必亂，身危殆也。一作弃於壄外。一作外野。〔補〕曰：蒯，苦怪；聵，五怪切。蓋見兹以永歎兮，以，一作而。欲登階而狐疑。言己見君親愛惡人，斥逐忠良，誠欲進身登階，竭盡謀慮，意中狐疑，恐遇患害也。椉白水而高騖兮，椉，一作乘。因徙弛而長詞。言己恐登階被害，欲乘白水高馳而遠遊，遂清潔之志，因徙弛卻退而長訣也。弛，一作弛，一作施。

歎曰：倘佯壚阪，沼水深兮。倘佯，山名也。壚，黄黑色土也。沼，池也。《詩》云：王在靈沼。言倘佯之山，其阪土玄黄，其下有池，水深而且清，宜以避世而長隱身也。〔補〕曰：《説文》：壚，黑剛土也。容與漢渚，涕淫淫兮。漢，水名也。《尚書》曰：嶓冢導漾，東流爲漢。言己將欲避世，遊戲漢水之岸，心中哀悲而不能去，涕流淫淫也。鍾牙已死，誰爲聲兮？鍾，鍾子期。牙，伯牙也。言二子曉音，今皆已死，無知音者，誰爲作善聲也。以言君不曉忠信，亦不可爲竭謀盡誠也。纖阿不御，焉舒情兮？纖阿，古善御者。言纖阿不執轡而御，則馬不爲盡其力。言君不任賢者，賢者亦不盡其節。曾哀悽欷，心離離兮。離離，剥裂貌。還顧高丘，泣如灑兮。言己不遭明君，無御用者，重自哀傷，悽愴累息，心爲剥裂，顧視楚國，悲感泣下，如以水灑地也。〔補〕曰：灑，所宜切。

思古

悲余性之不可改兮，屢懲艾而不迻。言己體受忠直之性，雖數爲讒人所懲艾，而心終不移易也。艾，一作忞，一作苾。迻，一作移。〔補〕曰：艾、忞，竝音乂。迻，遷徙也，通作移。服覺晧以殊俗兮，覺，較也。《詩》云：有覺德行。晧，猶明也。晧，一作浩，一作酷，注竝同。貌揭揭以巍巍。揭揭，高貌也。巍巍，大貌也。言己被服衆芳，履行忠正，較然盛明，志願高大，與俗人異也。巍，《釋文》作魏，音危。〔補〕曰：揭，居謁切。譬若王僑之乘雲兮，載赤霄而淩太清。言己志意高大，上切於天，譬若仙人王僑乘浮雲載赤霄，上淩太清，遊天庭也。淩，一作凌。欲與天地參壽兮，一無「欲」字。與日月而比榮。言己修行衆善，冀若仙人王僑得道不死，遂與天地同其壽命，與日月比其光榮，流名於後世，不腐滅也。一無「而」字。登崑崙而北首兮，首，嚮。〔補〕曰：首，音狩。悉靈圉而來謁。悉，盡也。靈圉，衆神也。言己設得道輕舉，登崑崙之上，北向天門，衆神盡來謁見，尊有德也。圉，《釋文》作圄。〔補〕曰：竝魚吕切。《大人賦》云：悉徵靈圉而選之兮。張揖曰：靈圉，衆仙号也。《淮南》云：騎蜚廉而從敦圄。注云：敦圄，仙人名。郭璞云：靈圄、淳圄，仙人名也。選鬼神於太陰兮，登閶闔於玄闕。言己乃選擇衆鬼神之中行忠正者，與俱登於天門，入玄闕，拜天皇，受勑誨也。回朕車俾西引兮，褰虹旗於玉門。褰，祛也。玉門，山名也。言乃旋我之車而西行，褰舉虹旗，驅上玉門之山，以趣疾也。馳六龍於三危兮，三危，西方山也。朝西靈於九濱。朝，召也。濱，水涯也。言乃馳騁六龍，過於三危之山，召西方之神，會於大海九曲之涯也。西，一作四。結余軫於西山兮，横飛谷以南征。結，旋也。飛谷，日所行道也。言乃旋我車軫，横度飛泉之谷以南行也。軫，一作車。絶都廣以直指兮，都廣，野名也。《山海經》曰：都廣在西南，其城方三百里，蓋天地之中也。〔補〕曰：《淮南》曰：建木在都廣，蓋天地之中也。注云：都廣，南方山名。又曰：八殥之外有八紘。南方曰都廣。注云：國名，山在此國，因復曰都廣山。歷祝融於朱冥。朱，赤色也。言己行乃横絶於都廣之野，過祝融之神於朱冥之野也。〔補〕曰：《莊子》曰：南冥者，天池也。傳曰：南海之神曰祝融。枉玉衡於炎火兮，枉，屈也。衡，車衡也。委兩館于咸唐。委，曲也。館，舍也。咸唐，咸池也。言己從炎火，又曲意至於咸池，而再舍止宿也。貫澒濛以東朅兮，澒濛，氣也。朅，去也。澒，一作鴻。〔補〕曰：澒、鴻，竝乎孔切。濛，蒙孔切，大水也。朅，丘列切。維六龍於扶桑。言遂貫出澒濛之氣而東去，繫六龍於扶桑之木。扶，一作榑。〔補〕曰：《春秋命厤序》曰：皇伯登扶桑日之陽，駕六龍以上下。

周流覽於四海兮，志升降以高馳。言己既周行遍於四海之外，意欲上下高馳，以求賢士也。升，一作陞。徵九神於回極兮，徵，召也。回，旋也。極，中也。謂會北辰之星於天之中也。建虹采以招指。虹，采旗也。招指，指麾也。旗，所以招指語人也。言己乃召九天之神，使會北極之星，舉虹采以指麾四方也。一作采虹。駕鸞鳳以上遊兮，從玄鶴與鷦明。鷦明，俊鳥也。孔鳥飛而送迎兮，一作庭迎。騰群鶴於瑶光。鶴，靈鳥也，以喻潔白之士。言己乃駕乘鸞鳳明智之鳥，從鷦明羣鶴潔白之士，過於瑶光之星，質己修行之要也。鶴，一作鵠。瑶，一作摇。一注云：鶴，白鳥也。〔補〕曰：瑶光，北斗杓星也。排帝宫與羅囿兮，羅囿，天苑。升縣圃以眩滅。言遂排開天帝之宫，入其羅囿，出升縣圃之山而望，目爲炫燿，精明消滅，心愁思也。升，一作陞。縣，一作懸。〔補〕曰：縣，音玄。結瓊枝以雜佩兮，立長庚以繼日。長庚，星名也。《詩》云：西有長庚。言己精明雖消滅，猶結玉枝申脩忠誠，立長庚之星，以繼日光，晝夜長行，志意明也。一作繼曜。淩驚靁以軼駭電兮，一無「以」字。〔補〕曰：軼，音佚。綴鬼谷於北辰。綴，係也。北辰，北極星也。《論語》曰：譬如北辰，居其所而衆星拱之。言遂淩乘驚駭之雷，追逐奔軼之電，以至於天，使北辰係綴百鬼，勿令害賢者也。鬼谷，一作百鬼。鞭風伯使先驅兮，囚靈玄於虞淵。遡高風以低佪兮，遡，一作泝。一云：遡高風以徘徊。〔補〕曰：泝、遡一也。泝，向也，逆流而上曰泝洄。覽周流於朔方。靈玄，玄帝也。虞淵，日所入也。《淮南》言日出湯谷，入于虞淵。言乃鞭風伯使之掃塵，囚玄帝之神使無陰冥，周徧流行於北方也。就顓頊而敶詞兮，考玄冥於空桑。空桑，山名也。玄冥，太陰之神，主刑殺也。言乃就聖帝顓頊，敶列己詞，考問玄冥之神於空桑之山，何故害賢也。旋車逝於崇山兮，崇山，驩兜所放山也。逝，一作遊。奏虞舜於蒼梧。言己從崇山見驩兜，以佞故囚（囚原作因，據翻宋本改），至蒼梧告愬聖舜，己行忠直，而遇斥弃，冀蒙異謀也。虞，一作帝。澨楊舟於會稽兮，楊，木名也。《詩》云：汎汎楊舟。會稽，山名也。涖，一作濟。就申胥於五湖。湖，大池也。言己復乘楊木之輕舟，就伍子胥於五湖之中，問志行之見者也。一本揖大禹於江濱。一注：伍子胥作申包胥。然上文有申子，注云子胥也。見南郢之流風兮，殞余躬於沅湘。言還見楚國風俗，妒害賢良，故自沈於沅、湘而不悔也。望舊邦之黯黮兮，黯黮，不明貌也。邦，一作鄉。〔補〕曰：黯，烏感；黮，都感切。時溷濁其猶未央。言己望見故國，君闇不明，羣下貪亂，其化未盡，心憂愁也。一無「其」字。懷蘭茝之芬芳兮，妒被離而折之。言己懷忠信之行，故爲衆佞所妒，欲共被離摧折而弃之也。被，一作披。〔補〕曰：被，音披。張絳帷以襜襜兮，風邑邑而蔽之。邑邑，微弱貌也。言君張朱帷，襜襜鮮明，宜與賢者共處其中，而政令微弱，適以自蔽者也。日暾暾其西舍兮，其，一作而。陽焱焱而復顧。言日暾暾西下，將舍入太陰之中，其餘陽氣，猶尚焱焱，而顧欲還也。以言己年亦老暮，亦思還返故鄉也。焱，一作炎。〔補〕曰：暾，他昆切。焱，火華也，音琰。炎，音同。聊假日以須臾兮，何騷騷而自故。言己思年命欲暮，願且假日遊戲須臾之間，然中心愁思如故，終不解也。故，一作苦。

歎曰：譬彼蛟龍，乘雲浮兮。一云：譬彼雲龍。無「乘雲浮兮」一句。一云：乘雲遊兮。一云：乘浮雲兮。汎淫澒溶，紛若霧兮。言己懷德不用，譬若蛟龍潛於川澤，忽然乘雲汎淫而遊，紛紜若霧，而乃見之也。汎，一作沉。澒，一作鴻。〔補〕曰：汎淫，已見《九懷》。澒、鴻，竝乎孔切。溶，弋孔切。潺湲轇轕，轇，一作膠。〔補〕曰：轕，音葛。雷動電發，馺高舉兮。言蛟龍升天，其形潺湲，若水之流，縱横轇轕，遂乘雷電而高舉也。以言己亦想遭明時，舉而進用。〔補〕曰：馺，素合切。《方言》：馺，馬馳也。注云：疾貌。升虛淩冥，沛濁浮清，入帝宮兮。

言龍能登虚無，淩清冥，弃濁穢，入天帝之宫。言己亦想升賢君之朝，斥去貪佞之人也。升，一作登。沛，一作弃。摇翹奮羽，馳風騁雨，遊無窮兮。言龍既升天，奮摇翹羽，馳使風雨。言己亦願奮竭智謀，以輔事賢君，流恩百姓，長無窮極也。

遠 游

楚辭卷第十七

九思章句第十七　楚辭

漢侍中南郡王　逸叔師作

逢尤逢，一作見。
怨上
疾世世，一作俗。
憫上憫，一作閔。
遭厄
悼亂一作《隱思》，一作《散亂》。
傷時
哀歲
守志

《九思》者，王逸之所作也。逸，南陽人，一作南郡。博雅多覽，讀《楚辭》而傷愍屈原，故爲之作解。又以自屈原終没之後，忠臣介士遊覽學者讀《離騷》、《九章》之文，莫不愴然，心爲悲感，高其節行，妙其麗雅。至劉向、王褒之徒，咸嘉其義，一云：咸嘉歎之。作賦騁辭，目讚其志。則皆列於譜録，世世相傳。皮日休《九諷叙》云：屈平既放，作《離騷經》。正詭俗而爲《九歌》，辨窮愁而爲《九章》。是後詞人摭而爲之，若宋玉之《九辯》，王褒之《九懷》，劉向之《九歎》，王逸之《九思》，其爲清怨素豔，幽快古秀，皆得芝蘭之芬芳，鸞鳳之毛羽也。楊雄有《廣騷》，梁竦有《悼騷》，不知王逸奚罪其文，不以二家之述爲《離騷》之兩派也。逸與屈原同土共國，悼傷之情與凡有異。竊慕向、褒之風，作頌一篇，號曰《九思》，以裨其辭。未有解説，故聊叙訓誼焉。一無「叙」字。辭曰：逸不應自爲注解，恐其子延壽之徒爲之爾。

悲兮愁，哀兮憂。傷不遇也。天生我兮當闇時，君不明也。被諑譖兮虚獲尤。爲佞人所傷害也。諑，毁也。尤，過也。〔補〕曰：諑，音卓。心煩憒兮意無聊，愁君迷蔽，忿姦興也。憒，亂也。聊，樂也。〔補〕曰：憒，音潰。聊，音留。嚴載駕兮出戲遊。將以釋憂憤也。周八極兮歷九州，求賢君也。求軒轅兮索重華。覬遇如黄帝、堯、舜之聖明也。世既卓兮遠眇眇，去前聖遠然不可得也。卓，遠也。卓，一作逴。〔補〕曰：逴，音卓。握佩玖兮中路躇。懷寶不舒，悵仿偟也。〔補〕曰：躇，音除。羨咎繇兮建典謨，樂古賢臣遇明君也。咎，一作臯。懿風后兮受瑞圖。懿，深也。屈原之喻也。風后，黄帝師，受天瑞者也。愍余命兮遭六極，愍，一作憫。委玉質兮於泥塗。見放逐汙辱，若陷泥塗中也。泥，一作涅。遽傽遑兮驅林澤，遽，一作遂。傽，一作章，一作慞，一作憒。〔補〕曰：《集韻》：傽徨，行不正。步屏營兮行丘阿。憂憒不知所爲，徒經營奔走也。〔補〕曰：屏，音并，卑盈切，征伀也。車軏折兮馬虺頹，驅騁不能寧定，車弊而馬病也。軏，一作軸。〔補〕曰：《語》云：小車無軏。軏，車轅，耑持衡者。一作軌，非是。虺，音灰。《集韻》作虺尵。惷悵立兮涕滂沲。憂悴而涕流也。惷，一作贅，一作惆，一作怊。〔補〕曰：惷，丑江切。贅，音同，視不明也。一曰直視。思丁文兮聖明哲，丁，當也。文，文王也。心志不明，願遇文王時也。哀平差兮迷謬愚。平，楚平王；差，吳王夫差也。平王殺忠臣伍奢，奢子員仕吳以破楚。夫差不用子胥，而爲越所滅也。呂傅舉兮殷周興，呂，呂望。傅，傅說。兩賢舉用，而二代以興盛也。忌嚭專兮郢吳虛。忌，楚大夫費無忌。嚭，吳大夫宰嚭。虛，空也。忌、嚭佞僞，惑其君而敗，二國空虛。郢，楚都也。嚭，一作噽。〔補〕曰：普美切。《集韻》從喜。仰長歎兮氣䭤結，仰，將訴天也。䭤，結也。〔補〕曰：䭤，於結切。《說文》：飯窒也。與噎同。悒殟絕兮咶復蘇。憤忿晻絕，徐乃蘇也。殟，《釋文》作愠。咶，一作活，一作恬。蘇，《釋文》作穌。〔補〕曰：殟，《廣雅》云：極也，音溫。咶，息也，乎刮切。虎兕爭兮於廷中，廷，朝廷也。虎兕，惡獸，以喻姦臣。豺狼鬬兮我之隅。隅，旁也。言衆佞辯爭，常在我傍也。雲霧會兮日冥晦，衆僞蔽君，如雲霧之隱日，使不可得見也。飄風起兮揚塵埃。回風爲飄，以喻小人造設姦僞，賊害仁賢，爲君垢穢，如回風之起塵埃也。走鬯罔兮乍東西，動觸諂毀，東西趣走。一作鬯逿，一作暢逿。一本云：逿，敞音，又主尚切。〔補〕曰：《集韻》有逿，敞、尚二音，距也，蹋也。有逿，音餉，正也。欲竄伏兮其焉如。無所逃難。念靈閨兮隩重深，靈，謂懷王。閨，閤也。言欲訴論，輒爲羣邪所逆，不能得通達。隩，一作奥，一作窔。願竭節兮隔無由。望舊邦兮路逶隨，逶隨，迂遠也。近而障隔，則與迂遠同也。逶，一作委。憂心悄兮志勤劬。悄，猶慘也。劬，勞也。志，一作以。〔補〕曰：悄，子小切。寃煢煢兮不遑寐，寃，一作魂。目眽眽兮寤終朝。眽眽，視貌也。終朝，自旦及夕，言通夜不能瞑也。眽，一作脉，一作眩。〔補〕曰：眽，目財視貌，音脉。

逢尤

令尹兮謷謷，令尹，楚官掌政者也。謷謷，不聽話言而妄語也。〔補〕曰：謷，五高切。羣司兮譨譨。羣司，衆僚。譨譨，猶慅慅也。言皆競於佞也。羣，一作群。〔補〕曰：譨譨，多言也，奴侯切。哀哉兮淈淈，淈淈，一國竝亂也。〔補〕曰：淈，音骨。上下兮同流。君臣俱愚，意無別也。菽藟兮蔓衍，菽藟，小草也。蔓衍，廣延也。〔補〕曰：菽，《釋文》音焦。藟，力水切。芳虈兮挫枯。虈，香草名也。挫枯，弃不用也。〔補〕曰：虈，許苗切。《本草》：白芷，一名虈。《説文》：楚謂之蘺，晉謂之虈，齊謂之茝。朱紫兮雜亂，曾莫兮別諸。君不識賢，使紫奪朱，世無別知之者。倚此兮巖穴，退遁逃也。永思兮窈悠。長守忠信，念無違而塗悠遠也。悠，一作窕。嗟懷兮眩惑，懷，懷王也。爲衆佞所欺曜，目盡迷瞀。用志兮不昭。獨行忠信，無明己者。昭，一作照。將喪兮玉斗，遺失兮鈕樞。鈕樞，所以校玉斗，玉斗既喪，將失其鈕樞。言放弃賢者逐去之。一注云：鈕樞、玉斗，皆所寶者。〔補〕曰：《釋文》：鈕，女有切。一作劍，非是。我心兮煎熬，惟是兮用憂。熬，亦煎也，憂無已也。煎熬，一作熬鬻。《釋文》作𤍠。〔補〕曰：竝音炒。進惡兮九旬，紂爲九旬之飲，而不聽政。惡，一作思。進惡，一作集慕。九旬，一作仇荀。一注云：紂爲長夜之飲。〔補〕曰：仇荀，謂仇牧荀息。復顧兮彭務。彭，彭咸。務，務光。皆古介士，恥受汙辱，自投於水而死也。復，一作退。務，一作瞀。注同。《釋文》音牟。擬斯兮二蹤，擬，則也。蹤，跡也。言願效此二賢之迹，亦當自沈。未知兮所投。謠吟兮中壄，未得所死，且仿徨也。一作野。上察兮璇璣。璇，一作旋，一作琁璣。〔補〕曰：北斗魁四星爲璇璣。大火兮西睨，攝提兮運低。璇璣天中，故先察之。大火西流，攝提運下，夜分之候。愁思不寐，起視星辰，以解戚者也。流，一作匿。〔補〕曰：大火，房心尾也。《晉志》：攝提六星，直斗杓之南，主建時節。雷霆兮硠磕，雷聲。〔補〕曰：上音郎，下苦蓋切。雹霰兮霏霏。霏霏，集貌。奔電兮光晃，涼風兮愴悽。獨處愁思不寐，見雹電涼風之至，益憂多也。晃，一作照。鳥獸兮驚駭，相從兮宿棲。言鳥獸驚惶，尚相從就，傷己單獨，心用悲也。鴛鴦兮噰噰，和鳴貌也。狐狸兮徵徵。相隨貌。〔補〕曰：徵，《釋文》音眉。一作嶽，非。哀吾兮介特，介特，獨也。一「吾」下有「子」字。獨處兮罔依。罔，無也。螻蛄兮鳴東，蟊蠽兮號西。蛓緣兮我裳，蠋入兮我懷。蟲豸兮夾余，惆悵兮自悲。言己獨處山野，與衆虫爲伍，心悲感也。一作蠤蠽。蛓，一作蜚。懷，一作衣。豸，一作豕。〔補〕曰：螻蛄，螻姑二音。蟊蠽，矛節二音。蟊虫，食草根者。《爾雅》：蠽，茅蜩，似蟬而小，青色，音截。蛓，音次。《說文》云：毛虫有毒，螫人。蠋，音蜀。豸，直氏切。有足謂之蟲，無足謂之豸。佇立兮忉怛，佇，停。〔補〕曰：忉，音刀，憂勞也。怛，丁葛切。心結縎兮折摧。〔補〕曰：縎，結也，音骨。

怨上

周徘徊兮漢渚，言居山中愁憤，復之漢水之涯，庶欲以釋思念也。渚，一作濱。求水神兮靈女。冀得水中神女，以慰思念。嗟此國兮無良，此國，楚國也。言君臣無善，皆凶愚也。媒女詘兮謰謱。謰謱，不正貌。一云謀女。一云媒拙訥兮。〔補〕曰：詘，與訥同。《方言》：謰謱，拏也，南楚曰謰謱，音連縷。注云：言諸拏也。一曰：謰謱，語亂也。鴳雀列兮譁讙，鴳雀，小鳥，以喻小人列位也。言小人在位，患失之，競爲佞諂，聲呶呶也。鴳，一作鷃。鴝鵒鳴兮聒余。鴝鵒，鴳雀類也。多聲亂耳爲聒。〔補〕曰：鴝，音劬。抱昭華兮寶璋，昭華，玉名。璋，一作章。〔補〕曰：《淮南》云：堯贈舜以昭華之玉。欲衒鬻兮莫取。行賣曰衒。鬻，賣也。言己竭忠信以事君而不見用，猶抱此昭華寶璋衒賣之。璋，玉名也。言旋邁兮北徂，己不見用，欲遠去也。旋，一作逝。一云：逝言邁兮。叫我友兮配耦。叫，急叫也。言此國已無良人，庶北行遇賢友，而以自耦也。日陰曀兮未光，北方多陰。陰，一作霧。闃睄窕兮靡睹。闃，窺也。睄窕，幽冥也。一作闃䏚霓。〔補〕曰：闃，古覓切。睄，與宵同。窕，徒了切，深也。紛載驅兮高馳，適北無所遇，故欲馳而去。將諮詢兮皇羲。皇羲，羲皇也。諮，問。詢，謀。所以安己也。一云：羲，伏羲。伏羲稱皇也。遵河皋兮周流，路變易兮時乖。所志不遇，無所用其志也。時，一作旹。濿滄海兮東遊，沐盥浴兮天池。天池，則滄海也。濿，一作厲。〔補〕曰：濿，與厲同。訪太昊兮道要，太昊，東方青帝也。將問天道之要務。云靡貴兮仁義。太昊答惟仁義爲上。〔補〕曰：義，有儀音。志欣樂兮反征，就周文兮邠岐。聞惟仁義，故欣喜復之西方，就文王也。邠岐，周本國。邠，一作豳。秉玉英兮結誓，願與文王約信，以玉英爲贄幣也。日欲暮兮心悲。日暮而歲邁，年將老，悲不見進用也。惟天禄兮不再，福不再至，年歲一過，則終訖也。背我信兮自違。若背忠信以趨時俗，則違本心，故不忍爲。踰隴堆兮渡漠，隴堆，山名。漠，沙漠也。一云：漢，漢水也。過桂車兮合黎。桂車、合黎，皆西方山之名。赴崑山兮馵騄，崑山，崑崙也。言渡隴堆，適桂車、合黎，乃至崑崙，取駿馬而絆之。騄，駿馬名。崑，一作昆。馵，一作褭。〔補〕曰：馵，竹及切，絆馬也。騄耳，馬名，音緑。從邛遨兮棲遲。邛，獸名。遨，遊也。馵騄從邛而棲遲，顧望也。一云：從盧敖兮。〔補〕曰：邛，謂邛邛駏虛也。吮玉液兮止渴，齧芝華兮療飢。玉液，瓊蘂之精氣。芝，神草也。渴啜玉精，飢食芝華，欲僊去也。渴，《釋文》作漱。〔補〕曰：吮，常兖切，呧也。又子兖切，漱也。漱，與渴同。居嵺廓兮尠疇，嵺廓，空洞而無人也。尠，少也。疇，匹也。言獨行而抱影也。〔補〕曰：嵺，音寥。遠梁昌兮幾迷。梁昌，陷據失所也。迷惑欲還也。陷據，一作蹈懅。望江漢兮濩渃，濩渃，大貌也。還見江、漢水大也。漢，一作海。〔補〕曰：濩，音穫。渃，音若，大水也。心緊絭兮傷懷。緊絭，糾繚也。望舊土而心感傷也。絭，一作韏。一作繾綣。〔補〕曰：緊、繾，竝祛引切。韏、綣，竝苦遠切，纏綿也。時昢昢兮旦旦，日月始出，光明未盛爲昢。昢，一作朏。一云旦且，一云且旦。〔補〕曰：昢，日將曙。朏，月未盛明。竝普突切。且，子魚切。塵莫莫兮未晞。莫莫，合也。晞，消也。朝陽未開，霧氣尚盛。莫，一作漠。憂不暇兮寢食，吒增歎兮如雷。吒，一作咤。增，一作曾。〔補〕曰：吒，竹嫁切，吐怒也。

疾世

哀世兮睩睩，睩睩，視貌。賢人不用，小人持勢也。〔補〕曰：睩，目睞謹也，音禄。諓諓兮嗌喔。諓諓，竊言。嗌喔，容媚之聲。〔補〕曰：嗌，音益。喔，於角切，又音屋。衆多兮阿媚，阿，曲。骩靡兮成俗。委靡，面柔也。骩，一作委。貪枉兮黨比，貞良兮煢獨。《詩》云：獨行煢煢。煢，一作惸。鵠竄兮枳棘，鵜集兮帷幄。木帳曰帷。言大人處卑賤，小人在尊位也。鵠，一作鶴。鵜，一作鶙，一作鴣。〔補〕曰：鵜，音啼，與鶙同。《説文》：鶙鶘也。蘮蒘兮青葱，蘮蒘，草名。青葱，見養有光色也。〔補〕曰：蘮，居滯切。蒘，女猪切。《集韻》：蘮蒘似芹，可食。葱，當作蔥。槀本兮萎落。槀本，香草也。喻賢愚易所。落，舊音格。覩斯兮僞惑。惑，一作盛。一云：疾斯兮僞忒。心爲兮隔錯。隔錯，失其性也。逡巡兮圃藪，藂林曰藪。率彼兮畛陌。田閒道曰畛。陌，塍分界也。川谷兮淵淵，深貌。山皀兮峉峉。峉峉，長而多有貌也。皀，一作阜，一作屈。峉，一作硌。〔補〕曰：皀，即阜字。皀，舊音五結切，《集韻》作皀，山高也。峉，音額，山高大貌。硌，音落。叢林兮崯崯，崯崯，衆饒貌。崯，一作岭。〔補〕曰：竝音吟。株榛兮岳岳。岳岳，衆木植也。株，一作林。〔補〕曰：《博雅》：木叢生曰榛。霜雪兮漼溰，積聚貌。一作溰溰，一作漼漼。〔補〕曰：漼，音摧。溰，五來切，霜雪積聚貌。冰凍兮洛澤。洛，竭也。寒而水澤竭成冰。〔補〕曰：《集韻》冰謂之洛澤，其字从仌，上音洛，下大洛切。又曰：澤，冰結也。引此云：冬冰兮洛澤。東西兮南北，罔所兮歸薄。言四方皆無所停止也。庛廕兮枯樹，匍匐兮巖石。穴可居者。踡跼兮寒局數，一云：踡跼兮數年。一云：踡跼兮寒風數。〔補〕曰：數，音促。獨處兮志不申，踡，傴僂也。年齒盡兮命迫促。魁壘擠摧兮常困辱，魁壘，促迫也。擠摧，折屈也。壘，一作纍。〔補〕曰：魁，苦罪切。壘、纍，竝音磊。魁壘，盤結也。擠，子奚切。含憂强老兮愁不樂。愁早老曰强也。不，一作無。鬚髮薴顇兮顠鬢白，薴，亂也。顠，雜白也。鬚，一作鬢。薴，一作蔓。鬢，一作顮。〔補〕曰：薴，音獰，艸亂也。顇，音悴，顦顇也。顠，疋沿切，髮亂皃。思霝澤兮一膏沐。霝澤，天之膏潤也。蓋喻德政也。霝，一作雲。懷蘭英兮把瓊若，英，華。瓊若，食也。蘭，一作華。待天明兮立躑躅。言懷蘭把若，無所施之，欲待明君，未知其時，故屏營躑躅。一作蹢躅。〔補〕曰：上文隻、下文局切。雲蒙蒙兮電儵爍，儵爍，疾也，闇多而明少也。蒙，一作濛。〔補〕曰：爍，書灼切。孤雌驚兮鳴呴呴。雌，一作雞。〔補〕曰：呴，音握。思怫鬱兮肝切剥，忿悁悒兮孰訴告。一云：於悒悒兮。〔補〕曰：怫，音佛。悁，一緣切。告，入聲。

憫上

悼屈子兮遭厄，子，男子之通稱也。沈玉躬兮湘汨。賢者質美，故以比玉。湘、汨，皆水名。〔補〕曰：汨，音覓。何楚國兮難化，言楚國君臣之亂，不可曉喻也。兮，一作之。迄于今兮不易。政教荒阻，不可變也。于，一作乎。士莫志兮羔裘，言政穢則士貪鄙，無有素絲之志，皎潔之行也。競佞諛兮讒閱。閱，不相聽。一云讒閲閲。〔補〕曰：閲，虚的切。指正義兮爲曲，訿玉璧兮爲石。一作璧玉。〔補〕曰：訿，音紫。殦鵰遊兮華屋，殦，一作鶻。鵕鵜棲兮柴蔟。鵕，一作駿。棲，一作指，一作蒨，音竄。〔補〕曰：鵕，素俊切。鵜，音儀。蔟，千木切。起奮迅兮奔走，違羣小兮謑詢。謑，恥辱垢陋之言也。詢，一作呴。〔補〕曰：謑，音傒。詢，許候切，又胡豆切。《荀子》：無廉恥而忍謑詢。注云：謂罵辱也。護，音奚。一云：謑詬，小人怒。載青雲兮上昇，適昭明兮所處。終無所舒情，故欲乘雲升天，就日處矣。昭明，日暉。昇，一作陞。躡天衢兮長驅，踵九陽兮戲蕩。衢，路也。九陽，日出處也。越雲漢兮南濟，秣余馬兮河鼓。河鼓，牽牛別名。〔補〕曰：《爾雅》：河鼓謂之牽牛。《晉志》曰：河鼓三星，在牽牛北。雲霓紛兮晻翳，雲，一作霄。翳，一作鬱。參辰回兮顛倒。參、辰，皆宿名，夜分而易次，故顛倒失路也。〔補〕曰：《楊子》：吾不覿參、辰之相比。逢流星兮問路，顧我指兮從左。流星，發所從也。一云：顧指我兮。俓娵觜兮直馳，觜，一作訾。〔補〕曰：娵，酒于切。觜，音訾。《爾雅》：娵觜之口，營室東壁也。御者迷兮失軌。遂踢達兮邪造，流星雖甚，猶不得道。踢達，誤過也。邪，一作衺。〔補〕曰：踢，音湯。達，他達切。一音跌。跌踢，行不正貌。林云：踢，徒郎、大浪二切。與日月兮殊道。志閼絶兮安如，志望已訖，不知所之。如，一作歸。〔補〕曰：閼，音遏。哀所求兮不耦。攀天階兮下視，下，一作俛。見鄢郢兮舊宇。鄢、郢，楚都也。言上天所求不得，意欲還，下視見舊居也。〔補〕曰：鄢，於建切，地名，在楚。音偃者在鄭，音焉者在潁川。《釋文》音憲。意逍遥兮欲歸，衆穢盛兮杳杳。衆穢，諭佞人。言將復害己。思哽饐兮詰詘，饐，一作咽。涕流瀾兮如雨。還爲衆僞所害，故悲泣也。

遭厄

嗟嗟兮悲夫，傷時昏惑。殽亂兮紛挐。君任佞巧，競疾忠信，交亂紛挐也。殽，一作散。《釋文》：殽，乎巧切。〔補〕曰：挐，女居切。茅絲兮同綜，不別好惡。綜，一作緵。〔補〕曰：綜，子宋切，機縷也。《列女傳》曰：推而往、引而來者，綜也。冠屨兮共絇。上下無別。屨，一作屣。〔補〕曰：絇，具于切。鄭康成云：絇，謂之拘，著舄屨頭以爲行戒。督萬兮侍宴，華督、宋萬二人，宋大夫，皆弒其君者也。周邵兮負芻。周公、邵公。言楚君使忠賢如周、邵者負芻，反以督、萬之人侍宴。〔補〕曰：《説文》：芻，刈草也。白龍兮見䠶，靈龜兮執拘。白龍，川神。靈龜，天瑞。〔補〕曰：河伯化爲白龍，羿射之，眇其左目。神龜見夢於宋元君，曰：「予爲清江使河伯之所，漁者余且得予。」仲尼兮困厄，仲尼，聖人，而厄於陳、蔡也。鄒衍兮幽囚。鄒衍，賢人，而爲佞邪所攝，齊遂執之。伊余兮念茲，伊，惟也。茲，此也。奔遁兮隱居。欲避世也。將升兮高山，升，一作陟，一作階。上有兮猴猿。欲入兮深谷，下有兮虺蛇。左見兮鳴鵙，右睹兮呼梟。鵙，伯勞也。山有猴猿，谷有虺蛇，左右衆鳥，闃無人民，所以愁懼也。〔補〕曰：鵙，古覓切。惶悸兮失氣，悸，懼也。失氣，晻然而將絕。〔補〕曰：悸，其季切。踊躍兮距跳。以泄憤懣也。〔補〕曰：跳，徒招切。便旋兮中原，旋，一作絕。仰天兮增歎。仰，一作卬。菅蒯兮壄莽，壄，一作野。〔補〕曰：菅，音姦。蒯，苦怪切。雚葦兮仟眠。一作千眠，一作仟玄。仟，一作阡。鹿蹊兮躖躖，貒貉兮蟫蟫。蟫蟫，相隨之貌。鹿蹊，一作玄鹿。躖，一作𨇨。躖𨇨，一作繼踵。〔補〕曰：蹊，徑也。𨇨，吐管切。《集韻》作𨇤。《説文》云：禽獸所踐處也。貒，音湍，似豕而肥。一音歡。蟫，淫、潭二音。鸐鷂兮軒軒，軒軒，將止之貌。〔補〕曰：鷂，音燿。鶉鵪兮甄甄。甄甄，小鳥飛貌。鵪，一作鴿。一云：鶉鴳兮飄飄。一作鶉鴿。〔補〕曰：鵪，烏甘切。哀我兮寡獨，靡有兮齊倫。齊，偶。齊，一作匹。意欲兮沈吟，迫日兮黄昏。意且欲遲，望又促暮，當棲宿也。迫，一作白。玄鶴兮高飛，鶴，一作鸖。一云鵾雞。曾逝兮青冥。青冥，太清。曾，一作增。逝，一作遊。鶬鶊兮喈喈，鶬鶊，鸝黄也。喈喈，鳴之和。山鵲兮嚶嚶。嚶嚶，鳴之清也。鴻鸕兮振翅，鴈之大者曰鴻。鸕，鸕鷀也。振翅，將飛也。歸鴈兮于征。征，行也。言將去。吾志兮覺悟，懷我兮聖京。垂屣兮將起，跓竢兮碩明。垂，《釋文》作㞜，測夾切。碩，一作須。〔補〕曰：屣，所爾切。跓，竹句切。《集韻》：重主切，停足。

悼亂

惟昊天兮昭靈，昊天，夏天也。昭，明也。靈，神也。陽氣發兮清明。風習習兮龢煖，煖，一作暵，古作煗。〔補〕曰：乃管切。百草萌兮華榮。榮，一作英。堇荼茂兮扶疏，堇，葪也。荼，苦菜也。扶，一作敷。〔補〕曰：《爾雅》：齧苦堇。注云：今堇葵也。蘅芷彫兮瑩嫇。蘅，杜衡。芷，若芷。皆香草。嫇，一作冥。〔補〕曰：瑩，於銘切。嫇，音銘。愍貞良兮遇害，將夭折兮碎糜。一作靡。時混混兮澆饡，饡，餐也。混，混濁也。言如澆饡之亂也。餈，一作餮。〔補〕曰：饡，音贊。《說文》云：以羹澆飯。哀當世兮莫知。覽往昔兮俊彥，亦詘辱兮係纍。《釋文》作累，力桂切。管束縛兮桎梏，百貿易兮傳賣。傅，一作傳。〔補〕曰：《淮南》云：伯里奚轉鬻。注云：伯里奚知虞公不可諫，轉行自賣於秦，爲穆公相。傳亦有轉音。遭桓繆兮識舉，管，管仲。百，百里奚也。管仲爲魯所囚，齊桓釋而任之。百里奚晉徒役，秦繆以五羖之皮贖之爲相也。〔補〕曰：繆，音木。才德用兮列施。德，一作得。且從容兮自慰，以古賢者皆然，緩己憂也。玩琴書兮遊戲。〔補〕曰：戲，音希。迫中國兮迮陿，無所用志，故云迮陿。一作窄陝。吾欲之兮九夷。子欲居九夷，疾時之言也。超五嶺兮嵯峨，超，越也。將之九夷，先歷五嶺之山，言艱難也。觀浮石兮崔嵬。東海有浮石之山。崔嵬，山形也。陟丹山兮炎野，復之南方。丹山、炎野，皆在南方也。屯余車兮黃支。一本此句在「就祝融兮稽疑」之下。〔補〕曰：《楊子》曰：黃支之南。就祝融兮稽疑，黃支，南極國名也。祝融，赤帝之神。稽，合。所以折謀，求安己之處也。嘉己行兮無爲。嘉，善也。言祝融善己之處。乃回朅兮北逝，復旋至北方也。回，一作迴。〔補〕曰：朅，去竭切。遇神孈兮宴娭。孈，北方之神名也。言遇神宴而待之。孈，一作孈。《釋文》作孈，音攜。欲靜居兮自娛，言己遇神而宴樂，亦欲安居自娛也。心愁慼兮不能。慼，一作戚。放余轡兮策駟，復欲去也。放，一作收。忽颻騰兮浮雲。一云：忽風騰兮雲浮。蹠飛杭兮越海，蹠，一作跖。從安期兮蓬萊。蓬萊，海中山名也。安期生，仙人名也。言欲往求仙也。緣天梯兮北上，登太一兮玉臺。登，一作升。使素女兮鼓簧，太一，天帝所在，以玉爲臺也。乘戈龢兮謳謠。乘戈，仙人也。和素女而歌也。〔補〕曰：張晏云：玉女、青要、乘弋等也。戈字從弋。聲嗷誂兮清和，嗷誂，清暢貌。嗷，《釋文》作激，音叫。誂，他弔切。〔補〕曰：嗷，呼也。楚謂兒泣不止曰嗷咷。咷，音耀。音晏衍兮要婬。要婬，舞容也。〔補〕曰：《説文》：婬，曲肩貌。《方言》：婬，遊也。江、沅之閒，謂戲爲婬。咸欣欣兮酣樂，余眷眷兮獨悲。言天神衆舞，皆喜樂，獨己懷悲哀也。顧章華兮太息，章華，楚臺名也。太息，憂歎也。志戀戀兮依依。戀，一作鬱。

傷時

旻天兮清涼，秋天爲旻天。秋節至，故清且涼也。玄氣兮高朗。秋冬陽氣升，故高朗也。朗，一作明。北風兮潦洌，寒節至也。洌，一作烈。〔補〕曰：潦，音寮。草木兮蒼唐。始凋也。草，一作艸。唐，一作黄。蛜蚗兮噍噍，促寒將蟄，故噍噍鳴。蝍蛆兮穰穰。將變貌。歲忽忽兮惟暮，暮，末。余感時兮悽愴。感時以悲思也。傷俗兮泥濁，矇蔽兮不章。寶彼兮沙礫，捐此兮夜光。夜光，明珠也。椒瑛兮湼汙，葈耳兮充房。葈耳，惡草名也。充房，侍近君也。攝衣兮緩帶，操我兮墨陽。墨陽，劍名。昇車兮命僕，將馳兮四荒。四裔謂之四荒。下堂兮見蠆，蠆，土螽也。喻佞人欲害賢，如蠆之有螫毒。出門兮觸蠭。巷有兮蚰蜒，邑多兮螳螂。睹斯兮嫉賊，心爲兮切傷。俛念兮子胥，仰憐兮比干。投劍兮脱冕，龍屈兮蜿蟤。蜿蟤，自迫促貌。潛藏兮山澤，匍匐兮叢攢。叢攢，羅布也。窺見兮溪澗，流水兮沄沄。沄沄，沸流。黿鼉兮欣欣，鱣鮎兮延延。羣行兮上下，駢羅兮列陳。自恨兮無友，特處兮煢煢。獨行貌。冬夜兮陶陶，長貌。雨雪兮冥冥。神光兮熲熲，鬼火兮熒熒。神光，山川之精，能爲光者也。熒熒，小火也。修德兮困控，將誰困控，言無引己也。愁不聊兮遑生。遑，暇。憂紆兮鬱鬱，惡所兮寫情。

哀歲

陟玉巒兮逍遥，玉巒，崑崙山也。山脊曰巒。逍遥，須臾也。覽高岡兮嶢嶢。山嶺曰岡。嶢嶢，特高也。桂樹列兮紛敷，崑崙山多桂樹，紛錯敷衍。吐紫華兮布條。桂華紫色，布敷條枝。實孔鸞兮所居，孔鸞，大鳥。今其集兮惟鴞。鴞，小鳥也。以言名山宜神鳥處之，猶朝廷宜賢者居位，而今惟小人，故云鴞萃之也。烏鵲驚兮啞啞，神鳥至，則衆鳥集從。今反鴞往處之，故驚而鳴也。余顧瞻兮怊怊。怊怊，四遠貌。彼日月兮闇昧，日月無光，雲霧之所蔽。人君昏亂，佞邪之所惑。障覆天兮祲氛。祲，惡氣貌。伊我后兮不聰，后，君。焉陳誠兮効忠。攄羽翮兮超俗，無所効其忠誠，故飜飛而去也。遊陶遨兮養神。陶遨，心無所繫。乘六蛟兮蜿蟬，蜿蟬，羣蛟之形也。龍無角曰蛟。遂馳騁兮陞雲。揚彗光兮爲旗，秉電策兮爲鞭。復欲升天，求仙人也。朝晨發兮鄢郢，郢，楚都也。食時至兮增泉。增泉，天漢也。繞曲阿兮北次，次，舍。造我車兮南端。復適南方也。謁玄黄兮納贄，玄黄，中央之帝也。崇忠貞兮彌堅。雖遥蕩天際之閒，不失其忠誠也。歷九宮兮徧觀，九宮，天之宮也。睹祕藏兮寶珍。就傅説兮騎龍，傅説，殷王武丁之賢相也，死補辰宿。與織女兮合婚。舉天罼兮掩邪，罼，宿名也。畢有囚姦名，故欲以掩取邪佞之人也。彀天弧兮䠶姦。弧，亦星名也。弧矢弓弩，故欲以䠶姦人也。隨真人兮翱翔，真，仙人也。食元氣兮長存。元氣，天氣。望太微兮穆穆，太微，天之中宮。穆穆，和順也。睨三階兮炳分。太微之階。相輔政兮成化，建烈業兮垂勳。當與衆仙共輔天帝，成化而建功也。目瞥瞥兮西没，道遐迥兮阻歎。志稸積兮未通，悵敞罔兮自憐。言陞仙之事，迫而不通，故使志不展而自傷也。

守志

亂曰：天庭明兮雲霓藏，三光朗兮鏡萬方。天清則雲霓除，日月星辰昭，君明下理，賢愚得所也。斥蜥蜴兮進龜龍，策謀從兮翼機衡。蜥蜴，喻小人。龜龍，喻君子。璇璣玉衡，以喻君能任賢，斥去小人，以自輔翼也。一云：奮策謀兮。配稷契兮恢唐功，配，匹也。恢，大。唐，堯也。稷、契，堯佐也。言遇明君，則當與稷、契恢夫堯、舜之善也。一曰恢虞功。嗟英俊兮未爲雙。雙，匹也。

今世所行《楚辭》，率皆紫陽注本，而洪氏《補注》絶不復見。紫陽原本六義，比事屬辭，如堂觀庭，如掌見指，固已探古人之珠囊，爲來學之金鏡矣。然慶善少時即得諸家善本，參較異同，後乃補王叔師《章句》之未備者而成書，其援据該博，考證詳審，名物訓詁，條析無遺，雖紫陽病其未能盡善，而當時歐陽永叔、蘇子瞻、孫莘老諸君子之是正，慶善師承其説，必無剌謬。表方舞勺，先人手《離騷》一篇教表曰：「此楚大夫屈原所作，其言發於忠正，爲百代詞章之祖。昔人有言，《國風》好色而不淫，《小雅》怨誹而不亂，若《離騷》者，可謂兼之。我之從事鉛槧，自此書昉也。小子識之。」壬寅秋，從友人齋見宋刻洪本，黯然於先人之緒言，遂借歸付梓。其《九思》一篇，晁補之以爲不類前人諸作，改入《續楚辭》，而紫陽幷謂《七諫》、《九歎》、《九懷》、《九思》平緩而不深切，盡删去之，特增賈長沙二賦，則非復舊觀矣。洪氏合新舊本爲篇第，一無去取，學者得紫陽而究其意指，更得洪氏而溯其源流，其於是書，庶無遺憾。汲古後人毛表奏叔識。